MILLÔR
DEFINITIVO
A BÍBLIA DO CAOS

Livros de Millôr Fernandes publicados pela **L&PM** EDITORES

Crítica da razão impura ou O primado da ignorância
Devora-me ou te decifro
Diário da Nova República vol. 1
Diário da Nova República vol. 2
Diário da Nova República vol. 3
A Entrevista
Hai-kais (**L&PM** POCKET)
Humor nos tempos de Collor (com Jô Soares e Luis Fernando Verissimo)
O livro vermelho dos pensamentos de Millôr (**L&PM** POCKET)
Millôr Definitivo – A Bíblia do Caos (também na Coleção **L&PM** POCKET)
Poemas (**L&PM** POCKET)

Teatro
Bons tempos, hein!?
Duas tábuas e uma paixão
É...
Um elefante no caos (**L&PM** POCKET)
Flávia, cabeça, tronco e membros (**L&PM** POCKET)
A história é uma história
O homem do princípio ao fim (**L&PM** POCKET)
Kaos (**L&PM** POCKET))
Liberdade, liberdade (com Flávio Rangel) (**L&PM** POCKET)
Os órfãos de Jânio
Pigmaleoa
Vidigal: memórias de um sargento de milícias
A viúva imortal (**L&PM** POCKET)

Tradução e adaptações teatrais
As alegres matronas de Windsor – Shakespeare (**L&PM** POCKET)
A celestina – Fernando de Rojas (**L&PM** POCKET)
Don Juan, o convidado de pedra – Molière (**L&PM** POCKET)
As eruditas – Molière (**L&PM** POCKET)
Fedra – Racine (**L&PM** POCKET)
Hamlet – Shakespeare (**L&PM** POCKET)
O jardim das cerejeiras seguido de *Tio Vânia* – Tchékhov (**L&PM** POCKET)
As lágrimas amargas de Petra von Kant – Rainer Fassbinder
Lisístrata – a greve do sexo – Aristófanes (**L&PM** POCKET)
A megera domada – Shakespeare (**L&PM** POCKET)
Pigmaleão – Bernard Shaw (**L&PM** POCKET)
O rei Lear – Shakespeare (**L&PM** POCKET)

MILLÔR DEFINITIVO
A BÍBLIA DO CAOS

www.lpm.com.br

L&PM POCKET

Coleção **L&PM** POCKET, vol. 262

Texto de acordo com a nova ortografia.
Publicado em primeira edição pela L&PM Editores, em formato 16x23cm, em 1994. Este livro também está disponível em edição de luxo *hard cover*, formato 16x23cm.
Primeira edição na Coleção **L&PM** POCKET: fevereiro de 2002
Esta reimpressão: março de 2020

Capa e projeto gráfico: Ivan G. Pinheiro Machado
Edição e pesquisa: Ivan Pinheiro Machado, Fernanda Verissimo e Jó Saldanha

ISBN 978-85-254-1185-3

F363   Fernandes, Millôr, 1924-2012
        Millôr definitivo: A Bíblia do Caos/Millôr Fernandes. –
    Porto Alegre: L&PM, 2020
        624 p. ; 18 cm. (Coleção L&PM POCKET)

        1.Ficção brasileira-Sátira e Humor. 2.Ficção brasileira-Ditos e Sentenças. I.Título. II.Série.

                              CDD 869.97
                                    869.98
                            CDU 869.0(81)-7
                                869.0(81)-84

Catalogação elaborada por Izabel A. Merlo, CRB 10/329.

© 2013 by Ivan Fernandes

Todos os direitos desta edição reservados a L&PM Editores
Rua Comendador Coruja, 314, loja 9 – Floresta – 90.220-180
Porto Alegre – RS – Brasil / Fone: 51.3225.5777

Pedidos & Depto. comercial: vendas@lpm.com.br
Fale conosco: info@lpm.com.br
www.lpm.com.br

Impresso no Brasil
Verão de 2020

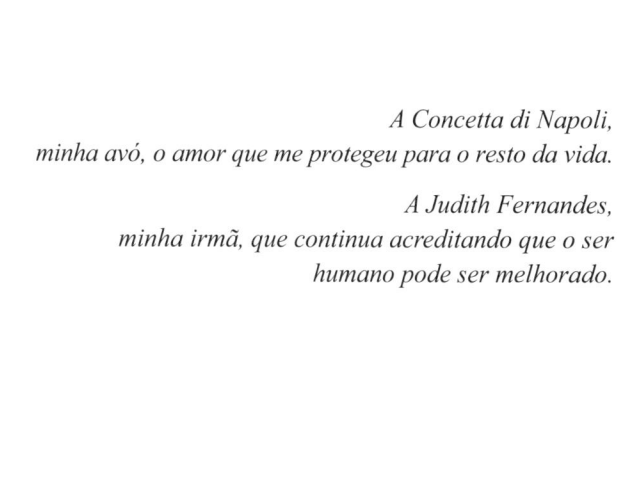

A Concetta di Napoli,
minha avó, o amor que me protegeu para o resto da vida.

A Judith Fernandes,
minha irmã, que continua acreditando que o ser humano pode ser melhorado.

Tenho quase certeza de que uma vez, no Meyer,
Em certa noite de tempestade,
Fui barbaramente assassinado. Mas isso foi há
muito tempo.

Explicação e Agradecimento

Foi um livro difícil. Tomou exatamente cinquenta anos para ser feito. Começando em jornal antes de completar 14 anos, desde cedo, sem que soubesse por que, chamado humorista, o autor escreveu e desenhou ininterruptamente em periódicos sem periodicidade definida, e em publicações semanais e jornais diários. Pra ser exato: 25 anos na revista *O Cruzeiro*, 14 anos na revista *Veja*, 6 anos no *Pasquim*, 10 anos em *IstoÉ*, 8 anos no *Jornal do Brasil* e períodos de alguns anos na *Tribuna de Imprensa* e *Correio da Manhã*. O passar desses anos, se não ampliou um talento apenas comum (talento não potencia) trouxe um certo aprimoramento de forma e, sem dúvida, talvez pela exaustão e pelo tédio (ou pela consciência profissional de não encher o saco do leitor), um grande poder de concisão e uma filosofia a respeito: não se escreve com 11 palavras o que se pode escrever com 10 (a não ser que você seja americano e ganhe por palavra; aí a proposição deve ser invertida).

Há poucos anos alguém ao lado do autor sugeriu a feitura de um "livro de frases", contendo todas as frases escritas durante todo aquele tempo. Foram feitos contratos com as editoras Guanabara, Nórdica, Nova Fronteira, Record. Mas nenhum projeto foi levado avante devido às dificuldades de levantamento do material, aquilo que a (s)ociologia chama pomposamente de "pesquisa". Até que o editor desta L&PM, Ivan Pinheiro Machado, com as editoras Fernanda Verissimo e Jó Saldanha tomaram para *elas* próprias (como não é machista, sempre que a frase tem maioria de mulheres o autor usa o pronome feminino) o trabalho pesado de levantar, classificar, ordenar e revisar todo o material disponível que, em primeira seleção, chegou a aproximadamente 13.000 tópicos. Às três todo o agradecimento do autor por esse esforço, e o posterior, de computação e apresentação gráfica, o que, tudo junto, levou aproximadamente um ano de trabalho digno dos barqueiros do Volga.

O autor consigna também seu agradecimento a Luis Antonio Gravatá, geólogo e *power-user* do computador, pela solução de alguns problemas fundamentais nessa área.

O material básico foi reduzido pelo autor aos 5.142 tópicos finais do livro. Foi cortado tudo o que lhe pareceu ingênuo, tolo, gracinha, injusto – mesmo quanto a instituições – ou de duvidosa originalidade. Este, aliás, o tópico sobre o qual, porque passados tantos anos, o autor teve mais indecisões. E por isso este é o tópico no qual os leitores mais podem colaborar, indicando ocasionais apropriações (todo homem nasce original e morre plágio) para referência ou exclusão em próximas edições, caso haja.

E isso é isso.

Millôr Fernandes
1994

A

ABALO SÍSMICO
♦ Nrada tremos a tremer; senrão os nossos tremrores. *(Em 1994, abalos sísmicos no Brasil, ainda bobos.)*

ABANDONO
♦ No aeroporto cheio / Eu filo / O adeus alheio.

ABDÔMEN
♦ Abdômen: palavra machista significando barriga pra ambos os sexos. Deveria haver também abdmulher.

ABECEDÁRIO
♦ O A é uma letra com sótão. Chove sempre um pouco sobre o à craseado. O B é um l que se apaixonou por um 3. O b minúsculo é uma letra grávida. Ao C só lhe resta uma saída. O Ç cedilha, esse jamais tira a gravata. O D é um berimbau bíblico. O e minúsculo é uma letra esteatopigia (esteatopigia, ensino aos mais atrasadinhos, é uma pessoa que tem certa parte do corpo, que fica atrás e embaixo, muito feia). O E ri-se eternamente das outras letras. O F, com seu chapéu desabado sobre os olhos, é um gângster à espera de oportunidade. O f minúsculo é um poste antigo. A pontinha do G é que lhe dá esse ar desdenhoso. O g minúsculo é uma serpente de faquir. O H é uma letra dúplex. A parte de cima é muda. Serve também como escada para as outras letras galgarem sentido. O h minúsculo é um dinossauro. O I maiúsculo guarda, em seu porte de letra, um pouco do número I romano. O i minúsculo é um bilboquê. O J, com seu gancho de pirata, rouba às vezes o lugar do g. O j minúsculo é uma

foca brincando com sua bolinha. Vê-se nitidamente; o K é uma letra inacabada. Por enquanto só tem os andaimes. Parece que vão fazer um R. Junto com o k minúsculo o K maiúsculo treina passo-de-ganso. O L maiúsculo parece um l que extraíram com a raiz e tudo. Mas o l minúsculo não consegue disfarçar que é um número (1) espionando o alfabeto. O M maiúsculo é um gráfico de uma firma instável. O m minúsculo é uma cadeia de montanhas. O N é um M perneta. No n minúsculo pode-se jogar críquete com a bolinha do o. O O maiúsculo boceja largamente diante da chatura das outras letras. O o minúsculo é um buraquinho no alfabeto. O p é um d plantando bananeira. Ou o q, vindo de volta. O Q maiúsculo anda sempre com o laço do sapato solto. O q minúsculo é um p se olhando de costas ao espelho. O R ficou assim de tanto praticar halterofilismo. Sente-se que o s é um cifrão fracassado. O S maiúsculo é um cisne orgulhoso. Na balança do T se faz jusTiça. O U é a ferradura do alfabeto, protegendo o galope das ideias. O u minúsculo é um n com as patinhas pro ar. O V é uma ponta de lança. O W são vês siameses. O X é uma encruzilhada. O Y é a taça onde bebem as outras letras. Desapareceu do alfabeto porque se entregou covardemente, de braços pra cima. O Z é o caminho mais curto, depois da bebida. O z minúsculo é um s cubista. *(Esta composição gestaltiana levou anos, literalmente, para ser feita. Foi melhorando na medida em que o tempo – os anos, Deus meu! – foram passando. Publicada a primeira vez em 1985, na revista* O Cruzeiro, *foi reescrita para várias publicações. Não se consegue fazer esse tipo de coisa, mais ou menos perfeito, de uma sentada.)*

ABELHA

♦ Por que tanta ênfase na probidade de um presidente – da qual, aliás, tanto mais duvido quanto mais se fala? Dar mel não faz da abelha um ser superior. Ou faz? *(A propósito da decantada probidade do presidente Itamar Franco. 1993)*

ABERTURA POLÍTICA
♦ A abertura política é indiscutível. Já estamos vendo as tropas e os tanques no fim do túnel. *(1973)*

♦ O generalíssimo Geisel quer a abertura política lenta e gradual! Se Hércules seguisse esse princípio teria lavado as estrebarias de Augias com um regador e aquilo estava cheio de bosta até hoje. *(1977)*

ABISMO
♦ O Brasil já está à beira do abismo. Mas ainda vai ser preciso um grande esforço de todo mundo pra colocarmos ele novamente lá em cima.

ABORÍGINE
♦ Aborígine é a maneira pejorativa dos conquistadores chamarem o dono da propriedade.

ABORTO
♦ A Igreja continua contra o aborto. O Papa ainda não descobriu seu lado feminino.

ABREVIAÇÃO
♦ Palavra comprida pra coisa curta.

ABSOLUTO
♦ Só uma coisa preenche tudo – o nada.

ABSTINÊNCIA
♦ Não beber é o vício dos abstinentes.

ABULISMO
♦ Quem nasce pra *to be or not to be* nunca chega a ser. *(Sobre o Presidente Sarney. 1987)*

ABUTRE
♦ O pior abutre é o desespero.

ACADEMICISMO
♦ Por que o balé não é falado?

ACALANTO
♦ "Deita, filho / E constrói teu sono / O medo já vem. / Fecha os olhos dos ouvidos / Faz escuro aos ruídos / Amortece o brilho desse som. / Pronto, a angústia gira muda / No longplei sem sulcos / Da noite sem insônia. / Dorme, filho / Faz silêncio em Babilônia."

AÇÃO
♦ Chegar, fazer, completar – isso é que é conseguir. Nada é maior do que a infinitude, não é mesmo?, assim como nada é menor do que o critério com que medimos nossa própria insignificância. Explicando melhor: agora não é antes nem depois, da mesma forma como o ontem nunca será amanhã, embora bastem 48 horas pra que o amanhã seja ontem. Como diria Maricá – só com a ação se escapa da inércia.

♦ O homem põe, Deus dispõe, e o Diabo cai na gargalhada.

ACASO
♦ Deus criou o sol. E as árvores, e os animais, e os minerais. Mas de repente, para absoluta surpresa sua, olhou e viu, maravilhado, que cada coisa tinha uma sombra. Nessa, francamente, ele não tinha pensado. (*A verdadeira história do paraíso. 1958*)

♦ Não tenha dúvida: o acaso pode te destruir uma perna e, com ela, teu caráter.

♦ O acaso compõe o melhor da sinfonia, pinta o melhor do quadro, constrói o mais difícil do monumento, inventa o instante da paixão e escolhe papel e barbante do pacote.

♦ **O acaso é uma besteira de Deus.**

♦ É evidente que o Universo foi feito por acaso – como a represa de Assuã, a Crítica da Razão Pura e a Capela Sistina.

ACEITAÇÃO
♦ Só no dia em que começaram a pagar bem pelo que eu

escrevia comecei a aceitar que era rico de ideias. Bem, rico não, remediado de ideias.

♦ Você pode se achar um trapo, mas não duvide de que alguém a ache uma reencarnação da Ava Gardner. Não se discute com a oftalmologia alheia.

ACORDO

♦ Está bem. Deus é brasileiro. Mas pra defender o Brasil de tanta corrupção só colocando Deus no gol.

ADERÊNCIA

♦ Você pode ser a favor de todas as pessoas algum tempo. Você pode ser a favor de algumas pessoas todo o tempo. Mas você não pode ser a favor de todas as pessoas todo o tempo.

ADESÃO

♦ Não é em tudo que estou de acordo com a juventude. Agora, essa permissividade, essa revolução sexual, não sei não, mas é uma coisa que me interessa muito.

ADIAMENTO

♦ Não há problema tão grande que não caiba no dia seguinte.

♦ Morrer, por exemplo, é uma coisa que se deve deixar sempre pra depois.

ADIVINHO

♦ Amanhã vai ser um dia esplêndido, mas não sei se melhor do que ontem – como dizia o adivinho desmemoriado.

ADJETIVAÇÕES

♦ A sociologia burocrática é uma atividade tão perniciosa quanto a psicanálise astrológica ou a cirurgia espírita.

ADMINISTRAÇÃO

♦ Com esse pessoal que está no governo não se administra nem o Tivoli Parque.

♦ Se um administrador administrasse sua empresa como

nosso espírito administra nosso corpo faliria em pouco tempo.
♦ O dinheiro acaba ganhando todas as batalhas. Não há herói sem boa intendência.

ADMINISTRADOR
♦ Administrador acima de qualquer suspeita é o que só dá golpe na empresa quando há lucros extraordinários.

ADMIRAÇÃO
♦ Afinal de contas a admiração é filha da maturidade, que traz o reconhecimento das qualidades alheias, ou da babaquice, que nos faz abrir a boca diante de qualquer idiota mitificado ou espertalhão mistificador?
♦ Como são admiráveis essas pessoas que conseguem atravessar a vida toda sem fazer nada de admirável!
♦ Meu amigo é milionário. Que admirável, que honrado, que inteligente, que capaz é meu amigo!
♦ O Brasil é os Estados Unidos onde eu vivo.
♦ Como são admiráveis as pessoas que nós não conhecemos muito bem!

ADULTÉRIO
♦ A campainha da porta, que toca quando o dono da casa não está em casa, talvez anuncie a visita do adúltero.
♦ Adultério: mais-valia sexual.
♦ Ela, vestida nos *trajes de luces* da nova paixão, lhe conta tudo, aponta-lhe a espada mortal entre os dois chifres, que ela própria criou. Ele, traído, lembra apenas: "Isso, em Tauromaquia, se chama A Hora da Verdade". (*Vera. Peça É.... 1976*)
♦ O adultério sempre existiu. A tecnologia é que tornou tudo mais claro.
♦ Por mais que você ame a verdade, sempre acabará dando umazinha por fora com a mentira.
♦ Adultério: quebra de contrato vitalício, civil e religioso,

com substituição de sócio sem aviso prévio. (*Eufemismos. 1959*)
♦ O adultério é o mercado negro do orgasmo.

ADULTO
♦ Um homem é adulto no dia em que começa a gastar mais do que ganha.

ADVERTÊNCIA
♦ O único local de Brasília administrado com competência nos últimos seis anos, a estrebaria, já está preparado para receber o cavalo de Troia. *(Sobre a transição do governo do cavalariço João Figueiredo para o melífluo Tancredo Neves. 1985)*
♦ Cuidado, pessoal, o Papa vem aí e é infalível! *(1980)*
♦ Missão urgente para a lei e a justiça: obrigar os jornais a imprimir em seus cabeçalhos: "Qualquer semelhança com pessoas ou fatos reais é mera coincidência".

ADVOCACIA
♦ A advocacia é a maneira legal de burlar a Justiça.

ADVOGADO
♦ O advogado é sócio do crime.
♦ Grandes advogados conhecem muita jurisprudência. Advogados geniais conhecem muitos juízes.

ADVOGADO DE DEFESA
♦ A notoriedade do advogado de defesa aumenta na medida em que faz voltar à circulação, com atestado de homens de bem, os piores assassinos, ladrões e contraventores. *(A máquina da Justiça. 1962)*

AFERIÇÃO
♦ De uma coisa estou certo: sou bem pior do que os melhores – mas um pouquinho melhor do que os piores.

AFINIDADE
♦ Quando duas pessoas odeiam a mesma pessoa, têm a impressão de que se estimam.

AFIRMATIVA
♦ Nem só de pão vive o homem. E nem só desse tipo de afirmativa idiota.

AFOGADO
♦ A primeira coisa a fazer com um afogado é obrigá-lo a respirar bem devagar. Mas, não havendo ninguém nas proximidades, o afogado deve respirar o mais depressa possível.

AFORISMO
♦ Traçando comigo um ensopadinho à mineira num botequim vagabundo da Urca, Sérgio Porto pediu dois ovos fritos e me deixou um de seus aforismos mais simples e verdadeiros: "Em matéria de comida não há nenhuma porcaria que dois ovos em cima não melhorem".

AFRODISÍACO
♦ O melhor afrodisíaco ainda é a carência prolongada.
♦ Só conheço um afrodisíaco – a mulher.

AGÁ
♦ Ontem, ontem tinha agá, hoje não tem. Hoje, ontem tinha agá e hoje, como ontem, também tem. *(1963)*

AGGIORNAMENTO
♦ Os intelectuais sempre esnobam os meios de massa, a *mídia*, e depois ficam chorando miséria. Eu, não. Um dia desses vou me sentar aqui neste computador e escrever um livro de horário nobre.

ÁGIO
♦ O violento ágio dos bancos cria nova terminologia: 1) Apan*ágio* – elogio do ágio. 2) Sufr*ágio* – ato de votar recebendo algum. 3) Pl*ágio* – cobrar ágio da forma que outro cobra ágio. 4) Ad*ágio* – dito proverbial sobre o ágio. 5) Press*ágio* – a impressão de que vai aumentar o ágio. 6) Cont*ágio* – ágio que pega. 7) Est*ágio* – ponto do ágio a que chegamos. 8) Naufr*ágio* – pra onde o país vai, com tanto ágio. *(1986)*

AGLOMERAÇÃO
♦ Mistério: se onde todo mundo vai nunca tem lugar, por que todo mundo não vai pra onde tem lugar sobrando?

AGONIA
♦ Agonia; o monólogo final.

AGRICULTURA
♦ Os agricultores brasileiros ignoram tudo de economia. Colhem muito tomate quando o tomate cai de preço e colhem pouco tomate quando o preço está lá em cima.

ÁGUAS PASSADAS
♦ A substância insípida, inodora e incolor que já se foi não é mais capaz de comunicar movimento ao engenho de triturar cereais. *"Águas passadas não movem moinhos." (Provérbios prolixizados. 1959)*

AIDS
♦ Doença imoral que ataca minorias sexuais pra que elas aprendam que isso não se faz, e Deus castiga. Dá também em machões para aprenderem a não ser preconceituosos, porque Deus também castiga. Deus castiga tudo.

AJUDA
♦ Todos nos dão tremendo apoio moral, quando o que precisamos mesmo é de uma pequena ajuda perfeitamente canalha.

♦ Ser pobre não é crime, mas ajuda a chegar lá.

ALAGOAS
♦ Os alagoanos de Collor; por onde eles passam só cresce a grana. *(1992)*

ÁLCOOL
♦ O álcool, tomado com moderação, não oferece nenhum perigo, nem mesmo em grandes quantidades.

ALCOVA
♦ Quarto sexual.

ALEGORIA
♦ A alegoria era uma deusa grega, irmã da metáfora. *(Falsa cultura.)*

ALEGRIA
♦ A alegria do que ainda não veio dói muito mais que a tristeza do que foi.
♦ Toda alegria é assim; já vem embrulhada numa tristezinha de papel fino.

ALEIJADINHO
♦ "Subitamente a obra do artista gigantesco, impressionante, leproso, quase cego, as mãos mutiladas, obriga o viajante a parar na estrada e a reconhecer Deus nesse trabalho. E obriga Deus a ser um pouco mais humilde diante do ser humano." *(Narrador do filme* Últimos diálogos. *1993)*

ALFABETIZAÇÃO
♦ No meu tempo vovô via a uva. Hoje Ivo come a Eva.
♦ Depois de alguns anos de Mobral o sujeito é semialfabetizado ou semianalfabeto? *(1973)*

ÁLGEBRA
♦ Afinal de contas, o que é álgebra: uma promiscuidade inacreditável de números e letras ou uma apenas uma suruba de ângulos e hipotenusas?

ÁLIBI
♦ George Washington cortou a macieira já com a intenção de ser interpelado pelo pai, contar-lhe a verdade e passar à história como um exemplo de honestidade.

ALIENAÇÃO
♦ A alienação esperava o ônibus há mais de duas horas.
♦ A maior parte das pessoas nunca soube do que é que se está falando.

ALKASELTZER
♦ A invenção do alkaseltzer foi uma tempestade num copo d'água.

ALMA
♦ Não possuo alma. Sou, como todo mundo, uma alucinação holística e holográfica.
♦ A alma não é mais do que as circunvoluções físico-químicas de nosso cérebro. Mais modernamente, um centro processador de dados traduzido em teologuês.

ALMA DANADA
♦ Falam em alma danada. A alma não é sempre danada?

ALTERNATIVA
♦ Para conseguir vencer, uma mulher bonita tem que lutar muito. Ou não lutar nada.
♦ Você não pode aumentar sua estatura. Mas pode mandar rebaixar o teto.
♦ Nos momentos de perigo é fundamental manter a presença de espírito, embora o ideal seja conseguir a ausência do corpo.
♦ Pessoas com pavor de avião acabam morrendo em desastre de automóvel.

AMADURECIMENTO
♦ É indiscutível que aos 20 anos somos todos tremendos idiotas. Como também é indiscutível que, com o passar do tempo, vamos nos transformar em idiotas mais velhos.

AMAZÔNIA
♦ Na Amazônia a selva é tão inabitável que ninguém vive lá. *(Falsa cultura.)*

AMBIÇÃO
♦ Basta olhar o número crescente de loterias para concluirmos que todo ser humano deseja ser milionário. Nunca vi um milionário querendo ser humano.

♦ É fácil a gente se conformar com o que tem. Difícil é se conformar com o que não tem.
♦ Quando crescer vou ser anacoreta. *(1963)*
♦ Se alguém diz que não almeja o poder, não acredite nele. Está tentando te enganar e até já se enganou.
♦ Só tenho uma ambição – a ubiquidade.
♦ **A suprema ambição é não tê-la.**

AMBIGUIDADE
♦ Como é mesmo que Stefan Zweig disse: "País do futuro" ou "País do faturo"?

AMBIVALÊNCIA
♦ Se Deus me der força e saúde, hei de provar que ele não existe.

AMEAÇA
♦ O segundo ano deste governo vai ser terrível. Seus porta-vozes proclamam que o primeiro foi ótimo. *(1991)*
♦ Os banqueiros não perdem por esperar. Ganham.
♦ Se me prenderem o frescobol ficará seriamente abalado. *(Facécia dita diante da prisão de vários outros redatores do jornal* O Pasquim. *1970)*
♦ Se Sir Ney for Presidente vamos dar um banho de gargalhada neste país. *(1985)*

AMERICANISMO
♦ Tão americanizado que em vez de dizer outrossim, dizia *outroyes*.

AMERICANO
♦ Dizem que os americanos são extremamente inteligentes. Mas então por que, no campeonato mundial de futebol, quando os jornalistas brasileiros falam inglês com eles, eles não conseguem entender a própria língua?

AMIZADE
♦ De madrugada o melhor amigo do homem é o cachorro-quente.

♦ Um grupo de amigos todo feito de inimigos.
♦ Amigo é o que quando você vai lá ele já vem vindo.
♦ Com a amizade já extremamente cansada os anfitriões esperavam que os últimos convidados fossem embora.
♦ Todo mundo tem uma porção de amigos que detesta e um ou outro inimigo de que gosta.
♦ A coisa mais comum do mundo é confundir convivência com amizade.
♦ Amizade é um amor que não foi pra cama. (Isto é, até que algumas vezes vai.)
♦ O ruim das amizades eternas são os rompimentos definitivos.
♦ Só existe um amigo verdadeiramente sincero – o amigo do alheio.

AMNÉSIA
♦ E como dizia Dom Pedro I, acordando de ressaca no dia 8 de setembro de 1822: "Eu ontem, de pileque, proclamei o quê?"
♦ Em casos de amnésia, o negócio é o doutor cobrar adiantado.
♦ Você, tão jovem, e já com amnésia? Esquece!

AMOR
♦ Amor com amor se paga. E nada mais.
♦ Amor de homem e mulher: enigmas, mistérios e equívocos traçados numa rede de quebra-cabeças, charadas e adivinhações sem chaves nem conceituações.
♦ Da cintura para cima o amor é platônico. Da cintura para baixo é anacrônico.
♦ Fala-se muito em não saber amar. O difícil é se deixar amar.
♦ Lição primeira e única – amor não é coisa para amador.
♦ O amor chega sem ser pressentido e sai fazendo aquele quebra-quebra.

♦ O amor convencional – relação a dois – fica entre o amor-próprio, individual, e o amor dito impróprio, a três.

♦ O amor está pro casamento como uma herança está prum contrato de compra e venda.

♦ O amor serve pra sentar apertadinho no sofá e dizer uma porção de coisas que eu nem sei por que, e é por isso que eu quando crescer não vou amar não, a não ser que eu descubra certas coisas que eu ainda não descobri. *(Composição infantil.)*

♦ Amar o próximo / É folgado / O difícil é se dar / Com o homem do lado.

♦ *Eterno* em amor tem o mesmo sentido que *permanente* no cabelo.

♦ O sol não brilha sobre os mal-amados.

AMOR / SEXO

♦ Enquanto o imbecil do amor ficava naquele nhê-nhê-nhê, que todos conhecemos, o sexo inventava o lenocínio e a prostituição.

AMOR LIVRE

♦ Os que falam em amor livre nunca ouviram falar em impotência masculina.

♦ Uma das pregações anárquicas é o *amor livre*. Mas, com o amor livre, o que será dos feios? *(1947)*

AMPARO

♦ Quando você estiver dando com os burros n'água procure se aliar aos burros secos.

ANACRÔNICO

♦ Sozinho, órfão no mundo estudando à noite, jovem trabalhando estudando à noite, já homem e lendo e aprendendo – entre o trabalho compulsivo e a diversão irresistível –, um dia, na maturidade, tive, afinal, a sensação de que sabia alguma coisa, de que era, com razoável complacência, um homem *culto*. Mas, ai!, a cultura já tinha saído de moda. *(1977)*

♦ Pois é, nasci com talento melódico numa época em que o pessoal só se interessa por percussão.

ANACRONISMO
♦ Sou do tempo em que relógio tinha ponteiros.

ANALFABETO
♦ Pelo menos uma qualidade o analfabeto tem – não comete erros de ortografia.

♦ Quem não lê é mais analfabeto do que quem não sabe ler.

♦ Os analfabetos têm falta de vitamina ABC.

ANÁLISE
♦ Analisar já nos analisamos. E todos sabem. Temos a audácia da perfeita ignorância, estamos sempre ao par das últimas informações erradas, defendemos todas as ideias bem ultrapassadas. A má interpretação para nós não tem segredos. Somos íntimos do erro. Pois é; quem tem, tem, quem pode, pode. E quem não pode, se sacode?

♦ Como me acho um cara ótimo, me sinto muito mal nos momentos em que me acho péssimo; mas, como um cara ótimo como eu se achar ocasionalmente um cara péssimo revela a si mesmo uma boa autocrítica, é nos momentos em que me acho péssimo que me acho melhor do que antes; mas aí penso que estou falsificando. Que só estou me criticando e me achando péssimo pra me achar melhor. E então me acho muito pior.

♦ O excesso de exposição física e de sensualidade através da mídia trouxe a promiscuidade gregária, rompeu as comportas do proibido, fez fluir a torrente do não consentido, que rolou pelas vertentes da permissividade, abalou as reservas pudicas da comunidade e provocou entre nós essa explosão de gozo ecléctico e universal. (Oi, Millôr, você hoje tá que tá!) *(1977)*

♦ Pode uma pessoa normal ter relação sexual realmente sadia com um par de sapatos? Qual é o mais importante para se conservar uma relação duradoura com um par de sapatos? Couro macio? Muita graxa? Você prefere o sapato que entra bem no seu pé ou um bem apertadinho? Se você encontrasse sua melhor amiga usando os seus sapatos, o que você faria? *("Computa, computador, computa". Escrito sob coação de Fernanda Montenegro. 1971)*

♦ Uma coisa eu lhe garanto, amigo – o seu complexo de inferioridade não é inferior ao de ninguém.

♦ Os psicanalistas procuram desidratar a alma humana – que não conseguem curar. Eu não entregaria a nenhum deles Igor, o *poodle-toy* de minha filha, pra passear na praia. Pode haver, não conheço nenhum, que tenha sabido administrar o choque do destino em sua vida, resistido ao infortúnio inesperado (ou esperado); eu não conheço. Quem tem sabedoria para conhecer a alma alheia jamais se aproximaria sequer da ideia de aplicar aí sua sabedoria.

ANÁLISE GRUPAL
♦ A análise grupal é o *prêt-à-porter* da psicanálise.

ANALISTA
♦ Analista é um sujeito que partindo de premissas falsas consegue chegar a conclusões perfeitamente equivocadas.

ANALISTA DE SISTEMAS
♦ O analista de sistemas / Dorme e come teoremas / Ele próprio é binário / Funcional e funcionário, / Que digo eu? / Ao contrário.

ANARQUIA
♦ Anarquia é apenas uma proposta social em que você dá ao palhaço a administração do circo. (E quase sempre ele é muito bem-sucedido.)

♦ Na escola eu já sentia minha atração para o *contrário* – adorava o máximo divisor comum, as frações ordinárias e as palavras epicenas ou promíscuas.

♦ Hay gobierno? Soy contra. No hay gobierno? También soy.

ANATOMIA

♦ "Claro que meu destino é biológico. Que posição posso tomar com um par de seios senão a de ser feminina? As amazonas para poderem atirar melhor de arco, cortavam um seio." *(Vera. Peça É.... 1976)*

♦ Anatomia é essa coisa que os homens também têm, mas que nas mulheres fica muito melhor.

♦ Anatomia é o corpo da mulher quando ela tira a roupa.

♦ Num belo corpo de mulher, examine primeiro o calcanhar de Aquiles.

♦ Observe: um ativista é, anatomicamente, um corpo cheio de nervos que não passam pelo cérebro.

♦ Veias sem sangue / Ossos sem tutano. / Que sujeito bacano!

ANDORINHA

♦ Uma andorinha só, tem que conhecer melhor os provérbios. E comprar um casaco.

ANEDOTA

♦ A anedota é o espírito *prêt-à-porter*.

ÂNGULO

♦ Fique tranquilo: sempre se pode provar o contrário.

ANGÚSTIA

♦ "Mas o horror me mata antes, pois viva ainda eu me vejo morta, e essa antecipação compensa em agonia e desfalecimento a ignorância da morte que eu terei já morta. Nunca ninguém me disse que deixar de sofrer doía tanto." *(A mãe. Duas tábuas e uma paixão. 1981)*

♦ Por mais miséria que haja no mundo e por mais cético que eu seja, acredito que uma em cada cem, das seis bilhões de pessoas do mundo, tenha enorme talento natural e condições sociais para desenvolver totalmente esse talento. Sessenta milhões de gênios cujo trabalho jamais conhecerei. *(1987)*

♦ Triste é a angústia do pobre, que nunca teve nada. Mas e a angústia do rico, que sabe que não adianta ter tudo?

♦ Há uma hora precisa para cada ser humano, com variações de minutos, mas sempre entre as 3h37 e 4h12 da madrugada, em que a alma corre o risco de se afogar. Asfixiada, ela estertora e, algumas vezes, não aguentando mais sua solidão, estimula o corpo em que habita (em linguagem de umbanda, o seu *cavalo*) para ação autopredatória. Passada a angústia e salvo o corpo, você castiga devidamente o seu psíquico? Ou, despertada no escuro da madrugada, é tua alma que te domina e salta teu corpo pela janela, às últimas gargalhadas?

♦ E se formos nós apenas os palhaços da história da humanidade?

ANIMAL

♦ Acho que se os animais falassem não seria conosco que iam bater papo.

♦ O homem é o único animal que ri. E é rindo que ele mostra o animal que é.

ANISTIA

♦ No Baile do Monte Líbano a Ditadura compareceu fantasiada de Anistia Ampla e Irrestrita e dançou a noite inteira na Ala dos Autênticos – mas não ganhou o prêmio de originalidade. *(1979)*

ANIVERSÁRIO

♦ Aniversário é uma festa / Pra te lembrar / Do que resta.

♦ Com risinhos e ar de superioridade, andam comemorando

por aí um aniversário meu. Mas tem uma coisa, ô caras com 20 e 30 anos, pretendo viver até o ano 2000. E, a partir do dia 1º de janeiro de 2001, *todos nós* seremos, irremediavelmente, pessoas do século passado! *(1991)*

♦ No aniversário, enquanto os convidados comemoram mais um ano, o aniversariante lamenta menos um.

♦ Que foi isso, de repente? Nada; dez anos se passaram. Não diga! Se somaram? Se perderam? Algumas relações se aprofundaram? Se esgarçaram? Onde estávamos? Onde estamos? E... aonde vamos? O tempo, em lugar nenhum e em silêncio, passa. É inegável – todos temos mais dez anos agora. Ainda bem – poderíamos ter menos dez. Tudo nos aconteceu. Amamos, disso temos certeza. E fomos amados – onde encontrar a certeza? Avançamos aqui materialmente, ali não, nos realizamos neste ponto, em outros queríamos mais, algumas coisas tivemos mais do que pretendíamos ou merecíamos – mas isso é difícil de reconhecer. Perdemos alguém – "Viver é perder amigos". No meio do feio e do amargo, no tumulto e no desgaste, tivemos mil momentos diminutos de felicidade, no ar, no olhar, na palavra de afeto inesperado, que sei? Espera, eu sei. É a única lição que tenho a dar; a vida é pequena, breve, e perto. Muito perto – é preciso estar atento. *(No décimo aniversário de formatura dos alunos de comunicação da, ai!, "Turma Millôr Fernandes". 1989)*

♦ Cada vela soprada no bolo do aniversário é parte da contagem regressiva.

♦ Com precoce sabedoria jamais comemorei meus aniversários em ordem cronológica, porque percebi que assim não envelhecia cronologicamente. Fiz 30 anos aos 28, 34 aos 42 e 53 aos 49. Com isso pulei tranquilamente algumas efemérides deixando-as para quando fossem mais convenientes. Este ano estou comemorando 22 anos, dos quais, aliás, tinha me esquecido completamente. *(1989)*

ANO-NOVO
♦ Ano-novo, pois é. Coisa bem velha. Mesmo assim, o mundo está cheio de pessoas que não têm e querem filhos, de gente que tem filhos demais e quer vendê-los, de intermediários de troca e doação, de policiais que impedem tudo e prendem todos. Há gente de nariz grande procurando plásticos, mulheres com peito demais, peito de menos, pessoas que querem viver mais e mais, enquanto outras – cheias do saco cheio que é viver – se atiram do oitavo andar em cima delas. Mas não há de ser nada. No fim o bandido morre. Aliás o mocinho também, toda a plateia, e até a bilheteira mirrada mas bonitinha que, por tão jovem, pensa ser eterna. Mas 1990 está aí mesmo, a plena democracia bate à porta, e o presidente Collor vai atender a todas as nossas queixas. Queixem-se. Boas entradas.

ANONIMATO
♦ E quem não é herói, não é famoso, nem rico, nem grande conquistador, vai morrer assim, nem com um tiro na cara, nem assassinado pelas costas: apenas por decurso de prazo?

♦ Todos vocês, sem nome, memória ou monumento, inspirem-nos a fazer e lutar, sem esperar reconhecimento, assim na terra, como no céu. *(Nelita, personagem de* Os órfãos de Jânio. *1978)*

ANSEIO
♦ Me deixem aqui em paz, / Ao sol e à vida, / Não preciso nem comida. / Me deixem só aqui no meu instante / Vago e tímido elefante / Feliz em minha preguiça. / Não preciso nem justiça.

ANTECIPAÇÃO
♦ Arranje um amor novo enquanto ainda estiver usando o velho.

♦ Dizem que tento derrubar as coisas firmemente assentadas. Mas o que gosto mesmo é de puxar a cadeira dos que ainda nem sentaram.

♦ Há uma frase de Santo Agostinho fundamental na minha vida: "É preciso um mínimo de bens materiais para exercer as virtudes do espírito". Por me integrar tanto nela, a frase deveria ser minha, adotada por ele.

♦ O Meyer era pra nós, crianças, um bairro rural. Sou (fui) íntimo de muitos animais; gatos, cachorros e aves, sobretudo, é natural, galinhas. E era comum, não por sacanagem mas por obrigação – vamos lá, um pouco por sacanagem também – a gente enfiar o mindinho no fiofó das penosas pra saber com quantos ovos a família podia contar no dia seguinte. Mais do que ninguém eu sei, na prática, o que é "contar com o ovo no cu da galinha".

♦ Bota na tua cabecinha que amanhã pode acontecer uma grande desgraça. O dia de hoje vai ficar muito melhor.

♦ Impressionante como esses grandes escritores do passado já citavam tantos escritores modernos.

♦ Nunca deixe de não fazer amanhã o que pode deixar de fazer hoje.

ANTECNOLOGIA

♦ Vocês não vão acreditar – eu sou do tempo do ar incondicionado.

ANTEPASSADOS

♦ O orgulho pelos nossos antepassados varia na razão direta de há quantos anos eles estão enterrados.

ANTEVISÃO

♦ Depois disso viria o fim, não como todos pensavam, com um estrondo, mas com um soluço. O homem se amesquinharia, cada dia menos atento a um gesto de gentileza, a um instante de colóquio gratuito, a um momento de paz, a uma palavra dita com a beleza da precisa propriedade. E tudo começou a ficar densamente torpe, porque a vida passou a ser dominada por produtores de banha, fabricantes de chouriços e vendedores de desodorantes, de modo que todo o esforço humano se voltava para a barriga dos gordos ou, num máximo de finura e elegância, para as axilas das damas. E o espírito não sobrenadou. *(Sobre* Um elefante no caos. *1962)*

ANTIACADEMISMO
♦ A Glória não fica, não eleva, não honra, nem consola. *(Variação do lema da ABL.)*

ANTIBRASIL
♦ Você pode ganhar um prêmio literário com um antirromance e conquistar intelectuais com um antifilme. Mas não pode combater a inflação com uma antieconomia, consolidar um governo com uma anticoragem, nem abortar um golpe militar com um anticanhão. *(1981)*

ANTICONCEPCIONAL
♦ **O maior anticoncepcional é o mau hálito.**

ANTIGUIDADE
♦ Era uma mulher do tamanho de um bonde, se você jamais viu um.
♦ Eu sou o mais antigo Jovem-Flu da paróquia. *(1983)*
♦ Houve um tempo em que se dizia, como garantia de lealdade: "Mulher de amigo pra mim é homem". Bem, mas isso foi antes do movimento homossexual triunfar no mundo. *(1981)*
♦ Olhando antiguidades, / Uma conclusão bacana / A coisa mais forte do mundo / É a porcelana.

ANTI-IDEOLOGIA
♦ Na hora da fome todo revolucionário acaba aceitando uma boa sopa reacionária.

ANTIMILITARISMO
♦ A ingenuidade do antimilitarista é não compreender que se pode matar sem ódio.

ANTÍTESES
♦ A covardia do heroísmo com que vence / A gravidade do riso que deflagra / A prodigalidade com o que não lhe pertence / E a gordura que todos dizem magra.

ANTROPOLOGIA
♦ A antropologia, dama de má vida das ciências sociais.

APARELHO DIGESTIVO
♦ O aparelho digestivo se compõe de boca, língua, laringe, esôfago, estômago, intestino, garfo e faca.

APARÊNCIA
♦ Fui comprar um par de óculos, experimentei vários, descobri que nenhum fica bem em mim. Experimentei mais alguns até chegar à triste conclusão de que eu é que não fico bem em nenhum dos óculos. Saí à rua sem óculos e descobri que não fico bem.

♦ As coisas nem sempre são tão ruins quanto parecem. Mas quase sempre são.

♦ O importante não é pensar; é ter expressão de pensador.

♦ Só pessoas profundas podem julgar pela aparência.

♦ As aparências não enganam: quando você vê um cara vestido de general, há enorme probabilidade de que ele seja isso.

APARTHEID
♦ Na África do Sul ninguém pratica tiro ao alvo – só ao negro. *(1975)*

APAZIGUADOR
♦ Apaziguador é o cara que pensa que tratando com cuidado um rinoceronte ele um dia dá leite de vaca.

APELAÇÃO
♦ Já já a televisão brasileira enfrentará terríveis dificuldades – como já esgotou o estoque de tolices, vai ter que apelar pra inteligência.

APELIDO
♦ "Meu bem" é o nome de solteiro do marido. *(Primeira frase, que o autor se lembre, publicada por ele. Em 1944, no vespertino – havia matutinos e vespertinos – dos Diários Associados,* Diário da Noite. *Impresso em papel verde.)*

APERITIVO
♦ O aperitivo é a esfinge do pobre que, como nunca ouviu falar na sede de viver, não compreende que alguém queira estimular a fome.

♦ Aperitivo – uma coisa que os miseráveis não tomam e em que nem acreditam.

APLAUSO
♦ O aplauso é minha pátria. *(Escrito em 1961. Hoje acho o aplauso uma bobagem.)*

APOIO
♦ O ministro deve, a todo momento, ser encorajado na crença de que dirige o Ministério. *(Conselhos de sobrevivência para burocratas. 1985)*

APOSENTADORIA
♦ O velho burocrata se aposenta da aposentadoria.

♦ A Previdência Social pretende substituir a Providência Divina. Como está, só chega depois da morte.

♦ E dizer que, antes dessa balbúrdia entre o Legislativo, o Executivo e o Judiciário em torno dos 147% de aposentadoria, muitos desse velhinhos aposentados acreditavam piamente que o destino deles estava nas mãos de Deus. *(A aposentadoria dos trabalhadores não pertencentes a qualquer dos setores protegidos pelo Estado – tais como "estatais" – sempre foi uma forma de escárnio e desumanidade no sistema previdenciário brasileiro. 1991)*

APOSTA

♦ Aposto como, neste exato momento, tem uma pessoa lendo esta frase e se perguntando se não tem mais o que fazer.

♦ Aposto no destino, e dou ao gato seis vidas de vantagem.

APRECIADOR

♦ Pelo prazer com que come e bebe, é mais do que um bom copo e um bom garfo – é um bom faqueiro, uma excelente baixela, e um maravilhoso trem de cozinha.

APREENSÃO

♦ Tudo bem, tudo em cima. Mas se, em algum momento da história, Luís Carlos Prestes tivesse subido ao poder?

APRENDIZADO

♦ Para aprender muito é fundamental, antes de mais nada, ser bastante ignorante.

♦ Aprende-se muito mais ignorância nas faculdades do que no meio da rua.

♦ Acabei de completar um curso de alemão e já consigo ler sem óculos.

APRIMORAMENTO

♦ Cabe a nós mesmos melhorar a nós mesmos, o ser humano. Deus fez apenas um esboço, mais pra caricatura.

♦ O primeiro homem Deus fez do barro. A primeira mulher Deus fez de uma costela do homem. Só o terceiro ser humano foi feito em conjunto, pelo homem e pela mulher, usando o instrumento próprio no lugar adequado.

♦ Um acerto, uma vez acertado, raramente pode ser melhorado. Um erro, porém, tem infinita possibilidade de cada vez ser mais errado.

APROPRIAÇÃO

♦ A famosa frase libertária "Trabalhadores do mundo, uni-vos; nada tendes a perder senão os vossos grilhões" prejudicou muito a fábrica de grilhões mas enriqueceu a de produção de algemas.

APROVEITAMENTO
♦ O que um joga fora outro sempre apanha.
♦ Não entendo essa briga toda por terra. Por exemplo: por que não começamos distribuindo os milhares de terrenos baldios que antigamente se chamavam campos de futebol? *(1986)*
♦ Nem tudo está perdido. Um criminoso empedernido ainda serve de mau exemplo.

APROXIMAÇÃO
♦ A morte está sempre mais ou menos longe, mas ninguém sabe em que tipo de transporte, e com que velocidade, ela viaja.
♦ Conheço pessoas que pensam ter o ativismo de Guevara e a filosofia de Marx e têm apenas a asma de Guevara e os furúnculos de Marx.

AR
♦ Vocês me perguntam por que se luta tanto pelo poder. Ah, filhos, porque o ar é a condição principal da vida. Daí todos quererem ter um ar importante.
♦ Ar devia se escrever com agá aspirado.
♦ Matéria em que a natureza foi extremamente generosa para evitar que os pobres morram de falta de.

ÁRABES
♦ As antigas tribos árabes levavam uma vida que, além de nômade, era completamente semítica. *(Falsa cultura.)*

ARCA DE NOÉ
♦ Na escuridão da Arca nasceram os primeiros híbridos. Bissexuais.

ARGUMENTO
♦ Se o interlocutor acha que sabe mais do que você por-

que é mais velho diga-lhe que você está mais perto do sol porque é mais alto.

ARMANDO FALCÃO
♦ É sabido que a morte suaviza todos os nossos julgamentos. Mas pra eu mudar de opinião a respeito do Armando Falcão, ele vai ter que morrer pelo menos meia dúzia de vezes. (*Armando Falcão foi ministro da Justiça no período mais negro da ditadura militar.*)

ARQUEOLOGIA
♦ Em dia áspero de março (marçagão), 1988, estou passando pela Visconde de Pirajá molhada de chuva. Um buraco no asfalto, aberto para reparos, me mostra trilhos, a memória dos bondes. Descubro a arqueologia de Ipanema.

♦ No momento em que aumentam as nossas descobertas arqueológicas fica evidente que o Brasil tem um enorme passado pela frente. Ou um enorme futuro por detrás, se preferem.

♦ O futuro de nossa arqueologia foi muito enriquecido com descobertas recentes do passado remoto.

♦ Quando foram descobertos, os primeiros grandes homens da humanidade já tinham voltado ao pó.

♦ Todas as cidades antigas eram ruínas. *(Falsa cultura.)*

ARQUIMEDES
♦ Desprezo pelo poder militar tinha mesmo era Arquimedes dizendo ao soldado romano que erguia a lança pra matá-lo: "Tudo bem, mas afaste-se do meu diagrama!"

ARQUITETOS
♦ Arquitetos de sombras / Não sabem de alvorada / Fazem belas janelas / Abrindo para o nada / Grades sobre a vida / Alçapões no chão / Passagens diretas / Para a escuridão.

♦ A velocidade dos ventos julga os arquitetos.

♦ Se você tem que segurar a tampa do vaso enquanto faz pipi, está num banheiro de arquitetura pós-moderna.

♦ Além de entrada de serviço, os apartamentos atuais deviam ter também entrada para assaltantes.

ARRANHA-CÉU

♦ Como é fácil verificar, arranha-céu só cresce em selvas de pedra.

♦ O arranha-céu só deu certo em Nova York. Em quase todos os outros países é uma excrescência. No Rio é um crime sem perdão.

♦ Por que essa eterna mania dos arquitetos construírem cada vez mais alto, desde a Torre de Babel? Deus não demonstrou imediatamente a sua opinião sobre o arranha-céu? Não deixou claro que aceitaria a homenagem, se fosse feita mais no plano horizontal?

ARRANJO

♦ Não permita Deus que eu morra / Nosso céu tem mais estrelas / Sem que eu volte para lá / Nossas várzeas têm mais flores / Minha terra tem palmeiras / Nossa vida mais amores / Onde canta o sabiá. *("Arranjo" da poesia de Gonçalves Dias. Usado com excelente resultado dramático em* O homem do princípio ao fim. *1967)*

ARRASTÃO

♦ Todo mundo apavorado com o *arrastão*. Mas há solução simplíssima pro problema; um domingo desses os grã-finos do *Country* fazerem o maior arrastão na Zona Norte. O pessoal da praia de Ramos vai entrar em pânico. *(O arrastão foi um aterrorizante ato de vandalismo praticado nas praias da Zona Sul do Rio por grupos de marginais atacando em grupos compactos as pessoas que estavam nas praias.)*

ARREGLO

♦ Um arreglo de impolutos. *(Novos coletivos.)*

♦ O arreglo é o caminho mais curto entre a ideologia e o objetivo.

ARREPENDIMENTO

♦ Corrompa-se enquanto ainda é bem jovem. Senão vai se arrepender, como eu, que já perdi a oportunidade. Hoje teria que aguentar todo mundo comentando: "Mas até o Millôr!". *(1981)*

♦ Não confie em arrependimento. Quem se arrepende, com a mesma facilidade se desarrepende.

♦ Não há nada que faça você se arrepender mais profundamente do que ser apanhado no ato.

♦ Uma dessas pessoas com quem se convive algum tempo e depois se lamenta que ela não possa ser de novo completamente estranha.

♦ É sempre melhor a gente se arrepender do que experimentou do que do que não experimentou. Exceto, é claro, casamento, luta de boxe, queda de avião e ensopado de quiabo.

♦ Se o homem das cavernas soubesse o que ia acontecer, teria ficado lá dentro.

ARROTO

♦ O arroto é um som burguês, incompreensível entre os pobres.

ARTE

♦ Só considerarei gênio artístico o pintor que conseguir copiar um quadro de Pollock.

♦ As artes plásticas são apenas uma forma de patologia ótica.

♦ Na paisagem pintada um pássaro pintado canta uma canção silenciosa, numa sombra sem frescura, à luz brilhante de um sol que não esquenta, iluminando jasmins que não cheiram, refletidos num rio que não corre. Arte é isso? É.

♦ Se você pega uma ideia concreta e consegue expressá-

-la em cores, formas e materiais concretos, você faz arte abstrata. Agora, se você pega uma ideia abstrata e consegue revesti-la de outras ideias abstratas, forrando-as e adornando-as com materiais também abstratos, aí você faz arte concreta. Moral: a única coragem artística, nos dias de hoje, é pintar *nêgo véio cum tacho de cobre*.

♦ Arte é intriga.

ARTE ABSTRATA

♦ A verdadeira arte abstrata é uma coisa sem pé nem cabeça.

ÁRVORE

♦ Você pode ficar de frente pruma árvore. Mas a árvore nunca fica de frente pra você.

♦ Acho a árvore, sobretudo a mangueira, a coisa mais civilizada do mundo. Mas a árvore mais importante, devo reconhecer, é a genealógica. Que, nada tendo de lógica, é a de raízes mais profundas. E a que dá mais galhos. *(1961)*

ÁS

♦ O inventor do baralho já apoiava a ditadura (ou a eminência parda?). Se não, que diabo quer dizer essa carta, ás, que vale mais do que um rei?

ASCENDÊNCIA

♦ Avô é uma invenção humana. Cachorro não tem neto, a não ser no *pedigree*.

♦ Dos italianos que, tradicionalmente, dão para engraxates e artistas, consegui conciliar as duas qualidades, emprestando brilho novo ao humor nativo. *(1961)*

♦ Os caras que se orgulham muito da ascendência no fundo estão lamentando apenas o quanto já descenderam.

♦ Os homens descendem do macaco. Alguma dúvida?

♦ Venho, em linha reta, de espanhóis e italianos. Dos espanhóis herdei a natural tentação do *bravado,* que já me levou a tentar colorir a vida com outras cores: céu feito de conchas de metal roxo e abóbora, mar todo vermelho com listas amarelas, e mulheres azuis, verdes, cíclames e bundas estampadas. *(1961)*

ASCETA
♦ Asceta é um cara que não morre mas também não vive.

ASNO
♦ Asno com muito dinheiro é um senhor garanhão.

ASPIRAÇÃO
♦ Quando crescer quero ser meritíssimo.

ASSALTOS
♦ Não há por que tirar conclusões pessimistas dessa onda (maremoto) de assaltos. Se se assalta é porque há o que assaltar, se se assalta muito é porque há muito o que assaltar. Se aumenta o número de assaltantes, das duas, uma: ou tem muito rico pra ser assaltado ou tem muito rico sendo assaltado mais de uma vez. De qualquer maneira pode-se afirmar, sem medo de errar, que nem todos os ricos foram assaltados e, portanto, ainda pode aumentar o número de assaltos e assaltantes. Quando o número destes começar a declinar, aí sim, significa que a oferta é maior do que a procura (no sentido de que há mais assaltantes procurando assaltáveis do que assaltáveis para serem assaltados) e a coisa fica crítica.

ASSEMBLEIA
♦ Assembleia é uma cambada de parlamentares. *(Novos coletivos.)*

ASSESSORIA
♦ Deus é bom. Está é muito mal cercado.

ASSIDUIDADE
♦ Apesar de sexagenário, ele fazia sexo quase todos os dias. Quase no domingo, quase na segunda-feira, quase na terça...

ASTRO POPULAR
♦ O astro popular está sempre a um passo do tipo popular.

ASTROLOGIA
♦ Astrologia: *Star system*.

ASTRONOMIA
♦ A Astronomia é o Ph.D da Astrologia.

♦ O fato é que depois de viajar anos, esse Voyager não descobriu nenhuma forma de vida inteligente pelaí. O Cosmos, ao que parece, é igualzinho à Terra.

♦ O que me espanta não é que os astrônomos consigam descobrir as estrelas, a distância entre elas, sua luminosidade, etcétera. O que me espanta é como é que descobrem o nome delas.

ATALHO
♦ Antigamente o melhor caminho para conquistar um homem era o estômago. A permissividade encurtou muito o caminho.

ATAQUE
♦ Cinema, pintura, escultura, teatro e literatura, além de serem muito melhores do que a televisão, têm outra grande vantagem – não pegam você desprevenido.

ATAVISMO
♦ Mulher; ânsia de muitos seios, como a Loba de Roma.

ATEÍSMO
♦ O sujeito que me fará acreditar na imortalidade da alma ainda está pra ressuscitar.

♦ O ateísmo é uma espécie de religião em que ninguém acredita.

ATEU
♦ No longo prazo um ateu não tem futuro.

♦ O cara só é verdadeiramente ateu quando está muito bem de saúde.

ÁTILA
♦ Átila, meu herói *cult*, teve sua imagem estraçalhada pelos romanos, a quem, três vezes, deixou de calças na mão. E de quem, durante muito tempo, cobrou uma dívida externa de muitos quilos de ouro. Por isso mesmo seu papel na história é pejorativo. A história é feita, literalmente inventada, pelos historiadores. E estes eram todos romanos. Alguém aí conhece um historiador huno?

ATITUDE
♦ Do alto de meu edifício vejo-a vindo pela rua, passo firme, muito segura de si, bela, uma deusa. Mas assim que passa pelo portão de casa, põe o pé em seu território íntimo, desmonta, volta a ser um ser humano.

♦ Vai na galeria de arte, vai! E repara. Um por cento entende o que está vendo. O resto finge, ou nem te liga. Eu nem te ligo.

♦ Há pessoas que têm uma maneira extremamente desagradável de não dizer as coisas.

♦ Tem gente que faz, tem gente que manda fazer e tem gente, como eu, que apenas pergunta o que foi.

ATIVISTAS
♦ Os ativistas precisam lembrar que nem todo movimento é pra frente. E nem toda avangarde é prafrentex.

ATIVO
♦ Ativo é o nome do dinheiro orçamentário. Antes do desfalque.

ATLETA
♦ A única lamentação que trago das durezas da orfandade, é não ter podido me aprofundar em esportes. Tenho inveja dos que podem usar o corpo melhor do que eu. Sou medianamente forte, medianamente destro, e pratiquei, em todos meus momentos de folga, vários esportes, de maneira quase sempre medíocre. O frescobol, esporte que meu grupo de

praia inventou, é o esporte que pratico melhor. *(Entrevista à revista* Senhor. *1962)*
♦ Na bela manhã de sol em Itaparica, o presidente Collor se coloca na quadra, para abrir o campeonato internacional de tênis. Elegantemente levanta a bola com a mão esquerda, com a direita, elegantemente, corta apenas o ar com a raquete. Elegantemente apanha a bola no chão, repete o movimento, acerta o dedão do pé com a bola. Outra vez, a mesma elegância, acerta direitinho a rede. Agora já jogador experimentado, se coloca em posição perfeita, a bola passa para o lado adversário, até além, cai no mar. No lusco-fusco do entardecer, as primeiras estrelas já brilhando, Collor se coloca de novo, elegantemente... É dura a vida de um presidente atleta. *(1990)*
♦ Pé de atleta é uma doença facilmente curável. Cérebro de atleta não tem cura.

ATLETA SEXUAL
♦ Atleta sexual é um cara condenado a sexo forçado.

ATO INSTITUCIONAL
♦ Ato Institucional nº 6: "Ladrão é quem rouba pouco".

ÁTOMO
♦ O átomo vai sobreviver à espécie humana.

ATRASO
♦ Atraso é isso que quando chegamos sem, os outros vêm com muito.

ATRO
♦ Cegos banhando-se de luz na escuridão do meio-dia. *(Poema negro. 1965)*

ATUALIZAÇÃO
♦ Ele me falou das Irmãs Pagãs, fotos *supimpas*, Fada Santoro, Aurora Miranda, sabonete Araxá, Araci Cortes, Silveira Sampaio, Quarteto em Cy, Bando da Lua, Quitan-

dinha Serenaders e por aí vai. Alguns nomes eu lembrava, a maioria não, ou nunca soube deles. Preciso urgentemente me atualizar em passado.

AUDÁCIA

♦ "Devora-me ou te decifro." Últimas palavras do autor. *(1968)*

♦ Como é que eu, nadador medíocre, tinha coragem de me atirar na Praia do Diabo, nadar por trás da Pedra do Arpoador e sair na praia do outro lado? Só a juventude explica. Pois só percebi que estava vivendo acima da minha realidade atlética no dia em que quase morri afogado, apanhado por uma correnteza a dois metros da pedra. *(Recordações de Ipanema. 1990)*

♦ "Audácia, ainda audácia e sempre audácia!", como dizia Danton na Assembleia Legislativa, fazendo a apologia de uma das mais calhordas características humanas.

AUDIÇÃO

♦ Em política, o que te dizem nunca é tão importante quanto o que você ouve sem querer.

♦ Não, as pessoas que nunca deixam você terminar uma frase não são propriamente inoportunas – apenas ouvem depressa demais.

AUSÊNCIA

♦ Crê no perigo da ausência, que nunca tem razão, e sempre esteja: ou deixe alguém de plena confiança.

♦ **Os ausentes são mortos temporários.**

♦ Ausência é um buraco do qual ninguém tirou terra.

AUSENTE

♦ Quem não está na reunião / Não fala e não tem razão.

AUTENTICIDADE

♦ Acredito na busca total e diária da autenticidade. Mas

se a busca existe, a autenticidade não. Não há fundo para a mentira. Todo fundo é um fundo falso.

AUTOBIOGRAFIA

♦ Estou escrevendo minha autobiografia. Mas ainda não decidi se vou morrer no fim.

AUTOCONHECIMENTO

♦ O homem não se conhece / Porque isso não lhe apetece.

♦ "Conhece-te a ti mesmo", como dizia Tales, um dos sete sábios da Grécia. Infeliz de quem consegue isso, digo eu, que nem sequer sou grego.

♦ Há pessoas que tentam nos explicar como são e nos deixam com a impressão de que realmente não sabem como são – se soubessem não tentariam explicar.

AUTOCRÍTICA

♦ Toda vez que, na intimidade do banheiro, ficava nua, ela morria de rir de seus admiradores.

♦ "Bom dia", disse a autocrítica. "Vim apresentar você a você mesmo."

♦ A essa altura eu sei tanto de tolos e conheço tão bem a idiotice humana que já posso começar a escrever minha biografia.

♦ Faça sempre sua autocrítica, de preferência a favor, que das outras os amigos se encarregam.

♦ Não duvide do que você mesmo fala, não se esgravate negativamente – já há gente demais se encarregando disso.

♦ Por que nunca nenhum país ergueu um monumento autocrítico – o Arco da Derrota?

♦ Só o especialista, no meio dos que o ouvem, sabe que daquilo também não entende nada.

♦ Eu jamais suportaria como amigo um cara que me dissesse 10% do que eu digo a mim mesmo em certas madrugadas de insônia.

♦ Eu sou a praga que ajudou a destruir a árvore genealógica da família.

♦ Não duvide do que você mesmo fala, não caia de parafuso em autocríticas. E quando alguém disser que você é exatamente como ele imaginava, não caia na besteira de perguntar como é que ele imaginava. *(Reflexão se olhando no espelho de um botequim em Pirapora. 1979)*

♦ Não fique aí de bobo, se autocriticando. Dos poderosos só se vê o poder. Midas tinha orelhas de burro. Mas o que o perdeu não foram as orelhas, foi a burrice. Isto é; a autocrítica.

♦ Todo mundo viu; o ministro, na televisão, disse uma verdade e corou de vergonha.

AUTÓCTONE
♦ Como fui criado sem pais, educado sem escolas, o governo nunca me deu um lápis, os padres jamais me ensinaram uma lição, e os pais da pátria não me indicaram nenhum caminho, posso afirmar – aliás, sem qualquer orgulho – que sou cem por cento eu mesmo.

AUTOELOGIO
♦ O autoelogio nunca erra. Ou sempre erra, sei lá.

AUTOSSUFICIÊNCIA
♦ Uma dessas pessoas que fazem uma pergunta, respondem elas mesmas antes que você tenha tempo de dar resposta, e logo provam que você está redondamente enganado.

AUTODEFESA
♦ Quem não tem boa aparência acha sempre que as aparências enganam.

AUTODIDATA
♦ Autodidata é uma pessoa que aprende a dirigir sozinha. *(Composições infantis.)*

♦ O autodidata é o único sujeito que não pretende saber mais do que o professor.

AUTOMÓVEL
♦ Meu carro está tão velho que nem a obsolescência funciona.

♦ O automóvel transformou o mundo numa faixa de asfalto e modificou definitivamente o ser humano, sobretudo ao passar por cima dele. Além disso, impôs o fascismo universal *anda não anda pare devagar atenção conserve a direita.*

AUTÓPSIA
♦ A nova república é apenas o cadáver da velha. Basta examinar os vermes. *(Nova República foi o período, na política brasileira, que começou com o governo Tancredo Neves e terminou com o governo Tancredo Neves. Quer dizer, não começou e, portanto, não terminou. Mas se chamou. 1987)*

♦ Eu acredito em autocrítica e autoanálise. Não acredito é em autoautópsia.

♦ Quando fizerem minha autópsia encontrarão o Rio no meu coração. *(1973)*

♦ Quando abrirem meu coração / Vão achar sinalização / De mão e contramão.

AUTORIDADE
♦ O fato de uma pessoa ser grande autoridade em algum assunto não elimina a possibilidade de acertar de vez em quando.

AUTORITÁRIO
♦ Autoritário é o sujeito que te dá a resposta sem que você faça a pergunta.

AVALIAÇÃO
♦ A gente sempre acha que é a maravilha que pretende vir a ser. Os outros sempre acham que a gente é o pior que já foi.

♦ O general Figueiredo é o homem mais lúcido que ele conhece. *(1980)*

♦ A mulher a quem você amou terrivelmente e que

lhe correspondia com fúria e carinho passa com outro. Você o examina, desolado: "Era isso o que ela pensava de mim!"

♦ Mesmo a mulher mais honesta do mundo gostaria de saber quanto vale se um dia resolvesse valer.

♦ Os seres humanos se julgam pela cor da pele, pela cor dos olhos e até mesmo pela cor dos sapatos.

♦ Por favor, não avaliem a minha honestidade pelo padrão medíocre de vosso salário mínimo. *(Frase devidamente apócrifa a ser dita por PC Farias. 1992)*

♦ Quando eu nasci os obstetras me acharam perfeitamente normal. Mas os *designers* balançaram a cabeça.

♦ Todo gesto honesto causa alguma forma de prejuízo.

♦ Todo homem é seu valor multiplicado pela sua autoestimativa. Ou dividido por sua autocrítica.

AVESSO

♦ Palavra de rei é a que mais volta atrás.

♦ Político é um sujeito que convence todo mundo a fazer uma coisa da qual ele não tem a menor convicção.

AVESTRUZ

♦ Faça como o avestruz: pra não tomar conhecimento da realidade ele enfia a cabeça na televisão.

AVIÃO

♦ A princípio voava apavorado. Depois de mil viagens, gastou todos os medos.

♦ De avião o mais perigoso é passar por baixo.

AVISO

♦ Depressa, meu irmão, / E sai da pista, / Que o Brasil é um trem / Sem maquinista!

AVÔ

♦ De repente, lendo sobre a vida dos primeiros colonos na América, que morriam por volta dos 40 anos, me dou conta de que avô é uma invenção muito recente.

AZAR
♦ O Brasil é um país sem sorte. Porque se alia à Igreja Católica. A Igreja Católica tem muita urucubaca. Se eu fosse presidente a primeira coisa que fazia era nomear um ministro de umbanda pra fechar o corpo do país. Todo despacho importante do presidente seria numa sexta-feira, numa encruzilhada, acompanhado de um ministro tranca-ruas.
(Conceição, personagem de Os órfãos de Jânio. *1978)*
♦ Deus no sétimo dia descansou. Aí choveu paca e não deu praia.

B

BABEL
♦ A Babel começou com todo mundo falando línguas diferentes. Quando Deus quis que os homens se desentendessem fez todos falarem a mesma língua.

BACO
♦ Baco é um deus inventado pelos bêbados.

BADALAÇÃO
♦ O preço da badalação é a eterna solidão.

BAGAGENS
♦ O difícil, quando forem comuns as viagens interplanetárias, será a gente descobrir o planeta em que foram parar as bagagens.

BAHIA
♦ Bahia – a maior agência de publicidade do mundo. *(O Pasquim. 1970)*

BAÍA DE GUANABARA
♦ Baía de Guanabara. Fedida, oleosa, negra, cheia de bichos mortos. Indigna da natureza. *(1991)*

BAIANIDADE
♦ E como dizia o baiano: "A inércia pra mim é uma orgia".
♦ Baiano só tem pânico no dia seguinte.

BAJULAÇÃO
♦ No Planalto muita gente de quatro fingindo que está apenas procurando a lente de contato.

♦ Quando a bajulação não atinge seu objetivo, você pode estar certo de que não é por falta de vaidade do bajulado – é por incompetência do puxa-saco.

BALA PERDIDA
♦ Bala perdida é expressão definitivamente inadequada. A bala pode ter vindo não se sabe de onde. Pode não ter sido disparada para alcançar quem alcançou. Mas perdida não está não. Perguntem à pessoa atingida.

BALANÇA
♦ Na balança da injustiça o contrapeso é ouro. Na da justiça também. Mas pechisbeque.

♦ Estive fazendo as contas. De tudo que ganhei na vida, o governo me tomou 50% em impostos, taxas, emolumentos, importes, custos, fretes, multas, selos, tributos, capitações, alfândegas, sisas, quintos, alcavalas, dízimos, gabelas, juros, compulsórios, barreiras, traficâncias, pedágios, portagens, "previdências", tarifas, resgates, corretagens, comissões, foros, portes, Iptus, enfiteuses, coletas e extorsão pura e simples.

♦ Nossa política não é má, embora os políticos sejam de dar vergonha. A literatura é universal, os literatos é que são provincianos. O cinema é péssimo mas os cineastas são analistas notáveis de seus próprios filmes.

♦ Sou parco de excessos, mas perdulário em abstêmias.

BALEIA
♦ Nunca engoli muito essa história da baleia ser mamífero. Pode ser no máximo um mamífero honorário.

BALZAC
♦ Balzac: um escritor apenas razoável mas excelente propagandista do café. *(Notas de um crítico literário mal--humorado.)*

BANCARROTA
♦ Quando vejo esses ministros e seus planos, esses sábios e seus discursos, esses tecnicólogos e suas ideologias,

concluo: nunca se gastou tanto talento e tanto dinheiro pra levar um país à bancarrota.

BANCO

♦ Convencer um número enorme de pessoas de que elas deviam guardar dinheiro num só lugar, e criar um sistema no qual depositassem tanta confiança que não corressem, todas juntas, a tirar o dinheiro desse lugar na mesma hora exige, mais do que imaginação, uma força de convicção e uma ânsia de lucro que escapa à minha apreensão. Tudo que posso é exclamar, boquiaberto de admiração: "Isso é um banco!"

♦ Qual é a diferença fundamental entre um banco particular e um banco do estado? Não sei. A olho nu não se percebe.

♦ Quando se fala sobre bancos e assaltos, pergunte logo: de fora pra dentro ou de dentro pra fora?

BANDEIRA

♦ Como os checos eu posso dizer *Svoboda Suverenita*. Ou melhor *Za Svobodu Dubcheca. Cernika*. O que, ambas as frases, literalmente, não tenho a menor ideia do que querem dizer. Mas estou disposto a morrer por elas, como tanta gente morre por outras frases que também não entende.

BANDO

♦ Bando é uma cáfila de jornalistas. *(Novos coletivos.)*

BANHEIRO

♦ Não é o lar o castelo do homem, a última proteção, a última fuga, o derradeiro recanto em que pode esconder mágoas e dores. O castelo do homem é seu banheiro. *(Lições de um ignorante. 1960)*

♦ Só no banheiro temos a paz e o tempo para a autocrítica, a nudez necessária para o frustlado senlimento de que nossos corpos não foram feitos para a ambição de nossas almas. *(Lições de um ignorante. 1960)*

BANHO
♦ Banho é uma coisa desagradável que molha a gente todo é só serve pra deixar a gente limpo o que não adianta nada porque logo depois aparece a brincadeira boa que suja a gente de novo. *(Composição infantil.)*

♦ E, afinal, em que pese o esforço do sr. Ministro da Justiça para erradicar a sem-vergonhice de nossa tevê, o nu total está aí para ficar, pois penetrou decididamente no *mores* de nossa publicidade. E, embora mentirosa, a publicidade ainda é a coisa mais verdadeira da televisão. Pois nada é mais natural do que mostrar mulheres usando produtos de banho, onde?, no banho, claro. Vestidas? Nuas, evidentemente. Por isso, agora, com meu erótico controle remoto, procuro, e encontro, na pequena tela, a qualquer hora, mulheres selecionadíssimas tomando banhos deliciosos (sobretudo pra mim) em banheiras cheias (demasiado cheias) de espuma. E vejo esplendorosas meninas-moças se ensaboando sensualmente em duchas infinitas (ou infindáveis, vê aí). E gatinhas fora de série se enxugando em toalhas que todos gostaríamos de manusear. Bem, que o senhor Ministro da Justiça, na sua saudável campanha moralizadora, me perdoe. Uma conclusão é insofismável – a sem-vergonhice de nossos meios de comunicação pode ser tudo, menos deslavada.

BANQUEIRO
♦ Os que dizem que os banqueiros não perdem por esperar nunca ouviram falar em juros antecipados.

♦ Banqueiro é esse cara que só se arrisca quando não há o menor perigo.

♦ Banqueiro possui esquema / De fazer ovo só gema.

♦ Banqueiro que tem escrúpulos em usar qualquer processo pra ganhar dinheiro é um traidor da classe.

♦ O governo faz muito bem em proteger os banqueiros. Quando um banqueiro ganha mais 100 milhões, automaticamente, pelas estatísticas, todo nordestino aumenta o seu *per capita.*

BANQUETES
♦ Os banquetes / são cruéis / com os tapetes.

BAR
♦ As horas solitárias da madrugada não são boas num bar cheio de gente.

BARATAS
♦ Leio que uma barata tem até 30.000 filhos por ano. Imaginem o desastre para a humanidade se todas as baratas fossem casadas.

BARBUDOS
♦ Esse uso generalizado da barba é apenas uma medida de defesa pra tentar identificar quem é quem neste mundo demasiado unissex. E nem assim adianta.

BARRABÁS
♦ Apesar de ladrão, Barrabás foi absolvido em lugar de Cristo. É por isso que todos devemos imitar Barrabás. *(Falsa cultura.)*

BATATA
♦ A batata pertence ao reino vegetal, espécie cormófilas, divisão dos fanerógamos, subdivisão dos angiospermas, classe das dicotiledôneas, ordem das personadas, espécie das tuberosas – mas frita fica deliciosa.

BATISMO
♦ "Fui batizado no rio Jordão, é, esse mesmo, em Israel." *(Entrevista. Em 1952, o ministro do Brasil em Israel, a meu pedido, tendo como testemunha o repórter Joel Silveira, me batizou oficialmente no rio Jordão. Cada cristão tem o São João Batista que merece.)*

BATOM
♦ "O batom das grã-finas é o sangue dos oprimidos na boca

dos ricos perdulários e ociosos." *(Dito por uma lavadeira muito pálida e muito politizada.)*

BATOTA
♦ Além de transformarem o Brasil num cassino, viciaram a roleta.

BÊBADO
♦ O bêbado é o subconsciente do abstêmio.

BEBÊ
♦ O bebê de sete meses / Dá bom dia à parede / E, rindo, tenta agarrar / O raio de sol no chão. / E daí? Eu faço isso até hoje: / Um marmanjão.

BEBER
♦ Há pessoas que só bebem em circunstâncias muito especiais. Mas consideram especiais todas as circunstâncias em que bebem.

♦ Deve-se beber moderadamente, isto é, um pouco todos os dias. Isso não sendo possível, beber muito, sempre que der. Mas o abuso, como a moderação, tem que ser aprendido. O amador que abusa tende a ficar desabusado. *(Decálogo do bom bebedor. 1971)*

♦ Beber é ruim. Mas é muito bom.

BEETHOVEN
♦ Surdo, Beethoven pensava / Que suas composições magistrais / Pertenciam às artes visuais. *(Poeminha sobre uma tese de Ivan Lessa.)*

BELEZA
♦ Beleza? Mas tem beleza demais, no mundo. Sons maravilhosos, odores indescritíveis, gostos inimagináveis, visões inenarráveis. Beleza em contato, em crenças, em pensamentos, em construções, em imaginação. Há mais

beleza entre o céu e a Terra do que pode sonhar, ou consumir, nossa filosofia. Agora, pro morto de fome, só tem mesmo uma coisa bonita – a figura dourada, sexy, de um franguinho girando no espeto.

♦ Uma mulher nunca é tão bela quanto já foi.

♦ A beleza é a inteligência à flor da pele.

♦ *Lição de coisas:* A estética súbita de uma flor, de uma folha, a tranquila emoção da luz do amanhecer, o esplendor de qualquer coisa ou de alguma coisa, não são um projeto, não têm objetivo, não almejam o futuro ou a eternidade. Beleza (plenitude) é hiperqualidade natural, fim em si mesmo, supérfluo exibido e usufruído sem quê nem pra quê. Nem pensar em utilidade, queridinha. O que eu fiz eu fiz porque sou mesmo assim, não tem que agradecer. Agora vira pra lá e dorme.

♦ É muito difícil uma mulher bonita se achar realmente bonita na insegurança da juventude. Começa a achar *ter sido* bonita quando vai ficando madura. E aí já é tarde.

BELLE-ÉPOQUE

♦ Não tinham água encanada, sabonete, cinema, permissividade, CD; eram de uma formalidade e hipocrisia extraordinárias, acreditavam no capital como um direito divino. Bonita época!

O BEM E O MAL

♦ A eterna luta entre o Bem e o Mal é simbolizada pelo cofre (onde se põe o dinheiro) e o assaltante (que o deseja). A princípio o homem colocou seu dinheiro numa sólida caixa de madeira. Apareceu alguém e arrebentou a caixa. O homem fez um cofre de aço. Alguém explodiu o cofre de aço. Um homem fez o cofre à prova de explosão, e colocou-lhe um trinco com mil segredos. Um outro desvendou ou roubou o segredo e limpou o cofre. A tecnologia inventou os depósitos subterrâneos, com controles eletrônicos. A cupidez inventou os controladores a longa distância, os silenciadores de campainhas, os desligadores de raios laser, os detectadores de detectadores.

BEM-BOM
♦ Você já pensou, companheiro, quanto sofrimento, quanto sacrifício, quanto heroísmo, quanta luta fratricida não foram necessários pra você estar aí agora nesse bem-bom, comendo sua *petite marmite avec pommes de terre au gratin*?

BEST-SELLER
♦ O melhor vendedor. *(Traduções televisivas.)*

BESTEIRA
♦ Sempre houve muita besteira no mundo. Mas, no momento em que a tecnologia da comunicação se juntou com o enrolo ideológico, as besteiras se tornaram mais amplas e mais sinistras.

BIANCO (ENRICO)
♦ Quando pinta, sua em tecnicolor, e do seu rosto escorre o óleo que sobrou da capela Sistina. *(1967)*

BÍBLIA
♦ Se a Bíblia tivesse sido submetida aos críticos todos teriam achado subliteratura sem pé nem cabeça.
♦ No princípio era a verba. *(1979)*

BÍBLIA BRASILEIRA
♦ E Jânio gerou Jango, que gerou Brizola sem sua imagem e semelhança. E depois de ter gerado Jango e Brizola, Jânio viveu mais 20 anos e recomeçou toda sua carreira ao contrário. E Brizola gerou Castelo, que gerou Costa e Silva, que gerou Médicis. E todos juntos geraram Geisel e Figueiredo, e todos geraram Garnero, Linaldo, Falcão, Paim e Levinsohn, e todos juntos geraram Maluf, que gerou Tancredo, que gerou Sir Ney. E a multidão, no vale e na galera, aplaudiu o milagre brasileiro da reunião de todos os desencontros. E aí aconteceu a Grande Conciliação, dos

ricos, poderosos, e criminosos simples. E Deus viu que eram todos democratas. *(1985)*

BÍBLICO
♦ Sempre que te derem um pontapé, oferece a outra nádega.

BIG BROTHER
♦ Em qualquer regime político tem sempre um *Big Brother* te vigiando. Felizmente é incompetente.

BILLY BLANCO
♦ Muita gente querendo ser pioneira na preservação ecológica, mas o pioneiro mesmo, de maneira sub-reptícia, foi Billy Blanco, em 1953, com o seu *Estatutos da Gafieira:* "Moço, olha o vexame, / o ambiente exige respeito".

BIOGRAFIA
♦ Eu vim com pão, azeite e aço; / Me deram vinho, apreço, abraço: / O sal eu faço.

♦ Millôr Fernandes nasceu no Meyer mas fez todos os seus estudos em Madureira.

♦ Só grandes mentirosos escrevem grandes autobiografias.

♦ Eu nunca tive um papel importante nas artes deste país, nem na literatura nem na política. Mas na minha biografia, pelo menos, continuo sendo o personagem principal.

♦ Quando eu nasci, um anjo incompetente, com uma das asas partidas, tentando inutilmente se manter no ar, me ordenou, imitando Drummond, com voz gaga e articulação deficiente, que eu me tornasse desenhista: "Vai, Millôr, vai ser guache na vida".

BÍPEDES
♦ Estou convencido de que os animais começaram bípedes e evoluíram até ficar de quatro.

BIQUÍNI
♦ O biquíni é o menor traje que existe e o mais admirado por causa do que tem em volta.

♦ O biquíni é o triunfo do nada, a vitória da suposição absoluta. Baseado em quê, ninguém sabe. Apoiado onde, nunca ninguém vai saber. Vê-se-o sem que exista, admite-se-o onde não está, é sem ser e só adquire aparência de existir na retórica que o circunda. E bota retórica nisso!

♦ O biquíni; discute-se-o, analisa-se sua forma, cor e conteúdo, seu efeito e estilo. Estética da antimatéria, buraco negro (epa!) da convenção moral, tamanho sem aferição possível, esotérico no intuito, holográfico no uso, é um máximo de razão num supremo de abstração. Seu intuito é simbólico, sua utilidade diáfana, sua necessidade, porém, absoluta. Sem ele seria o caos (ei,ei,ei!) definitivo.

♦ O biquíni é a derradeira medida antes da não medida. Padrão moral, portanto, irrecusável. A metade do ano passado, quando já era menos da metade de si próprio, o mínimo que se supunha possível de uma coisa ou de outra qualquer coisa. Mas sem essa ausência concretizada, sem essa negação tão visível com que se vestem as raparigas em flor neste último verão em Salvaterra, a praia de Ipanema não seria o que é, já que nunca pode ser como já foi. Estou falando, se perceberam, dos biquínis (?) de 1990.

♦ Biquíni: o mínimo que uma mulher pode usar antes de não usar coisa alguma.

♦ Como moro na praia, todo ano sou obrigado a comprar um binóculo mais potente. Não, que é isso?, não é pra ver as moças de biquíni. É pra conseguir ver o biquíni das moças.

BISSEXUALISMO
♦ Mão dupla sexual.

BIZÂNCIO 1960
♦ Discutem os sábios / Sem certeza / Os imbecis atacam / De surpresa. *(1960)*

BLACK-OUT
♦ Preto não entra. *(Traduções televisivas.)*

BLASFÊMIA
♦ Momento em que o crente duvida.

BLEFE
♦ Em dúvida, blefe!

BOA EDUCAÇÃO
♦ A boa educação se revela mesmo é ao comer peixe com espinhas.

BOATE
♦ Por que boate (*night-club*) tem que ser no escuro, quase blecaute, luxo quase suspeito, quase sempre *cave*, buraco? Lembrança de esconderijo, coisa fora da lei, o gosto do mistério e da marginalidade? Hollywood, claro, a única mitologia criada no mundo depois das clássicas, influencia. Estamos, ao descer as escadas, entrando no ambiente excitante de Bogart, Edward G. Robinson, James Cagney, George Raft. Lembrança de abrigo antiaéreo, que também não vimos, mas vimos tanto no cinema que é como se. Útero materno, trem-fantasma, caverna de Ali-Babá, lugar de cheiro vagamente ilegal, de movimento vagamente irreal, de aconchego densamente amoral. Lá fora a cidade dorme. Você *é* um alternativo. Momentaneamente subterrâneo, em ambos os sentidos. Os garçons deslizam, moças de coxas mais ou menos selecionadas vendem cigarros e etcétera, principalmente etecétera. Mulheres que podiam ser tua mãe competem com gatas que podiam ser tuas filhas, há reflexos em metais e espelhos, sabiamente colocados e sutilmente iluminados, sons que violentam os labirintos e obnubilam a realidade, promiscuidade da mais alta cidadania. Nos olhos, brilhos que não vêm da alma. Um comércio de ilusão, entre a hora do cão e a corneta das alvoradas, na catacumba dos ímpios, fingindo ignorar que o homem é pó, no pó está, e ao pó voltará. *(1975)*

BOCA
♦ A boca é o aparelho excretor do cérebro.

BOCA A BOCA
♦ Respiração boca a boca só nas muito bonitinhas.

BODE
♦ E disse o Senhor: "Entre todos os bodes escolherei um bode expiatório". Mas logo o *marketing* criou o bode exultório. *(1980)*

BOEMIA
♦ Os boêmios botaram anúncio no jornal procurando o companheiro há dois meses desaparecido em sua própria casa.

♦ O amanhecer é o preço que o boêmio paga por viver no sistema solar.

BOGART
♦ Como dizia o falecido Humphrey Bogart: "Todo homem nasce duas doses abaixo do normal". Bem, ele se referia aos homens normais. *(Decálogo do bom bebedor. 1971)*

BOICOTE
♦ O problema dos boicotes é que quando se lança o *slogan* "Coma menos carne!" todo mundo sai correndo pra comer menos carne.

BOLERO
♦ O bolero não morrerá enquanto houver um coroa tomando banho de chuveiro frio.

BOLINAÇÃO
♦ Não era um bolinador. Apenas gostava de contatos em terceiro grau.

BOLSA DE VALORES
♦ Por que a Bolsa de Valores não negocia as alíquotas do imposto de renda? Desde que eu me conheço não pararam de subir.

♦ Adaptando o tradicional postulado financeiro internacional para a Bolsa de Valores brasileira: compre sempre na baixa, venda sempre na alta, e não se abaixe pra apanhar o sabonete.

BOM-SENSO

♦ A melhor maneira de demonstrar que você é um homem de extraordinário bom-senso é não acreditar nisso.

♦ Sempre tive o senso de não me aliar nem a grupos de escoteiros nem a grupos políticos, ou mesmo intelectuais e artísticos. Todos os grupos (sobretudo os altamente filantrópicos), ao fim e ao cabo, são apenas agências de emprego para seus membros.

♦ Duas cabeças – dizia uma cabeça – sempre pensam melhor do que uma. Razão por que todas as pessoas andam sempre atrás dos médicos à primeira catapora, ou de psicanalistas ao primeiro olhar de desconfiança que alguém lhes dá na rua, ou de financistas ao primeiro dinheirinho que por acaso sobra – mas sobra, hein? – no fim do mês. Eu, que aprendo sempre com a ação dos outros, vendo o resultado que as pessoas obtêm nessas parcerias, jamais entro num negócio sem despistar completamente o meu advogado.

BONANÇA

♦ Fim de tormenta, / Lua reposta. / Brotam carneiros, / Nas encostas.

BONDADE

♦ Pode ser engano, mas, pela situação do mundo, parece que o leite da bondade humana azedou de vez.

♦ O gênio do ser humano não é o talento. É a bondade. (Mas só vi bondade uma vez, tem muitos anos.)

♦ Para exercício da bondade individual é preciso muita insensibilidade social.

♦ Para exercício da bondade social é preciso muita dureza individual.

BONDE
♦ O último bonde de Ipanema parado na porta do Bar Zeppelin. Seria o famoso Gosório (Praça G. Osório)? Não fixei. Dentro do bonde, muita gente do bairro. Em pé, na frente, junto com o motorneiro (se chamava motorneiro porque, embora fosse condutor do bonde, a lógica lusitana do inglês – o português que deu certo – já chamava de condutor ao cobrador), eu, meu filho Ivan, o radialista e humorista Haroldo Barbosa, mais glorioso pelas centenas de versões que fez de músicas americanas. Estávamos, conscientemente, despedindo-nos do último bonde de Ipanema, de um bairro, de uma cidade, de um tipo de vida. *(JB. 1990)*

BONECAS INFLÁVEIS
♦ Deus do céu, as bonecas infláveis já estão com vinte e cinco anos! *(1991)*

BONS TEMPOS
♦ Uma dosagem de humor e drama, do comentário leve à crítica necessariamente raivosa daquilo que a todos nós – palco e plateia – amargou e humilhou nesses compridos 5.475 dias. Pois de muitas coisas agora já podemos rir. De outras jamais poderemos. Fique à vontade, afrouxe o cinto, tire o cotovelo do braço da moça que não é sua, e boa viagem. *(Apresentação do espetáculo* Bons tempos, hein?*, para o admirável conjunto vocal MPB4. Os 5.475 dias são contados a partir de 1º de abril de 1964, data que minha geração não esquece. 1979)*

BORBOLETAS
♦ As borboletas voam porque não se levam a sério.

♦ Se as borboletas, que vivem só oito horas, pudessem escrever a história, diriam, como os antigos donos do império britânico: "Em nosso reino o sol nunca se põe".

BORRACHA

♦ A borracha é a autocrítica da ignorância. O arrependimento do que se escreveu. Instrumento que, infelizmente, não existe pra palavra oral. A negativa da afirmação clássica de que a palavra voa e a escrita fica. Mostra que errar é humano. Desde que ela, borracha, não acabe antes do lápis. *(1949)*

BÓSFORO

♦ O prazer que me deu um dia olhando no mapa a palavra Bósforo e descobrindo que era o mesmo que Oxford: Bos / Ox = boi; Foro / Ford = estreito. A lenda diz que o Bósforo era tão estreito que um boi podia conversar com outro na outra margem. (Na verdade, com 300 metros médios de largura, Byron podia também se jactar de atravessá-lo a nado.) Quanto a Oxford os bois ali podiam passar a vau (Partridge).

BOSSA NOVA

♦ Foi a roda de pôquer mais ilustre de que participei. Iniciada em casa de Osvaldo Rocha, pai da menina Nelita, futura senhora Vinícius de Morais, a roda acabou ancorando na casa de Jairo Leão, pai de Danusa (já famosa) e de Nara (esperando a fama). Na roda passaram o humorista Leon Eliachar, o arquiteto Lauro Lessa, o comentarista político Newton Rodrigues, o autoexilado Ivan Lessa, Paulo Francis, Antônio Maria, bota aí... Mas alguma coisa germinava atrás. Como nosso jogo devia terminar às seis da tarde, mais ou menos a essa hora começava a chegar a "garotada" (Ronaldo Bôscoli, Menescal, Bebeto, Dori, Chico Fim de Noite) pra acompanhar Nara em ensaios do que – não sabiam! – seria a Bossa Nova. Mas a moçada às vezes tinha que esperar uma ou duas horas, quando ficávamos numa *rodada de fogo* mais prolongada. Um dia fiz as contas e concluí – ajudei a atrasar o advento da Bossa Nova pelos menos seis meses. *(1979)*

BRANCA DE NEVE (20 anos depois)
♦ Uma coisa é patente: / Não fazem mais espelhos / Como antigamente.

BRANCO
♦ Branco é o sem cor nenhuma nele. *(Composição infantil.)*

BRÁS
♦ Você se lembra da expressão: "Isso é do tempo em que o Brás era tesoureiro"? Pois é. Bateu-me a nostalgia e fui ver o que tinha acontecido com o Brás. Sendo tesoureiro neste país, o Brás soube se arrumar. Mas arrumação provoca arrumação: ninguém se contenta. O Brás comprou uma empresinha de pesquisa de petróleo que chamou de, como?, claro, PetroBrás. Depois fundou outra pra explorar energia elétrica, a Eletrobrás, outra de energia nuclear que chamou de NucleBrás e ainda uma, gigantesca, que denominou de TeleBrás. Vai bem, o moço.

BRASIL
♦ A história do Brasil foi escrita pelos portugueses. Daí o sotaque.
♦ Brasil, país do faturo.
♦ Brasil: país governado por um gigantesco *tour-de-farsa*.
♦ Cabral descobriu o Brasil quando estava procurando o acaso.
♦ É evidente que Deus, o supremo arquiteto, projetou o Brasil como uma sala de estar. Mas os proprietários preferiram usá-lo como depósito de lixo.
♦ Entramos então em economia de guerra. Vamos abrir as pernas, indevidamente fechadas durante 25 anos, protegendo a virgindade de nossas entranhas petrolíferas. As pressões da fome estão obrigando o sistema a aumentar salários, os estudantes já falam mais alto porque a força

esgotou seus torturantes argumentos – bom, tudo indica que também já é hora dos ministros pararem de contar aquela velha piada da inflação que vai baixar. *(1979)*

♦ O Brasil é o museu do índio.

♦ O Brasil é, sempre foi, uma empresa unifamiliar.

♦ Este é o país onde há a maior possibilidade de se criar um mundo inteiramente novo. Caos não falta.

♦ Responda depressa: por que o Brasil tem que ser sempre assim? Qual a justificativa pra tanta assimneza?

♦ A sociedade brasileira é das mais curiosas do mundo. Mal tem condição de te dar um emprego de salário mínimo. Mas, se um pobre transgride suas regras, bota-o numa prisão que custa seis salários mínimos.

♦ Brasil – desse mato não sai coelho. Sai é Jacaré, Antônio Carlos Magalhães, cobra, José Sarney, hiena, Paulo Maluf... *(1987)*

♦ Brasil, a prova de que geografia não é destino.

♦ Brasil, condenado à esperança.

♦ Brasil, país do futuro. Sempre.

♦ Brasil, um filme pornô com trilha de Bossa Nova!

♦ Este governo é, no máximo, medíocre material pruma comédia de costumes. *(1984)*

♦ O Brasil é o país do mundo que tem mais ventríloquos.

♦ O Brasil é um país gigantesco, o quinto do mundo em território. É um país de gente muito pobre, muito preta e muito despida, embrulhada no equitacromo de uma camada de gente branca, nutrida e dourada por um sol particular. Um país com leis que não colam ou estão velhas demais, algumas indústrias subsidiárias que empregam pessoas que trabalham de graça para produzir generosamente os 700 dólares que os desempregados recebem mensalmente na Suécia socialista (*a terceira maior cidade da Suécia fica em São Paulo. Aproximadamente 300.000 brasileiros trabalham ali, com salários aviltados, em fábricas suecas*), uma das maiores redes de comunicação do mundo, da qual o mundo se aproveita pra não deixar que ele comunique nada de si próprio a si mesmo, um cinema do futuro, uma economia que um dia chega lá, uma literatura que é a maior do mundo, apesar do mundo não ler muito português, os maiores atletas do Brasil, o maior Túnel Rebouças do mundo, uma Bolsa de Valores com poucos valores financeiros e menos éticos, conservação duvidosa de aparelhos sanitários públicos, trinta e sete loterias oficiais, e o jogo do bicho, que joga em tudo e também no bicho. O Brasil é ainda o país que tem mais bancos por quilômetro quadrado, mais banqueiros na política, mais militares nos bancos, muitas cartas extraviadas, algum leite na água, uma língua única em todo o território, embora o povo não consiga entender o que as elites falam, vocação turística, realidade agricultural, teimosia industrial, 483 anos de idade e 15.496% de juros ao ano. *(1983)*

♦ O Brasil está cada vez mais cheio de pobremas.

♦ Pensamento dedicado a um país que deve 90 bilhões de dólares: mendigo não escolhe esmola.

♦ Pessoas se perguntam – ocasionalmente me perguntam – em quem confiar no momento em que não se confia na própria sombra, nem na luz que faz a sombra? Mas convém ser assim pessimista?, pergunto eu. Tem sempre um lado bom. Ontem mesmo eu vi um cara (não via há muito tempo mas é até meu amigo, não digo o nome porque pode ocasionalmente ler este quadrado e achar que estou dedurando ele, embora essa deduragem seja para apontá-lo pelo que é, um raro e extraordinário homem de bem) que serve. Pude examiná-lo durante algum tempo, simpático como sempre, saudável, esse homem culto, claro de ideias, experiente, generoso, olha – pensei – esse é capaz de salvar o Brasil. Mas por que estava correndo desse jeito àquela hora da noite? *(JB. 1987)*

♦ Todos os projetos econômico-sociais que vejo no Brasil – inclusive os de oposição – me parecem maravilhosos. Para serem executados por Alice no país dos espelhos. *(1984)*

BRASILEIRO
♦ Ser brasileiro me deixa muito subdesenvolvido.

♦ O brasileiro é o único ser humano que acredita que pode se aperfeiçoar.

BRASILEIRO CORDIAL
♦ O brasileiro é cheio de cordialidade e bom coração. Quando você encontrar por aí um cafajeste roubando e matando pode perguntar imediatamente "Who are you?", porque se trata certamente de um gringo.

BRASÍLIA
♦ Brasília; o maior crime político cometido contra o Brasil.

♦ Brasília é o desnecessário tornado irreversível.

♦ Brasília prova; os países também se suicidam.

♦ Brasília desestimula qualquer um a fazer o que sabe, mas estimula todo mundo a meter a mão no que bem entende.

♦ Brasília foi o marco da descapitalização (em ambos sentidos) do país.

♦ Em Brasília o vento que passa, / os perfumes que chegam com a primavera, / a própria prima Vera, / tudo que se vê, se sente e se respira, / conspira.

♦ Nas noites de Brasília, cheias de mordomia, todos os gastos são pardos.

♦ No Planalto, podem ser incapazes / Mas como são rapazes / Esses nossos rapazes! *(Rimas vorazes.)*

♦ Burocratas revolucionários, salomões em seis vias, tecnocratas evangelizadores, seguranças de esquerda.

♦ O cavalo é um elefante projetado pelo Planalto. Na hora do acabamento tinham desaparecido vinte por cento. *(E o pessoal ainda anunciou o fato como uma vitória. Vários projetos anteriores de cavalo resultaram em coelhos e tartarugas.)*

BRAVURA

♦ Quando não se pode recuar só nos resta ser bravos. Os persas eram muito mais fortes e o desfiladeiro não tinha saída. Por isso combatemos à sombra.

BRAZILIANISMO

♦ Os nossos índios se perderam por razões culturais. Enquanto as mães europeias ensinavam os filhos a temer bichos do mato, selvagens e duendes, os silvícolas não faziam qualquer restrição aos recém-chegados. Até achavam gracioso e digno de ser imitado o jeitão e as indumentárias *gay* da rapaziada portuguesa.

BRECHT

♦ Para compreender a situação do Brasil, já ninguém discorda, é necessário um certo *distanciamento*. Que começa abrindo uma conta numerada na Suíça.

BREJAL DOS GUAJÁS

♦ 1) Sobre *Brejal dos Guajás,* de José Sir Ney, li entusiásticas opiniões de luminares da cultura literária: "Uma nova vertente da literatura do Nordeste". Carlos Castello Branco. "Grande escritor." Josué Montello. "Lamento que José Sarney não dedique todo seu tempo à literatura." Alçada Baptista. Por isso reli *Brejal dos Guajás.* Conclusão imediata: não se trata de má ou péssima literatura. Não é caso de crítica literária. É caso de *impeachment.*

2) O livro não tem uma só frase que não seja errada em si mesma ou incoerente em relação às outras. Perto da estrutura de *Brejal dos Guajás,* os personagens da *Escolinha do Professor Raimundo,* do Chico Anísio, são obras-primas de criação psicológica, heróis de *Guerra e Paz.*

3) O *Brejal* só pode ser considerado um livro porque, na definição da Unesco, livro "é uma publicação impressa com

um mínimo de 49 páginas". Dizem os íntimos que, depois de 20 anos de esforço, Sir Ney conseguiu afinal chegar à página 50, e gritou pra dona Kyola: "Mãiê, acabei!".

4) *Brejal* é livro de um autista. Há mais solecismos do que concordâncias, as ideias nunca se completam e sempre se contradizem. A cidade onde acontece a história não tem escolas, mas tem professores e alunos, não tem telégrafo, mas transmite e recebe telegramas, não tem edifícios públicos, mas tem prefeito, prefeitura, juizado de casamentos, dois cartórios, ostenta uma força policial de pelo menos 12 homens (relativamente o Rio teria que ter meio milhão de policiais), é dominada por dois primos "de pais diferentes!!!!", só tem duas ruas (uma impossibilidade urbanística), tem duas orquestras, e comporta ainda mercado, lojas e igreja matriz. Essas duas espantosas ruas de apenas 120 casas abrigam uma população de 12.683 pessoas (105 pessoas por casa). O verdadeiro baião do maranhense doido!

♦ *Brejal dos Guajás,* do Sarney, é um desses livros que quando você larga não consegue mais pegar.

BRIGA
♦ Às vezes, pra começar uma briga, basta uma palavra. Ou qualquer outra.

♦ Quando um quer, dois brigam.

BRILHO
♦ Eu aqui, no computador, posso garantir a vocês que nunca minha redação foi tão brilhante. O sol da manhã se levantando joga sua luz diretamente sobre o meu papel.

BRITANNICA
♦ Descobri mais um errinho na Britannica, *Madeleine*, a de Proust, escrito *Madeline*. É sempre uma satisfação.

BUNDA
♦ Quais são os limites da linguagem? Quem os traça? Claro, a publicação pode defini-los: *bunda* não sai. E a*bunda*nte?

E *cu*latra? E re*cu*ar? E a*cu*ado? (...) Que palavra sugere que eu use em vez de *bunda*? *Nádegas?* Juro que aí, sim, eu coraria de vergonha. *Traseiro, pompom, bumbum, assento, posterior?* Não, eu tinha que usar *bunda,* a palavra certa, bonita, essa bonita palavra africana. Jamais usaria um eufemismo gracioso. Como humorista profissional me proíbo gracinhas – coisa de amador. Se usasse rabo, palavra mais forte, também extremamente expressiva, estaria forçando a barra – no contexto da revista. Mas, muito bem; vetamos bunda no atual artigo. E se, em outro, eu escrever língua bunda, dos angolanos? Ignoro a existência da língua? Ou a chamo, discretamente, de língua nádegas? *(Bilhete a um editor da revista* Veja. *1978)*

♦ Numa mulher as outras perdoam tudo, menos uma bunda maravilhosa.

BURACO
♦ Só há um jeito de sair desse buraco: cavando um buraco maior. *(1988)*

BURGUÊS
♦ Um bom burguês cria o filho do seu próprio bolso.

BUROCRACIA
♦ De todas as inatividades inventadas pelo homem pra dominar e explorar o outro homem (que bom é viver só de operações financeiras!; que bom é receber percentuais de tesouros herdados!; que bom é ser *absentee landlord!*), não se inventou nada mais engenhoso, e odioso, do que isso que passou a se chamar burocracia.

BUROCRATA
♦ No capitalismo ou no socialismo / A nata da nata. / Quando meu filho crescer / Vai ser burocrata.

♦ O burocrata, / Não sabias?, / Teve filhos / Em três vias.

♦ Burocrata é um conservador que domina a esquerda e a direita.

♦ Burocrata é uma pessoa que vê um sujeito assassinado com um canivete suíço e só se interessa em saber como o assassino conseguiu a guia de importação.

BURRICE
♦ Quando a burrice manda, a suprema burrice é ser sábio.
♦ Conheço certos sujeitos que se caírem de quatro não só não levantam, como também não têm a menor vontade.
♦ Quando a gente está nos Estados Unidos e fala inglês é que percebe como os americanos são burros. Têm dificuldade em entender a própria língua.

BUSCA
♦ Chama-se de amor à verdade a nossa permanente tendência a descobrir defeitos nos outros.
♦ Eu não nasci pra viver, mas pruma coisa muito melhor, que ainda vou descobrir o que é.

BÚSSOLA
♦ A bússola é um aparelho que indica sempre pra onde você vai, mesmo que você vá prum lugar completamente diferente.

BUZINADA
♦ A buzinada é uma forma de petrificar o pedestre na frente do carro a fim de poder atropelá-lo mais facilmente.

BYRON
♦ Dizem que George Gordon, Lord Byron, / Transou com uma sereia. / A carne é fraca: / Ela era feia.

C

CABIDO
♦ Cabido é uma horda de cônegos. *(Novos coletivos.)*

CABOTINO
♦ Uma coisa, pelo menos, o cabotino tem de bom: ele não anda por aí falando dos outros.

CACHIMBO
♦ O uso do cachimbo faz a boca sórdida.

CACHORRO/IDADE
♦ Igor – que encanto de pessoa é ó poodle-toy de minha filha! Acorda alegre, dorme alegre, topa tudo: carinho leve, tapa na cara, brincadeira idiota, chega pra lá, não enche que agora tou lendo. Mas, de repente, a tristeza se insinua – olho Igor, Igor me olha – por que não fala? Por que não me diz o que sente, não me revela suas observações psicológicas, não me faz penetrar um pouco mais no (seu) mundo cão? Tristeza puxa tristeza se, pior, não puxa angústia. Foi o que aconteceu com a minha tristeza quando me bateu a ideia perturbadora de que um dia, daqui a não muitos anos, esse bebê-cão vai ser mais velho do que eu. Como ele envelhece sete pra cada ano de envelhecimento humano, basta eu viver mais uns dez anos e olharei pra ele lamentando a decadência que, tenho certeza, ele agora lamenta em mim, oh God! – oh, Dog! *(1989)*

CACOETE
♦ Das mil vezes por dia em que você diz "Muito obrigado!", apenas uma ou duas você está realmente agradecido.

CADÁVER
♦ O cadáver é que é o produto final. Nós somos apenas a matéria-prima.
♦ Um cadáver não erra – nem atrapalha.

CADEIRA DE BALANÇO
♦ A cadeira de balanço é um pouco mais móvel do que os outros móveis.

CAIXA
♦ Caixa; funcionário que ainda é da mais absoluta confiança.

CALCULISTAS
♦ O cálculo de comparecimento aos comícios políticos é feito contando 2 pessoas por metro quadrado nos comícios não compactos e 4 nos comícios compactos. Normalmente os organizadores do comício calculam 10 pessoas por metro quadrado e os adversários 2 por quilômetro quadrado. A imprensa não calcula nada, publica o que bem entende.

CALENDÁRIO
♦ E tudo vai passar, / Como passaram César, Brutus, Tito, Baltazar, / Todo grande homem, / Falso ou verdadeiro. / Mas isso só lá pro fim do ano. / Inda estamos em janeiro.

CALOS
♦ Quem tem calos não deve se meter em apertos.

CALVÍCIE
♦ Para evitar a queda de cabelo – saia de baixo!
♦ A calvície é hereditária, contagiosa, ridícula ou cômica?
♦ Meu cabelo partiu há tanto tempo, que nem lembro mais do som de suas ondas.

CAMARILHA
♦ E dizer que toda essa (contra?) revolução na China é apenas um esforço pra consertar o que fez a Camarilha dos Quatro. Imaginem no Brasil.

CAMELO
♦ O camelo é um animal que, depois de ficar dias sem comer nem beber, consegue passar pelo fundo de uma agulha e entrar facilmente no reino do céu. *(Falsa cultura.)*

CAMINHOS
♦ O atalho do conselho é muito mais curto, mas ele errou e entrou pelo perigoso caminho do exemplo.

♦ Todos os caminhos levam a Roma, mas cada dia (também metaforicamente) o engarrafamento é pior.

CAMISINHA
♦ Usar camisinha é nunca ter que pedir perdão.

CAMPANHA
♦ Basta acompanhar qualquer campanha eleitoral para verificar que todos os candidatos têm a mesma filosofia: "Não se pode fazer uma omelete sem chutar os ovos".

CAMPEÃO
♦ Minha especialidade e meu orgulho; sou o maior leigo do país.

CAMPEÃO (1953)
♦ Participo de pesca ao atum, em Newfoundland (Nova Escócia). Trinta e dois países concorrentes. Três dias inteiros em mar gelado. No maior pesqueiro de atum do mundo apenas a Argentina pescou um pobre-diabo de oitenta libras (em matéria de atum, uma sardinha). Foi campeã. Todos os outros pescadores receberam uma tacinha de vice-campeões do mundo. Sou vice-campeão mundial da pesca do atum. *(Em tempo: nunca, antes, tinha pescado um peixe em minha vida. Muitos anos mais tarde pesquei meu primeiro e único peixe, no Araguaia – uma piranha.)*

CANALHAS
♦ "Não estamos falando em causa própria" – é o princípio de todo discurso canalha.

♦ A recíproca não é verdadeira, mas reparem se não é verdade – todo canalha adora crianças.

♦ Canalhas melhoram com o passar do tempo (ficam mais canalhas).

♦ Como os homens dignos vivem (supostamente) vida sexual familiar e moderada, e os canalhas só pensam em sexo, sempre haverá no mundo mais canalhas do que homens dignos. Biologia pura, cara.

CANALHA'S LIB

♦ O *Canalha's Lib* é um movimento para impedir que os canalhas continuem sendo apresentados como perdedores. Os grandes canalhas não só ficam ricos e poderosos como são eles que tiram a monotonia da vida, praticando os grandes roubos, os crimes hediondos e as tramas sinistras na política. Sem falar que na vida real a mocinha acaba sempre casando com o canalha e sendo muito feliz. Homem de bem ganha pouco e é muito complexado. Canalha não gasta com psicanalista. PS. Pra mostrar o charme pelo canalha basta dizer que uma das primeiras coisas que um turista faz ao chegar a Chicago é visitar o *Museu Al Capone. (Todo homem é minha caça. 1981)*

CANALHICE

♦ Se não fosse a canalhice humana, como demonstraríamos o nosso esplêndido caráter?

♦ Se canalhice matasse ia ter muita gente aí botando quatro pontes de safena no caráter.

CANÇÃO

♦ A mão que estendes / é a mão sofrida / do amor que chega / já de partida / na entrega a ânsia / da despedida / o pão da morte / no chão da vida. *(Letra para Fagner. 1984)*

CÂNCER

♦ O câncer não é uma doença, é uma indústria.

♦ Revelado: o câncer provoca tabagismo.

CANDIDATURA
♦ Quércia é o candidato mais cotado para tornar Lula presidente. *(1993)*

CANGURU
♦ E como lá dizem os australianos: o canguru foi a tentativa da natureza fazer um pedestre absolutamente seguro.

CANTADA
♦ Uma mulher encantadora é a que nunca ouviu uma cantada igual à tua.

♦ Com você / No mundo / A paisagem mais bela / É só / Pano de fundo.

CÃO
♦ "Cão que ladra não morde." Enquanto ladra. *(Novos provérbios.)*

♦ Prum cão danado todos os gatos são pardos. *(Novos provérbios.)*

CAOLHO
♦ Bem-aventurados os caolhos, porque só veem a metade.

CAOS
♦ Taí, quem apostou no caos não vai perder dinheiro.

♦ Numa inflação de 40% ao mês até o lucro dá prejuízo.

CAPACIDADE
♦ Nossos executivos governamentais se dividem entre os que são capazes de tudo e os que são incapazes de todo.

CAPITALISMO
♦ "Meu filho, nunca te esqueças do lucro!" *(Conselhos capitais. 1961)*

♦ Foi o capitalismo que produziu, há 50 anos, a única coisa realmente comunística, usada em todo o mundo por pessoas de todas as classes sociais: o *jeans*. Em tempo: *jeans* eram calças de algodão usadas por trabalhadores em *GÊNova*. *(Eric Partridge)*

♦ Quem de l00 tira 51 perde o controle da empresa. *(Conselhos capitais. 1961)*

CAPITALISMO / COMUNISMO

♦ Paradoxo: o capitalismo selvagem de Hong Kong foi absorvido pelo comunismo domesticado da China.

♦ O motivo por que o capitalismo tem resistido apesar de acuado por todos os lados é ele caminhar sem esforço na direção natural. Enquanto o socialismo, redistributivo, e por isso utópico, é um tampão numa panela de pressão que explode ao menor descuido (deu sopa o agricultor planta três batatas escondidas, pra si próprio), o capitalismo marcha na direção do egoísmo, do individualismo, da autossatisfação predatória. Isto é, do instinto humano.

CAPITALISMO / SOCIALISMO

♦ O socialismo é impossível por partir do pressuposto falso de que todos os homens valem o mesmo: na hora da partilha é o que se sabe. O capitalismo é impossível porque defende o pega pra capar: um homem pode valer um milhão de vezes mais do que outro. Acredito que o limite matemático sensato (há que estabelecer algum limite) entre a absoluta igualdade e a absoluta desigualdade é o fator (número) 10. Nenhum homem pode ter um valor de mercado que lhe permita valer mais de dez vezes outro homem. Isso admitindo-se que o fator 1 (básico) dê pro essencial.

♦ Usando nêutrons, os Estados Unidos inventaram a Bomba Capitalista, que destrói tudo e deixa intacta a propriedade. Mas a União Soviética está aperfeiçoando a Bomba Socialista, que não mata ninguém mas destrói todas as propriedades. *(Na verdade, as bombas não fazem mais do que o capitalismo e o socialismo, em si mesmos, já vinham fazendo.)*

CARA

♦ Uma dessas caras fadadas a ampliar a solenidade dos enterros.

CARA DE PAU
♦ Cara de pau mesmo eu vi ontem. O coroa da Mercedes com ar refrigerado tentando conquistar a mulatinha bonitinha, em pé no ônibus.

CARACTERÍSTICAS
♦ Disse o assessor: "Meu governador é um verdadeiro rato de biblioteca". Disse o assessor de outro governador: "Pois o meu nem entra em biblioteca".

♦ Pior do que ter mau caráter é ter um jeito desagradável de mexer a boca.

♦ Collor não só tem aquilo roxo, como é pau pra toda obra, sempre com o Cooper feito. *(1991)*

♦ Nada une mais os brasileiros do que a corrupção. Nada os divide mais do que a probidade.

♦ O Vício se diverte; a Virtude se chateia; a Prudência paga.

CARAPINHA
♦ Carapinha é uma cabeleira cheia de problemas raciais.

CARÁTER
♦ Aos 30 anos, ineludivelmente, o homem adquire a cara do seu caráter.

♦ Caráter é aquilo que faz você melhor do que é. Ou impede você de ser pior, sei lá.

♦ Se o mundo fosse feito à base de caráter, ia faltar muito material.

♦ Tanta plástica no rosto, no seio, na bunda e ninguém aí pra inventar uma plástica no caráter.

♦ O caráter é apenas o subproduto das bandalheiras em que você não conseguiu entrar.

CARÁTER / FELONIA
♦ O caráter nunca deu entrevista na televisão. Já a felonia...

CARAVANA
♦ Caravana é uma praga de viajantes. *(Novos coletivos.)*

CARDIGAN
♦ O 7º duque de Cardigan, que, na guerra da Crimeia, comandou a famosa galegada, "A Carga da Brigada Ligeira" (com Errol Flyn como ponta de lança), ficou famoso menos pela batalha do que por usar um casaquinho que até hoje tem sua grife. A glória, como a justiça – como tudo o mais – é ocasional.

CARDUME
♦ Um cardume é um rebanho de peixes. *(Novos coletivos.)*

CARECA
♦ E como dizia o careca, peruca é uma coisa que nunca me passou pela cabeça!

CARÊNCIA
♦ Pela cara de certas crianças vê-se logo que elas não têm um cão.

CARETA
♦ Um careta admite qualquer vício desde que a pessoa o tenha abandonado.

CARICATURA
♦ O que ninguém percebe é que esses retratos oficiais maravilhosos, em que ditadores aparecem lindos, de faixa cívica trançada no peito, é que são as caricaturas. E que as caricaturas horrendas feitas por Nássara, Lan, Ziraldo, Paulo e Chico Caruso são retratos absolutamente realistas.
♦ O terror que esses ditadores têm do riso! Qualquer imitação deles na televisão os bota em pânico!
♦ Um tirano pode evitar uma fotografia: não pode evitar uma caricatura.

CARIDADE
♦ A caridade tem sido muito condenada como meio de combater a miséria, desprezando as causas, pois é preciso "aumentar a grita dos descontentes". Quem fala isso, claro,

não está na miséria. Quem está na miséria não quer saber das causas, quer saber da sopa.

CARIOCA
♦ "Eu sou carioca de algema." *(Letra para música de Carlos Lyra* Memórias de um sargento de milícias.*)*

CARLOS DRUMMOND DE ANDRADE
♦ Quando Carlos, nasceu um anjo disse *gauche,* pois cada país tem o *Rosebud* que merece. Vive o que pode, o que deixam, e o que inventa. E, quando terminam as vinte e quatro horas do dia, ainda vive um bocadinho mais, nesse espaço entre o ido e o que virá, dito premonição. Pois crê no tempo e um só seu filho, o hoje-em-dia, o qual foi concebido por obra e graça de tudo que existiu. Ainda ri muito: nos reflexos das janelas da rua Lafaiete só dói quando Itabira. *(Retratos 3x4 de alguns amigos 6x9. 1969)*

CARNAVAL
♦ Os bailes eram os bailes, Bola Preta, Municipal, Quitandinha, e o mirífico *High Life,* na Glória, que só abria para o carnaval. Onde uma noite me boquiabri, entrando no salão e vendo a multidão cantando devotamente: "*Maior é Deus no céu e nada mais! A falsidade neste mundo é muito grande, por isso ele na Terra não volta mais*". Já ia saindo, certo de, por equívoco, ter entrado num templo, quando a bateria estancou e atacou logo num ritmo violento, e centenas de vozes explodiram o inesperado breque de Martins & Martins: *"Só Deus é maior!"* Era o momento. O carnaval atingia seu ponto mais alto com a morte do *corso,* dos préstitos e dos ranchos, e o crescimento glorioso das escolas de samba. Quem viveu, viu. Quem viver não verá mais.

♦ Pouco a pouco o carnaval se transfere para Brasília. Brasília já tem, pelo menos, o maior bloco de sujos.

CARNIFICINA
♦ Carnificina é uma matança que ultrapassa a da violência usual.

CARRO
♦ Meu carro já está muito velho – e, como eu, insiste em não ficar obsoleto.

CARTA
♦ Quando, um ano depois, você encontra uma carta que devia ter respondido e não respondeu, bem, já respondeu.

CARTA ANÔNIMA
♦ Os sujeitos que escrevem cartas anônimas não se preocupam com a redação das cartas, pelo próprio fato de pretenderem que elas sejam anônimas. O resultado é que, ao serem descobertos, as autores não são considerados apenas canalhas mas também ignorantes.

CARTA DE RECOMENDAÇÃO
♦ Caro amigo, o portador desta pediu-me, com empenho, que o recomendasse a você. Isso se deve ao fato, óbvio, de, em algum momento do qual já não me lembro, ter-te recomendado a ele com algum elogio ocasional. Pois só por ter-te, gratuitamente, recomendado, poderia ele querer, interessadamente, ser recomendado por mim. Ora, como o conheço pouco, e te conheço muito, recomendo-o tudo que posso, sem saber se isso é bastante, e peço-te que faças por ele o que achares que podes, pois sempre farás demais. Não sei, porém, se, te recomendando ele, me recomendo a ti, a ele, e a mim mesmo. Pois o que eu poderia dizer do recomendado seria mais do que ele merece. Por ser também mais do que eu próprio mereço, já que, criterioso como sou, nunca recomendaria alguém que fosse menos do que eu, ou apenas tanto quanto. Mas sei que, pensado assim, fico num paradoxo: ele é quem deveria me recomendar a ti, e não eu a ele. Se você concordar com isso, então, por favor, peça que o faça, e só posteriormente aceite minha recomendação dele. Seu velho amigo – se é que jamais ouviu falar de mim – agradecido, Millôr.

CARTÃO DE CRÉDITO
♦ O dinheiro é o cartão de crédito do pobre.

CARVÃO
♦ O carvão se tira das minas pra se pôr no fogo. *(Falsa cultura.)*

CASA
♦ Até os 14 anos de idade morei em casas, espécie de apartamentos primitivos em que se vivia antigamente.

CASAIS
♦ Quando vejo a maneira como certos casais conduzem suas relações, me vem logo um pensamento: "Deviam ser obrigados a usar cinto de segurança".

♦ Quando sou apresentado a um casal casado há muitos anos, pergunto imediatamente: "E qual dos dois suporta o outro com santa resignação?"

CASAMENTO
♦ O pior casamento é o que dá certo.

♦ A felicidade conjugal só é possível a três.

♦ Casamento é essa instituição em que as pessoas casadas colaboram permanentemente pra destruir.

♦ Os casamentos de hoje são muito esquisitos porque se casam gente que nem se conhece como a Lindinha do segundo andar que casou com um americano que mora nos Estados Unidos e não é como a mamãe que se casou com o papai e a vovó que se casou com o vovô. *(Composição infantil.)*

♦ Quando duas pessoas são casadas há vários anos, não se veem há muito tempo.

♦ Quando o matrimônio é por interesse devia se chamar patrimônio.

♦ Você só compreende o significado profundo de *sexo oposto* quando se casa.

♦ A felicidade conjugal é extremamente difícil. Mas, quando existe, é extraconjugal!

♦ A opulência e a felicidade um dia se casaram – quando a relação acabou a opulência estava na miséria e a felicidade, desgraçada.

♦ O pior ano na vida de casado é este.

♦ Quando você chega em casa de madrugada e sua mulher nem reclama é porque já é tarde demais.

CASTELO BRANCO

♦ Marechal Humberto Castelo Branco, primeiro presidente "revolucionário". Tido como íntegro, austero, competente e culto. Pode ser. Mas bonito não era. *(1979)*

CASTIGO

♦ Para melhorarmos a sociedade brasileira basta colocarmos a honestidade fora da lei, com penas pesadas para cidadãos apanhados em qualquer ato de honestidade explícita. Tenho certeza de que imediatamente todo mundo burlará a lei e haverá uma onda de incontrolável probidade.

CASTRO ALVES

♦ Castro Alves era tão moço que morreu aos 24 anos. *(Falsa cultura.)*

CATASTROFISMO

♦ As ostras são geralmente criadas em águas de esgoto e dão febre tifoide. / Todas as comidas enlatadas provocam hepatite. / A cerveja – qualquer cerveja – contém arsênico e dá polinevrite. / Leite contém ácido bórico e não contém leite. / Açúcar dá gota. / Pão preto contém bismuto e gera impotência. / A dispepsia, provocada pela ingestão de excesso de gordura, leva à loucura. / O congresso é favorável à reeleição de Sir Ney. *(JB. 1987)*

CATÕES

♦ Ao contrário do que conta a Bíblia, quem tem culpa é o primeiro a atirar a pedra. Basta ver qualquer processo por corrupção.

CATOLICISMO
♦ O Brasil deve ser mesmo o maior país católico do mundo. Digo isso porque nunca vi repartição pública aberta em dia santo com uma porção de ateus trabalhando arduamente.

♦ Se o papa está certo quando diz que o trabalho é mais importante que o capital, o Brasil não é um país lá muito católico.

CAULOS
♦ Mineiro, Caulos é, de todos nós, desenhistas de humor, o de traço mais civilizado. Viajante profissional, tendo sido durante anos contramestre, contrarregra, ou contratorpedeiro, sei lá, na marinha mercante, conheceu o mundo físico antes de conhecer o moral e social. Navegando pressentia apenas a paisagem. Quando desceu no porto, alugou uma casa, e aprendeu a conviver com o mesmo lugar, só aí percebeu que estamos todos no mesmo barco e nada vai de vento em popa, sobretudo a popa. *(Retratos 3 x 4 de alguns amigos 6 x 9.)*

CAUSA
♦ Se não houvesse o adultério ninguém passaria a mulher pra trás.

♦ O Código Penal é a causa de todos os crimes.

♦ Os bravos morrem de pé porque em geral o chão está mijado.

♦ Procure a causa sempre perto dos efeitos; meu tio me dizia que é totalmente impossível uma jaca cair a duzentos metros da jaqueira.

♦ Ela chorava tanto a morte do marido que acabou sentindo muito.

♦ Há trinta anos que ouço infindáveis discussões sobre a causa da mortandade de peixes na lagoa Rodrigo de Freitas. E é evidente que os peixes morrem por causa das discussões. *(1990)*

CAUSA E EFEITO
- O homem põe, e a mulher fica indisposta.
- Enfermo muito paciente torna o médico cruel.

CAUSA-MORTIS
- Cinquenta por cento dos doentes morrem de médico.

CAUTELA
- Cautela e caldo de galinha não fazem mal a ninguém, desde que a galinha não seja alimentada a ração com aditivo químico.
- É porque quase todos agimos com muita cautela que uns poucos podem ser extremamente audaciosos.

CAVALO
- Cavalo é um animal feito pelo individualista que não se conformou com o camelo feito pelo grupo de trabalho.
- O cavalo é o mais belo animal na criação; sem querer desfazer da pessoa que o monta.
- A cavalo dado não se mostra o pau. *(Novos provérbios.)*
- Não resta a menor dúvida de que cavalo é um ser humano como outro qualquer, sem desfazer do presidente que o monta. *(Sobre o general João Figueiredo, apaixonado equinólogo. 1983)*

CAYMMI
- Pintor de domingo, seus quadros são um dia de descanso.

CAZARRÉ (Olney)
- Tudo que ele é ele deve a si mesmo. Por isso é impagável.

CEFALALGIA
- Cefalalgia é dor de cabeça de médico.

CEGO
- Em terra de cego quem tem um olho não diz a ninguém que o rei está nu.
- Você pode crer: / O pior cego / É o que quer ver. *(Hai-kai. 1956)*

♦ Em terra de cego quem tem um olho não revela.
♦ O pior cego é o que não quer ouvir.
♦ Em terra de cego o rei convence os outros de que tem um olho.
♦ O pior cego é o que vê tevê.

CELEBRIDADE
♦ Celebridade é um idiota qualquer que apareceu na televisão.

CELIBATÁRIO
♦ O celibatário acha melhor só do que sempre acompanhado.

CELIBATO
♦ A Igreja faz muito bem em acabar com o celibato dos padres. Os santos desapareceram por não se reproduzirem.

CEMITÉRIO
♦ Essas gavetas-túmulo dos nossos grandes cemitérios são a mostra mais evidente de como vem decaindo o nosso padrão de vida.
♦ Depois de passar meia hora lendo os epitáfios de um cemitério, o marciano perguntou pro outro: "E onde será que eles enterram os canalhas?"

CENSURA
♦ Cinco anos depois, tão misteriosamente quanto começou, "ordens superiores", a censura sobre este jornal terminou. Quer dizer, agora o *Pasquim* passa a circular sem censura. Sem censura? Numa ditadura, sinistra como todas, a ordem de liberação, como a ordem de repressão, não partiu de nenhuma fonte identificável. De modo que – não nos enganemos! – assim como a ordem veio, pode ser negada – e amanhã o jornal estar sendo apreendido quando você estiver lendo este artigo. No momento em que *O Estado de S. Paulo, Veja, Opinião* e *Tribuna de Imprensa* continuam a ser editados pela ignorância, pelo tédio e até pelo ódio

pessoal dos censores, e "Argumento" está definitivamente proibido de circular, este jornal, só, pobre, sem qualquer cobertura – política, militar ou econômica – e que tem como único objetivo a crítica aos poderosos, não pode se considerar livre. (....) Mas continuaremos a trabalhar, com a liberdade interior, que é nossa e nunca nos tiraram, e com o medo, que é humano. *(O Pasquim, nº 300, 1972. Na manhã seguinte, como previsto, o jornal era apreendido e este autor foi vítima de mais um processo canalha e idiota, instaurado pessoalmente pelo Sinistro da Justiça, Armando Falcão.)*

♦ Instrumento de poder mais ou menos anódino, para evitar as beletrices dos intelectuais brasileiros que teimam em fazer política depois que desaprenderam de fazer sonetos.

♦ Não sei por que o governo faz tanta questão de impor censura, não sei por que a maior parte dos intelectuais luta tanto pela abolição da censura. Em nossos pequenos períodos de liberdade o que se percebe é que quase ninguém tem nada a dizer, ou prefere não dizer, ou, mais comumente, só deseja mesmo dizer coisas deliciosamente favoráveis.

♦ Algumas declarações oficiais precisam ser censuradas; ou, pelo menos, vendidas nas bancas em envelopes plásticos.

♦ Tem muita imoralidade por aí que ninguém perceberia se a Censura não tivesse o cuidado de chamar a atenção. *(1977)*

♦ Vocês que só me conhecem agora, talvez não acreditem. Mas já fui proibido para menores de 18 anos.

CEREBELO
♦ Cerebelo é o cérebro das criancinhas.

CÉREBRO
♦ A massa cinzenta produz pensamentos sombrios. *(Falsa cultura.)*

♦ O cérebro é uma circunvolução muito engenhosa instalada no crânio dos animais. Parece que também em algumas árvores e pedras, mas deixa isso pra depois. O cérebro, ao contrário do que pensam os seres humanos, foi dado a todos os animais para impedir que qualquer conhecimento a respeito do Universo chegasse a seu alcance. Um filtro. O cérebro humano, porém, atingiu tal complexidade que começou a falhar e permitiu ao homem o conhecimento de duas ou três besteiras que não o ajudaram em nada. Nenhuma elaboração oriunda do cérebro serviu para tornar o ser humano mais feliz e o conhecimento de meia dúzia de premonições tolas – como a certeza do envelhecimento e da morte – o tornou o mais infeliz dos animais. O cérebro serve ainda pra algumas pessoas serem ou se julgarem intelectualmente muito superiores às outras, quer dizer, muito cerebrais. Funciona aproximadamente 24 horas por dia – mais ou menos como uma caixa automática de banco – e é quase tão supervalorizado quanto o poder do dinheiro ou um comando militar.

♦ O cérebro tem emoções que o coração desconhece. *(Completando a frase de Pascal "O coração tem razões que a razão desconhece.")*

CERTEZA

♦ Nada é certo neste mundo – a não ser o telefone tocar quando você está sozinho em casa e acabou de sentar no vaso.

♦ Quando se começa a duvidar de uma pessoa, já não há a menor dúvida.

♦ Quem é mais antípoda – os japoneses ou nós? Os japoneses, evidentemente.

♦ Eu sei sempre do que é que estou falando. Tirando isso não sei mais nada.

♦ Não há nada mais equivocado do que ter certeza.

♦ Olha, quando um cara acha tudo muito bom, ele é que não presta.
♦ Não adianta prever males futuros – batatas apodrecem. *(*Duas tábuas e uma paixão. *1981)*

CÉSIO
♦ Só agora, depois de 500 anos de história, acontece no Brasil o primeiro fato de importância internacional: a contaminação provocada pelo Césio-137.

CESTA BÁSICA
♦ Eles foram perfeitamente honestos chamando essa coisa de *sexta básica*: no sábado já está completamente vazia.

CESTEIRO
♦ O artífice que fabrica cabaz fundo é capaz de fabricar vinte vezes o quíntuplo disso. *"Cesteiro que faz um cesto faz um cento." (Provérbios prolixizados. 1959)*

CETICISMO
♦ Cada vez mais cético, não acredito nem no refluxo da maré. Acho que nessa volta tem mutreta.
♦ Ceticismo tem limites: na luta de foice pelo poder nem sempre vence o mais incompetente.
♦ Cético é um sujeito que nega até Mateus – quer ver para não crer.
♦ Cético não acredita nem no ceticismo.
♦ Vim ao mundo pra desconfiar das coisas estabelecidas, mesmo que tenham sido aceitas desde sempre. Exemplo: me recuso a acreditar que pinguim gosta de frio.
♦ "Sou capaz de dar a vida pelo meu ceticismo." Um professor de ceticismo, sabendo disso, deu um sorriso irônico.
♦ Sou um completo cético – exceto quando vejo o amanhecer em Ipanema e, ondulando no calçadão, uma daquelas maravilhas femininas de 13 anos, que dormiu menina e amanheceu mulher.
♦ Se você ainda mantém / A intenção moral-visual / De só

olhar pra homens de bem / Eu te dou este conselho: / Sai da rua, / Vai pra casa, / Tranca a porta / Quebra o espelho.

CÉU

♦ "É que o céu, vazio de Deus, preserva ainda a glória do mistério infinito. Um dia anuncia o outro, uma noite confirma a outra. Não há verbo, não há palavras, mas há vozes murmurando significados por entre estrelas." *(Narrador do filme* Últimos diálogos. *1993)*

♦ O céu é loteamento de Deus.

CHARLATÃO

♦ Charlatão é um médico que cura você sem estar autorizado.

CHARUTO

♦ Vamos acabar com essa história de que charuto é um símbolo fálico. É o próprio falo. A mesma espessura, a mesma tessitura – e quentinho.

CHATEAÇÃO

♦ Chateações todos têm – o sábio é não se chatear com isso.

CHATICE

♦ Às vezes eu só não saio de uma festa muito chata com receio de que ela melhore.

CHATO

♦ Chato é o cara que conta tudo tintim por tintim e depois entra em detalhes.

♦ Agora que se discute, mais do que nunca, a influência biológica e do condicionamento sobre tudo – o comportamento feminino, a prática homossexual, a submissão ao alcoolismo – lanço também a minha modesta indagação sócio-metafísica: o chato é biológico ou cultural?

♦ Chato é sujeito que tem um uísque numa mão e nossa lapela na outro. *(1968)*

♦ Chato é um sujeito que não pode ver saco vazio.

♦ É melhor um patife do que um chato, porque ninguém consegue ser patife vinte e quatro horas por dia.

♦ Falam, falam, mas eu pergunto uma coisa – quem se diverte mais, os chatos ou os chateados?

♦ Quando um chato vai embora, que presença de espírito!

♦ "Rapaz, não te conto nada!", como diz o chato que vai falar meia hora.

♦ Chato é o sujeito que, assim que é apresentado, começa a fazer o comercial de si mesmo.

♦ Chato é uma pessoa que não sabe que "Como vai?" é um cumprimento, não uma pergunta.

♦ O verdadeiro chato não se esgota em ser chato – ele torna você chato, a conversação em geral chata, a reunião toda chata, a casa chata, o elevador chato, o mundo inteiro de uma chatice insuportável.

♦ O verdadeiro chato, / Chato mesmo – sem par, / É o que vive chateado / Sem ninguém o chatear!

♦ Quando um chato vai embora vira assunto.

♦ Só um chato teima em ser interessante mais de meia hora.

♦ Não só temos que aceitar que todo homem médio é chato como temos que aceitar que todos somos médios.

♦ Chato é o indivíduo que teima em permanecer quando seu interesse já acabou.

CHAVE
♦ Chave muito usada entra com facilidade.

CHEF
♦ A imprensa divulgando receitas de Fidel Castro, revelando que ele é um grande cozinheiro. Nada mais natural. O pai de Fidel, Angel de Castro Argiz, imigrante da Galícia, teve sete filhos, dois com a mulher "legítima", e cinco "ilegítimos", um dos quais Fidel, com a cozinheira, Lina Ruz Gonzáles. A mãe de Fidel devia cozinhar bem pra caramba. *(1987)*

CHEGADA
♦ Chego. Em ponto. Viajar é aprofundar sempre mais a sabedoria inútil de tudo que ignoro. Tentar ver outra vez o que não reencontro. Onde foi a via Vêneto, a Cinelândia da minha juventude? Nunca tive ilusões – nenhum de nós é o Pálio de Siena. No destino de tudo, o vir do que partiu. E... Onde é que estávamos? Onde é que fomos? Onde é que estades? Ida e volta, a metafísica embutida na compra da passagem. A Terra é, cada vez mais, uma fronteira em dissolução. Voltar sobre seus passos. E, grato a alguma coisa que não sei o que é, cada frase que digo é uma (vã) tentativa de pagar o pernoite no hotel deste mundo.

CHICO CARUSO
♦ Chico Caruso é um contorcionista do traço e faz isso com a elegância e a modernidade de um saltimbanco do *Cirque du Soleil*. É um privilégio vê-lo, em qualquer lugar, pegar qualquer papel, guardanapo ou cartão, e com um lápis rombudo ou caneta *Montblanc* que lhe emprestam, começar a rabiscar compulsivamente obras-primas de desenho. Sobraram várias em minha mapoteca, que vocês jamais verão. *Sorry. (1993)*

CHINOISERIE
♦ Para homenagear Sarney em sua visita à China os chineses mandaram traduzir *Brejal dos Guajás* em linguagem ideogramática. Acabaram se desculpando: "Nóis, chinês, nun conseguiu tladuzi livlo *Blejau* in isclita ideoglamática pouquê o livlo *Blejau,* né, non tem nenhun idéo e nenhun glamática, non?"

CHOQUE
♦ Quando uma força irresistível encontra um obstáculo intransponível, parte pra ignorância.

CHOQUE DE GERAÇÕES
♦ Aos 13 anos, com um par de seios novinhos, ela percebeu que seu corpo já não cabia mais na moral dos pais.

CIDADANIA
♦ Cidadão, não deixe de votar. A corrupção precisa de você.
♦ Não pergunte o que o Brasil pode fazer por você. Pergunte o que ele pode fazer por mim. *(1965)*
♦ Para defendermos os direitos civis temos antes que ser civis direitos.

CIDADÃO
♦ Cidadão, neste país em que não há qualquer cidadania, passou a significar só cidade grande.
♦ Não pergunte o que seu país pode fazer por você – pague a Comlurb, o IPTU, o IPVA e os 72 impostos gerais e vê se não chateia.
♦ Um pouco de esquerda, um pouco de direita, um pouco de individualismo, em suma, total hesitação, eis o cidadão ideal pra ser robotizado.

CIDADES
♦ Uma dessas cidades tão pacatas que nem têm lugares que não devam ser frequentados.

CIÊNCIA
♦ O sol nasce todos os dias. Mas espero tranquilo, na minha total certeza do impossível, que o sol não nasça um dia. E nesse dia aparecerão cientistas declarando: "Bem, verifica-se que, de um bilhão de anos em um bilhão de anos, o sol não nasce um dia".
♦ Ciência, para efeito de prestígio, é palavra usurpada por inúmeras atividades profissionais, inclusive as mais absurdamente não científicas, como economia, psicologia e sociologia.
♦ Uma das características das leis imutáveis da natureza é mudarem sempre que aparece um cientista menos estúpido (ou mais brilhante, vá lá) do que os anteriores.
♦ Na Mesopotâmia foram encontrados fósseis com milhões de anos de vida. *(Falsa cultura.)*

♦ No dia em que se souber que realmente estamos sós no Universo, e a ciência ampliar cada vez mais o nosso desconhecimento das coisas, vamos todos nos suicidar. A ciência já é, na verdade, a responsável pela instabilidade psicológica do ser humano. Sobretudo dos cientistas.

♦ Todos sabem que a ciência tem seus lados negativos: a invenção do microscópio provocou o aparecimento de milhões de micróbios.

CIENTIFICISMO

♦ É muito fácil produzir ovos frescos sem galinha desde que se saiba usar competentemente o anemômetro e a agulha giroscópica.

CIENTISTAS

♦ Por que os cientistas vivem descobrindo novas formas de doenças e não conseguem descobrir uma forma definitiva de saúde?

CINCO MIL

♦ Em geral não faço reivindicações quanto a direitos meus. Mas agora a injustiça é tão clamorosa que não posso deixar de protestar. Pelé está sendo homenageado de todo modo porque vai completar 1.000 vezes em que vazou o adversário. Mas seu feito é meio fajuto diante do meu – vou completar a 5.000ª vez em que fiz o mesmo. No meu campo, é claro. Que tem apenas 1,90 por 1,70, não atrai público pagante, não tem crítica especializada, mas nem por isso é menos popular do que o Maracanã. E, todas sabem, a minha atividade não é mole. Mas já penetrei na meta adversária (?) driblando outros, já entrei com bola e tudo, de *bicicleta,* de *saída,* quase no fim da jogada, quando pensavam que eu não ia alterar o marcador, já entrei na maciota, com violência, na malícia, driblando por trás, na banheira. Imodestamente digo que jogo em todas as posições. Tive, sobre Pelé, confesso, uma grande vantagem – o outro lado torcia pelo meu gol. *(Millôr Fernandes, de mãe pra filha há três gerações, só deve ser usado em* room temperature. O Pasquim. *1969)*

CINEMA NOVO
♦ Está provado: o cinema novo não é um movimento cinematográfico. É um movimento jornalístico.

CINEMATOGRA-VIDA
♦ Na noite amável da Tijuca, por entre as árvores iluminadas suavemente, vou andando em direção ao meu carro, pensando: "Que maravilha, a vida, se fosse toda feita de despedidas em Casablanca e de cavaleiros sumindo na linha do horizonte".

CINISMO
♦ O cinismo é o máximo de sofisticação filosófica. Só ele se aproxima da verdade.

CINTO DE CASTIDADE
♦ Quando o serralheiro fabricou o primeiro cinto de castidade criou, como subproduto, todos sabem, o primeiro Clube da Chave.

CIRCO
♦ Nenhuma hesitação: entre o CIRCO e o CONGRESSO (que se diz ofendido por ter sido comparado com o primeiro) fico com o CIRCO. Se não fosse por tudo o mais: nunca vi ninguém pedindo pra ser nomeado domador de feras sem concurso; nem sobrinha de bilheteira engolindo fogo por pistolão, nem grã-fininha rebolando pra ser efetivada trapezista. E, a não ser como extrema gozação, nunca vi palhaço biônico. *(1985)*

♦ O mundo inteiro está assistindo diariamente, e aplaudindo entusiasmado, aos extraordinários espetáculos do Gran Circo Brasil, único no seu gênero – meia dúzia de trapezistas e cento e cinquenta milhões de palhaços.

CÍRCULO
♦ O círculo é uma linha que já não tem mais ambição.
♦ Nasce um bebê / Água no joelho / Frieira no pé / Um dia um terçol / Outro nem sol tem / Arranhado de gato / Desidratação / Queimado no fogo / Caindo no chão / Faltando ao recato / Apanhando do irmão / Dever escolar / Mamãe se queixando / Papai se mandando / Todos a mandar / Depois vem colite / E medo do amor / Caspa e sinusite / Extração (ai!) sem dor / Horror do ridículo/ Gesto *pornográfego* / O primeiro veículo / E multa de tráfego / Logo o casamento / A neurastenia / Vocação frustrada / A taquicardia / E logo o momento / Em que outro bebê / Com água no joelho / E frieira no pé...
♦ É fácil reconhecer o círculo porque não tem hipotenusa nem catetos. *(Falsa cultura.)*
♦ Círculos militares e quadratura do círculo são mais ou menos a mesma coisa.
♦ É só conhecer os círculos artísticos pra ver que os círculos militares são de outro compasso.

CIRURGIÃO
♦ Cirurgião é um profissional para quem só há uma maneira de conhecer seu semelhante: abrindo.
♦ **A consciência do cirurgião está no bisturi.**
♦ Não há um só cirurgião, por maior que seja sua perícia, que vez por outra não arranque o fígado do idiota que devia perder o baço. Os cirurgiões usam máscaras não por questão de assepsia, mas pra não serem identificados.

CIRURGIA PLÁSTICA
♦ Depois do advento da cirurgia plástica há mulheres com 40 anos do pescoço pra baixo e 60 do pescoço pra cima.

CITAÇÃO
♦ Caras brilhantes fazem frases brilhantes e idiotas as repetem. Não vá repetir essa pros seus amigos.

CIÚME
♦ O ciúme é o álibi de quem não ama.
♦ Ovo de Páscoa: o motivo por que o galo matou o pavão.

CIVIL
♦ Sou civil de nascença.

CIVILISMO
♦ Sejamos justos: pra que a volta aos quartéis seja realmente eficiente, é preciso que os militares levem com eles uma boa penca de civis. *(1983)*

CIVILIZAÇÃO
♦ Devido a constantes provocações, mais cedo ou mais tarde as nações civilizadas são obrigadas a atacar os povos bárbaros.
♦ O homem é esse ser extraordinário que, de esforço em esforço, conseguiu sair da condição puramente animal e galgou os galhos da árvore da ciência – do tacape à baioneta, do canhão à bomba atômica, dos mísseis intercontinentais à guerra nas estrelas.
♦ Quando é que os milicos vão admitir que *civilização* vem de civil?
♦ A civilização começou quando todos os seres humanos começaram a comer em horas certas e não mais apenas quando tinham fome.
♦ Chama-se de civilização o esforço conjunto da humanidade durante milhões de anos para se autodestruir estupidamente.
♦ Nesse ritmo de incompetência as civilizações tropicais vão acabar morrendo de frio.

CIVISMO
♦ Criança, ama com fé e orgulho a terra em que nasceste: não verás jamais outro loteamento como este.

CLASSE MÉDIA
♦ A classe média é uma entidade que não sobe nem desce, não concede e também não sai de baixo, e enche qualquer show medíocre.

♦ Os pobres estão cada vez mais pobres, os ricos cada vez mais ricos, e a classe média cada vez menos classe média.

CLASSES SOCIAIS
♦ A luta de classes é realizada entre a classe alta, a baixa e a média, e os salários seguem a mesma nomenclatura. *(Falsa cultura.)*

♦ As classes altas são, naturalmente, as mais educadas e refinadas. As classes proletárias têm menos educação e requinte. E tem ainda a classe média, que diz muito palavrão e é sempre contra.

CLÁSSICO
♦ Clássico é um escritor que não se contentou em chatear apenas os contemporâneos.

♦ Os clássicos mudam muito de opinião para agradar os que os interpretam.

CLASSIFICATION
♦ A princípio certos filmes parecem extremamente *avant-gardes*. Mas logo sentimos uma sensação de *déjà-vu* e, afinal, percebemos que são apenas *vieux-jeux*.

CLEPTOMANIA
♦ Essa roubalheira toda no Planalto não é mais corrupção. É cleptomania. *(1983)*

CLIPES
♦ Na hora de enviar qualquer correspondência não se esqueça: o clipe deve ser religiosamente proporcional ao papel que segura. Não é apenas uma questão de elegância, mas também de filosofia social. Só se deve usar um clipe maior quando o de tamanho imediatamente inferior não der pra segurar o volume de papel enviado. Jamais

mande um cartãozinho com um clipão. Ou uma papelada enorme malsegura por um clipezinho. Ou vários clipes desperdiçados relaxadamente em poucos papéis. Tudo isso é feio, deselegante, antieconômico. Se você me enviar qualquer correspondência desse modo pode estar certo de que o julgo esteticamente grosseiro, com tendências anti-higiênicas talvez mau-caráter. Pelo menos irrefletido, vazio. Jamais parou para pensar profundamente sobre uma coisa que usa todos os dias e que, ao fim e ao cabo, é tão importante em sua vida quanto.... quanto um grande amor. Já vi clipes enferrujados destruírem grandes paixões.

COBRA
♦ A cobra é um rabo autossuficiente.
♦ A cobra é um animal só rabo.

COCA-COLA
♦ O trocadilho, a mais baixa forma de humor, também tem seus momentos de grandeza. Ziraldo, a propósito da entrada da Coca-Cola na China, refez brilhantemente o slogan do famoso intoxicante: "Isto faz um Mao!"

CÓDIGO
♦ O governador da Bahia, Toninho Malvadeza, acha que este governo está cheio de cripto-comunistas. Eu, ao contrário, acho que todos os comunistas do governo são cripto-conservadores. *(1981)*

♦ Economistas e financistas, além de, por profissão, serem *insiders* afortunados de grandes "jogadas", possuem ainda uma aura de encantamento e magia que faz com que suas palavras soem sábias – porque misteriosas. Mistério esse oriundo do próprio fato de nenhum economista ou financista que se preze se arriscar jamais à tolice de falar claro.

COERÊNCIA
♦ Coerência: o Brasil acabou com a mata atlântica e está

destruindo cuidadosamente a floresta amazônica porque vive na lei da selva.

♦ Muitos dão a vida por suas crenças. Jamais arriscarei a vida pelo meu ceticismo.

♦ O coerente, é natural, nem sempre consegue sê-lo. Já manter a incoerência é não manter nada, se faz sem nenhum esforço. Pois o incoerente, mesmo quando ocasionalmente coerente, está sendo devidamente incoerente. Conclusão – o incoerente é sempre coerente. E o coerente, dificilmente.

♦ O revolucionário de hoje quase sempre é o reacionário de amanhã. O contrário nunca acontece. Moral: o reacionário pelo menos é coerente.

♦ Quando um baterista morre deve-se fazer um minuto de barulho.

♦ É preciso um mínimo de coerência: se todos querem afirmar seus direitos, nada mais justo do que o Poder Público também ter o direito de ser contra toda e qualquer oposição.

♦ Coerente é o sujeito que nunca teve outra ideia.

COINCIDÊNCIA

♦ Apenas uma pessoa em um milhão é capaz de entender a situação político-econômica do país. Mas basta você entrar em qualquer bar do Baixo-Leblon que lá está ela.

♦ Coincidência: por que será que todas as pessoas de bom-senso pensam como nós?

A COISA

♦ A coisa tinha: / Cabeça de prego / Cabelo de relógio / Testa de ferro / Cara-metade / Ouvidos de mercador / Um olho-d'água / Outro da rua / Pestana de violão / Pupilas do senhor reitor / Boca de siri / Nariz de cera / Vários dentes de alho / Um de coelho / Língua de trapo / Barbas de molho / E costeletas de porco. (O homem do princípio ao fim. *1967*)

COISAS A EVITAR
♦ Nunca empreste mais do que pode pagar em 10 dias de trabalho; nunca durma com madama que tem mais grilos do que você; e nunca se hospede em hotel-fazenda chamado "Nosso Cantinho".

COLECIONADORES
♦ A tentação é sempre fazermos pouco da coleção dos outros, mas, por mais que se limpe o pó da estrada, por menos que se guardem as coisas, o que todos nós somos mesmo, no final, é colecionadores. Sobretudo de dores, aflições e angústias. Mas deixa isso pra lá.

CÓLERA
♦ Fiquem tranquilas as autoridades. Entre nós jamais vai haver epidemia de cólera. Nosso povo morre é de passividade.

♦ Mal de muitos é epidemia de cólera.

♦ A cólera, que dá quando você está com raiva, tende a aumentar quando você está na presença de pessoas que detesta ou mesmo na de pessoas que aprecia mas usam melhores argumentos do que os seus nas discussões.

COLISÃO
♦ Dizem que a diferença entre uma colisão e uma explosão é que numa colisão você continua lá.

COLLOR
♦ De Collor pode-se dizer, como os portugueses: "A esse aí parece que o rei lhe guarda os porcos".

♦ Collor nunca mostra tanta incompetência como quando resolve defender a sua.

♦ Na hora do pau comer Fernando Collor não só lavou as mãos como fez desaparecer o sabonete. *(1992)*

♦ O cinema e a literatura internacionais inventaram o herói sem causa. Nós consagramos o canalha sem jaça. *(1991)*

♦ Peraí, garotão! Esse passeio ao projeto Calha Norte,

levando a garotada, pra mim é demais. Estudos de objetivos militares e ecológicos, onde, teatralmente, se ordena dinamitar dezenas de aeroportos clandestinos, são coisas muito sérias, não são visitas à Disneylândia. A nação foi muito sacrificada, está muito sofrida e amedrontada pra poder apreciar as brincadeiras de seu jovem monarca, divertindo seus príncipes herdeiros. *(1990)*

♦ Collor coloca toda sua filosofia no extermínio dos marajás. Eu tentaria apenas acabar com os eunucos.

♦ Collor inventou mentiras tão complicadas, tão envolvidas em mentiras menores, mentiras tolas e mentiras circulares, que os adversários, esgotados no desnovelar de todas as mentiras, têm que apelar pra outras mentiras.

♦ Mais cedo ou mais tarde o Collor acaba correspondendo aos que não têm qualquer motivo pra confiar nele.

COLOMBO

♦ Colombo, todos sabem, foi o inventor das viagens a crédito.

♦ Cristóforo Colombo / Chamou de índios / Uns homens nus / Olha o que ele pensava / Dos hindus.

♦ Dizem os entendidos que a maior glória de Colombo é ter conseguido provar que a Terra não era chata. Não sei não.

COLONIALISMO

♦ O pior de tudo é que o subdesenvolvido continua perguntando: "O que dirão os estrangeiros que nos visitam?"

COLOQUIAL

♦ Engraçada essa história de linguagem coloquial. Eu conheço inúmeras pessoas que só são coloquiais quando escrevem.

COLORAÇÕES

♦ Um açougueiro branco que vende carne verde a um freguês preto é pior do que um russo branco que vende caviar vermelho no mercado negro? *(1960)*

COMEÇO
♦ Toda ação principia é por um nada que a gente não faz. *(À maneira de Guimarães Rosa.)*

♦ Há ânsia em todas as fisionomias, embora os que tentam ajudar procurem fingir tranquilidade diante da violência do acontecimento. O pai treme, a mãe grita de dor, enquanto o garoto, todo sujo de sangue e fezes, chorando desesperadamente, tenta, angustiado, respirar. O médico lhe dá algumas palmadas fortes. Agora me digam: isso lá é jeito de começar a vida?

COMÉDIA
♦ Em certas comédias de teatro a gente se chateia às bandeiras bem pregadas.

COMEDIANTE
♦ O chato pro comediante é quando quem ri por último está sentado na primeira fila.

COMER E COÇAR
♦ Nem só comer e coçar é questão de começar. Viver também.

COMIDA
♦ O comilão, que come tudo que é comível, acaba comido pela comida.

COMISSÃO
♦ No Brasil, não levarmos os 10% que nos tocam já é uma acusação grosseira a todas as pessoas que nos cercam.

COMPANHIA
♦ Diz-me com quem andas e dir-te-ei (que língua a nossa!) quem és. Pois é: Judas andava com Cristo. E Cristo andava com Judas.

♦ Antes só do que com um homem que não usa camisinha.

♦ Antes só do que com uma mulher que não usa anticoncepcional.

♦ Se eu achasse uma locomotiva / A traria para a minha solidão de monge / E enquanto ela ficasse aqui, sozinha, / Eu apitaria, lá longe.

♦ Diz-me com quem não andas e dir-te-ei quem és.

COMPARAÇÃO

♦ As más companhias não fazem o homem mau. Na verdade as más companhias, e sobretudo as péssimas companhias, fazem a gente parecer muito melhor do que é.

♦ Fala aí, sério, não vamos nos tapear mutuamente, estabelecer cortinas hipócritas entre o que somos, queremos e dizemos. O que vale mais: o talento didático da professora coroca ou os peitinhos empinados da coleguinha burra? A discrição romântica do intelectual feioso ou a musculatura do bonitão exibicionista? A graça do entregador de jornais de bicicleta, ou a chatice do filho do ministro no carrão do ano? Burro carregado de ouro é cavalo de raça.

♦ Há tempos, trabalhando com Jô Soares, ele fez um regime tão violento que todo mundo que me encontrava me dizia com espanto: "Millôr, como você está gordo!"

♦ Mal comparando, Platão era o Pelé da filosofia.

♦ Os tigres da burrice são mais sábios do que os carneiros da reflexão.

♦ Qual é mais *universal*; o dinheiro, que compra até amor verdadeiro, ou o sexo esfuziante, que arruína até banqueiro?

♦ Será que um país, como uma pessoa, de repente percebe que já gastou todos os seus dias de alegria?

♦ Existe um animal mais veloz do que o cavalo? Sim, o cavalo-motor. Existe um animal mais irracional do que o cavalo? Sim, o motorista.

♦ Minha angústia existencial está cada vez maior. Mas eu sei que não é nada comparada com a dívida externa do Brasil.

♦ Os homens são moralmente piores do que as mulheres. Há homens que nem assistem ao nascimento dos filhos. Não conheço uma mulher que tivesse esse deplorável comportamento.

COMPASSO
♦ Só conheço uma verdade definitiva: a do compasso.

COMPENSAÇÃO
♦ Antigamente o sexo era sujo, mas, em compensação, o ar era limpo.

♦ Pela lei das compensações, o aborto só deve ser permitido se, na outra ponta, os filhos puderem eutanasiar os pais.

♦ Se os ricos pudessem alugar pobres pra ficar doentes por eles, um radical grosseiro chamaria isso de exploração insuportável. Se esquecem de que os pobres teriam casa e comida e ficariam doentes de maneira muito confortável.

♦ Não temos o parque industrial, nem o produto bruto, nem o prestígio político internacional dos Estados Unidos. Mas nossos jogadores de futebol são os melhores do mundo. *(1973)*

♦ Pra não se chatear com o que não atingiu na vida, basta você pensar em tudo que não te atingiu do alto dos telhados.

♦ Um cego apura profundamente seu senso de audição. Mas, como isso não é passível de verificação imediata, e tem gente que continua não acreditando na sabedoria da natureza, eu dou um exemplo mais visível de compensação: um sujeito com uma perna mais curta do que a outra tem sempre, infalivelmente, a outra mais comprida.

COMPETÊNCIA
♦ As feministas que me perdoem – a mulher sempre foi mais forte na cama do que na barricada. Se é que a cama não é a mais eficiente barricada.

♦ Não desejo reduzir o mundo a meu próprio nível de incompetência. Mas gostaria de colocá-lo pelo menos no meu nível de autocrítica. Acho que ninguém, mas ninguém mesmo, por mais sábio que se diga ou seja, poderia dirigir qualquer país do mundo sem provar democraticamente que, em caso de falta de energia elétrica, sabe mudar um fusível. Eu não sei, confesso. Chamo o porteiro. Mas, e o mundo, tem porteiro?

♦ Um governante que se rodeia de assessores mais competentes do que ele é mais competente do que eles.

♦ Para dirigir um avião qualquer, só se habilita quem é sabidamente competente. Mas para dirigir um país todo mundo se acha capacitado.

♦ O cara que inventa o troço é melhor do que o que o executa e pior do que o que o destrói.

♦ Quem faz pior, quem faz melhor: quem faz muito mal o bem que faz ou quem faz muito bem o mal que faz?

COMPETÊNCIA BUROCRÁTICA
♦ Competência burocrática: uma contradição em termos.

COMPLETAÇÃO
♦ Um homem só é completo quando tem família; mulher e filhos. Desculpe: completo ou acabado?

COMPLEXO
♦ Coisa espantosa – não explicada pelos psicanalistas – é pessoas da maior insignificância terem grandes complexos de inferioridade.

COMPLÔ
♦ O governo afirma que não há miséria no Brasil; isso é um complô das imagens de tevê mancomunadas com os editoriais dos jornais, e umas 50 milhões de pessoas famintas e agressivas vagabundeando pelas ruas.

COMPORTAMENTO
♦ Primeiro eles lavavam o bebê e jogavam fora a água

do banho. Com o aumento da incompetência começaram a jogar fora o bebê junto com a água do banho. Agora, quando há bebês demais, eles são jogados na rua, sem água e sem banho.

COMPOSIÇÃO
♦ Todo governante se compõe de 3% de Lincoln e 97% de Pinochet.

♦ Quem tiver mais dinheiro terá mais dinheiro.

♦ **O mais catimbeiro subirá ao pódio.**

COMPOSITOR
♦ Tancredo Neves se acha um grande compositor. Compõe com todo mundo. *(1984)*

COMPREENSÃO
♦ Aceito com ternura as vacilações dos que nunca abdicaram.

COMPROMISSO
♦ Pra evitar qualquer reconciliação, duas pessoas que se divorciam devem jurar que vão viver separadas até que a morte as junte.

COMPROVAÇÃO
♦ Darwin, ao passar pelo Brasil, ficou certo de sua teoria evolucionária. Encontrou um povo que já estava até involuindo.

COMPUTAÇÃO
♦ Antes mesmo de lidar com computador mas totalmente, depois, eu sei imediatamente, ao sentir uma sensação, ter um pensamento ou ser obrigado a uma reação, se a informação me foi dada pelo olfato, pelo gosto, pela vista, pelo ouvido ou pelo tato (o único sentido decididamente *ativo*).

COMPUTADOR
♦ "O computador não erra!" Erra, e muito, e gravemente. Mas, admitindo-se que não erra, esse é seu erro maior.

A humanidade, o pouco que avançou, avançou porque o cérebro humano não tem certezas; experiência e erro é seu destino.

♦ Com o advento do computador, hoje são os jovens que vivem se queixando de falta de memória.

♦ O computador chegou ao estágio em que resolve todos os problemas. Exceto, claro, os dele.

♦ O pôquer eletrônico é um computador corrompido pelo sistema.

♦ Fique tranquilo: você pode não estar preparado pra inteligência artificial, mas o computador cada vez está mais preparado pra sua burrice natural.

♦ Na era do computador, errar é desumano.

♦ Sempre que falam do computador, ele está adulterando contas bancárias, resultados de eleições, revelando segredos de Estado. Estou desconfiado de que o computador herdou e ampliou a falta de caráter do ser humano.

♦ Um computador tem duas operações básicas; o *input* – tudo que entra – e o *output* – tudo que sai. O que o *input* e o *output* fazem lá dentro é todo o mistério da informática.

♦ Um computador, afinal, funciona exatamente igual a um tecnocrata altamente especializado. Não usa a inteligência humana.

♦ O computador encontra seja o que for, aonde quer que você o tenha colocado. Mas como é que eu vou encontrar se nunca sei o que é, nem onde botei, nem quando foi?

COMUNICAÇÃO

♦ Depois que a tecnologia inventou telefone, telégrafo, televisão, todos os meios de comunicação a longa distância, é que se descobriu que o problema da comunicação era o de perto.

♦ Falta de comunicação? Mas estão comunicando até o que nunca pensaram!

♦ Os fatos, na verdade, já não acontecem. São fabricados nas poderosas oficinas da comunicação de massa.

♦ Praticamente todas as teorizações filosófico-políticas já tinham sido feitas há 2.000 anos, na Grécia. Os grandes meios de comunicação foram inventados quando ninguém tinha mais nada a dizer.

COMUNISMO

♦ Eu não entendo por que essa perseguição ao comunismo. A Constituição não permite a liberdade de culto? *(1978)*

♦ Os comunistas remanescentes continuam não admitindo que ideias não usadas também enferrujam.

♦ Dizem os entendidos que o comunismo é excelente pros coelhos, e péssimo pros elefantes.

♦ E como dizia o velho botequineiro luso pro poeta Rubem Braga: "Olha, doutoire, eu cá num tenho riceio du cumunismu: com o pouco qu'eu tenho e o pouco qui m'vai cabeire, eu vivu muito baim". *(1959)*

♦ Os comunistas são vermelhos. Os conservadores têm uma cor um pouco mais apaziguada. *(Falsa cultura.)*

♦ Os comunistas têm atrapalhado muito a vida do nosso *nó górdio*. Quando é hora de desamarrar, amarram. Quando é hora de amarrar, como agora, desatam. Os comunistas andam em bandos, emigram inesperadamente, mudam de cor quando convém, comem alpiste, e deliberam o inexequível. Por essas razões já estão dominando totalmente nosso serviço de reembolso postal. Sem falar do outro. *(1981)*

♦ Os comunistas vêm aí: vão tomar o desemprego da gente!

♦ O comunismo é uma espécie de alfaiate que quando a roupa não fica boa faz alterações no cliente. *(1983)*

♦ Têm razão as autoridades militares quando denunciam a infiltração comunista na imprensa. Os comunistas se infiltram – é sabido – em toda parte. Dizem que há até alguns infiltrados no partido comunista.

CONCEITO
♦ Quando você se arrisca e diz exatamente toda a verdade, não escondendo nada do que sabe, ganha a fama de extraordinariamente honesto, mas também a de extraordinariamente estúpido.

♦ Vale tudo, menos dizer que Jânio Quadros tem um estilo alambicado. *(1985)*

♦ O silêncio é de prata, tempo é dinheiro, mas nem tudo que reluz é ouro.

CONCESSÃO
♦ Concessão dos militares: um civil para presidente. Exigência dos militares; mas de quepe! *(1983)*

CONCILIAÇÃO
♦ Conciliação é palavra muito usada pela canalha política – uma redundância – brasileira. Vem de *cílios*. Conciliador é o cara que fecha os olhos. Não vê. Porque não quer ver. Pronuncia *conciliação* cheio de fraternidade. "Fraternidade de Caim", diria Chamfort, satirista e pensador social, que defendeu a revolução francesa, logo percebeu a realidade e esqueceu a nomenclatura. Suicidou-se.

CONCLUSÃO
♦ Depois de anos de reflexão e experiência cheguei à conclusão óbvia de que não existe maneira correta de fazer coisa nenhuma. *(1977)*

♦ Dito e feito; tudo foi dito e nada foi feito.

♦ Na lei dos números divisíveis entre si está implícito, claramente, o motivo por que a Terra é ligeiramente chata nos polos.

♦ Certeza absoluta, ouvindo a dialética dos nossos líderes político-sociais (e econômicos, pois não): são todos cáftens de ideologias.

♦ Eu posso não ser um grande humorista. Mas tenho certeza de que sou constante motivo de riso.

♦ Às vezes me surpreendo com minha capacidade de tirar conclusões profundas de qualquer besteira. E com minha absoluta incapacidade de compreender qualquer coisa mais ou menos profunda.

CONCORRÊNCIA PÚBLICA
♦ Tão safado quanto um contrato feito por concorrência pública.

CONDIÇÃO HUMANA
♦ Como diz o cara absolutamente íntegro apanhado roubando: "Bem, eu também sou humano".

♦ Todo mundo, por mais chique que seja, em determinado momento enfia o dedo no nariz.

CONDICIONAMENTO
♦ Basta você afirmar as mesmas besteiras durante algum tempo pras pessoas começarem a dizer: "E quem sabe se, no fundo, ele não tem razão?"

CONFIABILIDADE
♦ Pague rigorosamente em dia as suas contas e cumpra rigorosamente todas as suas obrigações, até conseguir crédito prum golpe que valha a pena.

CONFIANÇA
♦ Não confie em ninguém com mais de trinta anos. Aliás, como medida de segurança, não confie também em ninguém com menos de trinta anos.

CONFISCO
♦ De todas as explicações que ouvi a respeito desse enorme confisco do governo Collor, entendi apenas o mesmo da lição do menino e das duas peras. O menino (governo?) abriu a geladeira, viu duas peras e comeu uma. A mãe (contribuinte?) abriu a geladeira, viu só uma pera e perguntou: "Quedê a outra pera?" E o menino (governo?) respondeu: "Ué, a outra pera é essa!" *(1991)*

CONFISSÃO
♦ Confissão é aquilo que o criminoso faz espontaneamente, depois de algumas horas de porrada.

♦ Essa vontade doida que a gente tem de contar tudo (que adianta traçar a tal gata se não se pode contar depois? E, pior, como calar a angústia de quando ela arranjou um melhor?) foi capitalizada *(latu sensu)* pela psicanálise. Quanto mais complexa e sofrida a nossa história, mais longa e bem cobrada a sua análise. O padre, pelo menos, era de graça. Aliás, dupla. A dele, que não cobrava, e a divina. Bem, tem aquele negócio de pagar com três ave-marias e quatro padre-nossos, mas não doía no bolso. Outro bom analista era a mãe (a própria, ou a dos outros, na falta) e a esposa, ambas limitadas e restritivas porque no melhor da festa quebrava um pau danado se a gente resolvia mesmo contar tudo. E tinha, ainda tem, o *barman*, outro confessor tradicional, excelente, mas que não pode nos dar tempo integral porque tem sempre do lado um outro bêbado chato, querendo enfiar sua alcoolatria idiota em nossa maravilhosa dor de corno.

CONFLITO
♦ Deus me poupou o sentimento do medo. O Demônio me tirou o sentimento da coragem. Compreendem o conflito?

CONFLITO DE OPINIÕES
♦ Aviso de tráfego em inúmeros lugares: "Você ainda tem milhões de minutos de vida. Não arrisque isso tudo pra ganhar um". Aviso meu: "Este é o minuto mais importante de sua vida. Não vá perdê-lo pra economizar outros, apenas hipotéticos".

CONFORMAÇÃO
♦ Não, eu não sou popular. Mas minha casa vive cheia de gente que vem visitar o meu uísque.

♦ Não, não espero o ótimo, nem mesmo o melhor. Esse daí é bom? Me dá esse mesmo!

♦ Se você acordou de manhã é evidente que não morreu durante a noite. Fique feliz com esse mínimo.

♦ A verdade é que, por mais que me esforce pra ser sofisticado, estou sempre mais perto do Renato Aragão do que do David Niven.

♦ Cada vez mais sombrias as previsões sobre a vida nas grandes cidades no ano 2000: milhões de pessoas se digladiando por espaço e comida. Não sou tão pessimista. Quer dizer – não que não acredite na superpopulação. Mas acho que o pessoal se acostuma.

♦ Neste mundo não há felicidade. Portanto a gente tem que ser feliz assim mesmo. *(1958)*

♦ Temos que dar tempo ao tempo, dizem. Mas ao tempo que outra coisa podemos lhe dar? *(1979)*

♦ Bem, se os homens são assim mesmo, então todos os erros estão certos.

CONFRONTO
♦ Os que são contra a desobediência civil são naturalmente a favor da obediência militar. *(JB.1987)*

CONFUSÃO
♦ Eles dizem e concordamos: "É preciso não confundir Liberdade com Licenciosidade". Mas desde que não confundam também: Presidente com divindade Ministro com impunidade General com a generalidade Três poderes com Trindade Brasília com a verdade Gradualismo com grade Cadeia com Faculdade Machismo com ombridade Censura com moralidade Mafioso com confrade Grossura com densidade Crença com credulidade Pose com dignidade Prudência com morosidade Muitos com pluralidade Omisso com neutralidade Pôster com posteridade Chatice com profundidade Gangue com sociedade Vídeo com realidade Simplícitas com simplicidade Teimosia com tenacidade Colaboração com venalidade Fato com fatalidade Adesão com habilidade Carteira com identidade Medo com hones-

tidade Cargo com propriedade Inércia com estabilidade Patota com lealdade Controle familiar com mortandade Ditadura com unidade Conivência com afinidade Cidade com atrocidade Burrice com austeridade Semestre com anuidade Boça com boçalidade Agrado com viscosidade Convexo com concavidade Duplo com duplicidade Momento com eternidade Orgulho com fatuidade Incesto com fraternidade Esgar com hilaridade Dureza com integridade Descontração com promiscuidade "Legal" com legalidade Vaga com propriedade Hospital com hospitalidade Cornice com mansidade Parricídio com orfandade Chuvisco com tempestade Pernóstico com sumidade Frieza com virgindade Bagunça com atividade Viração com agilidade Mano com a humanidade *und so weiter...*

♦ Embora às vezes se pareçam, é bom não confundir amnésia com anistia.

♦ Nunca se deve confundir o funcionário que dorme durante o expediente com o que é capaz de fazer o trabalho de olhos fechados.

♦ Quem confunde liberdade de pensamento com liberdade é porque nunca pensou em nada.

CONGREGAÇÃO

♦ Congregação é um préstito de esculápios. *(Novos coletivos.)*

CONGRESSO

♦ O Congresso é uma instituição meio entreposto, meio bordel, meio confessionário.

♦ O Congresso é uma organização entre o progresso e o retrocesso.

♦ O dinheiro fala mais alto – sobretudo no Congresso, pela boca dos grandes latifundiários.

CONHECEDOR

♦ Uma vida passada entre quadros não faz um conhecedor de arte (vide vigias de museu).

CONHECIMENTO
♦ Não é na pinta das vacas que se mede o leite. *(À maneira de Guimarães Rosa.)*

♦ Cuidado com certas pessoas – patologistas, agentes funerários, funcionários de serviços de informações – que dizem, cheias de experiência: "Eu conheço os homens". Conhecem tanto os homens quanto um desentupidor de esgotos conhece a cidade.

CONHECIMENTO (1938)
♦ Treze anos de idade. Começo na imprensa, trabalhando na revista *O Cruzeiro* (que seria a maior revista do país em todos os tempos). Toda a revista era uma sala de 3 x 6. Lembro de um mulato magro, simpático (ainda não era bonito), vindo falar comigo, procurando um amigo baiano. Acho que foi a primeira pessoa com que falou no Rio. Dorival Caimmy. *(Entrevista. 1971)*

CONIVÊNCIA
♦ O jornalista de Brasília vive muito dentro do poder. Conhece todos os políticos, todos os militares, todos os diplomatas – perde, pela "afetividade", a isenção para comentar o sistema. A proximidade é conivente. *(Entrevista. Revista 80. 1981)*

CONJUGAÇÃO
♦ A "eleição" de Tancredo traz a Brasília um clima de lamentável euforia. Pois o que precisamos é de um clima de *nós*foriamos. Que inclui, democraticamente, o clima de *tu*forias, o de *ele*foria e, com todo respeito, o de *vós*forieis. *(1985)*

♦ Pensar – verbo decididamente reflexivo.

CÔNJUGE
♦ Algumas vezes uma pessoa comete adultério apenas pra não decepcionar o cônjuge.

♦ Cônjuge – o verdadeiro sexo oposto.
♦ No dia em que morre um dos cônjuges, aí começa a felicidade conjugal.

CONQUISTAS
♦ Se as mulheres continuarem tão reivindicativas e as crianças tão chatas, já já, no primeiro naufrágio que houver por aí, alguém vai gritar bem alto: "Crianças e mulheres por último".

CONSCIÊNCIA
♦ Consciência é o receio de que alguém viu.
♦ A consciência do médico está no bisturi. A do banqueiro nos juros antecipados. A do torturador na certeza de que, se ele não fizesse, outro aceitaria. A do especulador imobiliário na crença de que ecologia é conservação de capim. A do automobilista na variante daltônica – vermelho é o dos outros.
♦ Todo mundo leva pau no exame de consciência.

CONSELHO
♦ "Tenham sorte." *(Pressionado para dar um conselho no sentido de suas carreiras, por jovens estudantes e professores da área de informática. 1992)*
♦ A situação está insustentável. Por isso temos que tirar satisfação das coisas mais triviais. Por exemplo – nestes dias de calor violento nunca deixe de botar o papel higiênico no *freezer*.
♦ Jamais aceite conselho – a começar por este.
♦ Jamais chame um amigo de imbecil. É preferível lhe pedir dinheiro emprestado e não pagar.
♦ Não briga com gambá. Mesmo ganhando, você sai cheirando mal.
♦ Nunca deixe pra amanhã o que pode deixar hoje.
♦ Se sua mulher o abandonou não arranque os cabelos. Careca é que você não arranja outra.

♦ Quando, ao apertar a barriga na altura do fígado, você sentir dor, deixe imediatamente de apertar.
♦ Se você realmente deseja ter um lar perfeito – não case.
♦ Conselho útil: se sua calça tem um buraco, use-a pelo avesso.
♦ O vago sentimento de ofensa que você sente ao receber um conselho vem do fato de perceber que o outro cara o tempo todo sabia que você estava entrando bem.
♦ Um conselho definitivo – faça exatamente o contrário!
♦ Se você não quer que a galinha o abandone nunca faça nada no frigir dos ovos.

CONSEQUÊNCIA
♦ Às vezes a gente diz coisas tão desonestas sobre certas pessoas que nunca mais consegue acreditar nelas.
♦ Quem vive de esperanças morre muito magro.
♦ Se você for à festa ninguém notará a sua ausência.
♦ Não matarás. Não furtarás. Não cobiçarás a mulher do próximo. Já imaginaram se tudo isso tivesse sido obedecido à risca? Nenhum crime bárbaro. Nenhum assalto a banco. Nenhuma dor de corno. Um mundo sem enredo?
♦ Beleza não põe mesa. E desarruma a cama.

CONSERVAÇÃO
♦ "Para inveja de minhas amigas mantenho a mesma silhueta há vinte anos. Vestida, é claro." *(Vera. Peça É... . 1976)*

CONSERVADORISMO
♦ Tem gente tão conservadora que só aceita a permissividade se for obrigatória.

CONSOLO
♦ Consola-te, amigo: o sol também dá todo aquele espetáculo pra começar o dia e a maior parte da plateia continua dormindo.

CONSTATAÇÃO
- A riqueza não traz felicidade. A burrice traz.
- As galinhas que engolem relógios nem por isso põem ovos na hora certa.
- Não há ovo maior do que a galinha.
- O mundo está ficando grisalho.
- Pobre é muito mais barato!
- Tem gente que só acredita na gravidade quando um tijolo cai na cabeça deles. Botam a mão na cabeça, veem que sai sangue e constatam: "Pô, só pode ser a tal da gravidade". *(Beto, personagem de* Os órfãos de Jânio. *1978)*
- Você está bêbado quando começa a sentir solidariedade e não consegue pronunciar essa palavra.
- Embora não seja material, a alma existe, pois o total do corpo humano é maior do que a soma das partes. Mas o total dos anos é menor do que a soma dos dias. Daí as décadas chegarem com tanta rapidez.
- O mundo tem muitos canalhas, mas estão todos nas outras mesas.
- Só sei que o suicida ao cair inda projeta sombra.

CONSTITUIÇÃO
- O maior dos sábios é constituído de 95% de estupidez.
- A Constituição é a Carta Magna, a lei mais sagrada do país – soberana, inviolável e incompreensível.

CONSTITUIÇÃO BRASILEIRA
- Todo ser humano tem direito à morte, à prisão e à busca da infelicidade.

CONSTRUÇÃO
- Nos alisares das portas, / Nas bacanais dos bacanas, / Nos circos de Tijuana, / Nos quiproquós dos provectos, / Nos alisares das portas.

CONSULTA
- Jamais consulte um médico sem saber antes que tipo de doença ele prefere.

CONSUMAÇÃO
♦ *Consummatum est* – Consumação incluída. *(Traduções televisivas.)*

CONTA
♦ Eu sei que o pessoal do Nordeste vai me chamar de mentiroso, mas, fazendo as contas, verifiquei que, entre café da manhã, almoço e jantar, já fiz na vida 54.742 refeições. *(1974)*

CONTABILIDADE
♦ A contabilidade da vida – como dizia Sêneca – deve ser feita todos os dias. Pode ser que amanhã a gente já não tenha caixa.

♦ O fim da vida cancela o Dever e o Haver.

CONTÁGIO
♦ Amor com amor se pega.

♦ A pobreza contamina.

CONTENÇÃO
♦ Pra que bazuca, camaradas? Eles são todos de barro: basta uma atiradeira. *(1979)*

♦ Ainda está pra nascer o erudito que se contenha em saber só o que sabe.

♦ Contenção é quando a raiva empata com a educação.

♦ Nem o trabalho, nem a contenção moral, nem o respeito ao próximo jamais mataram ninguém. Mas, por via das dúvidas, é bom evitar tudo isso.

CONTESTAÇÃO
♦ "O que eu gosto mesmo é de fumar o charuto dos sibaritas deixando a cinza cair no tapete dos antitabagistas!" *(Politicamente incorreto. 1992)*

CONTESTADOR
♦ Nasceu com 10 meses. Depois de alguma relutância, cresceu. Esperneando, foi para um colégio onde, a contragosto,

se formou. Começou a trabalhar, mais faltando que comparecendo. Recusou-se a prestar serviço militar, foi processado como insubmisso. Fundou um grupo político próprio e protestou em toda parte contra o sistema estabelecido. Não casou pra não aceitar as formas consagradas de relações homem-mulher: a família nuclear. Teve filhos, que não educou formalmente pra não inseri-los no contexto. Aos 30 anos cansou e aderiu. *(1974)*

CONTINUIDADE

♦ Depois de vinte anos de casados eles vivem exatamente como no primeiro ano – com absoluto descaso um pelo outro.

♦ A vida é ininterrupta. A morte também. Só que por muito mais tempo.

CONTRACHEQUE

♦ De repente viu-se cheio de dinheiro. A empresa, por engano, em vez do ordenado, lhe pagou os descontos.

♦ Dizem assim, juro!: / "O Brasil é o país do futuro!" / Mas dizem também essa: / "No Brasil não há pressa".

♦ Não há nenhum atleta com espírito esportivo. E nenhum artista trabalha por amor à arte.

CONTRAPARTIDA

♦ Para haver cultura tem que haver ignorância.

CONTRÁRIOS

♦ Homem que não é de nada / É melhor nem chegar perto / De mulher que só quer prazer. / Isso é juntar a fome / Com a vontade de não comer.

CONTRASTE

♦ O avião era a jato, mas o adeus era antigo.

♦ Pela aparência que tinha e pela idade que dizia ter, aquela senhora podia ser a mãe de si mesma.

♦ Você está sempre mais velha em cada fotografia mais nova e sempre mais nova em cada fotografia mais velha.

♦ Espantoso como agora, já no fim do século, o anacronismo ficou tão moderno.

♦ Ninguém vive eternamente jovem. Mas tá assim de caras perpetuamente velhos.

♦ Quem se cerca de canalhas garante, por contraste, uma imagem de pureza.

♦ Os moralistas criaram os Alcoólicos Anônimos. Os sibaritas (nas colunas sociais) criaram os Alcoólatras Famosos.

♦ Quando eu rio muito me vem uma tristeza!...

CONTRATO
♦ Quando você for comprar uma casa financiada pelo *Sistema* de habitação popular leia bem o contrato para se certificar de que a cláusula I do item acima se refere realmente ao artigo III do parágrafo seguinte e está devidamente ratificada pela 2ª alínea da cláusula 3ª inserida abaixo.

CONTRIBUIÇÃO
♦ Se agir sempre com dignidade e probidade, você pode não melhorar em nada o mundo – mas haverá na Terra um canalha a menos.

CONTRIBUINTE
♦ Me arrancam tudo à força, e depois me chamam de contribuinte.

CONTROÉTICA
♦ Pelo que observei na CPI do Congresso, os inquiridores executam seu papel com tal probidade e competência que merecem ser condenados. Dos crimes, desmandos e patifarias que cometeram, ou em que estão incriminados, os acusados fazem confissões tão impudentes e revelam detalhes tão percucientes, que nos dão a imediata convicção de sua absoluta inocência. O povo roubado, feliz e satisfeito ao ver a apuração total dos ilícitos, colabora com seu entusiasmo, afirmando nunca mais votar nos que não se locupletaram. *(1994)*

CONTROLE
♦ A dieta também pode ser considerada uma forma de diminuir a população.

♦ A situação está sob controle – como dizia o diabo depois de pintar os chifres de vermelho e enfeitar o rabo com penas de pavão.

CONTROLE DE NATALIDADE
♦ Simpósios universitários e religiosos pra confecção de planos práticos de controle de natalidade. Vistas controversas, choques de interesses, moralidades antagônicas. O evidente é que todo mundo, sem saber como ajudar a atual geração, que não sabe pra onde vai, tenta influir na próxima geração, pra ver se ela não vem.

CONTROLE DE POPULAÇÃO
♦ A que altura da vida começar o controle da população? Com o aborto, antes dos três meses; ou com a eutanásia, depois dos 60 anos?

CONTROLE REMOTO
♦ Aperte o botão do controle remoto da televisão. Não custa tentar. Embora pareça incrível, há sempre a possibilidade de um programa pior.

CONVENCIMENTO
♦ Muito cientista social acha que é facílimo convencer os outros com três ou quatro pontapés ideológicos.

CONVERSA
♦ O pensamento é linear, o diálogo biangular, a conversa circunferencial ou trapezoide, o debate multidimensional, o congresso estroboscópico.

CONVICÇÃO
♦ Diz que Brizola, depois de, num comício, defender com a competência que ninguém discute seus inatacáveis pontos de vista socialistas, perguntou a um companheiro mais

simples o que tinha achado do discurso. "Olha – respondeu o companheiro – apesar de tudo que o senhor disse, que foi impressionante!, eu ainda prefiro o socialismo."

♦ Negócio seguinte: o imbecil, que só tem uma ideia, é, forçosamente, um homem de grande convicção. *("Negócio seguinte" é uma expressão inventada por Ivan Lessa no jornal* O Pasquim*. A retirada do verbo e dos artigos da frase convencional "O negócio é o seguinte" deu a ela uma elegância e uma graça inesperadas. Assim se inventa a língua e não com regrinhas gramaticais.)*

CONVIDADOS
♦ Restaurar a democracia é fácil. Eu quero ver é convidar pra festa trinta milhões de miseráveis. *(1982)*

CONVIVÊNCIA
♦ A coisa que mais separa um homem e uma mulher é viverem juntos.

COOPER
♦ A cambada toda de meia-idade correndo de manhã no calçadão de Ipanema – um olho no cronômetro, outro no calendário.

♦ Me vendo correr na praia a rapaziada me chama de corredor cultural.

♦ A grande vantagem do Cooper, ao contrário do que apregoam, não é aptidão física, saúde geral, sensação de bem-estar. É poder mentir à vontade. Em qualquer outro esporte ou atividade física existem sempre parceiros – portanto rivais – que te vigiam e patrulham, dizem que você não joga tanto quanto afirma, não é tão bom quanto pensa, não tão aplicado quanto quer fazer crer. Mas no Cooper não, ninguém pode anotar. Se não te veem de noite você diz que corre de manhã; se você não aparece mais no calçadão da praia ou na grama do jardim, pode dizer que agora está correndo em volta da lagoa ou na pista do clube ou na Floresta da Tijuca. O Cooper é o único esporte em que você pode conseguir alta reputação sem sair da cama. Basta andar sempre de tênis e *trainings* coloridos.

COOPERAÇÃO
♦ Chegou a hora em que devemos abandonar nossas dissensões. Juntos, temos que fazer um esforço para soerguer o país. Vamos lá, um, dois, êia! É, não dá! Com esse material aí, não dá! *(1976)*

COPÉRNICO
♦ Copérnico foi o inventor do estrelato. *(Falsa cultura.)*

CORAÇÃO
♦ O coração também tem dor de barriga.
♦ O coração tem imbecilidades que a estupidez desconhece.
♦ Eu sei desde menino; / Meu coração é feito de cetim. / E bate como um sino – / Em latim.

CORAGEM
♦ Coragem é essa estranha qualidade que nos falta exatamente no momento em que estamos mais apavorados.
♦ Medo todos têm, a gente sabe; mas coragem é matéria de muita verificação. *(À maneira de Guimarães Rosa.)*
♦ Confessar covardia: que coragem!
♦ É preciso ter coragem. É preciso dar pseudônimo aos bois.

CORNO
♦ O adúltero, que pensa trair, na verdade é o traído, pois não ignora que o outro possui *sua* mulher. Este, o comborço, porque ignora, não é traído. O verdadeiro corno é o que – aparentemente – corneia.

CORPO / ESPÍRITO
♦ O desenvolvimento cerebral / Nunca se compara / Ao abdominal.

CORPORATIVISMO
♦ Ladrão, mentiroso, tarado, / Fanático, covarde, traidor. / Mas do nosso lado.

CORREÇÃO
♦ De grão em grão a galinha acaba na panela.
♦ Determinismo histórico está bem – mas, e o impulso? E as circunstâncias? E o pênalti que o Baggio perdeu? *(1994)*
♦ A linha reta só é o caminho mais curto entre dois pontos quando o poder está distraído.
♦ A morte é fatal, e só ela corrige o erro inicial de você vir ao mundo.
♦ Dinheiro fiado não se paga com conversa idem. *(Sobre a demagogia de Sarney quanto à dívida externa. 1987)*
♦ No Brasil quem anda sempre na linha o máximo que consegue é ser apanhado pelo trem.
♦ Tem gente dizendo que eu ando por cima da carne-seca. Mas todos sabem que eu prefiro as mais cheinhas.

CORREIO
♦ Até bem grandinho eu acreditava que correio era um meio de transporte em si mesmo – a gente botava a carta e o correio *levava*. Fiquei decepcionado no dia em que descobri que uma carta chegava a seu destino através de conhecidos e prosaicos meios de transporte: trem, avião, navio, burro. *(Hoje, com o fax-modem, a minha crença ingênua virou realidade. Moral: algumas vezes os idiotas são apenas profetas incompreendidos.)*
♦ Endereço errado não responde carta.

CORRUPÇÃO
♦ Acabar com a corrupção é o objetivo supremo de quem ainda não chegou ao poder.

♦ Corrompo, logo existo.
♦ A corrupção anda tão generalizada que já tem político ofendido ao ser chamado de incorruptível.

♦ A princípio os mais jovens me acham fora de tempo quando aconselho peremptoriamente: "Meu filho, seja honesto!" Mas logo entendem o valor lúdico (a sacanagem) do meu conselho: "O pessoal vai ficar besta!"

♦ As fraudes nos pagamentos de benefícios no INSS são tão desavergonhadas que acabaram até com o benefício da dúvida.

♦ Basta você examinar um otimista pra descobrir por baixo uma compra sem licitação, com superfaturamento.

♦ Convicção do corrupto: "Com o dinheiro da corrupção comprarei um caráter sem jaça".

♦ Corromper é a maldição de todos os corrompidos.

♦ Corrupção é aquilo que, não tendo sido atingido por, você se acha na obrigação de invectivar.

♦ Corrupção: quantos decretos-leis se fazem em teu nome!

♦ Invejar os corruptos já é meia corrupção.

♦ Lição de corrupção número 1: "Ninguém come de graça".

♦ O corrupto é um animal extremamente parecido com um não corrupto. Mas esta espécie está quase extinta por ser fácil de capturar.

♦ O corrupto serve principalmente como assunto de conversa. Quando se está numa reunião e alguém fala em corrupção, é inútil mudar de assunto. Pode-se, no máximo, mudar de corrupto.

♦ Os corruptos são encontrados em várias partes do mundo, quase todas no Brasil.

♦ Reparem bem se nossos constantes ataques à corrupção não vêm sempre com uma pontinha de inveja.

♦ Uma característica curiosa do corrupto se observa em restaurantes. O corrupto está sempre nas outras mesas.

CORTE

♦ Em Roma, dois dias de chuva intensa. A monotonia me faz lamentar de novo o erro do Todo-Poderoso não ter inventado o corte. Os cineastas, brilhantemente, corrigiram isso. Mas a vida continua com cenas muito longas. Deveríamos poder cortar onde quiséssemos, passar pra cena seguinte, ou pro mês seguinte. *(Notas de um péssimo viajante. 1965)*

COSA NOSTRA

♦ Ói, tira o máximo que puder / De todo modo que possa, / Tira já, tira depois, / Em todo lugar que possa / Devagar ou bem depressa / Todas as vezes que possa / De tudo e de quem puder / O tempo todo que possa / Pois é o Estado quem mostra: / Não existem coisas nossas / Só existe Cosa Nostra.

COSTUMES

♦ Como os tempos mudaram! Vinte anos atrás homossexual só podia ser muito escondido. E machão não precisava disfarçar. *(1985)*

♦ Na Suécia a censura proíbe qualquer peça ou filme que não tenha cenas de sexo explícito.

♦ Nada resiste à corrupção e aos costumes. Mesmo velhos amantes acabam querendo se casar.

♦ Os mais mocinhos não vão acreditar; houve um tempo em que pobre tinha vergonha... de ser pobre. E só gente de muito mau-caráter vivia endividada. Três gerações depois e oito inflações mais tarde os pobres atacam supermercados. E quem deve e não rola dívidas é um sem-vergonha.

♦ E como dizia a patrícia romana pra filha que chegava de madrugada: "Está muito bem. Até as 3 horas da manhã você ficou na bacanal. E depois? Não vai me dizer que se meteu de novo aí numa reunião cristã!" *(A história é uma istória. 1976)*

COTAÇÃO

♦ Todo dia abro a janela e contemplo essa maravilha da natureza que é a praia de Ipanema. Hoje caí na asneira de abrir também o prestigiadíssimo Guia Mixelã e vi que dá cotação de * (uma estrela!) pra nossa praia. Esse critério é que explica os franceses acharem lindíssima aquela torre de petróleo que, no século passado, plantaram no centro de Paris. Não descobriram petróleo e promoveram a torre a obra de arte. *(1991)*

COVARDIA

♦ Tão covarde que não apagava a luz quando ia sair de casa, com medo de que houvesse alguém escondido no claro.

♦ Uma covardia de heróis. *(Novos coletivos.)*

♦ Como dizia o tremendo covarde: "Puxa escapei por muito!"

COVER GIRL

♦ A moça da cobertura. *(Traduções televisivas.)*

CRACK

♦ Rockefeller morreu de armas na mão defendendo o crack de 1929. *(Falsa cultura.)*

CREDIBILIDADE

♦ A credibilidade de um país é inversamente proporcional aos juros que os banqueiros internacionais lhe cobram.

CREDO

♦ Desrespeitarei todos os meus semelhantes, independentemente de sexo, idade, raça ou religião; chatearei e provocarei meus próximos e seus filhos, até tornar sua existência insuportável; farei da minha vida um exemplo de intolerância e incompreensão totais; aclamarei todas as vaidades, apoiarei todas as reivindicações estúpidas e mesquinhas; serei inimigo mortal dos casais bem-casados, dos amigos de infância, das famílias tranquilas. E para isso usarei o telefone, o jornal, o rádio, a imprensa, a televisão, o Pássaro Madrugador. *(Credo da má vontade integral. 1969)*

CREDULIDADE
♦ A prova da absoluta credulidade humana é que toda vez que anunciam *O maior filme de todos os tempos* a gente acredita um pouquinho.

CRENÇA
♦ Acreditar que não acreditamos em nada é crer na crença do descrer.

♦ Consome a fé, o crente – mas o ateu se farta de mil hóstias.

♦ Creio em amizades profundas e em inimigos bem rasos.

♦ Creio no palhaço, e em Carlitos, um só seu filho, o qual padeceu sob o poder de Joseph McArthy.

♦ É impossível não acreditar um pouquinho nas coisas em que a totalidade das pessoas acredita. Isto é; é impossível não acreditar de todo nas coisas inacreditáveis.

♦ Nessas coisas de crença eu acho que a gente deve ir com muito cuidado, pisando mansinho, que é pra não enfiar espinho no pé. Embora eu seja como São Tomé – quero ver pra não crer – sou também um pouco como Diderot que, apesar de absolutamente cético, por uma questão de prudência elementar sempre se referia a Deus como "o cavalheiro lá em cima".

♦ Eu não só acredito em vida depois da morte como acho que é essa que estamos vivendo.

♦ Lição primeira: Quem acreditou piamente não pode piar.

♦ Uma crença não é mais verdadeira por ser unânime, nem menos verdadeira por ser solitária.

♦ Creio que a Terra é chata. Procuro em vão não sê-lo.

♦ Se o cara acha que o dinheiro não é tudo, é rico. Se acredita que o dinheiro é tudo, é pobre.

CREPÚSCULO
♦ Certos crepúsculos, é fácil de ver, estão apenas querendo entrar pra Academia de Belas Artes.

CRIAÇÃO

♦ Essa pressa leviana / demonstra o incompetente; / Por que fazer o mundo em sete dias, / se tinha a Eternidade pela frente? *(Fim do texto "A verdadeira história do paraíso", publicado em 10 páginas, em cores, na revista* O Cruzeiro. *A revista, dirigida por carolas, pressionada por carolas, publicou violento editorial contra o autor, que trabalhava na empresa há 25 anos e, no momento, estava na Europa. O caso motivou um grande banquete de desagravo ao autor, espantoso porque a revista pertencia a Chatô – Assis Chateaubriand, o Cidadão Kane brasileiro – e participaram do ato, pessoalmente, os principais dirigentes dos mais importantes setores de imprensa:* O Globo, Manchete, *ABI, até* Seleções do Reader's Digest. *Um ano depois estaríamos em 1964 e a solidariedade morreria. 1963)*

♦ Tinha tudo para não dar certo, mas fui em frente. Fiz o céu, as águas, as árvores e seus pássaros e seus frutos. Fogo e terra e rios e montanhas. O homem. Mas tudo teria ficado incompleto se eu não tivesse a ideia da mulher. Muitos dizem até que foi uma inspiração diabólica. Não sei, foi há tanto tempo. Só sei que fui inventando os cabelos, a forma da boca, o redondo das coxas, a maciez da pele e – essa ideia genial tenho certeza de que foi minha! – os seios. A criação ficou tão maravilhosa que não resisti e a possuí ali mesmo. *(1981)*

CRIANÇA

♦ Criança é muito teimosa e nunca faz o que os mais velhos mandam por isso tem muita que ninguém quer. É muito difícil obrigar uma criança a se lavar, agora a se sujar não é não. *(Composição infantil.)*

♦ Uma criança de seis meses, quase toda composta de choro.

CRIATIVIDADE

♦ Chama-se de criatividade isso que o entrevistador faz com o que nós dizemos.

CRIME

♦ Não é que o crime não compensa. É que, quando compensa, muda de nome.

♦ Crime não se aprende no colégio ou é exatamente o contrário?

♦ O crime é igualzinho ao futebol. O cara pode ser o maior jogador do mundo, mas não marca o gol sozinho. Tem toda uma estrutura anterior que prepara esse gol – o clube, o tratamento médico e atlético, os técnicos e, afinal, o time em campo, armando a jogada e a possibilidade do gol. No crime é a mesma coisa. A sociedade desorganiza tudo, dá condições especialíssimas para a ação dos destituídos, tira todas as possibilidades normais do cidadão; em suma, dá todas as condições e arma toda a jogada – o criminoso apenas comete o crime.

♦ O crime foi espantoso, mas o morto não tinha o menor interesse.

♦ Crime – quantas legislações se cometem em teu nome!

♦ Nós todos, criminosos em potencial de uma sociedade doente, não aguentamos mais esse suspense. Acordamos todo dia perguntando: quando é que vamos sair do banco de reservas?

♦ O crime não compensa: o cara pode roubar, corromper e se locupletar. Mas acaba a vida cercado de lindas mulheres puxa-sacos, morando em horrendos palácios com mil criados ambiciosos e naufragando num iate superluxuoso, cheio de quadros e obras de arte.

♦ O crime não compensa? E de que é que vivem carcereiros, policiais, fabricante de cofres, advogados e juízes?

♦ Segundo a jurisprudência atualmente no poder, fica estabelecido que há crimes criminais e crimes estatais.

CRIME ORGANIZADO

♦ As autoridades dizem a toda hora que estão profundamente preocupadas com o aumento do crime organizado. Por quê? Preferem o crime esculhambado?

♦ O crime se organizou porque já não aguentava mais os assaltos da polícia.

CRIMINOSO

♦ Nesses filmes violentos que são exibidos todas as noites na televisão, qualquer criança sabe de antemão quem é o criminoso – o dono da tevê.

CRISE

♦ Só passei por uma crise etária, a dos 50 anos, e foi bem grave. Mas eu tinha apenas 17 anos.

♦ Crise, carestia, falta de dinheiro. Desde que o mundo é mundo essas são palavras que ecoam uma realidade permanente. Daí ser fácil aos poderosos fazerem o povo aceitá-las como uma tragédia irremediável, quase como uma característica biológica (sou pobre porque nasci glandularmente pobre), ou uma lei metafísica escrita nas estrelas (sou pobre porque Deus, ou o destino, faz pobres e ricos), da qual só se pode sair ocasional, individual e heroicamente. Talvez eles tenham razão.

♦ Isso passa, isso passa, me dizem sempre. Átila também passava. E todos vocês sabem o que acontecia com a grama.

CRISE DO PETRÓLEO

♦ O consolo do alcoólatra é que o álcool não está na mão dos árabes. *(1980)*

CRISTÃOS

♦ A vantagem dos cristãos sobre os muçulmanos é que enquanto estes proibiam toda e qualquer bebida alcoólica os conventos cristãos produziam licores verdadeiramente divinos.

CRISTIANISMO
♦ Quem dá aos pobres é uma raridade.

CRISTO
♦ Cristo desistiu de voltar à Terra. Os comunicadores o convenceram de que a imagem dele não é boa pra televisão.

♦ Cristo foi condenado como traidor e herege ou apenas porque não pagou a última ceia?

♦ Foi em Tididabo, Espanha, diz a lenda, que o Demônio tentou Cristo, oferecendo-lhe o domínio do mundo. A proposta foi aceita. A dívida ainda está sendo rolada.

CRITÉRIOS
♦ A diferença entre o filme erótico e a pornochanchada é muito simples: o primeiro o crítico vê em sessão especial, acompanhado pelo produtor; o segundo ele vê sozinho, no circuito normal.

♦ O meritíssimo julga pela Lei. / Pelo Espírito e a Premissa, / E até pela Justiça.

CRÍTICA
♦ Às vezes só ao ler a crítica percebemos que a merda de filme que vimos no dia anterior é uma obra genial.

♦ Dizia do marido: "A mim é que ele não engana. Pra mim ele é um livro aberto". E tome crítica literária!

♦ E no sétimo dia, quando Deus descansou, surgiram sobre a Terra os primeiros críticos de costumes.

♦ Fui ver quatro filmes cotados nos jornais com quatro estrelas – ou coisa equivalente. Todos excepcionais, admiráveis, obras-primas nacionais e multinacionais: pois havia entre eles um filme nigeriano e outro japonês. E me certifiquei, mais uma vez, do objetivo da crítica cinematográfica: me fazer de imbecil.

♦ Já imaginaram Rabelais, Molière e Swift fazendo um programa humorístico na televisão? Como ficariam indignados com as críticas de Bernard Shaw?

♦ Não digo que os críticos percam o total da poesia, mas sem dúvida perdem seu lado emocional, ao examiná-la como especialistas. Mais ou menos o que acontece aos ginecologistas com relação ao sexo.

♦ Não precisamos ser especialistas em nada pra fazer crítica. Sem jamais usar um martelo ou um formão qualquer pessoa sabe se uma cadeira incomoda ou não o seu traseiro. Em arte ou sabão de roupa, criticar é direito de todo mundo.

♦ O primeiro crítico foi aquele xiita que dormiu enquanto Moisés lia os 10 mandamentos: achou muito prolixo.

♦ O que um crítico de cinema mais adora é escrever sobre filmes que detesta.

♦ Quando leio uma crítica literária ou de teatro, isso sempre me dá a imagem de uma pessoa que detesta uísque falando de uísque quando preferia não falar nem mesmo de coisa parecidas como vinho, mas de pernil de porco.

♦ Todo homem tem que aprender lenta e cansativamente a sua profissão. Com exceção, naturalmente, dos críticos teatrais, que já nascem prontos.

♦ Crítico (de cinema e teatro) é um cara que já foi tanto a cinema (ou teatro) que, naturalmente, detesta teatro (ou cinema). E, assim, não pode acreditar que alguém, não tão cansado quanto ele, não tão obrigado quanto ele, possa adorar uma peça ou filme que ele acha desprezível. É como o cara casado com uma mulher bonita, que só lhe vê os defeitos e as repetições e, cansado de ir pra cama com ela, de repente descobre, surpreso, que nem todos têm a sua opinião e compartilham de seu tédio.

♦ Eu adoro críticas, sobretudo as bonitas e de pernocas bem-feitas.

♦ Crítico é um sujeito a quem você oferece um vinho e ele saboreia com critério de bacalhau.

♦ Sempre se diz que é muito fácil educar o filho dos outros. É porque, não sendo autor, o cara não sabe as dores do parto nem os detalhes mais profundos da criação. Um crítico, em suma.

♦ Collor sempre fala com inegável tom de sinceridade. Mas os eternos críticos prefeririam que ele fosse sincero. *(1990)*

♦ Crítico – Impotente que faz tudo pra brochar os outros. Quando não consegue isso, pelo menos evita que tenham orgasmo.

♦ Alguém aí já viu um crítico à luz do dia?

CRONOLOGIA

♦ Nascido Milton Fernandes, no Meyer, Rio, em 16 de agosto de 1924. Ou em 27 de maio? Ou em 27 de maio do ano anterior? Há desencontros de opinião na família. Na carteira de identidade está: 27.5.1924. Meu fraterno amigo Frederico Chateaubriand sempre repetia, quando se falava que alguém estava "muito moço" (e aos vinte anos ainda éramos moços), significando que aparentava menos idade do que tinha: "Idade é a da carteira". Isto é, não adianta querer lutar contra a cronologia.

♦ Pra quem não sabe: a Terra foi inventada há seis bilhões, seiscentos e trinta e cinco mil, quatrocentos e vinte e oito dias, numa tarde de tédio. A invenção da Terra caiu numa quarta-feira. No Brasil foi ponto facultativo.

♦ É evidente que certos domingos caem numa sexta-feira.

♦ É preciso deixar claro que quando digo "No meu tempo..." não estou caindo em nostalgia. "No meu tempo" é daqui a dez anos.

CRONOMETRIA

♦ O homem comum vive apenas o dia a dia, sem maiores ânsias metafísicas. O intelectual sabe história, tem uma cabeça que abarca pelo menos 10.000 anos. O arqueologista devassa milhões de anos na busca de restos fósseis. O geólogo se afunda em bilhões de anos de pedras e metais. O astrônomo navega num cronológico infinito.

CRUZADOS
♦ Cruzados eram moedas antigas, usadas para comprar o Santo Sepulcro. *(Falsa cultura.)*

CTI
♦ Quando você está muito mal e vai pro CTI, tem as mesmas possibilidades de sobrevivência dum cara que vê o avião caindo e procura a saída de emergência.

CUBA
♦ Nunca estive em Cuba. Mas não cometo a injustiça de julgar esse país pelo que os comunistas falam dele.

CUIDADO
♦ Não fica aí bancando o bobo, feito o pobre do Tiradentes, que foi se meter numa conspiração de grã-finos.
♦ Quem não quer ser Brizola não lhe vista a pele. *(1991)*
♦ Nunca digas "Desta água não beberei". Mas ferve antes.
♦ Pessoas que estão muito em evidência devem, pelo menos, tomar cuidado com as impressões digitais.
♦ Nossos legisladores, ressabiados, legislam pisando em ovos. Do povo.
♦ Quando você tiver que fazer respiração boca a boca evite pelo menos envolvimento emocional.
♦ Hora de beber; parcimônia, / Hora de falar; discrição, / Hora de comer; continência, / Hora de amar – se esbaldar.

CULINÁRIA
♦ De erro em erro se chega à alta culinária.
♦ Só se deve fazer omelete com ovos de urubu no caso extremo de não haver mesmo mais nenhum outro tipo de ovo na praça.

CULPA
♦ A culpa é o último prazer dos gozadores.
♦ A culpa é proporcional à evidência. Se ninguém tomou conhecimento da falha, erro ou crime, a culpa é menor. Ou nenhuma.

CULPADO
♦ Nas estranjas, dizem!, todo homem é inocente até prova em contrário. Mas no Brasil pobre e preto é culpado até prova em contrário e em muitos casos vai em cana como prova em contrário.

CULTURA
♦ A cultura serve para você dimensionar a ignorância alheia.

♦ Aumentou um pouco o número de alfabetizados no país. E aumentou muito mais o número de ignorantes cultos.

♦ Pra você parecer culto é só ficar de olho no que o outro cara ignora.

♦ É impossível não ser culto. Por mais que se ignore, a gente acaba aprendendo alguma coisa. Genial é uma pessoa que consegue chegar ao fim da vida não sabendo absolutamente nada.

♦ Quanto mais culta uma pessoa mais bem defendidas as suas burrices.

♦ Um cara que transborda cultura corre o risco de morrer afogado.

CUMPRIMENTO
♦ Passa pelo psicanalista e cumprimenta: "Olá, como vou?"

CURA
♦ A cura é uma possibilidade remota entre o CTI e a autópsia.

♦ Revelado: psiquiatras austríacos descobriram a cura para a normalidade.

♦ Os que pretendem curar os males da democracia com os males do extremismo fazem como o cientista que, em vez de tratar da sífilis com malária, cura malária com a sífilis.

CURIOSIDADE
♦ A curiosidade mórbida é a mãe do vidro fumê.

CURRÍCULO
♦ O currículo de Fernando Henrique Cardoso é ser classe-média-média, de esquerda não festiva, até meio triste porque descendente de militar, e ter um pé na cozinha (creio que do *Fazano* ou do *Massimo.*) E na Sorbonne, onde subdesenvolvidos só aprendem pretensão, não vai nada?

CUSTAS
♦ O pesadelo do senhorio não pode ser incluído no aluguel do imóvel.

D

DOM QUIXOTE
♦ Quando Dom Quixote a encontrou, Dulcineia del Toboso administrava uma estalagem de alta rotatividade. *(Falsa cultura.)*

DARWIN
♦ Charles Darwin foi quem mais trabalhou pela evolução do homem. *(Falsa cultura.)*
♦ Antidarwinismo: fracassando no homem Deus criou o macaco.

DATA
♦ E como dizia o filho da bela atriz: "Nasci em 1964. Dois anos depois de minha mãe".

DATA VENIA
♦ *Data venia* – O teu dia chegará. *(Traduções televisivas.)*

DE GRÃO EM GRÃO
♦ De unidade de cereal em unidade de cereal a ave de crista carnuda e asas curtas e largas da família das galináceas abarrota a bolsa que existe nessa espécie por uma dilatação do esôfago e na qual os alimentos permanecem algum tempo antes de passarem à moela. Ou seja: "De grão em grão a galinha enche o papo". *(Provérbios prolixizados. 1959)*

DEBATE
♦ Tudo somado achei que Collor ganhou o debate com Lula. A Datafolha acha que foi Lula. Mas a dúvida é: quem ganha um debate medíocre é melhor ou pior do que quem perde? *(1989)*

DEBOCHE
♦ Deboche é um gozo maior do que o nosso.

DECADÊNCIA
♦ A heterodoxia é a ortodoxia que caiu na vida.

♦ E afinal, chegou minha vez. Lá em casa já estão pensando em me substituir por uma calculadora solar.

♦ Vi ontem; Collor já está sendo esculhambado em frases de para-choque de caminhão. *(1993)*

♦ Preciso declarar que minha decadência não é vocacional, nem planejada. Em criança, quando me perguntavam o que pretendia ser quando crescesse, eu jamais respondi: "Um homem de meia-idade". Simplesmente aconteceu. Mas foi um erro de toda a minha geração. *(1974)*

DECEPÇÃO
♦ E imaginar que um dia eu fui a ambição de minha mãe!

♦ A decepção que eu tive no dia em que descobri que túnica *inconsútil,* que eu pensava ser *sagrada, divina, ricamente bordada, diáfana, única,* era apenas *não costurada!*

♦ Apenas comer, trepar e dormir, de vez em quando assistir a uma guerrinha sangrenta, com uma ou duas pequenas bombas atômicas, suportar a glorificação de uns idiotas que chutam uma bola no meio de uns paus enquanto milhares de outros idiotas uivam desvairados, ler uma grande poesia que nem chega a satisfazer a minha alma, contemplar um pôr de sol fulgurante precedendo uma aurora concorrente, olha, tudo isso é muito pouco para mim. Não foi esse o mundo que me prometeram quando me convocaram pra vir aqui. A não ser que, na minha modéstia, eu não tenha percebido que eu sou o espetáculo.

♦ Decepção foi a do pobre-diabo que ao saber do Plano Cruzado comprou um garfo e uma faca. *(1986)*

♦ O julgamento final, no Congresso, dos congressistas indiciados na CPI foi absolutamente decepcionante. Ficou-

-se com a impressão de que todos são apenas um bando de canalhas.

♦ Disse o Homem Probo: "Fiquei profundamente indignado com a tentativa de suborno. Pensava que valia muito mais".

♦ É, não adianta mesmo. Tanta gente aí lutou anos e anos para salvar o país e só conseguiu salvar a própria conta bancária. *(1987)*

♦ Minha maior decepção comigo mesmo foi no dia em que descobri que também estava sujeito à condição humana.

DECISÃO

♦ Antes de tomar uma decisão, pense duas vezes, analise todas as possibilidades, consulte os amigos. Uma vez tomada a decisão faça exatamente o contrário ou, em última hipótese, aquilo mesmo que decidiu. Tudo é ocasional.

♦ Chama-se de decisão rápida nossa capacidade de fazer besteira imediatamente.

♦ Me deem uma bifurcação que eu sigo logo os dois caminhos.

♦ Não sendo hebreu, eu beijo as plantas da mulher de Putifar. *(Eco do verso de Castro Alves: "Sou hebreu, não beijo as plantas da mulher de Putifar". 1977)*

♦ Quando não há alternativa a decisão está tomada.

♦ Quando você começa já está terminando.

♦ Vamos lá, decide qual você prefere: o capitalismo selvagem ou o socialismo hipócrita?

♦ É melhor entrar logo na briga do que morrer como "um transeunte inadvertido". Na militância revolucionária lute por seus princípios, ou entre prum partido político.

♦ Nos momentos mais difíceis da vida, quando você sente que nada mais tem sentido, que você, individualmente, está afundando, não há mais a mínima possibilidade de saída ou salvação, é aí que você deve apelar pra todas as suas forças, erguer a cabeça orgulhosamente e gritar bem alto,

com sua voz mais possante e mais segura, pra que o mundo inteiro o escute: "Socoooooooorrrrrrooo!"
♦ Ué, vai e faz você mesmo!

DECLARAÇÃO
♦ Posso dizer que todo o país já riu de mim, embora poucos tenham rido do que eu faço.

♦ Sou um inventor, como Edson, não um copiador, como a Xerox, ou um repetidor, como aquele funcionário encarregado de fazer tã-tã-tã-tã do outro lado do telefone sempre que o número está ocupado. *(Recado a Jaguar, o humorista, no Pasquim. 1970)*

DECOMPOSIÇÃO
♦ Li em Paulo Mendes Campos: "Todo homem, ao se extinguir, leva no coração duas cidades mortas". Eu já levo três. *(1983)*

DEDICATÓRIA
♦ "A Van Gogh, que pintava com a própria bisnaga e, de vez em quando, cortava uma orelha; a Mondrian, que sentia enjoos ao ver uma linha curva; a Pollock, que pintava com as próprias botas; a Christo, que começou embrulhando estátuas, passou a embrulhar edifícios e, agora, embrulha montanhas. E a todos os pirados, delirantes e encucados – sobretudo, e acima de tudo, os sem talento – que, com sua loucura, ajudaram a expandir as fronteiras da arte." *(Dedicatória colocada na porta da Galeria Graffiti na última exposição de desenhos, realizada pelo autor em 1975.)*

DEFEITO
♦ Ser surdo é terrível. Eu preferia ser imbecil só.

DEFENSOR PÚBLICO
♦ Se o suposto criminoso é tão pobre que não pode pagar um defensor, o Estado lhe oferece um, *gratúitis;* espécie de INAMPS da Justiça. Quem já tratou de um furúnculo

na primeira instituição pode imaginar como será tratado na outra.

DEFESA

♦ Defender as instituições = defender as podridões.

♦ A infância, no homem e no animal, é "a idade da inocência". Mas, se ninguém se arrisca a ficar na frente de um pequeno touro furioso ou de um tigrinho de grandes unhas brincalhonas, por que também não tomar precauções com relação a um fedelho irritante, e andar sempre com alguns alfinetes no bolso?

♦ Faça aos outros aquilo que eles não querem que você lhes faça, antes que eles te façam aquilo que você não quer que eles te façam.

DEFICIÊNCIA

♦ Já imaginou se tudo que você bebesse ou comesse fosse assimilado integralmente, com todos seus resíduos nocivos ou tóxicos? Se você não urinasse ou defecasse? Pois é; o cérebro, tão nobre, não tem nenhuma válvula excretora.

♦ No Brasil o governo não é mau – mas o povo deixa muito a desejar.

♦ Casado, bom pai, trabalhador, cumpridor de seus deveres, tem todos os defeitos que impedem a boemia.

♦ As grandes dores são mudas, as grandes alegrias são surdas, as grandes paixões são cegas, os grandes casamentos são paraplégicos.

DEFINIÇÃO

♦ Bêbado e pêndulo são dois pronomes oblíquos. *(Falsa cultura.)*

♦ O homem é um animal que se justifica.

♦ Quero que fique bem claro: eu não sou precisamente contra o roubo. Sou apenas contra ser roubado.

♦ A depressão é um negócio que dá em quem vai muito depressa.

♦ Todos dizem coisas definitivas, mas ninguém define as coisas.

DEFORMAÇÃO PROFISSIONAL
♦ Quando lhe ordenaram que fizesse um resumo, o burocrata perguntou: "Em quantas vias?"

DEGRADAÇÃO
♦ Nada mais degradado do que uma calcinha de mulher caída na sarjeta.

♦ A televisão aumenta o número de telespectadores na proporção em que diminui o número de cidadãos.

DELATOR
♦ O delator ganha o pão com o suor do seu dedo.

DELEGADO
♦ No princípio da carreira todo delegado de polícia se espanta com a enorme capacidade de mentir de todos que interroga. Logo se acostuma e já nem percebe a sua gigantesca capacidade de mentir à imprensa. *(A máquina da Justiça. 1962)*

DELICADEZA
♦ Supremo da delicadeza é, ao jantar entre um carnívoro e um vegetariano, pedir melão com presunto. *(Embora com o risco de desagradar aos dois.)*

DEMAGOGIA
♦ "Os velhos soldados não morrem." Os velhos demagogos também.

♦ De que é que estão abusando mais: da paciência do povo ou da flexibilidade semântica?

♦ O pouco que dão, dão à luz clara do dia, de preferência diante das câmaras da televisão. Mas tirar é na calada da noite.

DEMOCRACIA
♦ A democracia é proposta tão generosa que desafia e

mesmo agride a nada generosa natureza humana. Pessoas mais capazes do que o resto da humanidade admitem que os mais inferiores em capacidade decidam em igualdade de condições na escolha das lideranças. Decididamente, uma proposta política destinada ao fracasso. Como todas as outras. *(JB. 1987)*

♦ Como nunca vivi numa democracia, às vezes me pergunto: e se democracia for isso mesmo?

♦ Democracia é eu mandar em você. Ditadura é você mandar em mim.

♦ Democracia é um sistema político com a cabeça a prêmio.

♦ O verdadeiro milagre brasileiro: uma democracia completamente isenta de democratas.

♦ Parodiando Santo Agostinho: "Se ninguém me perguntar o que é democracia, eu sei. Mas se alguém me perguntar, eu não sei".

♦ Se Moisés acreditasse em democracia, os judeus ainda estavam no Egito.

♦ Só haverá democracia no dia em que tivermos voto a favor, voto contra e voto retroativo.

♦ Uma liberdade da qual não se pode zombar, um chefe de Estado do qual não se pode escarnecer, uma instituição que treme diante de uma gargalhada mais forte, um poder que não aguenta uma piada de mau gosto; meu Deus do céu, que ditadura mais fraca esta democracia! *(1976)*

♦ A democracia começa na hora de votar. E termina na hora de contar.

♦ A democracia é um poder inviolável, indivisível e inadmissível.

♦ A democracia sempre existiu. E de maneira perfeita, em determinados momentos da história. Por exemplo: quando há guerras os pobres também são chamados a defender a *sua* terra.

♦ A democracia só dá certo quando é uma ditadura. *(Falsa cultura.)*

♦ Como dizem os verdadeiros democratas ao chegarem ao poder: "Pau neles!"

♦ Democracia é a crença de que uma multidão de idiotas juntos pode resolver problemas melhor do que um cretino sozinho.

♦ Democracia é um político burro montado num burro político. Os dois pensam (?) completamente diferente, mas acabam indo pro mesmo lugar: o preferido do burro. E não me pergunte qual deles.

♦ E por fim chegamos à democracia, esse extraordinário modelo de organização social composto de três poderes e milhões de impotências.

♦ Na hora de fraudar a votação é que se sente a força da democracia.

♦ Não há democracia capaz de resistir a tantas fórmulas democráticas.

♦ Não haverá democracia enquanto eu for obrigado a escrever deus com D maiúsculo.

♦ Negar a existência da democracia pode ser pessimismo. Mas dizer que a conhecemos mais do que por ouvir dizer é absoluta mentira.

♦ O medo das ditaduras levou-nos à ditadura da democracia, essa terra de pouco pão, em que todos falam e ninguém tem razão.

♦ Por mais bem organizada que seja a democracia, grandes nulidades sempre são eleitas: principalmente pelos que não votam.

♦ Um país realmente democrático tem pelo menos um partido da extrema esquerda, um da extrema direita e vários do extremo centro.

♦ A democracia é o derradeiro refúgio da impossibilidade de governo.

♦ O problema da democracia é que quando o povo toma o palácio não sabe puxar a descarga.

DEMOCRACIA RELATIVA
♦ A *Democracia Relativa* é muito parecida com a Ditadura Absoluta.

♦ Da ditadura à abertura cada vez há menos diferença – trocamos o doze por uma dúzia. *(1978)*

DEMOCRATA
♦ Nunca neguei a ninguém o direito de concordar inteiramente comigo.

DEMOGRAFIA
♦ Apesar de morrer muito de fome a população brasileira aumenta a olhos vistos.

♦ O aumento da população e o desenvolvimento tecnológico foram tão rápidos que os avós moravam na roça, os filhos passaram a morar no subúrbio e hoje os netos moram no centro da cidade sem nunca terem mudado de endereço.

♦ Fui passear em Copacabana e toda superpopulação estava na rua.

♦ Homens e mulheres não conseguem se entender, e no entanto a explosão demográfica do mundo é assustadora. Já imaginaram se homens e mulheres se entendessem?

DEMOLIÇÕES
♦ Vejo demolida uma das últimas casas da Vieira Souto. Somo em mim a curiosa sensação de que praticamente conheci todas as casas e muitas das pessoas que morreram, viveram e até nasceram aqui. Um acervo que se perde no grande ventre do nada. Ou melhor, se perde para os outros, não pra mim. O fantasma das casas que morrem fica em baixo das edificações que nascem, embora as gerações que chegam nem suspeitem das camadas de vidas e experiências em que pisam as suas. *(1983)*

DEMÔNIO
♦ O Espírito das Trevas não é tão destituído de encantos e graças físicas quanto se o representa por meio de traços e cores. *"O Diabo não é tão feio quanto se pinta."* (Provérbios prolixizados. 1959)

DEMONSTRAÇÃO
♦ Antes que me acusem de covardia, eu, sempre que me encontro em situações-limite, começo logo a demonstrar minha coragem na forma de gotas de suor gelado na testa.

♦ Para um bom entendedor meia palavra basta. Entendeu ...ecil?

DEMÓSTENES
♦ Muito se repete que Demóstenes, apesar de grande orador, era gago. Demóstenes, esclareço, só era gago nas palavras esdrúxulas ou proparoxítonas.

DENOMINAÇÃO
♦ As coisas existem porque existem e uma rosa cheira com qualquer outro nome. Você acha que só pode escrever com um *lápis*. Mas os ingleses com um *pencil* e os italianos com uma *matita* escrevem tão bem quanto você. *(Semântica barata. 1963)*

♦ Doença não tem cura / Mas bela nomenclatura.

♦ Estranho que a cambada que vive denunciando tanta besteira como reacionarismo, não tenha percebido o racismo ainda vigente na denominação da cor das tintas. Quando você pega uma tinta denominada cor de carne ela é sempre cor-de-rosa.

♦ Claro que o pessoal de Bolonha acha engraçado macarrão à bolonhesa. Rossini em toda sua vida nunca comeu um filé à Rossini. E dizem que os cidadãos de Hamburgo ficam indignados sabendo que, no mundo inteiro, vendem um pedaço de carne de cachorro picada com molho de lentejoulas e chamam isso de *hamburgers*.

♦ O Brasil não vai entrar na modernidade teimando em chamar de democracia os restos mortais da ditadura.

♦ Por que é que continuam a chamar de tráfego uma coisa que não trafega? Ou de trânsito, se não transita? Ou de hora do movimento um momento em que todos os carros estão parados?

DEPOSIÇÃO

♦ Em 1964, deposto, João Goulart voou para Brasília. Foi a primeira vez na história em que um presidente deposto fugiu pra capital.

DEPRESSÃO

♦ Se você consulta psicanalista para tratar de depressão ocasional adquire depressão constante.

♦ Depressão é um negócio que dá em quem vai muito depressa.

♦ A depressão é o preço total, com juros e multas, cobrado pela natureza, de uma vez só, a quem não pagou suas parcelas de autocrítica.

DESAFIO

♦ Os chineses inventaram – e tudo que é bobo repete – que uma imagem vale mil palavras. Diz isso sem palavras!

♦ Toda vez que eu aprendo uma coisa nova vou logo à Enciclopédia Britânica pra ver se ela sabe.

DESALENTO

♦ Ter bravura diante da morte nunca livrou ninguém da cova. A morte chega igual, na covardia ou na valentia. *(A mãe, em* Duas tábuas e uma paixão. *1981)*

DESAPARECIDOS

♦ A repressão, há muito tempo, descobriu a sombra. Falta agora resgatar o corpo. *(1979)*

DESARMAMENTO
♦ Um país só tem autoridade para entrar em conferência de desarmamento se estiver armado até os dentes.

DESASTRE
♦ A isso chegamos – o país está à beira do abismo, e o presidente pisou no sabonete. *(1992)*
♦ Arqueólogos do século XXI vão descobrir a antiga capital brasileira Brasília, destruída por um corrupmoto no fim do século XX.

DESATUALIZAÇÃO
♦ Detestáveis pessoas que gostam de tudo, numa época em que ninguém gosta de nada.

DESAVISADO
♦ Nunca ninguém me disse que o já, já era, que o agora nunca foi e que nem sempre pode ser a toda hora. Nunca ninguém me disse e, entretanto, há um dealbar de albores e rubores, muitos rumores mas também tremores. E o vento põe calafrio na alma das vidraças. Que partem, gritam e estalardejam ao refletir os dias. É tempo quente no verão de agora? Não fazia mais frio nos psiquês de outrora?

DESAVISO
♦ Nunca ninguém me disse que parar de sofrer doía tanto. *(A mãe. Peça* Duas tábuas e uma paixão.*)*

DESBUROCRATIZAÇÃO
♦ Chega! Não precisamos de Ministério da Desburocratização, nem do Exército, nem da Cultura, nem das Comunicações. Precisamos de um só Ministério, sem ministro, a ser instalado em todas as praças, morros e esquinas deste país. E deve ser chamado por seu nome simples e verdadeiro – Ministério da Fome. *(JB. 1985)*

DESCARTES
♦ "Penso, logo existo." Portanto que cartesianismo explica a existência dessa gente toda do Congresso?

♦ "Penso, logo existo." Tudo bem. Mas por que é que eu penso? E pra que é que eu existo?

♦ **Penso; logo Descartes existe.**
♦ Penso; logo Descartes não existe.

DESCENDÊNCIA
♦ Ele realmente é um tremendo reacionário. Mas a filha está completamente socializada.

DESCENDÊNCIA / *ASCENDÊNCIA*
♦ Podemos ter um filho, ou nenhum. Um neto, ou nenhum. Podemos terminar, para sempre, em nós mesmos. Negar a descendência. Mas todos temos dois pais, quatro avós, oito bisavós – nossa ascendência é o infinito.

DESCOBERTAS
♦ Aí o garoto cutucou o general Figueiredo e disse: "Presidente, o povo está nu!" *(1981)*

♦ Ontem, inesperadamente, descobri um sentimento novo. Nem ódio, nem amor, nem inveja, nem orgulho. Estou pensando num nome. *(1985)*

♦ Quando uma criança começa a andar – grande e estranho é o mundo.

♦ Sabe que estou começando a achar que a ditadura militar foi um barato? *(Sobre a demagogia de Tancredo Neves apoiando todos os lados ao mesmo tempo. 1984)*

♦ Ao avistar terra, depois de três meses de viagem, Colombo gritou entusiasmado: "Eureka! Eureka!" *(Falsa cultura.)*

♦ Quase todas as descobertas e invenções do Homem foram devidamente registradas e cronologizadas. Nós sabemos quem primeiro atravessou os Alpes, quem virou o cabo da Boa Esperança, quem fez a primeira mola, quem soltou o gás, quem prendeu o fogo, quem moveu a água, quem represou o primeiro rio. O piano, eu sei, foi Steinway, eu sei que foi Drago quem fez o sofá-cama, e que o Dr. Escada foi quem criou, em dia de preguiça, a escadaria. O Elixir de Inhame, os despertadores, os colarinhos de ponta virada, a camisa La Coste e a cueca La Frente, todas as criações do Homem eu sei qual homem descobriu, qual fez, e como, e quando. Mas quanto às mulheres? Por que não registraram elas o nome da dona que criou, em dia de gênio, a eficiência da lágrima hipócrita? E o sorriso pérfido que promete o que elas não dão (isto é, não davam)? Quem foi a demoníaca que inventou deixar a cabeça cair, abandonada, em nosso ombro forte? E que Satã especial soprou em algumas delas a pequena mecha de cabelos, interrogação ao contrário, caindo pela testa, e lhes sugeriu esconder os seios e mostrar o decote? Ah, mas a Mary Saia eu sei – foi a Mini Quant!

DESCOMPASSO

♦ Enquanto o mundo inteiro se *internetiza* na informática, Itamar está orgulhoso de fazer o Brasil funcionar a todo vapor. *(1993)*

DESCONFIANÇA

♦ A fidelidade, meu Senhor? Mas o que ela estava fazendo no leito do adultério às seis horas da tarde?

♦ Desconfio de qualquer um que aos trinta anos ainda tem pai e mãe.

♦ Como é que podemos ter certeza de qualquer afirmação cultural se ainda chamamos o 11º e o 12º mês do ano de NOVEmbro, DEZembro?

♦ A Desconfiança deu uma linda festa e compareceram todos os seus amigos: o advogado, o contador, o chaveiro, o detetive e o marido da mulher bonita.

♦ Desconfia do cara que grita sempre "Viva fulano!" e não grita nunca "Abaixo sicrano!"

♦ Quando você pede voto de confiança, uma coisa é certa: já começaram a desconfiar.

DESCONHECIMENTO
♦ Me ensinaram que eu tenho um destino. Não sabiam que eu era uma fatalidade.
♦ O desconhecimento da lei não invalida o crime. Esta frase não está, naturalmente, ligada apenas ao fato de alguém alegar que não sabia que era proibido matar a própria mãe. A lei nos obriga também a saber que em Dores do Indaiá existe pena de morte para quem cuspir na calçada da Padaria Doralice.
♦ Esses mortos extraordinários de que estão me falando decididamente não são os vivos que eu conheci.

DESCRENÇA
♦ Há quatrocentos anos, em Rouen, eu teria convencido Joana D'Arc a escapar da fogueira.
♦ Toda vez que as mulheres estão quase nos convencendo de que são intelectualmente iguais aos homens vêm os desgraçados dos costureiros internacionais e impõem a elas algumas modas que estragam tudo. *(1968)*
♦ Antes de nascer / Não interrogue o mundo Moribundo / Antes de escolher / Não consulte o estado Condenado / Antes de correr /Não consulte o doutor Ameaçador / Antes de viver / Não consulte os Mais Velhos / Sobretudo os Cansados / De terem os seus sonhos Realizados.

DESCRIÇÃO
♦ Tinha cabelos louros como o trigo, pele da cor de avelã, um pescoço de ânfora, um andar de gazela: mulher horrenda!
♦ Quando a bomba explodiu no Riocentro, várias testemunhas declararam ter visto no local um animal ruminante de 3 metros de altura, com um pescoço de 2,5 metros de comprimento, pernas de músculos fortíssimos, dois pequenos chifres, pele negra e luzidia. As autoridades já prenderam três carneiros. *(1981)*

DESCUIDO
♦ As pessoas que falam muito acabam contando coisas que ainda não aconteceram.
♦ O Brasil engoliu o gorila mas deixou o rabo de fora. *(1976)*

DESCULPA
♦ O vento sempre sopra contra o mau timoneiro.
♦ Depois de muitos cálculos e usando vários computadores, os matemáticos chegaram à conclusão de que para cada jeito de fazer há pelo menos 35 desculpas pra não fazer.
♦ Todo o dinheiro do Paul Getty não daria para vestir 10% das desculpas esfarrapadas que existem no mundo.

DESEJO
♦ Algumas pessoas deixam belas últimas vontades: "Enterrem meu corpo do outro lado do rio". Nascido no Rio, eu jamais me arriscaria a uma frase dessas. Já imaginou? – iam me enterrar em Niterói.

DESENCONTRO
♦ Vi meu amigo ao longe / E ele também me reconheceu / Nos aproximamos alegremente / E aí aconteceu; / Eu vi que não era ele / Ele viu que não era eu.

DESENVOLVIMENTO
♦ Nasci pequeno e cresci aos poucos. Só muito tarde cheguei aos extremos.
♦ Num país verdadeiramente desenvolvido há mais milionários do que trabalhadores.

DESEQUILÍBRIO
♦ É visível – diminuiu a alvorada e não aumentaram os madrugadores.

DESESPERO
♦ "Coisa comprovada é que uma mulher traída, abandonada, desesperada, solitária, faz a fortuna da Companhia Telefônica." *(Vera. Peça É.... 1976)*

♦ Só uma vez fiquei realmente desesperado e cheguei a atear fogo às vestes. Tive, porém, o cuidado de colocá-las bem longe.

♦ Eu não sou dado ao desespero. Só pode ser dado ao desespero quem espera.

DESGASTE
♦ Tantos anos o padre diz a mesma missa que acaba desconfiando de Deus.

DESGOVERNO
♦ Por que o país está sem governo? O general Figueiredo decidiu só fazer o que bem entende. *(1984)*

DESGRAÇA
♦ Uma desgraça nunca vem só. No Brasil vem sempre acompanhada de ameaças à democracia. *(1981)*

DESIGUALDADE
♦ Os homens nunca foram iguais, mas não eram muito desiguais. Aí veio a civilização e alguns viraram reis.

DESILUSÃO
♦ Quando eu era criança ficava imaginando em que coisas misteriosamente românticas, terrivelmente sensuais, as pessoas falavam enquanto se entregavam umas às outras nos doces instantes de amor. Hoje, qualquer criança, vendo televisão, sabe em que elas falam: marca de cigarro, tipos de automóveis, *shampoos* e sabonetes.

DESINVENÇÃO
♦ Se o rádio fosse inventado depois da televisão acharíamos genial um aparelho que nos evita a cara dos locutores.

DESISTÊNCIA
♦ Se eu fosse o papa vendia tudo e ia embora.
♦ Já fui copiloto, cheguei a erguer meu voo. Mas depois do desastre voltei a ser só pássaro.

DESMATAMENTO
♦ Agora que sentei aqui na minha cadeira de madeira, junto à minha mesa de madeira, colocada em cima deste assoalho de madeira, olho minhas estantes de madeira, e procuro um livro feito de polpa de madeira para escrever um artigo contra o desmatamento florestal.

DESMITIFICAÇÃO
♦ A característica fundamental dos brasileiros é realmente a desmitificação. Dizem que quinze dias depois da descoberta do Brasil os tupiniquins já murmuravam uns pros outros: "Chi, rapaz, lá vem o Cabral de novo: êta português chato!"

DESNOMINAÇÃO (1941)
♦ Aos 17 anos descubro que não me chamo Milton, mas Millôr. Acho bom, o nome logo pega. *(Entrevista. 1971)*

DESOBEDIÊNCIA
♦ Pois tu comerás a gordura da terra, disse o Senhor, sem saber que em Ipanema seriam as magras, as preferidas.

DESORDEM
♦ Responda depressa: por que, na máquina de escrever, o alfabeto não está em ordem alfabética?

DESORGANIZAÇÃO
♦ Brasília hoje é uma batalha no escuro entre soldados maltreinados e comandantes embriagados. *(1983)*

DESORIENTAÇÃO
♦ Oligofrênico topográfico, me perco até em porta giratória.

DESPEDIDA
♦ Quando, naquele dia, abandonei a revista *O Cruzeiro*, me senti como um navio abandonando os ratos. *(De um discurso em 1963. Vide CRIAÇÃO.)*

♦ Quem não tem lenço se despede menos.

DESPEITO
♦ Muita gente que fala o tempo todo contra a corrupção está apenas cuspindo no prato em que não conseguiu comer.

DESPERDÍCIO
♦ Os homens que se casam de novo não mereciam ter perdido a primeira mulher.

♦ A maior parte dos escritores não merece as árvores cortadas por causa deles.

♦ A única importância que dou a um brilhante num colo ou numa orelha é a de pensar (nas raras vezes em que reparo): "Será que vale a pena tanto sacrifício, tanto crime, tanta mais-valia, tanta usura, tanta corrupção, pra esse instante de rara beleza ser desperdiçado no colo ou na orelha de uma velha perua?"

DESPERTADOR
♦ Quando um despertador soa no quarto vazio só desperta o eco.

DESPOLUIÇÃO
♦ É enriquecedor observar o comportamento de alguns homens públicos. Participam de todos os fisiologismos, pragmáticas e falcatruas. Mas, porque votam numa ou noutra lei "progressista", se acham, sinceramente, puríssimos socialistas. É o mesmo que você, ao puxar a descarga depois de satisfazer suas necessidades escatológicas, acreditar que o conteúdo do vaso vira água potável.

DESPREZO
♦ Desprezo? / É quando o detrator / Diz com desdém: / "Coisas do Millôr!"

DESTINO
♦ Isso tudo que está aí, esse lixo, essa violência, essa discriminação, esse estupro social, esse desemprego, esse favoritismo, essa incompetência, é o que se chama de *ordem natural das coisas*.

♦ Destino – essa fração de segundo em que o sinal muda de verde pra amarelo e você decide se para ou avança.
♦ Destino é um coelho cego procurando cenouras num deserto.
♦ E se você estiver no caminho certo, mas na contramão?
♦ Estamos todos no mesmo barco. Mas só Jânio Quadros, Hélio Garcia e Marcello Alencar estão na água. *(Referência à fama de bebuns dos três homens públicos. JB. 1985)*
♦ O destino ajuda mais os insolentes.
♦ Quieto, no dentro da gente, é que surge o mais que dobra a vida. *(À maneira de Guimarães Rosa.)*

♦ **Tudo é destino.**
♦ Eu não conheço esse cara que casou com ela. Mas seu destino não me é estranho.
♦ Não há acordo possível entre um homem e seu destino.
♦ O dedo do destino não deixa impressão digital.
♦ Passei a vida pensando que diabo, afinal, estou fazendo neste mundo. Descobri – nada. Sou visita.
♦ Quem nasceu pra afogado nunca chega a nadador.
♦ Tenho a absoluta certeza de que vim ao mundo como exemplo. Só falta descobrir de quê.
♦ Um desses homens a quem o destino só dá roupas de segunda mão e mulher dos outros.

DESTRUIÇÃO
♦ Pela enésima vez um porta-voz do Pentágono – ameaçando quem? declara que os Estados Unidos têm potencial bélico capaz de destruir em minutos qualquer país agressor. Naturalmente isso significa que pode destruir em algumas horas qualquer país provocador e – como nós sabemos – em alguns anos qualquer país amigo. *(1981)*

DETERIORAÇÃO
♦ O velhinho / Não esconde a mágoa / "Minha espada de fogo / Hoje é só uma bica d'água".

DETURPAÇÃO

♦ Político: "Foi com verdadeira indignação e mesmo revolta que vi a imprensa publicar exatamente o que eu disse".

DEUS

♦ Quando eu vejo esse pessoal acordando cedo pra ir na igreja, se benzendo sempre que passa na frente de uma, ou antes de disputar uma prova esportiva, ou mesmo antes do mais simples mergulho no mar; quando vejo o número de rezas que devem ser aprendidas, o variado número de gestos e genuflexões a serem feitas, quando vejo a quantas liturgias e cerimônias um religioso é obrigado, vem-me sempre um sentimento de profundo respeito – como dá trabalho acreditar em Deus!

♦ Deus não passa de um substantivo masculino singular com jeito de plural, com quatro letras, sendo que a primeira é sempre grande e vem antes de três outras sempre pequenas. Simples, no, mamita?

♦ Deus é muito, muito rico!

♦ Deus não morreu. Está apenas escondido da polícia. *(1970)*

♦ Eu acreditaria em Deus se ele não fosse tão polivalente.

♦ O corpo celestial mais conhecido é Deus. *(Falsa cultura.)*

♦ Abandonou todo misticismo quando teve a *revelação* de que Deus é um saco.

♦ Há padres que falam em Deus com tal convicção que a gente se convence de que Deus não existe.

♦ A voz do povo é a voz de Deus. Mas Deus, sempre que fala, manda o povo calar a boca.

♦ Com esse mundo desgraçado, e cada vez mais, em que fomos condenados a viver, uma coisa é certa: Deus não merece existir.

♦ Deus dá o peixe conforme a isca.

- Deus é brasileiro. Mas o demônio é americano.
- Deus está em toda parte. Mas de maneira geral o demônio controla a polícia.
- Deus existe. Mas é ateu.
- Deus existe. Mas não é *full time*.
- Deus fez o homem com a cabeça maior do que o corpo pra ele não poder passar entre as grades. *(De um místico; em cárcere privado.)*
- Deus fez o mundo em seis dias. No sétimo o Diabo assumiu, e o exilou como subversivo.
- Deus fez o mundo em sete dias apenas porque ainda não havia sindicato. Hoje levaria trinta.
- Deus fez o pão e o Diabo o suor do nosso rosto.
- Deus foi muito bem-sucedido no Brasil. Mas fracassou totalmente nos brasileiros.
- Dizem que Deus escreve certo por linhas tortas. Pelo mundo que temos, parece que o melhor mesmo ainda é a caligrafia.
- Está bem, Deus ajuda a quem madruga. Mas e se a gente esperar o amanhecer no bar?
- Estranho: os capitalistas acreditam em Deus. Os comunistas não.
- Eu não acredito em Deus. Mas não adianta nada, porque mesmo assim ainda tem muita gente mandando em mim.
- Eu não só não acredito em Deus como não quero nem papo.
- Eu vou acabar acreditando em Deus. Tá difícil acreditar em qualquer outra coisa.
- O mal do mundo é que Deus e o Diabo envelheceram, mas o Diabo fez plástica.
- Primeiro Deus fez o trigo. Depois inventou o pão. Mas até hoje o homem come o pão que o Diabo amassou.
- Se Deus desse caráter aos que têm talento como é que eles iam usufruir desse talento?

♦ Se Deus existe mesmo, onde é que ele está quando a gente fura um pneu na estrada?
♦ Se Deus existisse já teria me convencido.
♦ Tá bem, Deus é brasileiro! E Caim? É paraguaio?
♦ Tá bem, digamos que Deus existe. Mas é evidente que fez isso tudo aqui sem a menor atenção e foi tratar de outra coisa.
♦ Talvez até Deus exista, mas deve ser lá longe. Nunca atendeu ninguém aqui na minha portaria.
♦ Deus fez o mundo. E logo o Diabo inventou uma maneira de medir as terras.

DEUS INFORMÁTICO
♦ E Deus fez o homem à Sua imagem; ao vivo e em cores. E dele fez a Mulher ainda mais viva e mais colorida. E homem e mulher se juntaram e se reproduziram em milhares de videoteipinhos.

DEUS / CRIAÇÃO
♦ Descoberto afinal: depois que fez o mundo, o homem, e a mulher, e, com essa experiência, se preparava para, aí sim, fazer um ser humano, Deus faliu.

DEUS / DIABO
♦ O Mal do mundo é que Deus envelheceu e o Diabo evoluiu.

DEVANEIO
♦ E lá vêm vindo elas, quase nuas, tão donas de seu corpo, todas duas. Espocam pouco mas não inibem nada. Têm tíbias de gazelas, asas metálicas, vozes itálicas e reticências muito decisivas. Pagaram em prestações de oerreteênes. Mas o amigo aí, o que é que pensa? Que seu lugar na vida foi tomado? Que seu tomar na vida foi vivido? Que é vívido ainda o que morreu há tanto? Que a bosta deste império não resiste à próxima lufada?

DEVASSA
♦ Devassa no Ministério da Saúde. Devassa no INSS. Devassa na PM. Devassa na LBA. E as feministas não protestam? Nenhum devasso?

DEVASTAÇÃO
♦ Ainda me lembro do dia em que entrei por uma porta giratória e, quando saí, tinham acabado com o Rio.

DEVEDORES
♦ Devedores do mundo, uni-vos! Nada tendes a perder senão os vossos cartões de crédito.

DEVER
♦ Pedi uma vez. Sem impertinência, reitero o pedido. Praticamente todas as classes e entidades já se manifestaram sobre a crise chamada Collor. Não vi nenhuma associação ou grupo de psicólogos, psicanalistas e/ou psiquiatras se manifestar. Isso é mais grave quando há sérias dúvidas (não tenho nenhuma) quanto às faculdades mentais do rapagão. Se vivem disso, ganham a vida com isso, os profissionais da mente têm obrigação de dar a público um diagnóstico ou um palpite. O único que deu o seu foi o Eduardo Mascarenhas. Chegou à conclusão absolutamente científica de que todos invejamos o Collor. Pode ser. *(1991)*

♦ Não pergunte o que o país pode fazer por você: engole o novo ministério e não chateia.

♦ O Brasil espera que cada um cumpra o seu dever. O seu dever, amigo, é 1.126 milhões de avos de 100 bilhões de dólares, ou seja, 1.071.497 cruzeiros, da dívida externa. *(1982)*

DEZ MANDAMENTOS
♦ Os Dez Mandamentos nunca impediram nada. Mas deram cada ideia!

DIA / NOITE
♦ Se quando o sol desponta consegue afastar a escuridão,

por que não resiste à escuridão quando a noite cai sobre ele?

DIA DO JUÍZO

♦ Quando a idade da ética terminou, tinham surgido na planície desolada os economistas, os comunicadores e os tecnoburocratas. Daí ao Holocausto Nuclear seria um passo.

DIA A DIA

♦ Um dia normal: tive uma experiência ilógica, senti uma dor hermenêutica, participei de uma discussão centrífuga e vi um atropelamento absolutamente casto.

♦ Vejo com inveja esses homens que vão e vêm com suas coisas, vendem e compram aqui e ali, fazem ou não fazem sem qualquer teoria, preocupados apenas no seu hora a hora. Deve ser maravilhoso viver uma vida, digamos, puramente existencial.

DIABO

♦ Quando começou a comprar almas, o Diabo inventou a sociedade de consumo.

DIAGNÓSTICO

♦ "As doenças degenerativas começam geralmente aos 50 anos. Aos 60 ainda tenho alguma coisa pra degenerar?" *(Marília, personagem do filme* Últimos diálogos*. 1993)*

♦ Cuidado, pessoas simpáticas com todos, receptivas a quaisquer contatos, universalmente prontas, abertas e compreensivas, demonstram apenas formação glandular, não de caráter.

DIALÉTICA

♦ De Sartre, uma das frases mais citadas pelos intelectuais, neste século: "O inferno são os outros". Absolutamente verdadeiro. Mas Sartre se esqueceu de acrescentar: "O céu também".

♦ Dialética é uma faca de dois gumes.

♦ Todo problema social tem dois lados, ambos válidos, ambos sem a menor possibilidade de solução.

♦ A teoria de Zeno (suposto inventor da dialética) é irretocável. Pra uma seta atingir seu alvo tem, antes, que percorrer metade do caminho. Em seguida tem que percorrer a metade da metade que sobrou, logo a metade dessa outra metade, estando sempre à metade de sua meta, no tempo infinito. Moral: Velho, quando você recebe um tiro, morre é de medo.

♦ Calma, calma: sempre se pode provar o contrário.

♦ Discussões exaustivas de métodos, informações exaustivas de processos, troca de opiniões sobre tudo, eis a única forma possível de esclarecer teorias e melhorar o nível de prática. A discussão não traz a luz, mas liquida muita ideia idiota.

DIÁLOGO

♦ O bom do diálogo é quando você obriga o outro a calar a boca.

♦ Por que teimam os autores teatrais em escrever diálogos naturais se na vida é raríssimo uma pessoa falar com naturalidade? *(Lições para teatrólogos potenciais. 1962)*

DIÁSPORA

♦ Pô, dá até ciúme: por que, no fim da guerra, foi muito mais nazista pra Argentina do que veio praqui? *(1983)*

DICIONÁRIO

♦ As palavras nascem saudáveis e livres, crescem vagabundas e elásticas, vivem informes, informais e dinâmicas. Morrem quando contraem o câncer do significado definitivo e são recolhidas ao CTI dos dicionários.

♦ Sexo, Humor? / Aventura, Mistério? / Você encontra / No AURÉLIO.

DICKENS

♦ Charles Dickens enriqueceu / Usando a matéria / Do seu grande acervo / De miséria.

DIDÁTICA
♦ Nada essencial pode ser ensinado. Mas tudo tem que ser aprendido.

DIETA
♦ Quem acredita em dieta engole qualquer coisa.
♦ A dieta pra emagrecer é um paradoxo econômico – você gasta mais com a dieta do que gastava com a comida.

DIETETAS
♦ Dieteta é um médico que pretende emagrecer pessoas que nunca viu mais gordas.

DIFERENÇA
♦ A grande diferença entre a pílula e o ovo de codorna é que o ovo de codorna não falha.
♦ Pode ser que paz e tranquilidade sejam no céu. Mas *show-business* é no inferno.
♦ A diferença entre a loucura e a saúde mental é que a primeira é mais comum.
♦ A diferença entre existir e viver é mais ou menos dez salários mínimos.
♦ A diferença entre o conservador e o revolucionário é que o conservador não quer mudar de desgraça.
♦ A diferença entre o homem e a mulher é muito pequena. Mas quando os dois se aproximam ela aumenta.
♦ A pequena diferença entre o livro e a televisão é que o livro sabe que ele não é tudo e a televisão acredita que o livro não é coisa nenhuma.
♦ O Ministro é um amador. O burocrata é um profissional. *(Conselhos de sobrevivência para burocrata. 1985)*
♦ Um homem verdadeiramente culto sabe o que sabe. Um cabotino sabe muito mais.
♦ Algumas pessoas matam. As outras se satisfazem lendo as notícias dos assassinatos.
♦ A diferença entre o latido e a mordida do cão é que esta é personalizada.

♦ A diferença entre o psiquiatra e o psicanalista é que ao primeiro, geralmente, você vai amarrado; e ao segundo eu não vou nem amarrado.

♦ Um erudito sabe tudo. Um sábio sabe o essencial.

♦ O Collor grita que tem aquilo roxo. O povo diz que está com aquilo cheio. *(1991)*

DIFICULDADE

♦ Ao morrer como é que vou explicar ao meu Criador não ter sido um famoso astro de televisão?

♦ O que é mais difícil – aceitar o mais forte, suportar o mais rico ou admitir o mais bonito?

DIGNIDADE

♦ Calma, calma, também existem assessores com dignidade. Noutro dia, o Cláudio Humberto, diante de todo mundo, levantou-se nas patas dianteiras e disse pro Collor: "Estou a seu lado, aconteça o que acontecer!" *(1990)*

♦ Olha aí, ô meu!, dignidade é feito virgindade: perdeu, tá perdida. Não dá segunda safra.

DINHEIRO

♦ "O dinheiro não é tudo." Durante anos a Igreja – todas as igrejas – usaram e abusaram desse conceito – verdadeiro – para manter o povo passivo, esperando a redenção e felicidade sempre no porvir, de preferência no outro mundo. O dinheiro não diminui a extrema velhice, não cura doença incurável, não resolve a angústia do sofrimento psíquico. O dinheiro realmente não é tudo. Tudo é a falta de dinheiro.

♦ "O dinheiro não tem pátria", como dizia o político, vendendo a sua por trinta dinheiros.

♦ A diferença entre o dinheiro miúdo e o dinheiro graúdo é que este, naturalmente, fala mais alto.

♦ A verdade é que essa conversa toda, esse idealismo todo, essa vontade de servir e melhorar a sociedade, essa ânsia de realização política, essa entrega altruística ao bem público, essa busca de avanços sociais, esse sacrifício pela causa da humanidade, tudo isso está impulsionado pela única invenção humana para sempre genial – o dinheiro.

♦ Como em outras profissões e atividades que não tenho coragem de enumerar, o sucesso dos profissionais do dinheiro quase sempre é devido à estupidez, ou pelo menos à falta de imaginação. Pois a imaginação incapacita o indivíduo pra lidar com – e ganhar – dinheiro, sobretudo em operações financeiras. Ao contrário do que se pensa, os grandes golpes financeiros são bastante triviais e repetidos, bem-sucedidos apenas devido a cumplicidades várias.

♦ Dinheiro é aquilo que o trabalhador ganha com o suor do seu rosto, os estroinas esbanjam nas boates, o economista pensa que é ciência, os banqueiros emprestam a juros. É o que corrompe como suborno e redime como filantropia. É o talento dos ricos, o legado dos que partem para sempre, o objetivo dos ladrões, o poder do capitalismo. E se não traz felicidade pelo menos não acrescenta à infelicidade a infelicidade de não ter dinheiro. *(1959)*

♦ Dinheiro é tempo de vida transformado em moeda.

♦ É tal a força do dinheiro que, por isso mesmo, é o único veículo de transa social que não utiliza, em sua promoção, imagem de mulher nua ou pelo menos *sexy*. Você nunca viu papel-moeda com seios, coxas ou bumbuns estampados. Em todo o mundo as notas só nos mostram escritores barbudos, políticos carecas, santos esquálidos. No máximo uma rainha Vitória, uma imagem da República, bonita mas machona, ou uma égua acabrunhada montada por um herói oficializado (o que não teve tempo de fugir). Nenhuma Mata Hari, nenhuma Dubarry, nenhuma Xuxa. Não, o dinheiro não precisa desses reforços afrodisíacos. Formal, careta, feio, sujo, rasgado, colado, ele é sempre mais *sexy* do que a Marilyn em seus melhores momentos. Aqui, neste reino do poder supremo, a mulher-objeto definitivamente não tem vez.

♦ Em todas as descrições de contos fantásticos, os tesouros encontrados (anos ou séculos depois de terem sido escondidos) amontoam moedas com brilho impossível. Impossível porque, dado o tempo em que o tesouro esteve enterrado ou mergulhado no mar, as moedas certamente estariam enferrujadas, ou azinhavradas. Mas a capacidade do dinheiro brilhar, acredito, está acima de qualquer lógica.

♦ Nada mais importante ou emocionante do que o dinheiro. Dinheiro não se come, não se ama, não se veste, não se admira – em si mesmo. É apenas um valor de troca. Mas sem ele você não tem absolutamente nada. Nem amor você consegue sem dinheiro. E com ele você compra até amor verdadeiro.

♦ Não há nenhum dinheiro generoso. Todo dinheiro é perverso.

♦ O dinheiro compra o cão, o canil e o abanar do rabo.

♦ O dinheiro fala. E também manda calar a boca.

♦ O dinheiro não é tudo. Mas quando você tem muito dinheiro pelo menos ninguém chama: "Ei, você aí!"

♦ O dinheiro não traz felicidade. Mais ainda – o dinheiro não traz riqueza.

♦ O dinheiro não traz felicidade. Mas pobre não tem autoridade pra afirmar isso.

♦ O dinheiro, na mão de pessoas não adestradas para usá-lo, é a fonte de todo o mal do mundo. Por isso o dinheiro deve ser conservado cada vez mais na mão de um número bem pequeno de pessoas especializadas, aquelas que, por tradição familiar e vocação de berço, têm o tino e sabedoria de como usá-lo. Os pobres em geral são bastante incompetentes quando investidos no papel de milionários. Por isso deve-se evitar para eles a maldição implícita no excesso de pecúnia.

♦ Quanto pesa um saco enorme cheio de moedas de ouro? Nada. Dinheiro não pesa.

♦ Realmente, o dinheiro não é tudo. Temos também as ações ao portador, alguns terrenos na Barra, doze apartamentos no centro, joias – e alguns quadros comprados de artistas moribundos.

♦ Deus fez o sol. O Demônio inventou o dinheiro, que brilha muito mais.

♦ Dinheiro: os trabalhadores o ganham com o suor do seu rosto, os pródigos o queimam pra acender charutos em *épocas de ouro,* os banqueiros o emprestam, os falsários o falsificam, o Imposto de Renda leva uma boa parte dele, os usuários dormem abraçados com ele, os ladrões assaltam ele, os ricos multiplicam ele, os jogadores perdem ele, os governos emitem ele, enquanto a maioria apenas pergunta, em coro: Onde está ele?

♦ É inútil você tentar ficar rico com lucros desonestos. Não há lucro desonesto.

♦ Já vi gente cansada de amor, de trabalho, de política, de ideais. Jamais conheci alguém sinceramente cansado de dinheiro.

♦ Dinheiro. O dar dói – e o chorar não devolve.

♦ O dinheiro é a mais violenta das invenções humanas.

♦ O dinheiro é tudo. Ele é a fonte de todo o bem. Faz dentes mais claros, olho mais azul, amplia a dignidade individual, aumenta a popularidade, produz amor e paz espiritual e, quando tudo falha, paga o psicanalista.

♦ O dinheiro fala mais alto. E só com gente rica.

♦ O dinheiro não compra amizade. Mas com ele você pode arruinar seus inimigos.

♦ O dinheiro não é tudo. Mas permite à pessoa ser tão desagradável quanto queira.

♦ **O dinheiro não traz felicidade. Mas leva.**

♦ O dinheiro não traz felicidade. Ou melhor: o Cruzeiro não traz felicidade. O Dólar traz. *(1978)*

♦ O que o dinheiro faz por nós não é nada em comparação com o que a gente faz por ele.

♦ Pobre quando vê muito esmola nem desconfia.

♦ Realmente o dinheiro não traz felicidade. Mas isso não chega a ser uma questão financeira a ser levada a sério.

♦ Ultimamente venho sentindo algumas tonteiras. Acho que são algumas responsabilidades financeiras acima das minhas possibilidades.

♦ Um bom caixa de banco, pra contar dinheiro, sempre deve umedecer a ponta dos dedos numa esponja, a fim de evitar que duas notas passem por uma. Esse cuidado, evidentemente, é desnecessário nas operações de depósito.

♦ Dos males o menor. Ou o que der mais dinheiro.

♦ Energia nuclear? Você acha? Armas químicas? Você acha mesmo? Não senhor; o dinheiro ainda é a mais violenta das invenções humanas.

DIÓGENES 1981

♦ No escuro da praça encontrei Diógenes procurando um homem. Uma lanterna numa mão, uma Magnum na outra.

DIPLOMA

♦ Diploma, títulos, PhDs! A natureza, ao fazer um ser humano competente, por acaso consulta faculdades?

DIPLOMACIA

♦ Quem não é forte tem que ser diplomático.

♦ A diplomacia é a intriga levada a suas extremas consequências.

♦ A diplomacia traz no nome o seu significado; só funciona quando é macia.

DIPSOMANÍACO

♦ Dipsomaníaco é um médico de porre.

DIREITA E ESQUERDA

♦ A diferença fundamental entre Direita e Esquerda é que

a Direita acredita cegamente em tudo que lhe ensinaram, e a Esquerda acredita cegamente em tudo que ensina.

DIREITO

♦ O direito de cada um termina quando o outro reage ou chama a polícia.

♦ Todo homem tem o sagrado direito de torcer pelo Vasco na arquibancada do Flamengo.

♦ O direito de cada um termina onde começa o direito alheio. Isso deve ser sempre lembrado pelos mais fracos porque é o primeiro princípio de direito apagado pela amnésia na memória dos mais fortes.

♦ O problema do direito de ir e vir é que tem sempre um chato que teima em ficar.

♦ E Esaú vendeu seus direitos de primogênito por um prato de lentilhas, homologando os *royalties*.

♦ Todo homem tem o direito inalienável à vida e à liberdade, exceto em ocasiões excepcionais, como catástrofes de âmbito nacional, abalos de amplitude internacional, modificações das instituições, ameaças incontroláveis e inidentificáveis, falta de teto nos aeroportos, movimentos subterrâneos, engarrafamentos de tráfego, congestionamento de linhas telefônicas, chuva grossa, crises econômico-financeiras, construção de metrôs, pontos facultativos obrigatórios e mau humor permanente da velhinha no guichê.

DIREITO DE RESPOSTA

♦ O direito de resposta é fundamental. Senão a gente fica até pensando que o outro lado pode ter razão.

DISCIPLINA

♦ Quando o comandante reclama do subordinado, está, naturalmente, impondo a disciplina. Quando o subordinado reclama do comandante, está, obviamente, se indisciplinando.

DISCRIÇÃO

♦ A grande compensação por ser discreto é aquele momento em que você resolve contar tudo.

♦ Dizem que, quando o Criador criou o homem, os animais todos em volta não caíram na gargalhada apenas por uma questão de respeito.

♦ Eu morri no ano passado. Não comuniquei a ninguém pra evitar lamentáveis demonstrações de hipocrisia.

♦ Não beber é uma anormalidade que deve ser comentada com extrema discrição.

♦ As grandes corrupções são mudas.

♦ Se há uma coisa que nunca existiu em Brasília foi serviço secreto. O nível de boquirrotismo na capital invalida qualquer organização que pretenda esse título.

♦ Tão discreto quanto o outro lado da lua.

DISCUSSÃO

♦ Tivemos uma troca de palavras / Mesquinhas / Agora eu guardo as dela e/ E ela guarda as minhas.

♦ Discussão se ganha pelo tom de voz, não pelo significado do que se diz.

♦ Mesmo dito com cuidado / Sem qualquer provocação / "De gosto não se discute" / Começa uma discussão.

♦ O mal da gente discutir com um imbecil é o pessoal que passa não distinguir quem é quem.

♦ A discussão pode não trazer a luz, mas liquida com muita ideia imbecil.

DISFARCE

♦ No planalto, muita gente de quatro fingindo que está apenas procurando a lente de contato.

DISSIMULAÇÃO

♦ Sob esse exterior meio idiota ele esconde um débil mental completo.

DISTANCIAMENTO

♦ Depois de assistir a um pungente drama social de Brecht, os espectadores perguntam: "Bem, onde vamos jantar?"

♦ Meu Deus, como é sublime e bela a mulher da outra mesa.

♦ O Brasil é um país muito distante. Uma democracia lá longe.

♦ O que os olhos não veem o coração não sente. Mas o intestino acusa.

♦ Volta e meia me vem a angústia de estar sempre comigo. Eu gostaria muito de um dia poder ir a algum lugar em que eu não fosse ou não estivesse. Pelo que falam dos lugares a que não vou, sem mim os lugares são muito mais interessantes.

DISTÂNCIAS

♦ A proximidade é conivente. A distância é crítica.

♦ Os pobres são bastante idiotas para pensarem que a riqueza não traz felicidade. E os ricos são bastante safados para afirmarem que há pobres felizes.

DISTRAÇÃO

♦ Pra mim a perfeição já passou. E ninguém percebeu.

DISTRIBUIÇÃO

♦ A vida é mesmo assim, meio injusta: uns têm graça, outros têm espírito – a maioria tem apenas pedra nos rins. *(*O homem do princípio ao fim*. 1967)*

DITADURA

♦ A ditadura é a esclerose da rebelião.

♦ A verdade é que neste momento só não temos uma ditadura porque até pra isso nos falta competência. *(1992)*

♦ Responda depressa: Por que, numa ditadura, só acontece o impublicável?

♦ Pelo número de ditaduras ainda existentes no mundo, parece mesmo que a maior aspiração do povo é a liberdade de se deixar mandar.

DITADURA / DEMOCRACIA
♦ A diferença entre uma democracia e um país totalitário é que numa democracia todo mundo reclama, ninguém vive satisfeito. Mas se você perguntar a qualquer cidadão de uma ditadura o que acha do seu país, ele responde sem hesitação: "Não posso me queixar".

DIVERGÊNCIA
♦ A luta entre pagãos e cristãos foi porque os pagãos gozavam a vida e os cristãos queriam que eles gozassem a morte.

♦ Os economistas de oposição dizem que não há luz no fim do túnel. O povo sabe que nem há túnel. *(1988)*

♦ Os pessimistas dizem que a CPI do Orçamento é um saco de gatos. Os otimistas dizem que é um saco de ratos. *(1994)*

♦ É-me (êpa!) impossível acreditar em qualquer coisa em que a totalidade das pessoas acredita.

♦ Os socialistas são contra o lucro. Os capitalistas são apenas contra o prejuízo.

DIVERSÃO
♦ Vocês não sabem como é divertido o absoluto ceticismo. Pode-se brincar com a hipocrisia alheia como quem brinca de roleta russa, na certeza de que a sinceridade que eles manipulam está completamente descarregada.

DÍVIDA
♦ A vantagem de dever muito sobre dever pouco é que, quando devemos pouco, temos que ir ao banco. Quando devemos muito, o banco vem a nós.

♦ E como dizia o presidente do FMI pro trio Langoni, Galvêas, Delfim: "Podem continuar tranquilos. Nós nunca mexemos no time que está perdendo". *(Langoni, Galvêas e Delfim foram economistas da ditadura. 1983)*

♦ Em caso de dívida irresgatável, continue caindo.

♦ Nossos credores internacionais acabam de sofrer uma derrota de Pirro. *(1983)*

DÍVIDA EXTERNA

♦ O Brasil está endividado até a raiz dos meus cabelos.

♦ Se o Brasil tiver prudência na cara, paga a dívida externa apenas por reconhecer que o inimigo – o credor – é muito mais forte. Mas paga tudo como quiser, da maneira que quiser – afinal de contas nenhuma força é absoluta. Os banqueiros internacionais sabem muito bem que, se esticarem demais o elástico da atiradeira, acabarão matando a galinha dos ovos de plástico.

DÍVIDAS

♦ Tristezas não pagam dívidas. Nem bravatas, por falar nisso.

DIVISÃO

♦ O mundo se divide entre os que encontram e os que nem sabem onde puseram.

♦ No Brasil o sol nasce para todos. A chuva, só pro sul do país.

♦ O Brasil está dividido entre os abertamente cínicos e os que não conseguem se conter.

DIZIMAR

♦ Propõem-se inúmeros meios de conter a população – pílulas, diafragmas, aborto – e se esquece de que existe, há milênios, barato e prático, o dízimo. É só pegar um em cada dez cidadãos e dizimá-lo. Isso traz a vantagem do controle populacional imediato, à minuta – e gera milhares de empregos de dizimadores. O dízimo deveria ser feito por escala social. Pobres primeiro; em alguma coisa o pobre tem que ter preferência. Em seguida viriam os intelectuais, depois os críticos de teatro (que, sendo apenas três, poderiam ser eliminados de uma vez), logo os "paisanos" de modo geral, os banqueiros e, no fim, os militares. O dízimo tem, além do mais, a vantagem de, como o nome indica, ser decimal. Dizimados 10 por cento, basta cortar um zero no recenseamento e a população estará restaurada nos seus 100 por cento, pronta pra ser dizimada novamente. *(Do Estatuto da Universidade do Meyer.)*

DOADOR
♦ Dar sangue é uma forma imortal de hemofilia.

DOCUMENTAÇÃO
♦ A ideia do compromisso histórico é fundamental ao espírito do Perfeito Liberal e seu rosto se enche de felicidade quando vê, em vídeo oficial, uma estrada gigantesca sendo construída por operários que fazem declarações cheias de orgulho, dubladas por nossos melhores atores de esquerda. *(Vade-mécum do Perfeito Liberal. 1961)*

DOCUMENTOS
♦ A burocracia ficou rica no dia em que inventou ao mesmo tempo a certidão e a servidão.

DÓLAR
♦ O dinheiro fala. Mas bom mesmo é o dólar, que fala todas as línguas.

DOLCE FAR NIENTE
♦ *Dolce far niente.* Não tem sobremesa. *(Traduções televisivas.)*

DOM
♦ Fui atacado grosseira e odiosamente pela Igreja de direita (no tempo da revista *O Cruzeiro*. Saí da revista, depois de 25 anos de trabalho, devido a uma campanha dos carolas) e violentamente pela de esquerda (quando *ousei* criticar o Lula). Até em detalhes eu me grilo com os igrejólogos. Por que esse negócio de "Dom"? "Dom" Evaristo, "Dom" Lucas, "Dom" não sei o quê. "Dom" por quê? Eles são príncipes? A ideia geral não é a humildade? *(Entrevista. Revista 80. 1981)*

DOR
♦ A dor serve para indicar onde é que está doendo, de modo que os cientistas saibam por onde devem começar (ação mais conhecida como começo do fim). Por aí os senhores podem verificar como a ciência é bela. Sem ela a maior parte das coisas continuaria não sendo científica. *(Falsa cultura.)*

DOR DE CABEÇA
♦ Dor de cabeça é coisa mental.

DROGAS
♦ Repare bem na cara da Mona Lisa e diga se não é expressão perfeita de quem acabou de dar uma bela cafungada?

♦ Abro, com cuidado, meu armário de eternas esperanças – o frasco aqui, pastilhas de eternol, para serem tomadas sob prescrição. Quem prescreve? Serão diuréticas ou causadoras de expectoração? Dão sono ou causam insônia? Animam ou aniquilam? Aguçam o apetite ou dão tréguas à gula? Fazem crescer as unhas ou param a queda dos cabelos? Muitos outros vidros, possíveis curas de males atuais, origens de futuros efeitos. Tome-os quem quiser. Aqui estão a medicina e a tecnologia modernas, resultado do gigantesco nourráu dos nossos tempos que, manejando químicas, descobrem leis físicas e, por natural extensão, filosofismos; as coisas já não são o que eram, jamais serão o que são, e já não se separam em entidades distintas, morreu o indivíduo, quer dizer, estamos todos no mesmo barco existencial. Que sempre vai ao fundo.

DUBIEDADE
♦ Por que Jeová, em vez de deixar os israelitas construírem o Muro *(wall)* das Lamentações, não lhes deu logo Wall Street?

♦ Tinha tanto medo de tomar posição que quando rezava

pedia: "Nos dai hoje o pão nosso de cada dia que o Diabo amassou".

DUBLAGEM

♦ A voz humana – seu som e o que contém – é muito mais importante do que o resto da pessoa. Por isso preferia que a televisão conservasse as vozes dos grandes atores estrangeiros e passasse a dublar suas imagens. Já imaginaram o Jesse Valadão nas escadarias do fórum romano, dizendo o discurso de Marco Antônio com a voz do Marlon Brando?

DUPLA JORNADA

♦ Antigamente lugar de mulher era em casa. Mas ela lutou heroicamente até conseguir o direito de só ir pra casa depois que sai do outro trabalho.

DUPLO SENTIDO

♦ Idiota mesmo é o sujeito que, ouvindo uma história com duplo sentido, não entende nenhum dos dois.

DÚVIDA

♦ Até quando continuaremos a ser comandados por pessoas que nem chegam a ser burras?

♦ Quando a mulher diz que depois de nós nunca mais vai querer saber de outro homem é porque pensa que nunca mais vai encontrar outro igual ou porque tem medo de só encontrar outros iguais?

♦ Em dúvida, faça o contrário.

♦ Em dúvida, não se meta.

♦ Minha mãe morreu quando eu era menino. Será que isso que eu sou corresponde ao que ela queria que eu fosse?

♦ Mentalidade aberta, ou vazia?

♦ O que é pior – a chamada mentira piedosa ou a verdade cruel?

♦ O que é que o Brasil tem mais – semialfabetizados ou semianalfabetos?

♦ O que o homem vai conseguir primeiro: habitar a lua ou desabitar a Terra? *(1969)*

DÚVIDA NACIONAL

♦ A grande dúvida nacional: "Com gás ou sem gás?"

E

É...
♦ Esta peça é um discurso sobre a falência das ideologias. Mais obviamente, um trabalho sobre a inutilidade das teorias. Todas as palavras, ações e referências, inclusive a mitos (deuses gregos), emprestam-lhe o angustiante clima, sempre presente em tudo que tenho feito – inclusive nas artes plásticas – a partir de certo momento de minha vida – do sentido metafísico da existência, da ocasionalidade da vida e, consequentemente, da história. Não há *leis*. *(Peça É... 1977)*

ECLÉTICO
♦ Há os que não sabem antropologia / E os que ignoram trigonometria. / Mas de mim ninguém pode falar nada. / Minha ignorância / Não é especializada.

ECLETISMO
♦ O que eu mais gosto é tudo.
♦ Uma dessas reuniões artísticas onde a gente encontra homens e mulheres de todos os sexos.

ECOLOGIA
♦ Não há bem que sempre dure. Nem mar que nunca se acabe.
♦ Ecologia: uma esquerda conservadora.

ECOLOGIA EXISTENCIAL
♦ Nem tudo na vida são flores. Nem flores, nem frutos, nem árvores. No Brasil estamos mais pra queimadas, serrado, deserto – com burocratas de tocaia.

ECONOMÊS
♦ "Contudo, nivelados o impulso produtor com o impulso de contenção da demanda, teremos uma maior folga de meios para exercer um salutar controle ditatorial na economia de mercado, desde que consolidada a dívida externa e saneados os estabelecimentos de crédito. Contivemos a espiral inflacionária, reduzimos a especulação altista e estamos agora considerando a receita de estágio. Estabelecida a margem de lucro do meio circulante, poderemos promover, sem riscos de depressão nem excessivo aquecimento, o estímulo de nosso complexo produtor vertical."
Traduzindo; brasileiros e brasileiras: vai chover paca num dia de sol forte. (1987)

ECONOMIA
♦ Vocês aí que sempre economizaram tanto para os dias piores, podem começar a gastar: os dias piores já chegaram.
♦ A economia compreende todas as atividades do país. Nenhuma atividade do país compreende a economia.
♦ Planejador econômico é um sujeito que colhe antes de plantar.
♦ Hoje o brasileiro não economiza mais pros dias ruins. Economiza pros dias piores.

ECONOMISTA
♦ O economista muda logo, radicalmente, qualquer plano que, contrário a todas as teorias, dá certo na prática.
♦ Pro homem comum, economia é guardar dinheiro. Pro economista, economia é gastar o dinheiro do homem comum.
♦ O economista é um ficcionista que venceu na vida.
♦ Quando você não entender nem os fatos nem os números, e tiver que explicar os fatos e os números, misture fatos e números, teça com eles um indecifrável silogismo, e passará a ser considerado um extraordinário economista.

♦ Em terra de cego quem tem um olho é economista.
♦ O perigoso em nossos economistas não é o que ignoram de economia; é o que sabem.
♦ Que seria dos economistas se o que eles pregam desse certo?

ECOSSISTEMA
♦ As batatas, as mandiocas, / As ostras e as minhocas, / Os pássaros e as flores, / Os caracóis, as abelhas, / Os reflexos e odores, / Os gradeados, as telhas, / E as moças e rapazes / (Que bolinam no cinema) / São do mesmo ecossistema?

ECUMENISMO
♦ O príncipe Bernardo, da Holanda, Nixon, dos Estados Unidos, Chiang Kai-Shek, da China, Selassié, da Abissínia, todos venderam a pátria e *levaram o seu*. Só eu fico aqui, com esta cara de pateta, contemplando o sol caindo ali atrás das montanhas da Gávea, me contentando em pensar qual será o número da conta numerada de Mao, na Suíça. *(1979)*

EDIÇÃO
♦ A esta altura da vida estou pensando seriamente em pedir ao Grande Editor uma segunda edição de mim mesmo, revista e aumentada. E, claro, também com uma encadernação melhor – em pele de Xuxa marroquim.

EDIFÍCIOS
♦ Quando os sérgios dourados da vida construíram o primeiro edifício de apartamentos acabaram, definitivamente, com a era dos grandes homens. *(Sérgio Dourado, nos anos 60, era o maior especulador predador imobiliário do Rio de Janeiro. Se não morreu ainda está vivo.)*

EDITORIAL
♦ Li, ontem, um editorial realmente magnífico sobre a ditadura. Não dizia absolutamente nada. Mas era contra.

EDU DA GAITA
♦ Edu, da gaita que não dá dinheiro. *(1960)*

EDUCAÇÃO
♦ Meus cursos maiores são de rua (e uma outra estrada) com seus currículos vitais de malandragem e medo. *(1959)*

♦ O Perfeito Liberal é pelo ensino livre e universal. As escolas serão grátis, os currículos democráticos: e os filhos dos liberais poderão frequentar as escolas em suas próprias Mercedes. *(Vade-mécum do Perfeito Liberal. 1985)*

♦ Quando, numa universidade, durante alguns anos, um cidadão absolutamente inepto aprende coisas inúteis de uma pessoa que não entende nada do que fala, ele recebe um certificado de garantia de que sabe o que não sabe e, portanto, está capacitado a ganhar mais do que qualquer cidadão útil, bombeiro hidráulico, por exemplo.

♦ É inegável que a leitura melhora fundamentalmente o ser humano. Desde que, claro, ele seja alfabetizado. Já a televisão piora até o analfabeto.

♦ No Brasil, ainda com centenas de milhares de babás de cor, o recém-nascido de classe média, assim que vê uma sombra escura se curvar sobre ele, sabe que aquilo é uma empregada-escrava a seu serviço, e se torna racista para todo o sempre. *(1980)*

♦ Estudo básico no colégio Ennes de Souza (mais tarde eu o chamaria de Universidade do Meyer). Só fui saber quem era Ennes de Souza décadas mais tarde, nas memórias de Pedro Nava. Um abolicionista – se é que isso existe.

EDUCAÇÃO SEXUAL
♦ A biologia sempre foi mais forte do que a repressão. Mas será mais forte do que a permissividade? Duvido. A educação sexual, uma das pragas da permissividade, vai transformar o sexo num negócio tão chato que as pessoas

vão preferir chupar um Chicabom na porta do Bob's. Educação sexual é apenas uma outra forma de repressão.

EFEITOS
♦ *In vino, veritas*. *In* cachaça, porre.
♦ Os fotógrafos usam filtros pra fotografar certas vedetes depois de determinada idade. Pras mais idosas usam véus. Algumas têm de ser fotografadas através de *compensados*.
♦ A dieta alimenta os dietistas.
♦ Às vezes fazemos críticas tão contundentes a respeito de uma pessoa que nunca mais conseguimos acreditar nela.
♦ Homem ou mulher, na mesa e na cama, a satisfação que tiveram antes é revelada pelo tamanho da barriga, depois.
♦ Pode ser que a pressa seja inimiga da perfeição, mas a ejaculação precoce também produz filhos bonitos.
♦ Quando eu rio – me vem uma enorme tristeza!

EFEITO COLATERAL
♦ Quem se curva aos opressores mostra a bunda aos oprimidos.
♦ No futuro haverá setentões infantiloides envenenados por pílulas da eterna juventude tomadas em excesso.
♦ Quando não tinha feminismo comer mulher dava muito trabalho.

EFEMÉRIDE
♦ A ONU tem a obrigação de promover o Ano Internacional da Vergonha na Cara. Mas a ONU tem vergonha na cara?
♦ Divagar e sempre. Um dia depois do outro. Um meio-dia, uma meia-noite. Acreditamos que raros países possam se orgulhar, como o nosso, de ter dia todos os dias. Amanhã será quarta-feira em todo o país se as autoridades não tiverem nada em contrário. *(*Computa, computador, computa. *Escrito sob coação de Fernanda Montenegro. 1971)*

EFICIÊNCIA

♦ Depois de pensar profunda e longamente a gente chega, afinal, a uma conclusão definitiva sobre o que fazer. Mas aí é tarde: os idiotas irrefletidos, que não pararam pra pensar em nada, já tomaram todos os postos.

♦ Isso sim é que é Congresso eficiente! Ele mesmo rouba, ele mesmo investiga, ele mesmo absolve. *(1994)*

EGO

♦ A quanto se acelera o moto-próprio?

♦ Responda depressa: O que é melhor pro ego: construir um palácio ou bombardear um palácio?

♦ O ego é a única coisa que vaza por cima.

♦ Decálogo para psicanalistas & psicanalisados: (I) O Ego é o castelo do Homem. (II) O Ego é inviolável. Qualquer psicanalista pode ser processado por estupro psicológico. (III) O psicanalista não pode ser um alterEgo. (IV) O Ego é uma máquina de enrustir. Ficar mexendo nele com a varinha da irresponsabilidade psicanalítica a fim de trazer à tona o lodo que deveria ficar sempre no fundo (lei hidráulica) é um crime imperdoável e irreparável. (V) O Ego não é vendável, consumível, domesticável e, sobretudo, não é cobrável. (VI) *Ego sum qui sum.* É isso aí. (VII) O Ego tem razões das quais o psicanalista está completamente por fora. (VIII) O Ego do vizinho é sempre maior do que o nosso. (IX) O Ego é intransferível em parte ou no todo. (X) O Ego do paciente jamais poderá ter relações sadias com o Id do psicanalista.

EGO-ID

♦ O Ego é um cara fino, respeitador de aparências e convenções, está sempre querendo dar boa impressão, ama música erudita, se supõe de esquerda, e é até bem-casado. O Id é um marginal, vê com prazer o *catch kitsch* da televisão enquanto toma cerveja cuspindo no chão, possivelmente é um estuprador. Os dois, obviamente, não se suportam.

EGOCENTRISMO

♦ E Deus olhou tudo em volta e viu que tudo era bom. Porque não tinha inventado a crítica. Senão ele ia ver *mesmo* o que era bom.

EGOÍSMO

♦ Marido é o cara que não tem relações com a mulher há mais de seis meses mas ameaça matar qualquer um que tente fá-lo. *(1972)*

♦ O egoísmo é a generosidade consigo mesmo.

EGOÍSTA

♦ Um egoísta talvez não seja propriamente um egoísta. Ao contrário, pode ser uma pessoa tão interessada nas outras que se interessa primeiro por si mesma, evitando que outros tenham que fazê-lo.

EJACULAÇÃO PRECOCE

♦ Sujeito assumido é o que, tendo ejaculação precoce, já para em fila dupla na porta do motel.

ELEIÇÃO

♦ Democracia tem hora. Vocês já imaginaram se o avião só levantasse voo depois dos passageiros elegerem o piloto?

♦ Vocês vão ver na apuração: nunca as urnas contiveram tanta surpresa, espanto, admiração, choque, assombro, confusão e "Sim senhor, quem diria!?"

♦ As eleições teriam resultado mais correto se cada eleitor dispusesse de um voto a favor e um voto contra. Em princípio isso já eliminaria a possibilidade de que um candidato reconhecidamente corrupto, como Orestes Quércia, mas com poderosa máquina política, fosse eleito. Os eleitores que o rejeitam – fora do alcance da máquina – liquidariam com sua candidatura. PS. Por falar nisso, por que não apenas o voto contra? O menos votado seria eleito. *(1991)*

♦ Vem aí o PMDB. Mais safado do que o ARENA. Inteiramente financiado pela Dívida Pública Nacional. Com Sir Ney no papel de presidente. *(1986)*

ELEITO

♦ Pouco a pouco, surge na linha do horizonte a luz triunfante do novo eleito. Cabeça de touro, corpo vegetal, pés de pato, ainda úmido do suor do parto, ele aspira crescer na selva selvágia. Mas sem mãe (gerado de si próprio), no planalto inóspito, quem o vai alimentar? Quem lhe oferecerá o seio, propriamente dito, pra sustento do corpo, ou simbólico, para a nutrição da alma? Se alguém o fizer, como confiar no alimento, que pode ser uma traição, estar envenenado pela rivalidade política, pela ânsia de outros egos que sabem bem que ele quer ocupar todo, *todo,* o espaço disponível? Onde, e com quem, aprender os primeiros passos de um balé à beira do abismo? Em que caverna habitar enquanto se ruminam sonhos e devaneios de poder e de glória, realização e plenitude, e se espera, e se assume, e se administra o *Cargo? (1990)*

ELEITOS

♦ Pra uns as vacas morrem. Pra outros até boi pega a parir. *(À maneira de Guimarães Rosa.)*

ELENCO

♦ Elenco é uma corja de artistas. *(Novos coletivos.)*

ELEVADOR

♦ O elevador é uma máquina *em reparos.*

ELITISMO

♦ Gosto de ler enciclopédia porque gentinha ali não entra.

ELOGIO

♦ Me elogia, vai! / Escreve um troço aí! / Não dói não; / Faz de conta que morri.

♦ Se quem nos elogia é humilde, o elogio não nos inflama porque o aceitamos com a superioridade natural de quem está acima do louvador. Mas se o elogio vem de uma pessoa de nível superior ele também não nos satisfaz porque há sempre um ar condescendente na pessoa que elogia. Repare.

ELOQUÊNCIA

♦ Pediu a palavra e ficou calado meia hora. É o que eu chamo de verdadeira eloquência.

EMBRIAGUÊS

♦ Preso por embriaguês. Os dois policiais estavam bêbados.

♦ Dirigir embriagado, avisam sempre as autoridades, é extremamente perigoso. E atravessar a rua sóbrio?

EMIGRANTES

♦ Na terra da fartura, por isso mesmo, faminto não entra.

EMOÇÃO

♦ "Nada é mais grave e perigoso do que emoção juvenil em adulto." *(Marília, personagem do filme* Últimos diálogos. *1993)*

EMOLDURAMENTO

♦ A moldura que serve prum quadro vagabundo serve também pruma obra-prima, desde que o tamanho das duas obras seja o mesmo.

ENCOMENDA

♦ Pesos e medidas? Manda dois de cada.

ENCONTRO

♦ E como disse a paralela para a outra, no infinito: "Não podemos continuar nos encontrando assim".

♦ Numa de nossas esquinas / Mais legais / Juntaram-se o Prudente / E o imprudente / De Morais. *(Morto o poeta Vinícius de Morais, notório boêmio, seu nome foi dado à rua Montenegro – em Ipanema – cruzamento com a rua*

Prudente de Morais, nome de um ex-presidente da República, conhecido por sua circunspecção. Na esquina fica o bar, popular há décadas como Bar Veloso, hoje Garota de Ipanema.)

♦ Às 18h20 do dia 22 de junho de 1642, quando fazia 19 anos, Pascal recebeu a visita gentil de Corneille, de 36 anos. Depois de mostrar ao teatrólogo sua prensa hidráulica e a seringa, Pascal falou-lhe da inadequação teológica da metafísica. Depois, enquanto tomavam um gole de conhaque – só aí revelando um certo orgulho – explicou-lhe o funcionamento do calculador digital (computador) que acabara de fazer para ajudar o pai na administração da prefeitura local. Chovia fininho na noite de Rouen. *(JB. 1987)*

♦ Exatamente às 4h30 de 3 de junho de 1646, como combinado, Pascal recebeu a visita de Descartes prum papo ameno. Pascal disse a Descartes que estava inclinado a admitir que o coração tem razões que a razão desconhece. Descartes concordou, e acrescentou: "Belo é o pensar. É só por isso que eu existo". Às cinco, servido o chá com madeleines, concordaram em que a intersecção de três pares de lados opostos de um hexágono inscritos num cone são colineares. E riram suavemente. A tarde ia morrendo em Rouen. E eles também. É tudo. *(JB. 1987)*

ENCRENCAS
♦ O mal das encrencas é que elas começam bem devagarinho.

ENCRUZILHADA
♦ No Brasil temos que conviver com o esquerdismo demagógico da direita e o direitismo visceral da esquerda.

ENDIVIDAMENTO
♦ O ser humano já nasce devendo nove meses de pensão.

ENERGIA NUCLEAR
♦ A energia nuclear é indispensável ao futuro do Brasil. Os brasileiros não. *(1981)*

♦ Artigo primeiro da Constituição da era nuclear: "Todos os homens morrem iguais". *(1981)*

♦ O uso da energia nuclear – dizem cientistas e tecnocratas – é irreversível. E nós?

ENERGIA SOLAR

♦ Estão começando a aproveitar a energia solar no Nordeste. Vem toró por aí.

ENGANO

♦ Estou ganhando a vida, como diz o cara que se mata de trabalho.

♦ Por que será que sempre que discamos um número enganado ele não está ocupado?

ENGENHARIA REVERSA

♦ Durante muito tempo as melhores bolas de bilhar foram feitas com presas de elefante. Todas as tentativas de fabricar presas de elefante com bolas de bilhar fracassaram totalmente.

♦ Pegam-se duas claras, duas gemas, duas cascas de ovo, e uma galinha. Junta-se cada clara a cada gema, coloca-se o resultado dentro de cada casca, colam-se as cascas com goma branca e têm-se dois ovos magníficos. Aí introduzem-se os ovos no próprio da galinha e pode-se anunciar a todo o país que a recessão terminou e que a galinha amanhã vai pôr dois ovos.

ENREDO

♦ Nossa vida é um dramalhão, que os outros, naturalmente, assistem como comédia.

♦ Sem futricas, sem lutas pelo poder, sem desastres, sem ambições desvairadas, sem crimes passionais, isto é, sem enredo, o mundo seria absolutamente insuportável.

ENROLO SEMÂNTICO

♦ Pois a intromissão de uns em assuntos alheios à sua competência e a fuga de outros a responsabilidades viscerais, ambos os comportamentos gerados por promiscuidade gregária (um termo pejorativo e outro nobre significando o mesmo na definição de uma realidade pleonástica) provocaram o rompimento das comportas do proibido e fizeram fluir a torrente do não consentido, que rolou pelas vertentes da permissividade, abalou as reservas psíquicas da comunidade, e provocou na nação a fúria ou o gozo. Eu, hein, Millôr?, você hoje tá que tá! *(1987)*

ENRUSTIDO

♦ Homossexual enrustido. E os filhos nem suspeitam de que espécie de Adão é feito o pai.

ENSINAMENTO

♦ Uma coisa a vida ensina – a vida nada ensina.

ENTENDIDOS

♦ Os maiores desentendimentos se dão entre os entendidos.

ENTENDIMENTO

♦ A Babel começou com todo mundo falando a mesma língua. Quando o Todo (eu trato o Todo-poderoso desse modo porque sou íntimo) quis que os homens se desentendessem fez cada um falar uma língua diferente. E a ONU, que já começou assim?

ENTERRO

♦ Tem esses caras que deixam recomendações detalhadas de como deve ser o seu enterro. Eu não: quero que meus amigos me façam uma surpresa.

♦ Por mais importante que você seja, a festa do seu enterro dependerá sempre das manchetes do dia.

ENTREATO

♦ Nos entreatos os espectadores ensaiam um pouco os seus papéis para a saída.

ENTRETENIMENTO
♦ As pessoas vão ao teatro para se divertir e não ao contrário, como acontece tanto.

ENTREVISTA
♦ (Entrevista com machão atípico) P – Quais são os privilégios atuais do sexo frágil? R – Todos os naturais e mais os concedidos. Todos os antigos e mais os obtidos. P – A mulher pode então fazer tudo que bem entende? R – E também o que bem não entende. P – Quais são as consequências negativas do atual comportamento? R – Nenhuma: quando se pode, ao mesmo tempo, reivindicar igualdade e proteção, e se tem, ao mesmo tempo, o direito de agressão e o de protesto contra ser agredido, pode-se agir grosseiramente com relação ao homem tendo a certeza de sua reação cavalheiresca, o negócio é deitar e rolar, no sentido total da expressão. P – Quer dizer então que você não acredita na força suprema da mulher? R – Não, mas creio profundamente na covardia congênita do homem. P – Nessa sua consciência de comportamento social, como se enquadra a disputa política? R – Acho que as mulheres ganharão todas as eleições desde que se fixem na ideia de votar femeístas, já que os machos assumiram como pejorativo o fato de serem masculinos. P – Mas você não acha que homens e mulheres são absolutamente iguais em teoria? R – Em teoria eu acho tudo. P – Supondo que houvesse apenas uma cadeira à disposição e você tivesse que disputá-la com uma mulher, como você se comportaria? R – Que cadeira – do dentista ou do Senado? P – Mas você não reconhece que tem seu lado feminino? R –Tenho. Quando sou grosseiro. *(1982)*

ENVELHECIMENTO
♦ A alma enruga antes da pele.
♦ O pior não é envelhecer – é ver os filhos envelhecerem.

EPIDEMIA
♦ Soubemos que a Grande Fábrica vai mesmo mandar uma epidemia de câncer para cancelar todo o material humano empregado atualmente pelo nosso Poder Público. Chegou à conclusão de que a produção entre 1920 e 1960 foi um verdadeiro desastre. *(1983)*

EPÍLOGO
♦ A única nobreza do ser humano é ser esplêndido em cinzas, faustoso nos túmulos, solenizando a morte com incrível esplendor, transformando em cerimônia e pompa a estupidez de sua natureza. *(*Computa, computador, computa. *Escrito sob coação de Fernanda Montenegro. 1971)*

EPITÁFIO
♦ Meu epitáfio: "Não contem mais comigo".

EQUAÇÃO
♦ Todo homem é seu valor dividido pela sua autoestimativa.

EQUIDISTÂNCIA
♦ Equidistância é quando você está perto de todos os lugares ao mesmo tempo.

♦ Quem segue todos os caminhos nunca chega aonde o esperam.

EQUILÍBRIO
♦ A alta costura desabou quando as saias subiram.

♦ A melhor maneira da gente viver com o que ganha é dia-sim-dia-não.

♦ Um homem profundamente mentiroso contém 49% de verdade e um homem profundamente verdadeiro vem com 51% de mentira.

♦ Uma desgraça nunca vem só. Em compensação a felicidade nunca vem de montão.

EQUILÍBRIO DE PODERES
♦ Os Três Poderes podem botar uns aos outros na cadeia. *(Falsa cultura.)*

EQUIPARAÇÃO
♦ Não aguento mais essas mulheres exibindo suas formas modelares em todos os meios de divulgação (ganhando uma nota preta com isso), mas sempre reclamando: "Não quero ser reconhecida apenas como símbolo sexual". Chega, pombas! Venho também fazer, de público, a minha reivindicação: "Estou farto de ser reconhecido apenas como um homem de talento. E o corpinho do papai aqui, não vale nada?" *(1978)*

EQUÍVOCO
♦ "Conforme podem verificar em minha carta de 13.12.70, encomendei, à organização que controlam, uma centena de beija-flores. Por equívoco os senhores me enviaram dez caixas de algemas." *(Durante a repressão da ditadura militar, presos alguns redatores do jornal* O Pasquim. *O texto cabe na minha filosofia "Toda época de grande repressão é época de grandes sutilezas". Até que a repressão resolve jogar mesmo pesado e acaba com qualquer frescura intelectual.)*

ERA
♦ Em 1980 entramos definitivamente na Idade Mídia.

♦ Por que invectivar os tempos todo o tempo? Eu, ao contrário, gosto imensamente da época em que me foi dado viver e aproveito esta oportunidade para me congratular com ela por ser minha contemporânea.

♦ Era lavada a seco, feita de plástico, patrocinada pelos vendilhões do templo *Marketing,* poluída pela ausência de qualquer ética, época de individualidades amedrontadas, fés sem deuses e cerveja sem espuma. *(1980)*

ERA DA INOCÊNCIA
♦ Vivendo hoje, a gente não pode deixar de ter saudade

daqueles tempos em que a humanidade era mais pura e mais inocente, como em Sodoma e Gomorra.

EREMITA
♦ Então, adeus; de hoje em diante vou me isolar nas areias desertas do Arpoador. *(Rompimento com uma namorada de 19 anos, na praia de Copacabana. 1948)*

ERNEST HEMINGWAY
♦ Sua vocação mesmo era de caçador furtivo. *(Notas de um crítico literário mal-humorado.)*

ERRATA
♦ Há inúmeras vezes em que um cão ladra e logo em seguida arranca um pedaço da perna da pessoa.

♦ O lema da bandeira mineira *Libertas quae sera tamem*, quer dizer Liberdade que tardia, todavia. *(Publicada em 1980, esta pequena errata provocou a fúria dos "erúditos". Paulo Ronai dá razão ao autor em seu livro* Não perca o seu Latim.*)*

♦ Onde se lê "Brasil, país do futuro", leia-se "Ninguém pode evitar o naufrágio do Titanic".

♦ Rico não ri à toa. Ri à custa de quem ganha salário mínimo.

ERRO
♦ "Errando é que se aprende." A errar.

♦ Assumir o poder é o começo do erro.

♦ Entre o certo e o errado há sempre espaço para mais erros.

♦ Errar é humano. Botar a culpa nos outros também.

♦ Erro de Deus. Se o mundo fosse de vidro o pessoal tomava muito mais cuidado.

♦ Tudo é erro na vida do revisor.

♦ Um acerto, uma vez acertado, raramente pode ser melhorado. Um erro, porém, tem sempre a possibilidade de ser mais errado.

♦ Claro, todos cometem. Erros. Mas mesmo no erro pode-se errar certo e errar errado. Assim, na hora precisa, quando você for cometer um erro, escolha pelo menos o mais rendoso. Ou a mais bonita.

ERRO CLÍNICO
♦ Em vez de ir a um fonoaudiólogo, errou, foi a um oculista. Resultado – o oculista perguntou: "Que letra é aquela?" Respondeu ele: "Efe". Corrigiu o oculista: "Não. É um esse". Corrigiu ele: "Eu fei. Eu não dife ifo?" *(O homem do princípio ao fim. 1967)*

ERRO MÉDICO
♦ Ficou tremendamente surpreendido quando a mulher morreu. Os médicos tinham dito que se preparasse para o pior.

ERUDIÇÃO
♦ E já que estamos em tempos de camisetas eruditas: *Qui stultis videri eruditi volunt, stulti eruditis videntur.*
♦ Erudito é um sujeito que tem mais cultura do que cabe nele.
♦ Erudito sabe tudo, exceto, é claro, o essencial, que é suspeitar do que lhe escapa.
♦ Erudito é um sujeito que põe os iis nos nossos pingos.
♦ O filho do erudito disse sua primeira palavra: "Progenitora".
♦ Todo erudito parece um falso erudito.
♦ E esses tremendos eruditos que quando você quer explicar alguma coisa sabem tudo e quando você quer a explicação de alguma coisa não sabem nada?

ESCAMBO
♦ No princípio era o escambo; o homem dava o que lhe sobrava e recebia o que precisava. Mas essa troca absoluta – o supérfluo pelo fundamental, sem noção de outros valores – começou a ficar difícil quando a Ambição perguntou: "Esperaí, quantos macacos vale uma canoa?"

♦ Pessoas me exprobrando (!) porque eu disse, digo, que o famoso quadro *Abaporu,* da Tarsila, é um horror. Tentam melhorar o quadro piorando a mim; não entendo nada do assunto. Esse tipo de beleza que aprecio *já era.* Concordo. Com uma condição: eu fico com a Luiza Brunet e eles com a Rose Marie Muraro.

♦ Trocam-se 10 mandamentos usados por um anteprojeto de Constituição. *(1980)*

ESCAPE

♦ Todo homem precisa de uma mulher porque tem sempre uma coisa ou outra da qual realmente não se pode culpar o governo.

ESCAPISTA

♦ Eu não sou um escapista. Apenas escapei.

ESCATOLOGIA

♦ O último som a ser ouvido antes do mundo acabar será, naturalmente, a voz de algum imbecil dizendo que isso jamais acontecerá.

♦ Afinal, quem é oposição: Deus ou o Demônio?

ESCLARECIMENTO

♦ Apesar das aparências, os morangos e o creme de *chantilly* não nascem na mesma árvore.

♦ Deixo assinalado, para evitar os constantes equívocos, que nesta peça (apesar de seu conteúdo intensamente político fazer algumas peças ditas políticas parecerem teatro infantil) o sentido político não é o mais importante. Esta é uma peça sobre a angústia humana. *(Peça* Os órfãos de Jânio. *1978)*

♦ Está claro? – como dizia o polvo soltando um jato de sépia.

♦ Olha aqui – a quem não tem dentes nem nozes Deus dá.

♦ Sem níquel na algibeira / Vivo minha vida financeira /

Só quero que alguma autoridade / Me responda com sinceridade: / Eu sou um patriota / Ou só um idiota?

ESCOLAS
♦ Basta você ler com alguma atenção pra verificar que Sócrates era aristotélico, Aristóteles profundamente platônico, e Platão, socrático. Cristo nunca foi cristão, estava mais pra apostelismo, e Marx jamais foi marxista, pois isso nele seria de uma vaidade ridícula. Marxista foi Engels. Engelista é que nunca ninguém foi porque o nome não ajuda.

ESCOLAS DE SAMBA
♦ Fui ver – há muito não via – as escolas de samba. Estão tão deturpadas que a todo momento eu esperava que um mestre-sala parasse tudo, gritando pro povão: "E agora, um minuto para os nossos comerciais". *(1987)*

ESCOLHA
♦ Quem se apaixona por uma fera corre o risco de morrer de amor.

♦ No Brasil você só tem duas escolhas: ou desobediência civil ou obediência militar.

♦ Você é a favor de colocar na cadeia homens limpos (usam até colarinho branco) e elegantes como Levinsohn, Paim, Nahas, ou prefere, como nós, continuar lutando para que sejam presos apenas elementos da pobreza abjeta? *(1985)*

♦ Você pode ser o último dos rápidos ou o vencedor dos lentos.

♦ Agora, me digam aqui: por que se dar ao trabalho de sair de casa para ir se chatear no teatro quando se pode ficar em casa e ter a mente gratuitamente embrutecida pela televisão?

♦ Canal 2, Canal 6, Canal 13, canal o escambau a quatro. Shakespeare estava pensando nisso quando disse: "Não há o que escolher num saco de batatas podres?"

♦ O que é melhor – um asno jovem ou um cavalo de raça em fim de carreira?

ESCRAVIDÃO
♦ Você pode fazer a Constituição que quiser. Por mais liberal, por mais igualitária que ela seja, sempre haverá pessoas que arranjarão maneiras de serem escravas das outras.

ESCRAVOS
♦ Escravos sempre produzem menos.

ESCREVER
♦ Pra escrever bem não é preciso muitas palavras, só saber como combiná-las melhor. Pense no xadrez.

ESCRITA
♦ Há um detalhe; a leitura ocidental é da esquerda para a direita e de cima para baixo. Você que é *hara-krishna* ou coisa assim, não tente ler de outro modo. Orientalismo tem hora. *(1985)*

♦ Deus escreve errado por linhas erradas / Com nuvens *nonsense* no firmamento, / E corrige erro com mais erro / Com a borracha ocasional do vento.

ESCRITOR
♦ Antigamente, para ser um grande escritor, era preciso saber escrever. Hoje, basta ser adotado nas escolas.

♦ Não ligo se o escritor / É leviano ou denso, / Nem me importa se o livro / É pequeno ou imenso / Eu gosto é de autor / Que só pensa o que eu penso.

♦ Conheço alguns escritores que morreram aos 30 anos e só conseguiram entrar pra Academia aos 60.

♦ Dizem que é um escritor de fôlego. Repara só – nem respira.

♦ No Brasil, que dizem ser um país de analfabetos, se ensina a ter grande respeito pelos escritores, não se os conspurcando com altos salários, proteções desnecessárias, e nem pagamentos autorais condizentes. E se fala muito dos escritores nos grandes jantares, preferivelmente se não estão presentes e são bem badalados pela mídia. De preferência esses escritores devem estar mortos. Os escritores mortos são muito melhores do que os vivos porque não escrevem mais. E também porque não têm mais aquele ar de importância de quem se acha igual a um general, um banqueiro ou um diretor do segundo escalão do IBC. Um escritor verdadeiramente sábio responde a tudo que lhe perguntam na tevê, no rádio, na imprensa, na rua e na polícia. Se ele agir assim e fizer cento e oitenta e oito noites de autógrafos por mês, aí ninguém vai se importar com o que ele escreve e os livros vendem à beça. Quando um escritor está rico e famoso as instituições de amparo ao escritor dão a ele todos os prêmios e todos os dinheiros que ele distribui com escritores pobres, pagando até caipirinha pra eles enquanto toma seu uísque balantaine importado – oitenta anos. Um escritor não deve falar bem de outro escritor pelas costas, que isso é muito feio, pois não resulta em nada. Pra falar bem dos escritores existem uma porção de entidades como o Pen Clube, a Academia Brasileira de Letras e o Instituto Nacional do Livro.

ESCULÁPIO
♦ Esculápio? / Nem pensa! / Mais gente morre de médico. / Que de doença.

ESFINGE
♦ Ao contrário do que se pensa, e passou à lenda e à história, a Esfinge, depois de propor seu enigma à decifração de Édito, não ameaçou: "Decifra-me, ou te devoro". Foi Édipo, na certeza da capacidade humana de sobreviver, quem a desafiou: "Devora-me, ou te decifro".

♦ Proponho um símbolo nacional para bater de vez a simplicidade da Esfinge. Uma estátua bem brasileira. Símbolo supremo da enigmática nacional. Na entrada da baía do Rio, todo feito em belíssimo mármore negro do Paraná, um crioulo de vinte metros de altura, camisa do flamengo, o braço direito estendido, a mão fechada: O JOGADOR DE PORRINHA. Milhões de visitantes de todos os países virão ver essa maravilha. E jamais alguém conseguirá dizer quantos palitinhos ele tem na mão. *(Do livro* Devora-me, ou te decifro*. 1982)*

ESGOTO
♦ Se os resíduos psíquicos fossem concretos, haveria esgoto que bastasse?

ESMOLA
♦ Hoje pelo menos 20 milhões de brasileiros pedem esmola. Outros 20 milhões ainda não estão preparados pra pedir esmola.

♦ A esmola é uma comissão paga à injustiça social.

♦ Você lembra quando não dava esmola / Porque titia dizia "Não preocupa o teu ser / E fecha bem tua sacola: / Eles pedem é pra beber"? / E o amigo do Partido / Incutia em nossas mentes: / "Precisamos aumentar / A grita dos descontentes"!? / Pois hoje, acredita em mim, / E não tem medo de dar: / Não há tanto bêbado assim / Nem grita pra aumentar.

ESNOBISMO
♦ Acredite em mim; / No Jardim Botânico / Só tem planta / Em latim.

♦ Esnobar / É exigir café fervendo / E deixar esfriar.

♦ Nada do que é compreensível me interessa.

ESOTERISMO
♦ Chegar, fazer, completar; isso é que é conseguir. Nada é maior do que a infinitude, não é mesmo? Assim como nada é menor do que o critério com que medimos a nossa própria insignificância. Explicando melhor: agora não é antes nem depois, da mesma forma como o ontem nunca será amanhã embora faltem apenas 48 horas para que o

amanhã seja ontem. Como diria Maricá (ou não?): só com a inércia se escapa de fazer alguma coisa. *(Só o nonsense tem sentido. 1958)*

ESPAÇO
♦ Para aumentar a sensação de espaço em apartamentos de quarto e sala conjugados basta aprender a andar nas paredes e no teto.

ESPANTALHO
♦ Pássaros comem a semente / Do espantalho / Incompetente.

ESPANTO
♦ Como é que a humanidade viveu tantos séculos sem planejadores econômicos?
♦ Deus do céu, eu sou do tempo em que bunda era palavrão!
♦ Imagina, eles chamam você de Evolução da Espécie.

ESPECIALIDADE
♦ Comida é bom, bebida é ótimo, música é admirável, literatura é sublime, mas só o sexo provoca ereção.
♦ Em Lisboa, com Rubem Braga, no Museu Gulbenkian, recém-inaugurado. Eduardo Anahory, arquiteto português que viveu anos no Brasil, vai mostrando detalhes. Mas Rubem Braga não dá a mínima, nem pro Anahory, nem pro Rodin, em volta. Está apenas interessado no canto de um pássaro que vem do jardim. Afinal identifica, feliz: "É um melro!". E saímos. *(1973)*
♦ Especialista é o que só não ignora uma coisa.
♦ Toda especialização veda ao especialista o conhecimento de tudo o mais e portanto também daquilo em que se especializa.
♦ O especialista em negócios acaba sempre passado pra trás por um outro que não entende nada de negócios, mas é especialista em passar pra trás.

ESPECIALIZAÇÃO
♦ Nunca fui homem de mar. Sou homem de praia. Se o mar acabasse logo ali, na linha do horizonte, como antigamente, eu tava pouco somando.

♦ Sabe que tem pessoas especializadas em amar pessoas odiosas?

ESPÉCIE
♦ Pai do homem, mas abdicando de ser como ele, permanecendo atrasado para conservar a espécie, o macaco conservou-se. Uno? único e só: mono.

ESPECULAÇÃO
♦ Cristo morreu na cruz ao lado do bom e do mau ladrão. Nenhum dos dois era especulador financeiro, colarinho branco. E, olhem, *Wall Street* (como foi posteriormente traduzido o nome *Rua do Muro* das lamentações) era ali pertinho.

♦ No momento em que arrestam (temporariamente!) propriedades de alguns especuladores financeiros, convém lembrar Woodrow Wilson, diante do caos (o *crack* viria) da Bolsa de Nova York: "Pra acabar com essa orgia financeira é fundamental prender o chofer, não o automóvel".

ESPELHO
♦ Olho o espelho, alarmado; / "E se a vida for do outro lado"?

♦ À medida que envelhecemos a natureza vai enfraquecendo nossa vista pra não vermos bem nossa cara no espelho.

ESPERA
♦ A espera é o futuro impaciente.

♦ A espera é o futuro posto em prática.

ESPERANÇA
♦ A esperança é a última que mata.

♦ A esperança tem que ter a audácia do desespero.

♦ Brasil, país do futuro, / me ensinaram em criança. / E agora sou eu que ensino: / Quem espera nunca alcança.
♦ Enfim, uma luz no fim do túnel – o césio 137.
♦ Esperança / Tão vazia / Uma rosa / E um dia. *(Letra para Fagner. 1984)*

♦ **A esperança é crônica. O medo é agudo.**

ESPIRITISMO
♦ Uma coisa é inegável; o espiritismo requer muita presença de espírito

ESPÍRITO
♦ Disse o ministro da Kultura, Aluísio Pimenta no dos outros, falando para uma assembleia de intelectuais: "Olha, dormir pode. Não pode é babar". Isso é o que em Peçanha, terra do ministro, se chama *wit. (1985)*
♦ Há pessoas, poucas, com espírito aberto. A maior parte tem espírito baldio.
♦ O espírito de uma mulher, claro!, é muito mais importante do que seu corpo – com a única desvantagem de não usar biquíni.

ESPÍRITO ESPORTIVO
♦ O pior do espírito esportivo é que a gente só pode demonstrá-lo na derrota.

ESPÍRITO NATALINO
♦ Bom, agora que já passou o Natal, já atravessamos o ano-novo e já enchemos dessa história de "paz na Terra aos homens de boa vontade", eu aproveito a oportunidade pra mandar todos ao Diabo que os carregue. *(1973)*

ESPIRRO
♦ Quando você dá um espirro se sente um homem realizado.

ESPOSA
♦ É fundamental, e às vezes até maravilhoso, a gente possuir uma esposa. Sobretudo quando não é casado.

♦ Esposa serve pra nos lembrar que já não a tratamos como antigamente.

ESPRIT
♦ Os franceses inventaram o *esprit de corps*. Os brasileiros inventaram o *esprit de porc*.

ESQUECIMENTO
♦ Só esqueceram uma coisa na construção do nosso edifício social: a pedra fundamental.

ESQUERDA
♦ Honra lhes seja feita; os escritores de esquerda foram os primeiros intelectuais que, no mundo inteiro, abandonaram definitivamente a torre de marfim. E os de Ipanema os primeiros que assumiram a cobertura dúplex com vidro fumê.

♦ Quando Moisés leu os 10 mandamentos, o grupinho que estava à esquerda do Sinai começou a vaiar: "Fora! Fora! Esse decálogo é individualista, repressivo e ditado de cima pra baixo!"

ESTABILIDADE
♦ Brasil – o mais antigo país do futuro em todo o mundo.
♦ Boas notícias, afinal. Nos últimos seis meses não houve nenhum aumento de corrupção na área estatal. Continuamos nos mesmos 100%.
♦ Admirável a estabilidade política da Inglaterra. Só chegou a Jorge VI e Henrique VIII. Se fosse na Bolívia já estariam em Jorge CXXIV e Henrique CLXXXIX! *(1983)*

ESTADISTA
♦ Nascer estadista em país subdesenvolvido é como nascer com um tremendo talento de violinista numa tribo que só conhece a percussão.

ESTATISMO
♦ Nossos corruptos são tão incompetentes que só conse-

guem roubar do governo. Se fossem ladrões na iniciativa privada morreriam de fome.

ESTATÍSTICA

♦ Numa vida média de 50 anos o homem gasta de 80 a 100 dias fazendo a barba. Ignora-se o que as mulheres fazem com esse tempo.

♦ Hoje em dia, no Brasil, cada segundo homem é mulher. E vice-versa.

♦ De todos os países do mundo, o Brasil é o mais rico em pobres.

♦ O número de pessoas que trabalham numa repartição é menos da metade.

♦ Se você beber duas doses de uísque durante 29.200 dias, você terá bebido exatamente 3.000 garrafas de uísque. E, o que é melhor, estará completando oitenta anos.

♦ As estatísticas provam: as estatísticas não provam nada.

♦ Os muçulmanos dizem que são 900 milhões no mundo. Os cristãos dizem que são 700 milhões. Alguém já fez a estatística dos descrentes?

ESTATURA

♦ As estatísticas afirmam que o brasileiro de hoje está 7 centímetros mais alto do que o brasileiro de há 50 anos. Posso garantir que estou 50 centímetros mais alto do que há 50 anos.

ESTATUTO DA TERRA

♦ 1) Só serão desapropriadas terras com mais de 100 milhões de km2, para evitar minifúndios, fatalmente ocupados por japoneses ainda mais míni, criados para esse fim. / 2) Serão totalmente desapropriadas as conversas terra a terra. / 3) Terra rica em minério continuará na mão dos donos atuais. Mas será considerada terra prometida. / 4) Terras indígenas serão dos índios, que pagarão imposto territorial proporcional à importancia folclórica da tribo. / 5) Não pagarão imposto territorial: as tintas Terra de Siena e as ações policiais aterradoras. / 6) Todas as terras desapropriadas serão distribuídas a lavradores nas regiões urbanas, que é onde mais falta terra. / 7) Até a promulgação desta lei não se dão nem se aceitam aterros. *(1968)*

ESTÉTICA

♦ A estética está cada vez mais / Escalafobética. / Porque o esteta já não quer mais saber / De missão / Ou de função / Mas só de promoção.

♦ O Perfeito Liberal fará tudo pra que os cabeleireiros atinjam, um dia, o agreste mineiro e o sertão da Bahia. Pois é fundamental que as mulheres pobres, mesmo que não comam, se liberem e fiquem mais bonitinhas. *(Vade--mécum do Perfeito Liberal.)*

ESTIGMAS

♦ Estigmas – doença afim da de Chagas. Quase sempre ataca o caráter. Mas ninguém repara.

ESTILO

♦ Esse pessoal que há 14 anos vem mandando e desmandando no país está apenas amarrando o dono à vontade do burro.

♦ Tem muita gente por aí que só escreve em estilo pó de arroz. Eu prefiro o meu, que é só flecha e curare.

♦ O Brasil está sendo governado por um gigantesco *tour--de-farsa*. *(1991)*

ESTIMATIVAS

♦ As estimativas das necessidades mínimas de uma pessoa depende da pessoa estar pensando em receber ou em pagar.

ESTÍMULO

♦ Se o homem não fosse destinado a viver acima de suas possibilidades, de que serviria o céu, tão alto?

ESTÔMAGO

♦ O sexo (ou o estômago?) é onde todos os valores se encontram.

ESTRADA

♦ Deixo poucos conselhos mas a este me arrisco: "Só se deve tentar uma contramão na estrada quando se está num supercaminhão e quem vem lá é um Fusca". Conselho que pode não ter alto valor moral mas tem bastante físico.

♦ Por que é que, na estrada, o morrinha está sempre na nossa frente e o apressadinho vem sempre atrás?

ESTRANGEIRO

♦ Estrangeiro é um cara que não nasceu no mesmo país que as outras pessoas. *(Falsa cultura.)*

♦ De repente me dou conta de que jamais recebi qualquer proteção do Estado. Pros milhares de desenhos que fiz o Estado jamais contribuiu com um lápis ou um pincel. Os colégios noturnos que frequentei foram pagos com dinheiro roubado à alimentação. E assim que comecei a ganhar algum dinheiro o Estado começou a me tomar 20, depois 30, depois 35% – de imposto de renda! Sem falar da cobrança de ISS, PIS, PAZ, pô! As taxas rodoviárias que pago não me devolvem uma boa estrada. A Comlurb que pago não me dá uma rua limpa. O INPS que pago pras minhas empregadas domésticas não lhes assegura qualquer assistência digna do nome, etc., etc., etc., etc. E de repente me dou conta de que foi absoluta estupidez da minha parte vir nascer no estrangeiro.

♦ Se a lei contra os estrangeiros tiver efeito retroativo, os índios vão acabar ficando com tudo.

ESTRANHARES

♦ O eu hein nem sentiu. A bala passou de raspão pela boca, engoliu com o caramelo e o bombom ruimruim. Assim nem por quê. Uma réplica, um pode ser, talvez três.

Sussurro do acolá ao faz de contas. Contando devagar se vai ao longe. Cem, mil, cem mil, um, dois, três seis, que seis eu, que setes tu? Conjugando melhor: eu um tu dois ele três nós quatros vós cinco eles seises: eutanásia, tubarão, elegante, Nostradamus, vozerio, Helesponto. Não há de ser tudo – rastros veem; uma miséria sozinha no orquidário. Retido. Onde. Mastro. Quero. Rusga. Puro encômio. Assim dá um cansaço. Rusga. Quero. Mastro. Onde. Me retiro. A fina flor presente apareceu grossa flor nas fotos granuladas. Nada se iguala. Opíparo passante, céu sem estrelas, vago odor de outro meio-dia de espera. Maio é comigo. Passado deslavado. Tristeza em riste. O nada da alquimia. Redondo em tempo récor, no asfalto verde para, para só aí, um tanto quanto, descer até o mais alto e muito mais acima. Espanto não é tudo. Só diz que sim no piso da alvorada. Vai. Vai. Vai. Junho é contigo. A hóstia nos espera.

ESTRANHEZA

♦ Pretendendo ao riso, quase nunca entendi a seriedade que provoco.

♦ Sabe que em toda a minha vida eu nunca vi um reitor de Universidade intimando um delegado de polícia a ir se explicar na reitoria?

♦ Por que todos lutam ferozmente por terra se, assim que têm terra, mudam pra cidade?

♦ Se há tantos canalhas na história, por que há tão poucos nas árvores genealógicas?

ESTRANHOS

♦ Para com isso logo, e recomeça. Desdenha tudo pra comprar a prazo. Estimula o receio, dá na certa, finta o goleiro, chuta em gol e para pra meditar na transcendência ética. Pois a dica que te dou não vale nicas; tendo dito tudo, falei, e não disse mais nada. Tive só o cuidado de retirar a chave da tomada. O que é tão inadmissível quanto um ministro ser admitido. Estou porém – está vendo? – num lugar estranho e não sabido, mordido de curiosidade e alguns insetos, olhando o chão e andando pelo teto, que nem mesmo eu sei dizer onde é que fica.

ESTRATÉGIA
♦ A melhor maneira de anular um chato é fingir que ele não te conhece.
♦ Quem não foge a tempo não ensina estratégia.
♦ Escapar a tempo é fundamental pra ser herói vivo.

ESTRATIFICAÇÃO
♦ Um mal necessário não vira um bem.

ESTRELA
♦ Sem ninguém querer, muito menos pedir, botaram a estrela de ferro da artista dentro da lagoa. Deviam ter jogado a artista. Mas deixa pra lá. Vale apenas lembrar: astros artificiais são aziagos. Seguindo a etimologia – desastres. Estrelas sem astronomia são anomalias no céu e na Terra. Estrelas que boiam não são astros nem peixe. / Precisamos urgentemente tombar todo o Rio de Janeiro. Senão seremos sempre surpreendidos por estrelas japonesas vindo entristecer e apodrecer o espelho do Cristo. *(1985)*

ESTRELAS
♦ Todo mundo é fascinado por estrela cadente. Ninguém por estrela caída.

ESTRELISMO
♦ Quiseram acabar com o estrelismo mas a verdade é que, mesmo no teatro nu, o ator principal continua a ser o que tem a parte maior.

ESTUDO
♦ Valeram a pena os anos de estudo? De químico-física me ficaram apenas três princípios: "O homem se liquefaz na medida do que bebe", "Um corpo, mergulhado numa banheira hidráulica cheia de espuma, sofre um impulso

erótico de baixo para cima proporcional à gata por ele convocada", e "A alquimia nunca transa com o ao quilate".

ESTUPIDEZ

♦ A estupidez é a terra onde os homens se encontram.

♦ A estupidez vai longe, e não paga passagem.

♦ Entre os que estudam o desenvolvimento intelectual das crianças passa despercebido o fato de que a estupidez se desenvolve tão bem quanto a lucidez. Uma criança estúpida, à medida que vai adquirindo dados de informação, vai ficando solidamente mais estúpida do que era, como as crianças lúcidas vão ficando mais lúcidas. Mas, como a primeira hipótese é descuidada, a maior parte das pessoas estúpidas aproveita (espertamente, o que é paradoxal mas verdadeiro) de sua estupidez para atingir o poder e dominar as lúcidas.

ETAPA

♦ Pode ser que um dia se passe mesmo o Brasil a limpo. Até agora a quadrilha política fez do Brasil apenas papel higiênico.

ETERNA JUVENTUDE

♦ Mentir a idade, eis o segredo da eterna juventude.

ETERNIDADE

♦ A eternidade é especialista em doenças do coração.

♦ A eternidade, que impaciência!

♦ Tento ver a eternidade / O infinito Eldorado / E vejo só, numa laje / Meu nome meio apagado.

ETERNO FEMININO

♦ Toda mulher tem direito a três meses de hesitação. *(A frase foi escrita em 1976. Hoje, 1994, seriam três dias.)*

ETERNO RETORNO

♦ "A terra volta à terra, a cinza à cinza, o pó ao pó." Tudo bem, mas, e a conta numerada na Suíça?

ÉTICA

♦ Consulta aí, por favor, o Livro de Ética, última edição: a gente ainda é obrigado a falar bem dos mortos?

♦ A função da ética / É eclética. / Seu objetivo maior / Sua ambição principal / É impedir que tudo vá de mal em pior / E vá de pior em mal.

♦ Não confundir ética com etiqueta, que é apenas uma ética de butique.

♦ A era da ética terminou. A era do humanismo está definitivamente morta. Entramos nos tempos do pragmatismo, pior, do casuísmo, que é o pragmatismo degenerado. Em suma: época do *prêt-à-porter* moral, do batedor de carteira ideológico.

♦ A não ser os definitivamente teetotalers, abstêmios tarados, ainda está para aparecer o jornalista cuja fortaleza moral, inteireza profissional e retidão cívica o façam empurrar o copo em direção ao anfitrião (entrevistado), dizendo, cheio, de dignidade: "Obrigado, só bebo o do meu jornal".

♦ Ladrão do erário público, apanhado em flagrante, não pode alegar posição política como atenuante. / Homem público, além de apartamento que não deve exceder 2.000 metros quadrados, também não deve ter conta corrente no banco com mais de 1 milhão de dólares. / O uso de jatinho particular é permitido, mas incompatível com qualquer declaração de apoio a mudanças estruturais que permitam ao pobre comer. / Jovens (?) que aparecem nuas em revistas eróticas ficam proibidas de teorizar sobre o fato com razões sócio-bestialógicas. / Bater carteira não vale. *(Proposta para Código Mínimo de Ética Política. 1977)*

♦ Lição grátis para os economistas: *A ética precede a economia.* Aliás, a ética precede tudo.

♦ O principal problema ético-político do país é que a oposição é incapaz de reconhecer a honestidade dos governantes e estes são incapazes de demonstrá-la.

♦ Precisamos urgentemente de um código de falta de ética.

♦ Um ministro de Estado, envergonhado ao ver seu nome envolvido numa mamata, comprou um livro de *hara-kiri* sem mestre. Não leu, nem mesmo abriu, mas o fato de comprar já foi considerado em Brasília um extraordinário avanço ético. *(1987)*

♦ Nosso nível ético anda tão baixo que qualquer conversa política acaba em denúncia.

♦ Roubava, sim – mas só em legítima defesa.

♦ Em todos os países há corrupção, e muita. Mas, diferente do Brasil, há um princípio ético que funciona: "Não seja apanhado!"

♦ Basta ver – nenhum deles tem, propriamente, um princípio. Os mais sérios têm alguns tiques morais.

ÉTICA POLÍTICA
♦ Ética política é o ato de jamais passar alguém pra trás sem antes consultar os *companheiros* do partido.

ETIMOLOGIA
♦ Gatão é apenas uma abreviatura de garotão.

♦ Coroa, no sentido de *velha,* vem do inglês, *crown.* Sempre que têm que se referir a alguma decisão ou ação de sua rainha, os ingleses dizem (na televisão e no rádio) e escrevem (nos jornais): "A Coroa ordenou"; "A Coroa recomendou"; etc. Uma falta de respeito surpreendente em ingleses.

ETIQUETA
♦ Quando você estiver numa reunião social no Planalto, por mais bem-sucedida que seja a reunião, por mais concorrida que esteja, por mais convidados que haja, nunca diga que tem gente saindo pelo ladrão.

ETNIAS
♦ Responda depressa: a sombra de um sujeito bem preto é mais escura do que a de um sujeito bem branco?

EU INGLÊS

♦ Quem foi o gênio linguístico inglês que descobriu, muito antes de Freud, que nosso eu é maior do que tudo e impôs à língua inglesa o I (eu) em letra maiúscula? Tem tal força essa maiúscula que, escrito com minúscula (i) o pronome fica absolutamente irreconhecível em inglês.

EUCLIDES

♦ A roda da bicicleta em movimento é um teorema euclidiano que adquiriu autonomia e caiu na vida.

EUCLIDES DA CUNHA

♦ Como atirava mal, o pobre! *(Notas de um crítico literário mal-humorado.)*

EUFEMISMO

♦ Chamar de Nova República a mesma Velha República me lembra a *adivinha:* "Se você chamar de pata ao rabo da vaca quantas patas têm quatro vacas?" Resposta do governo: "Vinte patas". Resposta minha: "Dezesseis". Chamar de pata ao rabo da vaca não transforma o rabo em pata. No plano político, porém, qualquer vaca tem quantas patas o poder mandar. Tem até uns puxas que afirmam que é pata não só o rabo, mas também as orelhas e os chifres. Os gregos chamavam isso de eufemismo.

♦ O eufemismo é cheio de rodeios.

EUFEMISTA

♦ Mas craque verdadeiro em *correção política* era o cara que xingou o Collor na rampa, lembram? Disse que o presidente era indivíduo do sexo masculino com preferência sexual conflitante; e descendente direto de pessoa acostumada a cobrar por suas transas sexuais.

EUGENIA

♦ Eugenia é uma maneira científica de ter filhos bonitos. *(Falsa cultura.)*

EUTANÁSIA
♦ Eutanásia? Em princípio sou contra. Mas confesso que quando vejo o Armando Falcão andando por aí... *(1983)*
♦ Uma coisa é certa; aplicada no momento certo, a eutanásia cura os doentes dessa tola mania de consultar médicos.
♦ Eutanásia? É a última coisa que eu faria na vida.

EVANGELISTAS
♦ Já estão aí, com novas ideias, novas concepções formais, atraindo multidões, ganhando dinheirões, comprando redes de televisões. Amigo, não bobeie mais do que você tem bobeado até hoje; entre de pato logo ou organize você mesmo a sua religião e pegue os outros.

EVIDÊNCIA
♦ No Brasil, definitivamente, dólar é coisa de bandoleiro.
♦ Quando muita gente insiste muito tempo em que você está errado, você está certo.
♦ Tão evidente que só um cego o olharia duas vezes.
♦ Se Deus fosse mesmo brasileiro a nossa moeda seria o dólar.
♦ Se Deus quisesse que o homem voasse, lhe teria dado mais dólares.
♦ Quando certas mulheres dizem que acabaram de sair do salão de beleza vem-nos logo a tentação de perguntar por que é que não foram atendidas.
♦ Acho engraçado que todo mundo ache engraçado sempre que um japonês é encontrado numa floresta asiática e declara: "A guerra não terminou". Terminou? *(1983)*

EVIDENTE
♦ Coisa tão clara quanto a gema.

EVOLUÇÃO
♦ A humanidade progride de enforcamento em enforcamento, de fuzilamento em fuzilamento, de guilhotina em

guilhotina, de cadeira elétrica em cadeira elétrica, de pau de arara em pau de arara.

♦ Quem viver, verá: os silvícolas, que se preparam para a guerra pintando virilmente a cara e o corpo, depois da "emancipação" e da "permissividade" vão passar a usar base, rímel, cílios postiços e creme hidratante.

♦ O macaco volta à cena / E pergunta pro homem: / Acha que valeu a pena?

♦ Depois de examinar o comportamento dos congressistas que, por serem representantes da população, representam o melhor dela, uma conclusão se impõe: o homem brasileiro já parou de evoluir.

♦ Estou convencido de que os animais começaram bípedes e evoluíram até ficar de quatro.

♦ No princípio era a dor, a angústia, o sofrimento. Depois é que a coisa foi piorando.

♦ O avô foi buscar lã / E saiu tosquiado, / Ele foi fazer queixa na polícia, / Foi preso, espancado e fichado.

♦ O eterno desdém das novas gerações: 1930 – "Ele ainda usa polainas!"; 1940 – "Ele ainda usa chapéu!"; 1950 – "Ele ainda usa suspensórios!"; 1960 – "Ele ainda usa gravata!"; 1970 – "Ele ainda usa paletó!"; 1980 – "Ele ainda usa ponteiros!"; 1990 – "Ele ainda usa mulher!".

EXAGERO

♦ É impossível exagerar sobre nossa desonestidade pública.

♦ Paro na areia, perplexo. Em plena praia de Ipanema dois paquidermes enormes (se é que existem pequenos) ouvem, interessadíssimos, num radinho de pilha, uma arenga idiota do vosso presidente Sir Ney, misturando alhos com bugalhos, confundindo desobediência civil com anarquia e, como sempre, gênero humano com Genaro Hermano. Ao lado dos paquidermes e de um gari da Comlurb ouvi o vosso presidente durante 10 minutos sem que ele tropeçasse numa ideia. O gari percebeu minha perplexidade e comentou, solidário: "Realmente, é dose pra elefante". *(1988)*

♦ Todo o mundo é um palco. Mas não precisava tanto exibicionismo.

♦ Certas pessoas, não contentes em fazer do casamento um fracasso, conseguem fazer da separação uma tragédia.

♦ Hoje em dia basta um cara assassinar a mulher sem motivo justo pra ser considerado machista.

EXAME

♦ Aos cinquenta você já é um eco de muitas cicatrizes.

♦ "Os médicos não descobriram nada mas recomendaram outros exames. Se eu aceito fazer todos, ficar bem quietinha, eles prometem achar alguma coisa. Pelo mesmo preço." *(Marília, personagem do filme* Últimos Diálogos. *Com Walter Salles. 1993)*

EXCEÇÃO

♦ Não há exceção sem regra.

♦ Não há nada de novo sob o sol – exceto os óculos trifocais.

♦ Toda regra tem exceção. Uma frase que carrega sua própria contradição.

♦ Sou um completo cético – exceto quando vejo o sol nascendo no Arpoador, um texto escrito com suprema beleza, uma linda mulher amanhecendo para a juventude.

EXCELÊNCIA

♦ Uma coisa temos que reconhecer – esses tecnocratas fazem o pior o melhor que podem.

EXCEPCIONALIDADE

♦ Tem homens, poucos, mas existem, que realmente se sacrificam por suas convicções, reconhecem suas limitações, ouvem os que lhe estão em volta, aprendem, em suma. Não se julgam os mais bonitos do país, nem que depois deles as coisas jamais serão as mesmas. Eu, modéstia à parte, não sou um deles.

♦ Não conheço ninguém que tenha, como eu, a certeza de ser um homem medíocre. O que, desde logo, me torna um homem extraordinário.

EXCESSO

♦ Campeonato mundial de Vôlei, de Basquete, tetra de Futebol, estabilidade do Real, cuidado! Acho que já estamos com demais do ótimo! *(1994)*

♦ Algumas vezes me sento para escrever tão cheio de ideias que só me saem gêmeas, as palavras: reco-reco, tati-bitati, ron-ronar, coré-coré, rema-rema, tintim por tintim, etc., etc. *(1968)*

♦ Um despotismo sem autoridade acabou criando tantos criminosos que estes já não cabem nas prisões e transbordam para as classes dominantes.

♦ Algumas das coisas que fazem uma pessoa envelhecer prematuramente: excesso de bebida, excesso de comida, excessos sexuais, excesso de trabalho – e falta de qualquer excesso.

♦ Os maiores excessos sempre foram os de moderação.

EXCLUSÃO

♦ Andei sempre em meandros, mas detesto o antro.

♦ No Brasil a bunda das moças tem sido usada para vender desde pasta de dentes até jatinhos. Ironicamente só não foi utilizada – a dita parte do corpo – para vender o óbvio: supositórios.

EXEMPLO

♦ Basta você olhar qualquer família pra não acreditar mais em paz no Oriente Médio.

♦ Porre, porre, / Tomava o Peter Lorre.

♦ Eu posso não ser um bom exemplo. Mas sou um bom aviso.

EXIBICIONISMO
♦ Mas tá todo mundo no palco, seu!? Este país não tem espectador?

♦ Todo o mundo é um palco. Cheio de canastrões.

EXIBISIONISTA
♦ Exibisionista: Líder israelita com gosto de aparecer.

EXIGÊNCIA
♦ Não se muda ninguém. O máximo que se pode exigir das pessoas porcas é um mínimo de porcaria.

EXISTÊNCIA
♦ Eu não acredito numa vida depois da morte. Mas estou quase certo de que havia uma antes deu nascer. Isso aqui é que ainda não entendi bem o que é que é.

♦ O Rio: e suas transparências. O olho e o rio que o justifica. O que jamais haverá. Porque não tem sido ou nunca foi. Porque o tédio, o branco, as luminosidades excessivas, o asfalto, o nojo e o ódio. Porque há odores subitamente reencontrados, porque só há infância, e não na infância, mas na tarda compreensão dos que vão morrer e te saúdam. *(Prefácio para* Um elefante no caos. *1958)*

♦ Quem não é, não pode ser.

EXISTENCIALISMO
♦ O sábio, que sabe tudo mas não conhece ninguém, na hora do pau comer tem que apelar pro espertalhão, que não sabe nada, mas conhece todo mundo.

♦ A vida não é nem à esquerda, nem à direita; é em frente. Às vezes até um pouquinho atrás.

EXCLUSÃO
♦ Quando todo mundo quer saber é porque ninguém tem nada com isso.

EXPECTATIVA
♦ É tal a minha ânsia de beleza que sempre que a porta

do elevador se abre eu acho que vai sair de lá uma mulher maravilhosa, daquelas que ondulam cabelos na televisão.

EXPECTATIVA DE VIDA

♦ Da Organização Mundial de Saúde: a expectativa de vida no Maranhão é de 51 anos. Sir Ney já está nos devendo cinco anos. *(1987)*

♦ Estatísticas provam que no Nordeste a média de vida ainda é 37 anos. Conclusão do Pelé – os nordestinos não estão preparados pra geriatria.

EXPERIÊNCIA

♦ Um dia desses vou comprar uns porcos e vou segui-los o tempo todo pra ver se algum milionário atira pérolas pra eles.

♦ Já vivi o bastante pra ver muitos homens na segunda infância e inúmeras mulheres na terceira virgindade. *(1962)*

♦ Sujeitos tão boas-vidas que é difícil a gente se convencer de que já não têm experiência de uma vida anterior.

♦ Quando o cara diz que fala por experiência é porque ainda não adquiriu experiência bastante pra calar a boca.

EXPERT

♦ A essa altura eu sei tanto de tolos e conheço tão bem a idiotice humana que já posso começar a escrever minha biografia.

♦ Esses assaltantes que conseguem escapar de automóvel no meio do tráfego do Rio não deviam ser perseguidos, mas contratados pra técnicos de engenharia de trânsito.

♦ Só as mulheres que variam muito de homens podem dizer que os homens são todos iguais.

EXPLICAÇÃO

♦ Faz tremendo sucesso na televisão. Nenhum em casa. Natural – em casa ele é ao vivo.

♦ Quando você está lendo uma teoria complicadíssima que de jeito algum consegue entender, e surge um homem que lhe diz: "Apaga a luz que eu vou lhe explicar", você está diante de um economista. Ou de um cientista social. A escolha é sua.

♦ Sempre que alguém diz na minha frente: "Não sei por que essas coisas só acontecem comigo", minha resposta, apenas pensada, é: "Porque você, evidentemente, é mais estúpido do que o normal".

♦ Sir Ney: "Declaro que a violência entre o coronel e a deputada não existiu, portanto ninguém está obrigado a ver o que viu, nem a testemunhar sobre o passado do país do futuro, pois isso só serve a notórios torturados." *(Sobre Sarney defendendo militar acusado pela atriz Beth Mendes. JB. 1985)*

♦ **Os pássaros voam porque não têm ideologia.**

EXPLORAÇÃO
♦ Tenho absoluto desprezo pelas pessoas que exploram o povo, mas o povo, de modo geral, não parece se importar a mínima com as pessoas que me exploram.

EXPORTAÇÃO
♦ Agora que estamos na era da energia solar, bem que podíamos exportar um pouco de condições climatéricas nordestinas pra Europa.

EXPOSIÇÃO
♦ Quase sempre as pessoas que numa exposição examinam um quadro com muita atenção estão apenas querendo que as outras pessoas vejam que elas estão examinando um quadro com muita atenção.

♦ Foi a televisão que veio mostrar a inesgotável compulsão do ser humano para o exibicionismo.

EXPRESSIVIDADE
♦ Pessoas em que a satisfação não transparece na fisionomia porque esquecem de avisar à cara que estão contentes.

EXPROPRIAÇÃO
♦ Expropriação é quando o Poder transfere bens e propriedades para as mãos do Estado. Como o Estado não tem mãos, logo algum burocrata oferece as suas pra facilitar as transferências.

EXTERMÍNIO
♦ O que é que eles querem? Acabar com doenças, pragas e calamidades como já exterminaram os pobres nazistas? Pobres nazistas, sim. Os judeus dizem que os nazistas os exterminaram. Mas a verdade é bem outra. Os nazistas é que acabaram. Quantos judeus têm nesta sala? Muitos. Nazista, tem algum? Se tem, levanta, por favor. Estão vendo? Nem um! *(*Computa, computador, computa. *Escrito sob coação de Fernanda Montenegro. 1971)*

EXTINÇÃO
♦ Com vinte milhões de anos de vida sobre a Terra, o homem atingiu a civilização apenas nos últimos dez mil. Uma civilização, uma cultura, uma capacidade de domínio e apropriação das forças e mistérios da natureza de que nenhum animal jamais se aproximou. Com isso – vinte milhões de anos de vida, mas apenas dez mil de civilização – é o único animal que tornou possível uma coisa antes inacreditável – sua autodestruição como espécie. Dando ainda, de lambuja, a destruição de todas as outras. Nada indica que o homem consiga escapar de sua própria fúria e estupidez nos próximos dez, cem ou, no máximo, mil anos.

EXTRATERRESTRE
♦ Segundo um observador de Marte – depois de examinar os fenômenos Madonna, Michael Jackson, Ayrton Senna e o Campeonato Mundial de Futebol –, a Terra sofre permanentemente de histeria coletiva.

EXTREMA-ESQUERDA
♦ O cara de extrema-esquerda já está um pouco na direita. (A recíproca não é verdadeira.)

EXTREMISMO
♦ Hoje em dia, no Brasil, só há um extremismo: é o dos sujeitos extremamente conservadores. *(1978)*
EXTREMISTAS
♦ Convém saber: os extremistas não se tocam. O que se tocam são os extremos.

♦ Todo mundo fala no bode expiatório, aquele que é um boi de piranha, apanha pra que os outros escapem. Mas ninguém se lembra exatamente do que escapa sempre, o que se sai bem de todas, protegido e mimado – o bode exultório.

F

FÃ
♦ Sou sua maior admiradora; como me dizia a moça de 1,50 metro.

FÁBULA
♦ *O MACORVO E O CACO* – Andesta na florando um enaco macorme avistorvo um cou com um beço pedalo de quico no beijo. "Ver comou aqueijo quele ou não me chaco macamo", vangloriaco o macou-se de sara pigo consi. E berrorvo para o cou: "Oládre compá! Voçá estê bonoje hito! Loso, maravilhindo! Jami o vais tem bão! Nante, brilhio, luzidegro. Poje que enso, se quisasse canter, sua vém tamboz serela a mais bia de testa a florada. Gostari-lo de ouvia, comporvo cadre, per podara dizodo a tundo mer que você ê o Rássaros dos Pei". Caorvo na cantida o cado abico o briu afar de cantim sor melhão cansua. Naturalmeijo o quente cão no chiu e fente imediatamoi devoraco pelo astado macuto. "Obriqueijo pelo gado!", gritiz o felaco macou. E a far de provim o mento agradecimeu var lhe delho um consou: *Jamie Confais em Pacos-suxa. (Fábula escrita na linguagem – aqui recuperada – do tempo em que os animais falavam. 1955)*

FABULÁRIO
♦ Muitos e muitos séculos antes de Esopo já havia lobos vestidos na pele de cordeiros: muito tempo antes do homem se organizar em Estados já existiam lobos tiranos proibindo carneiros de beber de *sua* água; o homem ainda não tinha inventado as cidades quando raposas finórias e sem escrú-

pulos arrancavam queijos do bico de corvos ingênuos. E quando o último homem estiver apertando o último botão atômico ainda haverá sapos coaxando nos pântanos, cantando as glórias e a sedução do lodo. Falei, bicho, falei.

FACILIDADE
♦ O cara que gosta de arranjar encrenca cada vez tem que andar menos.

FACULDADE
♦ Deve haver, escondida nos subterrâneos do Congresso, uma escola de malandragens, golpes, perfídias e corrupção. Não é possível que tantos congressistas já nasçam com tanto nourrau.

FALA
♦ "Falamos com o olho na audiência e na situação. Usamos as palavras para obter adesões e ocultar ideias. Transmitimos imagens desfocadas, adulteradas, ideias geradas pela própria dinâmica vocabular. Tudo com palavras cujo sentido não é o mesmo pra nós e pra quem ouve. A informação nos chega reles e intencionalizada. E nós a retransmitimos reduzida ou ampliada, flexionada ou endurecida, colorida ou desbotada. O homem é um animal que presta falso testemunho." *(Mário. Peça É.... 1976)*

FALECIMENTO
♦ No falecimento / Lenço grande demais / Pro sentimento.

FALSA HUMILDADE
♦ Eremita, me afundo / No deserto, pra ser / O centro do mundo.

FALSA MODÉSTIA
♦ A falsa modéstia é o rabo escondido com o gato de fora.

FALSÁRIO
♦ O falsário é o único sujeito cujo problema financeiro é

completamente diferente do de todo mundo. Pra ele, fazer dinheiro não tem a menor dificuldade. Gastar é que são elas.

FALSIFICAÇÕES

♦ Os jornais publicam a descoberta de uma "faculdade" especializada na confecção de diplomas de engenheiros, dentistas e médicos. E eu fico pensando no azar de uma pessoa cuja casa é construída por um engenheiro dessa "faculdade". Claro que logo uma telha lhe cai na cara, lhe quebra três dentes. Ele corre prum dentista da mesma origem, que lhe corta as gengivas. Sangrando ela vai a um médico da mesma... Diante dessa hipótese, a única saída para a vítima, igualmente hipotética, era se voltar pra este cronista e perguntar "Afinal, você é meu amigo, ou amigo da onça?" *(Primeira crônica publicada pelo autor, no* Diário da Noite, *um jornal verde, vespertino, em 1941.)*

FALTA DE EDUCAÇÃO

♦ Chama-se de falta de educação uma pessoa que interrompe quando você fala ou continua falando quando você interrompe.

FAMA

♦ A fama é um monstro inconstante, que se alimenta de psíquicos tolos.

♦ Agora, quando todo mundo já é famoso durante quinze minutos, ninguém mais é – restaura-se a glória do anonimato. Doravante (!) só vai ser importante mesmo quem tiver um recado, uma mensagem clara e precisa – como o meu porteiro, quando entro tarde em casa, e ele avisa que a cozinheira deixou a chave embaixo do capacho.

♦ Deus me livre dessa fama que para a gente na rua.

♦ Na tela, / Em cada programa, / Notoriedades da hora / Desconhecidos de ontem, / Famosíssimos de agora. / Doutores, padres, artistas, / Dá de tudo na tevê; / A fama feita à minuta; / A Glória *prêt-à-porter*.

♦ Quando a gente fala de um homem muito famoso e esquece o nome dele, ele continua famoso?

♦ Um escritor é famoso no dia em que gente que nunca o leu começa a dizer que já.

♦ Um escritor só é realmente famoso quando seus erros de linguagem passam a ser considerados regras gramaticais.

♦ Mas pensa o outro lado: / Só quem tem fama / É difamado.

FAMÍLIA

♦ "Como indivíduos podemos escolher as pessoas de nossa preferência. Na família somos obrigados a enfrentar diferenças essenciais no ser humano: um tio burro, uma irmã mesquinha, um cunhado bicha, um primo drogado. Pela família pagamos o supremo tributo à condição humana: ao parto, à doença, à roupa suja, à mediocridade de nós mesmos, à morte. A família nos lembra sempre que viemos do pó, a ele voltaremos e, pior, temos que limpá-lo dos móveis diariamente." *(Mário. Peça* É... . *1976)*

♦ Defensor constante e ardoroso da instituição familiar é casado e tem quatro filhos. Mas a mulher não sabe.

♦ Só quem tem uma casa, mulher e filhos, um verdadeiro lar, pode experimentar a extraordinária paz e felicidade que é um dia se livrar de tudo isso.

♦ Noutro dia, vendo dois primos meus discutindo problemas sociais, entendi afinal o que significa o primado da ignorância.

FAMÍLIA TRADICIONAL

♦ A família tradicional é feita da mesma maneira que as outras mas em lençóis de linho.

FAROESTE

♦ Bons tempos aqueles em que o faroeste era nos Estados Unidos!

FARSA
♦ Toda farsa tem dois gumes.

FASCÍNIO
♦ No centro dois pequenos buracos debaixo de um promontório, sob o qual há um buraco um pouco maior em sentido horizontal que, ao abrir, mostra retângulos de esmalte claro, quase branco. Em cima duas contas brilhantes, verde-cinzas, capazes de movimentos rápidos e inesperados. Riscos em volta, uns mais profundos, sinais do código de tempo, representando número de anos. Olho diariamente, fascinado. Minha cara. Tenho de olhá-la, para sempre e um dia. Ela me representa acima de qualquer coisa que eu seja ou faça; é meu reflexo e minha delação, me amam por ela, me desprezam por ela, me julgam por ela. Só me resta pensar: se a natureza fosse mesmo sábia não me daria ao mesmo tempo essa cara e essa autocrítica.
♦ Tenho desagrado por imitações. Mas, como Orson Welles, sou fascinado por falsificações.

FASCISMO
♦ Deem-me uma multidão e um microfone e eu lhes dou um bom fascista.

FATALIDADE
♦ Como dizem os escandinavos: "Ninguém é tão velho que não possa viver mais um ano nem tão moço que não possa morrer já". Mas se é verdade que alguns jovens morrem, nenhum velho escapa.
♦ Falam muito da crueldade do dinheiro, mas o Poder econômico ainda é mais generoso e aberto que o Poder Intelectual. Pois, às vezes, um cara pobre, com alguma sorte e muito esforço, consegue ficar rico. O burro, por mais sorte que tenha e por mais esforço que faça, será, no máximo, considerado um burro de sorte.

FATOR
♦ Em todas as teorias afirmando que matéria atrai matéria na razão direta das massas e na razão inversa do quadrado das distâncias, nunca vi nenhuma tomar em consideração a umidade relativa do ar.

FÉ
♦ É preciso crer para ver.
♦ Fé é o medo de ser descrente.
♦ Com fé realmente profunda adquirimos o direito à irresponsabilidade.
♦ Consome a fé, o crente, enquanto o ateu se alimenta com mil hóstias.
♦ Quem não tem fé não acaba descrente.
♦ Com fé você vence. Sem fé, você passa pra trás os que venceram.
♦ Esperar de todo indivíduo um bom comportamento social é ter fé desvairada no ser humano.

FÉ CAPITALISTA
♦ "Deus é o lucro produzido pela fé depois de descontados todos os pecados devidos."

FEBRE AMARELA
♦ Doença epidêmica que matou muita gente no Rio de Janeiro há décadas atrás. Responsável pela expressão: "Se não fosse o gosto o que seria da febre amarela?!"

FEBRE TIFOIDE
♦ Doença que, pronunciada assim, fica meio pornográfica. Vem quase sempre acompanhada de rumba ou deboche.

FEED-BACK
♦ A vida se alimenta da vida.

FEIO
♦ Quem odeia o feio, mais feio lhe parece.

FEIURA
♦ "A beleza é superficial." A feiura não.

FELICIDADE
♦ Não é economicamente que se resolve o problema da felicidade. Tanto a riqueza quanto a pobreza fracassaram.
♦ Não, você não precisa de biblioteca. Cristo não tinha. O livro te dá profundidade maior, caminho certo pra infelicidade. Não, você não necessita de esperança. Quem espera desespera e corteja a frustração das coisas que jamais se realizam. Não, você não precisa de amor – amor acaba no vazio, no azedume, na infidelidade, na violência da separação. Pra ser feliz, na verdade, você precisa apenas de uma boa redução na taxa de juros.
♦ Sinto a sensação cada vez mais inconfortável de ser feliz num mundo em que isso está completamente fora de moda.
♦ A felicidade faz a pessoa generosa. A generosidade acaba fazendo a pessoa infeliz.
♦ Ao fim e ao cabo a felicidade não será apenas uma forma de preguiça?
♦ Um par feliz, como uma nação feliz, não tem história. Os meios de comunicação raramente se interessam pela felicidade.
♦ A felicidade só existe quando você acredita nela.

FELIZ
♦ Feliz é o que você vai perceber que era, algum tempo depois.

FEMININO!
♦ O melhor movimento feminino ainda é o dos quadris. *(Esta frase, homenagem à mulher menina-moça de Ipanema, entre os treze e os dezoito anos, cujo balanço ao andar é uma glória que nenhuma ideologia feminista conseguirá ofuscar, foi tomada pelas feministas – ai, meu saco! – como "machista". Pra começo de conversa trocaram, por pura ignorância, a palavra* feminino *por* feminista

(a frase vira um trocadilho idiota), além de entenderem e divulgarem a coisa como se eu, grosseiramente, estivesse falando de movimento dos quadris na cama – não tenho nada contra. 1971)

FEMINISMO

♦ Quer dizer que as mulheres queriam se liberar apenas para imitar os homens: beber mal, se locupletar em ministérios e entrar pra Academia Brasileira de Letras? *(1980)*

♦ As mulheres, afinal, já estão com tudo. Isto é – só falta um pedacinho.

♦ O movimento feminista, como tudo o mais, está a reboque da tecnologia. Quando surgiu a construção vertical, o telefone e o automóvel, para dizer só isso, o sistema já não conseguia mais controlar o comportamento sexual das pessoas. E as mulheres começaram a se liberar, a partir do sexo. O bom pai zeloso não tinha mais como controlar a "coisinha" da filhinha. Ela ia pro apartamento de baixo, ou o automóvel passava depois de uma conversa ao telefone e em 15 minutos o "mal" estava feito. Depois a televisão. Depois a pílula. Só depois veio o "movimento", a ideologia, que, como todas, serve apenas pra dar uma arrumada no avanço incontrolável.

♦ Basta olhar os adeptos de hoje pra você ter certeza de que Casanova, Jack, o Estripador, Landru e o Estrangulador de Boston seriam todos fervorosos feministas.

♦ Está bem que a mulher não queira mais ser "o descanso do guerreiro". Mas não precisava ser a aporrinhação do pacifista.

FEMME

♦ Eva, no Paraíso, Helena, em Troia, Maria Antonieta, em Versalhes, Rosane Canapi, no Planalto, a história é sempre a mesma: *"Cherchez la femme". (1992)*

FENÔMENO
♦ O que é um fenômeno? Um rouxinol não é um fenômeno. Uma vaca não é um fenômeno. Um helicóptero não é um fenômeno. Fenômeno é uma vaca voar como um helicóptero cantando como um rouxinol.

FÉRIAS
♦ O trabalho de vez em quando tira férias. As despesas nunca.

FERNANDA MONTENEGRO
♦ Sua vida é um palco iluminado. À direita as gambiarras do perfeccionismo. À esquerda os praticáveis do impossível. Em cima o urdimento geral de uma tentativa de enredo a ser refeito todas as noites, toda a vida. Atrás, os bastidores, o mistério essencial. Embaixo, o porão, que torna viáveis os mágicos, inspiração do teatro, que é uma fé, e comove montanhas. (....) Incansável operária, pisa na ribalta nua e mostra todas as noites que o teatro e a vida são apenas duas tábuas e uma paixão. (....) E após o final, na solidão da glória, poder escutar, no silêncio e no escuro, o último espectador que se afasta nas aleias desertas. *(Da série Retratos em 3 x 4 de alguns amigos 6 x 9. 1974)*

FICÇÃO
♦ Estou pensando em escrever uma história fantástica passada num país imaginário. Uma história bem brasileira.
♦ Qual é o mundo real? Na batalha de Armoret, como se sabe, não morreu ninguém. Mas durante as recentes filmagens da batalha morreram três pessoas e 22 ficaram feridas.

FICHINHA
♦ Olha, perto desses ratos todos da comissão de orçamento o PC Farias não passa de um Al Capone. *(1993)*

FIDEL CASTRO
♦ Entre as medidas positivas de Fidel Castro está a eliminação de alguns salafrários da pior espécie, que Fidel, de-

vidamente, mandou encostar no paredão. Creem até alguns observadores políticos que essa medida foi tão acertada que os salafrários continuarão mortos apesar de todos os erros posteriormente cometidos pelo ditador cubano.

♦ Fidel Castro é uma espécie de São Jorge que foi salvar a donzela e acabou casando com o dragão. *(1962)*

FIDELIDADE

♦ Certas mulheres não nos abandonam nem nas piores situações. Que, aliás, foram elas que criaram.

♦ Chama-se de fidelidade esse esforço desvairado que o homem faz pra se contentar com uma mulher só. (A frase vale também para a mulher.)

♦ O preço da fidelidade é a eterna chateação.

♦ O preço da fidelidade é a eterna vigilância.

FIGUEIREDO

♦ Como pensa o general Figueiredo: "Dominar o Poder é pior que ser fuzilado na guilhotina com uma corda no pescoço". *(1982)*

♦ E como resmunga o general Figueiredo: "Tenho que resolver problemas de reformas tributárias, de eleições constituintes, de votos distritais, de diretórios acadêmicos, de lei dos estrangeiros... Que diabo, esse pessoal está me tomando por inteligente?"

♦ Estou definitivamente convencido de que o general Figueiredo é os quatro cavaleiros do Apocalipse.

♦ O general Figueiredo quer ser esquecido. Mas o povo jamais o esquecerá, general. O senhor será sempre lembrado como o homem que, no momento inoportuno, em tom inadequado, em local impróprio, com roupas inconvenientes, disse coisas inqualificáveis. *(Sobre a última entrevista do general Figueiredo, ditador de plantão – ao jornalista Alexandre Garcia – vestido de* jogging*, calçando tênis e falando besteiras pomposas. 1984)*

♦ Churchill, que chamou Stalin de um enigma cercado de mistérios, dentro de uma charada, de que chamaria o general Figueiredo, cercado de militares, por sua vez cercados pela Comunidade de Informações? Um quebra-cabeça, cheio de gravadores, crivado de hieróglifos, coberto de anagramas, lavrado em cifras, codificado e decodificado, enfiado num labirinto, dentro de uma esfinge, e envolvido em paradoxos, na fronteira de Terra Incógnita? *(1982)*

♦ O general Figueiredo, fazendo tudo que manda o SNI, vai acabar como o cara que ficou maluco depois que comprou o papagaio da fofoqueira da cidade. *(1984)*

FILHO

♦ Quase todo primeiro filho é um Messias.

FILOSOFIA

♦ Depois que os botânicos criaram rosas sem espinho, a sabedoria popular ficou ainda mais tola.

♦ Existe muita filosofia de para-choque. Mas nenhuma filosofia substitui o para-choque.

♦ Filosofia é coisa de países adiantados.

♦ Lá de baixo, da feira, sobe a voz de um quitandeiro apregoando laranjas. Tentando provar o quê? Que todo efeito tem causa, acho.

♦ A minha filosofia de vida é só um não sei como pra não sei o quê.

♦ As coisas não são bem assim, ô filósofos. Zeno dizia que temos dois ouvidos e uma boca porque a natureza nos fez para ouvir mais e falar menos. Eu acho que com dois ouvidos e uma boca ouvimos normalmente o dobro do que falamos e devemos, portanto, tentar falar o dobro do que ouvimos.

♦ Filosofia é uma coisa que discute filosofia. Porque este (filósofo) disse isto em razão daquilo, e o outro (filósofo) disse aquilo em função disto, e a palavra que fulano (filósofo) empregou não foi no sentido iconoclástico mas no simbiótico e que o fenomenologismo clarividente de sicrano (filósofo) não passa do mesmo epistemologismo obscurantista de beltrano (filósofo). Donde eu, há muito tempo, ter chegado à conclusão de que nem Platão, nem Sócrates, nem Kant, nem Spinoza ou quantos mais vocês queiram, foi grande filósofo coisa nenhuma. Só tem mesmo um grande filósofo na História e esse nem eu, nem você, nem ninguém, conhece. Exatamente porque o genial filósofo percebeu bem cedo a inutilidade da filosofia e nunca se deu ao trabalho de filosofar. Nem mesmo, como eu, pra negar a filosofia.

♦ Mais vale um pássaro na mão do que dois voando. / Mas não pro pássaro. / Pro homem que está filosofando.

♦ Nada tem nexo. / Tudo é apenas / Um reflexo.

FILÓSOFO

♦ A vida é por um fio. A individual e a coletiva. A impossibilidade de controle de causas e efeitos é absoluta. Estabelecermos *princípios* pessoais e universais é de uma estupidez que clama aos céus, os quais, por falar nisso, são apenas uma abóbada inescrutável sobre nossas cabeças. Não vou me alongar – acabam pensando que eu sou um cara com emprego vitalício de filósofo rebelde da PUC.

FIM

♦ "Aos 60 é impossível ignorar a morte, senão com uma dolorosa e cuidadosa falta de atenção." *(Marília, personagem do filme* Últimos Diálogos. *1993)*

♦ A gigantesca roubalheira mostra que estamos vivendo de novo um extraordinário Baile da Ilha Fiscal. Agora, dados os tempos, sem fiscal. *(1991)*

♦ Você está realmente velho no dia em que a gatona da vizinha abre a porta do seu apartamento, vê você sozinho diante da televisão e diz: "Ué, não tem ninguém em casa?"

FIM DA HISTÓRIA

♦ Tudo já foi dito. E cada vez é mais perigoso repetir.

FIM DE CARREIRA
♦ O poeta russo Brodsky, que orgulhosamente colocamos na peça *Liberdade Liberdade* em 1965, quando tinha 24 anos, agora, aos 46, recebe o prêmio Nobel de Literatura. Um rapaz sem futuro. *(1987)*

FIM DE FESTA
♦ E aos poucos a festa íntima acabou. O calor e a agitação se extinguiram, alguns últimos diálogos descem pelo elevador. A dona da casa tira os sapatos, limpa automaticamente uma mancha de vinho numa mesa. Há uma cumplicidade final entre os que ficaram, criticando os que já foram. E o céu começa a clarear no Arpoador, apagando aos poucos, com a luz forte do dia, restos de uma coisa antiga que se chamava afeto. *(1981)*

FIM DE SEMANA
♦ Fim de semana; nunca tantas pessoas, em tantos veículos, trafegarem em tantas vias, e tantas direções, com tanta velocidade, indo a tantos lugares, pra voltar logo, cansados e arrependidos.

FIM DO MUNDO
♦ Nada de pânico – o mundo só vai acabar pros que acabarem.

FINANÇAS
♦ Só agora, depois de vinte anos de violências contra a nação, nossos Galileus descobriram que o que move o mundo não são os princípios. São as taxas de juro. *(1983)*

FINANCIAMENTO
♦ No princípio era a verba. (Depois é que vieram os créditos extraordinários e secretos.) *(1975)*

FINANCISTA
♦ O financista é um usurário institucionalizado.
♦ O grande financista é aquele que consegue arrancar dinheiro do banco usando a força do que deve.

FINGIMENTO
♦ Ela era toda não se, no dar-se sem despropriar-se. *(À maneira de Guimarães Rosa.)*

FIRMAMENTO
♦ Há mais mistérios além do céu / Do que alcança o teu conhecimento / Porque Deus emborcou sobre este mundo / A tigela azul do firmamento.

FIRMEZA
♦ Tancredo já demonstrou que é a favor de tudo e absolutamente contra qualquer outra coisa.

FÍSICA
♦ A água quente é a água fria posta à prova. O gelo levado a suas extremas consequências. *(Falsa cultura.)*
♦ O branco é a reunião de todas as cores. Da mesma maneira, quando todos os sons se reúnem, fazem isso que se chama o grande silêncio das horas tardas.

FÍSICO
♦ A vida é um ato físico, e se o físico não é tudo, a ausência de físico é tudo. A partir de uma certa idade as pessoas se tornam desprezíveis. *(Entrevista a Marina Colasanti. 1987)*

FISIOLOGIA
♦ Está provado – não existe intestino respeitável.

FISIOLOGISMOS
♦ Paraná. Dia de junho, frio, as mulheres todas de calças compridas. As poucas de shorts ou minissaias são todas bem-feitas de corpo. Conclusão científica: mulher de coxa bonita não sente frio.

FIXAÇÃO
♦ Quem planta muitas árvores acaba criando raízes.

FLAGRANTE
♦ Flagrante é uma suspeita que confere.

♦ Olha aqui, se deus existisse mesmo, com tantos milhões de turistas japoneses tirando fotografia de todo o mundo em todo o mundo o tempo todo, algum já tinha fotografado ele distraído *(deus e ele vão em minúscula porque me recuso a potenciar um deus por imposição ortográfica).*

FLEXIBILIDADE

♦ "Nós, da esquerda, somos flexíveis, cara. Por que, enquanto lutamos para levar ao extremo as contradições de nosso tempo, não comer do bom e do melhor? Sempre se pode atacar o que defendemos e defender o que atacamos. Veja a televisão. Vendida ao comercialismo mais reles. Mas os que ficam de fora, com raiva, não compreendem o heroísmo que é combatê-la por dentro, forçando o sistema a nos dar um bom ordenado, casa, comida e beijo na boca dos rapeize. Agora estou num programa de ideias do Sílvio Santos. Grande comunicador, exemplo a ser seguido – inventou a vigarice explícita. A última da dialética: não devemos deixar a reação para os reacionários." *(Dialética e Tialética. 1986)*

FLORES

♦ Me mandam flores. Uma das curiosidades de minha vida. Sempre me mandam flores. Essas rosas, aí há três dias, vieram botões, abriram, já estão se despedindo. *"Rose, elle a vécu ce que vivent les roses, l'espace d'un matin."* Uma amiga me diz que aspirina prolonga a vida dessas flores, gentil desce até a farmácia, volta, enche de água um jarro (as mulheres sempre descobrem que a gente tem um jarro), põe dentro dois comprimidos. Fico olhando as flores e os gestos – há um terno eterno feminino nessa conjugação. As folhas firmam um pouco seu verde, as pétalas se enrijecem ligeiramente, ou é só impressão? Tudo é possível, quando a alma não é pequena. Estendo a mão esp*alma*da significativamente, recebo também dois comprimidos, meio copo d'água, engulo. Amanhã desabrocho.

FLORESTAS
♦ As florestas estão desaparecendo porque as árvores são todas vegetarianas. *(Falsa cultura.)*

FLUIDEZ
♦ Quando a gente está feliz, mas muito, muito feliz mesmo, o mínimo que acontece é acabar o dia.

FOBIA
♦ Fobia é um medo com Ph.D.

FOFOCA
♦ Fofoca você deve espalhar logo, porque pode ser mentira.
♦ Quando passar muito tempo sem você saber de alguma fofoca desagradável a seu respeito, verifique bem; você pode ter morrido e esqueceram de lhe comunicar.
♦ Olha lá: uma fofoca imbecil querendo bancar escândalo.

FOGO
♦ O fogo foi descoberto no dia em que o homem percebeu que não era mais possível viver sem ele. *(Falsa cultura.)*

FOLGA
♦ No dia de folga o anão e o gigante do circo têm estatura normal.

FOME
♦ A fome é sensação ocasional nos ricos e permanente nos pobres, mortal nos miseráveis, as duas últimas atenuadas por retórica de líderes variados.
♦ A fome é um problema que o Brasil, não tendo conseguido resolver pela agricultura, quer resolver pelo Ministério do Trabalho.
♦ Não adianta apostolado: / A comida é o céu / Do flagelado.
♦ Vocês se lembram quando se dizia: "Tá com fome? Vai na rua mata um home e come"? Pois é – eles acabaram indo.

FONÉTICA

♦ Um nova reforma ortográfica só tem sentido se for rigorosamente fonética e revolucionária, até com símbolos novos. Se é pra voltar à etimologia então é melhor voltarmos a escrever *phthisica* (tísica) e *asthma* (asma) o que se salva por ser decididamente *etymológico*. Esse misto-quente que está aí é que não dá. *(1987)*

FONTES GRÁFICAS

♦ Um leitor interessado em artes gráficas pergunta se as letras que faço têm nome. Têm. As duas que uso mais comumente são a *Meyer Grotesca*, segundo muitos a demonstração inequívoca de que não sei desenhar, e a *Persplexctiva*, segundo poucos uma vaga esperança de que talvez, quem sabe, em algum tempo remoto, eu aprenda a desenhar. *(1983)*

Meyer Grotesca   *Persplexctiva*

FORD

♦ Todo mundo fala em Marx como grande revolucionário e ninguém fala em Ford, muito mais revolucionário, o homem que fodeu o mundo em nosso século. Criou o automóvel como transporte individual, obsoleto na origem. Mudou as cidades, transformou o mundo numa faixa de tráfego, em fábricas de asfalto, viadutos, guerras de petróleo – uma merda! Mas tudo baseado numa verdade absoluta: "Todo homem anseia por conhecer algum lugar distante. E assim que chega lá seu primeiro desejo é voltar".

FÓRMULA 1

♦ Esses audazes rapazes do volante. Com que tranquilidade

voam a 200, 300, 400 quilômetros por hora! E tudo com uma mentalidade nova, da qual o barão de Coubertin se orgulharia. Realmente, na Fórmula 1 o importante não é vencer – é mostrar bem o logotipo do patrocinador. *(JB. 1985)*

FORRA
♦ Nossa modesta profissão – "artista" ou "escritor" – tem uma incrível concorrência amadora. Todo médico, engenheiro, ou físico, sempre desenha melhor do que nós; todo arquiteto, biólogo ou construtor, nas horas de folga escrevem coisas que... nem Flaubert, pô! Todos, naturalmente, esperando se aposentar de suas coisas mais sérias e profundas para se dedicar *full-time* a estas (nossas) atividades e provar que apenas não tinham tempo disponível. Mas se pensam que não vou reagir, estão enganados. Também estou apenas esperando me aposentar para ser um militar amador ou melhor, por que não?, um ginecologista amador. Ou não pode?

FORTUNA (REGINALDO)
♦ Fortuna tem trinta e poucos anos de altura, a personalidade dele mesmo, riso hipotético, traço desconfiado e é tarado por coisas que detesta. Perfeccionista nato, entre suas descobertas estão o furo da rosca, o oco exterior e a moeda sem coroa. Profundo humorista, fica triste sempre que o levam a sério; acha que nunca foi tratado com a hilaridade que merece. Infelizmente está com seus dias contados – 15.980, para sermos exatos. *(Da série Retratos em 3 x 4 de alguns amigos 6 x 9. 1969)*

FOSSA
♦ O problema de ficar na fossa é que lá só tem chato.

FOTOGRAFIA
♦ A fotografia é a mentira verdadeira.
♦ Toda fotografia antiga é uma punhalada.

♦ A fotografia é a mentira absolutamente insofismável.

FOTOGRAFIA / REPORTAGEM
♦ Violência, terremoto, / Fome e promiscuidade, / Dão cada foto!

FRACASSO
♦ Fracasso definitivo: / Quando você vence / Não pode mais tentar vencer e, aí, / Perdeu. / Quando você aprende, / Não pode mais ignorar e, nesse dia, / Já não suporta mais a ignorância. / Quando você já tem, / Já não tem a energia / E a atividade / Que impulsionam os que não têm. / Ah, que saudade!

FRANCÊS
♦ *Une belle grande-mer* – Êta, marzão bonito! *(Traduções televisivas.)*

FRASE
♦ Muitas vezes basta uma frase pra gente atingir uma posição privilegiada ou conquistar uma bela mulher. O problema é saber que frase é essa.

FRASE (ANTIGA)
♦ Frase antiga: a sirigaita saracoteia cheia de não me toques.

FRATERNIDADE
♦ Só existe uma forma de fraternidade entre as nações: equilíbrio na troca de mercadorias.

FRATURA EXPOSTA
♦ Fratura exposta: fratura ao ar livre. Acontece geralmente a exibicionistas.

FRESCOBOL
♦ E pro frescobol, nada? Tudo!: O mais belo esporte. Ágil, elegante, simples, se joga seminu(a) junto do mar. Além disso, tem uma superioridade indiscutível sobre qualquer

outro esporte. É esporte mesmo, praticado pelo simples exercício do espírito lúdico. Até hoje, felizmente, não apareceu nenhum idiota pra inventar contagem de pontos no frescobol. O *único* esporte em que ninguém ganha. (*Glória, das poucas que me interessam: nos anos cinquenta foi o nosso grupo, no nosso posto quatro, em Copacabana – logo depois transferido pro Arpoador, em Ipanema – que inventou o frescobol.*)

FRESCOBOL (L958)

♦ Me autoproclamei campeão de frescobol do posto 9. Quando alguém jogava melhor, eu provava que ele era do posto 8. Assim vai a glória do mundo. *(Entrevista. 1971)*

FREUD

♦ Antes de Freud o sexo era um maravilhoso pecado. Agora é um enrolo tedioso.

♦ Freud descobriu a psicanálise ou a inventou?

♦ O psíquico foi inventado numa tarde de sábado, na Áustria, país que já no início do século tinha três poderes: executivo, legislativo e antissemitismo. Daí Freud partiu para a descoberta de que o ser humano não é resultado das forças de produção como dizia Marx, e que o buraco, literalmente, era mais embaixo, no psíquico: na verdade mais em cima. E criou a psicanálise, filosofia que de hipótese em hipótese chega sempre à absoluta teoria. *(1968)*

♦ Quem me dera ser simples, como Freud.

FREUDIANA

♦ Ana Freud, essa sim, é Freudiana! *(1970)*

FRITURA COLLOR

♦ *Receita de fritura.* Pega-se um ministro bem-plantado e cortam-se todas suas mordomias em fatias bem finas, até a intenção de fritura ficar bem transparente. Coloca-se-o numa frigideira cheia de fofocas, besuntada com bastante vaselina e um pouco de Gel. Mexe-se bem e bate-se um certo tempo até virar massa de manobra sem qualquer consistência. Se preciso deixa-se curtindo uma semana em molho de picardia. Acrescenta-se uma colher de pimenta marca Cut. Leva-se ao forno brando, fritando durante 30 dias. Recheia-se com ameaças veladas e serve-se com contorno de elogios. *(1992)*

FRONTEIRA

♦ (Pra ser lido entre o último toque de 31.12.1986 e o primeiro toque de 1.1.1987.) Fim de um, começo de outro, passado e presente sem contornos, a certeza, mais uma vez, de que o tempo não existe. Só existe o passar do tempo. O que nos falta entre o ano que termina e o ano que começa é um limite de precisão que não o do relógio. Não há tique-que taque medindo isso a não ser o – amedrontado – do coração. Necessitamos saber – e não podemos – se já chegamos ou ainda estamos. Queremos pelo menos uma terra-de-ninguém que nos dê tempo de respirar, enquanto abandonamos um ano e assumimos outro. Será por isso que procuramos fazer tanto barulho quando o ano acaba? Mas não adianta tocar uma corneta, bater um bumbo, emitir um grito, pois as ondas se espalham, ainda!, igualmente, num ano e noutro, em círculos perfeitos que estão, ao mesmo tempo, no fundo de 1986 e no primeiro degrau de 1987. Círculos perfeitamente concêntricos de nada. O momento é totalmente vago, fugidio, não tem realidade. Estamos na angústia do que perdemos definitivamente – mais 365 dias que mergulham para sempre no buraco negro – e no fulgor do primeiro minuto que virá, novo, polido, toda uma outra coisa. É, ainda não chegou, e talvez jamais chegue. Pois no meio, pavorosamente silenciosa – uma pororoca de silêncio –, aquela fímbria, o instante e espaço fim/início. O intervalo invisível, inaudível, Tordesilhas de nossas vidas, linha nem imaginária. Um gesto de carinho, um copo erguido, um beijo; e o braço do afeto, o cálice da saudação e os lábios da intimidade estarão de um lado e do outro, num tempo e noutro tempo, no aqui e agora, e no *semper et ubique*. Mas é isso aí. *Feliz Ano-Novo*.

♦ A fronteira da civilização é o começo da barbárie.

♦ Em política nunca se sabe onde termina a fofoca e começa a conspiração.

FRUSTRAÇÃO

♦ A satisfação de uma ambição não satisfaz. Mas a perda de uma satisfação deixa a pessoa intensamente frustrada.

♦ E eu, que nunca fui convidado, pelo Cético e pela Circunspecta, a me esbaldar naquelas orgias infindáveis que eles dão no porão da Ideologia Abandonada, todo oitavo dia da semana?

♦ Não sei o que meu pai esperava. Mas dizem que quando nasci ele me olhou longamente e disse apenas: "Não era nada disso".

♦ Tudo que eu digo, acreditem, / Teria mais solidez / Se, em vez de carioquinha, / Eu fosse um velho chinês. *(1952)*

♦ Saturnino, o homem que desmoralizou a honradez. *(Sobre Saturnino Braga, prefeito do Rio, de honradez intacável, que declarou falida a prefeitura.)*

FUGA

♦ O número mais bonito na novela da existência é aquele que a gente ia executar no momento em que foi eliminado do espetáculo.

♦ Cada dia há mais gente assistindo à televisão como fuga da realidade. E como é que eu faço pra fugir da televisão?

FULGORES

♦ O surgir da aurora / Um raio vibrante / O calor do leito / A paixão da amante. / E a sonoridade / De um dólar distante!

FUMO

♦ Enorme percentual de fumantes disposto a continuar fumando, apesar de ameaças de câncer, enfizemas e outras quizílias. O fumo é realmente um vício idiota. Mas os fumantes que persistem em fumar têm um vício inda mais idiota – a liberdade. Provando que nem só de pão, e de saúde, vive o ser humano. Além do fumo ele aspira também gastar a vida como bem entende. Arruinando determinadamente seu corpo – um ato de loucura – o fumante ultrapassa a pura e simples animalidade da sobrevivência sem graça. Em tempo; eu não fumo.

♦ Se eu fosse governo, em vez de fazer como os americanos, que obrigam os cigarros a terem impressa a frase: "Perigo para a saúde", eu mandava botar apenas: "Vício idiota!"

FUNÇÃO

♦ Por que será que a beleza feminina é tão louvada? Qualquer show medíocre que a gente viu na vida estava cheio de mulheres bonitas, mal pagas, quase sempre desesperadamente infelizes. A beleza serve pro mesmo que a inteligência – os inteligentes de todas as espécies só usaram sua inteligência pra servir aos ricos, aos poderosos, aos déspotas, burros, feios e primários.

FUNDAMENTO

♦ Galinha tem de muita cor mas todo ovo é branco. *(À maneira de Guimarães Rosa.)*

FUTEBOL

♦ Controla a redonda no peito / Chuta firme, / E balança o véu da noiva / O Garotinho! / Corre sem rumo, / Soca o ar, / Cai de joelhos adiante, / Mãos enlaçadas, / Agradecendo aos deuses da galera. / Voam sobre ele os companheiros / Disfarçando a inveja. / Num consentido estupro. / Abençoado pela glória máscula / Do gol decisivo / O nº 10 escapa, / Volta ao meio do campo / Coça o saco, / Faz o sinal da cruz, / E sai prum novo lance.

♦ E no oitavo dia Deus fez o Milagre Brasileiro: um país todo de jogadores e técnicos de futebol.

♦ Em 1978, lembram?, o Brasil, já na técnica da retranca, perdeu a copa invicto. Empatou todas. Inventamos uma coisa extraordinária: a *Invictória.*

♦ Fui eu, creio, o primeiro, senão o único, há meia dúzia de anos, a falar na hipertrofia do futebol. Porque, apesar de começar grã-fino, logo se tornou popular, o futebol encampou todos os interesses promocionais, econômicos e, claro!, políticos! / Fala-se muito nas mordomias burocráticas. Mas não se fala nas mordomias do esporte, multiplicadas no futebol. E por isso a imprensa é tão conivente na manutenção da imagem do esporte outrora bretão. Jornalista de futebol viaja mais do que a Stella Barros. / A FIFA em certas áreas tem mais poder do que a ONU. / Outros esportes, como o vôlei e o basquete, são mais dinâmicos do que o futebol. Bastou se botar dinheiro em cima desses dois esportes e ambos explodiram. Mas tudo continua correndo pro futebol porque "o brasileiro é o maior jogador de futebol do mundo". No mundo pode ser. Aqui o que vejo é – no meio de campo, sem pressão – os jogadores não conseguirem dar um passe certo. Inúmeras vezes o juiz tem que se desviar pra não entrar no jogo. Mas tem as explicações: ah, porque a grama, ah, porque o clima, ah, porque os adversários são brutos, ah, porque o salto sete e meio. Há muito deixei de frequentar estádios de futebol. Está bem, eu sei, ninguém notou. *(JB.1985)*

♦ Futebol, o esporte das multidões. Cada vez menos esporte e menos multidões. *(1988)*

♦ Há muito tempo me desinteressei pelo futebol. Foi quando comecei a ver aqueles latagões, ganhando fortunas e tratados como odaliscas, não conseguirem dar um passe certo no meio do campo – sem qualquer pressão do adversário. Como artista plástico, tratado daquele jeito, eu morreria de vergonha se não pintasse uma capela Sistina por semana. *(1984)*

♦ Há os que são Flamengo doente. Eu sou Fluminense saudável. *(1977)*
♦ Ninguém joga futebol tão bem quanto o brasileiro. Isso porque o futebol e o Brasil são iguaizinhos; não têm lógica.
♦ No mundial de futebol nos Estados Unidos, os locutores repetindo que a partida Romênia x Suécia ia ser decidida por penalidade máxima. E sempre me impressiona a capacidade de se falar sem pensar (psitacismo). Naturalmente a coisa só é penalidade *(penalty)* quando alguma falta foi cometida. Como na disputa final não houve qualquer falta se trata apenas de um *tiro livre* ou *chute livre*, em gol. *(1994)*
♦ O futebol chega ao máximo do descrédito – é decidido nos pênaltis, com exigência de tempo ditada pela tevê. Vai acabar sendo disputado na porrinha. *(1982)*
♦ O futebol é o ópio do povo e o narcotráfico da mídia.
♦ O futebol se compõe de jogadores, juiz, bandeirinhas, bicheiros, cartolas – e cem mil não combatentes.
♦ Futebol, o pio do povo!

FUTEBOL / VIDA
♦ A vida é igualzinha ao futebol. Mas o campo não é demarcado, vale impedimento, a canelada marca ponto a favor, a bola é quadrada, o gol não tem rede e o Supremo Juiz é um ladrão que expulsa do jogo quem bem entende, sem qualquer explicação.

FUTURO
♦ De vez em quando ainda me surpreendo pensando no que é que eu vou ser quando crescer. *(1980)*
♦ Futuro, meu Deus!, que coisa mais classe média!
♦ Minha pátria; cheia de torturadores, carros de luxo, escravagistas, mansões, candidatos a ditadores, jatinhos, especuladores da Bolsa, crianças famintas. Por isso é o país do futuro. Não pode piorar.
♦ Naturalmente começarão a ser construídos muros sem casas, será vendido H_2O sem água, haverá mulheres sem

sombra, muitas soluções sem problemas, a Coca-Cola afinal revelará a composição do produto. Mas Portugal e Holanda continuarão em luta pelo mercado europeu de tamancos. *(Previsões para 1969.)*

♦ O futuro chega com tal rapidez que começo a desconfiar que agora já está atrás de mim. *(1987)*

♦ Uma das mais sinistras ironias de nossa história é o fato do escritor Stefan Zweig, autor de *Brasil, País do Futuro*, ter-se suicidado por não aguentar o presente.

♦ Quando eu era criança o futuro ia ser radioso, o futuro ia ser limpo, o futuro ia ser feliz, o futuro ia ter televisão, que seria uma maravilha. Agora o futuro é a ameaça da bomba, a ameaça da fome, a ameaça da superpopulação e da poluição. Não se fazem mais futuros como antigamente.

♦ Quem diz que, num futuro remoto, este nosso período histórico não será incorporado à Idade da Pedra Lascada?

♦ Nada como o passado pra fazer você desacreditar no futuro. Folheiem qualquer revista velha. Parecia que ele estava ali, na esquina, radioso, no amanhã amanhã mesmo, não apenas maneira de dizer. Chegar não chegou. E ele nem se dignou mandar dizer por que não veio. O amanhã de ontem não se realiza hoje, e os conservadores, que esperam que o que vem seja igual ao que foi, se desiludem tanto quanto os renovadores, que pensam que o que vem será diferente de tudo que já foi. A nostalgia de uns é a angústia de outros, pois para ambos o futuro é um espaço, impreciso mas concreto, que podem vender pra si mesmos e pra outros crédulos, onde será possível viver a vida plena que uns tiveram no passado, ou encontrar a purificação dos males que sempre nos envenenaram. No futuro cabemos todos e cabe tudo, pois, sempre futuro, não pode ser cobrado ou conferido. Que fim levou 50, futuro de 40, e 60, futuro de 50, e como será 2000, futuro dos futuros, isto é, de todos os passados? Talvez esse não chegue mesmo nunca. Só um imenso *bang*. Ou um soluço.

♦ Nunca soube por que tanta gente teme tanto o futuro. Nunca vi o futuro matar ninguém, nunca vi o futuro roubar ninguém, nunca vi nada que tivesse acontecido no futuro. Terrível é o passado ou, pior, o presente.

G

GABARITO
♦ Ninguém pode ser incorruptível antes de roubar 1 milhão de dólares.

GAFE
♦ Imaginem só: a Revolta deu uma festa e nem convidou a Indignação!

♦ Quando anunciam a partida do avião do amigo, nunca diga: "Chegou a tua hora!"

GAGÁ
♦ Ser gagá é casar com uma mulher muito mais jovem e querer dar logo ao mundo a prova de um filhinho. / É chamar de menina à quarentona. / É ter uma esperança senil nos cientistas. / É carregar o corpo o tempo inteiro. / É dobrar o jornal encabulado quando chega alguém jovem da família, mas ficar olhando, de esguelha, para os íntimos da coluna funerária. / É estar sempre na iminência de olhar um brotinho com interesse e ouvir que imediatamente alguém murmura: "Olha o tarado!"/ É ficar aposentado o dia inteiro, olhando no vazio, e sair subitamente, andando a meia hora que o separa dos cem metros da esquina, porque é preciso resistir. / É é ficar galante e baboseiro na terceira taça de champanha. / É sentir, de repente, o isolamento. / É ficar egoísta e amedrontado. / É não ter vez e nem misericórdia. / É saber que já não há quem tenha prazer em lhe acariciar a pele. / É já não ter prazer em acariciar a própria pele. / É sorrir interminavelmente, não por necessidade interior, mas porque a dentadura ficou maior do que a arcada. / É ter

estado em Paris, em 19. / É ter sabido francês, e esquecido. / É, na hora do mais veloz bang-bang, descobrir, lá no terceiro plano, um ator antigo, do cinema mudo, e sentir no peito a punhalada. / Ser gagá é fogo. / Ou melhor, é muito frio. *(Ser Gagá. 1959-1961)*

GAGUEIRA

♦ Gagueira – elocução capenga. *(Politicamente correto. 1987)*

GAIVOTA

♦ As gaivotas só voam porque não se levam a sério.

GALINHA

♦ Magníficas mesmo são as galinhas brasileiras. Num país em que nada funciona continuam a pôr ovos diariamente, como se fossem galinhas americanas. *(1957)*

GANGRENA

♦ Doença que a gente não adquire. Segundo os médicos, ela se instala. Foi descoberta pelo escritor inglês Graham Greene.

GASTRONOMIA

♦ Gastronomia é comer olhando pro céu.

GATA-BORRALHEIRA

♦ Moça lindíssima, mas pobre, coitada, e com síndrome de gata borralheira. Todo dia, à meia-noite, ela se vira.

GATO

♦ Gato escaldado seus males espanta.

♦ Quando o sol está abaixo do horizonte a totalidade dos animais domésticos da família dos felídeos são de cor mescla entre branco e preto. *"À noite todos os gatos são pardos." (Provérbios prolixizados. 1959)*

GELO

♦ O gelo é o mais conhecido exemplo de água pesada. *(Falsa cultura.)*

GENEALOGIA
♦ Mistérios econômicos: como é que um pai, pobre, cansado, mal-instruído, consegue manter quatro ou cinco filhos, e quatro ou cinco filhos, uma vez criados e educados, não conseguem manter um pai?

GÊNERO
♦ Os clássicos gregos esqueceram de incluir uma espécie entre os gêneros de teatro, mas nunca é tarde pra gente dar nossa contribuição. Fica assim: Tragédia, Comédia, Drama e Chatice.

GENEROSIDADE
♦ Nós prometemos com a prodigalidade da fala, mas só damos com um bom revólver na cara.

♦ Nosso floreio elegante ao dar uma gratificação, nosso *donaire* gracioso no ato de generosidade, não têm nada a ver com o sentimento de mesquinhez que, sempre vigilante, pergunta em nosso coração: "Será que eu não dei demais?"

♦ Só um sentimento de extrema generosidade faz um homem que conhece profundamente a si mesmo acreditar um instante em seu semelhante.

♦ A felicidade faz a pessoa generosa. A generosidade faz a pessoa infeliz.

GÊNESIS
♦ E Deus disse "*Fiat Lux, Light and Power*!" e, como se esqueceu de que a Terra girava, só houve luz 12 horas por dia. E tiveram que destruir as Sete Quedas para compensar o erro. *(1984)*

GENÉTICA
♦ Podem-se evitar descendentes, mas ninguém jamais conseguiu evitar antepassados.

♦ Quem sai aos seus não endireita mais.

♦ A genética é uma coisa que vem de pai pra filho há muitas gerações. *(Falsa cultura.)*

♦ A genética geralmente impede que o filho do rico seja pobre.
♦ A genética prevê o futuro melhor do que uma cartomante. *(Falsa cultura.)*
♦ Com o desenvolvimento da genética, dentro de alguns anos teremos geneticistas bem melhores do que os atuais.
♦ Graças à genética, hoje em dia já se pode saber com antecedência se a mulher de um engenheiro vai ter um filho arquiteto.

GÊNIO
♦ Escritor, para ser genial, não precisa ter muitas ideias: basta que sejam incompreensíveis.
♦ Gênio é quem tem uma característica, habilidade, ou capacidade, que seja altamente prestigiada na época em que ele vive. Quantos pianistas geniais não se perderam por nascer na Babilônia?
♦ O gênio é o bom-senso levado a suas extremas consequências.

GENTILEZA
♦ Sendo gentil, você economiza o tempo todo da briga. Ou não, sei lá.

GEOGRAFIA
♦ A Esbórnia é uma cidade da Boêmia onde vivem Marie Brizzard e a Viúva Cliquot.

GEOMETRIA
♦ A pedra que sobre o papel é incapaz de traçar uma linha reta, dentro d'água faz círculos perfeitos.
♦ Estou certo de que as paralelas se encontram nos paralelepípedos. *(1963)*
♦ Quando o sujeito não sabe o que é um paralelogramo cria uma hipótese chamada hipotenusa.
♦ Linhas paralelas nunca chegam lá. E o círculo não sai de dentro de si mesmo.

♦ O caminho mais curto entre dois bares é o zigue-zague.
♦ O caminho mais reto entre um ponto e outro é a linha curta.

GEOPOLÍTICA
♦ Revelado: Brasília não fica no Brasil.

GERAÇÕES
♦ A história que meu filho estuda / Eu lia / Nos jornais do dia.
♦ Metade da vida é aporrinhada pelos pais. Metade pelos filhos.

GERIATRAS
♦ Geriatras. Nenhum desses pseudocientistas, ricos e famosos, tem a menor noção de onde fica a Fonte da Eterna Juventude. Basta olhar para a cara enrugada da dra. Aslan (tem setenta anos mas ninguém lhe dá menos de noventa) pra perceber que ela já ficaria feliz se descobrisse a Fonte da Eterna Coroísse. *(1980)*

GERONTOLOGIA
♦ Gerontologia é uma ciência que faz o homem ficar cada vez mais velho. *(Falsa cultura.)*

GETÚLIO VARGAS
♦ Getúlio Vargas, o chefe danação, é maior que Vargas Vila. É um Vargas Vilão. *(Este tipo de piada contra o ditador fascista – hoje grande salvador da pátria e até "de esquerda", o que prova como a história é idiota – provocou o recrudescimento da censura do Estado Novo contra a revista* O Cruzeiro. *Trabalhávamos, naquele tempo, com censor dentro da redação. Me lembro de um deles, bonitinho, mauricinho, o senhor Winter. Mais tarde, habilmente, Getúlio suspenderia a censura antecipada e daria aos donos de publicações a responsabilidade pela censura. Quando saía alguma coisa de que o governo não gostava, as cotas de papel, quase totalmente subsidiadas,*

eram cortadas. Aí a censura ficou braba. Em tempo: Vargas Villa era um escritor mexicano popularíssimo na época. O Pif-Paf. *1945)*

GIGANTE
♦ Foi Manuel Joaquim de Oliveira quem subiu ao ponto mais alto do país, no Roraima, e descobriu que o Brasil era um gigante adormecido. Não viveu para vê-lo sofrendo de insônia permanente.

GILBERTO AMADO
♦ Me lembro sempre de Gilberto Amado dizendo não acreditar no futuro do seu auxiliar Roberto Campos porque este usava roupa preta com sapato amarelo.

GLOBE-TROTTER
♦ Já não gosto de viajar. Uma vez ou outra ainda vou a Veneza. Mas preferia que Veneza viesse a mim. *(1993)*

GLÓRIA
♦ A glória vem por todos os caminhos. A minha está garantida – nas palavras cruzadas. Sempre que precisam de monossílabo pra encher um quadradinho órfão, os charadistas apelam pra "Peça de Millôr Fernandes". Solução, *É*. Sorry, periferia, mas sou igualzinho a "Cidade da Caldeia", *Ur*, e "Pedra de moinho", *Mó*.

♦ Depois de anos de esforços, afinal chegou ao cume e descobriu que ninguém mora lá.

♦ E digam aí, como é que se chama a boate mais luxuosa do Estoril, Portugal? Boate *Vão Gôgo,* periferia, e não estou nada *sorry*. *(O autor, durante 10 anos, escreveu em Portugal com o pseudônimo de Vão Gôgo. 1972)*

♦ Estamos sempre preparados para coroar o herói que chegar em primeiro – seja de bicicleta ou cavalo de raça. Se a coroa de louros não agradar temos uma de morenos, mulatos e cafuzos.

♦ Podem falar de minha obra o que bem entenderem mas

ela vai durar mais do que tudo isso que está aí. Vai durar ainda uns seis meses. *(1976)*

♦ Um homem nunca atinge altura maior do que a que lhe permite a sua falta de caráter.

♦ O caminho do anonimato à Glória e ao Poder, todos sabem, é longo, difícil, tortuoso. A volta, os gloriosos só percebem quando já é tarde, é bem mais fácil.

♦ Pena que a glória não exista. Eu gostaria tanto de lutar por ela!

♦ Um país cuja maior glória passada é ter vencido o Paraguai (com a ajuda da Argentina e do Uruguai) e cuja esperança no futuro está na Loteria Esportiva.

GLÓTICO
♦ Você patriótico, / Eu muito erótico, / Teu pai despótico / E esclerótico, / Teu irmão "exótico"/ E macrobiótico. / Tudo caótico, gata, / Muito caótico!

GLOTOLOGIA
♦ Eu já tinha visto o ministro Magri falar, mas nunca o tinha visto lendo! Vi ontem. Me deu a nítida impressão de que lia as frases com extremo cuidado, com medo de cair do alto de uma delas. E de repente se engasgou, não sem razão – o sacana do *ghost-writer* tinha lhe enfiado uma mesóclise goela abaixo. *(1991)*

GOLPE DE ESTADO
♦ Golpe de Estado: Direito Constitucional militar.

GORDO
♦ Não existe tendência para engordar. Existe tendência para comer.

♦ Preceito de gordo: "Nunca deixes para amanhã o que podes comer hoje".

GOSTO
♦ Quando você gosta de uma pessoa é claro que não gosta completamente. Pra aceitá-la ou não você, sem querer,

decide se gosta dela mais do que não gosta ou não gosta mais do que gosta.

GOTA
♦ Uma gota ácida que vai pingando até encher o saco. Não confundir com a última gota, que é a que entorna o copo. (Eu acho que o que entorna o copo é a primeira gota. Verifica aí.)

GOURMET
♦ O gourmet é o comilão erudito.

GOVERNABILIDADE
♦ Todos os países são difíceis de governar. Só o Brasil é impossível.

GOVERNO
♦ As principais formas de governo são as ruins e as muito piores.

♦ Já ouvi mil histórias de gente tirando gênios de garrafas. Nunca ouvi uma de gente obrigando o gênio a entrar de novo.

♦ Por que o governo não acaba com a inflação? Muito simples: enquanto há inflação o pessoal só pergunta "Por que o governo não acaba com a inflação?" Acabada a inflação o pessoal vai querer que o governo acabe com a canalhice, a violência, a corrupção e, sobretudo a própria, dele, governo, incompetência.

♦ Precisamos de decisões e legislações drásticas que diminuam imediatamente o espaço entre o governo e o ato de governar.

♦ Toda tentativa de governo é um ato de depravação.

♦ Toda a busca de civilização durante 10 mil anos resultou apenas na criação de sistemas de governo através dos quais 5 bilhões de pessoas são entregues nas mãos de cinco centenas de déspotas vaidosos e primários.

♦ Esse governo é um barco a três – olhando prum lado e remando pro outro. Sem patrão. *(1983)*

GOZAÇÃO
♦ Posso estar enganado, mas acho que quem me telefonou noutro dia, às 3 horas da manhã, era um safado querendo me humilhar. Perguntou ele: "Por favor, aí é da casa do jornalista, desenhista, tradutor e teatrólogo Millôr Fernandes?" "É", disse eu, encabulado, sem saber bem o que responder. "Desculpe", disse a voz do outro lado; "é engano".

GOZO
♦ As grandes cortesãs sempre tiveram muito poder porque é quase impossível ser hipócrita na hora do gozo.

♦ Tirésias, o sábio grego, um dia viu Atenas tomando banho nua. Atenas, indignada, atirou água em Tirésias, cegando-o e transformando-o em mulher. Mais tarde, arrependida, restaurou-lhe a masculinidade, mas não a visão. Anos depois, passando por Juno, Júpiter e Apolo, que discutiam sobre quem gozava mais numa transa sexual, o homem ou a mulher, Tirésias foi chamado a opinar. Com sua experiência dos dois sexos ele não hesitou: "A mulher goza 10 vezes mais".

♦ Para quem goza nenhuma explicação é necessária. Para quem não goza nenhuma explicação é possível.

GRÃ-FINOS
♦ Dada a ignorância dos grã-finos que conheço, posso afirmar uma coisa: em sociedade nada se sabe.

GRAÇA
♦ Nossa ambição é total. Está na ambição do humorista atingir o espírito santo, a graça divina. Ziraldo, tu és pedra! *(Exposição de Ziraldo. 1961)*

GRAMÁTICA
♦ Com o uso que a tevê faz dele, dentro em breve o portu-

guês vai ser uma língua morta. Mas com excelente padrão de qualidade.
- ♦ Entre o porque e o por quê há mais bobagem gramatical do que sabedoria semântica.
- ♦ No princípio era o verbo. Defectivo, naturalmente.

O GRANDE ARQUITETO
- ♦ Deus, como se sabe, pra fazer o mundo não usou régua e compasso, apenas o verbo. Daí a falta de perspectiva.

GRANDE HOMEM
- ♦ De repente subiu na vida. Estourou na praça. Conquistou a mídia. É tido e havido. Ímpar. Único. Impoluto. Mas eu o conheço muito bem. Pode ser o maior homem do planeta. Mas como síndico deste edifício é uma merda.
- ♦ A principal qualidade do grande homem é estar morto.

GRANDE PRÊMIO
- ♦ Nunca vi um cavalo de raça ganhar um Grande Prêmio. Quem ganha é o dono – quase sempre um ser humano vira-lata.

GRANDEZA
- ♦ O mendigo achava que Deodoro era muito maior do que Castro Alves, pois, no verão, sua estátua na praça dava muito mais sombra.
- ♦ Eu sei; o Brasil tem oito milhões de quilômetros quadrados. Mas tirem isso, e o que é que sobra?

GRAVATÁ GALVÃO (LULA)
- ♦ Geólogo, sempre achou natural uma pedra no meio do caminho. Mau fisionomista, poucos o reconhecem, mas todos o sabem homem muito reconhecido.

GRAVIDADE
- ♦ Agora a leviandade não é mais possível. *(O Pasquim. Ao recrudescimento da ditadura. 1968)*

GREGARISMO
♦ Posto 9. IPANEMA. Gente densamente agrupada, *togetherness* neurótica, uns deitados em cima dos outros, bebendo, *puxando*, falando, dormitando. Um ouve obrigatoriamente o rádio do outro, um roça a mulher do outro, os cheiros se misturam, as vozes se confundem. Em volta a praia mais ou menos vazia. Um braço me acena. Respondo, e percebo que não era pra mim. Mas logo três outros braços me respondem. *(1979)*

GREGO
♦ Essa promiscuidade política em que vivemos é definida perfeitamente por uma palavra grega. Pena que eu não saiba grego.
♦ Grego é uma língua que a gente pensa que é latim.
♦ Os gregos jogaram fora / Os coronéis e a feiura / E botaram a Melina / No lugar da Ditadura. / Mas poder não é araruta / Nunca esquecer que foi lá / Que Sócrates bebeu cicuta.

GRIFO
♦ O grifo serve para sublinhar uma ironia. Donde a ironia deixar de existir. Usa-se também para apontar, entre as palavras nacionais, a palavra estrangeira, entre as palavras normais a palavra estranha, e entre as palavras intelectuais as palavras *de rua*. O grifo é o dedo-duro da linguagem gráfica.

GRIPE
♦ Pretensão ridícula dizer que pegamos uma gripe. A gripe é que nos pega.

GRITA DOS DESCONTENTES
♦ O Perfeito Liberal só lerá livros, ouvirá músicas, verá filmes, e assistirá peças de teatro de autores, cantores, cineastas e teatrólogos que acirrem visivelmente, em suas piscinas, viagens internacionais, vida boêmia e gastos

suntuários, o contraste doloroso entre as classes sociais. *(Vade-mécum do Perfeito Liberal.)*

GROUCHOMARXISTA

♦ A cada dia que passa mais eu me convenço de que o que sou mesmo é um grouchomarxista. *(1968)*

GRUPO

♦ No momento em que o grupo se organiza – pode ser o partido comunista, a Igreja, qualquer grupo – as intenções são sempre maravilhosas. E depois que o grupo existe? Primariamente se defende e só depois o princípio no qual foi criado. O problema básico do grupo passa a ser a sua própria sobrevivência. *(Entrevista.* Revista 80. *1981)*

♦ Todo grupo é uma máfia. Sem exceção; religioso, político, econômico, defende primeiro a si próprio, seus interesses, sua sobrevivência, embora, para isso, sinta necessidade de prestar algum serviço. O serviço, o múnus, é o capital de giro do grupo.

GRUPO DE TRABALHO

♦ Grupo de trabalho é um conjunto de pessoas nomeado por um poderoso que não conhece nenhum de seus elementos e que os indica para resolver um problema do qual, individualmente, nenhum tem a menor noção.

♦ O mais grave com essas assessorias, esses grupos de trabalho, esses comitês de organização, é que eles não deixam mais ninguém cometer seus próprios erros individuais. Só podem ser cometidos os erros decididos pelo grupo.

GRUPOTERAPIA

♦ Todo *barman* é especialista em grupoterapia.

GUERRA

♦ Guerra é isso que poderia ser facilmente evitado se os homens vivessem em paz.

♦ A guerra é a continuação da paz. Só que com muito mais dinheiro.

♦ Nos últimos anos os jovens declararam guerra aos velhos. Os velhos perderam o primeiro *round* mas estão esperando continuar a luta quando os jovens também ficarem velhos.

GUERRA CIVIL

♦ Guerra civil é guerra em que militar não entra. *(Falsa cultura.)*

GUERRA NUCLEAR

♦ Se houver uma guerra nuclear, meu amigo, nem Deus te salva. Pior, nem Deus se salva.

GUIA

♦ Todo cego moral se julga um guia de povos.

GULAG

♦ Acaba de ser publicado na URSS um livro denunciando o Gulag brasileiro. O autor, Sojanotzy, diz que milhões de cidadãos vivem debaixo de um sol de 50 graus à sombra, em condições terríveis de insalubridade e higiene, alimentando-se com ratos ocasionais. Esses cidadãos, sem julgamento, foram condenados à liberdade perpétua (desde o nascimento) nesse local, e o pouco que ganham lhes é arrancado por uma das cem loterias estaduais e federais. Simultaneamente, pra não se revoltarem, são doutrinados com teorizações charmosas sobre religião e os extraordinários valores humanísticos do capitalismo, enquanto veem, ininterruptamente, telenovelas multicoloridas e filmes de propaganda sobre os milagres da nossa agricultura. *(1981)*

GURU

♦ Já pensei em fundar uma religião, mas tenho medo de que me sigam.

H

HABILIDADE
♦ O máximo de habilidade político-econômica é a desses caras que se locupletam no capitalismo entrando pela esquerda.

♦ Um governo fascista só consegue sobreviver quando não se esquece de corromper também as maiorias, i.e. dar pão e circo ao povo.

HABITAÇÃO POPULAR
♦ Habitação popular é uma casa sem portas e em que não se podem colocar janelas por não haver paredes.

HÁBITAT
♦ Eu não vivo num espaço geográfico. Vivo num espaço linguístico.

♦ Repito pela última vez: quem tem titica na cabeça não deve morar em país tropical. *(1971)*

HÁBITO
♦ Dizem os áulicos que, atacado a picareta na praça Quinze, o Sir Ney nem estremeceu. Conhece muito bem o que é picaretagem. *(1987)*

♦ O hábito não faz o monge – mas faz a mulher.

♦ O hábito não faz o monge. Mas a falta dele desfaz o monge.

♦ Sou corriqueiro todo dia, costumeiro às vezes, ocasional só de quando em quando.

HADDOCK
♦ O *haddock* é um bacalhau que venceu na vida.

HAI-KAI
♦ O Hai-Kai é um verso tradicional japonês. De cada três dois têm chorão. O outro tem vagalume. *(1961)*

HAMLET
♦ Reescreva o primeiro ato do Hamlet, negando a existência da alma e, consequentemente, eliminando o fantasma do pai do Hamlet. *(Lições para teatrólogos potenciais. 1962)*

HAPPENING
♦ Mais um *happening* com a visível intenção de chocar. Como não sou galinha, não me choco. E me pergunto; ainda haverá audácias? Esse "artista" não vai ficar humilhado com a afronta de uma aceitação tranquila? *(1987)*

HAPPY END
♦ Depois do *happy end* é que começa o quebra-pau.
♦ Você gosta de cinema-novo-sujo-videoclipado-avã--garde, tudo que é avã-çado. / Eu só gosto de filmes / Em que, no fim, / O mocinho é castigado.

HARMONIA
♦ Apesar de tudo que se diz por aí há muitos casais em que marido e mulher jamais discutem. Na verdade nem se falam.

HEGEMONIA
♦ Uma hegemonia de fracassos. *(Novos coletivos.)*

HERANÇA
♦ Jacqueline herdou de Onassis 100 milhões de dólares. Eu, se fosse ela, contava. *(O Pasquim. 1975)*
♦ O pai lhe deixou tudo que tinha: a barriga, a careca e a estupidez.
♦ A miséria é hereditária. É muito comum os filhos deixarem os pais na miséria.
♦ Herança é o que os descendentes recebem quando o cara não teve a sabedoria de gastar tudo antes de morrer.

HERDEIRO
♦ E como dizem lá os portugueses; quem faz herdeiro cedo, não morre tarde.

HERESIA
♦ O sacerdote deu uma topada e fez-se um silêncio cheio de heresias.

HERMETISMO
♦ Ver para crer é um conceito cético totalmente hermético para os cegos.

HÉRNIA DE DISCO
♦ Hérnia de disco: aparece quando você faz muito esforço pra quebrar discos *heavy-metal*.

HERÓI
♦ Herói é o que não teve tempo de fugir.
♦ Ninguém é herói pro seu criado de quarto. Mas quem não tem criado de quarto como é que pode saber?
♦ Ninguém é herói pro seu criado. Mas tá assim de criados pro seu herói.
♦ Olhando esses heróis, todos falando em paz e amor, eu penso: se vencessem, como seriam? Vi um deles, gritando, no Rio: "Eu quero dar um banho de sangue nesta cidade!" Era a mesma ideia do Burnier. Sem a "má consciência" da direita. *(Entrevista.* Revista 80. *1981)*
♦ Alekos Panagulis, o *Homem,* de Oriana Fallaci, o super-herói grego, era um admirador do *If*, de Kipling, tinha esse poema enquadrado como qualquer executivo argentário e mercantil. Heróis nunca me iludiram.
♦ Em todo o mundo praticamente apenas oficiais são vistos com o peito cheio de medalhas. A razão é óbvia: só soldados perdem as batalhas.

HERÓI INCÔMODO
♦ Diante do herói incômodo só resta um recurso – fuzilá-lo e erguer-lhe um monumento.

HEROICOS
♦ Há muito tempo que não aguento mais o cara que fala de sua biografia como exilado, subversivo, preso, ou que, advogado, "sempre defendeu os perseguidos pela ditadura". E até agora não vi um só advogado que tivesse passado toda a ditadura corajosamente nos processando. *(1986)*

HERPES
♦ Herpes: bolinhas chatas que em geral atacam as partes pudendas. Pudendo ou não pudendo, o melhor é evitar contato sexual com gatos e sapatos.

HIERARQUIA
♦ Deus não é democrata e muito menos comunista, É um aristocrata puro, que escolhe a dedo o seus preferidos. E acha que estes devem ser servidos por milhões e milhões de pobres – um subproduto de sua onipotência.

♦ General é um militar um galão mais suscetível do que um coronel.

♦ Não adianta; sempre resta uma divisão de classes mesmo entre os que levam uma vida de cachorro.

♦ No mundo da corrupção você só pode se considerar triunfante quando deixa de ser subornado e passa a subornar.

♦ E como dizia Luís XIV pra madame Pompadour: "Afinal de contas, na tua vida, eu sou o Luís quinze ou o Luís dezesseis?"

HINDUS
♦ Certos líderes brasileiros continuarem com prestígio nos faz entender os hindus adorarem as vacas.

HIPERINFLAÇÃO
♦ Hiperinflação é puxar a nota de 500 pra pagar a conta de 50.

HÍPICA
♦ O homem é um animal que o cavalo põe em cima pra ganhar o Grande Prêmio.

HIPOCONDRIA
♦ Hipocondria: enfermidade congênita que faz que com a pessoa tenha medo de cavalo.
♦ O hipocondríaco procura doenças pros seus remédios.
♦ O máximo da hipocondria é sofrer de epidemia e neurose coletiva.

HIPOCRISIA
♦ Elogios em penca ao general Golbery do Couto e Silva. Meninos, não é com esse tipo de morto que vamos construir a nossa eternidade.
♦ O canto da sereia, as lágrimas de crocodilo, o riso da hiena, tudo que é traiçoeiro e falso o homem colocou nos animais, o homem tão falso e traiçoeiro. *(Antes que alguém pergunte: sereia é animal?)*
♦ "Foi impossível evitar" – como diz o cara que gozou à beça com o que fez.
♦ A hipocrisia já é um progresso ético.
♦ Ah, o conforto do combate "de ideias", "nobre" e "alto", que não personaliza nada, portanto não culpa ninguém, não mata nem esfola.
♦ Quem me mostra um trabalho, e pede que eu seja absolutamente sincero, é um hipócrita e faz de mim outro.
♦ Tão confiável quanto o catolicismo do banqueiro que se persigna ao passar pela porta da igreja.
♦ Não há maior estímulo do que a adversidade, dizem inúmeros filósofos que, vivendo à custa do poder, jamais passaram necessidades.
♦ Todos, hipocritamente, condenamos a hipocrisia. E somos todos, em grau maior ou menor, sólidos hipócritas. Essa hipocrisia vai do "bom dia!" que damos ao maior safado da paróquia quando o que lhe desejamos é um dia em que chova canivete, até a hipocrisia do puxa-saco que escreve artigo dizendo que o discurso do ministro da Fazenda pros banqueiros de Nova Iorque foi considerado uma

das maiores peças de oratória já pronunciadas na Matriz. Mas, a não ser no caso em que ela adquire esse caráter extrapolado (epa!), a hipocrisia é necessidade fundamental na vida humana. Extinta, o que a substituiria: a franqueza, pura e simples? Assustador! A hipocrisia foi criada pelo gênio da humanidade como compensação à própria humanidade, cujos arcanos são desumanos. O homem é o lobo do homem e, de passagem, o pescador do peixe e o abatedor do boi. Sendo nosso percentual de admiração e bondade muito reduzido – ou as próprias coisas no mundo não sendo boas, nem admiráveis – o que temos a fazer, pra não sairmos por aí dando urros, patadas, babando de inveja e fuzilando com olhares de ódio, é adestrarmos ao máximo nossa capacidade hipócrita, até aquele dia de perfeição em que passamos mesmo a achar o discurso do ministro da Fazenda em Nova York uma das mais brilhantes peças da oratória mundial. A hipocrisia é uma proposta humana pragmática, não um sentimento. Uma atitude em relação ao uso dos sentimentos, uma forma avançada do que o ser humano deveria ser e, não sendo, finge ser, até conseguir sê-lo. Sinceramente.

♦ Um sujeito verdadeiramente sincero vive sempre em pânico de que a qualquer momento descubram o hipócrita que ele é.

HIPOTENUSA
♦ A hipotenusa é o dobro do quadrado das hipóteses.

HIPÓTESE
♦ Um mal necessário não se transforma em um bem.

HISTÓRIA
♦ A história é dos vitoriosos, isso já foi muito dito. O que não foi dito é que a história é, mais que tudo, de quem tem os melhores historiadores. Os romanos, por exemplo, não iam chamar de finos e eruditos os países que, ocasio-

nalmente, os venciam. Nunca deram colher ao inimigo. Átila ficou na história como exemplo de monstruosidade e primarismo intelectual porque obrigou os romanos a pedir penico – e não tinha um bom *press-release*. Você conhece algum historiador huno?

♦ A história é uma loteria.

♦ Com o escândalo, a apuração dos crimes econômicos de Collor e PC e a consequente deposição de Collor, o Brasil vira mais uma página de sua história. Pra trás, como sempre. (*1992*)

♦ Esta é a *história* do ponto de vista de 1976, como todos sabem um ano que não aconteceu. Os personagens históricos, como também ninguém ignora, sempre foram inventados, apenas para que os jovens gastem a sua juventude se aprofundando no que eles não disseram, nem fizeram. Por isso não entrem em pânico se, de vez em quando, sentirem aquela estranha sensação do passageiro que viaja num avião sabendo que sua bagagem, com tudo que possui, viaja em outro. *(Peça* A História é uma istória. *1976)*

♦ História sem princípio, meio e fim? Só a própria história.

♦ A história é dos vencedores. O soldado que foi anunciar a vitória de Maratona correu 42 quilômetros. A história não registrou quanto correu o soldado que foi anunciar a derrota.

♦ A história é um tal tecido de mentiras que os colonialistas sempre conseguiram dar a impressão de que todos os países foram descobertos por estrangeiros.

♦ A História é um troço inventado por historiadores que não concordam com o que outros historiadores inventaram antes.

♦ A história é uma lenda, só que muito mais mentirosa.

♦ A história não é mais do que o viaduto do incompreensível para o insabido.

♦ A história sempre se repetiu. Mas, com a energia nuclear, possivelmente o que vai se repetir é a pré-história.

♦ Não tem História coisa nenhuma. Desde os Evangelhos (que, em princípio, nem são considerados História), baseados em fatos irreais, de tradição oral e, portanto, totalmente deturpados, até os fatos narrados pelos grandes historiadores do passado, como Heródoto ("O pai da História") e Tucídides ("A tia da História"?), nada há em que acreditar. Os dois últimos narram também coisas fantasiosas, de ouvir dizer, passando pela região em que os fatos aconteceram, quando passavam, cem anos depois. Para o estudo da história moderna há excesso de dados. Impossível sabê-la.

♦ O que importa não é a história. É o verbete da história.

♦ Tudo se perde, a justiça nunca é feita, a história só justifica e ratifica os erros, incongruências e *promoções* do presente e até se dá ao luxo, uma vez, de 1.000 em 1.000 anos, de desfazer uma injustiça. Só pra que os tolos digam que a verdade sempre aparece.

♦ História não é nada. O homem vive numa terra de ninguém, entre um passado que já era e um futuro que não vai chegar nunca. Os que pretendem ser guias do futuro, apóstolos, profetas, políticos, são todos magos de feira que apontam à multidão o glorioso caminho do Nirvana antes de morrerem com o crânio fraturado por escorregarem em cocô de cachorro. *(Carlos, personagem de* Os órfãos de Jânio. *1978)*

HISTÓRIA ISTÓRIA ESTÓRIA

♦ Escrevo istória – significando narrativa – como reação irônica à *fake-revolt,* que substituiu a palavra história por uma pior: estória. Por que tirar o *agá* inocente da primeira e trocar o *i*, que se pronuncia *i* mesmo, por um *e*, que se deve pronunciar *i*? Bom, mas esse negócio de homônimos-homófonos-homógrafos no Brasil é uma longa história-estória-istória.

HISTÓRICO INTERRUPTUS

♦ Todos os personagens da história do Brasil dos últimos

quarenta anos são fictícios, qualquer semelhança com pessoas vivas ou demasiado vivas sendo mera coincidência.

HOLOCAUSTO

♦ Na indecorosa mesa de negociações os russos declaram que podem matar 20 vezes cada americano. Os americanos sorriem, superiores, e retrucam que estão habilitados a matar cada russo 50 vezes. O que significa que os russos correm o risco de ficar 30 vezes mais mortos do que os americanos.

♦ Todo dia de manhã abro a janela, olho o mundo com supremo desdém e começo a contar: "10 – 9 – 8 – 7 – 6 – 5 – 4 – 3 – 2..." Um dia eu acerto.

HOMEM

♦ Nem Deus, nem lombriga / O homem é só / O resto de uma intriga.

♦ O homem é o câncer da natureza. *(1967)*

♦ O homem é o único animal que pensa que pode melhorar.

♦ O homem é o único animal que tem consciência de sua estupidez.

♦ O homem é um animal lúdico. Não descendesse ele do macaco. *(Do Estatuto da Universidade do Meyer. 1945)*

♦ Se o homem é a medida de todas as coisas (*Protágoras*), então o meu pau é o sistema métrico.

♦ O homem é o produto do meio. O meio é o produto do homem. O produto é um homem do meio. *(Alguns anos depois desta frase ter sido publicada, Sartre, em visita ao Brasil, disse exatamente a mesma frase. Não acredito que tenha me lido. 1961)*

♦ O homem é o único animal que tem netos.

♦ O homem, um animal, recebeu da natureza um cérebro imperfeito, que lhe filtra umas poucas verdades metafísicas (a noção da morte, por exemplo) que o fazem totalmente infeliz. Enquanto isso os animais perfeitos – com um cérebro que lhes impede a consciência de qualquer sentimento não animal – se divertem paca.

♦ O homem é o único animal não conformado com sua animalidade.

♦ O homem põe. E o publicitário cacareja.

♦ Os homens não fervem à mesma temperatura.

♦ Os homens não são iguais. São apenas feitos da mesma maneira.

♦ Todos os homens nascem iguais; e alguns até piores.

♦ Definição do homem:
Um bípede implume – Platão.
Um bípede ingrato – Dostoiévski.
Um bípede inviável – Millôr.

♦ Vinte mil dias tem de vida / Tem cem mil horas de amor / Um tempo infindo para o pranto / Tempo infinito pra dor / A dor é tudo / Em sua vida / Dói-lhe vir, dói-lhe partir / Dói-lhe até a alegria / Por saber que a vai perder / É só um homem / Que chega e vai / É só um homem que ri e cai / Nasce outro homem / Do amor de um homem / Pega o seu facho / E peito ao vento continua / O homem. *(*O Homem. *Música classificada entre as 10 finalistas do Festival de Música Popular da TV Record. 1967.)*

HOMEM / DEUS

♦ O homem é só um truque perverso /Do cara que inventou o Universo.

♦ Não somos a imagem de Deus. Somos apenas a sua autocrítica.

HOMEM / MULHER

♦ A guerra entre o homem e a mulher é eterna porque tem sempre alguém assinando a paz em separado.

HOMEM CORDIAL

♦ Os ecologistas vieram tarde; quando chegaram já estava completamente extinto aquele Homem Brasileiro, o cordial, se lembram? Parece até que era um só.

HOMEM DE BEM
♦ Os homens de bem não constroem impérios, apenas fornecem a argamassa.

HOMEM FELIZ
♦ O homem feliz não usava camisinha.

HOMENS DE NEGÓCIO
♦ Ali estão eles reunidos, naquela mesa farta, todos bem-vestidos, falando uma linguagem delicada e civilizada. E cada um sabe que o outro quer arrancar-lhe o fígado e sorri, e, enquanto sorri, o primeiro tenta apunhalar pelas costas o segundo, que sorri, e, enquanto sorri, derrama tranquilamente veneno no vinho do terceiro, que sorri, e, enquanto sorri, morde e come um pedaço da orelha do quarto, que gargalha, e, enquanto gargalha, derrama ácido nos olhos do quinto, que está a seu lado: são apenas homens de negócio.

HOMENS PÚBLICOS
♦ Ao contrário de outros problemas, os homens públicos que se apresentam na tevê não nos oferecem grandes dificuldades de interpretação – ouviu um, ouviu todos. Mas logo surge a primeira especulação; se todos se parecem tanto, como selecionar um para herói de nossas esperanças? Simples: olhando e escutando melhor. Aos poucos você descobre tiques, maneirismos, vocábulos preferidos, ideias remordidas, e percebe que tudo que lhe parecia exatamente igual – eram todos chineses – é oceanicamente dissemelhante. E percebe algo paradoxal: um homem público pode até não diferir nada dos outros, mas é profundamente diferente de si mesmo, dependendo do dia, da hora e da, ai!, pragmática. O ministro inflacionário de hoje pode ser o radical deflacionário de amanhã e o Baumgarten de agora pode ser o impoluto exigidor de desculpas da nação, na hora seguinte. Portanto, pra escolher seu homem público *cult*, examine primeiro: 1) Se você escuta realmente o que escuta. 2) Se você não é alérgico a

determinadas vozes. 3) Se ao ouvir as sublimes promessas do homem público você não está sendo atrapalhado pela descarga no banheiro da vizinha gorda.

HOMERO
♦ Homero escrevia às cegas com uma bengala branca, na areia. *(Falsa cultura.)*

HOMOSSEXUAL / HETEROSSEXUAL
♦ A verdade é que, olhado pelo prisma do homossexual, o heterossexual é uma aberração. (Ainda reprodutivo, pô, numa era de superpopulação!)

HOMOSSEXUALISMO
♦ Me parece mesmo que essa é a grave frustração e angústia do homossexualismo – a não reprodução, a ausência da continuidade. A imortalidade bloqueada. O sexo terminando, *sempre!,* no próprio gozo. Um orgasmo no vácuo. *(Mário. Peça É.... 1976)*

♦ Esse negócio de homossexualismo é antigo, antigo. Um famoso quiproquó entre Platão e Diógenes mostra bem isso. Mas em latim. Porque, em português, como é natural, foi pasteurizado. Compare o leitor: em português, Platão definiu o homem como "um bípede sem penas". Ao que Diógenes soltou um galo depenado na Academia de Platão dizendo: "Eis o homem de Platão". Em latim, a coisa é outra. Platão disse: *"Homo est animal bipes sine pennis"*. Ao que Diógenes, soltando o galo depenado, concluiu: *"Hic Platonis homo est"*. Concluam.

♦ Homossexualismo – urgências filolibídicas orientadas para canais fisiológicos sem função progenitiva.

HONESTIDADE
♦ A honestidade se afogou no lodo da corrupção e, como é clássico, só se salva se puxando pelos próprios cabelos.

♦ Honestidade: aquilo que nunca acreditamos que os outros tenham e os outros, por sua vez, não têm.

♦ Nunca, em nenhum momento de minha vida, cometi um ato intencionalmente desonesto. Qualquer pessoa que eu conheço é capaz de testemunhar isso – a respeito dela própria.

♦ Pensam, eles, que ser honesto é pobre, no sentido normal e no popular da palavra, confundem honestidade com fracasso e até com moralismo sexual. Não é não, juro por Zeus, um Deus mais antigo do que o deles. Apenas moralistas do bem público, antes de olhar pra eles, olhamos as mulheres deles. Quando ainda não viraram peruas são esplêndidas em seu trato, na indumentária, no todo visual *up-grade*, no gestual de oferecimento universal, no delicado perfume só sentido pelos que têm a permissão da proximidade. Joel Silveira sabia: "Bonita mesmo é grã-fina". *(1983)*

♦ Se você não tem cobertura prum bom golpe, o melhor é ser honesto.

♦ Descoberto afinal: a honestidade tem cura!

♦ O corrupto, ao mudar de ministro, nem por isso precisa mudar sua porcentagem.

♦ Basta olhar em volta pra ver que a honestidade não é coisa natural. Toda pessoa honesta tem um ar extremamente ressentido.

♦ O honesto é um amador que atrapalha fundamentalmente o trabalho dos canalhas, todos profissionais.

HONRA

♦ Marido que só fala em honra, já está meio desonrado.

♦ Na Idade Média, quando o sedutor era morto, a mulher tinha sua reputação reabilitada, e podia sofrer nova desonra. *(Composição infantil.)*

♦ Nas novelas de capa y espada a honra era valorizada no mercado de acordo com a habilidade do espadachim e a credibilidade da donzela.

♦ Declarou, com toda dignidade: "Admito perder tudo, menos a honra!" E continuou procurando.

HORA
♦ Cada vez há mais fortunas feitas entre o pôr do sol e o nascer do sol do que entre o nascer do sol e o pôr do sol.

HORA FINAL
♦ Quem vai desaparecer primeiro: o ovo ou a galinha? *(1971)*

***HORSE*-CONCOURS**
♦ General Figueiredo; enfim um presidente *Horse*-Concours. *(1982)*

HUMANISMO
♦ Sejamos cristãos – não há nenhum motivo pra tirar a vida alheia a não ser pra vingar um insulto insuportável, pra defender a honra ultrajada pelo cônjuge, pra ensinar uma lição a esse patife, por esporte, raiva ocasional, privação total de sentidos ou ato de terrorismo sem objetivo definido. *(1985)*

♦ Sou um humanista. Isso não significa ser bonzinho ou acreditar que o homem é bonzão. Significa apenas que aceito o homem como é – medroso, primário, invejoso, incapaz, acertando por acaso e errando por vaidade e ignorância: meu irmão. *(1983)*

HUMILDADE
♦ A comunicação moderna trouxe à luz da ribalta uma nova estrela, nova vedete no mundo do *show-business*: o/a profissional da modéstia e da humildade. Lá está ele, ou ela, voz suave, proposta total de paz, compreensão absoluta para com gregos e troianos, a humildade elevada à sua extrema potência. Lá está ele, ou ela, o/a milionário/a da renúncia, sempre candidato/a ao título de "um/a do(a)s dez mais humildes do ano". Considero Madre Teresa de Calcutá a maior vedete de nosso tempo. *(1988)*

♦ A humildade é uma espécie de orgulho que aposta no perdedor.

♦ Nunca uma paz tão intensa, tal sensação de silêncio e plenitude como quando estive pela primeira vez em Assis, em 1952. Fiquei pensando em São Francisco; ser humilde e santo ali era absolutamente fácil. Eu queria ver era no meio do tráfego de hoje. *(1965)*

♦ Pô, está bem que não me considerem um dos pilares da democracia. Mas não dá, pelo menos, pra me considerar uma lâmpada do quarto de empregada da nossa soberania?

♦ A humildade é irmã siamesa do cabotinismo.

♦ Mais tarde ou mais cedo chega o momento em que você tem que admitir que é apenas um pé de página numa página em branco.

♦ No fundo, no fundo, nossa pretensão ou humildade depende sempre do poder, importância ou tamanho do interlocutor.

HUMILHAÇÃO

♦ Ator em decadência me diz que, a esta altura da vida, aceita até papel higiênico.

♦ Por que será que eu vim ao mundo para sentar na última fila por trás desta coluna?

♦ "... e outros" é nossa inclusão humilhante na notícia sobre a reunião em que pensávamos ser tão importantes.

HUMOR

♦ O humor compreende também o mau humor. O mau humor é que não compreende nada.

♦ O humor é a vitória de quem não quer concorrer.

♦ Humorismo não deve ser confundido com a campanha do "Sorria sempre". Esse slogan é anti-humorístico, revela um conformismo incompatível com a Alta Dignidade do humorista. *(Do Estatuto da Universidade do Meyer. 1945)*

♦ O humorismo é a quintessência da seriedade.

♦ Precisamos aceitar que há nações com melhores humoristas, plásticos e escritores, melhores do que nós. Mas, como nação nenhuma tão desgraçada. Que digo eu?, engraçada. *(Do Estatuto da Universidade do Meyer. 1945)*

HUMOR NEGRO

♦ Quando uma ditadura se prolonga por muito tempo o humor adquire vida própria, escapa da mão dos profissionais, se torna negro.

HUMORISTA

♦ Todo humorista deve saber desenhar. Pintar não é fundamental. / Beber. Nunca tanto que perca o prazer do ato. / Dançar e praticar esportes, mesmo mediocremente. Nada torna uma pessoa de talento mais apreciável do que fazer algumas coisas mediocremente. / Em matéria de pecado não é preciso evitar, nem mesmo disfarçar, a cobiça pela mulher do próximo *(Do Estatuto da Universidade do Meyer. 1945)*

♦ Você aí, companheiro de profissão: uma coisa é ser o rei dos palhaços, outra coisa é ser o palhaço dos reis.

♦ Um humorista não solta o último suspiro – solta a última ironia.

♦ Eu não sou um grande humorista. Sou apenas o sujeito mais engraçado da família mais engraçada da cidade mais engraçada do país mais avacalhado do mundo.

♦ Ser comunista cristão, santo pecaminoso, atleta pensante, orador das massas na intimidade de uma alcova. Mostrar, como humorista, que nossa ironia ou gargalhada brota longe, no âmago do ser, e nos dá a liberdade de abusar desavergonhadamente de todo minuto de sol ou escuridão. A vida é um ato dinâmico ou não é nada. *(Exposição de Ziraldo. 1961)*

♦ Fiquem tranquilos: nenhum humorista atira pra matar.

HUNGRIA

♦ De todos os países que conheço a Hungria é o único que tem dois talentos *per capita*.

I

IATROGENIA
♦ Como dizem os médicos justificando a mancada: "Bem, um dia tinha que morrer!"

IATRONÚDIA
♦ Iatronúdia é a mulher que inventa doenças para poder ficar nua na frente do médico. Homem também tem essa compulsão quando vai a uma médica. Mas não pode ousar. *(Millôr é cultura. 1985)*

ICEBERG
♦ 1. A vida é apenas um quinto acima da superfície. 2. A morte é totalmente abaixo da superfície.
♦ Icebergs são montanhas de gelo que vivem no polo norte e só saem de noite pra atacar navios de luxo.

IDA E VOLTA
♦ A passagem de ida e volta é mais barata. Mas volta e meia tem alguém que não volta. Perde um dinheirão.

IDADE
♦ "Como é que o senhor, um geriatra de 37 anos, pretende saber tanto sobre a velhice? Eu tenho 60 anos e já esqueci todos os sintomas da juventude." *(Marília, personagem do filme* Últimos Diálogos. *1993)*
♦ Aos 80 anos continua viva e saudável. Perdeu só o colorido.
♦ As pessoas só começam a esconder a idade quando já não é mais possível.
♦ Conto e reconto e só chego a uma conclusão: eu sou

um moço precoce. Mas prometo: quando crescer vou ser ancião.

♦ Em matéria de idade você pode enganar – como dizia Lincoln – todas as pessoas algum tempo e algumas pessoas todo o tempo. Mas não pode enganar nove lances de escada quando o elevador está enguiçado.

♦ Já está na idade em que nem a cosmética nem a plástica lhe adiantam mais nada. O que precisa agora é de uma estaca.

♦ Por petulância ou exorcismo muitos usam a frase "Velho é o sujeito dez anos mais velho do que eu". Realista, consciente de meus anos, digo sempre: "Velho é o sujeito dez anos mais moço do que eu".

♦ Sexagenário bacano / Ainda banca / O ser humano. *(1957)*

♦ Só existe uma maneira segura de remoçar: é andar sempre com pessoas vinte anos mais velhas do que você.

♦ Tão velho que ainda lembra do tempo em que o cavalo de Troia era potro.

♦ Você só tem essa idade porque registraram a data do seu nascimento. Se não houvesse relógios, horas, dias, meses, anos, calendários, que idade você teria?

♦ De que serve mentir a idade se a tua cara já está tão cheia de cronologia?

♦ É, rapaz, você está realmente velho quando...: I) ...não acredita mais em amor à primeira vista mas prefere nem pensar em amor à última vista. II) acha que onze e meia já é madrugada. III) ...as mulheres te fazem confissões sobre outros homens. IV) ...diz menos "Vamos lá!" e muito mais "Não vale a pena". V) ...troca o *cooper* pelo massagista.

♦ Eu e ela nascemos na mesma data, motivo por que ela é cinco anos mais nova do que eu.

♦ Minha senhora, seus cabelos estão ficando brancos? Use senso de ridículo.

♦ Cortejar as mulheres? Depois de uma certa idade o cavalheiro pode apenas cortejar o ridículo.

♦ O homem tem a idade da mulher que está com ele.

♦ O médico lhe disse que o ombro doía devido à idade. E ele então ponderou: "Mas o outro ombro tem a mesma idade e não está doendo".

♦ O triste é quando o caçula dos 5 filhos completa 40 anos.

♦ Você está realmente velho quando...: I) ...uma mulher declara que vai te amar pelo resto da vida e você pensa (mas não diz): "Grande vantagem!" II) ...uma moça, com a maior naturalidade, te pega pelo braço pra ajudar a atravessar a rua. III) ...pensa em largar tudo e percebe que tudo já te largou. IV) ...verifica que quase todos os candidatos à Presidência são mais moços do que você. V) ...todos os teus amigos já tiveram seus quinze minutos de glória (na capelinha do São João Batista).

♦ Primeiro é a meia-idade. E aí a idade começa a encher.

IDADE DA RAZÃO

♦ Idade da razão é quando a gente faz as maiores besteiras sem ficar preocupado.

IDEAL

♦ O ideal do ser humano é nascer e morrer na mesma casa.

♦ O ideal é ter, sem que o ter te tenha.

♦ Há os que dão a vida por um ideal – e há os que dão um bocejo.

♦ Depois de bem ajustado o preço, só se deve trabalhar pensando no ideal.

IDEAL POLÍTICO

♦ Meu ideal político é – um governo que não se meta na minha vida.

IDEAL SOCIAL

♦ O meu ideal social sempre foi um capitalismo dirigido por socialistas. Ou vice-versa.

IDEALISMO

♦ Desconfio sempre de todo idealista que lucra com seu ideal.

♦ Repito: "Desconfio de todo idealista que lucra com seu ideal". Assim como também desconfio dos grandes homens (seres humanos) que se preocupam demais com os problemas da *humanidade*, causas distantes e misteriosas, e nem estão aí pro miserê em volta. Quer dizer, estou desconfiado de mais gente do que cabe nesta vã filosofia.

IDEIA
♦ A nobreza de uma ideia não tem nada a ver com o canalha que a exprime.

♦ Nasce uma ideia. Engraçada, bonita, originalíssima, ou, o mais comum, parecida com mil outras. Nascendo, cresce. E tende a surpreender. O que se considerava uma ideia com grandes possibilidades de desenvolvimento, torna-se medíocre, sem a menor capacidade de alterar o mundo ou de influenciar pessoas. Porém, uma ideia que nasceu idiota, inesperadamente adquire importância, cultura, poder. Isso pode acontecer porque a ideia, ela própria, desenvolveu qualidades insuspeitadas ou porque foi adotada por intelectual influente, que a apresenta a pessoas importantes, usa-a em locais de prestígio. São seres, as ideias, ah, são. Às vezes gregárias, aderem a outras ideias, funcionam com elas, ajudam ideias maiores e mais importantes, dando-lhes graça, ou força, ou simples apoio adjetivo. Outras vezes, ao contrário, tiram forças de outras ideias, se apoiam nelas para sua própria projeção e engrandecimento: ideias políticas. Algumas ideias vão longe, voltam falando línguas estrangeiras ou, mais comumente, vêm de longe, do distante do mundo ou do fundo do tempo, falando inglês ou latim, até que aprendem a língua local e atingem a gíria. Algumas vezes a velhice lhes dá sabedoria; outras as torna nitidamente senis, reacionárias; e, no entanto, não faz trinta anos!, eram ideias tão avançadas, chegaram a ser consideradas revolucionárias, foram proscritas. Às vezes, despercebidamente, algumas ideias morrem. Só se sabe disso quando alguém diz, por exemplo: "Quem não mata, esfola", e percebe que nenhum dos mais jovens sabe o que é isso. Existiu mesmo, essa ideia? Onde? Em que época? Mas, diferentes dos seres, não se pode dizer que as ideias morrem para sempre. Muitas ressuscitam. Mais fortes, mais adultas, dispostas a ir mais longe. E assim, aprofundadas, frequentando os bares na dicção estropiada dos bêbados, perfeitamente articuladas na linguagem sempre autovigiada dos intelectuais, popularizadas (gritadas) na conversa do ônibus repleto, reduzidas à sua expressão essencial nos monossílabos do surfista queimado de sol – elas caminham, as ideias, até o fim dos tempos.

♦ Ter uma ideia / É pôr a mão / Numa colmeia.

♦ A única maneira de jamais ter ideias ultrapassadas é não ter ideia nenhuma.

♦ Estranho é que o cérebro, feito essencialmente pra produzir ideias, exulte quando tem uma.

♦ Substituímos gratuitamente todas as nossas ideias adulteradas ou capturadas pelo inimigo. *(O Pasquim. 1973)*

♦ Em matéria de ideias raramente vejo uma pessoa bem-alimentada. Ou está com excesso de alimentação ou morrendo de inanição.

♦ Volta e meia a gente descobre ideias em grandes pensadores e fica triste porque já teve essas mesmas ideias e não deu a mínima, sabe por quê?, porque eram nossas.

IDEM

♦ Idem, que economia de palavras!

IDENTIDADE

♦ No dia em que descobriu que era brasileiro nato teve um ataque de nervos.

♦ Quem é que eu sou? Como me espanto! Já não sou quem eu fui. E já não me revolto. Fiz três revoluções, todas perdidas. A primeira contra Deus, e ele me venceu com um sórdido milagre. A segunda com o destino, ele me bateu,

deixando-me só, com seu pior enredo. A terceira contra mim mesmo, e a mim me consumi, e vim parar aqui. *(*Veja*. 1968)*
♦ A fotografia de identidade identifica, de forma definitiva, a expressão que nada tem a ver comigo.

IDENTIFICAÇÃO
♦ Não se mede o bêbado / Pelo palavrão / Por briga inventada / Sem qualquer razão / Por não ficar de pé / E cair no chão. / Bêbado, meu rapaz, / É só quem não consegue / Beber mais.

♦ O medo tem olho humano / O ódio voz de paquera / O terror cara de gente / O amor fúria de fera.

♦ Personagens ilustres têm todos belos lustres e botas bem lustradas.

IDEOLOGIA
♦ Cada ideologia tem a Inquisição que merece. *(1969)*

♦ Na porta do Congresso um senador ausente fazia uma afirmação amarela pruma solidão repleta.

♦ No nordeste uma família que faz duas refeições por dia já é considerada pequeno-burguesa.

♦ Pior do que a patrulha ideológica só a picaretagem ideológica.

♦ Quando uma ideologia fica bem velhinha vem morar no Brasil.

♦ Se a tua ideologia não está dando, muda pra outra que esteja em alta no mercado.

♦ Vinte anos de governo ditatorial conseguiram convencer os miseráveis de que a fome e o analfabetismo são hereditários.

♦ A ideologia é o caminho mais longo entre o projeto e sua realização.

♦ A justiça só existe como ideal – levada ao tribunal é logo corrompida pelo invólucro da ideologia.

♦ Agora, que todas as ideologias falharam, só nos resta a cirurgia plástica.

♦ As ideologias são insaciáveis: cada vez exigem mais sacrifícios humanos.

♦ Coisa que não entendo é como é que certas ideias maravilhosas escapam da cabeça dos pensadores e conseguem viver por aí, anos a fio, soltas e efetivas, até serem abatidas pelos ideólogos.

♦ Com a ascensão das ideologias radicais virou reacionarismo ser justo.

♦ Não é prudente, nem econômico!, abandonar uma ideologia só porque saiu de moda. Pois ela é – no fundo – a própria moda. O que você tem a fazer é encurtar um pouco a bainha, mandar tingir de outra cor, alargar um pouco nos ombros, apertar aqui assim na cintura, colocar uns babados e, pronto! a ideologia está de novo ápitudeite; você pode sair à rua com ela. Ninguém vai notar que já está com mais de dez anos de uso.

♦ Não existe ideologia que controle um temperamento.

♦ O diabo é que todos os direitistas que conheço são muito mais direitistas do que dizem e todos os esquerdistas são muito menos da esquerda do que afirmam.

♦ O objetivo da ideologia é dar uma arrumaçãozinha no que acontece, apesar das, ou por causa das, ideologias.

♦ Toda ideologia tem que ser baseada em um orçamento.

♦ Tolas, loucas, travestidas, elas dançam e rebolam, as ideologias. Mas continuam, como desde o princípio dos tempos, a reboque da tecnologia.

IDIOTA

♦ O idiota é apolítico. Ou conservador. Ou alienado. Ou radical. Em política, como em tudo o mais, você não escapa do idiota. / No Rio a cor preferida do idiota é o bronzeado. Como é também a cor preferida dos não idiotas não procure identificar o idiota pela cor. / Muitos dos endereços de idiota estão num livrinho chamado "Nossa Sociedade" / Na psicanálise, entre o idiota que está no sofá e o que tem o diploma não há como distinguir. / Quando um idiota morre vai pro céu.

♦ Depois de certa idade o idiota nem tem graça.

♦ Não reclama, não: quando um cara quer te fazer de idiota, é porque encontrou material.

♦ Dizem que, quando um idiota morre num acidente, toda uma telenovela passa subitamente diante de seus olhos.

♦ Existe coisa mais apropriada do que o silêncio de um idiota?

♦ O idiota sempre vê uma besteira como uma obra-prima. E vice-versa. (Se é que existem besteira e obra-prima.)

♦ Quando você se sente um perfeito idiota está começando a deixar de sê-lo.

♦ Quando você, depois de muito esforço, consegue convencer um idiota com seus argumentos, bem, está na hora de mudar de ideia.

♦ Responda depressa: Quem cuida do id é idiota?

♦ Não há nada mais idiota que um idiota querendo bancar que não é.

♦ Quem diz que ninguém é perfeito é porque nunca viu um perfeito idiota.

♦ Se você responde a um idiota à altura, isto é, com a mesma espécie de idiotice, no fim de certo tempo sentirá a estranha sensação de estar participando de uma telenovela.

♦ Há muita besteira bem-dita, assim como há muito idiota bonito.

IGNORÂNCIA

♦ A mulher do gênio é sempre a última a saber.

♦ E dizer-se que os gregos não tinham horário nobre!

♦ O pouco que a gente sabe bota na vitrine. E o montão que ignora esconde no porão.

♦ Se não fosse a ignorância o que seria dos dicionários?

♦ Ali, na minha frente, enorme, essa enciclopédia que já consultei muito, milhares de vezes, que conheço muito bem.

E, no entanto, a maior parte dela eu jamais conhecerei. Ali, também, na minha frente, minha filha.

♦ Ignorância é o que todo mundo tem na mesma proporção, só que em outra coisa.

♦ Já esqueci tanto do que soube que vivo atemorizado pela ignorância que me espera.

♦ O Brasil é o país mais maravilhoso do mundo. Mas o mundo não sabe.

♦ *Observação sobre a superioridade da ignorância*: O avião bateu feio no chão, um senhor impacto: chegou a quicar no ar, inclinou-se perigosamente pra direita durante um certo tempo. Uma manobra desesperada deu-lhe uma volta de quase 180 graus e, já com a amurada do cais à vista, freou súbita e violentamente: o trem de aterrissagem partiu-se no choque, o motor da esquerda pegou fogo, a asa do outro lado pendeu quebrada ao meio, começando também a pegar fogo. O pajé, voando pela primeira vez na vida, achou tudo normal e divertido, não compreendendo a reação dos outros passageiros. Só muito tempo depois, quando lhe explicaram que normalmente o avião não pousava assim, foi que começou a tremer.

♦ **Quem não sabe, acredita.**

♦ Ignorar é a única defesa possível contra a ignorância.

IGREJA

♦ A Igreja Católica perdeu pontos com a venda das indulgências. E se avacalhou de vez depois que passou a vender falsificações da cruz – bijuterias – pra turistas.

IGUALDADE

♦ Todos os homens nascem iguais. Incluindo, naturalmente, os descendentes do Bradesco, os sobrinhos do Matarazzo, os netos do Pignatari e os primos dos Monteiro de Carvalho. *(1980)*

♦ A igualdade entre os seres humanos termina na maneira como são feitos.

♦ Absolutamente justas todas as reivindicações femininas e feministas. Afinal, na campanha que fazem, as mulheres têm provado exaustivamente que são tão incapazes quanto os homens.

♦ Deixemos de bobagens / Constitucionais / Nem mesmo as éguas / São eguais.

♦ Está bem, concordo com vocês, democratas, que todos os homens são iguais. Mas e esse que sempre esquece de levantar a tampa da privada?

♦ No Brasil todos nascem iguais perante a Dívida Pública.

♦ O sol nasce para todos: para os 99% que vão dar duro o dia inteiro e para o 1% que está saindo das boates.

♦ Todos os homens são iguais perante a ausência de leis.

♦ Canalha! Vagabundo! Miserável! Invejoso! Ambicioso! Vaidoso! Mesquinho! Meu semelhante!

♦ Pra quem não foi bem nascido, isto é, rico, bonito, brilhante ou muito simpático – tudo, afinal, formas de aristocracia – resta apenas lutar ferozmente pela igualdade. Que igualdade, cara pálida?

♦ Todos os homens nascem livres e iguais. Depois é que são elas.

♦ Está bem, eu sou bem mais velho do que você; mas dentro de poucos anos ambos seremos do século passado. *(1993)*

♦ Sou um realista: exijo injustiça igual pra todos.

♦ Todos os homens nascem iguais perante a lei; isto é, fracos, idiotas, prontos para serem usados pelo poder vigente (qualquer que seja o Poder e qualquer que seja o Vigente).

IGUALITARISMO
♦ Numa sociedade igualitária e sexualmente liberada, quem come as velhas?

ILHA
♦ Nenhum homem é uma ilha a não ser quando devidamente registrado no serviço de cartografia da Marinha.

♦ Ilha é um pedaço de terra cercado de água por todos os lados. Mas até que tamanho? Os continentes também são cercados de água por todos os lados.

♦ Ilha é um pedaço de terra cercado de definições por todos os lados.

ILUSÃO

♦ Nem tudo que reluz é ouro. Pior, nem tudo que embaça é prata.

ILUSTRAÇÃO

♦ Quando acabou sua dissertação sobre dignidade ilustrou-a puxando catarro e dando uma cusparada para o lado.

IMAGEM

♦ Os estudantes dos males do mundo deveriam olhar com mais cuidado os desenhos infantis – há sempre um sol brilhando, mesmo que o dia seja tempestuoso.

♦ "Tenho que preservar minha imagem" – como diz o velho palhaço traçando uma linda boca sobre a boca sem dentes.

IMAGINAÇÃO

♦ Quando falamos mentimos muito, porque nossa imaginação é muito mais rápida do que nossa memória.

♦ Só a imaginação destrói para a eternidade.

IMAGINAÇÃO (FIM DA)

♦ Que é que nós podemos inventar, superior a isso? Sheiks (que agora se chamam xeques) revolucionando o mundo sem largar seus albornozes e seu reacionarismo, as superpotências sem saber o que fazer do superindividualismo de alguns contestatários e terroristas, os super-ricos cada vez mais apavorados pelo homem-comum que pode ser o sequestrador de seu neto, superaviões que vagam pelo mundo como imensos fantasmas sem ninguém que os compre e, agora, sem gasolina que os mantenha, superpresidentes apanhados roubando tostões do povo. É isso aí, bicho, não adianta quebrarmos a cabeça para inventarmos nada. Quando abrimos os jornais as coisas estão lá, mais fantásticas do que nosso melhor momento de imaginação. Repito: os dias do ficcionista estão contados. *(1974)*

IMANTAÇÃO
♦ Há certas mulheres que acabam ficando bonitas de tanta gente (e de tanto a gente) dizer que são.

IMEDIATISMO
♦ O elogio deve ser feito logo, antes que a pessoa te dê motivos do contrário.

IMITAÇÃO
♦ O mal do imitador é que ele continua a imitar alguém que já deixou de ser assim.

♦ Probidade verdadeira tem muito pouca no mercado. Mas tá assim de xerox!

♦ Antigamente a vida imitava a arte. Hoje imita os enlatados da televisão.

IMOBILIÁRIA
♦ E aí, no oitavo dia, o demônio fez o quarto e sala conjugado, de fundos, com vista para o pátio interno.

IMOBILIDADE
♦ "Quanto mais tudo muda mais tudo fica no mesmo", repetia o cara vendo tudo mudar e continuando no mesmo.

IMOBILISMO
♦ Deem-me um ponto de apoio e prometo que não moverei o mundo.

IMORTAIS
♦ Lamentável a displiscência com que falecem os imortais, desmoralizando o conceito dos que ficam.

IMORTALIDADE
♦ Concordo com Sir Ney em que ele será lembrado muito

tempo depois que Kennedy, De Gaulle e Churchill tiverem sido esquecidos. Mas não antes.

IMPACIÊNCIA
♦ Impaciência, teu nome é sinal de tráfego.

IMPASSIBILIDADE
♦ O cara que fica impassível quando outro o esculhamba é porque já tem uma boa resposta.

IMPEDIMENTO
♦ Eu até não me importaria de ir pro céu se não tivesse que ir de caixão.

IMPERÍCIA
♦ Junto do braseiro tem gente que nem se aquece; mas sapeca a roupa. *(À maneira de Guimarães Rosa.)*

IMPOLUTO
♦ Sou um homem acima de qualquer corrupção das que já me ofereceram até hoje.

IMPONTUAL
♦ O impontual acha que nunca é tarde prum encontro.

IMPONTUALIDADE
♦ Sou absolutamente pontual. Mas às vezes chego em certas reuniões com meia hora de atraso só para dar aos amigos o agradável prazer da minha ausência.

♦ Mulher tão impontual que no dia do casamento o noivo teve que se masturbar. *(1961)*

IMPORTÂNCIA
♦ Nós, os humoristas, temos bastante importância pra ser presos e nenhuma pra ser soltos. *(Em* O Pasquim, *durante a repressão crescente nos anos da ditadura.)*

♦ Eu me pergunto: é todo mundo assim mesmo ou é a minha presença que faz todo mundo parecer tão importante?

IMPOSSIBILIDADE

♦ Não adianta tentar escapar. Um dia a televisão te pega e te entrevista.

♦ É preciso mesmo muita fé e muito otimismo pra, com uma inflação de 1.000% ao ano, continuarem a nos falar numa nova era de liberdade e justiça.

♦ Tem razão o prefeito Marcello Alencar; como pode um homem conservar seus princípios com a cachaça ao preço que está? *(Sobre um prefeito do Rio cujo maior feito era o extraordinário consumo da referida bebida. 1991)*

♦ A impossibilidade é a possibilidade que não pode comparecer.

♦ Não se esconde a luz na escuridão.

♦ Velhos milicos da ditadura voltando a falar em endurecimento. Mas não vão conseguir nenhum levante.

♦ Quem vai ser rei nesta terra de cegos, se ninguém tem um olho?

♦ Querer combater a inflação sem desemprego é o mesmo que querer decapitar os inimigos sem derramamento de sangue.

IMPOSSÍVEL

♦ O impossível acontece. *(Título de seção semanal, publicada entre 1946/1963, na revista* O Cruzeiro.*)*

♦ O inacreditável é crível / Mas o impossível / Não é possível.

IMPOSTO

♦ Antigamente os moralistas diziam: "Do mundo nada se leva". O *Imposto de Transmissão Progressivo* acrescentou: "Nem se deixa".

♦ Imposto de renda – o que tira o supérfluo do insuficiente.

♦ Imposto de renda: nunca tantos deveram tanto a tão poucos.

♦ Os impostos no Brasil são tão injustos que o cidadão pensa em sonegá-los mesmo quando está na miséria.

♦ Querer que o cidadão pague impostos voluntariamente é esperar que um carneiro se apresente voluntariamente pra ser tosquiado.

♦ Em todo o mundo, em todos os tempos, mesmo os cidadãos mais honestos não se sentem desonestos quando tentam fraudar taxas e impostos. Isso se deve à consideração mais ou menos internacional de que todos os governos são desonestos e... impostores.

♦ Imposto de renda – sistema de tirar dinheiro de quem não consegue escapar.

♦ Imposto é aquilo que se fosse facultativo eles iam ver só uma coisa.

♦ Imposto é uma quantia com que se compra nada.

♦ Pegou fogo o edifício do imposto de renda. Os lucros foram incalculáveis.

♦ Quando chegar a hora dos humildes herdarem o Reino dos Céus, o imposto de transmissão vai ficar com mais da metade.

♦ Vem aí o imposto *do solo criado*. Depois, naturalmente, teremos a taxa da *água imaginária* e do *esgoto suposto*. Tudo isso, é claro, pra que o *Estado Ideal* possa pagar a *limpeza urbana fictícia*, a *segurança inexistente*, o *transporte ilusório* e a *educação quimérica*. É por isso que eu digo; este é o *país dos meus sonhos*! *(1982)*

♦ Num sistema de autoproteção que procura se reforçar e ampliar, os impostos sociais, sobretudo o de renda, são fictícios para os ricos e reais e esmagadores para os pobres. Pode-se falsificar e glosar de mil maneiras diferentes a escrituração de uma empresa. Até hoje ainda não apareceu o gênio capaz de falsificar um salário.

IMPOSTO DE RENDA
♦ O imposto é injusto. A renda ainda mais.

♦ Está na hora de declarar o Imposto de Renda. Vai começar o jogo de esconde-esconde.

IMPOTÊNCIA
♦ Impotência, quantas legislações se cometem em teu nome!
♦ O pior não é morrer. É não poder espantar as moscas. *(1967)*

IMPRENSA
♦ Está bem, concordo que a imprensa está mesmo cheia de elementos de esquerda. Mas infiltrados por quê? Em que papel, em que lei, em que constituição está escrito que a imprensa tem que ser de direita?
♦ Imprensa falada – que besteira! Quer dizer que eu sou o rádio escrito?
♦ O que prejudica a nossa liberdade de imprensa é a mania de certos cidadãos se defenderem quando são atacados.
♦ Você pode dizer que a imprensa é o resultado do meio, da sociedade em que se insere. Mas, às vezes, por força de um indivíduo ou de um pequeno grupo ela se eleva acima do meio e faz esse meio progredir. *(Entrevista.* Revista 80. *1981)*
♦ E vendo que os homens queriam tornar a imprensa um poder acima do Seu próprio, Deus fez com que eles inventassem os editoriais. E daí em diante ninguém mais se entendeu na Torre de Papel.
♦ Imprensa. Destinada a publicar todos os fatos, muitas vezes omite os principais. Toda a verdade é o lema apregoado, uma mentira como tantas que orgulhosamente veicula. Pretende esclarecer e – algumas vezes por pura incompetência – quase sempre complica. Dizendo-se isenta é totalmente partidária, não raro em proveito próprio. Dá aos amigos (quase) tudo, e aos inimigos a injustiça. Na pretensão de nos permitir uma melhor visão dos acontecimentos, todas as manhãs nos apresenta praticamente apenas as angústias do mundo para acrescermos às poucas que são inevitáveis vermos e ouvirmos com nossos próprios olhos e ouvidos. Na simples exposição e arrumação, que vai das grandes

manchetes aos anúncios e ao corpo 6 das mortuárias, eis toda uma escolha – e fabricação – de valores que o público leitor não percebe mas da qual participa como inocente útil. Voz de hoje, herdeira e guarda das informações de ontem, prenunciadora e formadora dos acontecimentos de amanhã, antecipa a História, pois é aí que a História vai buscar a maior parte de seus dados – e eis por que a História é cada vez mais confusa, mentirosa e/ou tola. Deveria ser sempre vigilante e destemida, mas adora os poderosos. E, não raro, cala e consente. Influente na paz, pode facilmente destruí-la com um noticiário negativamente interessado, com a cobertura de um crime político maldosamente deturpado, com informações corrompidas e participações equívocas. E, depois, não tem a menor influência para acabar com o malfeito, que se desenvolve fora de seu alcance, como nas guerras, que só terminam quando se esgotam recursos, fés, interesses e ideologismos que a (des)orientam e sobre as quais a imprensa pretende ter uma influência que quase nunca tem. Promove heróis falsos, esquece os verdadeiros, cansa rápido de qualquer causa nobre, é perspicaz por conveniência, caolha por temor, maledicente quando se pretende irônica. Hoje fala todas as línguas – são poucos, porém, os que a entendem. É lucrativa quando deveria apenas ser autossuficiente, apressada e leviana nos momentos em que mais deveria ser medida e ponderada, prepotente no exato momento em que ataca a prepotência – como é prepotente! Enfim, a mais perversa, falha e desonesta forma de comunicação e poder inventada pelo homem – excetuando, naturalmente, todas as outras.

♦ Imprensa é oposição. O resto é armazém de secos & molhados. *(O Pasquim. 1970)*

♦ Por que a imprensa continua tão respeitada? É a única indústria que não dá a menor garantia pelos produtos que vende – ficam obsoletos em menos de 24 horas.

IMPRENSA (1938)
♦ "No começo de 1945 começam os anos gloriosos da revista *O Cruzeiro* que um grupo de meninos levaria dos estagnados 11.000 exemplares tradicionais a 750.000, numa época em que a população do país era de 40 milhões (de pessoas bem melhor alimentadas do que hoje)." *(Entrevista. 1965)*

IMPRENSA (prepotência da)
♦ A opinião pública é aquilo que se publica.

IMPRESSÃO
♦ Como são admiráveis as pessoas que não conhecemos muito bem!

IMPREVISTO
♦ Como dizia meu avô, que não acreditava em santidade: "Como é que se impede um missionário, a caminho do céu, de ser devorado por um antropófago, a caminho do inferno?"

IMPROPRIEDADE
♦ A toda hora, a qualquer pretexto, o Executivo, o Legislativo e o Judiciário usam a palavra retroativo. Não gosto. É uma palavra bissexual, portanto ambígua. Para mim não tem curé – ou é retro ou é ativo.

♦ Responda depressa; quando um surdo-mudo faz uma conferência pra outros surdos-mudos, as pessoas que assistem podem ser chamadas de audiência?

IMPROVERBIALIDADES
♦ Deus dá o frio a quem não tem dentes / Ninguém é ferreiro em sua própria terra / Quem dá aos pobres não morde / Mais vale um pássaro na mão do que quem cedo madruga / Cesteiro que faz um cesto tanto bate até que fura / Em terra de cego vale mais quem Deus ajuda / Casa de profeta, espeto de pau / Quem sai aos seus não endireita mais.

IMPRUDÊNCIA
♦ A prudência resolveu morar em Brasília. Assim que chegou caiu num buraco.
♦ Quem vai ao médico por qualquer comichão está procurando sarna pra se coçar.

IMPULSOS
♦ Impulsos são essas coisas que a natureza nos dá pra nossa educação controlar.

IMUTABILIDADE
♦ Não adianta não: / Continuam solteironas / Apesar do que dão.

IMUTÁVEL
♦ É, há muita coisa a ser mudada, mas não se pode mudar tudo. Daqui a milhares de anos a coisa mais confortável pra gente se sentar ainda vai ser a bunda.

INADEQUAÇÃO
♦ O Tancredo com o Sarney a tiracolo me dá sempre a impressão do sujeito que vestiu a camisa por cima dos suspensórios. *(1984)*

INADIMPLÊNCIA
♦ Será que um país, como uma pessoa, de repente percebe que já gastou todos os seus dias de alegria?

INCAPACIDADE
♦ Não tenham dúvida – se os ricos pudessem inventar uma luz elétrica que só iluminasse os ricos, até hoje os pobres andariam no escuro.
♦ Nada do que é explicável me é compreensível.
♦ O povo brasileiro ainda não está preparado para comer.

INCENTIVO FISCAL
♦ Chama-se de incentivo fiscal a maneira que o governo descobriu para fazer com que os nordestinos pobres contribuam para diminuir o imposto de renda dos paulistas ricos. *(1979)*

INCERTEZA
♦ Os seguros aumentam na proporção dos incêndios ou os incêndios aumentam na proporção dos seguros?
♦ Tenho certas dúvidas, nenhuma delas certa.

INCOERÊNCIA
♦ Se o governo tem realmente tanta preocupação com a estabilização da nossa moeda, por que condena os grandes patriotas que a colocam em segurança absoluta em contas numeradas na Suíça?

INCOMPATIBILIDADE
♦ As pessoas que se separam por incompatibilidades na vida conjugal, mais cedo ou mais tarde descobrem que são incompatíveis sozinhas.
♦ Como ser uma pessoa de caráter ilibado sem ser um chato insuportável?

INCOMPETÊNCIA
♦ Vocês já observaram o refinamento, o cuidado, o extremo acabamento – e claro, o custo – com que, neste país, se exerce a incompetência?
♦ Muita gente aí continua vivendo por absoluta incompetência pra morrer.
♦ O país só não vai mais mal devido à absoluta incompetência do Figueiredo tornar as coisas pior. *(1983)*
♦ Pois é, estava eu aqui, tentando escrever sucintamente, talvez numa frase só, alguma coisa que exprimisse com exatidão o contexto político social em que vivemos. Mas não consegui, fracassei, desisti. Tenho que confessar humildemente: pra descrever com precisão e competência a atual situação do país é preciso um jornalista bem mais medíocre do que eu.
♦ Grande erro da natureza é a incompetência não doer.
♦ Tão incompetente quanto o anjo da guarda dos Kennedy.

INCOMPREENSÃO
♦ A maior parte das pessoas nunca soube do que é que se está falando.

INCOMUNICABILIDADE
♦ Um dos motivos fundamentais da falta de comunicação atual é a ausência de botões em cuecas, braguilhas e camisas esporte. Isso tornou impossível até o indivíduo pensar "com seus botões".

INCONFORMISMO
♦ Depois de se acostumar a viver durante cinquenta anos como é que querem que uma pessoa aceite a morte com tranquilidade?

♦ O pior mudo é o que quer falar.

INCONGRUÊNCIA
♦ E as pessoas que dizem que não bebem, e bebem Coca--Cola? *(Decálogo do bom bebedor. 1971)*

INCONSCIENTE
♦ Pro inconsciente / Amanhece pouco / E anoitece eternamente.

INCREDULIDADE
♦ E dizer que foram necessários milhares de anos de evolução da espécie pra fazer um animador de televisão.

♦ Não adianta aos 60 anos você mostrar a um jovem de 20 uma fotografia sua de 20. Ele não reconhece, nem acredita. Olha com o mesmo espanto com que você olharia se ele, de repente, sacasse do bolso uma foto de quando vai ter 60.

♦ Um por todos e todos por um. Hum!

INCURÁVEL
♦ A história torna o homem incrédulo, a poesia, indefeso, a matemática, frio, a filosofia, soberbo, a moral, chato. O homem não tem jeito nem saída.

♦ A doença se depura / Mas os preços não têm cura.

INDAGAÇÃO
♦ Indagação metafísica: "Você lava as mãos antes ou depois?"
♦ Você está lendo esta frase? Se não está consulte imediatamente o seu psicanalista.

INDECISÃO
♦ Estava indeciso entre votar no Galup ou no Ibope. Agora estou indeciso entre fumantes e não fumantes.
♦ Isso que fazemos com as palavras é jornalismo ou prestidigitação?
♦ O que é que faz um cara quando não tem coragem suficiente pra enfrentar nem covardia bastante pra correr?
♦ Políticos do PSDB têm curioso senso de oportunidade; ficam em cima do muro até a última hora e, quando não têm mais jeito, saltam pro lado errado. *(1990)*

INDICAÇÃO
♦ As bandeiras vermelhas nos postos de salvamento são a causa das grandes ressacas.

INDIFERENÇA
♦ O homem não se conhece / Porque isso não lhe apetece.
♦ O espelho não se importa / Se você se corta.

INDIGNAÇÃO SOCIAL
♦ Tenho enorme indignação social. Mas noutro dia, verificando todos os problemas sociais do país, e dividindo minha indignação por eles, vi que o percentual de indignação que sobrava pra cada um era muito pequeno. Botei meu calção e fui pra praia.

INDIGNIDADE
♦ De indignidade em indignidade você acaba um alto dignitário.
♦ Há um momento em nossa vida em que a gente sente que tudo está perdido, menos a indignidade.

ÍNDIOCENTRISMO
♦ O grupo de indígenas caminhava por dentro da selva virgem, em plena Amazônia, quando um deles, olhando entre as árvores, recuou, horrorizado: "Deus do céu! Antropólogos!"

INDISCRIÇÃO
♦ Certas coisas públicas não podem se tornar particulares.

INDISPENSÁVEL
♦ Ela é o ar que eu respiro. Quer dizer, fundamental, mas nem presto atenção.

♦ Ninguém é indispensável. Mas o pior é quando a gente percebe que é facilmente dispensável.

INDIVIDUALISMO
♦ A inferioridade do individualista é nunca poder transferir para a corporação as ofensas que lhe fazem.

♦ Só o indivíduo responsável – aquele que abre mão de seus direitos quando se trata de "inferiores" e luta assassinamente por ele contra as instituições – pode melhorar o mundo, a partir do vizinho e do dia a dia. Mas o indivíduo é combatido pelos *altruí*stas – que se iludem, em grupos em que a responsabilidade não é de ninguém, que lutam pelos *outro*s – que o chamam de *egoí*sta. *(Entrevista. Ceará. 1987)*

INDIVÍDUO
♦ Por favor, me combatam, mas não me comparem nem me misturem; não tenho nada a ver com o que fazem, dizem ou pensam os outros 6 bilhões.

♦ Chama-se de indivíduo um ser humano capaz de pensar por si próprio. Suspeito de liberalismo. Acusado até de humanismo.

INDUMENTÁRIA
♦ Um desses dias que se pode usar com qualquer roupa.

INÉRCIA
♦ A inércia é um peso nas costas que dificulta o andar. *(Composição infantil.)*

♦ Se você é mais forte não precisa ficar irritado. Se é mais fraco, que é que adianta?

INEVITÁVEL
♦ Não adianta discutir o inevitável. A única coisa a fazer diante de um pé d'água é abrir o guarda-chuva (quem tem) e procurar se molhar o mínimo possível.

INEXPERIÊNCIA
♦ Fiquei órfão com um ano de idade, quando não sabia nem aproveitar. Só as pessoas com mais de trinta anos sabem gozar devidamente a sua orfandade.

INFALIBILIDADE
♦ A infalibilidade do ministro deve ser sempre reafirmada por seus assessores, sobretudo nos momentos em que ele mais erra. *(Conselhos de sobrevivência para burocratas. 1985)*

INFÂNCIA
♦ Eu não gosto de contar vantagens, mas uma coisa posso afirmar: a minha infância foi tão maravilhosa quanto a de qualquer outro mentiroso.

INFELIZES
♦ Os pintores não pintam mais pelo prazer de pintar, esse esquecimento, esse gozo de seguir a linha, esse ato sensual de traçar mais do que deve, de pintar além do necessário, esse gosto tão grande, tão autêntico, pelo ato de fazer, de levar a arte até o estrago. Pois o importante não é a arte – é o artista. *(Exposição de Ziraldo. 1961)*

INFERIORIDADE
♦ Até hoje o Brasil ainda não produziu um único presidente digno de ser assassinado.

♦ Inferioridade mesmo é a da pessoa que fica arranjando desculpas para os erros que ainda não cometeu.

♦ Os tigres da contestação são mais fracos do que os carneiros da tecnocracia.

♦ Um dos maiores sintomas de inferioridade é o sujeito guiar sempre um pouco abaixo do limite da velocidade permitida.

INFERNO

♦ E esse calçamento do Inferno, senhor Diabo, quando é que o senhor vai trocar?

♦ O caminho do inferno já não está mais calçado de boas intenções. O diabo mandou refazer o calçamento com o patrocínio da Coca-Cola.

INFILTRAÇÃO

♦ A palavra pudibunda, por exemplo, contém palavra não pudibunda.

INFINITO

♦ Além do Nada ainda tem mais nada?

♦ O infinito é mais imenso do que a maior coisa que você já viu na vida. Fica muito mais pra lá e muito mais pra cá – e também pros lados – do que tudo que você e todos os seus conhecidos conhecem. Mas não adianta olhar pro infinito que você não vê, nem mesmo olhando pra baixo ou pra cima, porque o infinito não tem chão nem teto. No infinito você nunca chega a lugar nenhum, mesmo que ande a vida inteira. De modo que o melhor que a gente faz no infinito é ficar por ali mesmo. Eu posso até estar dizendo um pecado, mas acho que o infinito é maior até do que o amor de mãe. *(Composição infantil.)*

♦ De cem em cem mil anos o infinito faz um ano.

♦ O infinito é um triz / Que vive no eterno / Em traço de giz.

INFLAÇÃO

♦ A inflação tem suas compensações: o que você não tem agora vale muito mais do que o que você não tinha antes.

♦ – Alô, é do açougueiro? Me manda, por favor, 200 mil cruzeiros de alcatra. Se eu não estiver diz ao entregador pra enfiar por baixo da porta.

♦ A inflação corresponde, em economia, ao que os psicanalistas chamam de carência. Isto é, a pessoa tem excesso de uma coisa que lhe falta.

♦ A inflação está para a economia como a falsificação está para a moeda.

♦ Inflação – onde comem dois come um.

♦ Inflação é você ganhar de salário mínimo o que o Magalhães Pinto ganhava como presidente do Banco Nacional no ano passado. *(1970)*

♦ Inflação: onde comem dois já não come nem um.

♦ Vocês já repararam como em cada nota de mil a cara do Cabral parece mais e mais preocupada? E dizem que, na nova emissão, Tiradentes já vem com a corda no pescoço. *(*Liberdade Liberdade*. 1965)*

♦ Eu vi a inflação! É uma mula sem cabeça, montada por um jóquei bêbado, cavalgando em todas as direções ao mesmo tempo.

♦ Mistérios dos mistérios: o trabalhador ganha cada vez menos pra produzir coisas que custam cada vez mais.

♦ O governo tem que acabar com essa inflação, custe o que custar.

♦ Todo dia o custo de vida aumenta mais 2 cruzeiros em cada um.

INFLUÊNCIA

♦ As esposas que leem com demasiado interesse detalhes de crimes passionais correm o sério risco de ficar viúvas.

INFORMAÇÃO

♦ É comum as pessoas me perguntarem: "Deus existe?" A resposta é óbvia: "Pergunta a ele".

♦ Você já está com 30 anos e ainda não venceu na vida? Pô, você não leu a bula!

♦ Estranho, nunca lhe disseram que a Bastilha caiu?
♦ País fica maluco? País abre falência? País fecha? Pode-se penhorar a máquina de costura de um país?
♦ Basta nos darem as informações que nós tiramos as nossas próprias confusões.

INFORMÁTICA

♦ É espantoso como um *Compaq 486*, de *50 Mhz*, com 16 *Mb* de *Ram* e um *Winchester* de 1.2 *giga*, consegue ampliar a irracionalidade do usuário.

♦ A informática criou uma coisa realmente maravilhosa: erros cada vez maiores cometidos em espaços de tempo cada vez menores.

INGENUIDADE

♦ Nunca houve épocas ingênuas na história. Em matéria de sexo, por exemplo, a hipocrisia era total. Mas nos sótãos, nos porões e no fundo dos quintais os priminhos sempre encontravam maneira de se encontrar... mais profundamente. A verdade é que a população do mundo nunca parou de aumentar. *(Prefácio para* Memórias de um sargento de milícias. *1966)*

INGLATERRA

♦ Inglaterra, um império onde o sol nunca se levanta. *(1984)*

INGLÊS

♦ *Magnifying glass* – Copo magnífico. *(Traduções televisivas.)*

♦ Só me considerarei bom conhecedor de inglês no dia em que deixar de puxar as portas em que está escrito *push*.

INGRATIDÃO

♦ Só há uma maneira de evitar a ingratidão: jamais praticar nenhum bem ou fazer qualquer favor.

♦ O povo é sempre ingrato. Como é que tem coragem de fazer greve num governo que lhe dá o direito de greve?

INGREDIENTE
♦ Com uma dúzia de comunistas se fazem dez bons socialistas e ainda sobra material pra dois tremendos reacionários. *(1979)*

♦ Ninguém pode escolher; um ou é angu ou é farinha. *(Os vários pastiches de João Guimarães Rosa, deste livro, fazem parte de uma vocação natural minha. No tempo da revista* O Cruzeiro, *onde trabalhei 25 anos, costumava pastichar Rachel de Queiroz, Franklin de Oliveira, David Nasser – três reportagens deste foram escritas por mim, a pedido. Nos romances folhetins de Nelson Rodrigues, como* Meu Destino é Pecar, *era brincadeira usual minha introduzir trechos enquanto Nelson falava ao telefone. Quando ele voltava, lia o trecho introduzido, ria surdo – ah!, ah! – e continuava dali mesmo. Em 1969, a quase-totalidade dos redatores de* O Pasquim *presos, houve um número do jornal em que tive que escrever artigos de vários desses redatores, imitando seus estilos. A propósito: não se pode ser um bom tradutor – sobretudo em teatro – sem grande capacidade mimética. Senão, como traduzir ao mesmo tempo Shakespeare e Molière?)*

INIMIGOS
♦ Ah, se a gente pudesse estreitar certas inimizades!

♦ Três inimigos neste fim de noite: o telefonema insolente; a briga infindável do casal de baixo chegando cheia de ódio pelo pátio interno e o silêncio do telefonema que não veio.

INJUSTIÇA
♦ A Justiça é cega. Cega, surda, muda, perneta e cancerosa.

♦ Outra grande injustiça contra a qual não posso deixar de me manifestar: diminuiu muito, no país, a mortalidade infantil – mas a dos velhos continua a mesma.

INOCÊNCIA
♦ Alguns tecnocratas inocentes, perdidos em meio ao caos

econômico, me lembram sempre as virgens de Sodoma e Gomorra.

♦ Advogado tão canalha, que todos os seus clientes eram absolvidos. Os juízes partiam do princípio de que, para contratá-lo, só uma pessoa extremamente inocente.

♦ Essas pessoas que falam tanto na inocência das crianças, será que já nasceram adultas?

INOPORTUNIDADE

♦ Certas pessoas que falam mal de um filme como, por exemplo, *A Idade da Terra*, de Glauber, têm toda a razão, mas não têm o direito.

♦ Tem sempre alguém que grita por socorro no melhor da festa.

INOVAÇÃO

♦ No Brasil quem deve não teme.

INPS / AMOR

♦ O amor eterno existe. Basta um pobre-diabo tuberculoso final se apaixonar por uma pobre-diaba cardíaca final, enquanto esperam ser atendidos na fila do INPS.

INQUALIFICÁVEL

♦ Inqualificável é uma pessoa facílima de qualificar.

INQUÉRITO

♦ E quando o Senhor, suspeitando que Abel tivesse desaparecido depois de uma negociata com o cedro do Líbano, perguntou a Caim: "O que fizeste do teu irmão?", Caim respondeu a essa primitiva (e já ineficaz) CPI: "Ué, e por acaso eu sou o guarda-livros do meu irmão?" *(1977)*

♦ Um mundo insuportável: todo dia secas, furacões, enchentes, todo dia pestes, guerras e desastres! Mas dizem que Deus já mandou abrir um rigoroso inquérito.

INSATISFAÇÃO

♦ Você conhece alguém que não se queixe?

INSEGURANÇA
♦ Nesta altura da vida descubro, tristemente, que não tenho importância pra contratar um guarda-costas. E nem dinheiro pra comprar um cão policial.

♦ Dois trapezistas, em dois circos diferentes, caíram do trapézio e foram parar no hospital. A verdade é que ninguém mais se aguenta. *(*Correio da Manhã. *1961)*

INSIGNIFICÂNCIA
♦ Um general: "À noite, contemplando essas maravilhas do Universo, essa obra incomparável do todo-poderoso, bilhões e bilhões de astros brilhando a distâncias de bilhões e bilhões de anos-luz, é que podemos perceber a grandeza do infinito e a humildade, a pequenez, a insignificância dos civis!". *(Da peça* Os Órfãos de Jânio.*)*

INSINCERIDADE
♦ Todo mundo me dizendo que a vida está cada vez mais insuportável. Mas eu quero ver quem salta primeiro.

INSISTÊNCIA
♦ Já tentei tudo, mas tudo nunca quis nada comigo.

INSÔNIA
♦ A melhor maneira de evitar a insônia é cair no sono.

INSPIRAÇÃO
♦ A inspiração é uma deficiência psicológica que ataca artistas amadores.

♦ Você quer mesmo ser um grande artista? Então feche bem a boca e respire fundo dez vezes, o mais fundo que puder. Pronto, você já está cheio de inspiração.

INTERPRETAÇÃO
♦ No Nordeste, o axioma "Quem vai na chuva é pra se molhar" é considerado poesia abstrata.

INSTITUCIONALIZAÇÃO
♦ Uma vez que o privilégio é institucionalizado a canalhice vira religião.

INSTRUÇÃO
♦ Um pobre-diabo sem instrução acaba batedor de carteira. Mas, com grau universitário, esse mesmo homem poderia dirigir a carteira do comércio exterior.

INSTRUMENTO
♦ O ser humano é o maior instrumento de sopro.

INSULTO
♦ Intelectualmente *lento*, moralmente *ligeiro*, politicamente *devagar;* qualquer dessas velocidades é um insulto.

INSUPORTÁVEL
♦ E me diz aí: como é que você reage a um cara que não diz nada, mas te escuta com ar de infinita paciência?

♦ O desespero até que é uma boa. O que eu não aguento mais é essa esperança. *(1984)*

INTEGRAÇÃO
♦ Que pena o Brasil não ser em preto e branco!

INTEGRIDADE
♦ Quando alguém a teu lado começar a falar em integridade intelectual, princípios morais inatacáveis e conduta exemplar, cuidado com a carteira.

INTELECTUAL
♦ O intelectual é a empregada doméstica dos poderosos.

♦ A secretária que te atende e, em vez de "Espera um pouco", diz "Aguarde um instante", já se acha uma intelectual.

♦ Afinal, descobriu-se pra que serve um intelectual: pra emprestar respeitabilidade às bundas das revistas masculinas.

♦ Pro homem da rua, intelectual é uma coisa bastante longínqua, incompreensível, e, claro, meio bicha.

♦ Quando um intelectual para de falar parece que está desempregado.

♦ A única maneira de um intelectual ficar tão importante quanto um milionário é ostentando total desprezo pela riqueza.

♦ Intelectual é um cara capaz de chamar a galinha em meia dúzia de línguas diferentes, mas pensa que quem põe ovo é o galo.

INTELIGÊNCIA
♦ Vendo o gigantesco número de invenções, descobertas, pesquisas e criações do mundo moderno fico espantado com a vastidão da inteligência humana. Algumas vezes chego mesmo a admitir que a inteligência humana é quase tão vasta quanto a tolice.

♦ Grande prazer de um homem inteligente é bancar o idiota diante de um idiota que banca o inteligente.

♦ Vê se pega: é melhor ser inteligente do que ser rico, mas é melhor ser rico do que ser burro.

INTENÇÕES
♦ O Perfeito Liberal tomará todo cuidado para jamais ser peremptório – nunca dirá expressamente sim ou não. Mas nos olhos verdes demonstrará sempre suas intenções políticas profundamente cristãs. *(Vade-mécum do Perfeito Liberal.)*

INTERESSE
♦ A opinião de qualquer pessoa me fascina quando começa a falar de alguma coisa. E me enche, quando começa a falar de tudo.

♦ As coisas do interesse de todos quase sempre não interessam a ninguém.

INTERMEDIÁRIO
♦ O doente sempre se cura sozinho. A natureza produziu o médico apenas pra mandar a conta.

INTERPRETAÇÃO
♦ Mais difícil do que interpretar nossa situação econômica é interpretar uma interpretação econômica da nossa situação econômica.

INTERROGAÇÃO
♦ O cara que inventou o ponto de interrogação, esse sim, pode dizer que acabou com todas as dúvidas.

INTERVALO
♦ Depois de não existir nunca e antes de desaparecer para sempre, a gente vive um pouco.

INTIMIDADE
♦ Eu sou a soma do quadrado dos catetos. Mas pode me chamar de hipotenusa. *(Poesia matemática.)*

♦ O mal de prender muito o facínora é que ele fica íntimo do delegado.

♦ A honestidade faz requerimento, marca hora, e espera na antessala. A corrupção vai pelo atalho, passa pelo portão dos fundos, evita o elevador, sobe a escada secreta, encontra a porta sem nome – e entra sem bater.

♦ Ao tirar a roupa, a admiração mostra o corpo malfeito da intimidade.

♦ Os ingleses têm razão: *"Familiarity breeds contempt"*, a intimidade gera descaso (eu diria, o tédio). Um problema sério, pois a falta de intimidade é ainda pior – não gera coisa nenhuma.

INTRODUÇÃO
♦ A *introdução* de livros existiu desde sempre e, a partir da invenção do puxa-saquismo, passou mesmo a ser indispensável em obras literárias e científicas, dedicadas invariavelmente ao Príncipe de plantão.

INTROMISSÃO
♦ Está bem, não sou religioso, sei que a administração do Banco Ambrosiano é um desastre, sei que a fé anda em baixa, mas sou frontalmente contra o papa privatizar o Vaticano. *(1980)*

INTROSPECÇÃO
♦ Banheiro: aqui, neste palco em que somos os únicos

atores e espectadores, neste templo que serve ao mesmo tempo ao deus do narcisismo e ao da humildade, o ser humano encontra sua mais íntima expressão, seu último espelho – que é o propriamente dito. Xantipa, que diabo, me joga essa toalha! (*1960*)

INTUIÇÃO
♦ A intuição é uma disciplina que não foi à escola.

INUTILIDADE
♦ A sabedoria, se é que existe, nos permite apenas antecipar nossa próxima besteira.

♦ De que vale você dizer que tem 40 anos se teu rosto tem 60 de biografia?

♦ Esse Hawkins, falando em milhões de buracos negros do Universo, me dá uma vontade enorme de não fazer mais nada.

♦ Jamais fale a seu próprio respeito. Quando você sair os outros se encarregam disso.

♦ Quando você casa com a amante, bem, o adultério não valeu a pena.

♦ Tudo é igual a tudo, mas a distância é grande.

♦ Tudo é inútil, inclusive dizer isso.

♦ De nada lhe adiantará o horóscopo ser a seu favor se a bala perdida for contra.

♦ Se você duvida de que os homens são idiotas, basta dar uma olhada na ponte Rio–Niterói. Milhares dos que moram do lado de cá indo pra lá e mais milhares dos que vivem do lado de lá vindo pra cá. Quando termina o dia, os milhares que moram do lado de lá voltam pra lá e os milhares que moram do lado de cá saem de lá pra voltar pra cá. Por que os que moram lá não ficam lá e os que moram aqui não ficam aqui?

INVEJA
♦ Estava jantando com três amigos jovens, bem-sucedidos

e simpáticos, os três acompanhados de suas belas mulheres, quando, subitamente, comecei a passar mal. A princípio pensei que fosse indigestão. Logo depois percebi que era inveja.

♦ Pobres dos realizados; / Não sabem o prazer profundo / Que é ser feio e medíocre / E invejar todo mundo.

♦ "A inveja matou Caim!" Besteira – a inveja matou Abel.

♦ Depois de prolongadas observações de campo, posso afirmar que Freud estava errado. O que a mulher inveja no homem não é o pênis – é a água encanada.

♦ O pôr do sol é a grande inveja da galinha megalomaníaca.

♦ Nunca inveje o cara mais jovem, mais bonito, mais charmoso, e mais cheio de mulheres, que está na sua frente, pois é evidente que, logo ali na esquina, ele vai quebrar as duas pernas devido a essa inveja que você sente dele.

INVENÇÃO SEMÂNTICA

♦ Ao defender o Plano Cruzado II, o vosso presidente termina: "Estejam certas, brasileiras e brasileiros...". Com sua suprema autoridade intelectual Sir Ney não só afeminou os brasileiros como, glória suprema!, implantou no mundo a quarta pessoa do plural. *(1986)*

INVENÇÕES

♦ Tecnologia. Cientificismo. Nacionalismo contra imperialismo. Protecionismo. Necessidade de se avançar para o futuro antes que as rodas da história (dos países mais adiantados) nos esmaguem. Ai, como tudo isso é cansativo! Como o diretor do Serviço de Patentes americano, se demitindo do posto em 1899: "Peço afastamento do cargo porque não tenho mais nada a fazer. Tudo que havia pra inventar já foi inventado", eu também penduro as chuteiras. Não por achar que tudo já foi inventado. Mas por achar que já temos invenções demais. Precisamos, agora, é de alguém que conserte – ou desinvente – as que já temos. *(1981)*

INVERNO
♦ Em agosto, nas noites de frio, a pobreza entra pelos buracos da roupa.

INVERSÃO
♦ Com esses contratos feitos entre o governo e as empreiteiras o Brasil inovou mais uma vez: Não temos assaltantes de estradas; temos estradas de assaltantes. *(Sobre contrato da Estrada Norte – Sul denunciado pelo jornalista Jânio de Freitas. 1987)*

♦ O mais terrível é que o país chegou numa situação em que os mais velhos já não confiam nos mais moços.

♦ Se a gente vivesse de trás pra frente, hi!, a juventude ia ser ainda mais sacana!

♦ A favor da liberação sexual e contra o racismo, ela agora acha que à noite todos os pardos são gatos.

♦ Antigamente um pai tinha pelo menos dez filhos. Hoje um filho tem pelo menos seis pais.

♦ Pois é, eles chamam isso de evolução da espécie.

♦ Ao contrário dos marinheiros, eu tenho um porto em cada mulher.

INVESTIMENTO
♦ Tem gente botando dinheiro na poupança, outros no dólar, outros no *open*, outros no ouro. Eu, vendo como a coisa anda, estou aplicando tudo em *Taurus 38.*

INVOLUÇÃO
♦ Todo homem nasce original e morre plágio.

INVÓLUCRO
♦ Nosso nível ético anda tão baixo que qualquer conversa política já vem protegida em envelope plástico de corrupção.

IPANEMA
♦ Pouco a pouco, com a intervenção decidida da adminis-

tração pública, a participação dinâmica dos empreiteiros e a ajuda de todos os moradores, transformamos Ipanema na mais bela garagem do mundo. *(1969)*

♦ Em Ipanema / A diferença é profunda: / Em conhecer de vista / E conhecer de bunda.

♦ De vez em quando, andando aqui pela praia de Ipanema, ao sol da manhã, tenho a exata sensação de estar vivendo os últimos dias de Dunquerque. De Jacarepaguá e do centro os inimigos estão se aproximando. *(1961)*

♦ IPA SEMPER *(No momento em que todo mundo fala mal do meu bairro.)* Tenho um encontro com Ipanema / Não importa a de depois / (A Ipanema do poema) / Como sempre, só nós dois. / É só um encontro com Ipanema / Na primeira luz solar / Sombras da noite no asfalto / Nos picos brilho lunar / Eu me encontro com Ipanema / Dois Irmãos mal acordando / (Lindo *take* de cinema!) / Cabelos verdes voando. / Ipanema, casta e amante / Canta, branca, a areia fina, / Eu, com meus pés pesadões, / Piso seus pés de menina. / Com os pés compomos canções / Ali, gravadas na areia: / Jamais vão vender milhões / Só se ouvem à lua cheia. / Ipanema, geometrias / Riscando galhos no ar / Onde passam gaivotas / Como nós fazendo par. / Tenho um encontro com Ipanema / No céu, na rua, no bar, / Olha que coisa mais linda / Ainda está pra chegar. / Eu me encontro com Ipanema / No bar, no céu, ou na rua; Ipanema tão inocente / Ipanema quase nua. / Tenho um encontro com Ipanema / Na luz que nasce dourada / Nossas sombras são ponteiros / Às cinco da madrugada. / Às cinco, vindo da noite, / Às cinco, acordando agora, / Às cinco, traço limite, / Às cinco, hora da aurora. / Só eu, ela, ontem, amanhã, / No dia que amanheceu, / Olha que coisa mais feia / Ainda não aconteceu.

♦ Meu passado de Ipanema começa aos 15 anos com a visão de um paraíso de casas brancas, onde só vivia gente bonita, toda bem-vestida e toda feliz. Havia gente feliz naquele tempo. *(Recordações de Ipanema. 1990)*

♦ Ipanema: Tantos anos depois / O mar continua brincando de paraíso / Em minha porta.

IR E VIR

♦ No Brasil as únicas portas que estão sempre abertas a toda a população abaixo da classe média são as da cadeia. Justiça seja feita – pra entrar e pra sair. *(1987)*

IRMANDADE

♦ Meyer. Aprendi a nadar num lagão lamacento, que se formava nos baixios do bairro depois de temporais. Crianças, brincávamos e nadávamos ali com a consciência natural de que lama é ecologia, e que as rãs pegajosas, que agarrávamos sem nojo ou receio, eram nossas irmãs, *sorellas ranas.*

♦ *Irmandade* é uma organização em que raramente há fraternidade.

IRONIA

♦ Nossa refinada ironia engrossa logo que encontra uma ironia mais hábil.

♦ O fato de chamarmos a língua que falamos de Língua Materna é uma ironia?

♦ A ironia do mundo é que toda pobreza é hereditária. Já a riqueza, quase nunca.

♦ Cúmulo da ironia: o engenheiro da Petrobras foi atropelado por um caminhão da Shell.

IRREALIZAÇÃO

♦ Tristemente, me dou conta de que sou o filho pródigo que não fugiu de casa.

IRREFLEXÃO

♦ Levou dez anos pra descobrir que o marido se casara com ela por dinheiro. E no entanto, pobre!, bastava olhar-se ao espelho.

IRRITAÇÃO
♦ A maneira mais fácil de irritar uma pessoa é dizer que ela é facilmente irritável.

ISABEL MENDES
♦ Escola Isabel Mendes, nome oficial da Universidade do Meyer. Isabel Mendes foi uma mulata humilde, admirável educadora, a quem o autor tudo deve. Tudo o que sabe aprendeu com ela em apenas cinco anos de escolaridade primária. Ela transmitia a única coisa importante em didática – o prazer de estudar.

ISLÃ
♦ A organização islâmica se divide em Emiratos e Calafates, embaixo dos quais se revolta o povo alegremente. *(Falsa cultura.)*

ISOLAMENTO
♦ Em volta de nós o que tem é a sombra mais fechada. *(À maneira de Guimarães Rosa.)*

ISRAEL
♦ Está bem que Israel é a terra prometida. Mas por que Deus não prometeu logo os Estados Unidos?

ISTÓRIA DA CAROCHINHA
♦ "Eram várias vezes..." *(Istória da carochinha repetitiva não se começa com "Era uma vez...")*

ITAIPU
♦ Itaipu: a luz no fim do túnel.

ITALIANO
♦ *Tu sei mata* – Você é uma floresta. *(Traduções televisivas.)*

ITAMAR
♦ Diz a lenda que Itamar nasceu num navio à deriva. Daí vêm todos os seus derivativos. *(1993)*

♦ Não conheço nenhum outro homem com a capacidade do Itamar Franco. Algumas crianças, talvez. *(1992)*
♦ Uns dizem que o Itamar não tem pulso. Outros dizem que desmunheca.
♦ Itamar, enfim um presidente que sabe exatamente o que quer, desde que alguém lhe diga.
♦ Itamar Franco semeia tempestades pra colher ventos.

IVAN LESSA
♦ Com as cravelhas do passado Ivan tenta em vão afinar as cordas nervosas do futuro. Sua raça não nega, aliás é onde se afirma. Bilíngue em várias línguas, o inglês ainda é o melhor português em que se exprime. Não fuma e não bebe, a não ser quando leva o cigarro aos lábios e o copo à boca. Está naquela perigosa idade entre os trinta e os noventa, quando não se dá mais mão-dupla, inda não se é senso único e já se tem que apelar para o *nonsense*. Exilado na Inglaterra, abandonou qualquer teoria e passou a viver só de ouvido. *(Da série Retratos em 3 x 4 de alguns amigos 6 x 9. 1973)*

J

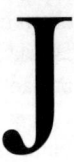

JACQUELINE (KENNEDY)
♦ "Jacqueline nasceu de rabo pra lua e soube usá-lo." *(O Pasquim. A frase provocou outra vez a fúria da ditadura na pessoa do sempre prestativo e sinistro Ministro da Justiça, Armando Falcão, que ganhou da ditadura um riquíssimo cartório. Novo processo. Defensor: Técio Lins e Silva. 1973)*

JAPONÊS
♦ Em toda parte onde viajei nunca vi japonês sozinho. Estou convencido de que não existe japonês individual.

JARBAS PASSARINHO
♦ Pelo silêncio que se fez na sala, todos perceberam que o senador Jarbas Passarinho tinha acabado de pronunciar uma frase de espírito. *(Jarbas Passarinho foi um militar e político que serviu a todos os sistemas de repressão. 1994)*

JEREMIAS
♦ Jeremias, que sabia das coisas, já perguntava na Bíblia: "Pode o etíope mudar sua pele ou o leopardo suas manchas?"

JET-SET
♦ Quando examino de perto o *jet-set* brasileiro, tenho vontade de me sentar e escrever *O medíocre Gatsby*.

JÔ SOARES
♦ Exibicionista nato, um dia descobriu que, pondo bilheteria, era muito melhor. Eclético total, o de que mais gosta é tudo. Quando morrer quer um enterro bem simples; apenas

um caixão de pinho tendo em volta oitocentos bispos vestidos de púrpura, trezentas câmaras filmando, e narração em dezessete línguas. Igualzinho ao do papa. *(Da série Retratos em 3 x 4 de alguns amigos 6 x 9. 1978)*

JOÃO GILBERTO
♦ João Gilberto é o único showman que faz o show nos bastidores.

♦ João Gilberto descobriu o buraco negro da promoção – não vai e faz sucesso.

JOGO
♦ Tenho realmente a mais sincera admiração pelas pessoas que sabem perder. Sobretudo quando estou do outro lado.

JORNAL NACIONAL
♦ Uma hecatombe rompe o ventre da terra em São Francisco. Os locutores da TV Globo se embonecam. Há mortos sem sepultura, cidades destruídas pela guerra, ondas de horror e desespero. Os locutores da TV Globo estão de ternos cada vez mais coloridos. Um edifício pega fogo, pessoas se atiram das janelas. Os locutores da TV Globo põem bobs nos cabelos e *blush* nas faces. Um gatinho é salvo num galho de árvore por um bombeiro negro. Os locutores da TV Globo sorriem humanamente. *(1978)*

JORNALISMO
♦ Em nome de *cobertura* certos jornalistas aceitariam até entrar em Troia no cavalo dos gregos.

♦ Nunca esquecer que o papel em que o poeta escreve é mais importante do que sua poesia, o cromo da espada do general é mais importante do que suas *intentonas* e, claro, um filho natural é muito mais jornalístico do que um filho legítimo. *(1961)*

JORNALISTA
♦ Em qualquer roda é fácil reconhecer um jornalista: é o que está falando mal do jornalismo.

JOVEM
♦ Falou de tudo com entusiasmo. Explicou seus sonhos, seus planos, acha que o país necessita fundamentalmente de sua geração e que cabe a ele, pessoalmente, toda a mudança política no país. Pretende aproveitar todas as oportunidades que se apresentarem para dar o máximo de si mesmo à terra em que nasceu. Rapaz extraordinário. Parece até um jovem estrangeiro. *(1980)*

♦ Há muito jovem por aí apregoando novidades. Mas só quem pode reconhecer o que é uma novidade são os mais velhos.

JUAREZ MACHADO
♦ No que pinta, o conteúdo extravasa o continente, por isso Juarez Machado foi pintar na França.

JUDAS
♦ Judas sabia que era um traidor ou inventou a traição por trinta dinheiros?

♦ Diz que Judas, além de traidor, era tão mesquinho que, no fim da Última Ceia, pediu sua conta em separado. *(E já estava com os trinta dinheiros no bolso.)*

JUIZ
♦ Todo juiz tem o réu que merece.

JUÍZO
♦ Enquanto espero o Juízo Final vou usando o meu mesmo, um tanto precário.

♦ Todo homem cioso de sua liberdade faz o que os mais fortes mandam.

JUÍZO FINAL
♦ Não adianta quererem me julgar. Mesmo lá em cima, na hora do Juízo Final, o *comitê central* vai ter muita dificuldade pra decidir entre harpas e tridentes.

JUÍZOS
♦ "Com estas páginas em baixo do braço comparecerei

ao Juízo Final. Antes porém comparecerei com elas ao Tribunal do Trabalho." *(Discurso, em 1963, em banquete de solidariedade, falando da "Verdadeira história do paraíso", transformada em caso religioso pela criminosa direção da revista* O Cruzeiro.*)*

JULGAMENTO

♦ Mais grave do que julgar um homem pelas aparências é julgá-lo à revelia.

♦ O que é mais errado: julgar uma pessoa pelo que ela não é ou exatamente pelo que ela é?

♦ Por que será que a gente sempre se julga pelas propostas e sempre julga os outros pelo resultado?

♦ Fundamental é não fechar seu julgamento sobre uma pessoa, congelando-a numa conceituação irretocável: tal crítico é ruim porque é de direita, tudo que o tal colunista diz é ridículo porque ele é burro e ignorante, tal sociólogo deve ser seguido porque é culto, sério e progressista: rótulos, estigmas, ou marcas de nobreza. E quando se revela que o crítico de direita é um tremendo batalhador de causas coletivas, o colunista burro tem um poder político e uma influência social que você jamais teve ou vai ter, e o sociólogo progressista se demonstra um corrupto e um demagogo barato, você tem de forçar toda sua dialética pra continuar a manter a opinião já afirmada. Ou confessar humildemente – ó dureza! – que quebrou a cara. Conheci um sujeito perverso, verdadeiro monstro moral, que era um maravilhoso e humanístico cirurgião. No Uruguai, Dan Mitrione tomava café de manhã com os dez filhos, antes de ir lecionar tortura, e, pelo que li, o piloto que atirou a bomba de Hiroshima era um homem encantador. *(Conversa com Paulo Lima, em Porto Alegre. 1987.)*

♦ Horas de julgamento / E o réu pede licença / Pra ir na latrina / Em busca, pelo menos, / Da justiça divina.

JÚLIO CÉSAR
♦ Muitos morrem de punhalada, mas só houve um Júlio César.

JUNTA
♦ Junta é uma matilha de doutores. *(Novos coletivos.)*
♦ Reuniu-se a junta de médicos. O doente morreu por unanimidade.

JÚRI
♦ Júri é um grupo de pessoas que ocasionalmente a sociedade convoca para julgar o *próximo*. Os componentes do júri tomam conhecimento do réu e da causa na hora, e devem ter capacidade de acreditar nas mentiras mais espantosas e mais contraditórias. *(A máquina da Justiça. 1962)*

JÚRI POPULAR
♦ Chama-se de júri popular um grupo de pessoas perigosamente próximas do banco dos réus.

JURÍDICO
♦ Justiça tem a ver com a busca da verdade. Lei trata do comércio com a mentira.

JURISPRUDÊNCIA
♦ Com essa onda de processos por *molestamento sexual,* invenção idiota (que nada tem a ver com estupro) do *american way of life,* a jurisprudência tem que criar um novo tipo de juiz: o juiz sexual. Por definição, o juiz comum, "respeitável", quer dizer "bem" casado (e com permissão da sociedade apenas para ter *uma* amante ocasional, hipócrita e discretamente escondida), não tem a menor competência para julgar sexo. Atividade na qual uma razoável violência (qualquer ato sexual tem sempre um mínimo de sadomasoquismo, tipo "Bota mais!" "Enfia até o fundo!" "Está doendo mas não tira!") está sempre presente. Lição 1: Metade das mulheres só engrena no meio. Lição 2: Justiça sexual não é para amadores.

JUROS
♦ Além de ir pro inferno só tenho medo de uma coisa: juros bancários.

JUSTIÇA
♦ A Justiça brasileira se moderniza. Agora as becas são de *jeans*.

♦ A justiça é igual pra todos. Aí já começa a injustiça.

♦ A justiça não é apenas cega; sua balança está desregulada e a espada sem fio.

♦ A justiça pode ser cega: mas que olfato!

♦ A Justiça, todo mundo sabe, é a busca da Verdade. Ao contrário da Lei, que, como ninguém ignora, é o encobrimento da Mentira.

♦ Generalizando-se a corrupção, restabelece-se a justiça.

♦ Pode ser até que tenhamos alguns direitos iguais. Mas nossa Justiça faz questão de manter os deveres bem diferentes.

♦ A justiça começa em casa. A injustiça não sai de lá.

♦ A justiça é cega – mas quando vê um pobre-diabo por perto baixa a bengala branca nele.

♦ A justiça não é cega, mas perdeu a lente de contato.

♦ A justiça tem que ser urgentemente ilegalizada.

♦ Acredito que a posteridade fará justiça ao meu trabalho. Mas aí já estarei seguro.

♦ Imaginem o horror de um mundo em que tribunais fossem a única maneira de se conseguir justiça. É o em que vivemos.

♦ Justiça – loteria togada.

♦ Se a tua causa é justa, o melhor é dar no pé.

♦ Justiça poética? Nunca vi. Pra mim toda justiça é em prosa. Quase sempre palavrões.

♦ Livrai-me da justiça, que dos malfeitores me livro eu.

♦ O problema é que o crime é perto. E a justiça mora longe.

♦ Tenho a certeza de que o mundo está se aproximando de

uma era de verdadeira justiça e estabilidade social em que todas as boas ações serão devidamente punidas.

JUSTIÇA SOCIAL

♦ Quando acabarmos de comer o queijo vamos distribuir ao povo todos os buracos.

JUSTIFICATIVAS

♦ *Justificativas*: Eu nem sabia o que estava assinando. / A gente tem que sobreviver. / Se eu não desse ele me despedia. / Não me entreguei ao sistema. Estou combatendo por dentro. / Ordens são ordens. / Que é que eu posso fazer? É o meu caráter. / Não fui eu que fiz o mundo. / Agora não posso mais recuar. / Se eu não fizesse outro faria.

JUSTOS

♦ Por que é que Deus só promete recompensa aos justos? Porque os injustos se viram sozinhos.

JUVENTUDE

♦ A juventude que, coletivamente, já é mais da metade da população da Terra individualmente continua sendo apenas um terço da vida.

♦ Não conheço nenhum velho que tenha descoberto a eterna juventude. Mas conheço muitos jovens que já nasceram com a eterna senilidade.

♦ O mal de reivindicações estritamente ligadas à juventude é que a maior parte das vezes, quando são atendidas, a juventude já envelheceu.

♦ Sou jovem há muito mais tempo do que qualquer desses rapazinhos que andam por aí.

♦ Todo jovem pensa que acabou de inventar a juventude.

♦ A juventude é muito mais bonita quando o cara fica velho.

♦ O importante é escandalizar a juventude, tão conservadora.

♦ Ser moço / É deixar muita carne / No osso.

K

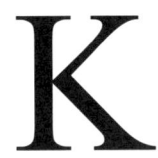

KNOW-HOW

♦ A diferença entre um sujeito que sabe o que fazer com l00 milhões e um que fica tonto com seus l00 milhões, é a diferença entre um cara que possui dinheiro e um cara que é possuído por ele.

KULTURA

♦ Conservadoristas, regionalistas, nacionalistas e populistas da cultura; *forget.* Cultura não tem pátria, nem jeito, nem local, nem hora. Vem de todos os lados, por todos os caminhos. Cultura só não sai dos ministérios de Kultura.

L

LACUNA
♦ O trombone já tenho, o que me falta é o sopro.

LADRÃO
♦ Ladrão que corre pouco não vai longe na carreira.

LAMENTO
♦ Estava muito triste. Tinha morrido a mulher do seu melhor amigo, e a dele, bem, a dele continuava cheia de vida.
♦ Uma coisa que lamento profundamente em minha educação é nunca ter estado numa faculdade. Adoraria ser expulso de uma!
♦ Vejo todo dia lamentos compungidos pela morte de certas personalidades políticas de quem, a rigor, o país deveria lamentar o nascimento.
♦ Você conhece; uma dessas pessoas com quem se convive algum tempo e depois se lamenta que ela não possa ser de novo completamente estranha.

LAPA
♦ Entre os treze e os vinte anos vivi no centro do mundo, no Rio que ia do maravilhoso edifício *art-noveau,* Liceu de Artes e Ofícios, onde eu estudava, no largo da Carioca, junto da Galeria Cruzeiro (esta dentro do Hotel Avenida, *dentro* do qual também passavam bondes) e dos cafés Nice e Belas Artes, centro de toda a boemia carioca. Aí, rapazinho, conheci alguns dos que se tornariam os maiores nomes da música popular brasileira – entre eles Lamartine, Orestes Barbosa e Nássara (também caricaturista genial), meu

amigo até hoje. Era no tempo da gloriosa Cinelândia, das confeitarias luxuosas, dos grandes cinemas e, passando pelo Passeio Público, da Lapa. Os bordéis chiques da Conde Laje (as moças custavam 20 mil réis contra as de 5 mil na Zona), os cabarés, cafés e bilhares. Durante três ou quatro anos morei mesmo na Rua das Marrecas, praticamente dentro da Lapa. Pois bem, só há muito pouco tempo me dei conta de que tudo que se conta de malandral e criminal sobre a Lapa é pura mitologia. Basta dizer que o centro da Lapa era a leiteria (!) Ball, onde todo mundo ia de madrugada tomar... canja! E em tantos anos nunca vi, na Lapa, um assassinato, um assalto, uma briga – olhem, nem mesmo uma bofetada. *(1991)*

LÁPIS COM PONTA
♦ O lápis com ponta faz saltar o artista dentro de cada um. E cada um o usa sensualmente, já que ele é, também, um símbolo fálico. A tendência do lápis com ponta é cair no chão e, desapontando-se, desapontar-nos.

LAR
♦ "O lar é o castelo do homem." Isso no tempo em que havia castelos, lar e homens.

♦ O lar é inviolável, mas umas boas trancas não fazem mal a ninguém.

♦ Um lar sem mulher é um oásis sem deserto.

LATIM
♦ A fantasmas dirija-se sempre em latim ou sânscrito. Só entendem línguas mortas.

♦ *Cogito, ergo sum* – Cogito de levantar uma gaita. *(Traduções televisivas.)*

♦ O latim, que deixou, erradamente, de ser ensinado nas escolas, é obrigatório na prática da justiça. Se um advogado disser que o poder está querendo ganhar pela força não consegue grande efeito. Mas se disser: "É a ultima ratio regum" a coisa soa como verdade esotérica, sábia, divina. Logo o promotor pode usar uma frase ofensiva, não sem antes avisar: "Horribile dictu!". O juiz, por sua vez, pode interromper; "Immota manet!" (Fica quieto aí, ô cara!) Qualquer tolice pode salvar ou arruinar uma vida quando dita em latim. É indiferente. Mas aumenta o cachê. E impede que qualquer um de nós possa fazer sua própria petição. *(1989)*

♦ Em latim fica melhor: *Beati monoculi in regione caecorum*. Se é que você me entende.

LATITUDE
♦ Latitude é o oeste quando a gente está no leste e vice-versa.

LAVAGEM A SECO
♦ Foi no Nordeste brasileiro que se inventou a lavagem a seco.

LAZER
♦ O Perfeito Liberal dará apoio a todas as reformas, inclusive as que aterram todas as lagoas e colocam quadras de tênis e campos de vôlei em toda a Terra. *(Vade-mécum do Perfeito Liberal.)*

LEALDADE POLÍTICA
♦ Lealdade política é a caricatura da sinceridade.

LEÃO
♦ Chega de leão como símbolo da receita federal. Temos que recordar que ele é o rei das selvas e nós estamos numa república, que é o animal sempre prepotente das fábulas, e que nos circos romanos só entrava na arena pra perseguir, mutilar e devorar os pobres, os famintos, os desamparados cristãos. Jamais se viu um leão comendo um César. Ou, aqui entre nós, um Ricardo Fiúza.

LEGISLAÇÃO
♦ Deu no diário oficial: o governo acaba de promulgar a lei da oferta e da procura, a lei do mais forte e a lei da selva.

♦ O Poder Executivo acha que uma lei vale pela rapidez com que é aprovada.

LEI
♦ A lei é a forma de impedir que uma imoralidade ocasional prejudique as do sistema.

♦ Volta e meia a lei implica comigo. Eu só implico com ilegalidade.

♦ A lei é apenas uma forma de embrulhar (no duplo sentido) a Justiça.

♦ A lei pode não resolver nada, mas dá cada ideia!

♦ Fala-se muito de leis que não pegam. E as que viram moda?

♦ Para me abordarem, jungirem, confinarem, tungarem e enlouquecerem, foram inventadas leis federais, estaduais, municipais, rurais, locais, pessoais, intestinais. Com as quais me arrancam dinheiro o presidente de Minha república, o governador de Meu estado, o prefeito de Minha cidade, o lanterninha do Meu cinema, o síndico do Meu prédio e o guarda da Minha esquina.

♦ Quando Moisés exibiu o primeiro código de leis, não melhorou em nada o comportamento humano. E, sem querer, inventou a ilegalidade.

♦ Cheguei a uma conclusão definitiva: as leis fundamentais da umbanda são muito mais sólidas e mais duradouras do que as do materialismo dialético.

LEI ÁUREA
♦ Em 1888, a princesa Isabel botou o preto no branco. Mas até hoje o branco continua botando no preto. *(1983)*

♦ Lei Áurea. Artigo primeiro: "Cada senzala será dividida em 2.000 quartos de empregada de 2 m por 1,60 m.

LEI DA SELVA
♦ A Lei da Selva foi promulgada por Dom Leão XIII, depois de demoradas consultas a Tarzan, Jim das Selvas e

o índio chaiene, Sequoia. Ficou decidido, na Lei da Selva, que o mais forte tem o direito de comer o mais fraco – em qualquer sentido –, que não pode haver plantações de tigres no Brasil e que a caça furtiva tem que ser feita abertamente. A Lei da Selva é, naturalmente, a favor do Jogo do Bicho.

LEI ECONÔMICA

♦ Todo juiz mergulhado num julgamento de corrupção sofre um impulso de baixo para cima igual ao volume do roubo dos corruptos por ele inocentados.

LEITE

♦ Vê se saca: / A qualidade do leite / Não depende só da vaca.

LEMA

♦ Divagar e sempre.

♦ *Liberdade e igualdade*, contradição em termos. Se há liberdade total o mais forte pode tranquilamente massacrar o mais fraco, por que não? Para equilibrar o sentido, Benjamin Franklin, criador do lema da revolução francesa, colocou como intermediária a palavra (puramente utópica) *fraternidade*. Mas Chamfort, o humorista participante, logo decepcionado diante das violências da revolução, gritaria logo: "Eu conheço a fraternidade de vocês. É a fraternidade de Caim!" Suicidou-se.

♦ Sigo os *hippies*. Não faço a guerra, faço o amor. E para isso tenho me sacrificado muito. *(1970)*

♦ Liberdade, ainda que tardia. Ô frase infeliz!

LEMBRANÇA

♦ Pois foi assim que foi ou os idos se transformam?

♦ E dizer que um dia essa cavalgadura já foi muito inteligente!

LEONARDO DA VINCI

♦ Leonardo da Vinci, quando empurrava aqueles menininhos dele pela janela, pode não ter conseguido inventar a aviação, mas inventou a famosa expressão retórica: "Dar asas à imaginação".

LESBIANISMO
♦ Amor de moça com moça até pode ser bonito, mas tem muitas sem-vergonhagens. *(À maneira de Guimarães Rosa.)*

LÍBANO
♦ O Líbano continua vivendo entre uma guerra interminável e um cessar-fogo com bala pra todo lado. *(Anos depois podia se dizer o mesmo com respeito à Bósnia. 1986)*

LIBERAÇÃO
♦ Que fará você se amanhã, no coquetel, encontrar o quarto marido de sua terceira esposa? Ou, no elevador, sua segunda mulher com mais um filho do seu quarto marido, irmão do seu novo filho? *(Permissividade. 1961)*

♦ Estive olhando. Ver é bom. E, quando o que se vê é bom, ver é melhor. Depois das *hot-pants* e das calcinhas transparentes (ambas odiadas pelas feministas como sinais de prostituição), temos os novos maiôs que, cobrindo um pouco mais o *top*, dão direito a descobrir totalmente o *bottom*. Pois é, isso e os shortinhos (bota inhos nisso!) de Cooper desclassificaram os fundilhos femininos como zona erógena, coisa que Yves Saint-Laurent já tinha conseguido fazer com os peitos. "Excessivamente óbvia, a exposição, portanto completamente não erótica", explicou-me um amigo que entende dessas coisas. "Transformaram a maravilha do seio feminino naquilo que era na origem – uma pobre glândula mamária. Quiseram abalar o tabu e mataram o mito. Jogaram o bebê sexual fora e beberam a água suja do banho pornográfico." A verdade é que – a não ser alguns mais velhos, presos a antigas fabulações – já não há mais homens de tocaia, surpreendendo súbitas coxas e inesperados entresseios. De liberação em liberação, a mulher ocidental 1984 está mais oriental do que nunca. Só que, enquanto exibe tudo o que pode, a caravana do tempo passa. Sem volta. *(1984)*

LIBERALIDADE

♦ "Fica proibida qualquer proibição não proibida por mim." *(Vidigal, personagem de* Memórias de um sargento de milícias. *Adaptação. 1966.)*

LIBERALISMO

♦ Patrão de espírito social estava ali. Todo dia 13 de maio deixava seus empregados negros saírem do trabalho meia hora mais cedo.

♦ Um governo que *dá* liberdade, *distribui* a renda nacional e *decide* como e quando vamos votar, esse governo está capacitado a *impo*r a democracia.

LIBERDADE, LIBERDADE

♦ Livre como um táxi.

♦ E agora, antes de continuar este espetáculo, é necessário fazer uma advertência a todos e a cada um. Neste momento é fundamental que cada um tome posição definida. Sem que cada um tome posição definida não é possível continuarmos. É fundamental que cada um tome posição – para a esquerda ou para a direita. Admitimos mesmo que alguns tomem posição neutra, fiquem de braços cruzados. Mas, uma vez tomada uma posição, é preciso que cada um *fique nela*! Porque senão, companheiros, as cadeiras do teatro rangem muito e ninguém ouve nada! *(*Liberdade, liberdade. *Com esta frase o ator Vianinha, Oduvaldo Vianna Filho, conseguia uma das maiores gargalhadas que já ouvi em teatro. A frase tem origem curiosa. Tendo visto o espetáculo na estreia, o arquiteto Lúcio Costa me telefonou no dia seguinte pedindo que fizéssemos alguma coisa para resolver o problema do barulho ensurdecedor das cadeiras*

– o teatro era um buraco negro com cadeiras de madeira. Sugeri, ignorante, que ia mandar passar óleo nas molas. "Aquilo não tem molas não, Millôr", explicou o arquiteto. "Tem que escrever um texto". Que foi escrito. No texto o pedido de participação causava intencional mal-estar na plateia, catartizado em gargalhada na frase final. 1965)

♦ A liberdade é um produto da alucinação coletiva.
♦ A nossa liberdade começa onde podemos impedir a do outro.
♦ Dizer que nos darão liberdade é besteira. Podem nô-la tirar. Mas não podem nô-la dar. Que língua, a nossa! *(O Pasquim. 1969)*
♦ No Brasil, país do futuro, a liberdade é *ainda que tardia*. Ou seja, devagar e sempre. Podes crer, amizade.
♦ A liberdade começa quando a gente aprende que ela não existe.
♦ Ser livre, é bom notar, não é ser libertado. "Eu te dou toda liberdade" é a restrição suprema. *(1963)*
♦ Soltar eles não soltam; mas todo ano põem mais um elo na corrente. *(1971)*
♦ Eu também não sou um homem livre. Mas nunca ninguém esteve tão perto.
♦ Liberdade, quantos nomes se oferecem aos teus crimes!
♦ Não tenho procurado outra coisa na vida senão ser livre. Livre das pressões terríveis dos conflitos humanos, livre para o exercício total da vida física e mental, livre das ideias feitas e mastigadas. Tenho, como Shaw, uma insopitável desconfiança de qualquer ideia que venha sendo usada há seis meses.
♦ Nossa liberdade começa onde começa a escravidão alheia.
♦ A liberdade é apenas uma lamentável negligência das autoridades.
♦ Sempre me achei um homem totalmente livre; mas ontem um guarda me convenceu do contrário.

♦ Fizemos, em suma, uma liberdade como podia concebê-la a modéstia e as limitações de nossas mentalidades – minha e de Flávio Rangel – *sottosviluppatas*. Mas também vocês não iam querer um liberdadão enorme feito aquele que está na entrada de Nova Iorque. A gente tem que começar por baixo. Como os Estados Unidos, por exemplo: começaram com um país só. *(*Liberdade, liberdade. *1965)*
♦ A liberdade é um cachorro vira-lata.

LIBERDADE DE EXPRESSÃO
♦ Os horários para os candidatos políticos na TV visam a uma total liberdade de expressão. Mas tudo que vimos, até agora, foi uma absoluta dificuldade de se exprimir.

LIBERDADE DE IMPRENSA
♦ O Millôr pensa que é o inventor da liberdade de imprensa. *(Cláudio Mello e Souza, poeta.)*
♦ Só jornais mentirosos, escandalosos, corruptos e caluniadores nos dão a medida exata da liberdade de imprensa.

LIBIDO
♦ A libido é uma força vital extraordinária. Com ela a fêmea atrai e domina qualquer macho e deixa o marido constantemente em pânico.
♦ A libido é uma espécie de Light & Power do corpo humano, produtora da energia capaz de ativar as lâmpadas votivas do nosso sexo. E, como a Light, enquanto dá a luz, liga também a torradeira de nosso ego, a geladeira do nosso id e a máquina de lavar nossa roupa suja psíquica. E faz ainda, a libido, a gente acelerar o carro pra, lá na frente, dar uma conferida na gata de fio-dental.

LIÇÃO
♦ Eu e Jaguar, à meia-noite, paramos nosso jipe na porta de uma churrascaria em Arraial do Cabo. Um bando de garotos avançou pra nós pra tomar conta do veículo. Quando

saímos, duas horas depois, o bando voltou, em algazarra, pra pegar os trocos. O menor deles porém ficou gritando: "Moço, moço, não fui eu que guardei o carro, não, foi aquele ali. Não fui eu não". Distribuí o dinheiro que podia, depois chamei o menorzinho e, numa lição prática em favor da honradez, dei a ele dez vezes mais do que tinha dado aos outros e disse: "Você ganhou isso porque não mentiu". Mais adiante comentei pro Jaguar: "Fodi esse menino pra sempre. Ele vai passar o resto da vida pensando que a honestidade compensa". *(1973)*

♦ Mesmo do pior, como diria um moralista, pode-se aprender. O general Newton Cruz, ao ativar contra mim a Lei de Segurança Nacional, me revelou algo extraordinário. Recebi tantas moções de solidariedade que me convenci de uma coisa: eu sou o candidato do consenso e não sabia! *(Glória! Fui a última pessoa processada pela odienta "Lei" de Segurança Nacional. Defensor: Técio Lins e Silva.)*

♦ Onde se aprende? Um dia, menino, arranquei a folha de uma *folhinha* e li uma frase de Thomas Jefferson: "Nunca te arrependas de ter comido pouco". Nunca mais (como veem) esqueci.

LIÇÃO (1938-1942)

♦ Estudando à noite, no Liceu de Artes e Ofícios, centro do Rio. Um dia um professor deteve a massa de alunos que descia as escadarias e, no meio de todos, advertiu-me para que nunca mais zombasse de um colega: "Ele pode te perdoar que você lhe bata a carteira, mas jamais perdoará essa humilhação". Aprendi. *(Entrevista. 1961)*

LÍDER

♦ Não liderou nada na vida a não ser o pequeno grupo que o levou à última morada.

♦ O líder é uma pessoa / Que navega sem canoa. / O líder

tem liderança / Pensa que tem ideal / E se tudo falha, irmão, / Líder é uma profissão...

♦ Antes de assumir a liderança o verdadeiro líder pergunta sempre: "Pra onde é que estou indo?"

♦ Tanto líder aí querendo guiar o povo e nenhum pra alimentá-lo.

♦ Guia dos povos? Eu não dava nem pra guia de cego.

♦ Líder: um sujeito que segue a maioria.

LIDERANÇA

♦ Todos atrás dos cegos! Descobriram onde fica a luz no fim do túnel.

♦ Liderar não é nada duro; / As perguntas são todas no presente, / As respostas são todas no futuro.

LIMITAÇÃO

♦ Tomar a parte pelo todo, sendo o todo impossível.

LIMITE

♦ A situação é de tamanha indignidade que até pessoas totalmente indignas já estão indignadas.

♦ Não quero mais; agora quero menos.

♦ "Eu conheço os meus limites", como dizia Hitler antes de invadir a Polônia.

♦ Só deve haver dois limites para um jornalista publicar ou não publicar: 1) Sua própria decisão ética. 2) Um policial na boca da máquina. *(Na última apreensão do jornal* O Pasquim. *1975)*

♦ Só um tarado liberal aprecia a liberdade total.

♦ Cuidado, governantes: Muito mais ainda é muito pouco, mas um pouco menos já é demais!

LINCOLN

♦ *Lincoln,* à maneira brasileira: "Pode-se roubar algumas pessoas todo o tempo. Pode-se roubar todas as pessoas algum tempo. E pode-se roubar todas as pessoas todo o tempo."

♦ Lincoln disse: "Pode-se enganar todas pessoas algum tempo. Pode-se enganar algumas pessoas todo o tempo". Aí Lincoln parou, modulou a voz e disse: "Mas não se pode enganar todas as pessoas todo o tempo". E, como era um homem razoavelmente sábio, sentiu no mesmo momento a noção de que estava dizendo uma das maiores mentiras da história. *(Em tempo; está provado que Lincoln nunca disse essa frase, apesar dela ser tão lincolniana.)*

LINCOLNIANA

♦ Pode-se esganar todas as pessoas algum tempo. Pode-se engalanar algumas pessoas todo o tempo. Mas não se pode engajar todas as pessoas todo o tempo.

LÍNGUA

♦ "Pra riba de moá", "Foi pra cucuia", "Comigo não, violão", "É batatolina", "Conheceu, Zebedeu?", "Neres de pitibiriba", "Ela é muito soltinha": alguém se lembra dessas frases? Pois é, língua é assim, dinâmica, hoje aqui e amanhã... no limbo. (Como tudo e todos.) *(1976)*

♦ Devemos ser gratos aos portugueses. Se não fossem eles estaríamos até hoje falando tupi-guarani, uma língua que não entendemos.

♦ Está bem, linguistas, se dois é ambos, por que três não é trambos?

♦ O "pois sim" e o "pois não" deveriam ser estudados em profundidade pelos nossos políticos devido à louvável peculiaridade de significarem exatamente o contrário do que dizem. Ou não.

♦ O homem é o único animal que possui o gênio da palavra. Quanto a nós, brasileiros, também nisso perdemos o bonde. Não falamos nem a língua de Dante, nem a de Goethe, nem a de Shakespeare. E cada vez falamos pior a de Camões.

♦ Quando os eruditos descobriram a língua, ela já estava completamente pronta pelo povo. Os eruditos tiveram apenas que proibir o povo de falar errado.

♦ Que diabo de otimismo linguístico é esse que inventou a palavra parabéns e se esqueceu de criar a paramaus?

♦ Se em vez de português a gente falasse inglês a gente chamaria o *smoking* de *tuxedo*. E *footing* a gente chamaria de *walking*.

♦ Só existe uma língua, a falada.

♦ Estão usando a língua como sempre. Mas cada vez usam menos o idioma.

♦ Eu falo italiano melhor do que escrevo inglês. Leio francês melhor do que entendo alemão. Traduzo espanhol melhor do que falo inglês. Escrevo português melhor do que leio italiano. O que, tudo junto, dá a medida de minha ignorância.

♦ Mistérios da língua: por que é que a gente diz *par* e, ao contrário, diz *ímpar*? Não devia ser *impár*?

♦ Que língua, a nossa! A palavra oxítona é proparoxítona.

♦ Todos os animais falam mesmo uma língua internacional? Ou cachorro americano late em inglês e gato argentino mia em espanhol?

♦ O que os olhos não veem a língua inventa.

♦ O espanhol é essa língua que todos pensamos que falamos. Até encontrarmos alguém que fala espanhol. Inglês, porém, muitos dizem logo de cara que não falam. Mas ler, leem. Até que alguém lhes pede para traduzir uma coisinha.

LÍNGUA DO P

♦ Reparem como um pequeno p na frente de um s inicial acrescenta um ar especial às palavras. Palavras inodoras se fossem sicologia, seudo, seudônimo, sicanálise e siu, ficam mais nobres, graciosas ou científicas com o p na frente: experimentem. É por isso que, para não dizerem que tenho má vontade com o vosso presidente, agora eu só o chamo de Psarney. *(1988)*

LINGUAGEM (SELVA SELVAGGIA)

♦ Um terror me sacode; estou perdido na terrível floresta da linguagem. Ignorando a estrada sintática vou tropeçando em anglicismos, latinismos, barbarismos e idiotismos de linguagem, quando ouço o silvar de vocábulos paragógicos. Caio no areal dos solecismos e sou mordido por vários anacolutos. A custo, afastando duas redundâncias e esmagando um horrendo pleonasmo, escorregando em sinistras hipérboles, agarro-me a um verbo auxiliar e a um complemento não essencial. Porém hibridismos me barram o caminho. Ensurdecido por rotacismos e lambdacismos, arranhado por orações anfibológicas, recuo para não cair no terrível cipoal da regência, de onde raros escapam com vida. Galhos de corruptelas me cortam o rosto enquanto sufoco com o cheiro de defectivos. Ponho o pé num nome próprio, mas logo seis substantivos deverbais saltam sobre mim. Não tendo fuga, me protejo com uma próclise, evitando duas espantosas mesóclises, e aproveito um advérbio de negação para atrair três pronomes relativos colocados em posições ameaçadoras. Felizmente surge a clareira de um parágrafo. Avanço, abrindo parêntesis, onde enfio arcaísmos, anacronismos, expressões chulas e ambivalentes. Uma silepse espera-me mais à frente. Desvio-me com uma vírgula, engano uma prosopopeia, sou envolvido por diversos parequemas, a que logo se juntam odiosas ressonâncias verbais. Descanso sobre reticências, quando ouço o tantã de interjeições pejorativas emitidas por sujeitos ocultos por elipse. Apócopes! Escapo pela picada do eufemismo e paro para respirar no fim de um período simples. Avanço pela pedreira dos metaplasmos, luto com apofonias, salto o pantanal dos cacófatos, esbarro em cacografias, empurro cacologias, me arrasto pela cacoépia. Morto de exaustão, cercado por centenas de substantivos promíscuos, já desespero, quando percebo que cheguei a um lugar-comum.

LINGUÍSTICA
♦ A vocação humana para emitir falsidades, negar, circundar, está na construção mesma da língua – não é moral. Mas se juntarmos uma coisa com a outra temos a imagem do caos psicológico. *(Mário. Peça É.... 1976)*

LIQUIDAÇÃO
♦ Quem morre não deve. A morte é o desconto geral de todas as faturas.

LISBOA
♦ Nestas ruas lavadas de Lisboa, embelezadas por uma luz casta e fria, aqui vou no carro do romancista Fernando Namora, correndo na noite gelada – é verão! – e me vem a imagem de Antônio Maria. Quantas vezes falamos disto, de Lisboa, discutimos suas comidas e suas subidas, numa infinita conversa. Que não era tão infinita quanto pensávamos. Já acabou. *(Notas de um péssimo viajante. 1965)*

LISONJA
♦ A lisonja é um furto psicológico.

♦ A coisa mais agradável da lisonja é, quando a gente lisonjeia alguém, esse alguém dizer que nós somos muito lisonjeiros.

♦ A lisonja é uma espécie de suborno psicológico.

LITERATO
♦ Literato é um marmanjo / Que inda discute / Michelângelo.

LITERATURA
♦ A literatura que eu mais aprecio é a de capa dura.

♦ Falando de sua literatura (que só ele atura) Sir Ney confessa que escreve em verso branco. Mas branca mesmo é a prosa.

♦ Já vi, em romances de mistério e de horror, todo tipo de morte. Mas no livro de Sir Ney, *Brejal dos Guajás*, tem algo absolutamente inédito: um cachorro morre sufocado por uma conjunção adversativa.

♦ Certos escritores se pretendem eternos e são apenas intermináveis.

♦ Levei anos pra descobrir por que jamais consegui datilografar bem: as letras da máquina de escrever (e agora também do computador) vêm completamente fora de ordem.

LIVRE ARBÍTRIO

♦ Não existe livre arbítrio. Existe a sensação de livre-arbítrio. *(Entrevista a Marina Colasanti. 1985)*

LIVRO

♦ Livro não enguiça. *(Slogan sugerido para editores de livros enfrentarem a mídia informática de modo geral.)*

♦ Nunca li um livro que justificasse a orelha.

♦ Os livros também morrem.

♦ Um desses livros que, quando a gente larga, não consegue mais pegar.

LOBBY

♦ Agora, afinal, querem legalizar a atividade chamada *lobby*. Justo. Desde que abram também, nas universidades, uma cadeira de puxa-saquismo.

♦ No Brasil o *lobby* atende pelo nome de "Caixinha, obrigado!" *(1985)*

♦ O *lobby* é um *iceberg* com apenas 1% à mostra. Na verdade é um governo invisível. *(1985)*

LOBO

♦ O lobo é o homem do lobo.

LOCUÇÃO

♦ Por favor, não gaguejem meus textos.

LOCUTOR

♦ Locutor tão vaidoso que parecia o patrocinador de si mesmo.

LÓGICA

♦ O pensamento lógico é apenas base para uma espécie de

inteligência sensorial, mais profunda, raramente atingida pelo cérebro. *(Entrevista à revista* Senhor. *1962)*

♦ Para pregar um prego sem machucar o dedo basta segurar o martelo com as duas mãos.

♦ Quem bebe pra esquecer deve ficar realizado no dia em que já não lembra mais pra que é que bebe.

♦ A lógica é alobrógica / E não engole uma proposição / De que não saiba a intenção.

♦ Está bem, aceito que se diga que o motor do automóvel tem sessenta cavalos! Mas só se se disser que o motor do avião tem dez mil pardais e o motor do navio cinquenta mil sardinhas.

♦ Toda lógica é mortal.

♦ Um cara só é zarolho se você olha de frente.

♦ E por que não se admitir que o filho de milionário continue milionário, se se admite que milhões de filhos de trabalhadores mantenham uma posição de hierarquia tradicionalista e continuem a ser miseráveis?

♦ Tudo que é azul-marinho vive no mar. *(Falsa cultura.)*

♦ O sujeito pode cair de um edifício de trinta andares e nem se machucar, dependendo do andar de que cai.

LÓGICA TECNOCRÁTICA

♦ O bom da lógica tecnocrática é que ela tem cara de lógica, rabo de lógica, rugido de lógica, mas é besteirol puro. Me lembro sempre da retificação dada pelo jornal bem democrata: "O esquema de palavras cruzadas que deveria ter sido publicado hoje, saiu publicado ontem, junto com a solução do esquema que devia ter sido publicado antes de ontem. Por isso o esquema que devia ter sido publicado ontem é publicado hoje, junto com a solução de antes de ontem, para que o leitor corrija o *seu* erro".

LOGRO

♦ Prometer não é dar, mas contenta os pascácios.

LOIOLA
♦ Inácio de Loiola passou a vida pensando na sua obsessão. *(Falsa cultura.)*

LONGEVIDADE
♦ Descubro noutro dia, sem querer – perdão, geriatras! – que a longevidade não é hereditária. Meu bisavô morreu com 85 anos. Meu avô morreu com 72 anos. Meu pai e minha mãe morreram com 36 anos. E eu com 28.

♦ Longevidade é uma pessoa viver mais do que deve.

LOTERIAS
♦ Resultado verdadeiro – nunca revelado – das loterias: "Esta semana, mais um recorde da Loteria Esportiva: vinte e seis milhões, quatrocentos e vinte mil, trezentos e oito perdedores".

LOUCURA
♦ Se não está todo mundo meio doido, eu estou completamente.

♦ A loucura tem razões que a sensatez desconhece.

♦ Quando você atinge a última fronteira do bom-senso, começa a entrar na loucura. (E vice-versa?)

♦ Todo mundo é maluco. Depende de onde você cutuca.

LUA
♦ A Lua, crescente / Sabe que eu sou / Homem minguante.

LUCRO
♦ O pior é minha certeza de que, quando esculhambo os que chafurdam no lucro, lucro profissionalmente com isso, e quando acuso o padeiro de roubo, faço disso o meu ganha-pão.

LUCRO / PREJUÍZO
♦ Já não sei se o lucro é um crime. Mas continuo certo de que o prejuízo é um suicídio.

LUCROS / SOCIALISMO
♦ A divisão de lucros é, segundo o muito que tenho lido a respeito, a salvação da humanidade e a porta para o milênio da felicidade humana. De modo que, se você possui uma fábrica onde trabalham 22.000 pessoas e essa fábrica (depois de deduzidas, naturalmente, todas as despesas, inclusive as pessoais da diretoria, viagens, jantares, custeio de um segundo lar, *eventuais*, lanchas, jatinhos, lucros retidos, provisões gerais, atualização do ativo e depreciação do passivo) dá 44.000 cruzados novos de lucro por ano, é justo, e sábio, e prudente, que você divida esse lucro totalmente pelos trabalhadores, entregando a cada um deles os 2 cruzados novos que merecem pelo seu esforço, dedicação e competência. E teremos, aí, o socialismo. Ou melhor, jamais ouviremos falar de novo no socialismo. *(1988)*

LUIS FERNANDO VERISSIMO
♦ Superlativo já no nome, Verissimo possui dois instrumentos de audição, dois de visão, um, bifurcado, de olfato, um gustativo (exemplarmente cultivado) mas, homem cheio de dedos, é bom mesmo no tato. Humorismo nunca ninguém lhe ensinou. Ele se riu por si mesmo.

LULA
♦ Lula – um líder aspirando cada vez mais pompa e tropeçando cada vez mais nas circunstâncias. *(1989)*

LUSITANA (PROVÉRBIOS À)
♦ O idiota vive nadando e morre de sede. / Não fies nem um tostão a quem mete os olhos no chão. / A sujeira da nação não a lava nem sabão. / O poder e o sol entram por onde entendem. / A quem tudo te pode tirar dá tudo o que te pedir. / Em conselho de raposa galinha já vem guisada.

LUTA
♦ É preciso primeiro combater o nosso próprio lado.

♦ Bem moço percebi que a vida é dura e que eu tinha que agarrar o touro pelos chifres. O touro ganhou.

LUTA DE CLASSES
♦ Luta de classes é luta de classes, pô! Agora que todas as fábricas do mundo fabricam robôs pra substituir operários, por que os operários não fazem robôs – necessariamente em muito menor número – pra substituir patrões?

LUXO
♦ Para o pobre, que se contenta com o mínimo, o suficiente já parece um luxo.

LUZ
♦ A luz percorre 299.792.458 metros por segundo. Exceto, naturalmente, no escuro.

M

MACHADO DE ASSIS
♦ Como funcionário público foi sofrível. O pior é que era metido a filósofo. *(Notas de um crítico literário mal-humorado.)*

MACHISMO
♦ As feministas deviam protestar. Pelo número inacreditável de comerciais de desodorantes femininos que são exibidos na televisão, e pelas somas gigantescas que se gastam nesses comerciais, as mulheres brasileiras podem ser consideradas as mais fedorentas do mundo.

♦ Bata em sua mulher hoje mesmo – amanhã ela pode estar no poder.

♦ Hoje em dia, se você vai pra cama já de pau duro, a liberada te rosna: "Machista!"*(1981)*

MACHO
♦ Calma aí, pessoal!, o Crepúsculo dos Machos não traz, necessariamente, o Alvorecer da Bicharia.

MACROBIÓTICA
♦ Macrobiótica não é coisa pra pessoas de bem.

MACUMBA
♦ A macumba é uma teologia estudada na senzala da universidade.

MADRUGADA
♦ Acordei noutro dia bem de madrugada, fui até a janela, levantei ligeiramente uma das hastes da cortina de plástico e vi, através do pequeno espaço, o sol radioso que nascia,

vermelho puro, por trás das montanhas verdes da Gávea. Os revérberos matizavam o mar e transpareciam as águas com sua luz inaugural. E eu disse, pra mim mesmo: "Taí, Millôr, o Brasil dos teus sonhos".

♦ Sou tão ansioso pela vida que às vezes acordo ainda mais cedo pra assistir o pôr do sol.

MADUREZA
♦ Esta é a verdade / Eu já sou um homem / Da minha idade. *(1959)*

MÃE
♦ Taí: mãe, que é a carreira mais difícil do mundo, e pra toda vida, não precisa de exame psicotécnico, nem curso de faculdade, nem atestado de bons antecedentes.

♦ Supermãe é uma mulher que corta um *petit-pois* em dois pro filho não ter que mastigar.

MÃE SOLTEIRA
♦ Eu sou totalmente a favor da mãe solteira – porque também sou frontalmente contra o pai casado.

MÁGICA
♦ Ia eu, no alvorecer da manhã (como diria o Ibrahim), pelo calçadão de Ipanema, olhando sob meus pés aqueles bonitos mosaicos em pedras portuguesas. Aos poucos, sem me dar conta, pela transmutação sincrotônica na retina (êpa!), os desenhos foram virando quadrados, formando um tabuleiro de xadrez. Continuei correndo, fascinado, me sentindo um personagem de *Alice no país das maravilhas*. E, súbito, num estalo do Vieira, me veio uma saída brilhante, extraordinária, para um dos mais famosos lances do Kasparov. Uma coisa especialmente inacreditável, pois não jogo xadrez.

MÁGOA
♦ A gente nunca é derrotado lealmente.

MAIORIA

♦ É como eu sempre digo, o povo, que não entende nada de pesquisas, não erra nunca na sua previsão. A maioria vota sempre no candidato que ganha.

♦ Chama-se de "maioria absoluta" um general no poder, com meia dúzia de generais em volta.

♦ Em favor da TV: é impossível 50 milhões de idiotas estarem enganados.

♦ A maioria silenciosa está para a minoria estridente assim como a maioria concêntrica está pra minoria excêntrica (no duplo sentido).

MAIORIDADE

♦ Quando a pessoa faz 18 anos chega à maioridade, mas a maior idade mesmo é a do vovô, que já está com 81. *(Composição infantil.)*

MAIS-VALIA

♦ Mais-valia: o bom-bocado não é pra quem o faz, é pra quem o come.

MAL

♦ Há males que vêm pra pior.

♦ Nada de mal te acontece que não seja esplêndido diante do que poderia te acontecer.

♦ Um mal necessário não é necessariamente um mal. E muito menos – necessário.

♦ Tá bem, nós todos / Vivemos a perigo. / Mas meus males são os piores. / Acontecem comigo.

MALANDRAGEM

♦ A malandragem é a arte de disfarçar a ociosidade.

MALAS

♦ Depois de viajar algumas vezes você constatará, invejoso, que suas malas viajaram muito mais e foram a lugares muitos mais estranhos do que você.

MALEABILIDADE
♦ Meus princípios são rígidos e inalteráveis. Agora, eu mesmo, pessoalmente, nem tanto.

MALEDICÊNCIA
♦ Diz aí um país que não fale mal de si próprio.
♦ Longe dos olhos, longe do coração. E bem mais perto da maledicência.

MALÍCIA
♦ Quando alguém, maliciosamente, pergunta se você gosta de mulher, responda socraticamente: "Comparando com quê?"
♦ Em terra de cego quem finge de cego é rei.

MALUCO
♦ Tem muito maluco por aí que não aguentou a situação em que vivemos e preferiu se recolher a um mundo de pesadelos.

MALUF
♦ Noutro dia, na televisão, vi o Maluf respondendo ao Tancredo com respeito, dignidade e compostura. Ou seja, estava completamente fora de si. *(Campanha eleitoral. 1984)*

MALVINAS
♦ Na guerra das Malvinas, além de não fazer nada, o Brasil fez isso muito lentamente.

MANADA
♦ Uma manada é uma colmeia de bois. *(Novos coletivos.)*

MANCHETE
♦ A revista *Manchete* é um equitacrome colocado sobre a lepra do Brasil.

MANCHETES
♦ Se você gosta de aparecer, roube, mate e esfole. As manchetes não se interessam pela virtude, nem pelo bom comportamento.

MANDAMENTOS
♦ Você bem pode fazer aos outros alguma coisa que não queres que te façam. Os gostos não são iguais.

♦ O diabo é que, quando acabou os dez mandamentos, Moisés esqueceu de botar em baixo – *Vale o escrito*.

MANEIRISMO
♦ Cheio de rompantes, quando está com os ministros militares Itamar sempre fala com cuidado, pisando em ovos. Do povo. *(1994)*

MANSO DE PAIVA
♦ Sem motivo me lembro de Manso de Paiva, na década de 40, descascando tangerina com um canivete, na rampa do edifício da revista *O Cruzeiro*, na Saúde (havia sempre a sombra de Machado de Assis ao fundo), onde eu trabalhava. Estou ali, menino, conversando com o assassino famoso, manso como o nome, enquanto ele engolia gomos de tangerina, distraído. Meio idiotizado, nem sabia que era um faquista quando, pensando salvar o Brasil, deu a facada no senador Pinheiro Machado, o homem que odiava. Era um herói, embora pelo avesso. Anti, como vocês chamam agora. E estava ali, ainda jovem, pegara 30 anos, estava solto depois de uns 20, sei lá, *on parole*. Chupava os bagos, cuspia as sementes, nunca mais o vi. *(1978)*

MANUFATURA
♦ Eu sou do tempo em que sexo era feito a mão.

MAOISMO
♦ Conselhos a esse rapaz que está no governo: despreze o inimigo estrategicamente, mas leve-o a sério taticamente. *(Mao Zedong – Cartilha do Revolucionário.)*

MAPOTECA
♦ Uma mapoteca é uma alcateia de mapas. *(Novos coletivos.)*

MAQUIAGEM
♦ Triste é o dia em que a mulher começa a usar óculos pra fazer a maquiagem.

MAQUIAVELISMO
♦ Eu lavo e você enxuga. *(Série de charges. 1958)*

MARASMO
♦ País original, este vosso: aqui a história não se repete. Mas também não se renova.

MARAVILHAS
♦ As sete maravilhas do mundo moderno: (I) A tanga feminina. (II) O controle para desligar televisão a distância. (III) A fruta-de-conde sem caroço. (IV) Os enlatados de televisão que, sem o menor esforço maternal, hipnotizam todas as crianças de casa. (V) O gravador para atender telefone (secretária eletrônica), a mais sólida barreira contra chatos audioinvasores. (VI) A água encanada. (VII) O direito das mulheres racharem com os homens a conta do restaurante. *(1984)*

♦ O mundo é cheio de lugares maravilhosos pra quem não vive lá.

MARCA
♦ E Deus marcou Caim, criando o logotipo.

MARCEL PROUST
♦ Marcel Proust. Não há nada, em sua literatura, que um bom fumigador asmático moderno não resolvesse. *(Notas de um crítico literário mal-humorado.)*

MARCO POLO
♦ Quando Marco Polo trouxe da China o macarrão, inventou a cultura de massa.

MARGINAIS
♦ No dicionário, prefira os palavrões. Na aritmética, escolha as frações ordinárias.

MARIDO
♦ Marido é esse cara com quem você vive até o dia da separação.

MARÍLIA GABRIELA
♦ Marília Gabriela. Pelo de fora e pelo de dentro, nem uma tevê de 32 polegadas abrange a sua dimensão.

MARK TWAIN
♦ Mark Twain. Se em vez de trabalhar nas barcaças do Mississípi trabalhasse nas da Cantareira, teria, no máximo, escrito revistas da praça Tiradentes. *(Notas de um crítico literário mal-humorado.)*

MARKETING
♦ *E, AGORA, UMA PALAVRA DO NOSSO PATROCINADOR:* Você só tem ideias antigas? *MILLÔR* moderniza completamente qualquer ideia. Com *MILLÔR* suas ideias antigas tornarão a brilhar como novas e você será considerado até um homem de pensamento pós-moderno. *MILLÔR*, produto original do Meyer, é de grande eficácia hilariante e não tem qualquer efeito tóxico. Recomendado pelo Laboratório Embromatológico Nacional, *MILLÔR* pode ser encontrado nas melhores praias do ramo e em quase todos os bares do Brasil. *(*O Pasquim. *1970)*
♦ Marketing is all. *(Slogan. 1972)*

MARX
♦ É evidente que as forças de produção regem muitas coisas. É liminar que o contexto social rege muitas coisas. Mas não se pode ignorar as forças metafísicas, o que chamo de anticorpo. Marx é o próprio anticorpo na sociedade em que vivia. Se suas teorias fossem perfeitas ele não poderia existir. *(Entrevista.* Revista 80. *1981)*
♦ Marxismo atualizado: "Já que não podemos fazer nada pelos miseráveis, precisamos, pelo menos, diminuir a grita dos contentes".

MARXISMO
♦ Os marxistas brasileiros incorporaram com ardor as tendências trotskistas, stalinistas, maoístas, e até albanesas. Mas têm que entender que só chegarão ao poder no dia em que incorporarem um pouco mais da TV GLOBO.

MASOQUISMO
♦ É como dizia o masoquista; viver mal é a melhor vingança.
♦ É melhor se arriscar a ganhar do que nunca perder.
♦ Vocês não acreditam, mas existem pessoas que pagam para serem amarradas numa cadeira durante dez ou doze horas, quase sem alimento, enfrentando perigo de morte o tempo todo dentro de um aparelho com motor a explosão – só pra ir badalar na Europa.
♦ Deixa comigo, adoro me cobrir de centopeias.

MASOQUISTA
♦ Os masoquistas têm atração por sádicos. Mas quando um sádico tem atração por eles sofrem paca.

MASS MÍDIA
♦ É, ninguém acredita mais em glória com menos de 30 milhões de espectadores.

MASSAS
♦ Um burro é igual a outro burro pro ideólogo de massas.

MASTER-PIECE
♦ *Master-piece* – O pedaço do patrão. *(Traduções televisivas.)*

MATAR
♦ Matar uma pessoa é um torpe assassinato. Matar algumas pessoas pode ser um ato de terrorismo necessário à vitória da Causa. Matar milhares, bom, matar milhares é fundamental para a defesa da soberania e da segurança do país.

MATEMÁTICA
♦ Já sou bem mais velho do que fui há muito tempo, mas não tenho nem a metade da idade de quando tiver mais do dobro.

♦ Polivalente é um pentágono com mais lados do que um poliglota. *(Falsa cultura.)*

MATEMÁTICA HISTÓRICA
♦ Pegue alguns livros de história e você verificará facilmente que a soma das histórias nacionais não dá como resultado a história universal.

MATEMÁTICO
♦ Os hindus inventaram o zero e acreditavam nos duodécimos. *(Falsa cultura.)*

MATÉRIA-PRIMA
♦ O pinho é uma excelente madeira, com a qual se fazem esplêndidos móveis de jacarandá.

MATERIALISMO
♦ Ganho é dignidade.

MATERNIDADE
♦ Partenon é onde as mulheres gregas tinham filho. *(Falsa cultura.)*

♦ Maternidade é onde a gente vai pra vir ao mundo.

MATEUS
♦ Na campanha pra permanecer no governo mais um ano Sir Ney distribuiu dezenas de canais de rádio e televisão para amigos, cupinchas e marimbondos de fogo. O pessoal só se espantou quando ele distribuiu vários canais para si mesmo. A mim não surpreendeu. Sir Ney sempre foi ensimesmado.

MATRIMÔNIO
♦ O casamento chama-se matrimônio porque aparentemente só a mulher se casa.

MAU HUMOR
♦ Só uma coisa me deixa de mau humor. O mau humor alheio!

MAU MOTORISTA
♦ Um mau motorista não se detém diante de nada.

MEAÇÃO
♦ Onde come um comem dois, desde que o anfitrião seja o Jô Soares e a visita o Marco Maciel. (Eu quero ver é o contrário.)

MECÂNICA
♦ Guio bem, mas o motor de meu carro sempre foi pra mim um mistério insondável. A qualquer enguiço sei apenas abrir o capô e contemplar a máquina, atitude metafísica que nunca pôs um carro em marcha.

MÉDIA DE VIDA
♦ Estatísticas mostram que no Nordeste a média de vida é de 37 anos. Conclusão de um cientista social – os nordestinos não estão preparados pra geriatria.

MEDICINA
♦ As admiráveis experiências científicas modernas nos põem cada dia mais respeitosos diante dos médicos. Sempre consulto médicos ao menor sintoma de alteração orgânica. Devo minha indecente saúde a fazer exatamente o contrário do que recomendam.

♦ A medicina é uma ciência. Sua prática, um negócio. A organização coletiva, uma indústria. A socialização, uma máfia.

♦ A morte do cliente não impede que o médico cobre a conta.

♦ O que é pior: a falta de assistência médica ou o excesso?

♦ Quando o médico lhe comunicar que você não tem mais de três meses de vida, avise que não tem dinheiro pra pagar a conta. Ele lhe dará mais três meses.

♦ Só consulte médico se ele estiver realmente em estado grave.

♦ A medicina não perdoa – nem se arrepende.

♦ A medicina tentou, inutilmente, durante dois séculos, curar pela sangria. Quantos séculos levará pra desistir da transfusão de sangue?

♦ O prestígio da medicina é feito com 25% de crendice popular, 25% de aparatos tecnológicos e 40% de nomenclatura. Ah, e 10% de abnegados.

♦ O que é mais perigoso; a falta de assistência médica ou a medicina preventiva?

♦ Se a medicina brasileira continuar subindo de custo da maneira como vai, nosso seguro médico só poderá ser bancado pelo *Lloyds* de Londres.

♦ A medicina sempre será muito melhor nos próximos anos, o que me dá um medo danado dela agora.

♦ CTI é uma câmara funerária com taxímetro.

♦ Um médico leva a outro.

MEDICINA PREVENTIVA

♦ A medicina está fazendo tais progressos que já descobriu várias curas para as quais não há doenças possíveis.

MÉDICO

♦ Médico é um cientista que aplica drogas que mal conhece em pessoas que nem conhece.

♦ Antes de prescreverem os remédios, os médicos prescrevem as doenças.

♦ Dizem que no Brasil há 20.000 médicos desempregados. E não é por falta de doença.

♦ Dizem tais maravilhas, coisas tão miraculosas a respeito de alguns cirurgiões que nós, saudáveis, sentimos que estamos perdendo alguma coisa.

♦ Responda depressa: Quando um médico morre, o índice de mortalidade do país aumenta ou diminui?

MEDIDA

♦ Se fosse só para medir a dimensão de nossos homens públicos nem teria sido necessário inventar o sistema métrico.

♦ Ainda não consegui dimensionar (quantificar?) toda a minha ignorância. No dia em que conseguir, serei um sábio. (Mas nem disso estou certo.)

♦ Eternidade é no tempo. Infinito é no espaço. O diabo é um acabar antes do outro.

♦ Condena-se muito os excessos. Mas também há um limite para o mínimo.

MEDÍOCRE

♦ Tão medíocre que nem no dia do próprio enterro conseguiu ser o centro das atrações.

MEDIOCRIDADE

♦ A mediocridade não é uma coisa nova. Os antigos já conheciam a mediocridade. Mas só hoje temos cintos com monograma, Seleções do Reader's Digest e papel higiênico de florzinha. *(1970)*

♦ De uma coisa ninguém discorda: nunca houve, na vida política brasileira, tamanho desperdício de mediocridade.

♦ Deus do céu, essa luta gigantesca pela conquista do poder foi só pra roubar? Olha, minha gente, o que me espanta não é a corrupção; é a mediocridade. *(Sobre a corrupção no governo Collor. 1990 – 1993)*

♦ Quem não é herói, nem rico, nem poderoso, vai morrer assim mesmo, mediocremente; nem vilipendiado, nem eletrocutado, nem assassinado pelas costas – apenas por decurso de prazo?

♦ Se você quer vencer na vida, tome nota. Quando estiver numa reunião e alguma frase brilhante lhe vier à cabeça substitua-a rapidamente por algumas destas joias da mediocridade ocidental: "Eu adoro vestido transparente: mas não na minha mulher". "Quem trabalha não tem tempo de ganhar dinheiro." "Vinho é um gosto que se adquire na infância." "Reconheço que Bergman é um grande cineasta: mas eu vou ao cinema é para me divertir." "Quem tem o maior preconceito contra os negros são os próprios negros: assim que podem casam com branca." "Acho a *Manchete* a melhor revista do Brasil."

MEDITAÇÃO TRANSCENDENTAL

♦ Mas toda meditação, afinal, não é transcendental? Eu, pelo menos, não paro pra pensar besteira.

MEDO

♦ Tão sincero quanto o medo.

♦ Eu sofro de mimfobia / Tenho medo de mim mesmo / Mas me enfrento todo dia.

♦ Medo já vem com câncer, meu compadre. *(À maneira de Guimarães Rosa.)*

♦ E o senhor vai com ele? O medo dele lhe pega. Agora, a sua coragem não pega nunca nele. *(À maneira de Guimarães Rosa.)*

♦ Medo é a marcha a ré da coragem.

♦ Medo é essa coisa no silêncio e no escuro. Nasce com a gente e, se nos mata, morre conosco. É a única coisa que não nos abandona nunca e fica conosco, sobretudo quando o momento é terrível, a situação desesperadora. Segue-nos como uma sombra e, inúmeras vezes, se confunde com ela. Em geral está atrás de nós, mas tão colado que, se nos voltarmos, ainda assim não o vemos. Donde a crença de que o medo é nossa própria espinha.

♦ O medo agarra o homem é pelo passado de todas as covardias. *(À maneira de Guimarães Rosa.)*

♦ Quem sabe, teme. Quem sabe muito, não sai de casa. Quem sabe ainda mais, tranca-se no armário. Quem sabe demais fica mesmo no cofre.

♦ Sabe o que é sentir o nunca na frente da gente? É isso o medo. *(À maneira de Guimarães Rosa.)*

♦ Não é segredo. / Somos feitos de pó, vaidade, / E muito medo.

MEIO
♦ Tapetes da Pérsia só são bonitos lá.

MEIO AMBIENTE
♦ De uma baleia: Salvem antes o Brasil, pô!

♦ Desse mato não sai coelho. Sai é jacaré, Antônio Carlos Magalhães, cobra, Sarney, lagarto, Maluf, hiena, Quércia...

♦ Continuo a me espantar, quando dizem que sou demasiado cético. Como é possível ser cético, vivendo como eu vivo, e onde eu vivo? Não há ceticismo que resista a despertar no Rio, mais especificamente em Ipanema, nestas maravilhosas manhãs de outono. Acordo bem cedo, abro a janela já dourada pelo pleno esplendor do sol que levanta a cabeça das pedra gêmeas do Arpoador, e fico parado, fitando o multiverde, as casas que sobem o Vidigal, as ondas que batem na encosta da Gávea. Aqui, bem em frente a minha janela, a superfície lisa do mar – a maré baixa ampliou a faixa de areia por mais algumas centenas de metros, arrebentação adentro – forma pequena piscinas de água límpida, aparentemente não poluídas, e não sou eu quem vai verificar! Ao longe, a ilha que os portugueses candidamente batizaram de Cagadas, e que a *pruderie* rebatizou de Cagarras, expõe ao sol as enormes manchas brancas que lhe deram o nome: cálcio do cocô das gaivotas, que continuam a produzi-lo agora mesmo, enquanto voam sobre a ilha como poesia viva, aliás a única. Moças em roupas coloridas saem da praia, alegres e saltitantes, floridas coxas à mostra, bundinhas também graciosamente expostas, com o seu Cooper feito (o cacófato traduz apenas a dupla realidade). Pego meu calção e desço à areia, hoje mais branca e dura do que habitualmente, e começo a correr devagar em direção ao Arpoador, o sol leve de junho me batendo no rosto, o sentido do ato de viver mais pleno do que nunca – aqui e agora. E, de repente, feito por um milagre (choveu de madrugada?) – pois há apenas meia dúzia de nuvens no céu – surge à minha frente, nítido, enorme, bem-desenhado, cores profundas, enchendo o céu, um inacreditável arco-íris. E volto ao início desta nota – como ser cético diante disso tudo? Como ficar indiferente ou não acreditar na grandeza da natureza, na maravilha que é este espaço em que me foi dado viver? O meu sentimento de crença é total e definitivo diante do que me envolve – estou absolutamente seguro de que não há nada nem remotamente parecido no Congresso Nacional.

♦ De um paraibano: Salvem antes os pescadores paraibanos!

♦ Não que eu seja egoísta. Mas de vez em quando, olhando essa desvairada especulação imobiliária, penso numa pequena bomba atômica caseira que me restaurasse um pouco da paisagem.

MELANCOLIA

♦ Aguenta, só, os trancos. / Esconde de teu pai / Os teus cabelos brancos.

♦ O general Carlo Trembolo morreu na batalha de Scaputra, em 1427. Só agora eu soube disso, abrindo um dicionário de generais e generalidades. Me veio uma angustiada vontade de escrever um cartão de condolências pra alguém, pra família, sei lá, pra Scaputra, pra Itália. Mas se nem a Itália existia! E fico assim, tolo comigo mesmo, no cinza de mais um desses dias holandeses que se abateram sobre o Rio, só eu, cinco séculos depois, sentindo uma vaga melancolia por não ter conhecido o general e seu tempo. *(1983)*

♦ Quando não somos convidados pruma festa em casa de amigos íntimos vêm-nos o sentimento de que fomos abandonados para sempre.

♦ Se contemplou no espelho muito tempo, totalmente satisfeita com a imagem projetada, mas sabendo, melancolicamente, estar no último instante em que essa satisfação era possível.

MELHORIA
♦ Não se amedrontem, / Papai amanheceu melhor: / Morreu ontem.

MEMENTO
♦ Como recordação da infância ainda pulo amarelinha nas adjacências.

MEMÓRIA
♦ Minha memória não é mais a mesma. Noutro dia estava escrevendo um artigo e não consegui me lembrar a diferença entre a Lassie e a Shirley Temple.

♦ O criticado tem memória melhor do que o crítico.

♦ A memória serve pra esquecermos do que é que era mesmo.

♦ Já encontrei muita gente que se lembra de todos os livros que lê. Nunca encontrei ninguém que se lembrasse de me devolver os que me pediu emprestado.

♦ Quem não tem memória sabe tudo de olvido.

♦ Qual foi a melhor: aquela noite inesquecível ou aquela noite que você nem se lembra do que aconteceu?

♦ A gente começa a suspeitar de perda de memória quando não consegue mais acabar uma carta sem dois P.Ss.

♦ É inegável que os inúmeros arquivos de imagens, sobretudo o gigantesco acervo das televisões, tornaram a memória humana totalmente obsoleta. A garotada não se interessa mais por recordações – só quer *replays*.

MEMORIAL DA AMÉRICA LATINA
♦ Memorial da América Latina. Fiquei estupefáquito com a excelsitude de vidros e de curvas, e do desvario de linhas e estros sinoidais. Arborização perfeita. Isto é, nenhuma árvore. De longe é um Taj Mahal sem amor, monumento alambacioso, a tuba da epopeia dos heróis da pátria com

uma mão simbolista sangrando, não se sabe se por agredida ou agressora. Fiquei tão afogueado que peguei meu camelo e fui beber, no oásis-bebedouro único no meio do deserto de cimento, a água deliciosamente quente. Mas, enfim, governo paulista e povo brasileiro, estamos todos de parabéns. Porque procurei, procurei, e não encontrei paramaus. *(1989)*

MENOR

♦ Ah, como é fácil a qualquer entidade proteger o menor genérico!

MENSTRUAÇÃO

♦ Mocinhas maravilhosas – os corpos esculturais em roupas íntimas lindíssimas – anunciando com cara sorridente e feliz o último Modess, já me convenceram: a menstruação é uma das alegrias da vida.

MENTIRA

♦ A mentira é a mais-valia da credulidade. Já que não se pode mentir se não houver um crédulo. Pois ao cético ninguém mente, já que ele não crê nem na verdade.
♦ É inútil chamar alguém de mentiroso. Todo mundo é.
♦ Desenvolveu tanto a arte da mentira que todos acreditam nele. Ele é que já não acredita em mais ninguém.
♦ Fala-se muita mentira com extrema sinceridade.
♦ A mentira mostra que por baixo das mentiras de ministros, senadores, médicos, havia outras mentiras. A imprensa já devia saber que se a verdade não está por cima, por baixo é que ela não está. Apenas outra e outra e outra camada de mentira. *(Por ocasião da morte de Tancredo Neves. 1985)*

♦ **Mentimos mesmo quando estamos sozinhos.**
♦ Da inverdade, apanhada na hora, diz-se que é uma mentira deslavada. Um ano depois talvez seja considerada apenas

uma outra faceta da verdade. Se persistir, dentro de dez anos será um rapto de imaginação da pessoa que a pronunciou. Um século depois já ninguém mais se lembrará de quem disse a mentira e ela será parte fundamental da sabedoria popular, se transformará em fantasia, em canto, em ode, em épico, em conceito geral de eternidade filosófica.

♦ Durante uma semana, a família, que reclamava das "mentiras da imprensa", mentia ao país sobre o estado de saúde de Tancredo. Ninguém precisa ler Shakespeare (ou ter visto *Dallas*, pelo menos) pra saber da gula patológica de famílias que se apossam de qualquer espécie de poder. Acompanhando a família, o presidente em exercício, os ministros, os médicos e, profissionalmente, o porta-voz, mentiam descarada e organizadamente. Bem, tinham que fazê-lo: a ética do poder é a mentira. *(JB. 1985)*

♦ Não, que é isso!, ele não é propriamente um mentiroso – tem apenas uma verdade múltipla.

♦ Para se distinguir um mentiroso de um coxo basta, naturalmente, sair correndo atrás dos dois.

♦ Qualquer um se convence de que uma deslavada mentira é uma verdade absoluta depois de ouvi-la várias vezes contada por si mesmo.

♦ Há mentiras inacreditáveis – nenhuma verdade em que se possa acreditar.

♦ Jamais diga uma mentira que não possa provar.

♦ Ninguém é dono da verdade. Mas a mentira tem acionista à beça.

♦ Sou um tremendo mentiroso. Mas só quando digo isso.

♦ Um mentir é do que mente, mas outro é do escutador. *(À maneira de Guimarães Rosa.)*

♦ Você pode desconfiar de uma verdade. Mas uma mentira, como tal, é sempre rigorosamente verdadeira.

♦ As pessoas que falam muito mentem sempre, porque acabam esgotando seu estoque de verdades.

MENTIROSO
♦ Enorme vantagem é a do mentiroso; enquanto todos sabemos apenas o que sabemos ele sabe ainda muita coisa mais.
♦ O que pronuncia muito a palavra indubitável é um tremendo mentiroso.

MERCADO FINANCEIRO
♦ Falem-me em mercado financeiro que eu puxo logo o meu cheque sem fundos.
♦ O mercado financeiro está acima da alma humana.

MERCADO COMUM
♦ Ziraldo embarcando para a Europa, convidado a visitar o *Mercado Comum*. Se conheço bem o Ziraldo, vai transformar o *Mercado Comum* em seu mercado particular. *(O Pasquim. 1973)*

MERCHANDISING
♦ Houve tempo em que as tragédias / Vinham molhadas de angústia. / Hoje não. / Hoje a televisão / Mostra restos de avião / Entre bacalhau e sabão / E o incêndio do edifício / Corpos caindo no espaço / Se espatifando no chão / Se interrompe pra *starlet*, / Com um Modess na mão, / Mostrar como é fascinante / A sua menstruação.
♦ Cristo voltou. Só não ficou porque não encontrou patrocinador.

MERITÍSSIMO
♦ O meritíssimo julga pela Lei, / Pelo Espírito, e pela Premissa: / E às vezes faz justiça.

MÉRITO
♦ "Dona Sarah Kubitschek chegou ontem ao Brasil, depois de seis meses de viagem pela Europa, e foi condecorada com a ordem do mérito do trabalho." *(Esta frase, publicada nos jornais, passou inadvertida. Dita por mim na televisão, motivou a censura e consequente suspensão de meu programa* Lições de um ignorante, *na TV RIO. O governo*

era do admirável democrata Kubitschek, inventor desse crime político chamado Brasília, e esposo da dama citada. Liberalidade tem hora. 1958)

♦ Se cadeia fosse por merecimento eu apontaria cinquenta homens públicos que mereciam ir pra lá.

♦ Medalha do mérito é dada a quem demonstra que não o tem.

MESQUINHARIA

♦ Esses relógios digitais que marcam até décimos de segundo tornaram a vida muito miudinha.

♦ Para um bêbado não existe nada mais mesquinho do que um copo com fundo duplo.

MESQUINHEZ

♦ A estreiteza de espírito provoca tudo que é mesquinho. O que a estupidez não vê o coração não sente.

METAFÍSICA

♦ Não, eu não tenho medo do fim. / Mas, e se o mundo terminar / Antes de mim?

♦ Fundamentalmente o humorista tem que saber de onde veio e para onde vai. Se não conseguir saber isso do ponto de vista escatológico (Aurélio!) deve pelo menos saber do momento em que se encontra; se vai pra casa ou vai pro bar, se sai do bar e vai pro bordel. Já é meio caminho andado (em zigue-zague se está saindo do bar). *(Do Estatuto da Universidade do Meyer. 1945)*

♦ Leio – e me impressiono com – uma revista disposta a melhorar minha (nossa) personalidade. A desenvolver "a latitude, em graus, da normalidade." A mostrar "o equador divisório da consciência e da inconsciência", "a determinação objurgatória de seu dia", "a polaridade entre a saúde e a patologia", "a latente motivação dos dias e das noites", "a maré das reações metabólicas", "os fluxos e refluxos da hereditariedade". Tudo isso, acreditem, fartamente ilustrado. *(1961)*

♦ Se você estudar bem a história, perceberá que as revoluções adiantam pouco, os heróis menos, os desígnios invisíveis, tudo. Súbito você percebe que uma nova religião foi implantada, um novo modo de agir e vestir surgiu do nada, uma amizade imorredoura – pessoal ou coletiva – desapareceu da noite para o dia transformada em ódio, pessoas e nações honradas se degradaram ignobilmente, países ricos quebraram em demonstração de incompetência inimaginável (imprevisível) pouco tempo antes. Nada que tenha a menor possibilidade de ser compreendido. Embora historiadores, filósofos, políticos, "cientistas" sociais e, ai!, economistas, ganhem a vida e a glória dando-nos projeções e análises de todos os acontecimentos com uma certeza que só não é assustadora porque é ridícula. A verdade é que, se o marxismo é quase tudo e o freudianismo (a alma humana) é tudo, a metafísica é mais que tudo.

♦ Subjetivo: / O natimorto / Encontra o redivivo. *(1957)*

♦ A intenção fundamental / Da metafísica hodierna / É provar, justamente, / Que não é eterna. / E a inutilidade / De um ser temporal / Que se sabe venal. / E cuja atitude mais bacana / É dar banana.

♦ E agora, me responde, que metafísica sutil emprenha a gestação das horas?

♦ À proporção que se aprofunda no estudo dos verbos, a criança percebe que os tempos estão cada vez mais difíceis.

♦ O benefício da dúvida é uma espécie de INPS da metafísica.

♦ Outra pergunta metafísica, eternamente sem resposta: o vagalume apaga e acende ou acende e apaga?

METÁFORA

♦ O fogo da paixão, como qualquer outro fogo, não vive sem oxigênio. Agora vocês me digam o que significa oxigênio aí nessa parábola que acabo de inventar.

METAIS NOBRES E MENOS
♦ A palavra é de ouro, / O silêncio é de prata, / A burrice é de chumbo, / Canalhice é de lata.

METAPENSAMENTO
♦ Penso no pensamento o dia inteiro.
♦ Penso no que penso o tempo todo.

METEOROLOGIA
♦ Ainda que tenha chovido a semana inteira, a pressão anticiclônica aumentou a partir de São Paulo e se dirige para Brasília soprando com bastante intensidade. No Rio os amantes do ar livre – o governo está liberando – terão motivos de alegria nos próximos tempos. A barometria, que normalmente traz borrasca assustadora, atualmente, dada sua baixa carga energúmena, poderá até ter influência no clarear da aurora (mas não esperem nenhum arco-íris!). Em resumo, espera-se estabilidade temporal em todo país – a não ser que surjam tufões das áreas verde-oliva. *(Previsão meteorológica. 1973)*

♦ Noé foi o primeiro a acreditar – e o último a não se decepcionar – com as previsões meteorológicas.

METEOROLOGISTA
♦ Ninguém é profeta em sua própria terra. O meteorologista, nem em seu próprio céu.

♦ Meteorologista é um sujeito que semeia ventos e colhe dias belíssimos.

METRÔ
♦ Os cariocas apelidam o Metrô de Jacqueline. O buraco mais caro do mundo. *(1979)*

MEYER
♦ Na época em que nasci, nascer no Meyer, como nascer na Vila, de Noel, bairro-irmão e filial, além de trazer um natural conhecimento de toda a cidade (o Meyer era o *epikentron*), era, todos sabem, um privilégio. *(Entrevista. 1980)*

♦ O Meyer era o umbigo do mundo. Vivíamos com a consciência (inconsciente) de que nunca teríamos que abandonar o bairro e a cidade (como muito mais tarde eu iria aprender que era o normal na maior parte das cidades pobres e tristes do Brasil) para sobreviver. *(Entrevista. 1980)*

MICROCOSMO
♦ O gigantesco mundo microscópico escondido na entranha do ínfimo infinito.

MIDAS
♦ Midas é o mais antigo ascendente do Rico de que se conhece a história. Real, e com toques de divino, Midas estabeleceu para a posteridade os fundamentos do ser Rico. *Primeiro*: embriagou Sileno, pai adotivo do poderoso Baco. *Segundo*: durante tempos não abandonou Sileno, em farras que atroaram aos céus. *Terceiro*: conseguiu de Baco, por ser tão amigo de Sileno, o poder de transformar tudo em ouro. *Quarto:* apesar desse seu extraordinário poder não podia comer. *Quinto*: tinha orelhas de burro que ninguém via, ou, por ele ser rico, fingia não ver.

MÍDIA
♦ Mídia – eu sou do tempo em que chamava média e era com pão e manteiga.

♦ A mídia conseguiu transformar a humildade em produto de consumo e Madre Teresa de Calcutá na maior vedete de nosso tempo.

♦ Antigamente tinha o médium, intermediário entre o além e o aquém. Hoje tem a mídia, intermediária entre o consumado (espertalhão) e o consumista (idiota).

♦ As maravilhas da mídia eletrônica: atualmente um subnutrido vivendo no local mais deserto do país pode assistir, como qualquer cidadão de São Paulo, dezenas e dezenas de anúncios sobre restaurantes, culinária, doces e bebidas.

♦ Mesmo o maior eremita está sempre à espera da mídia.
♦ O mundo não ficou pior. A mídia é que descobriu (e o vende) como ele sempre foi.
♦ Os acontecimentos na verdade já não acontecem. São fabricados nas poderosas oficinas da comunicação de massa.
♦ Os grandes meios de comunicação foram inventados quando ninguém tinha mais nada a dizer.

MIL NOVECENTOS E OITENTA E SEIS

♦ O coração suspenso, aqui estamos à espera do Ano-Novo, fim do Ano Velho. Sabemos que não há uma linha entre um e outro, mas um vai começar e outro acabar. Sem volta. Não adianta estrebuchar. Bateu, valeu. E nos juntamos pra festejar *a passagem.* De quê? Por quê? Pra quê? Mas coisa segura é o Ano-Novo jamais se atrasar. Não se conhece, em toda a longa história de anos-novos, um caso de milhares de pessoas de copo na mão, língua de sogra na boca, champanhe pronta na taça e, que foi?, ué?!, Ele não veio? "E agora?", pergunta o Ano Velho. "Saio assim mesmo ou espero um pouco mais?" Mas sai. Deixando atrás o espaço vazio do não ano, um *in-between,* e todo um espanto. Mas o Ano-Novo chega. Um tantinho ofegante, mas chega: "Desculpem, me atrasei um pouco, no limbo, num papo com a Metafísica!". E todos já podemos bater timtim, caras alegres escondendo o coração amargo: "Puxa, como o tempo passa! Já estamos em 1986!"

MILAGRE

♦ Milagre é o espantoso que se encontra com o inacreditável.
♦ Bom, pessoal, todos de malinha pronta pro aeroporto, cada um com sua passagenzinha já devidamente marcada pro Paraguai, Nigéria, Líbano e outros lugares melhores do que este. Está na hora de fechar o milagre brasileiro. *(1974)*
♦ Louvado seja Deus que meia hora depois dá ereção de novo.

♦ No princípio era o milagre. Todo o mal começou com as explicações.

MILAGRE BRASILEIRO
♦ Até o papa percebeu, no Piauí, o Milagre Brasileiro: um Estado todo *lumpen*!

♦ O milagre brasileiro: em vinte anos um país essencialmente agrícola se transformou na sexta indústria bélica do mundo. *(1981)*

MILIONÁRIO
♦ Um milionário, para se arruinar, basta perder o dinheiro que tem. Eu, para me arruinar, ainda tenho que me virar muito, até ficar rico.

MILITARES
♦ Da pretensão intelectual de Castello Branco passamos à grossura paternal de Costa e Silva, que foi substituída pela algidez abúlica de Garrastazu, que deixou o lugar para a altanaria romano-prussiana de Geisel, que o entregou a seu delfim (não neto) o *ego-sum-qui-sum* João Figueiredo, todos bem diferentes mas com uma identidade em comum – o absoluto desprezo pelo *civilis vulgaris*.

♦ Quando os militares falam que não vão se meter em política, já estão se metendo.

MILLÔR FERNANDES
♦ Millôr Fernandes é jornalista amador, só recebe por fora, e não agride a camada de ozônio. *(1991)*

♦ Millôr Fernandes é jornalista sem fins lucrativos. *(1988)*

MINEIRO
♦ Um mineiro nunca é o que parece, sobretudo quando parece o que é.

♦ No político mineiro existe toda uma linha de zigue-zagues, do provável ao impossível, bem protegida por reticências.

MÍNIMO
♦ Uma democracia começa com três refeições diárias.

MINISSAIA
♦ Madama, / Não infunda / Uma minissaia / Numa maxi-bunda.

♦ Para minissaias, maxi-olhares.

MINISTÉRIO
♦ Não chega a ser uma reforma ministerial; apenas mudou de cúmplices. *(Sobre uma reforma ministerial do presidente Sarney. 1987)*

MINORIA
♦ Contra vocês, quase 6 bilhões de cidadãos do mundo, defendo o direito da minoria. Defendo o direito da minoria sobreviver, ir e vir, pensar e exprimir livremente seu pensamento, se comportar como bem entender. Mas, vejam bem, estou me referindo à suprema minoria; o indivíduo. A minoria de um só.

♦ Quando muita gente insiste muito tempo em que você está completamente errado – você está certo.

♦ Se o mundo fosse dominado pelos que gritam mais, as cigarras já teriam dominado o mundo.

♦ As vantagens são tantas que já estou pensando seriamente em me declarar minoria. Ou de um só não pode?

♦ Cada dia é mais perigoso lidar com as minorias, sobretudo quando elas, como as mulheres, passam de 50%.

MINORIAS OPRIMIDAS
♦ Chama-se de "minorias oprimidas" meia dúzia de gatos pingados com uma pessoa audaciosa à frente.

MISERÁVEIS
♦ O belo atrai o belo, o forte atrai o forte, o rico atrai o rico. Os miseráveis se agridem.

MISÉRIA

♦ Nossa população trabalhadora divide-se em pobres, rotos e esfarrapados.

MISSÃO

♦ Como a natureza não acredita em socialização de recursos, faz terras maravilhosas ao lado de desertos inviáveis, regiões ubérrimas ao lado de agrestes totalmente estéreis, cabe ao homem a tarefa de consertar isso. É sua missão e sua razão – afinal artística – de existir.

MISTÉRIO

♦ Amor ninguém explica, meu cumpadre; tem quem explica a gente aparecer no espelho? *(À maneira de Guimarães Rosa.)*

♦ Até hoje não entendi por que os valores morais não são negociados na Bolsa de Valores.

♦ Como se explica que no teatro um personagem (vide Pirandello) sempre consegue se explicar, e ser negado depois exaustivamente, se na vida real ninguém deixa ninguém falar? *(Lições para teatrólogos potenciais. 1962)*

♦ Afinal, o que é extralongo? Economia de escala? Você já tentou escalar uma espiral inflacionária? Sabe distinguir características de disparidades? Já se deu um corte epistemológico? Levou um choque de frequência distributiva? De biopolítica, você entende? Então o que é autodeterminação dos povos? Qual é a distância média entre a esquerda e a direita? Como se reconhece um revisionista? Qual é a diferença, em decibéis, entre a maioria silenciosa e a minoria estridente? Por que o Banco Nacional da Habitação tem esse nome? Você já foi apresentado a algum *warrant* endossado? O que distingue significado de significante? Onde fica a terra de Marlboro? *(1981)*

♦ Mais difícil do que um camelo passar pelo fundo de uma agulha é descobrir por que o camelo iria fazer isso.

♦ O Brasil, eu sei, tem os melhores arquitetos do mundo.

Mas então por que toda arquitetura brasileira é feita pelos piores?

♦ O Universo tem mistérios que jamais vamos entender. Um deles é essa mania de querermos entender os mistérios do Universo.

MISTIFICAÇÃO
♦ Eu conheço um rato, mesmo num gato.

MISTURA
♦ Quem nunca comeu melado não faz bom muro.

MITOLOGIA
♦ Um dia o medo e a ambição se encontraram e deram à luz um tirano.

MOCIDADE
♦ Quando é que a mocidade começou a ficar tão chata e imoral? Não foi quando você completou quarenta anos?

MODA
♦ A moda, a moda da moda, reflexo do mundo, síntese – um homem é um homem ou o resto de uma intriga? *(Momento 68. Show de modas.)*

♦ Jovens pobres cada vez tentando mais imitar as roupas da classe média, enquanto os ricos, estranhamente, cada vez se vestem mais de pobres. *(1973)*

♦ Não me canso de repetir: ninguém vai conseguir destruir o terrorismo. Mas em dias, já visíveis, o terrorismo perderá seu prestígio político, seu charme e seu impacto. Tudo é moda. *(1974)*

♦ Moda é tudo que passa de moda.

♦ O lema socializante – "A cada um de acordo com suas necessidades" – provou-se um fracasso assim que esbarrou na moda feminina.

♦ As modas vão e vêm, mudam sempre; o ridículo é que é permanente.

MODELO
♦ Olhai os animais: eles não desesperam. Animai-vos!

MODERAÇÃO
♦ Bebendo com duas pessoas, você não deve beber mais do que a que bebe mais, nem menos do que a que bebe menos. Assim a que bebe mais não te achará um sórdido abstêmio nem a que bebe menos um bêbado inveterado. Ambas as conotações irão da que bebe menos para a que bebe mais e da que bebe mais para a que bebe menos. No meio – do copo – está a virtude. *(Decálogo do bom bebedor. 1971)*

MODERNIDADE
♦ Com esses carrões importados, nessas estradas esburacadas, malucos metem o pé em Deus com muita fé na tábua.
♦ Filhos criados, tudo drogado.
♦ Hamlet atualizado: "Há mais puxas entre o céu e a Terra do que conhece a tua filosofia, Horácio".
♦ Jamais pensei viver o dia em que uma moça levaria pau em Educação Sexual.
♦ Entendi: / Sofisticação / Contestação / Liberação / É todo mundo / Sentar no chão. *(1967)*
♦ Hoje basta uma mulher ser desagradável pra ser considerada encantadora.

MODERNIZAÇÃO
♦ Antigamente a vida imitava a arte. Hoje imita os videoclipes de televisão.

MODÉSTIA
♦ A modéstia não deve ser cultivada até a presunção.

MODIFICAÇÕES
♦ Com Sarney a vaca não vai mais pro brejo. Vai pro Brejal dos Guajás. *(JB. 1987)*

MODO

♦ Vou indo sempre assim, aqui, parado. E tu, que voltas, nem assim me encontras.

MÓDULO HUMANO

♦ Um arquiteto jovem pergunta ao arquitetão que está construindo o *World Trade Center*, em Nova York: "Mestre, por que, em vez de dois edifícios de 100 andares não construímos um só, de 200?" E o mestre respondeu: "*My friend*, é preciso respeitar o módulo humano". Assim vão os arquitetos, urbanistas e administradores públicos respeitando o *módulo humano,* do tamanho do que serve à especulação do momento. Em Ipanema já somos todos calculados com oito metros de altura, para que os edifícios possam ter quinhentos.

MOMENTO

♦ As idiotices do dia a dia ganham extraordinário efeito filosófico ou poético quando pronunciadas no leito de morte.

♦ A esta altura da vida, além de descendente e vivo, sou, também, antepassado. É bem verdade que – como Adão e Eva depois de comerem a maçã não registraram a ideia – hoje qualquer imbecil se acha no direito de também fazê-lo. Só posso dizer, em abono meu, que me empreguei a fundo. *(1958)*

♦ Como sexo as mulheres são insuportáveis. Mas na hora do sexo não tem nada melhor.

♦ Se a ocasião faz o ladrão, a falta de oportunidade faz a honestidade?

MONDRIAN / NORMAN ROCKWELL

♦ Mondrian, um belo artista (menor), é uma imposição intelectual. Norman Rockwell, o do sonho americano, existe por si mesmo. Qualquer pessoa o olha e adora, queiram ou não os intelectuais. Na verdade todo sentimento estético natural foi violentado pelo intelectualismo, criador umas poucas vezes, fascista sempre.

MONGE
♦ Se o hábito não faz o monge, o que é que faz; a nudez? Mandamos o monge ficar nu?

MONOGAMIA
♦ Chama-se de monogamia à capacidade de ser infiel à mesma pessoa durante a vida inteira.

MONOTALENTO
♦ Você é apresentado ao pintor transvanguarda e vê logo que ele é um pobre-diabo, semialfabetizado, sem qualquer informação sobre altas estéticas pictóricas, acredita sinceramente que Galileu era marido da Galileia e nem sabe que a água tem memória. Só uma pergunta, aqui entre nós: pode-se ser transvanguarda numa coisa só e idiota em tudo o mais?

MONUMENTOS
♦ Os monumentos são só pra celebrar vitórias. Nas derrotas se queimam os arquivos.

MORAL
♦ Mas como traçar os limites da moral? Com régua? Com marcos de cimento? Gelo baiano? Uma saia, a trinta centímetros do joelho, é imoral? A vinte, é própria? Um beijo onde deve ser permitido? Na mão? No pescoço? Na face? Nos lábios? Na? No? Só entre homem e mulher, ou entre homens, na boca, como na espantosa União Soviética? *(1969)*
♦ Quem ama o feio leva muito susto.
♦ Imoral ou moralista, ambos acabam cometendo as mesmas imoralidades. A diferença é que o moralista não se diverte.

MORALISTA
♦ Moralista é um sujeito que acha sempre que você deve fazer o contrário.

MORDOMIA
♦ Mordomia é ter tudo que o dinheiro – do contribuinte – pode comprar.

MOREIRA LIMA (ARTHUR)
♦ Arthur é cheio de dedos, mas não por timidez – é que desde cedo lhe ensinaram a não bater sempre na mesma tecla. Aos 13 anos descobriu que a grande música é o silêncio entre uma nota e outra – a sonata de Deus que só ímpios escutam. Chora em qualquer comédia, pra compensar as risadas que dá no todo-dia. É apaixonado pelos clássicos, mas em certas noites de vento entre as frinchas do palco, assobia com este um velho samba-enredo. Tem uma mão muita destra, é canhoto da outra, e sempre pontual em seus atrasos. Sugestão de epitáfio: "Gostaram do prelúdio?" *(Retratos 3 x 4 de alguns amigos 6 x 9.)*

MORES
♦ O que agora se ensina como educação sexual há dez anos era apenas tara sexual.

MORIBUNDOS
♦ Há moribundos de um dia e os de uma vida inteira.

MORRER
♦ Morrer é o que você nunca conta com, porque sempre acha que não vai já.
♦ Morrer não tem perdão.

MORTALIDADE
♦ A maior causa da mortalidade são os nascimentos.
♦ A maior causa de mortalidade no mundo inteiro é esse mal terrível chamado diagnóstico.

MORTE
♦ Pensamento final, de todo mundo: "Mas já? E por que eu? Por que tão cedo? Por que assim? Por que pra sempre?"
♦ A morte mata. É sua função e ela a exerce. Ao contrário da vida. Não existe a expressão "a vida vive". A morte me apavora. Não só a morte final. Também, e sempre, a morte diária, o resgate, tento a tento, do tempo que me deram de vida. A hora que passa. O instante que flui. Ah, já falei

tanto sobre isso. "Morro mas morre o mundo comigo." Que compensação! *(1958)*

♦ A morte é hereditária.

♦ A morte, a maior parte do tempo, é um sentimento desfocado, apenas um frio na espinha que dá de vez em quando e se repele. Mas se a maior parte dos temores não se realiza, este se realizará, fiquem tranquilos. *(Duas tábuas e uma paixão. 1981)*

♦ A vantagem de morrer moço é que se economiza muitos anos de velhice.

♦ Não estar aqui e não estar em parte alguma eu não mereço. Não há nada mais terrível do que a morte, não me minta, nada mais verdadeiro, menos compartilhado. Eu vou sozinha. *(Mãe. Duas tábuas e uma paixão. 1981)*

♦ O mal da vida é que todo mundo tem onde cair morto.

♦ A morte se alimenta do ato de viver.

♦ Estou jurado de morte, mas continuo cheio de vida.

♦ Lendo história verifico que tem gente que já morreu há mais de 100.000 anos. E me vem uma certeza; a morte pode não ser definitiva, mas é por muito tempo.

♦ Nem todos morrem. Os que morrem depois de nós são imortais.

♦ O cadáver, esse sim, é um homem realizado.

♦ Um dia, mais dia menos dia, acaba o dia a dia.

♦ Quando eu morrer só acreditarei na sinceridade de uma homenagem – o agente funerário não cobrar o enterro.

♦ Só se morre uma vez. Mas é pra sempre.

♦ Todos falam em mortes prematuras, ninguém fala em mortes procrastinadas.

♦ A morte é dramática, o enterro é cômico, e os parentes, ridículos.

♦ Não tenha medo de morrer. Talvez não haja o desconhecido, haja um velho amigo.

♦ Se a morte é fatal, por que será que todo mundo deixa o enterro pra última hora?

♦ Tali o velho, sentadão no parque, com a morte já aparecendo.

♦ Todo dia leio cuidadosamente os avisos fúnebres dos jornais: às vezes a gente tem surpresas agradabilíssimas.

MORTE (1925)

♦ Ali está morto meu pai, Don Paquito. Na mesma rua Teodoro da Silva, algumas casas adiante, com 15 anos, Noel Rosa deve ter tomado conhecimento da morte do vizinho "rico". Que teria pensando ele? Eu, com um ano, não pensei nada. *(1956)*

MORTE SÚBITA

♦ Morte súbita é aquela em que a pessoa morre sem o auxílio dos médicos.

MOTIVO

♦ Certas coisas não se dizem "nem pro pior inimigo" porque se dissermos ele nos mete um soco na cara.

♦ Nos Estados Unidos há muitos atentados a presidentes porque, por melhor que seja o presidente, o criminoso sempre tem a esperança de substituí-lo por outro melhor. No Brasil não há atentado porque, por pior que seja o presidente, o povo sabe que não há nada melhor.

♦ Apesar da enorme diferença de idade ela o amava profundamente e ele tinha 10 milhões de dólares.

MOTORISTA

♦ Nenhum motorista é herói pra quem vai do lado.

♦ Motoristas religiosos, os brasileiros! Só quem tem muita fé em Deus pode meter tanto o pé na tábua!

MUDANÇA

♦ Somos homens – mas já estivemos ameaçados de perder o agá.

♦ Deus existe. Mas é evidente que depois dos voos interplanetários se mudou pra mais longe.

♦ E Adão e Eva foram viver na terra de Nod, a leste do Éden, que logo os especuladores começaram a chamar de Novo Éden.

♦ Eu sou do tempo em que heroína era apenas a mulher do herói.

♦ Antigamente se dizia: "Aonde vamos parar?" Hoje todos perguntam amedrontados: "Aonde vão nos deter?"
(Durante a ditadura militar. 1970)

♦ Não tenho mudado muito de atitude, nos últimos anos, mas mudei duas vezes de apartamento e, no fundo, talvez isso seja até mais radical.

♦ Com o passar dos anos as pessoas mudam muito. E algumas nem deixam o endereço.

♦ Como o tempo passa! Ainda ontem esses meninos que hoje nos assaltam apenas nos pediam as horas.

♦ Muita gente acha que o melhor é deixar como está pra ver como é que fica. Mas basta observar algum tempo qualquer pessoa sentada pra se perceber que a mudança é fundamental ao ser humano – nem que seja pra descansar um lado da bunda.

MULA SEM CABEÇA
♦ Está bem, concordo, não existe mula sem cabeça. E com cabeça?

MULHER
♦ Basta uma mulher ser sexualmente dadivosa pra se achar uma mulher liberada.

♦ Quando uma mulher deixa de amar um homem esquece até que deu pra ele.

♦ Uma linda mulher de quarenta anos: cara e coroa.

♦ Mulher – o meio é a mensagem.

♦ Há um tipo especial de mulher que gosta de trair, não só pelo prazer de trair mas pelo prazer maior de depois confessar, pelo prazer maior do sofrimento infligido, pelo prazer enorme de sofrer a retaliação.

♦ Por trás de cada homem que triunfa tem sempre uma mulher dos outros que o estimula.

MULTINACIONAL

♦ As multinacionais se infiltram nas coisas mais inesperadas. Noutro dia eu estava comendo um pedaço de queijo de minas e encontrei nele um bicho – de queijo Roquefort.

♦ Multinacional é a pátria dos que não têm nenhuma.

MÚMIAS

♦ As múmias são saldos da eternidade.

MUNDO

♦ Deus fez o mundo. O homem o fez imundo.

♦ O mundo se divide entre os que acham e os que não sabem onde botaram.

MURILO MENDES

♦ Murilo Mendes, mineiro e poeta, sempre com aquele ar de quem compra queijo de minas em Amsterdã. *(1963)*

MÚSICA

♦ Para você poder ser considerado musicalmente culto é bom, pelo menos, saber distinguir entre Gulda, Favestaff, Thalberg, Ritter, Steinway, Erard, Busoni, Esenfelder, Bülow, Beckstein, Serkin, Bösendorfer e Pleyel, quais são os pianos e quais são os pianistas.

♦ Se eu fosse Deus tinha feito 77 notas musicais. Sete deu nisso.

♦ A música é a única arte que te agride pelas costas.

♦ Música é uma arte formidável, que a gente pode usar enquanto pratica outra.

MUSICALIDADE

♦ Minha musicalidade começou ouvindo magnífico grupo coral que diariamente apresentava seu espetáculo num brejo perto de minha casa, no Meyer. Entre o cair do sol e as nove da noite centenas de sapos e rãs coaxavam em conjunto, lindamente, em absoluta afinação. Com a pontuação ocasional de um percussionista – o sapo-martelo. Até hoje sei distinguir o coaxo mais grave do sapo do coaxo mais agudo das rãs. Com todo respeito me lembram o vozeirão de Vicente Celestino com o contracanto de Gilda de Abreu e também o famoso acalanto de Caymmi tendo ao fundo a voz divina de sua mulher, Stela. *(1989)*

MUTAÇÃO

♦ Confessemos, somos todos idiotas, incapazes de realmente compreender qualquer coisa que se passa em volta. Mas quem reconhece isso deixa de ser idiota e passa a ser filósofo. Uma outra espécie da mesma coisa.

♦ Já não sou mais aquele – e ainda não sou outro.

♦ O homem é a medida de todas as coisas. Mas a mulher já está adotando outro sistema de medição.

♦ A ambição não diminui com a idade. Apenas perde a memória do objetivo.

♦ Botem um general na reserva e logo desaparecem todas as suas suscetibilidades.

♦ Em minha vida vi pessoas de "esquerda" aos poucos assumirem posições conservadoras, logo de direita, e acabarem como tremendos reacionários. Nunca vi o contrário, nem como exceção.

♦ Mutação importante na espécie *corruptius burocraticus*: o corrupto atual jamais usa colarinho branco.

♦ Paro, neste bairro que conheço de infância, hoje distantes (bairro e infância), e olho a demolição de mais uma casa, bela, por ser casa. Anunciam que vão erguer aí um belo edifício-garagem, como se edifício-garagem pudesse ser belo – a função traz a forma. Mas nada a fazer, tudo muda. Tudo muda, tudo cansa, tudo passa. Só o dinheiro, desde que o mundo é mundo, não muda, não cansa, não sai de moda.

♦ Era tão profunda como a musiquinha *Mamãe eu quero*. Mas me emocionava como um dia, sozinho no sul da Itália, me emocionou ouvir ao longe, "Mamãe eu quero".

N

NACIONALISMO
♦ O Perfeito Liberal é sempre nacionalista: não necessariamente de sua própria nação. Há ocasiões em que poderá se expressar em inglês da ponte Rio-Niterói ou alemão da usina de Angra. *(Vade-mécum do Perfeito Liberal. 1985)*
♦ O petróleo é nosso, mas a conta bancária é deles.

NADA
♦ Do nada surge o nada / No silêncio nos envolve num temor calado / Faz da estrada um túnel e uma emboscada / E silenciosamente volta ao nada.

NAPOLEÃO
♦ Napoleão foi o fundador do Diretório Acadêmico e era chamado o Corso porque descobriu a Córsega. Nasceu em Marengo, e se casou com Josefina Baker na igreja de Santa Guilhotina. Atacado pelas costas por Cleópatra e não podendo ir lá no Egito por causa da bruma intensa do mês de Brumário, enviou pro Cairo seu irmão Bonaparte, que fez um tratado de paz com as pirâmides Keops, Kefrem e Mikerinos, rainhas do Nilo. Enquanto isso, acompanhado de um grupo do Terror (criadores do terrorismo), Napoleão foi a Roma, arrancou a coroa das mãos do papa e disse: "Tomo esta coroa antes que algum aventureiro o faça". Depois da derrota de Alcácer Quibir, Nelson o colocou num Waterclose junto com Santa Helena. Antes de morrer Napoleão ainda inventou a mania de ser Napoleão. *(Falsa cultura.)*

NARIZ
♦ Nariz é essa parte do corpo que brilha, espirra, coça, e se mete onde não é chamada.

NASCIMENTO
♦ Embora os modernos se atenham à crença de que se nasce apenas de duas maneiras, pelo sexo da mãe ou através de uma operação comercial chamada cesariana, a história mostra que nem sempre é assim. Castor e Pólux, por exemplo, nasceram de um ovo. Clitemnestra também. Minerva saiu do crânio de Júpiter. Galateia começou a vida como bloco de mármore ou de granito, sei lá, e quem lhe deu à luz foi o pai, Pigmalião. Tudo isso é da mitologia, mas eu próprio, noutro dia, vi um banqueiro prontinho saindo de dentro de um cofre-forte do Banespa e um operário da Telerj vindo à luz de um buraco na praça General Osório.

NASCIMENTO E MORTE
♦ Nascimento e morte. A mais perfeita forma de renovação de estoque.

NASCITURO
♦ Fique mais um pouco por aí, no limbo – a vida só começa quando você nasce.

♦ Gabriel, não aceite a mentira eletrônico-política de que você nasce no mundo. Você nasce no Rio, Lagoa, pedaço ainda relativamente edênico da vida. Nasce em maio, outono, nossa eterna primavera. Maré baixa, serenas as águas da lagoa, gaivotas vagabundas – bom augúrio. Neste seu pedaço do mundo, você tem *a obrigação* de ser feliz. E a obrigação de preservá-lo. A cada um cabe a guarda do seu quintal, a dignidade de sua calçada, o dever de absoluta solidariedade pra com o próximo – próximo mesmo, vizinho. Sem isso, o resto, o distante, a "humanidade" é evasão de responsabilidade individual, demagogia bíblica, neurose política. Seja bem-vindo. *(No dia do nascimento de João Gabriel, meu neto. 1992)*

NÁSSARA (ANTÔNIO GABRIEL)
♦ De uma certa maneira o Rio é uma invenção de Nássara, Orestes e Noel. Inventores também do papo-furado, foram se distraindo e a cidade cresceu em volta deles. Nássara já viu um Rio melhor mas continua com a certeza de que há sempre um sambão no fim do túnel. Pois não esquece a emoção de quando descobriu o ritmo numa caixa de fósforo – foi um Fiat-Lux! Parceiro de Noel, Lamartine, Frasão e Haroldo Lobo – um panteão para grego nenhum botar defeito – Nássara sabe porém que a Glória não passa de um outeiro. E hoje, quando sobe a ladeira Saint Roman pra vir ao *Pasquim*, a garotada do Pavãozinho canta "aquele morro de zinco que é Mangueira", sabendo que Gabriel é o samba voltando. *(Retratos 3x4 de alguns amigos 6x9. 1972)*

NATAL
♦ Responda depressa: os melhores presentes de Natal você dá por generosidade ou por conformismo?

NATIMORTOS
♦ Falemos de economia metafísica: só com os natimortos a natureza perde um dinheirão.

NATIVO
♦ Sou um índio do asfalto e não sei viver fora do Brasil. Minha árvore genealógica é a mangueira.

NATUREZA
♦ A natureza é burra. Sobretudo quando faz esses sujeitos que vivem repetindo que a natureza é sábia.
♦ Não é culpado, o pobre; nasceu assim, ladrão do Estado.
♦ A natureza é uma deturpação da arte.

NATUREZA HUMANA
♦ O estranho na natureza humana é que o – raro! – homem justo vive atormentado por problemas de consciência. O canalha nem está aí.

♦ Por pior que seja a situação, aja feito homem – dê coices pra todo lado.

NÁUFRAGO
♦ Náufrago confia até em graveto seco e pedra boiando.

♦ A verdade é que todos somos náufragos "nesta ilha de tranquilidade em meio à violência universal". *(A frase em aspas foi lema usado pela ditadura militar.)*

NECESSIDADE
♦ Só louco de amarrar / Vai se psicanalisar.

♦ Congressistas e ministros continuam afirmando que é preciso diálogo. O povo acha que eles precisam é de interrogatório.

NEGÓCIO
♦ Quando dois homens de negócio concordam, uma coisa é certa: cada um acha que passou o outro pra trás.

♦ Tudo em Brasília é negócio. Pior porque tudo é feito sob o lema – negócio é negócio.

NEGÓCIOS DE ESTADO
♦ Eles se reúnem e se reúnem, e depois se reúnem e se reúnem, e se divertem e se divertem, enquanto isso decidindo da vida e da morte dos povos e dos indivíduos. Essa brincadeira constante e sinistra se chama negócios de Estado.

NEGRO
♦ Negro serve para tornar evidente o problema racial do branco.

NENÉM PRANCHA
♦ Como Neném Prancha (Antônio Franco de Oliveira), o grande teórico laico do Futebol do Posto 4 (época de ouro) está morto, a gente já pode se dar à audácia de imitar suas máximas: 1. Se futebol se ganhasse só com os pés, o Dr. Scholl seria o maior técnico do mundo. 2. Jogador ruim até as suas bolas atrapalham. 3. Se técnico

ganhasse jogo, a Escola Politécnica era campeã do mundo. 4. Futebol não tem lógica. Mas, se a gente tivesse Garrincha, Pelé, Paulo César, Newton Santos, Domingos da Guia e Rivelino de um lado só, a zebra ia ter que rebolar. 5. O futebol é que tem de ser bonito – jogador, não. 6. Pelé é Minas Gerais ao contrário – está sempre onde nunca esteve. 7. Jogador, quando é bom, joga até de olho fechado, o braço amarrado e de cadeira de rodas. 8. Mulher nunca pode jogar futebol direito – balança muito. 9. Chute de longe é como tirar cara e coroa – dá sempre mais cara do que coroa.

NEOLÍTICOS

♦ Os neolíticos viviam da caça. Mas a caça também vivia dos neolíticos.

NEPOTISMO

♦ Democracia relativa: *relative democracy*. É isso mesmo aí, bicho; em inglês fica mais claro: democracia dos parentes. *(1979)*

♦ Em torno do ministro sua parentela nos envolvia com aquele cheiro familiar de uma *espiriteira* de álcool num quarto fechado.

♦ Nepotismo e coçar / É questão de começar / Assim que um parente mama / Surgem mil para mamar / Se se contenta Gregório / Pacheco pede ajutório / Todo preto tem seus brancos / Todo João suas Marias / Toda tia seus sobrinhos / Todo sobrinho suas tias / E somos todos parentes / No Brasil das mordomias.

♦ O senador, dando emprego não só a filhos, mas também a primos e sobrinhos, inovou um provérbio. Ficou assim: "Mateus, primeiro, segundo e terceiro, os teus".

NEURÓTICO

♦ Neurótico é um sujeito cego de um olho que pensa que é do outro.

NEVES
♦ Neves morreu de extrema simplicidade.

NEWTON
♦ A queda da maçã na cabeça de Newton foi muito frutífera. *(Falsa cultura.)*

NEWTON CARDOSO
♦ Ao gordo Newton Cardoso, corrupto governador de Minas, sempre podemos dizer *De bosum sum corda*. Não porque isso queira dizer alguma coisa; só pra deixá-lo perturbado. (É a maneira de nos vingarmos dos que atingiram o poder sem merecimento.)

NEWTON CRUZ
♦ E como dizia o general Newton Cruz: "Hoje sou um homem tranquilo. Fiz as pazes com a violência".

NIGHT-CAP
♦ Uma dose antes de dormir (*night-cap*, não confundir com *night-cup*) ajuda a conciliar o sono. E várias doses ajudam a conciliar a insônia. *(Decálogo do bom bebedor. 1971)*

NIILISMO
♦ Está bem, você riu muito. Mas depois que você riu, o quê? – deixa de rir. A vida é só isso. *(1965)*
♦ Nada corresponde a nada e não há qualquer coisa em parte alguma.

NINGUÉM
♦ Ninguém é profeta em sua terra. Ninguém é turista em seu país. Ninguém é culpado em sua corporação.

NINHADA
♦ Ninhada é um cardume de pintos. *(Novos coletivos.)*

NOBEL
♦ E quando não houver mais guerras, o que é que eles vão fazer com o Prêmio Nobel da Paz?

NOBLESSE

♦ "É perspícua a erosão da credibilidade congressional e aferível a obnubilação do seu prestígio, devido à exacerbação da traquiférmia na instituição, dada a contranitência dos líderes em coibir mófratas, ampliando o escrutínio nos chegados a vilanagens: ao contrário, hipertrofiam salvaguardas para notórios tesmótetas." Não sei não, mas hoje, como tantos colegas, estou chegado a um estilo alto e nobre. Que tem isso de bom: não fede nem cheira. *(JB. 1985)*

NOÉ

♦ Noé foi o único que nunca se ofendeu em ser chamado de antediluviano.

♦ O maior erro de Noé foi não ter matado as duas baratas que entraram na Arca.

NOJO

♦ Está tão enojado com a corrupção nas altas esferas em que trabalha que me disse que não aguenta mais nem dez anos.

NOME

♦ Ora, existia ali um senhor corpulento, soturno e atrabiliário. Tramava todos os dias. Por nada e por tudo – vício orgânico, vontade de tramar. E esse homem, concordantemente, tinha por nome Vício. Mas todo mundo o chamava carinhosamente de Critério. *(1992)*

♦ Os nomes são comuns e próprios como eu aprendi na escola. Os nomes comuns são aqueles muito comuns como João e Maria e os nomes próprios eu acho que é assim como abóbora que você come tem gosto de abóbora a forma dela é de abóbora e até a cor é cor de abóbora, ao contrário da manga que começa verde e depois fica cor de laranja. *(Composição infantil.)*

NOMENCLATURA

♦ Se em vez de salvar Barrabás a multidão tivesse salvado Cristo, a coisa só mudaria de nomenclatura. A humanidade teria criado em torno de Barrabás a mesma lenda que criou em torno do Outro e nós seríamos todos barrabãos. *(Vendo o espetáculo sacro em Nova Jerusalém.)*

♦ Sempre foi assim, desde os portugueses: chama-se o Cabo das Tormentas de Cabo da Boa Esperança e está tudo resolvido. *(1985)*

♦ Uma coisa é certa – se você tiver verbas gigantescas e fizer uma tremenda campanha chamando estrume de diamante, ele acabará assumindo a presidência da República. Embora continue sendo bosta.

♦ Ativo – nome do dinheiro orçamentário, antes do desfalque.

NONSENSE

♦ "Nêgo é nêgo, sol de verão é pau puro." *(Cleópatra, cachorrinha poodle toy, latindo em Volapuque para Mata Hari, a espiã negra que abalou Paris. Meyer. 1949)*

♦ E, no fim, o decapitado se casa com a perneta. Realmente – uma história sem pé nem cabeça.

♦ Em Portugal só nascem lusitanos. / Deitado, a toda pressa. / O vento que passava carregava o fresquinho.

♦ Pra falar *nonsense* com graça e perfeição é fundamental você não estar onde se encontra.

♦ Eu vejo o anjo caído / Pergunto: "Como é que é?" / Responde o anjo sem asas: / "Me deixa que eu vou a pé".

♦ Quem andar trepando pelos cornos da lua ganha duas. / Quem apita baixinho pelos túneis da terra, bom dia e boa noite. / Quem se queixa sempre do fígado e do peristalto paga com a filogenia. / Quem perde na frente alguém lhe cobra atrás. / Quem estiver fora do páreo não tem eira nem beira. / Quem rompe a barreira do som recebe uma mandrágora. / Quem abrir a boca na zona subtrópica perde o capital. / Quem achar o vento a favor contrário corre risco certo, paga com o que tem. / Os juízes serão os pais, os filhos e os espíritos santos. *(À maneira de Adrien de Montluc, Príncipe de Chabannais, Conde de Cramail.)*

♦ Na porta do Senado um general ausente fazendo uma afirmação amarela para uma solidão repleta.

♦ No meio dos suspeitos ele era o mais suspeito. Estava com as mãos todas sujas de jaca mole.

NORDESTE

♦ No Nordeste os rios correm a seco.

♦ No Nordeste nu explícito é esqueleto.

♦ O sol nasce para todos. No Nordeste, é só isso.

NORMALIDADE

♦ Nunca conheci ninguém que não fosse tarado sexual.

NOSTALGIA

♦ Certas casas antigas onde um portão ainda pode enferrujar em paz. *(1970)*

♦ Dístico de caminhão: *Saudades do Médici e da Gonorreia. (1991)*

♦ Há cinquenta anos uma mulher, quando ia pra cama, punha camisa de dormir. Vermelho aparecia no rosto das mulheres quando ouviam o que não deviam. As festas eram ao aberto e bem-iluminadas; não se inventara ainda a escuridão. Pedia-se a bênção aos pais, chamados de *Senhor* e *Senhora*, dez horas era hora de ir pra cama mas nunca de sair dela, a Europa era um país muito longe e em geral uma única esposa durava a vida inteira. *(1977)*

♦ Houve tempo em que passar a pão e laranja era sacrifício.

♦ Isso de ontem foi há muito tempo.

♦ O Brasil é o maior produtor de soja do mundo. O Brasil é a sétima indústria bélica do mundo. O Brasil é o nono PIB do mundo. Que saudade de quando o País não era porra nenhuma e o pessoal tinha mais comida!

♦ O ridículo de hoje é a nostalgia de amanhã.

♦ Pegamos o telefone que o menininho fez com duas caixas de papelão e pedimos uma ligação com a infância.

♦ Quem é nostálgico não tem futuro.

♦ Ao ver essas esplêndidas gatas nas praias de Ipanema, nos vem sempre a vontade de voltar atrás no tempo pra um pequeno *replay* dos melhores anos de nossa vida.

♦ Nem há pesos tão pesados quanto o das balanças de um dia.

♦ Nostalgia é querermos voltar prum lugar que nunca existiu.

♦ Vocês não vão acreditar, mas eu sou do tempo em que calcinha de mulher era roupa de baixo.

NOTA SOCIAL

♦ Ontem, como sempre, a Incompetência almoçou com o Esnobismo, a Mordomia jantou com a Fartura, e o Oportunismo foi pra cama com a Luxúria.

NOTICIÁRIO

♦ Todo dia de manhã abrimos o jornal e vemos mortes violentas, desastres espantosos, ameaças apocalípticas, epidemias sem conta, novas guerras, crises gigantescas, destruição e perigo em toda parte. E tem gente que ainda diz que não se diverte.

NOTÍVAGOS

♦ Os notívagos aumentam na razão direta da corrupção geral.

NOTURNOS

♦ A maior parte dessa gente aí não enriqueceu entre a alvorada e o crepúsculo. Enriqueceu entre o crepúsculo e a alvorada.

NOVA GERAÇÃO

♦ Uma coisa as novas gerações têm de aprender: não se pode esculhambar o reacionarismo decadente dos pais com a boca cheia.

NOVA REPÚBLICA

♦ A Nova República é Pão *dormido*, Banana *machucada*, Pato *faisandée*, Queijo *Gorgonzola* ou Malamada? *(1985)*

♦ A Nova República ameaça inundar o país com ideias que não dão água pela canela.

♦ Eu acredito em Tancredo Neves até certo ponto. O ponto de interrogação.

♦ Se a Nova República continuar agindo assim, o regime militar vai acusá-la de plágio.

NOVA YORK

♦ Juntos, Paulo Francis e Henfil, em Nova York, em transas culturais, a fim de elevar *O Pasquim* ao nível da suprema inintegibilidade. Já já o *Pasquim* só será entendido por iniciados e um ou outro terminado. De qualquer forma os dois estão labutando enquanto ficamos aqui, apenas cabutando. *(O Pasquim. 1973)*

NOVELA

♦ A novela era tão ruim que a estrelinha novata perguntou pra veterana: "Márcia, por favor, pra quem é que eu tenho que dar pra sair dessa novela?"

NOVIDADE

♦ Depois de séculos de jeitinho, o Congresso acabou de oficializar o *jeiton*. *(1985)*

♦ Saí, e o sol na praia estorricava, apesar do inverno. "Quente pra *caramba*!", vinha dizendo a garotada, e eu ouço encantado. Realmente, não há como a juventude pra inventar palavras velhas.

NOVO

♦ Novo mesmo só coisa muito antiga.

NUDISMO

♦ Pois é: estão querendo adotar o nudismo. Se esquecem de que tudo começou assim e não deu certo.

NUVEM

♦ Nuvem é um simpósio de gafanhotos. *(Novos coletivos.)*

♦ As nuvens, meu irmão, / São leviandades, / Da criação.

O

Ó TÊMPORA!
♦ Seguindo Toynbee, fiz também minha precária avaliação da durabilidade ("imortalidade?") dos valores; o trabalho de artistas e homens de letras vive mais do que os feitos de homens de negócio, as conquistas dos soldados, as realizações de estadistas. O filósofo dura mais do que o historiador. Os profetas e os santos sobrevivem a todos. Agora, me diz aqui – existem profetas? Existem santos?

O'NEILL
♦ O'Neill, um Shaw sem humor, um Shakespeare sem coração.

OBESIDADE
♦ Espécie de deformação ótica que faz as outras pessoas nos verem com o dobro do volume. Se constata pelo aumento de peso.

OBESIDADE VERTICAL
♦ A natureza não é sábia; quando a pessoa come demais, engorda. Isto é, o excesso vai pros lados. Por que não fazer com que as pessoas cresçam pra cima? O Jô Soares, por exemplo, estaria magrinho, e com dois metros de altura.

OBJETIVO
♦ Eu diria a verdade, / Fosse mais mentiroso, / E seria mais puro, / Se me conspurcasse, / Mostraria coragem / Minha covardia o impede / E correria de medo, / Sem ter medo de o ter / Seria muito amigo, / Se a inveja deixasse, / Daria tudo a todos, / Pra ser vil sem remorso. / Ah, se

Deus me desse forças. / De sacanear os fracos / E salvar os velhacos, / Eu sairia em frente, / Pra ir atrás de mim, / Ser o Rei dos humildes, / E Kung Fu no fim.

♦ Pretendo levar tudo a suas extremas inconsequências.

♦ Responda depressa: pra que o ser humano, que não conseguiu resolver nenhum dos seus problemas de relacionamento aqui na Terra, anda procurando outros seres vivos no Universo?

♦ Tudo é questão de objetivo – você pode ser o último dos rápidos ou o vencedor dos lentos.

♦ Descobri, afinal: o objetivo fundamental da crítica cinematográfica é me fazer de otário.

♦ Nota para a posteridade: em 1983 toda a felicidade humana consistia em conseguir se livrar do tráfego, na hora do *rush*.

♦ Revelado o que o governo pretende com sua política econômica: terminar com o lamentável hábito dos brasileiros quererem comida às refeições.

OBRIGAÇÃO CÍVICA

♦ E a hipertrofia do futebol? Sempre acho inacreditável que jogadores pagos a peso de ouro, alimentados a pão de ló, tratados como odaliscas, cuidados como peças raras, não consigam marcar um gol em 90 minutos de jogo, botem os bofes pela boca depois de 15 minutos de corrida e não tenham o menor problema de consciência por causa disso. Eu, se fosse pago e tratado da mesma maneira, ficaria com tremendo sentimento de culpa se não pintasse pelo menos duas capelas Sistinas por semana. *(1979)*

OBSOLETISMO

♦ Eu sou do tempo em que o homem é quem tinha a ereção.

ÓBVIO

♦ Lutar por liberdade é coisa de escravos.

♦ Se a pessoa não achasse você velha, não diria: "Puxa, como você está bem!"

♦ Considere: se você acordou de manhã é evidente que não morreu durante a noite. Fique feliz com o óbvio.

ÓBVIO MATEMÁTICO
♦ Pi é igual a 3,1416. Logo pipi é igual a 6,2832.

OCASIÃO
♦ A ocasião faz o roubado.

♦ Quando a comida for boa, bebe para acompanhá-la. Quando a comida for ruim, bebe para suportá-la. Se a mulher for boa, bebe em homenagem a ela. Se a mulher te abandonou, bebe para esquecê-la. Bebe. *(Decálogo do bom bebedor. 1971)*

OCASIONALIDADE
♦ Comprei uma nova maquininha de calcular, de dois mil cruzeiros, luz solar, que não é solar coisa nenhuma, é a luz da minha prancheta velha de guerra. E não é que o raio de uma dessas últimas tempestades tropicais aí de vocês arranjou que um pinguinho bem maneiro ficasse pingando a noite inteira em cima da minha maquininha? Feita para a luz ela não resistiu à liquidez. Encontrei-a de manhã, morta, quase humana.

OCIOLOGIA
♦ Ociologia: Sem o *s* a palavra define melhor o que a ciência pretende.

OCIOSIDADE
♦ A ociosidade é a mãe de todos os vices.

OCTOGENÁRIO
♦ O cara que completa 80 anos está, evidentemente, vivendo acima de seus recursos.

ODOR
♦ A glória dos desodorantes vem do fato de que o ser humano é o único animal que odeia seu cheiro de animal.

OESTE
♦ Há uma concepção do paraíso não etéreo, ou celeste, terrestre, as *Ilhas dos Bem-aventurados*. De Homero, a Platão, a Santo Ambrósio, esse Paraíso foi posto em locais reconhecíveis – a Itália, as Madeiras, as Canárias. Sempre a Oeste, onde o sol morre – onde Kronos, o tempo, talvez não vá. Cito Píndaro: "O homem abençoado o segue para os campos vermelhos de rosas, jardins de frutos dourados, uma planície extasiante, matas verdes se estendendo ao infinito, nem chuva nem granizo, nem hálito de gelo, nem ardor de fogo. Um chão abençoado e pleno". Cito Partridge: "Na morte o sol poente abre para o homem o portal da quietude e da paz, como quando, ao se pôr todos os dias, lhe proporciona repouso na vida terrena. Liberto, ao morrer, de todo cuidado e angústia, o homem mergulha na última franja de terra, passando a um mundo eternamente áureo, abaixo do horizonte". Na antiguidade clássica essas ilhas do Paraíso eram apenas repouso de homens. Que hoje, humanamente libertos da limitações dos deuses, levam pela mão, no caminho da bem-aventurança, as companheiras da vida. *(A propósito da morte de Ulysses Guimarães e Severo Gomes, dois homens públicos mortos no mar, num acidente de helicóptero, acompanhados por suas companheiras. 14.10.1992)*

OFENSAS
♦ As ofensas são piadas que se degradaram.
♦ As ofensas são elogios que degeneraram.
♦ As maiores ofensas têm alcance extremamente longo: um dia você acaba merecendo.

OFERTA
♦ "*Ghost-writer* com larga experiência em sínteses, oferece-se para escrever defesas silogísticas de congressos ensurdecidos por orquestrações da imprensa e explicações de *lóbies* marotos para candidatos éticos. Argumentos irre-

futáveis, clareza absoluta, conclamações irresistíveis – e fino humor. Preço por lauda – 60 *jeitons*." Pô, esqueci de botar, rir!, rir!, rir! *(1985)*

♦ E agora, calejada, estendo a mão. / Eu te ofereço o mundo / roda de flora e aço / girando / azul / no espaço. *(De* Do fundo do azul do mundo – *show com Elizeth Cardoso e Zimbo Trio. 1968)*

♦ Nada de desespero. Entre o pusilânime e o temerário temos toda uma linha de crédito.

OFERTA E PROCURA

♦ A lei da oferta e da procura significa que, quando você tem uma oferta que todo mundo procura, você pode cobrar o que bem quiser pelo que possui, mesmo que isso provoque fome, desabrigo e mortes. Por isso nenhuma lei digna desse nome reconhece a lei da oferta e da procura.

OFTALMOLOGIA

♦ O que engorda o boi é o olho do dono. O que engorda a ótica é a lente de contato.

OJERIZA

♦ Detesto militares, intelectuais, grã-finos, pobres, bêbados, crianças e cachorros. Mas sou amigo de militar, intelectual, grã-fino, pobre, bêbado, e acho Igor, meu *poodle-toy,* uma graça de pessoa.

ONANISMO

♦ A padraria ficou da vida com a publicidade do Grupo de Apoio aos pacientes de AIDS: "A masturbação a dois é mais gostosa e oferece menos riscos". É no que dá amadores, os do Grupo, e leigos, os padres, se meterem no que não entendem. Se há uma coisa em que ninguém lida tão bem com o próprio quanto o próprio é a *fricção pela mão* (Aurélio). A melhor parceira (falo como homem), a mais Ph.D em firulas e intenções, não está tão a par das exigências dinâmicas do processo quanto o "companheiro" tratando dessa parte fundamental de si mesmo, de assunto que diz respeito ao pleno gozo de seus direitos individuais. No máximo ela pode dar uma mãozinha. Isso quanto ao "mais gostosa". Quanto ao risco, nenhum no mano a mano e enorme e variado na parceria. Compreende-se. Nervosismo. Pressa. Excesso de pressão. Sadismo. Unhas compridas. Não foi à toa que sempre se chamou isso de "prazer solitário".

ONDA DE ASSALTOS

♦ Não há por que tirar conclusões pessimistas dessa onda (que onda?, maremoto!) de assaltos. Se se assalta é porque há o que assaltar, e se se assalta muito é porque há muito o que assaltar. Se aumenta cada vez mais o número de assaltantes isso, óbvio, obedece às leis do mercado, tão em moda outra vez. E, de duas, uma; ou aumentou muito o número de assaltáveis ou tem rico muito rico sendo assaltado mais uma vez. De qualquer maneira, pode-se afirmar sem medo de errar (ou com medo de errar, por que não?; eu sempre tenho medo de errar: mas afirmo!) que até hoje nem todos os ricos foram assaltados e, portanto, ainda pode aumentar o número de assaltos e assaltantes. Quando o número de ambos começar a declinar, aí sim significa que entrou em cena a decadência do mercado; a oferta é maior do que a procura. No caso, aliás um paradoxo, a procura é maior do que a oferta: há mais assaltantes procurando assaltáveis do que assaltáveis disponíveis. Até lá não há por que ser pessimista.

ONIPOTÊNCIA

♦ Se Deus fosse mesmo onipotente teria feito o Polo metade gelo, metade uísque.

♦ Deus existe apenas porque você acredita nele. Tua única vingança, se ele te castigar, é deixar de acreditar e acabar com ele.

ONOMÁSTICA

♦ As transgressões sexuais, os incestos, só começaram depois da invenção da onomástica quando as coisas começaram a ter nome, a se chamar mãe de mãe, pai de pai, irmã de irmã. As palavras criaram o tabu. Antes todo mundo comia todo mundo sem pensar duas vezes no assunto. Como todos os outros animais. *(1961)*

♦ Como diria Shakespeare; essas pessoas que vivem dando nome a tudo quanto é estrela não tiram mais prazer da luz que elas emitem do que os que apenas olham embevecidos, sem saber como é que elas se chamam.

♦ No princípio era o advérbio. O substantivo só foi criado quando o ser humano sentiu necessidade de dar nome aos bois.

♦ O nome científico do dedo-duro é *sclerodactylus*. *(1967)*

♦ Quando quis tomar posse do terreno em que morava, o proto-homem chamou-o de pátria. E imediatamente começou a apedrejar todos os que se aproximavam.

♦ Se dá nomes latinos às plantas quando não se sabe o nome delas em português.

ONTEM

♦ Ontem já faz tanto tempo!

ONU

♦ O mal da ONU é que só tem estrangeiro.

OPÇÃO

♦ No Brasil de hoje o pesadelo é melhor do que o despertar.
♦ Num regime ditatorial ou se organiza a massa ou se motiva a indiferença. *(1967)*

OPINATIVO

♦ Repara bem: um cara muito opinativo raramente tem opinião própria.

OPINIÃO

♦ Das duas, uma: ou o nobre colega está repetindo o que não me canso de dizer ou eu não concordo em absoluto com uma só palavra do que diz.

♦ Conselho útil: traga sempre suas opiniões na coleira.

♦ O direito total à posse da terra é da barata. A terra sempre foi dela; a barata é antediluviana. A barata tem um defeito lamentável – é nojenta. Perguntem o que ela acha de nós.

♦ Quando alguém afirma que o que diz é *pura opinião* está confessando uma opinião impura.

♦ "Este gajo tem piada. Pena que escreva tão mal o português." *(Antônio de Oliveira Salazar, ditador português, lendo este autor, em 1965.)*

♦ A opinião é uma ideia aposentada.

♦ Quando alguém diz que você é exatamente como ele imaginava, não pergunte como ele imaginava.

OPORTUNIDADE

♦ Itamar diz que agora a coisa ou vai, ou racha. Acho que tem que ir, mesmo rachada. *(1994)*

♦ Se é gostoso, faz logo. Amanhã pode ser ilegal.

♦ A oportunidade só bate uma vez. Quem fica tocando a campainha o tempo todo são as visitas chatas.

♦ Afirma que não participa da política porque a política está cheia de corruptos. Como se não houvesse lugar pra mais um.

♦ Não, nenhuma mulher consegue fazer um homem de idiota. Mas pode lhe dar excelentes oportunidades disso.

♦ Nunca deixe de dizer a uma mulher bonita que você também quer. É melhor passar por cafajeste do que ser imbecil.

♦ Um idiota nunca aproveita a oportunidade. Na verdade muitas vezes o idiota é a oportunidade que os outros aproveitam.

♦ Eu só não sou o homem mais brilhante do mundo porque ninguém me pergunta as respostas que eu sei.

♦ Há escritores cuja obra só será devidamente entendida daqui a um século. E eu, que tenho certeza de que o que escrevo só poderia ter sido perfeitamente entendido no século passado?

♦ Os medíocres devem ter as mesmas chances dos talentosos. Serão, porém, esterilizados. *(Vade-mécum do Perfeito Liberal. 1985)*

OPORTUNISMO

♦ O grande conquistador sabe que tem que cantar a viúva quando ela ainda está fresca de viuvez.

♦ Os médicos dizem que a *Enterobacter Cloacae*, que atacou Tancredo Neves, é uma bactéria oportunista. Ninguém perguntou o que as bactérias pensam dos médicos. *(1985)*

OPOSIÇÃO

♦ A briga só existe porque eles afirmam que nós estamos contra eles, quando ninguém desconhece que eles é que estão contra nós.

OPRESSÃO

♦ O que mais me oprime é a certeza diária da abóbada celeste.

♦ Toda época de grandes opressões é época de grandes sutilezas. *(1973)*

OPTIMUM

♦ O bom da gente ser pobre, triste, feio, doente e velho é que nada pior nos pode acontecer.

ORAÇÃO

♦ Beatus Garrincha Manuel, que nasceste sem orgulho e morres sem ostentação, exibe-nos o jogo da alegria esmolambada. *(Nelita, personagem de* Os órfãos de Jânio. *1978)*

ORAÇÃO PÓSTUMA
♦ Cada país tem o discurso de Gettysburg que merece: "Há 488 anos nossos Portugais fundaram neste continente uma nova subnação, baseada na opressão do índio e do negro, dedicada à extração de minérios e outras matérias-primas, e amparada no princípio de que os homens não são iguais e que, decididamente, há cidadãos de primeira e terceira classe. Agora estamos empenhados numa guerra civil para verificar se tal subnação – como outras, assim concebidas – pode existir e perdurar. Estamos aqui, reunidos num campo de conflito dessa guerra. Viemos aqui dedicar uma parte desse campo como último lugar de repouso – uma colônia de férias – para aqueles que tiraram tantas vidas a fim de que esta subnação possa sobreviver. Mas, num sentido mais amplo, não podemos consagrar, nem podemos santificar, este campinho de futebol do Morro da Providência. Os bravos que mataram aqui já o consagraram de maneira definitiva, muito acima da nossa capacidade de dar ou tirar. Todo o mundo subdesenvolvido notará e lembrará para sempre o que dizemos aqui, glorificando e imitando o que esses bravos fizeram. Quanto a nós, os que conseguimos sobreviver, de um lado e de outro, devemos reconhecer os nossos lugares (há os que nasceram para mandar e os que nasceram para obedecer, os que nasceram para gozar e os que nasceram para sofrer) e dedicarmo-nos à obra inacabada que as polícias federais já levaram tão longe. Decidamos aqui que elas não mataram em vão, que esta subnação jamais tornará a cair numa democracia – e que o governo, antepovo, sobrepovo e contrapovo, não desaparecerá da face do Planalto". *(1971)*

ORÁCULOS
♦ Impossível não pensar na eternidade daquilo de que Aristóteles acusava os oráculos de Delfis, "a espada délfica", conceitos de dois gumes, podendo ser interpretados

sempre, posteriormente, como sabedoria: "*Ibis redibis non morieris in bello*" – "Irás voltarás jamais morrerás na guerra". O oráculo só colocava a pontuação depois dos fatos acontecidos. Tentem.

ORÇAMENTO

♦ No orçamento federal o dinheiro continua saindo pelo ladrão, porque ladrões continuam entrando no orçamento.

♦ O mistério de um orçamento mensal é que dá sempre certo na primeira metade do mês e nunca na segunda.

♦ Orçamento é um pouco do que se vai gastar.

ORDEM

♦ "Me traz um café bem quente e bem forte", como a gente ordena antes de tomar um café bem fraco e bem frio.

ORGIA

♦ Uma orgia de mulheres belas. *(Novos coletivos.)*

ORGULHO

♦ Cara falando com tal orgulho do nome de família que parece até que foi ele quem deu à luz os seus antepassados.

ORIENTALISMO

♦ Você atinge o estágio de Sootraying, ou seja, sujeira total da casa, depois de seis dias inteiros de reflexão, sem ligar o aspirador nem lavar uma xícara. Logo estará no estágio do Shanmukhi Mudra, ou apatia total, devido à fraqueza de seu organismo. Como você não tem cozinheira e não cozinha, não tem comida: o Shanmukhi (fome) chega naturalmente. Seu corpo fica mais leve, embora o hálito só não seja insuportável porque não há ninguém para (in)suportá-lo. À medida que os valores tradicionais vão se deteriorando em volta, com o acúmulo das coisas não feitas ou desfeitas, o conflito entre o ser e o tempo perde importância, embora as contas da Light, do gás e do telefone continuem sendo enfiadas por baixo da porta por estímulo exterior: Kripatha. Só com anos de exercícios metafísicos você poderá dominar o Paschimthãnãsam, que é, grosseiramente traduzido, a ausência de fresta embaixo da porta. Concomitantemente chegará ao Sirvana; constatação da absoluta inutilidade do telefone, da luz e do gás. Tem nada – a comunicação Soorya, a súbita iluminação interior, e o calor do fluxo Sutra substituirão os três. Também o não pensar, a realização do outro e o sentimento de vácuo mental (substituto ideal para o aspirador do pó) são conseguidos tomando o chá de folhas de Lótus, na posição Padsamana: a popular bananeira. Se o seu supermercado não tem folhas de Lótus, use mesmo chá-preto, que Buddha não era homem de se importar com tais Patrimandas. Aí você se põe de cabeça pra baixo e pernas para cima, os braços em W e as pernas em K. Sua alfabetização YogaHata, não dando pra fazer essas letras, substitua-as pelo I e o L. Dessa posição, e com o uso do chá, você poderá contemplar melhor: 1) O mundo desesperado que o envolve e do qual você está se afastando gradualmente; 2) A lata de lixo transbordando e a pia atulhada de louças e talheres. 3) O próprio umbigo.

ORIENTALISTA
♦ O orientalista / Já esteve mais na crista / Mas ainda influencia a patótica / Botando-lhe a salsa da macrobiótica.

ORIENTE MÉDIO
♦ "Aconteceu em plena noite do deserto, a alguns quilômetros do Cairo. Os beduínos haviam acendido uma fogueira e entoavam melopeias, ao som de instrumentos primitivos, enquanto alguns dançavam a passos preguiçosos. Foi quando Millôr desceu do seu camelo, improvisou um turbante e fez, ali nas areias quentes do deserto, o maior show de escola de samba que o Oriente já viu. Os beduínos ficaram humilhados, ainda mais porque o passista tinha vagamente cara de judeu." *(A cena se deu em 1961. O grande jorna-*

lista Moacyr Werneck de Castro escreveu a nota em 1967. Sorry, periferia.)
♦ O Oriente só é Médio pra quem não vive lá.
♦ Bons tempos em que o Oriente Médio era apenas um barril de pólvora! *(1989)*

ORIGEM
♦ Essas coisas genéticas, essas formações familiares, esses liames do acaso, são realmente muito estranhos. Por exemplo, meus avós maternos nasceram na Itália, meu pai paterno nasceu na Espanha, minha mãe nasceu no Rio. Até hoje não sei como conseguiram me encontrar no Meyer.

♦ Ambição? Doença? Crença? Comichão? Incúria? Tédio? Luxúria? Ardência? Preguiça? Impaciência? Frio e carência? Ânsia? Arrogância? Fome? Medo? Pranto? Canto? Dor? Pavor? Espanto? Tristeza? Teimosia? Incerteza? Morrinha? Picuinha? Adão já tinha.

ORIGINALIDADE
♦ Certos escritores, de original, só têm mesmo a ortografia.

♦ O Brasil é o único país em que os ratos conseguem botar a culpa no queijo.

♦ Que fique claro: do material que uso, as palavras pertencem aos dicionários. E as ideias são da humanidade, chegadas a mim na leitura dos cultos e no convívio dos tolos. Com quantos lugares-comuns se faz uma originalidade?

ORGULHO
♦ Posso dizer com orgulho que sou contra os alcoólicos anônimos por ser favorável aos alcoólicos plenamente identificáveis e até com plaquinha para serem entregues em domicílio.

ORQUESTRAÇÃO
♦ É verdade, a "orquestração" de que os políticos tanto se queixam, existe; mas no governo. Pianistas no Congresso,

deputados levando na flauta, os Cletos e Alcenis montados na gaita, PC pegando uma nota preta, índios querendo mais apito, Magri só dando baixo, Passarinho fora de compasso, Gros na caixa, Collor na regência, sempre na mesma toada, enquanto Marcílio dança conforme a música. Um choro bem brasileiro. *(1992)*

ORTOGRAFIA

♦ Amigo revisor; escrevi Utanti, era pra sair Utanti e não U Thant, como os outros escrevem. Não que eu esteja certo. Estou errado. Mas conquistei o direito de escrever "errado". Acho fundamental que meus 18 leitores (incluindo os dos *Lux Jornal*) tenham a noção exata de que há outras formas ortográficas além da oficial. E que língua é a que se fala. *(*Correio da Manhã. *1962)*

♦ Com nossa ortografia atual muitas pessoas que escrevem muito bem escrevem ortograficamente muito mal. E idiotas totais escrevem ortograficamente muito bem. Esse elitismo às avessas foi conseguido através de quatro reformas ortográficas neste século.

♦ O usuário deve usar a ortografia com total liberdade e mesmo rebeldia. Quanto à gramática deve ser rejeitada qualquer uma imposta por gramáticos. Nenhuma língua morreu por falta de gramáticos. Algumas estagnaram por ausência de escritores. Nenhuma sobreviveu sem povo.

♦ Quando asma se escrevia *asthma* a palavra tinha mais dispneia.

♦ Certos agás mudos, sem ter mais nada que fazer numa língua cuja escrita, dizem, foi fonetizada, continuam em certas palavras – *harpa, hérnia, hipopótamo, hábito, habituado, hipotético, habilidade, hesitação, hálito, hipoteca, hematoma* –, mas com um ar absolutamente sem jeito de mais velho em reunião da rapaziada.

♦ Crase do à, estupidez semântica, contração da preposição *a* com o artigo definido feminino *a* é, além de tudo, um caso típico de lesbianismo ortográfico.

OSMOSE

♦ De tanto ver triunfarem as nulidades acabei me transformando em uma. Não é mau não.

OTÁRIOS

♦ Os otários nunca vão embora.

ÓTICA

♦ E se o Brasil for apenas um jogo de espelhos?

OTIMISMO

♦ A vida é se atirar do décimo andar e, ao passar pelo oitavo, constatar: "Até aqui tudo bem". E ao chegar ao segundo andar, refletir: "Bem, se eu não me machuquei até aqui não é nesse pedacinho à toa que eu vou me arrebentar". *(1957)*

♦ Afinal não precisamos ser tão pessimistas: metade do mundo come.

♦ Não se pode ser pessimista – dizer que temos uma população meio morta de fome é dizer que temos uma população meio alimentada; milhões de semianalfabetos são na verdade milhões de semialfabetizados; um governo meio fascista é um governo meio democrático. A garrafa estar meio cheia ou meio vazia depende apenas do ponto de vista. *(1981)*

♦ O Brasil também tem grandes homens – os pósteros e os precedentes.

♦ Se você reparar bem verá que não há motivo de pessimismo; as estradas estão todas esburacadas, possibilidade ideal para serem consertadas. E sente-se no ar, além dos aviões de carreira, inúmeras propostas de metamorfoses, quando não de total renascimento. Dizem que queremos ver o circo pegar fogo, mas mesmo nisso somos neutros – andamos sempre com uma lata de querosene na direita e um fósforo na esquerda.

♦ Cada vez mais sombrias as previsões sobre a vida nas grandes cidades no ano 2000, milhões de pessoas se digladiando por espaço e comida. Não sou tão pessimista. Quer dizer – não que acredite que as coisas não vão ser assim. Mas o pessoal se acostuma.

♦ O otimismo é o pessimismo em diluição.

OTIMISTA

♦ **O otimista não sabe o que o espera!**
♦ No Brasil o otimista dorme com medo de acordar pessimista.
♦ Tudo vai de pior em mal – como dizia o otimista.
♦ Um otimista é uma pessoa que não tem certeza sobre o futuro deste país.

OUVINTE

♦ O bom ouvinte nunca diz nada, mas está sempre de boca aberta.

OVO

♦ Ninguém melhora um ovo.
♦ A arte das artes, realização irretocável, objeto perfeito em sua forma, cor, textura e utilidade – o ovo. Reconheçamos – aí o feminismo é imbatível. A galinha é a maior artista de todos os tempos. E, generosa, como não se não lhe custasse o menor esforço, oferece o resultado de sua arte todo dia, a um preço vil. Fosse eu galinha, não poria um ovo por menos de 10 mil dólares.

OVO FRITO

♦ O ovo frito de hoje anula o galeto de amanhã.

OXIGÊNIO

♦ O oxigênio é um ar que entra pelo nariz e chega até os pulmões, onde se processa o sistema de poluição. *(Falsa cultura.)*

P

PACATATUCOTIANÃO
♦ Achou que era um tatu / Transando com um urubu-rei / Mas se aproximou e viu / Que era um decreto-lei.

PACIÊNCIA
♦ Se certas pessoas tivessem um pouquinho de paciência, esperassem um pouquinho mais, acabavam pensando antes de falar.

♦ A paciência? Ali, na primeira porta. Mas bate de leve, senão ela fica furiosa.

PACIFISMO
♦ Uma coisa extremamente favorável aos bêbados: nunca ninguém viu cem mil bêbados de um país querendo estraçalhar cem mil bêbados de outro país.

PACIFISTA
♦ Sempre fiquei fora da briga. Quando nasci a primeira guerra mundial já tinha terminado. Na segunda eu já era muito cínico.

PACTO
♦ Até a hiena e o abutre falam em pacto e conciliação – enquanto a carcaça dura.

PACTO SOCIAL
♦ Nosso pacto social é um diálogo travado entre cegos e surdos, na solidão da gruta do impasse.

PADEIRO
♦ O padeiro inventou mesmo a rosca, ou faltou massa?

PADRÃO
♦ Do jeito que isso vai, basta você se conservar agachado pra ser considerado um homem de grande altivez.

PAGAMENTO
♦ O drama do trabalho intelectual no Brasil é que os intelectuais sonham em ganhar como nos Estados Unidos, e os patrões teimam em pagar como no Paraguai. *(1983)*

PAI
♦ Só existe coisa mais desamparada do que um recém--nascido: é um recém-pai.

PAIS
♦ Certos pais têm a pretensão de preparar os filhos pra vida: outros têm a megalomania de preparar a vida pros filhos.

PAIXÃO
♦ Leio em Rubem Fonseca: "Jamais me interessei em conhecer homens e mulheres famosos. Mas queria muito ter conhecido aquela telefonista de olhos grandes e vestido comprido que aparecera na inauguração da central telefônica do Rio de Janeiro, no séc. XX". Me senti remota mas desgraçadamente traído por Rubem Fonseca nessa referência à telefonista. Afinal, ele e eu, coitado dele!, somos da mesma geração. Mas não!, fui olhar na capa da lista telefônica de *Assinantes da Cidade do Rio de Janeiro, 1983*: minha paixão é por uma moça magra também de vestido comprido, branco, sapatos brancos, um chapéu branco de abas cobrindo-lhe o rosto. Sentada no banco envernizado de uma central telefônica dos anos vinte, ela remexe na bolsa, de cabeça baixa, como quem procura... uma ficha? Havia fichas? Está lá, sentada, imóvel no gesto imutável, rodeada por quatro cabines telefônicas e um balcão de madeira onde três telefonistas esperam o tempo devorá-las. Há um silêncio em volta que era o da época, e agora é de

sempre. Um relógio, pendente do teto, marca eternos 10 pra uma. De que dia? De que ano? Não sei. Quando cruzei com a moça eu já era um velho jornalista – e ela uma velha fotografia. *(1986)*

♦ A grande paixão, mesmo quando vai embora, deixa alguma coisa – um pouquinho de ódio.

♦ Toda paixão desvairada esconde uma manchete policial.

PALAVRAS

♦ *"A mais terrível das armas, pior do que a durindana, aprendei, meus bons amigos, se apelida, a língua humana."*
Esses versos (Laurindo Rabelo?) de antologia da minha infância me vêm à cabeça quando penso no poder da palavra, bem maior do que o das armas. E não falo isso no sentido moralista, como se a palavra vencesse as armas – mas é ela, sem dúvida alguma, que aciona as armas.

♦ *Verba volant, scripta manent*. A palavra voa, a escrita fica. Fica; pelo menos pra mostrar como vocês são ignorantes.

♦ *Abreviação* – palavra comprida demais pra coisa curta.

♦ As palavras são oriundas dos dicionários.

♦ O domínio das palavras é coisa rara. As pessoas usam as palavras como elas lhes ocorrem, numa sequência de ressonâncias, esquecidas de que as palavras representam ideias. Por exemplo, o sujeito na minha frente está dizendo que tem sessenta anos de vida. E é evidente, pelo baço do seu olho, pelos vincos do seu rosto, pela flacidez do seu ventre que o que ele tem mesmo são sessenta anos de morte. E uns seis meses de vida.

♦ Jamais pensei viver um dia em que não palavras fortes, mas termos respeitáveis, como pênis e nádegas, fossem pronunciados assim, com jeito meio envergonhado.

♦ Olha bem no dicionário e reflita: não há nenhuma palavra com um significado só.

♦ Nada: uma palavra que ultrapassa tudo.

PALAVRA DE HONRA
♦ Mas uma coisa eu lhe garanto: se algum dia eu abrir mão de minhas convicções morais a preferência é sua. *(1981)*
♦ Palavra de honra é o reconhecimento de que todas as outras não o são.

PALHAÇADA
♦ No naufrágio do navio grego *Oceanos,* quem salvou os 580 passageiros (o comandante e o imediato foram os primeiros a fugir) foi a *troupe* de comediantes que estava a bordo. Como *punch-line*, o palhaço Halmond, último a deixar o navio, ainda salvou o cachorrinho do comandante. *(17.8.1991)*

PALHAÇO
♦ Palhaço atávico (minha avó se chamava Concetta di Napoli e era de Gênova, e sou primo-irmão de Frederico Viola, o Fred, de Fred & Carequinha), jamais soube a origem da frase "O palhaço o que é? Ladrão de mulhé". Embora, confesso, eu seja do ramo. *(1978)*

PALHAÇO / ATOR
♦ No mezanino do urdimento o francatripa funambulesco bufoneia impávido e desbunda solerte. *(*Computa, computador, computa*. Escrito sob coação de Fernanda Montenegro. Apresentação. 1971)*

PALMAS
♦ Palmas – a adulação e o cinismo transferidos da boca para as mãos.

PANELA DE POBRE
♦ Recipiente vazio, além de inexistente, onde a igreja antiga colocava o pão de espírito e agora coloca o leite da bondade humana, dois ingredientes de baixo potencial nutriente.

PÂNICO
♦ O pânico da Nasa diante da alta tecnologia explode no

momento exato em que o astronauta comunica que a descarga não está funcionando.

PÃO
♦ E comerás o pão com o suor do teu rosto – condenou o senhor. Mas Adão e Eva, assim que puderam, começaram a comer o pão com o suor do rosto do padeiro.

PAQUERA
♦ Se Deus fosse contra a paquera não teria feito o pescoço com tal mobilidade.

PARA-BRISA
♦ Que adianta o vidro do para-brisa ser inquebrável se a nossa cabeça não é?

PARADOXOS
♦ Há muito jovem por aí gritando por novidades mas quem eu vejo todos os dias lendo jornais, interessadas realmente nas novidades, são as pessoas adultas.

♦ Paradoxo: exatamente quando todo mundo foi reduzido a viver em apartamentos tipo quarto-e-sala-já-vi-tudo a tecnologia inventou o controle remoto.

♦ Por que é que ministros tão surdos aos interesses dos cidadãos concedem tantas audiências?

♦ Quando você chega num país e toda a imprensa exalta a liberdade – o país é uma ditadura. Se, porém, a imprensa diz que o clima de restrições à liberdade é insuportável – você está numa democracia.

PARAÍSO
♦ Ao lembrarmos a história do Paraíso vem-nos o sentimento de frustração pelo sexo que perdemos. Sim, pois se a maçã, tão insossa, corresponde ao sexo que temos, vocês já imaginaram o sexo que teríamos se a primeira-dama nos tivesse tentado com um tamarindo bem maduro, daqueles de dar água na boca? Ou se a serpente lhe tivesse indicado,

em vez da macieira, uma belíssima árvore de morango com creme?

♦ Quando um rico morre vai pra Angra ou Arraial do Cabo.

♦ Se o Reino dos Céus é dos pobres de espírito, então, meu Deus, já estamos no Paraíso.

PARALELAS

♦ Paralelas se encontram a toda hora – basta ver linhas de trem se cruzando – não apenas no infinito. Só se encontram no infinito duas linhas paralelas, uma em relação à outra.

PARALELO

♦ Cemitério é metafísica. Prisão não é justiça.

PARANÁ

♦ Andando em Curitiba (da qual, apenas há vinte anos, nós, do *Pasquim* escrevíamos: *ritiba* quer dizer *do mundo*) caminho, encantado com as transformações da cidade (basicamente promovidas pelo arquiteto Jaime Lerner), que tornaram aquela nossa brincadeira obsoleta. E grito pra amigos paranaenses: "Paranábens pra vocês!" *(1992)*

PARANOIA

♦ Um com cãibra, outro com febre, alguns estéreis, cirróticos outros, personalidades distintas todos, reunidos apenas numa patologia comum chamada paranoia do poder.

PARCIMÔNIA

♦ Jamais deve-se dar ao ministro mais informações do que ele necessita para tomar a decisão certa, i.e., a que os burocratas já escolheram. *(Conselhos de sobrevivência para burocratas. 1985)*

PÁREO

♦ Às vezes você está discutindo com um imbecil... e ele também.

PARIDADE

♦ "O humorista deve ser mais culto do que um cientista (um cientista culto), mais humano do que um médico (um médico humano), mais viajado do que um agente de turismo (um agente que viaja). Só assim ele poderá negar a cultura, o humanismo e a ideia de que as viagens ilustram." *(Estatuto da Universidade do Meyer. 1945)*

PARLAMENTARES

♦ A mulher não aguentou mais e abandonou o parlamentar; toda noite faltava *quorum*.

♦ Conselhinhos a parlamentares: 1) Ao falar fale alto e grosso. A natureza parlamentar abomina o vácuo. 2) Em matéria de representação aprenda primeiro a separar a água do vinho pra depois aprender a distinguir as marcas de vinho. 3) Preste atenção: o parlamento tem muita noz que não justifica a casca. 4) Examine bem os argumentos pra não confundir um certo homem com o homem certo, nem querer se apropriar de um veículo tomando um dado automóvel por um automóvel dado.

PARLAMENTARISMO

♦ No parlamentarismo todas as inquietações populares são julgadas em tribunais de pequenas causas.

PARÓDIA

♦ Fernando Lyra, ministro da justiça, elogiou: "Sarney é a vanguarda do atraso". Não resisto em plagiá-lo: "Fernando Lyra é a refulgência da opacidade."/ "Aureliano é a vigília do sonambulismo."/ "Montoro é o dinamismo da aposentadoria."/ "Toninho Malvadeza é o liberal do baixa-o-cacete."/ "Hélio Garcia é o Chivas Regal das pingas baratas."/ "Brizola é o democrata do faz-como--eu-mando."/ "Fernando Henrique é mais culto do que Figueiredo." *(1985)*

PARTE E TODO
♦ Devemos reconhecer que esse pessoal que nos governa, embora discorde nos detalhes, não consegue se entender no essencial.

PARTICIPAÇÃO
♦ Numa democracia é fundamental que todos sejam ouvidos. Os que não conseguirem ser ouvidos poderão ser narizes e bocas.

PARTIDA
♦ A solução tem que partir do microcosmo para o universal. Cristo começou com uma cruz só. *(Entrevista.* Revista 80. *1981)*

PARTIDO COMUNISTA
♦ O Partido Comunista não permite que qualquer de seus quadros seja criticado em nenhum jornal. A direita não tem como evitar. A direita tem má consciência. A esquerda nem sabe o que é isso. *(1968)*

PARTIR
♦ Partir é morrer um pouco. Isto é, dependendo da companhia aérea.

♦ Partir é morrer um pouco. Morrer é partir demais.

PASÁRGADA
♦ Que o Manuel Bandeira me perdoe, mas... "Vou-me embora de Pasárgada / Sou inimigo do rei / Não tenho nada que eu quero / Não tenho e nunca terei / Vou-me embora de Pasárgada / Aqui eu não sou feliz / A existência é tão dura / As elites tão senis / Que Joana, a louca da Espanha / Ainda é mais coerente / Do que os donos do país."*(1989)*

PASQUIM
♦ Período efervescente do *Pasquim*. Parecia até que o país ia existir e que certa socialização, misturada com fugidia fraternidade, era possível. *(1970)*

PASSADO

♦ "Com a tecnologia de hoje pode-se criar um pequeno mundo com seres microscópicos, já com um milhão de anos de passado." *(Mário. Peça* É.... *1976)*

♦ Ah, se eu tivesse vivido num passado como o lembro agora!

♦ Foi assim que foi ou o ido se transforma?

♦ O passado não passa.

♦ Quem é essa mulher com um jeito de quem foi tão bonita?

♦ Se viajava menos. Mas todo mundo ia a sério.

♦ Todo tempo passado foi melhor (pelo menos na idade).

♦ E ninguém fala dos escombros / Da antiga alma feminina / Pesando em nossos ombros!

♦ Dez anos atrás metade dos nordestinos passava fome. Hoje eles dizem: "Bons tempos, hein?" *(1990)*

♦ Falar do passado é falar do presente pelas costas.

PASSADO / FUTURO

♦ O passado não tem qualquer padrão. O futuro é um buraco cego. *(Carlos, personagem de* Os órfãos de Jânio. *1978)*

PASSAGEM

♦ "Estou de passagem. Vim só dar uma olhada", como dizia o outro, entre o berço e a cova.

PASSAR DO TEMPO

♦ Eu não me importo com o passar do tempo. O que me chateia é ser detrito.

PASTICHE

♦ Copiamos tudo dos americanos, cara! Isso aqui não é um país, malandro. É uma paródia. Macacobrás. *(Beto, personagem de* Os órfãos de Jânio. *1978)*

PATCHWORK

♦ Com quantos lugares-comuns se faz uma originalidade?

PATERNIDADE
♦ O pobre marido saiu da maternidade triste e abatido. Nascera-lhe uma dúvida.

PATIFES
♦ É fácil identificar um patife: está sempre propondo grandes soluções morais.

♦ Absolutamente injusta a tese de que todos os patifes estão no poder. Alguns não.

♦ Há duas espécies de patifes: os que admitem ser, e nós.

PATO
♦ O pato, menina, / É um animal / Com buzina.

PÁTRIA
♦ Demoliram a pátria e estão vendendo os escombros.

♦ Olhaí, se querem que eu seja patriota melhorem essa pátria!

♦ Nasci aqui, no estrangeiro, sempre vivi aqui, no exílio, e digo sempre com orgulho: esta é minha terra mortal.

♦ O amor à nossa estremecida pátria deve ser ensinado desde o berço ou o garoto, assim que cresce um pouquinho, vai morar noutro país.

PATRIMÔNIO
♦ A julgar pelo patrimônio de Jânio Quadros, é evidente que, enquanto ele gastava todo seu tempo com discursos, contatos políticos, candidaturas a todos os postos existentes, e uma ou outra renúncia, alguém cuidava da loja com muita competência. *(Sobre a divulgação, à morte do presidente Jânio Quadros, de que ele teria deixado um patrimônio de milhões de dólares.)*

♦ Agora, aos sessenta anos, as duas não conseguem se separar mais. São amigas irreparáveis.

PATRIOTISMO
♦ O Brasil espera que cada bestalhão cumpra o seu dever.

PATRIOTISMO / NACIONALISMO
♦ Patriotismo é quando você ama o seu país mais do que qualquer outro. Nacionalismo é quando você odeia todos os países, sobretudo o seu.

PATROA
♦ Autoritária como ela é, você chama sua mulher de cara-metade ou de cara três quartos?

PAULO FRANCIS
♦ Como todos nós Paulo Francis começou por baixo, nascendo no Brasil. Mas assim que pôde foi ser estrangeiro. Anda sempre com cara de poucos amigos, o que não o impede de ter muitos. Dorme tarde e acorda ainda mais tarde, pois ninguém pode acordar mais cedo do que dorme. Com uma mão lava a outra, e com as duas bate palmas para os que têm coragem de sair no meio. Ama o feio, e bonito lhe parece. Ama o caos, e é correspondido. No dia em que nasci não compareceu mas tem tão boa memória que me mandou um cartão, sete anos depois. Sua diversão preferida é ficar todo torcido diante dos espelhos que distorcem e fundir a cuca dos que só veem bonito. Nascido Heilborn, desde criança sempre quis ser Paulo Francis. De lá pra cá sua ambição não parou. *(Retratos 3x4 de alguns amigos 6x9.)*

♦ O Paulo Francis é um bípede implume insuportavelmente *sapiens*.

PAUSA
♦ E me desculpem, mas começou o verão: agora eu vou me bronzear ao sol da liberdade. *(1973)*

PAZ
♦ A paz é um entreato.
♦ Lutar pela paz é como roubar pela honestidade.
♦ Lutar pela paz é o mesmo que estuprar em nome da continuidade da raça.

♦ Me deixem agora em paz, ao sol e à vida, / Não preciso nem comida. / Me deixem só aqui no meu instante / Vago e sólido elefante / Envolvido na preguiça. / Não preciso nem justiça.

♦ Um dia, depois de todos essas milhares de guerras no mundo, a paz virá, finalmente. Com gente ou sem gente.

♦ As guerras não acabam porque existe o Prêmio Nobel da Paz.

♦ Reparem só: depois de um certo tempo todo pacifista já caminha em ritmo militar.

PAZ (1934)

♦ Ali está morta minha mãe, como meu pai, aos 36 anos, nove anos depois dele. Sozinho no mundo aos 10 anos de idade, senti, como nunca, a injustiça da vida e concluí, naquele dia, chorando em cima de uma esteira, embaixo de uma cama, que Deus não existia. Mas o sentimento foi de paz, e durou para sempre, com relação à religião: a paz da descrença. *(Entrevista. 1981)*

PC

♦ PC foi a roleta-russa de Collor. *(Sobre PC Farias, chefe de campanha eleitoral de Fernando Collor, que teria afanado um bilhão de dólares.)*

PECADO

♦ Que pena! Quando eu nasci já não havia mais nenhum pecado original.

♦ Um cara que só confessa as coisas pros amigos é um ateu e faz concorrência à Igreja porque o padre está aí pra isso. *(Falsa cultura.)*

♦ Na catalogação dos pecados capitais os teólogos esqueceram o mais importante – o capital propriamente dito.

PECHINCHA

♦ É pegar ou largar – quatrocentas saudades pelo preço de

uma. *(*Computa, computador, computa. *Escrito sob coação de Fernanda Montenegro. 1971)*

PEDESTRE
♦ Pedestre é o sujeito que atravessa a rua pela última vez.
♦ À noite todos os pedestres são pardos!

PEDRA FUNDAMENTAL
♦ Pedra fundamental é aquela que os populares atiraram em Sir Ney na praça Quinze.

PELÉ
♦ Tem coisas que jornalista não pode fingir que não viu. As declarações de Pelé, por exemplo. Achei erradas, como todo mundo. Só que a reação foi violenta demais. Eu não quis entrar nessa. Prudente e equânime, tomei a única atitude que achei razoável. Procurei Pelé e propus lealmente: "Olha aqui, Negão, pelo bem do Brasil revolucionário, que ambos amamos tanto, venho te propor o seguinte: de hoje em diante você não mais fala em política. E eu te prometo que nunca mais jogo futebol. Tá bem assim?" Ele topou. *(O Pasquim. 1974)*

PELO DEDO
♦ Por cada um dos prolongamentos articulados em que terminam pés e mãos do ser humano se estabelece a identidade do ser de tamanho descomunal. *"Pelo dedo se conhece o gigante." (Provérbios prolixizados. 1959)*

PENA DE MORTE
♦ A pena de morte tem um aspecto definitivamente positivo: culpado, o criminoso não volta a praticar o crime; inocente, o Estado não poderá repetir seu erro.
♦ A pena de morte não passa de controle de natalidade com efeito retroativo.
♦ Quem mata, oficialmente ou não (a lei é omissa), está sujeito à pena de morte. Portanto, se decretarem a pena de

morte, o executor da pena também deve ser condenado à morte. Quem vai executar o último?

♦ Por que tanta discussão? Afinal a vida também é uma pena de morte.

PENSADOR

♦ Tem poucas ideias, mas em compensação ruins, e aliás nem são dele. E quando discursa de improviso me dá a impressão de que procura essas ideias desesperadamente, como um cachorro que escondeu o osso e esqueceu onde.

PENSAMENTO

♦ Pensamento irrefletido é um pensamento que a pessoa faz longe do espelho. *(Falsa cultura.)*

PENSÃO

♦ Sustentar a mulher depois de desfeito o casamento é o mesmo que ficar pagando as prestações de um carro que caiu no precipício.

♦ E como dizia o grossão: "Pensão alimentícia é a alfafa que o pobre-diabo continua pagando pra vaca que foi pro brejo e já está dando leite no sítio do vizinho".

PEQUENAS CAUSAS

♦ Acidente de automóvel causou pequena mutilação naquele senhor. Nada de muito grave, não, mas, por azar mutilou-o naquilo que mais caracteriza os senhores. *(O homem do princípio ao fim. 1967)*

PERCENTUAL

♦ No Brasil apenas 1% tem. Os restantes 99% têm que.

♦ Apenas 10% das prostitutas caem na vida.

♦ Um economista que erra 99% das vezes é empregado imediatamente na tecnocracia estatal pela sua extraordinária média de acerto.

♦ A corrupção no Brasil não é mais um problema social ou ético. É matemático. O único país do mundo com 110% de corrupção.

♦ Jesus foi crucificado entre o bom e o mau ladrão. Havia 50% de bons ladrões naquele tempo – não é admirável?
♦ Mais vale 10% de mil do que 100% de dez.

PERCEPÇÃO
♦ Característica fundamental de nossa dificuldade de julgamento é termos que ouvir uma pessoa durante vários anos pra chegar à conclusão de que ela não tem nada a dizer.

PERDA
♦ Bem-vivido / O octogenário só perdeu / O colorido.
♦ O sempre atrasado, no fim de várias demoras, perde uma estada.
♦ Em boca fechada não entra mosca nem *parfait de foie gras en creoule*.
♦ Depois de perder o bonde e a esperança, perdemos também o trem e a vergonha, o navio e o espírito público, o jato e a capacidade de indignação.

PERDAS E DANOS
♦ *Pernas e danos* é o que a *Justiça e os Advogados* causam ao *Cidadão* quando este insiste em se envolver com *Tribunais* reivindicando seus *Legítimos Direitos*.

PERDÃO
♦ Jamais perdoe o que uma pessoa te diz quando está fora de si.

PERDIÇÃO
♦ Quando tentou, já era tarde. Não conseguiu mais encontrar onde tinha cruzado a fronteira da corrupção.

PERESTROIKA
♦ Depois da Perestroika se descobriu que Ivan, o Terrível, não o era tanto. Stalin era muito mais.

PERFECCIONISMO
♦ É fundamental saber que é preciso corrigir sempre. É

fundamental saber que é perigoso corrigir demais. É indispensável saber que certas coisas não têm correção.

PERFÍDIA
♦ "Esse sabe viver!" Na superfície um elogio, em verdade significa que o outro, de quem se fala, é um aproveitador, no mínimo um irresponsável, talvez um criminoso.

PERGUNTA JURÍDICA
♦ Quanto vale uma coisa que não faríamos por preço nenhum, quando ela é feita à nossa revelia? *(Pergunta dialético-jurídica no processo que o autor move contra a organização Globo por um anúncio feito com seu nome, sem seu consentimento.)*

PERGUNTAS & RESPOSTAS
♦ Quando o repórter pergunta ao ator: "O senhor não se cansa de repetir a mesma coisa toda noite?", ele deve responder ao repórter: "E por que é que todo repórter me faz sempre essa mesma pergunta?"

PERIGO
♦ Escapar por um triz é jamais esquecer que nada fica.
♦ Nunca se meta a intermediário entre o faminto e a comida.
♦ Um ministro é perigoso quando tem ideias novas e decisões próprias e exige dos burocratas mais informações do que lhe foram dadas. *(Conselhos de sobrevivência para burocratas. 1985)*
♦ A preocupação da Nasa passa a ser séria no momento em que o astronauta comunica que a descarga não está funcionando.
♦ Ri melhor quem ri por último. Correndo, naturalmente, o risco de passar por débil mental.
♦ Um espectro assusta o país – o espectro do humorismo a favor. *(Quando todo mundo aplaudia o melífluo Tancredo Neves. Fevereiro, 1985)*

♦ "Viver é muito perigoso", repete Guimarães Rosa. A qualquer instante pode-se morrer.

♦ Quantas vezes eu já fui agredido por bêbados em minha vida? Muitas. Mas poucas em relação ao número de vezes em que fui agredido por semi-ideias, por tolices ditas pomposamente, por ideologias malmastigadas e filosofias maldigeridas. Assim, a pergunta é pertinente – quem é mais perigoso: o cara que bebe mal ou o cara que lê mal?

♦ Desde que nasci estou jurado de morte.

♦ Duas das coisas mais perigosas do mundo são a Imprensa Livre e o Ensino Obrigatório. Juntas, elas levam fatalmente a *Seleções do Reader's Digest*.

♦ Noutro dia, às quatro da manhã, tonto de sono depois de muitas horas de trabalho, um redator de tevê, por pura exaustão, escreveu uma frase com certa profundidade. Mas o sistema de alarme automático funcionou e os bombeiros chegaram a tempo.

♦ Quem avisa, amigo é: se o governo continuar deixando que certos jornalistas falem em eleições; se o governo continuar deixando que determinados jornais façam restrições à sua política financeira; se o governo continuar deixando que alguns políticos teimem em manter suas candidaturas; se o governo continuar deixando que algumas pessoas pensem por sua própria cabeça; e, sobretudo, se o governo continuar deixando que circule esta revista, com toda sua irreverência e crítica, dentro em breve estaremos caindo numa democracia. *(Última página do último número da publicação* O Pif-Paf, *fechada em julho de 1964 pela censura da ditadura, que se iniciara em abril do mesmo ano. Posteriormente o texto foi incluído no espetáculo* Liberdade, liberdade.*)*

PERITOS

♦ Separada do especialista em identificações criminais, a mulher só se referia a ele como "aquele baixinho careca que não enxerga um palmo adiante do nariz, tem uma barriga vergonhosa e uma cara de mau-caráter". É que era perita em retrato falado.

♦ A maior parte dos criminosos sabe o código penal de cor e salteado.

♦ "O Banco Central gastou uma nota preta publicando várias páginas, em muitos jornais e revistas do país, provando que nenhum de nossos grandes administradores tem nada a ver com corrupção. Bom, não vamos discutir com peritos no assunto." *(Declaração participando de uma reunião plenária de bicheiros amadores, num ponto do Bar Vinte, Ipanema. 1983)*

PERJÚRIO
♦ O perjúrio começa onde o testemunho acaba.

PERMISSÃO
♦ Num país inteiramente desmoralizado, quando o cidadão ouve dizer; "Não cobiçarás a mulher do próximo", acha que o estão autorizando a cobiçar todas as outras.

PERMISSIVIDADE
♦ Acho que esse negócio de sexo no cinema está ficando exagerado. Qualquer pessoa tem direito de chamar o lanterninha. *(1967)*

♦ Desculpe a garotada, mas foi a nossa geração que abriu a permissividade. O que veio depois foi a promiscuidade, o ninguém é de ninguém, o não privilegiamento de nenhuma pessoa (amor). Mas quando qualquer um vai pra cama com qualquer um, sem qualquer interesse anterior ou posterior (no sentido cronológico!) reconquistamos apenas a animalidade. Cachorro faz igualzinho.

♦ Na relação atual os jovens procuram se conhecer intimamente antes de casar. Mas por que, depois de um conhecimento íntimo, ainda se casam?

♦ Nessa onda de entrelaçamentos íntimos em que mergulhamos, entre tanto contínuo casar e descasar, morar, juntar, *ficar*, em quantos séculos seremos todos irmãos? Ou todos inimigos? Isidoro, onde é que você colocou a minha esposa nova? *(1961)*

♦ Tempos de permissividade: tirou o vestido de baile, pendurou no armário e foi fazer a barba.

♦ Nesta época de extrema permissividade e de luta pelos direitos das minorias sexuais, temos que tomar uma resolução imediata, da maior responsabilidade; ou se tem um só banheiro em todos os lugares públicos, ou então devemos ter pelo menos cinco: homens, mulheres, bichas, sapatões e ecléticos.

PERPLEXIDADE

♦ E depois disso tudo que fazem em público – ainda vão pra cama?

PERPLEXISMOS

♦ Você alguma vez pensou que o muro de Berlim vinha abaixo no seu tempo de vida? Chegou a admitir a possibilidade de um golpe comunista de direita? Ou que, entre nós, um impotente viesse a tomar o poder? Você crê sinceramente que as nossas forças armadas estão preparadas pra defender as fronteiras do oeste quando um grupo de escoteiros bolivianos invadir o país? Bem, como eu ia dizendo antes de ser rudemente interrompido pela posse de Itamar... *(1993)*

PERSONALIDADE

♦ Aqui estou, magro e tonto, vago e preocupado. No escuro não enxergo, não entendo do que não sei, paro onde me detenho, vou e volto cheio de saudades. Pois se fico anseio pelo desconhecido. Se parto, rói-me a separação. Sou como toda gente. *(Artigo inicial em* Veja. *1968)*

PERSPECTIVA

♦ "Já estou vendo a luz no fim do tonel."*(Declaração – espúria – do governador de Minas, Hélio Garcia, ao fim de um dia de libações. 1985)*

♦ A perspectiva é uma patologia ótica.

♦ Se o mundo sobreviver, no século XXI o século XX será considerado uma grande comédia de costumes.

♦ E se houver mesmo outro mundo e for ainda pior do que este?

♦ E a perspectiva – espécie de deformação, senão profissional, pelo menos psíquica – de visão e projeção do pensamento, como é que fica? Pros homens comuns, homens de negócio e militares, a visão é quase a do dia a dia, com ocasional projeção para anos e décadas. Pra artistas, i.e., pintores, músicos, homens de letras, o cérebro abrange um espaço maior, gerações, mas tende a se aprofundar em sensitividade e psicologismo, e a se limitar no tempo. Já os historiadores projetam seu pensamento, naturalmente, em alguns milhares de anos. Os arqueólogos em muitos milhares de anos. Os geólogos abrangem mais – milhões de anos. E os astrônomos só pensam mesmo na escala do googol e do ano-luz, ou seja, bilhões e bilhões de anos.

♦ É difícil acreditar que Rodolfo Valentino, John Gilbert, Theda Bara e Greta Garbo não eram comédia. E vai ser ainda mais difícil convencer o pessoal de que não éramos absolutamente ridículos em 1985.

PERTINÊNCIA

♦ Psicanalista é um profissional que em casa de enforcado fala o tempo todo em corda.

PERTURBAÇÃO

♦ Sabe, querida?, minha memória realmente já não é o que era. Estava olhando você aí, tão bonita, e me esqueci completamente pra que é que serve a soma do quadrado dos catetos.

PESCARIA
♦ Depois de muitas horas e muito cansaço puxo o anzol e arranco de dentro do rio Araguaia o primeiro (e último) peixe que pesquei na vida. Ele me sorri um sorriso de quatro fileiras de dentes ameaçadores – é uma piranha. *(O autor é vice-campeão mundial de pesca do atum, em Newfoundland, Terra Nova, Nova Escócia, 1953. Mas em toda sua vida nunca viu um atum fora da lata.)*

PESQUISA
♦ Cheguei à conclusão de que 95% das pessoas interrogadas pelo Ibope não sabem de que é que estão falando.
♦ Alguns erros fundamentais nas previsões eleitorais não são devidos a qualquer falha das pesquisas. Acontece apenas que tanto o Gallup quanto o Ibope usam métodos absolutamente científicos. E o povo teima em votar leigo.
♦ Em quem você vai votar nas próximas eleições – no Gallup, ou no Ibope?
♦ Quando você conhecer uma pessoa e sentir súbita e extrema admiração, não aja intempestivamente. Colha informações de amigos que bebam melhor do que você, espere mais 135 dias de intimidades, divida o resultado por 34, acrescente a sua idade, faça um negócio qualquer com a dita pessoa e só então dê queixa à polícia de costumes.
♦ Você é contra ou a favor da legalização da corrupção?
(1987)

PESQUISA DE OPINIÃO
♦ São três as análises básicas das "pesquisas de opinião": Uma pra orientar os candidatos. Outra pra orientar os financiadores. Outra pra desorientar o público.

PESSIMISMO
♦ É melhor ser pessimista do que otimista. O pessimista fica feliz quando acerta e quando erra.
♦ Maus dias se aproximam. Querem controlar a superpopulação. Acabar com o ódio racial. Já há verdadeiros

exércitos combatendo a poluição. O que é que pretendem? Um mundo de paz e amor? De que lado você está? Do superdetergente ou do peixe imbecil? Defina-se, homem, a barata nojenta ou o inseticida letal? (Computa, computador, computa. *Escrito sob coação de Fernanda Montenegro. 1971*)

♦ Com a morte do otimismo, o pessimismo se transformou em nossa última e delirante forma de esperança.

♦ O pessimista espera sempre que todo mundo o trate como não merece. Uma forma de otimismo.

PESSIMISTA

♦ Pessimista só aperta onde dói.

♦ Um pessimista é o único que está preparado pra ser otimista quando seu pessimismo der certo.

PESSOA FÍSICA

♦ Pessoa física é como se chama o homem comum quando achacado pela Receita Federal.

Ph.D

♦ Idiota persistente acaba Ph.D em idiotice.

♦ Midas, como todos sabem, tinha orelhas de burro. Pra esconder isso, usava sempre um gorro na cabeça. Uma espécie de Ph.D.

♦ *Master*bação – *Ph.D* praticando o vício solitário.

♦ O que hoje se chama de Ph.D é o mesmo bacharel de sempre. Só que agora usa beca de *blue-jeans*.

♦ Todos os Ph.Ds brasileiros formados nos Estados Unidos me dão a impressão de que se diplomaram em arrogância.

PIANISTAS

♦ Onde a decadência ética política se mostra mais evidente é no fato de TODOS os congressistas aceitarem usar a engenhoca em que são obrigados a votar com as duas mãos pra não roubarem. *(1985)*

PIANO
♦ O piano é o instrumento mais popular nos bares porque tem mais espaço pra colocar o copo de uísque.

PICHAÇÃO
♦ Piche o candidato mas não piche o muro.

PICO
♦ Onze horas da manhã, queimado do sol da praia, dirigindo meu carro conversível (inglês, ainda não se inventara o Brasil), atravesso as avenidas ensombradas de Botafogo, e de repente sinto uma angústia quase insuportável: "Nunca mais serei tão feliz!" Tinha vinte anos. *(1985)*

PILATOS
♦ Pilatos condenou Cristo e lavou as mãos. Que consciência! Eu, hein? Pra mim talvez estivesse apenas ironizando a higiene da época – lavava-se só as mãos. Ou talvez o ato fosse derivado de pura necessidade; Pilatos queria lavar as mãos, coisa adiada pelo julgamento. Acabado este, lavou as mãos e sem qualquer outra intenção disse: "Lavo as mãos". Ou, vai ver, no ato de assinar a condenação, sujou as mãos, não moralmente, fisicamente, e teve que lavá-las. A história é uma tolice. *(1981)*

PILOTO MECÂNICO
♦ Aviadores que deixam a esposa muito tempo sozinha enquanto viajam, parece que nunca ouviram falar no piloto mecânico.

PÍLULA
♦ Use a pílula e seja você, também, uma mulher inconcebível.

♦ Haverá educação sexual para todos, e distribuição de pílulas anticoncepcionais até para menores abandonadas mas muito bonitinhas. *(Vade-mécum do Perfeito Liberal. 1985)*

PINTORES X HUMORISTAS
♦ Os pintores, tolos, conduzidos por críticos e *marchands* (é assim que chamam os balconistas) abandonaram, e nos deixaram, o que ainda tinham de sólido: a *anedota*. Porque, pintar mesmo que é bom, a maioria já não sabe. E nós ficamos: 1) Com a *anedota*. 2) Com a plástica eclética que a *anedota* permite. 3) Com o descaramento do humorista nato que pode imitar, seguir, voltar, dizer, desdizer, aderir e subtrair, porque sabe, como ninguém, que está só, que é único, mortal, passageiro, ferido e fraco, e deve aproveitar todos os pequenos sopros, raros, vagos, fugidios da vida. A felicidade temos que comê-la ali mesmo, no canto da parede, ou no banheiro. *(Prefácio para exposição de Ziraldo. 1961)*

PINTURA
♦ A pintura abstrata é uma coisa sem pé nem cabeça.

PINTURA / CARICATURA
♦ A pintura e a caricatura se olham e se entredevoram, mas nesta a gargalhada soa bem mais perto e daquela só se ri de longe.

PIONEIRISMO
♦ Muito antes do tigre de papel o puxa-saquismo brasileiro já tinha inventado a vaca de presépio.

PIONEIRO
♦ Pioneiro é o que consegue chegar antes das imobiliárias.

PIRÂMIDES
♦ As pirâmides eram como grandes palácios, mas ali só viviam os mortos. *(Falsa cultura.)*
♦ As pirâmides são monumentos arqueológicos mais ou menos do tempo de Cleópatra e Adão e Eva. *(Falsa cultura.)*

PIRAPORA

♦ Vou já passando do meio da vida e de repente descubro, assustado, que ainda estou em Pirapora. *(1976)*

PLÁGIO

♦ A esquerda e a direita vivem se plagiando.

♦ Em l964, na revista *Pif-Paf*, fiz uma plataforma política. A última frase dessa plataforma é: "E a liberdade será obrigatória! Quem não quiser ser livre eu meto na cadeia!" O general Figueiredo, que, vinte anos depois, diz o mesmo, está me devendo um dinheirinho. *(1983)*

PLANALTO

♦ Olhaí, Brasília, vista daqui essa coisa toda nos parece mais uma comédia de bulevar mal-escrita, com uma tradução precária, um diretor excessivamente comercial, atores completamente fora dos papéis e ensaiada às pressas pra substituir o espetáculo anterior. Mas o pior de tudo é que realmente não está agradando ao público externo. *(1981)*

PLANEJAMENTO

♦ O Perfeito Liberal é a favor do planejamento familiar. As famílias pobres só poderão produzir empregadas domésticas na proporção de seis para cada casal rico. Por sua vez, os casais ricos ficarão limitados à produção de um filho rico ou dois multimilionários, para não dividir excessivamente o bolo econômico nacional. *(Vade-mécum do Perfeito Liberal. 1985)*

♦ O planejamento econômico brasileiro é o abracadabra pra caverna de Ali-Babá.

♦ O Plano Verão já resolveu: o próximo operário-padrão vai receber uma coroa de espinhos. *("Plano Verão" foi o nome que recebeu o plano econômico de um economista baixinho chamado Bresser Pereira.)*

♦ Os planejadores brasileiros são pessoas que atiram uma pedra pro alto pra ver de que lado o vento sopra.

♦ Economia planejada é aquela em que nunca falta pão quando falta circo, e vice-versa.

♦ Planejador econômico é um técnico incapaz de resolver o problema, mas genial em organizar a próxima confusão.

PLANEJAMENTO FAMILIAR

♦ Só conheço uma forma infalível de planejamento familiar – a prosperidade.

PLANO CRUZADO

♦ Não sei se vocês perceberam, mas vivemos todo 1986 entre parênteses.

♦ Os economistazinhos de plantão, apesar do lamentável fracasso, continuam convencidos de que o Plano Cruzado foi um ovo de Colombo. Só não sabem dizer qual.

PLANO ECONÔMICO

♦ Esse plano econômico mostra que o governo, impotente para resolver o problema da fome, resolveu distribuir ao povo caixas de palitos. *(1988)*

PLANOS

♦ Nunca faço planos para o futuro. Mas ele tem feito cada um pra mim! *(Atenção: esta é uma frase otimista.)*

♦ Salas imensas, servidores, assessores, papeladas, microfones, espelhos, discussões, gráficos, computadores, esboços, projetos e, depois de um parto gigantesco, sai, afinal, mais um planejamento econômico, como tantos. A isso eu continuo preferindo a astrologia, a quiromancia, o tarô, por aí... *(1987)*

PLANTAS DANINHAS

♦ Para distinguir as plantas daninhas das outras, basta arrancar todas as plantas. As que voltarem a crescer são as daninhas.

PLÁSTICA

♦ Como dizia a vedete de televisão, depois da décima

plástica: "Vocês podem não acreditar, mas eu também já fui velha".

PLATAFORMA
♦ "Povo brasileiro, nós, da Nova República, vamos acabar com a fome, a miséria, a violência, a corrupção, o analfabetismo, a inflação, o tráfego de influência, o casuísmo, o nepotismo, o alcoolismo, o tabagismo, os maus modos sociais, a falta de higiene pessoal e o desrespeito aos mais velhos, mas, é claro, não necessariamente nessa ordem."

PLATONISMO
♦ Não adianta os dois negarem – Sarney e Ulysses são um caso típico de ódio platônico. *(1988)*

PLEBISCITO
♦ Já estivemos entre a cruz e a espada, entre a subversão e a repressão, entre diretas e indiretas. Mas agora, na hora do plebiscito, nos encurralaram (valha a etimologia) entre a monarquia e o presidencialismo. Isto é, entre o tampax e o supositório. *(1993)*

♦ O plebiscito é uma lei pra ver se o povo quer uma revolução ou quer deixar tudo como está. *(Falsa cultura.)*

PLURAIS & SINGULARES
♦ O médico era Hipócrate? / O geômetra Euclide? / Houve um Cervantes / Ou foram dois Cervante? / Era um só Descartes? / Dez Marcus Aurelius? / Os Spenglers conheciam o Engel? / Um "s" é importante / Ou tudo continua como Dantes, / No Quartel de Abrante?

POBRE
♦ Pobre pode cruzar mil burros pretos com mil mulas brancas que não dá zebra.

POBREZA
♦ Quando a pobreza é grande a esmola desconfia.

♦ Voto de pobreza, obviamente, só pode ser feito por rico.

♦ Não há loteria que acabe com a pobreza de espírito.

♦ Pobreza extrema é quando uma pessoa não entra na favela porque acha aquele ambiente grã-fino demais para ela.

♦ Rico que se descuida acaba na miséria. A vantagem do pobre é que ele pode se descuidar à vontade que não acaba rico.

♦ A pobreza não é necessariamente vergonhosa. Há muito pobre sem vergonha.

PODER

♦ De erro em erro a gente chega ao poder.

♦ É pra isso que eles querem o poder? Só pra ter 800 pares de sapato, Imelda Marcos? Não seria mais simples, e menos sangrento, abrir uma sapataria? E você, Collor, não seria mais econômico pra todos nós deixar o governo e abrir uma fábrica de camisetas? *(1991)*

♦ Não há exceção – poder conquistado pela força só se mantém pela força e só sai à força.

♦ Não me acho possuidor de nenhum poder divino, mas de vez em quando também solto meus trovões e alguns raios que os partam.

♦ O poder, aos tombos dos dados, emana do inesperado. *(À maneira de Guimarães Rosa.)*

♦ Impotência pública, teu nome é Poder Público.

♦ O poder corrompe. Corrompe o quê? Os que não têm poder.

♦ O poder é um camaleão ao contrário – todos tomam sua cor.

♦ O poder leva mais gente ao cemitério do que a impotência.

♦ Ou muito me engano, ou patriotismo é aquilo que se põe no bolso, quando se toma o poder.

♦ Nenhum desses governantes têm um itinerário. O que eles gostam mesmo é de ficar no volante.

♦ Quem só ambiciona o poder, erra o alvo. Quem não ambiciona o poder, vira alvo.

PODER ABSOLUTO

♦ Que gênio infernal inventou o Poder Absoluto, onde o rei pode tudo, assenhoreando-se de todos os bens e inventando que tudo lhe pertence; pode usar joias, brocados, dourados e todas as lantejoulas da mordomia enquanto aos súditos só cabe olhar invejosos e embasbacados? O herói-menino, que descobriu a verdade, jamais exclamou que o rei estava nu. Disse é que estava vestido demais.

♦ Se eu tivesse poder a primeira coisa que fazia era botar na cadeia o juiz e o promotor.

PODERES

♦ A democracia moderna é constituída por quatro poderes: o legislativo, o executivo, o judiciário, e o dinheiro. Sendo que este funciona junto com todos os outros e pode funcionar sem nenhum dos outros.

♦ O sistema governamental brasileiro se divide em três poderes – Exército, Marinha e Aeronáutica. *(Sobre a ditadura instalada em 1964.)*

PODRIDÃO

♦ Nunca conheci ninguém podre de rico. Mas já vi milhares de pessoas podres de pobre.

POESIA

♦ Poesia é um milésimo do que se publica como poesia.

♦ Me deem algum céu em fogo / Neve em dia de verão / Me deem vidas em jogo / Rastros de morte no chão/ Amantes em rebeldia / Frisson de risco de giz / Que eu faço uma poesia. / Ué, já fiz.

POLÍCIA

♦ Jamais converse com um policial a não ser em legítima defesa. *(1957)*

♦ Quando você for assaltado não chame a polícia sem verificar primeiro se o assaltante não é da polícia. *(1958)*
♦ E no oitavo dia o Demônio fez uma polícia à sua imagem e semelhança.

POLIGLOTA
♦ Conhece com perfeição seis línguas mortas. Quando morrer vai ser um cadáver extremamente popular.

POLÍTICA
♦ Em política nada se perde e nada se transforma – tudo se corrompe.
♦ Eu não entendo nada de política. Mas percebo todas as politicagens.
♦ As boas intenções políticas diminuem na razão direta da aproximação do dia da posse.
♦ Em política o que te dizem nunca é tão importante quanto o que você ouve sem querer.
♦ Em política, basta se ter condições de repetir muito uma mentira pra ela virar verdade.
♦ O mal do PT é que tem excesso de cabeças e carência de miolos. O PDT sofre da mesma carência mas com uma cabeça só.
♦ Política é a mais antiga das profissões.

POLÍTICA / SER POLÍTICO
♦ Ser político é engolir sapo e não ter indigestão, respirar o ar do executivo e não sentir a execução, é acreditar no diálogo em que o poder fala e ele escuta, é ser ao mesmo tempo um ímã e um calidoscópio de boatos, é aprender a sofrer humilhações todos os dias, em pequenas doses, até ficar completamente imune à ofensa global, é esvaziar a tragédia atual com uma demagogia repetida de tragédia antiga, é ver o que não existe e olhar, sem ver, a miséria existente, é não ter religião e por isso mesmo cortejar a todas, é, no meio da mais degradante desonra, encontrar

sempre uma saída honrosa, é nunca pisar nos amigos sem pedir desculpas, é correr logo pra bilheteria quando alguém grita que o circo pega fogo, é rir do sem-graça encontrando no antiespírito o supremo deleite desde que seu portador seja bem alto, é flexionar a espinha, a vocação e a alma em longas prostrações ante o poder como preparação do dia de exercê-lo, é recompor com estoicismo indignidades passadas projetando pra história uma biografia no mínimo improvável, é almoçar quatro vezes e jantar umas seis pra resolver definitivamente o problema da nossa subnutrição endêmica, é tentar nobremente a redistribuição dos bens sociais, começando, é natural, por acumulá-los, pois não se pode distribuir o pão disperso, e é ser probo seguindo autocritério. E assim, por conhecer profundamente a causa pública e a natureza humana, estar sempre pronto a usufruir diariamente o gozo de pequenas provações e a sofrer na própria pele insuportáveis vantagens.

POLITICAMENTE CORRETO

♦ Bicha – macho distraído.

Desemprego – lazer não solicitado.

Gago – loquaz intermitente.

Voyeur – Observador oculto de relações íntimas no plano fisiológico.

Albino – Hipopigmentado.

Suborno – Pagamento a agente burocrático não especificado no código de vantagens.

Capenga – Ambulante alternativo.

Caolho – Camoniano.

Pau no exame – Conclusão negativa de um período estabelecido para absorção de informações culturais.

Cego – Homérico.

Hiperinflação – Estrutura econômica que ultrapassou os

níveis negativos máximos estabelecidos por projeções tecnocráticas.

♦ Em Brasília não se chama mais ninguém de ladrão, mas de *pessoa movida pela ideologia da propina*.

♦ O politicamente correto chegou a tal ponto nos Estados Unidos que um romancista que colocou em seu romance um personagem gritando pra outro "Cachorro, tu não me escapas!", está sendo processado pelo Kennel Clube. *(1989)*

♦ Não quero viver num mundo em que não possa fazer uma piada de mau gosto.

♦ *Ontem*: Mulher guia mal paca! *Hoje*: A sensibilidade feminina ainda não está adaptada à complexidade mecânica exigida pelos veículos automotores.

Ontem: Gentinha de cor. *Hoje*: Pertencem a um grupo étnico discriminado por sua tez escura.

Ontem: Empreguinho de merda. *Hoje*: Subemprego.

Ontem: Todo ator é bicha e toda atriz é lésbica. *Hoje*: Há uma tendência generalizada para que as minorias sexuais de ambos os sexos busquem identificação e prestígio nos meios cênicos.

Ontem: Tou comendo uma empreguinha roxinha. *Hoje*: Estou transando uma gatinha de faixa social inferior e epiderme difusa.

♦ Pois é, o politicamente correto acabou com o preto que tinha alma branca. Só deixou os outros.

♦ Todo mundo com tanto medo de ser chamado de machista que já tem até feminista fingindo feminilidade.

POLÍTICO

♦ A diferença entre a galinha e o político é que o político cacareja e não bota o ovo.

♦ Por mais hábil que seja, o político acaba sempre cometendo alguma sinceridade.

♦ Quando um político grita que outro é um tremendo ladrão público é impossível não revelar na voz um leve traço de inveja.

♦ O político é um gaiato / Que prefere a versão ao fato.

♦ Esses políticos todos andam tão ocupados com salvar o país que nem têm tempo de ser honestos.

♦ Mais cedo ou mais tarde todo político corresponde aos que não confiam nele.

♦ Políticos cheios de argumentos e atitudes *double-face*, que podem ser usados com eficácia como contestação ou a favor do sistema, capuz para dias de chuva excelente para dias de sol.

POLÍTICO MINEIRO

♦ Político mineiro é franco e direto – vai logo dando pseudônimo aos bois.

♦ O político mineiro procura não parecer o que é; porque o outro pode não ser o que parece ou, ainda mais enganador, ser e parecer.

♦ Político mineiro é um homem que admite ter de usar estratagemas pra atingir seus subterfúgios.

POLÍTICO PROFISSIONAL

♦ Político profissional jamais tem medo do escuro. Tem medo é da claridade.

POLO

♦ Responda aí; algum cidadão bom da cabeça vai querer conquistar o Polo?

POLTRONA

♦ Quando a classe média inventou a poltrona deu fim à aventura humana.

POLUIÇÃO

♦ Desde que você não tome banho de mar, não beba, não coma, não olhe, ocasionalmente não respire – e não pense! – a poluição ambiental entre nós é perfeitamente suportável.

♦ Mais vale um pássaro na mão do que dois envenenados com monóxido de carbono.

POMBA DA PAZ
♦ Olho a pomba da paz ali no horizonte, colombe estranha, desconfiada – e nada confiável. Improvável, triste, manca, depenada, lá vem ela outra vez oferecer a todos nós o seu raminho seco e descarnado. Ao vê-la assim, tonta, insegura, velha (paz que já participou de tantas guerras), ave arcaica pulando num pé só nas mil zonas do mundo pesadamente militarizadas, vemos logo que não é a ave do paraíso com que tanto sonhamos. *(1987)*

POMPA
♦ Em matéria de pompa só invejo o solidéu do Papa.

PONTARIA
♦ Pra mim, débil mental topográfico, no fato de dom Pedro I ir sempre do Rio a São Paulo a cavalo, o que me espanta não é a resistência, é a mira.

♦ Collor tem pior pontaria do que o pai; apontou nas elites e acertou a classe média pelas costas. *(O pai do presidente Collor, senador da República, apontou para um inimigo, dentro do Senado, e matou um outro senador, seu amigo. Collor, dizendo-se inimigo dos marajás, congelou toda a poupança popular.)*

PONTO FACULTATIVO
♦ O *ponto facultativo* é um dos mais antigos e sólidos exemplos da hipocrisia burocrática.

PONTO DE VISTA
♦ Quando se levantaram do bar, às três da manhã, cada um reparou que os outros estavam completamente embriagados.

♦ Se dá dinheiro, o cinema é indústria. Se perde, é arte.

♦ Se você toma por base a Torre de Pisa, todos os outros edifícios estão inclinados.

♦ Somos extrovertidos; mas repara só como todas essas outras pessoas são exibicionistas.

♦ Economista é um sujeito que tenta nos convencer de que essa roubalheira desenfreada é um planejamento perfeitamente organizado.

♦ A gente sempre acha que é a maravilha que pretende vir a ser. Os outros sempre acham que a gente é o pior do que já foi.

♦ A história do Brasil não é a mesma no Paraguai.

♦ Tragédia ou comédia é a mesma desgraça, quando vista por nós ou acontecida conosco.

PONTUAÇÕES

♦ Na Constituição (na Lei) cada vírgula corresponde a uma trapaça, cada ponto corresponde a uma mordaça.

PONTUALIDADE

♦ Existe coisa que deixe uma pessoa mais irritada do que esperar por outra 45 minutos no lugar errado?

♦ **A pontualidade é uma longa solidão.**

POPULAÇÃO

♦ Neste ano mais de dois milhões de brasileiros nasceram pruma esplêndida fome, uma gloriosa subeducação e um radioso salário mínimo de 40 dólares mensais. *(1986)*

♦ A população se calcula pelo número de casais, e mais 50% pros que transam solteiros.

POPULARIDADE

♦ Sou popular por natureza, por mais que me esforce por ser hermético e profundo. Se chego e digo que achei um ninho de mafagafos com sete mafagafinhos todos percebem logo que quem melhor os desmafagafizar melhor desmafagafizador será. *(1968)*

♦ Popularidade é a glória rodando bolsinha.

♦ Popularidade, que coisa mais vulgar!

PÔQUER
♦ César atravessou o Rubicão pronunciando a sua famosa frase: "*Álea jacta est*". Ou seja, "Pago pra ver." Os senadores, como se sabe, estavam blefando.
♦ O inventor do pôquer foi São Tomé. Pagava pra ver.
♦ Pois eu, num pôquer com Maluf e Brizola, só entrava com baralho meu. *(1989)*

PÔR DO SOL
♦ Pavão doente / Morre no céu / O sol poente.

PORNOGRAFIA
♦ Pornografia é tudo aquilo que excita os moralistas.
♦ Certas decisões do Congresso só deviam ser exibidas na televisão depois da meia-noite. E vendidas em sacos plásticos. *(1994)*
♦ Um filme pornô é tão igual a outro pornô que é muito difícil descobrir o pedaço em que a gente entrou.

PORTA-VOZ
♦ E disse o porta-voz: "Podem crer / Eu vi com estes olhos / Que a imprensa há de comer!"

PÓS-MODERNISMO
♦ Afinal, o que é pós-modernismo? O modernismo um pouco depois? Não, acho eu, o próprio modernismo, apenas já velho e precisando mudar de nome. E o que é modernismo? Arte anticonceitual, criações minimalistas, música decididamente antimusical, algaravias. Sinônimo daquilo que em tecnologia se chama progresso. Ambos, modernismo e progresso, já sendo, isto é, já eram.
♦ Eu só acredito no "pós-moderno" quando esses caras criarem alguma coisa mais bonita do que uma bunda com duas nádegas.
♦ E aí eles não se casaram e foram felizes para sempre.
♦ Mancha de tinta ou gordura sobre o assoalho sai facilmente com um bom detergente. Caso porém não saia,

corte-a com serrote, enquadre-a numa moldura bem escrota e envie-a pra Bienal de São Paulo com um título genial. Sugestão: Assoalho.

♦ A imaginação, a disciplina, a paixão da pesquisa, criaram a luz elétrica, a água encanada, o trem a vapor, o computador, as artes plásticas, a música, a literatura variada e profunda. A mediocridade à deriva, no bloco de sujos da "liberdade de criação", criou o pós-moderno.

♦ Antigamente a garotada via figurinhas de sacanagem dentro dos cadernos de deveres escolares. Hoje as moças leem livro de sociologia escondido na *Playboy*.

♦ Como reconhecer o pós-moderno: Se de modo algum você consegue definir se o quadro está de cabeça pra baixo ou não – é pintura pós-moderna. / Se você entende tão bem como quando lê uma bula de hidropitiasinolfosfoteína – é prosa pós-moderna. / Se você vê, vira e revira, e o sentido está no revirar e no não dito – é poesia pós-moderna. / Se você tem de segurar a tampa enquanto faz pipi no vaso, é *design* pós-moderno. / Se você devolve ao bombeiro hidráulico pensando que é uma ferramenta esquecida, e depois descobre que é um presente do seu gatão – é escultura pós-moderna. / Se chove dentro – é arquitetura pós-moderna. / Se você fracassa porque buscava exatamente a antivitória – é filosofia pós-moderna. / Se você pratica o homossexualismo não por formação ou destinação biológica, mas por experimentalismo sadomasoco-niilista – você é uma boneca pós-moderna e muito da louca, bicho(a)!

♦ O pós-moderno de hoje é o careta de amanhã (ou de ontem?)

♦ Quando essa geração chegou aí, duas ou três gerações anteriores já tinham usado todas as roupas estranhas, todas as formas de cabelo esquisitas, todas as maneiras de agredir ou chamar a atenção. E então o neojovem só teve duas possibilidades – sair para a marginalidade *hooligan* e *punk* ou adotar o comportamento mais quadrado possível a fim de ser notado. O mesmo se passa nas artes plásticas – já se fez tanta besteira que o único pós-moderno a despertar admiração vai ser o que tiver coragem de pintar de novo o *preto-véio-cum-tacho-de-cobre*.

POSIÇÃO

♦ O mais difícil da luta é descobrir o lado em que lutar.

♦ Vocês sempre encontrarão aqui matérias significativas, cativas e ativas. Mas, em média: pão com manteiga. E até amanhã, se Deus quiser. Ou não. *(JB. Artigo inicial. 1985)*

♦ Nossas grandes faculdades intelectuais estão no traseiro. Repare só: quase ninguém pensa em pé.

♦ O problema nunca foi de esquerda e direita. O problema é que, em qualquer regime, tem sempre meia dúzia por cima e um porrilhão por baixo.

POSIÇÃO (TOMADA DE)

♦ O humorista deve ter posição religiosa, moral, política, literária, plástica, etc. Só assim poderá ser devidamente antirreligioso, apolítico amoral, etc. *(Do Estatuto da Universidade do Meyer. 1945)*

POSICIONAMENTO

♦ Sou contra a extrema-direita, contra a extrema-esquerda e sobretudo contra o extremo centro.

POSITIVO

♦ Você tem sempre que pensar no lado positivo das coisas. A velhice, por exemplo; já imaginou se rugas doessem?

POSSE

♦ Se eu fosse presidente da República só dormia enrolado na bandeira.

POSSESSIVOS / DEMONSTRATIVOS

♦ Eu estou na minha, ele está na dele, ela foi na tua, eu

parti pra outra, você vai na dela, ele está naquela, nós não vamos nessa, eu prefiro a minha, corto logo a dele, me meto na dela. Sem essa!

POSSIBILIDADE

♦ Deixem de pessimismo, meninos! Se, como sabem todos, a astronomia nasceu da superstição; a eloquência, do ódio, da lisonja e da mentira; a geometria, da avareza; a física, de uma curiosidade sem sentido; e a própria moral, do orgulho humano, por que a Democracia Brasileira não pode sair do general Figueiredo? *(1983)*

♦ Se conseguir dispensar o indispensável, suportar o insuportável, e amar o odioso, você terá tornado possível o impossível.

♦ Tem um não em todo sim e as pessoas são muito variadas. *(À maneira de Guimarães Rosa.)*

POSTERIDADE

♦ Basta o leitor do futuro ser boçal / Pra que eu seja imortal.

♦ É quase certo que, depois de nossa morte, a posteridade compreenda a nossa *obra*. Mas aí já estaremos muito longe.

♦ A posteridade chega quando você menos espera.

♦ Dizem que eu só vou ser entendido daqui a muitos anos. Ainda bem. Meu medo é que me entendam agora.

♦ Posteridade; essa tem pra todo mundo.

♦ Reconheço que nunca fiz nada para posteridade. Mas a posteridade bem que poderia fazer alguma coisa por mim. Por exemplo – me arranjar algum desses empréstimos a fundo perdido.

POTENCIAÇÃO

♦ Brasília é a prova definitiva de como o talento pode levar a estupidez às suas extremas consequências.

♦ Existe no mundo algo mais assustador do que pessoas assustadas?

POTENCIAL
♦ Gigantesco, o potencial do Brasil. Só de miseráveis tem setenta milhões. Já imaginaram o dia em que todos ficarem milionários?

POUPANÇA
♦ É preciso que o povo brasileiro se habitue à poupança. Só isso pode garantir sua segurança econômica. Cada 1.000 cruzeiros economizados hoje serão 10 centavos que terá na velhice. *(1984)*

♦ Os anúncios televisivos da Caderneta de Poupança insistem no princípio de que, se a gente deixar de comprar tudo que é fundamental hoje, terá amanhã dinheiro suficiente pra comprar tudo que é supérfluo.

♦ Poupança é aquilo que que pena que a gente não gastou.

POVO
♦ Conseguiram o que queriam: transformar o povo num cão que não morde. (Mas também não abana o rabo.)

PRAGA
♦ Praga é espécie de epidemia provocada por pessoas que ficam com raiva e começam a concitar gafanhotos contra os outros. Praga pode ser evitada indo pra Budapeste, mas aí você não consegue evitar a peste.

♦ A transformação do Nilo em sangue, a praga das rãs, dos piolhos e dos gafanhotos, até mesmo a morte do primogênito, nada disso intimidou o Faraó. Mas concedeu imediatamente a libertação do povo de Israel quando Moisés o advertiu que a próxima praga seria um dilúvio de economistas.

PRAGMATISMO
♦ Todo mundo fala, hoje, em pragmatismo, diz que é pragmático, que o pragmatismo é fundamental à manutenção da

estabilidade nacional, etc. Mas pragmatismo mesmo, era o da cidadezinha de Tropolitar, em Ruanda, onde, tendo um ferreiro cometido um crime hediondo, a Justiça local, depois de um processo rumoroso, enforcou um alfaiate. A cidade tinha dois alfaiates e só um ferreiro.

♦ Dedica todos os dias a liberar, na aduana, bagagens de poderosos. Por isso se considera um liberal.

PRÁXIS
♦ Há 1.347 maneiras de errar o martelo no prego; só uma de acertar.

PRAZER
♦ Há momentos em que qualquer prazer me desagrada.

PRAZO
♦ Você, que arquiteta / Onde é que eu moro? / Você que canta / Onde é que eu choro? / Você que me cobra / Espera minha obra. / Quando a vida estiver pronta / Eu faço aquele estrago / Eu moro / Eu rio / Eu pago.

PRÉ-NOSTALGIA
♦ Triste futuro será o do nosso país se, dentro de dez anos, lembrando os dias de hoje, dissermos com saudade: "Bons tempos, hein?" *(Frase dita por Fernanda Montenegro, em 1965, no espetáculo* O homem do princípio ao fim. *Vinte anos depois a frase seria repetida, com mais amarga propriedade, no show do MPB4. O MPB4 e o Dr. Çobral vão em busca do Mal.)*

PRECARIEDADE
♦ Não há bem que sempre dure nem mar que nunca se acabe.

PRECAUÇÃO
♦ A situação em certas áreas econômico-financeiras anda mais perigosa do que nunca. Noutro dia um conhecido meu teve que ir tratar de um negócio com o empresário Ronald Levinsohn. Na entrada do escritório três homens enormes

o revistaram de alto a baixo pra verificar se estava armado. Como não estava, lhe deram uma arma.

♦ Antes de dizer a uma senhora que ela está com a meia toda enrugada, repare bem se ela está de meia.

♦ É melhor entrar logo na briga do que morrer como "um transeunte inocente que ia passando".

♦ Não adianta você ser precavido. Na hora da verdade você vai perceber que gastou a vida evitando o perigo errado.

♦ Não pense. Se pensar não fale. Se for obrigado a falar, não escreva. Se escrever não permita que publiquem. Se publicarem não assine. Se seu pensamento aparecer assinado corra para casa e escreva logo um desmentido. *(1971)*

♦ O que nos absolve do crime não é o juiz nem a sociedade. É nossa habilidade em não deixar vestígios.

♦ Um surdo não deve acreditar em tudo que não ouve.

♦ É mais seguro / Com pessoas brilhantes / Conversar no escuro.

PRECEDÊNCIA
♦ Ninguém é grande sem nascer primeiro.

PRECEDENTE
♦ Precedente (e analogia) é citação de decisão jurídico--registrada em linguagem pomposa por eminências do passado – a fim de apoiar, indiferentemente, erro ou acerto do presente.

PRECEITO
♦ O primeiro preceito do algemado é não pensar em comichão.

♦ Faz logo aos outros aquilo que você acha que um dia eles vão fazer com você.

PRECISÃO
♦ Errar é humano. Mas escolher erro cuidadosa e suspeitamente planejado por uma equipe de trabalho, só mesmo o vosso presidente. *(Sobre o presidente Sarney. 1988)*

♦ De repente, no meio do vice-versa, ele sentiu a certeza absoluta do vai e vem, e percebeu que só podia escapar no limite entre o tic e o tac.

PREÇO

♦ Essa turma do Collor anda se vendendo tanto que, pra facilitar as empresas, já devia usar na lapela um código de barras.

♦ Utopizem qualquer utopia. Convençam quem for convencível. Promovam a imagem que bem entenderem. Mas a verdade é a verdade – não há, neste país, nenhuma virtude que resista a um punhado de dólares.

♦ Todo homem tem seu preço, inclusive a mulher.

♦ Tudo que é bom é caro. E tudo que é ruim a gente nem olha o preço.

PRECOCIDADE

♦ Nasci no Meyer, aos nove anos de idade.

PRECONCEITOS

♦ Toda hora eu vejo nos jornais, revistas, televisão, e na rua, pessoas muito "livres" de preconceitos e... E no entanto todas acham que a Terra gira em torno do Sol. Por quê? Porque Galileu "provou" isso um dia. Mas provou pra quem? Pode ser que tenha provado pros cientistas. O homem comum e mesmo nós, intelectuais em geral, aceitamos apenas. Sem pensar. Preconceituosamente. Como antes de Galileu aceitávamos que o Sol girava em torno da Terra. Mas, entre Galileu – de cujas "provas" nunca tomamos conhecimento – e a realidade, que literalmente salta (gira) a nossos olhos, temos que acreditar é em nossos olhos. Nossos olhos veem, com absoluta certeza, que o Sol nasce ali e morre ali, girando em torno de uma Terra parada. O resto só com provas em contrário. Provem.

♦ Só um cara absolutamente estéril não tem preconceito. O ser humano dá preconceito como jaqueira dá jaca.

PREDADOR
♦ "Peri, com esforço desesperado, cingindo o tronco da palmeira em seus braços hirtos, abalou-o até às raízes. (....) As raízes desprenderam-se da terra. (....) Peri estava de novo sentado junto de sua senhora. (....) E sumiram no horizonte." *(Esta é a cena final de* O Guarani, *de José de Alencar, 1857. Já naquela época um nativo servil destruía o meio ambiente para conquistar as classes dominantes. 1983)*

PREDIÇÃO
♦ Cuidado: quando dois viúvos casam há o perigo do filho nascer morto!

PREFERÊNCIA
♦ Mulher gosta de coisas que brilham.
♦ Quem só bebe cerveja, merece.
♦ Não adianta explicar as preferências do público – há milhares de anos o pôr do sol tem muito mais espectadores do que o nascer do sol. (No início dos tempos era o contrário.)

PREJULGAMENTO
♦ No Brasil de hoje todo cidadão é considerado culpado até demonstrar, de forma insofismável, a sua capacidade de suborno.

PRÊMIO
♦ Já que não o reconhecem, este comentarista se auto--outorgou 5 indicações para seu próprio ÓSCAR. Melhor divulgador de incompetentes. Melhor corretor de gramática presidencial. Melhor figurinista de marajás alagoanos. Melhor chateador de representantes do povo. Melhor sintetizador de perebas públicas. *(*JB. *1987)*

PRÊMIO AO MÉRITO
♦ Certas pessoas que tomam certos remédios são tão ingênuas que merecem ficar boas.

PREMONIÇÃO
♦ Em certos "Vou ali e volto já" há um "Nunca mais" implícito.
♦ Bem cedo eu percebi que já era muito tarde.

PREOCUPAÇÃO
♦ Em cada nota de mil cruzeiros a cara de Cabral parece mais preocupada. *(1954)*
♦ De vez em quando acordo preocupado com um problema da Grécia, com uma frase de Napoleão, com alguma coisa que não entendi em Pascal. Não bastava a minha própria vida, a infância que volta, a projeção quase sempre negativa do futuro? Por que diabo a "cultura" faz a gente se preocupar com mais coisas do que viveu?

PRESCRIÇÃO
♦ Quando você está com a garganta muito inflamada, o melhor mesmo ainda é um bom gargarejo com água, sal e limão. Pode não melhorar a inflamação, mas serve pra verificar se o pescoço não tem nenhum furo.

PRESENÇA DE ESPÍRITO
♦ Nos momentos de grande perigo é fundamental manter a presença de espírito, já que não é possível conseguir a ausência de corpo.

PRESERVAÇÃO
♦ Preserve sua saúde. Ande com uma Magnum na cintura.

PRESERVACIONISMO
♦ Só preservando as florestas podemos ter melhores mesas e cadeiras na sala de jantar.

PRESIDENCIALISMO
♦ O diabo é que um presidente tem uma data de posse e uma data de saída e os problemas não respeitam cronologia.

PRESIDENTE

♦ Nossos presidentes entram sempre pelo portão monumental da esperança, sentam no trono furta-cor da decepção, e saem pela porta suíça da corrupção.

PRESSA

♦ Salta o crepúsculo e, sem mais demora, entra no porvir.

PRESSÃO

♦ Quem me pede pra contar toda a verdade já está me exigindo uma mentira.

PRESTAÇÕES

♦ São raros os que morrem de repente. Em geral a pessoa morre em sessenta suaves prestações anuais.

PRESUNÇÃO

♦ Todo economista acha que foi ele quem inventou a economia.

PRETENSÃO

♦ É normal que uma pessoa se ache mais inteligente do que outra. Mas Fernando Henrique Cardoso é o único intelectual que se acha mais inteligente do que ele próprio. *(1993)*

♦ Disse Pero Vaz de Caminha, na carta famosa: "A terra é tão graciosa que, em plantando, dar-se-á nela tudo". Dar-se-á por que, cara pálida? Já não estava dando? Você chega num mundo em que mal pode descer do barco de tanta floresta que tem pela frente, tanta planta, e ainda acha que só *você* plantando com suas mãozinhas lusas a terra vai dar? E o diabo é que até hoje, quinhentos anos depois, nenhum historiador corrigiu sua pretensão. Dar-se-á, *my ass*! *(1982)*

♦ Pretensioso é o sujeito (quase todo mundo) que, quando você pergunta se por acaso ele não tem a Enciclopédia Britânica, te responde: "Não tenho não. O que é que você quer saber?"

♦ É evidente que certas pessoas pensam que se fossem reis do Cosmos no dia seguinte melhorariam o giro das galáxias.

♦ Pretensão é aquilo que o sujeito tem sempre muita quando não tem mais nada.

PREVENÇÃO

♦ Me falem em *open-house* e eu compro logo uma tranca.

♦ Minha mãe, que nasceu uma geração antes de mim, sempre me disse que meus filhos me transformariam em antepassado.

♦ Tenha um caso com sua mulher antes que alguém o faça.

PREVIDÊNCIA

♦ Seguro social é um órgão estatal que distribui cintos de segurança pros trabalhadores. *(Falsa cultura.)*

♦ A Previdência Social substitui com vantagem a Providência Divina cuidando da sobrevivência dos que não morreram. *(Falsa cultura.)*

PREVISÃO

♦ Esta peça, escrita em 1955, se passa numa ilha. Seus "terroristas" são barbudos. Há uma "revolução" em curso. E, como se sabe, nada disso existia no mundo. Não havia nenhuma revolução aqui, a de Cuba só se daria em 1959, as ilhas não tinham prestígio político, e "terrorista" era uma vaga reminiscência de anarquistas búlgaros, conhecidos apenas de velhas charges. Portanto qualquer coincidência com acontecimentos posteriores foi mero nostradamismo. *(Sobre* Um elefante no caos. *1978)*

♦ Estão prevendo um dezembro terrível. Esperemos porém que a rivalidade entre esse mês e o nosso agosto tradicional não seja levada a extremas consequências e que o ano não acabe antes do mês. *(1984)*

PREVISÕES POLÍTICAS

♦ Possibilidades da conjuntura política? É simples, só não

vê quem não é cego. Pode até acontecer que o Ulysses ganhe, na hipótese de que não perca. E Brizola pode mesmo vir a ser um fator de unificação – desde que não divida. Há inúmeros imprevisíveis, e sempre que há imprevisíveis não se pode prever – previsão infalível. *(1989)*

PRIMAZIA
♦ Um fato é concreto. / Quem inventou o alfabeto / Foi um analfabeto.

PRIMEIRO DE ABRIL
♦ 1º de abril; dia oficialmente consagrado aos idiotas.
♦ No Brasil há 365 dias destinados a enganar os tolos e um dia por ano em que se proclama isso.

PRIMEIRO ENCONTRO
♦ O primeiro encontro nunca se repete. E a gente passa a vida querendo repetir o primeiro encontro.

PRIMÍCIAS
♦ E Deus formou o homem do pó e transformou aquilo num ser vivente, mediante respiração boca a boca.

PRIMÓRDIOS
♦ Foi no começo do degelo, no período terciário, que o troglodita encontrou um lugarzinho ao sol, bem quentinho. No dia seguinte, quando voltou da pesca do javali (javali naquela época era peixe), tinha outro troglodita quentando ao sol no lugar bendito. Um abateu o outro (não importa qual) e o medo criou o direito de propriedade.

PRINCÍPIO
♦ "Terra é sempre terra", como dizia o imbecil que, coerentemente, morreu afogado. *(1972)*
♦ Todo atleta deve manter com rigor a *mens sana in corpore sano*. Mas sem tirar o olho do contrato. *(Espírito Esportivo. 1981)*
♦ Um político de princípios é aquele que, tendo se vendido

uma vez, passa o resto da vida se vendendo pelo mesmo preço.

♦ Se você não for um homem de princípios, não terá o que negociar.

♦ Meus princípios são rígidos e inalteráveis. Agora, eu mesmo, pessoalmente, já não sou tanto.

PRISÃO

♦ Toda prisão é construída com dinheiro roubado.

PRIVADO

♦ Aos que insistem que economia é um assunto particular entre produtor e consumidor respondo que assassinato também é assunto particular entre assassino e vítima.

PRIVATIZAÇÃO

♦ Privatizar: por que não se começa privatizando todos os ministérios? Diminuiríamos em 90% o número de tecnoburocratas, juristas, milicos e ocultistas fiduciários que vivem coçando o saco e enchendo o nosso, enquanto esperam o ponto facultativo que, aliás, é obrigatório.

PRIVILÉGIO

♦ Uma vez que o privilégio é institucionalizado a canalhice vira religião.

♦ Da minha janela a alvorada explodindo, diferente de ontem, diferente de amanhã, no silêncio da ainda madrugada. Como é que vou explicar isso a um cego?

♦ Os padres também devem casar. Não há nenhum motivo pra conservarem o privilégio do celibato.

PROBIDADE

♦ **A probidade não faz cúmplices.**

♦ Exemplo de absoluta probidade era o cego de um olho só que devolvia aos passantes metade do que lhe davam.

♦ E quando a polícia telefonou perguntando se o automóvel dele tinha sido roubado, o deputado reagiu imediatamente: "Em absoluto! Comprei subsidiado!"

♦ O corrupto, ao contrário do incorruptível, é sempre generoso. Quer – e necessita – que sua corrupção seja partilhada por grande número de pessoas. Não há como partilhar uma honestidade.

♦ Atenção, multinacionais, tetas estatais, grandes empresas particulares, banqueiros de bicho e pessoas influentes de modo geral; repito, pela milésima vez, que sou homem tediosamente honesto. Mas, dado o momento econômico em que se encontra o país, e a instigante posição ética adotada pelo sistema como um todo, estou sinceramente disposto a rever minha posição. *(1986)*

♦ Probidade pública é assim como fenômeno paranormal. Todos falam que existe. Mas ver mesmo ninguém viu. A não ser um outro crédulo incurável.

PROBLEMA

♦ Sabendo-se a data do nascimento de uma mulher, fazer com que o número de anos decorridos entre essa data e o momento atual coincidam com a idade dela.

♦ A melhor maneira de resolver um problema é discuti-lo exaustivamente. Exausto você não precisa resolver nada.

♦ O grave problema de ter filho é a natureza não aceitar devoluções.

PROBO

♦ Probo, você é olhado pelo menos com desagrado quando entra no salão dos bem-sucedidos. Pois, probo, você é um malsucedido. Desconfiam mais de você do que você deles. Você sabe o que eles querem, eles se perturbam em pensar em por que você não quer.

PROCEDIMENTOS

♦ As regras são menos perigosas do que a imaginação.

PROCESSAMENTO DE DADOS

♦ Quando falamos mentimos muito; nossa imaginação é muito mais rápida do que nossa memória.

PROCRIAÇÃO
♦ E Deus disse: "Crescei e multiplicai-vos". Mas esqueceu de tornar sagrado o planejamento familiar, o que deu, às 6 da tarde, uma tremenda aglomeração na esquina da Nossa Senhora de Copacabana com Figueiredo de Magalhães.

PROFETA
♦ "O Brasil não é terra para eu ser profeta!" *(Rollim, O Pensador – personagem criado em 1978 e que andou profetizando em várias publicações durante alguns anos.)*
♦ É a eterna história de só darmos valor ao que vem de fora. A toda hora os jornais se enchem de artigos louvando predições de Sibila, Tirésias, Nostradamus e que tais. E ninguém se lembra de um genial profeta brasileiro, Rubem Braga que, há trinta anos, lançou sobre o bairro mais famoso do Brasil o anátema de seu livro: *"Aids ti, Copacabana!" (1987)*
♦ Ninguém é profeta na minha terra.

PROFETAS / REVOLUCIONÁRIOS
♦ O Brasil está cada vez mais cheio de profetas das coisas acontecidas. E de revolucionários das coisas que os prejudicam pessoalmente.

PROFISSIONAL
♦ Um perfeito canalha tem todas as provas de sua inocência.
♦ No fim quem vence sempre é o agente funerário.

PROFUNDIDADE
♦ O psicanalista pretende ser íntimo do âmago.

PROGRESSÃO
♦ No Brasil o otimista está dizendo: "Tá ruim que tá danado!" E o pessimista acrescenta: "E esse ruim vai melhorar".
♦ Não há bem que sempre dure. Claro. As coisas tendem

a piorar. Nem mal que nunca se acabe. Claro. As coisas tendem a ficar ainda piores.

PROGRESSO

♦ Assim que acabaram os cavaleiros andantes apareceram no horizonte os canalhas supersônicos.

♦ O avião supersônico não anula o tempo e o espaço, mas justifica muito executivo.

♦ Progresso, progresso – tem sentido o progresso? Todo dia a gente vê terríveis desastres aéreos, engavetamento de trens, abalroamentos coletivos de automóveis. Você alguma vez ouviu falar do menor acidente com os maravilhosos meios de transporte do passado – soube de alguma queda de tapete voador, de alguma batida de vassouras de bruxas, de algum enguiço em botas de sete léguas?

♦ A história do progresso é curiosa – Marconi trouxe o macarrão da China por acaso. Diesel inventou o rádio sem saber. Roentgen descobriu a penicilina por acidente. Graham Bell tropeçou no Brasil quando se dirigia para as Índias. E Delfim Netto transformou uma dívida externa em dívida eterna também sem ter a menor noção do que estava acontecendo. *(1980)*

♦ Ainda não se descobriu nenhum meio de evitar a morte. Mas é cada vez mais fácil evitar o nascimento. (E uma coisa não é a outra?)

♦ Antigamente a briga entre marido e mulher era pra saber quem usava as calças. Hoje é pra saber quem fica com o controle remoto.

♦ O avião supersônico tornou as distâncias cada vez mais curtas. Sobretudo entre a vida e a morte.

PROIBIÇÃO

♦ Ninguém pode proibir o que ignora.

PROJEÇÃO

♦ Dentro de 5.000 anos, o governo Juscelino será con-

siderado o nosso período da pedra polida. E o governo Figueiredo o da pedra lascada. *(1983)*
♦ Qual é a tua: a sombra do amanhecer, ou a do meio-dia?
♦ O máximo do complexo de inferioridade é a gente ficar imaginando desculpas pro erro que ainda vai cometer.

PROJETO
♦ Com restos de mortalha ganharei a vida. E farei dos detalhes o retrato possível. Pois é ali, no olho, que se concentra a maldição dos dígitos.

♦ No princípio era o caos / Ou é agora? / Brincadeira tem hora! / Estive lá, dou testemunho: / Isso que está aí / É apenas um rascunho.

♦ Se o Bresser fosse arquiteto, seria daqueles que, quando o projeto começa a apresentar defeitos, diz apenas: "Não faz mal – depois a gente bota umas plantas". *(Bresser Pereira foi um economista baixinho, autor de um Plano Econômico de Verão, tragicômico. 1987)*

♦ Todo projeto é um fracasso.

♦ É evidente que Deus, que é brasileiro, projetou o Brasil como sala de visitas do mundo. Mas os proprietários preferiram usar isto como lata de lixo.

♦ Qualquer projeto que termine com 60% realizado é um milagre.

♦ Todos os projetos econômico-sociais que vejo no Brasil seriam maravilhosos para serem executados por Alice, no país dos espelhos.

PROJETO DE VIDA
♦ Um olho na missa / Outro no vigário, / Um passo no pé, / Um no calendário, / Uma voz pra campa, / Outra pro berçário / Um gesto de afago, / Outro gesto irado / E muito idealismo, / Mas a bom mercado.

PROLETARIADO
♦ O andaime é o cadafalso do proletariado.

♦ Ele fica ali em frente, pendurado no andaime precário da obra na fachada do edifício. Trabalha oito horas por dia, debaixo de um sol de 40 graus – à sombra, ali bate um sol de lascar! É a isso que se chama ganhar a vida.

PROLIXIDADE
♦ Depois dos dez mandamentos, tão enxutos, era mesmo necessário escrever as milhares de páginas dos evangelhos?

PRÓLOGO
♦ O prólogo, ninguém ignora, é a última coisa que o autor escreve.

PROMESSA
♦ E como dizia o comunista diante da multidão de fiéis na Praça de São Pedro: "Meu filho, um dia tudo isso será ateu". *(1979)*

♦ Nós prometemos com a prodigalidade da fala, mas só damos com um bom revólver na cara.

♦ Uma promessa em que sempre se falha, a de nunca mais dizer: "Eu não disse?"

PROMETEU
♦ Está bem, todo mundo lamenta a sina de Prometeu, que ficou acorrentado durante trezentos anos com um abutre lhe comendo o fígado. Mas ninguém pergunta se o abutre gostava de fígado.

PROMISCUIDADE
♦ Ontem, como sempre, no Planalto, a Incompetência almoçou com o Provincianismo, a Mordomia jantou com o Cinismo, e o Oportunismo transou com a Corrupção. No fim da noite a Ambição serviu um *poire* à Conivência. *(1988)*

♦ Os indignos sabem que basta aguentar um pouquinho mais que todos os dignos acabarão no programa do Sílvio Santos. *(1987)*

PROPAGANDA

♦ Com boa propaganda as pessoas acreditam até em ovo sem casca.

♦ Propaganda – a madrinha da prostituição.

♦ Pra fins educativos, deve-se ampliar por lei o tempo de televisão dedicado aos comerciais. A propaganda ainda é o melhor (bonitamente falando) da televisão.

PROPORÇÃO

♦ Brasil – o país não é tão grande assim; os homens é que são pequenininhos.

♦ Nossa pretensão ou humildade depende sempre do poder, importância ou tamanho do interlocutor.

♦ O ser humano é feito de 50% de autojustificativa e 50% de queixumes.

♦ Os anões (verticalmente discriminados) dormem apenas quatro horas por dia.

♦ Se dois terços da população brasileira não existissem, toda a nossa população seria um terço.

PROPOSIÇÃO

♦ 1. O que entrar bem sairá facetado.
 2. Os que estão por dentro que belo é o milagre.
 3. Se 2 + 2 não der 4 espera-se um tempo.
 4. Falte o que faltar pralguém vai sobrar.
 5. Quem esperar bastante nunca soube nada.
 6. Entre o certo e o errado quem vê nem parece.
 7. Dos que forem embora nenhum ficará.
 8. Todos os que perderam ganharão no infinito.
 9. Quem estiver por baixo boiará à tona.
 10. O mais sem-vergonha é o que acende a pira.

PROPRIEDADE

♦ A propriedade é um cão de luxo que muitas vezes só dá trabalho e ainda faz cocô na sala.

♦ *Direito de Propriedade*. Artigo 1 e único: O PÔR DO SOL É DE QUEM OLHA.

PROPRIEDADE (senso de)

♦ O alheio é dos outros, tá certo, mas o anseio dele ninguém nos tira. *(À maneira de Guimarães Rosa.)*

♦ Tenho que tomar providências; dentro de mim há espaços devolutos, áreas não ocupadas ou indevidamente ocupadas, terrenos baldios, outros em que capim e ervas daninhas cresceram – dominando o que eu achava que ia ser enriquecido por belas plantações – e muita, muita invasão.

PROPRIEDADE PRIVADA

♦ A falta de caça no inverno matava de fome os homens do paleolítico porque ainda não tinham descoberto a propriedade privada.

PROSÁPIA

♦ Conversa em que ninguém, na época, acreditou: "Quando chegamos lá em Jericó e tocamos aquela música, a casa veio abaixo!"

PROSÓDIA

♦ Prosódia é o orgulho de saber bem a própria língua.

PROSTITUTA

♦ Prostituta: mulher de consumo de massa.

PERSONALIDADE

♦ Inscreva-se imediatamente. O fato de você se engajar num partido, participar de uma fé, ou pertencer a qualquer forma de Máfia poupa reflexão, autocrítica – elimina qualquer espécie de dúvida.

PROTECIONISMO

♦ A cada temporada musical em nosso Municipal, a mesma briga na hora da contratação de cantores estrangeiros, porque "temos cantores tão bons quanto eles". Acho que estaríamos mais perto de ganharmos essa parada nacionalista se advogássemos a tese de que também temos cantores tão ruins quanto eles.

♦ Mais certo do que obrigar as empresas estrangeiras a conservarem aqui seus lucros seria obrigarmos as empresas nacionais a exportar seus prejuízos.

PROTESTO
♦ Berro não enche barriga, mas desemprega psicanalistas.
♦ Toda hora vejo homens públicos se queixando de "orquestrações" da imprensa. Como jornalista, protesto. Jamais pertenci a nenhuma "orquestra". Apenas ponho a boca no trombone. *(1992)*

PROTÓTIPO
♦ Para provar sua teoria Darwin teve que achar um macaco muito inteligente. *(Falsa cultura.)*

PROUDHON
♦ Proudhon dizia que toda propriedade é um roubo. A elite brasileira acha que todo roubo é sua propriedade.

PROUST
♦ *Em Busca do Tempo Perdido* não é um romance. É uma Bíblia. Três mil páginas de intrigas, luta constante pelo poder econômico e social, extraordinários personagens nobres, admiráveis personagens plebeus, músicos, pintores, escritores, militares, ensaios auditivos, gustativos e oftalmológicos, paixões desvairadas, ciúmes jamais descritos de maneira igual, prostituição, homossexualismo, taras e violências sexuais as mais variadas, tudo envolto em angústia insuportável e poesia irresistível – enquanto o tempo passa inexoravelmente. Um livro ciclópico. Melhor até do que a novela das oito. *(1986)*

PROVAÇÃO
♦ O artista deve ter, além do estritamente necessário pra sobreviver, apenas as ferramentas de seu ofício, de preferência compradas a prestação, com sacrifício de sua vida pessoal

ou familiar, sexual e psíquica. A sociedade, por sua vez, tem o dever de contribuir pra tornar a vida do artista tão miserável e desprezível que não seja atraente pra nenhum desses milhões de idiotas que nos enchem a vista com brochações tediosas, nos enchem os ouvidos com barulhos estentóricos e estertorosos, o saco com sua permanente autopromoção (que acaba, através do eco irresponsável e ignorante da mídia, dando-lhes prêmios e fortunas, transformando-os nos "melhores" e "maiores") e nos cansam o traseiro com filmes que são verdadeiros estupros na virgindade da fita. Galeria de arte, cinemas de arte e livrarias devem ser colocados fora da lei, perseguidos e punidos com mais rigor do que hoje são perseguidos os usuários e traficantes de drogas. Assim, execrado e subnutrido, condenado à saúde precária e lamentável aparência física, só será artista o que for condenado a isso por um destino biológico avassalador, uma vocação metafísica verdadeiramente doentia. Ministério da Cultura é o escambau! Ou Van Gogh ou nada!

PROVERBIAL
♦ "Quando uma jovem nasce extraordinariamente dotada de recursos visíveis; quando essa jovem cresce e aparece porque é impossível não aparecer com tudo que tem pra mostrar; quando ela é convidada, e sempre, sobretudo praqui e prali: e vai a todo os lugares, conhece *todo mundo,* vive a vida gaia e deslumbrante dos que podem: quando tudo isso acontece, essa jovem, cortejada e usufruída desde as 11 da manhã quando acorda no hotel de luxo, até *a noite,* que só termina com a noite, e ela vai pros braços de Morfeu, ela, antes de fechar os belos olhos, sabe que é absoluta verdade a sentença proverbial: MAIS VALE QUEM DEUS AJUDA DO QUE QUEM CEDO MADRUGA.

♦ Ver para crer é uma forma de ceticismo inventada pelos cegos.

PROVÉRBIO
♦ **Deus dá o frio a quem não tem dentes.**
♦ É de pepino que se torce o menino.
♦ O uso do cachimbo não faz o monge.
♦ Provérbio é uma frase tão bem-feita que acaba se tornando proverbial.
♦ Provérbios planaltizados: "Quando um urubu se descuida o de baixo corrompe no de cima". *(1992)*
♦ Quem come fiado só defeca juros.
♦ Ri melhor quem ri por último, como dizia o empresário do comediante fugindo com o dinheiro da bilheteria.
♦ Quem vive de esperanças morre muito magro.

PROVÉRBIOS (À PORTUGUESA)
♦ Peso alheio não me cansa, nem pesa em minha balança. / A quem te ofende por trás, teu traseiro lhe responda. / Tanto cada um é um que vários nunca são muitos. / De dinheiro e santidade dá a metade da metade. / Prometer não gasta e contenta os néscios.

PROVIDÊNCIA
♦ Se te dizem que você parece um homem de bem vai lá dentro e lava a cara.
♦ Pra sua proteção contra os perigos de uma explosão nuclear: não entre em pânico. Corra imediatamente pro primeiro banco que conhecer e consiga – de qualquer maneira, com qualquer juro – um empréstimo de, no mínimo, dez milhões. Depois disso os banqueiros protegerão você de qualquer espécie de radiação.

PROVOCAÇÃO
♦ Tão provocador quanto sinal de tráfego amarelo.

PROXIMIDADE
♦ A proximidade obriga.

PRÓXIMO
♦ Ama o próximo como a ti mesmo. Mas cuidado, ele vai ficar furioso.

PRUDÊNCIA
♦ A coisa não tá nada boa. O negócio é ouvidos moucos, boca fechada e olho vivo, como me aconselhou meu otorrinolaringologista. *(1981)*

♦ Continuo correndo na praia por pura precaução. Se eu apenas andar a rapaziada murmura: "Ele ainda anda!" *(1988)*

♦ Por que, no Planalto, na hora das grandes decisões, a ministralhada toda senta bem juntinha naquela mesa? Simples – porque ninguém confia em ninguém a mais de meio metro de distância.

♦ Tem cautela / E ajuda o sol / Com uma vela.

♦ Continuo não acreditando em Deus, mas, como Diderot, prefiro não topar parada e também sempre me refiro a Ele como "o cavalheiro lá em cima". *(1971)*

♦ É, está na hora de citar Cícero: *Silent enim leges inter arma*. Em bom português: "Na hora do pau comer, a lei cala o bico".

♦ Elogia o bem, mas não esculhamba o mal.

♦ Em caso de perigo não grite por socorro – você pode atrair a polícia. *(1967)*

♦ Posso afirmar, entre minhas poucas dignidades, que nunca disse a ninguém que um remédio é infalível contra gripe, herpes, impotência ou ressaca, nunca gritei num jogo "Vai nessa, Zico!", nunca impus um alfaiate, um bombeiro hidráulico, um barbeiro, ou um pintor de paredes como "o melhor da cidade". Nem nunca afirmei heroicamente que não faço certas coisas, embora certas coisas eu não faça. E não me perguntem quais. *(1988)*

PSICANÁLISE
♦ Como uma estatística me mostra que é relativamente crescente o número de psicanalistas que se suicidam, eles

começam a ganhar meu respeito – é possível que, enfim!, tenham descoberto alguma coisa essencial.

♦ Uma das falácias da psicanálise é ficar fuçando coisas que não fazem parte da necessidade psíquica evidente, real, funcional, imediata, existencial. O dia a dia é muito perigoso. *(*JB. *1991)*

♦ Alguns pensam que sou contra a psicanálise. Nunca. Acho o psicanalista um profissional respeitável e necessário – quase tanto quanto bombeiros hidráulicos, fabricantes de cadeados e arrombadores dos mesmos. Vou mais longe; no sentido profissional, respeito todos os elementos componentes da sociedade, sem distinção. Tendo mesmo – radical liberal que sou – a admirar mais os menos admirados, o que, naturalmente, me faz menos admirado pelos mais admirados. Por isso defendo, acima de tudo, ladrões, assaltantes e assassinos, sem os quais o mundo perderia aquilo que lhe é vital – o enredo. Sem enredo (paixão) ninguém vive (vide audiência das novelas). Fica então respondido: a qualquer momento em que sentir necessidade recorrerei ao psicanalista da esquina mais próxima. Se estiver de caixa alta, irei a um de *haute couture* (o psicanalista individual, de sofá de veludo e abajur lilás). Se estiver economicamente a perigo, recorrerei mesmo ao *prêt-à-porter* (psicanálise grupal que cobra meia entrada). É bem verdade que – sendo um homem coerente – antes de consultar os honrados espécimes dessa próspera ciência, recorrerei a profissionais de ofícios semelhantes ou paralelos em que confio mais porque exercem atividades mais antigas e mais testadas: 1) Astrólogos. Têm, no mínimo, 5.000 anos de prática e, ao que se sabe, não fazem mal a ninguém. Embora agindo segundo posições de astros há muito abandonadas pelos próprios. Os astrólogos não cobram muito, não tomam muito tempo, nem enchem o saco dos astrologados. 2)

Cartomantes. Dez mil anos de prática. Nunca ninguém ficou pior da cuca ou saltou pela janela por mandar ler sua *dicha*. Profissão eminentemente feminista. 3) Quiromantes. Idem em todos os sentidos. Gente seríssima. As linhas da mão do paciente são muito mais seguras – e em último caso inócuas – que o emaranhado mental dos psicanalistas.

♦ A psicanálise é o ponto de encontro entre os profissionais da maluquice e os malucos sem fins lucrativos.

♦ A psicanálise prova: pode-se enganar todas as pessoas todo o tempo incluindo o psicanalisado e o psicanalista. E na mesma sessão.

PSICANALISMO

♦ Eu pensei morrer sem ouvir essa. Mas, noutro dia, um psicanalista disse bem na minha frente, com a cara mais psicanalítica do mundo: "O dinheiro é um símbolo fálico".

PSICANALISTA

♦ Ode ao psicanalista: Desmembra a alma em pedaços / Rotula todas as partes / Ego, id, dor, anseio / Arquiva peça por peça / Ciúmes, recalques, medo / Conhece todo segredo / Dos corações em desgraça / Tabela paixão e angústia / Computa sonho e remorso / Pinça e mede sentimentos / E sabe explicar por que / Eu rio do meu desastre / E você pensa em suicídio / Ao perder o dente siso. / O consciente sabido / Desce mais fundo e além / E vai batizando a alma / Com nomes que ela não tem / E com o inconsciente explica / O brilho de qualquer bossa / O horror de qualquer fossa. / As perversões sexuais / Para ele são normais: / E sabe todo o trançado / Dos fatores sociais. / Seu tirocínio é perfeito / Seu raciocínio, bacano. / Tem apenas um defeito: / Nunca viu um ser humano.

♦ Psicanalista é um mágico que tira cartolas de dentro de coelhos.

♦ Psicanalista é um terapeuta que está sempre a favor da doença.

♦ Se você caiu nas mãos de um analista / Não precisa ficar triste / Ele pode não entender sua problemática / E esquecer até sua fisionomia / Mas jamais esquece / A sua economia.

♦ Os psicanalistas podem não resolver o problema dos neuróticos. Mas os neuróticos resolvem o problema dos psicanalistas.

PSICANALISTAS / ENTREVISTA

♦ Eles estão em toda parte, os psicanalistas: em qualquer festa, em qualquer barato, em qualquer guichê de banco. Defenda-se das perguntas, diretas ou indiretas, concretas ou implícitas, e funda a cuca de quem quer fundir a sua: P – Sempre que você entra num elevador, sente medo? R – Não entro. P – Qual é a diferença fundamental entre uma réstia de luz e uma réstia de cebola? R – O cheiro. Réstia de cebola não tem cheiro. P – Quando criança você gostava de brincar de médico? R – Adorava. Eu fazia sempre a enfermeira. P – Qual é o sistema de transporte que você acha predominará no futuro? R – O cipó. P – Lilás, o que é que é? R – Um abajur. P – Você gosta de mulher? R – Comparando com quê?

PSICOSSÍNTESE

♦ Admirável psicanalista! Não curava ninguém. Mas pegava todos os problemas do paciente e juntava tudo num único complexo.

PSÍQUICO

♦ O psíquico não tem fundo.

PUBERDADE / DESLUMBRAMENTO

♦ Mulher; aos treze anos, dois seios novinhos em folha, e a sensação de uma cobiça universal em volta. Nenhum homem jamais sentiu esse poder, esse medo, esse deslumbramento.

PUBLICIDADE

♦ Conselho para o homem que tem tudo – vá imediatamente ao médico.

♦ Está abatido, mole ou desiludido? SEXO levanta a sua moral e tonifica os seus músculos. SEXO pode ser usado a qualquer hora, sem prescrição médica. Em casa, na rua, ou no escritório, tenha sempre SEXO à mão. SEXO é para todas as idades – os mais velhos devem usá-lo pelo menos uma vez ao ano, os mais moços até três vezes ao dia. Mesmo que seu avô seja muito idoso, a simples visão de SEXO melhorará muito a sua disposição, pois SEXO reativa a memória. SEXO enrijece os homens e engorda as mulheres. SEXO pode ser encontrado em toda parte e está ao alcance de todas as classes. SEXO, noite e dia, dá saúde e alegria. SEXO, por via oral ou intramuscular. Mas, cuidado com as imitações – SEXO só existem dois.

♦ Quando um publicitário fala eu fico sempre esperando o próximo comercial.

♦ Mulheres de pernas lindíssimas anunciando depilantes cujos nomes a dona de casa nem nota porque está apenas, melancolicamente, comparando os seus pobres gambitos, a que nenhum depilante vai dar jeito, com as pernas monumentais do anúncio.

PÚBLICO
♦ Que público os exibidores estão perdendo! Tem 20 milhões de crianças miseráveis no Brasil que não podem ver filmes "permitidos apenas a menores acompanhados de seus pais ou responsáveis".

PUDOR
♦ O pudor dá, mas fica vermelhinho.

PUERICULTURA
♦ Abelhas africanas não devem ser criadas no mesmo quarto em que dormem crianças recém-nascidas. As abelhas podem não sobreviver.

PULMÃO
♦ A principal utilidade do pulmão são as doenças pulmo-

nares. É ainda o pulmão que produz os roncos. Por isso são chamados órgãos pulmonares. *(Falsa cultura.)*

PUNIÇÃO

♦ Em São Paulo foi preso, por tentativa de estupro em cinco mulheres, um homem de 81 anos. Uma indecência, certamente. Mas também um recorde. *(1962)*

♦ Punição, é. Em que consiste? A que ou a quem serve? Quais são os seus princípios e razões? Quem é a autoridade punidora, de Deus ao pai, e em que ocasião e com que fito, e em que medida e exemplo deve a autoridade ser exercida? Noutro dia um jovem chofer português me levava pra cidade e entrou numa rua errada. Sem que eu reclamasse ele reconheceu o erro com irritação que foi aumentando gradativamente. E até a cidade repetiu mil vezes: "Mas doutoire, eu tinha que levar uma porrada! Eu bem merecia umas porradas, seu doutoire!" O fascismo justiciador começa pela autocrítica masoquista. *(*O Pasquim. *1971)*

PUNK

♦ Punk? Punk? Pra que tanta pressa, garotada? Aos poucos todo mundo vai ficando punk...

PUREZA

♦ Eu e Jaguar, o humorista, saindo da praia, em Arraial do Cabo. Passando por pescadores que, numa sombra, junto a algumas canoas curtiam palavras preguiçosas, na indolência do começo da tarde. Jaguar disse: "Isso é que é gente pura". Eu disse: "Tá bem, Jaguar; esse aí está comendo a mulher daquele e o vesguinho vai tomar a canoa do criolão. O microcosmo é igualzinho ao macrocosmo". Uma semana depois Jaguar entrou no *Pasquim*: "Pô, você tinha razão. Ontem apareceram três pinguins na praia e aqueles pescadores, sem nenhum motivo, pegaram uns cacetes e transformaram os três pinguins numa posta de sangue". É por essas pequenas coisas que eu não perco minha fé no ser humano. *(*O Pasquim. *1973)*

♦ Todas as monstruosidades executadas (ou usadas) por tiranos, bárbaros ou militares que ficaram como figuras odiosas da história foram pensadas antes por filósofos, cientistas e humanistas que ficaram como grandes benfeitores da humanidade (vide *bomba*, inclusive *atômica*).

PURISTAS

♦ Na revista *Veja* o revisor troca em meu texto a palavra *assassinato* por *assassínio*, segundo o venerando critério de que *assassinato* é, Deus meu!, ainda?, um *galicismo*. E penso na incrível sobrevivência da subcultura do pernosticismo; há mais de cem anos, quando, menino, trabalhava na revista *O Cruzeiro*, quebrei um pau furioso, pelo mesmo motivo. A coisa era mais ridícula porque, no meu texto, um cidadão gritava pela rua "Assassinato! Assassinato! "E, com a mudança, passou a gritar "Assassínio! Assassínio!" O que se tirou do personagem a pecha de galicista lhe deu insofismável áurea de bichice. *(1979)*

PUXA-SACO

♦ Há puxa-sacos que se esmeram tanto, com o passar do tempo se tornam tão hábeis em sua especialidade, que acabam vítimas de sua própria habilidade. Elogiam (puxam) com tão profunda sinceridade, que o elogiado acredita piamente nas qualidades que lhe são atribuídas e, achando que o puxa-saco não está fazendo mais do que reconhecer um mérito evidente, nem pensam em recompensá-lo pela puxada.

♦ Quando dizem que ele detesta puxa-sacos ele sorri, lisonjeado, e nem percebe que está falando com um.

PUXA-SAQUISMO

♦ O país está grávido de encômios. Encômios e encomiastas. Panegiristas, filhos adotivos, aquiescentes, louvaminheiros. Em toda parte se ama e agasalha, bendito é o fruto, se dão abonos, se tocam hinos, se magnifica, se apoteosa.

Todos bajulam, salamalecam, fazem zumbaias, usam blandícias, deitam-se aos pés, brandem turíbulos, turiferários. E o Poder rindo – que bom é o incenso!, me tragam loas, peixes e broas, teçam coroas, se alce e exalce, bravo, apoiado, bom prol lhes faça! (Faltam sardônicos nas antessalas.)
(Sobre o perigo do humor a favor, num momento em que todo mundo puxava o melífluo presidente eleito – não chegou a tomar posse – Tancredo Neves. 1985)

Q

QUADRADO

♦ A leitura deste quadrado diariamente afeta a saúde e cria condições antissociais no usuário. Depois de lido, este quadrado não deve ser guardado perto de inflamáveis, exposto ao sol, ou perfurado. Não leia quando estiver irritado ou deprimido. Antes de ler proteja os olhos com óculos escuros e não aspire o produto. Mantenha fora do alcance das crianças. *(Quadrado do* JB. *1985)*

QUADRATURA

♦ Peguei, como manda a boa filosofia matemática, o círculo de meus conhecimentos, os círculos militares, os círculos concêntricos, dei especial atenção ao círculo vicioso, dividi tudo em fatias de Pi (aquele famoso 3,14159) e só me resta acertar o próximo decimal, eterno desafio matemático: 0,26537 pra chegar à quadratura do círculo. Já estou perto. Já consegui fazer um quadrado de 14 x 16. (Jornal do Brasil. *1985)*

QUADRILHA

♦ Quadrilha é um ministério de ladrões. *(Novos coletivos.)*

QUALIDADE

♦ Se você tem alguma qualidade, disfarce ou esconda. O mundo não foi feito para competentes. *(Conselho que me foi dado por meu mais antigo amigo, Arão David Bracarz, quando ambos tínhamos 18 anos.)*

♦ Um bom Ministro é o que segue cegamente a decisão de

seus conselheiros burocráticos. Um mau ministro é o que desenvolve ideias próprias, i.e., erradas, a partir de sugestões dadas por não burocratas. *(Conselhos de sobrevivência para burocratas. 1985)*

♦ Candidato reconhecidamente salafrário, grosseiro, corrupto e semianalfabeto. O adversário só ganhou as eleições porque era pior.

QUANTIFICAÇÃO
♦ Tem muito mais estupidez do que sabedoria, tanto em todo mundo, como numa mesma pessoa.

♦ **O bastante é muito pouco.**

QUARTZO
♦ O quartzo é um mineral que fica entre o tertzo e o quintzo.

QUEIJOS
♦ De Gaulle disse da França: "É absolutamente impossível governar um país com 452 espécies de queijo". E eu replico: "Impossível mesmo é governar um país que só tem queijo de minas e Catupiri".

QUEIMADURAS
♦ Reações epidérmicas que acontecem quando a coisa em volta pega fogo. As queimaduras podem ser do primeiro, segundo e terceiro escalões.

QUEM AMA O FEIO
♦ Aquele que se deixa prender sentimentalmente por criatura destituída de dotes físicos de encanto ou graça, acha-a dotada desses mesmos dotes que outros não lhe veem. *"Quem ama o feio bonito lhe parece."* *(Provérbios prolixizados. 1959)*

QUEM DIZ
♦ Aquele que anuncia por palavras tudo que satisfaz ao seu ego, tende a perceber por seus órgãos de audição coisas

que não desejaria. *"Quem diz o que quer, ouve o que não quer." (Provérbios prolixizados. 1959)*

QUÉRCIA
♦ Pra mim Quércia é o típico político brasileiro – grosso modo falando.

♦ Se não fosse pelo seu passado e pelo que representa de ameaça ao futuro, Quércia até que seria um candidato razoável. *(Na década de 80, Orestes Quércia, capiau do interior de São Paulo, era considerado um dos políticos mais corruptos do Brasil. 1989)*

QUÍMICA
♦ Mudar a água em vinho sem auxílio de milagre (transubstanciação) só é possível com a conivência das autoridades (em)bromatológicas.

QUORUM
♦ Afinal, o que mais falta nesse Congresso: quorum ou dequorum?

♦ *Quorum* é a incapacidade individual multiplicada pelo número de pessoas presentes.

QUOTA
♦ A população é de 140 milhões de pessoas. Dá mil dólares de dívida externa pra cada uma. *(1983)*

R

RABO
♦ O pior do rabo é ter que acompanhar o elefante o tempo todo.

RACISMO
♦ Para ser um bom racista / Há um fator decisivo / Saber, entre o branco e o preto, / Qual dos dois é o negativo.

♦ Inextirpável no ser humano, mesmo o mais sensível, o gosto perverso de contar piadas sobre minorias (no Brasil, negros, judeus, portugueses, bichas), grupos já discriminados pela natureza (anões, corcundas, aleijados), pessoas marcadas por características dramáticas (caolhos, capengas, manetas), ou com defeitos ridicularizáveis (gago, fanho, surdo) etc. Quanto aos grupos étnicos, as piadas no Brasil se referem desprimorosamente a argentinos (que por sua vez nos chamam de macaquitos), franceses, alemães, porém, preferivelmente, detratam judeus, portugueses e negros. Mas, reparem bem, vocês já ouviram português contando piada de português, é comuníssimo judeu contar piada de judeu, mas eu, pelo menos, não me recordo de negro contando piada sobre negro. A explicação me parece simples; a piada sobre português (burrice) ou sobre judeu (principalmente argentarismo) é perfeitamente assimilável. A sobre negro (vagabundo, ladrão, primata, fedorento) é dolorosamente ofensiva, humilhante, não assimilável pelos, sem trocadilho, alvos. Com a palavra teólogos, psicólogos, antropólogos e demais (s)ociólogos.

♦ Mas tenho que reconhecer que existem muitos intelectuais que nos tratam, a nós, negros, de igual para igual – o que lhes dá um grande sentimento de solidariedade humana. E lhes permite ir contar anedotas racistas no primeiro bar grã-fino em que preto não entra. *(Beto, personagem de* Os órfãos de Jânio. *1978)*

♦ O que é mais politicamente incorreto: dizer que um negro tem alma branca ou que um branco tem alma negra?

♦ Pegue uma caixa de tintas e verifique o tubo onde está escrito *cor de carne* ou, se a tinta é americana, francesa ou alemã, *flesh, chair, fleish.* A cor é sempre cor-de-rosa. Será que não existe cor de carne amarela ou negra?

RACISTA
♦ Racista é um cara que jamais mandou examinar sua árvore genealógica.

RADICALISMO
♦ Com a ascensão das ideologias destemperadas virou uma vergonha ser justo.

RAIO X
♦ Só a gargalhada mostra a arquitetura de que é feito o drama dos que choram.

RATOCENTRISMO
♦ Os roedores em pânico: já existe um homem pra cada quatro ratos!

RAZÃO
♦ Jamais pretendi estar sempre com a razão. Mas não consigo evitar que ela esteja sempre comigo.

♦ Pouco a pouco a razão vai obscurecendo os problemas que, intuitivamente, eram tão claros.

♦ Tem razão quem está com o 38 ou o *caixa* na mão.

REAÇÃO
♦ Goebbels disse: "Falem-me em cultura que eu puxo

logo minha Lugger". E Godard acrescentou: "Falem-me em cultura que eu puxo logo meu talão de cheques". Eu só tenho a dizer: Falem-me em folclore que eu puxo logo meu James Joyce. Falem-me em curta-metragem obrigatória que eu puxo logo meu ronco. Falem-me em maconha que eu puxo logo. *(1973)*

♦ Falem-me em (agri)cultura que eu puxo logo a minha enxada.

REACIONÁRIO

♦ Reacionário é o cara que dá a pedra ao radical pra quebrar a vidraça do conservador (ou vice-versa).

REALIDADE

♦ A realidade brasileira está cada dia mais inacreditável.

♦ Quem não acredita em mula sem cabeça é porque nunca olhou em volta.

REALISMO

♦ Como as nossas grandes cidades estão cada vez mais cheias de assaltantes e as autoridades se declaram cada vez com menos condição de combater o crime, não seria pelo menos justo que os assaltantes nos dessem recibos e a Receita Federal nos permitisse descontar no imposto de renda o montante dos roubos? *(1986)*

♦ Na sua enciclopédia preferida, em vez de admirar os retratos de bravura, inteligência e coragem lá incluídos, pense no que realmente os caretas foram, fora das convenções de "grandeza". Usurpadores, exploradores de comunidades, santos de fancaria, tubarões econômicos, guerreiros sanguinolentos, cientistas egocêntricos, artistas cuja principal arte foi a autoprojeção. Uma súcia. *(*Todo homem é minha caça. *1981)*

REALIZAÇÃO

♦ Se você não consegue realizar seus sonhos, procure ao menos evitar a realização de seus pesadelos.

REBELDIA
♦ O Demônio foi o primeiro líder radical, lutando violentamente contra o sistema.

RECATO
♦ Seja recatado. Reserve sua lascívia para os dias santos.

RECEITA
♦ Misture sempre uma pitadinha de passional no seu racional.

♦ Só há duas condições psíquicas em que é aconselhável beber. Quando se está deprimido. Para evitar depressão.

♦ Vocês sabiam que tem mais de 30 milhões de brasileiros que nunca ouviram falar em Imposto de Renda? Vocês sabiam que tem mais de 50 milhões de brasileiros que nunca ouviram falar em renda?

RECEITA DE MULHER
♦ Pega-se manteiga, ovos e um pouco de queijo e faz-se o cabelo louro. (Quem preferir cabelos castanhos adicione um pouco de caviar do Báltico.) Com duas azeitonas gregas faz-se os olhos. Com um pouco de carne branca e duas xícaras de leite faz-se os seios. Com raspas de cenoura faz-se as unhas. Com ostras e grãos de romã faz-se o sexo. Coloca-se em leito morno e vai-se virando lentamente até atingir o ponto. Come-se com um pauzinho.

RECÍPROCA
♦ Cada vez sinto mais dificuldade em aceitar o mundo como ele é. E tenho a vaga impressão de que a recíproca é verdadeira.

♦ Um filósofo quase sempre é obscuro. Mas não basta ser obscuro pra ser filósofo.

RECIPROCIDADE
♦ No Congresso Nacional uma mão suja a outra.

RECOLHIMENTO
♦ Acabei num cubículo. / Mas escapei / Ao ridículo.

RECONHECIMENTO
♦ Há escritores cuja obra só será devidamente entendida daqui a cem anos. Quanto ao que escrevo sei que só poderia ser entendido há cem anos atrás.

RECORDES
♦ Um consegue ficar dezessete minutos embaixo d'água sem respirar. O outro tem mulher e seis filhos e vive com salário mínimo. *(1976)*

RECUPERAÇÃO
♦ Tantos anos o país se descuidou do meio ambiente que agora, se quiser salvar alguma coisa, vai ter que tratar do ambiente inteiro.

RECURSO
♦ É tamanho o descaso popular pela eleição atual que só existe uma forma de fazer o povo voltar a se interessar: dar vinte anos de cadeia pro candidato mais votado. *(1985)*

♦ Quando os argumentos de seu adversário forem irresistíveis resta sempre a possibilidade dialética de uma cacetada na cabeça.

♦ Se você não consegue impor seus direitos através de meios normais, procure um advogado.

♦ A originalidade é a marca do gênio. Mas, pra quem não pode, o cultivo do lugar-comum também ajuda. E, convém lembrar, o domínio do óbvio e do pensamento do Marquês de Maricá estão ao alcance de qualquer um.

RECURSO FINAL
♦ Se tudo continuar assim, vamos acabar tendo que apelar pra competência.

RECURSOS NATURAIS
♦ Aparentemente Israel e Japão são os países que têm os maiores recursos naturais do mundo: gente.

RECUSA
♦ Não aceito presente de grego e não entraria no cavalo de Troia nem como observador.

REDE
♦ Definição do dicionário: Rede: trançado de barbantes reticulados ou recruzados a iguais distâncias, com interstícios entre as intersecções. (Quero ver você pescar com isso.)

REDISTRIBUIÇÃO
♦ Todo líder incompetente quer acabar com a riqueza hereditária. Os competentes (?) se preocupam apenas com a miséria hereditária.

REDUÇÃO
♦ A princípio me achava um homem do mundo. Logo descobri que era apenas um brasileiro subdesenvolvido, embora um carioca orgulhoso. Hoje, sem tristeza, meu minimalismo atingiu o máximo – sou um homem de Ipanema, ou melhor, da praça General Osório.

REDUNDÂNCIA
♦ Filosofia é uma coisa que discute filosofia.

REENCONTRO
♦ Quando mergulhou encontrou no fundo o corpo do amigo, que há anos não via.

REFERÊNCIA
♦ Na Mata da Tijuca, certo dia, encontrei o *Bois de Boulogne*.

REFINAMENTO
♦ Num jantar civilizado, facas, carnes sangrentas, guardanapos brancos; só faltam o cirurgião e o instrumentador.

REFLEXÃO PÓS-MURO
♦ Derrubar os heróis é fácil. Difícil é destruir os pedestais.
(1992)

REFLEXO
- Quem ama o feio olha-se demoradamente no espelho.
- Me examino e saio de casa. Meu reflexo entra pro fundo do espelho. Pra onde?
- **Às vezes de tanto pensar eu fico abestalhado.**
- Seco e disseco / Em busca de nexo: / O eco é meu reflexo, / Ou o refleco meu exo?
- A segurança nacional deriva da insegurança internacional; e todo sistema de defesa tende a se transformar rapidamente num princípio de ataque.

REFLEXÕES
- As pessoas que se perdem em reflexões geralmente não conhecem bem o território.

REFLEXOS E REFLEXÕES
- Plantei gerúndios e nasceram orgasmos. Pensei criar filhos em amplas liberdades e nasceram alguns tabus dos mais engraçadinhos. Ponho na terra, e rego e adubo, o mais belo rojão, e nasce uma girândola de cores implosivas. Entre o ontem e o amanhã há o golfo de hoje a preencher de odores. E como distinguir, se são todos homens e nascem todos iguais perante a grei? Viajei com sacrifício para o prazer e a leviandade e quando cheguei só encontrei deveres. E passa pela janela a estética de um minuto seguindo outro minuto, de um tom azul atrás da nuvem branca e o céu de sempre nas asas do momento. Como era verde meu xale e a vala daqueles que se foram! No mais a lei exige testemunhas, as testemunhas não exigem nada, a sabedoria proverbial não sabe o que a espera e eu não quero mais encontrar a verdade que me embarga os passos e me tolhe os prazeres desta vida austera. Pois só dói quando aperto e atinjo o cume do pensamento humano e, cheio de vertigens, caio no lençol macio das vitórias passadas. E fora o sol da

praia que se inspira na areia, apenas as sombras dos que combateram outras batalhas. Agora eu sei com quantos pais se faz uma pessoa.

REFORMA
♦ Até hoje, no Brasil, só houve um reforma agrária ampla, verdadeira e eficiente – a das sesmarias e capitanias. Para sempre hereditárias.

REFORMA AGRÁRIA
♦ Agora a reforma agrária vai dar certo. Vamos incorporar as pequenas propriedades aos grandes latifúndios. *(1987)*

♦ Reforma agrária: Demarcação de cemitérios para os silvícolas e direito a covas maiores e mais fundas aos mortos entre os posseiros.

♦ Reforma agrária é uma coisa que todo grupo social tem a maior pressa em ver realizada no quintal dos outros.

REFORMA ORTOGRÁFICA
♦ Se se pensa em mais uma reforma ortográfica, a acentuação, como a pontuação, deve ser facultativa. Apesar das regrinhas, nenhum gramático conseguiu até hoje impor pontuação precisa em nenhuma língua. Por que impor uma acentuação? Chega de monstrengos como os famosos *sinais diacríticos diferenciais (*brrr!).

REFORMADORES
♦ O erro dos reformadores é tentar transformar os maus em bons. O mundo só melhorará quando os bons tiverem suficiente maldade para impor sua bondade.

REFORMULAÇÃO
♦ Parece que o negócio do Brasil agora é desconfiar de Deus e tirar o pé da tábua.

REGIMENTO
♦ Regimento é um alcateia de militares. *(Novos coletivos.)*

REGRA
- Só há uma regra sem exceção. A feminina.
- Só há uma regra definitiva – não há regras definitivas.
- As regras são menos perigosas do que a imaginação.
- O essencial no jogo político é que, pra ganhar o jogo, você tem que ignorar as regras.

REGRESSO
- Reinauguraram a rua Uruguaiana e o Largo da Carioca. Botaram Zumbi na Praça Onze. Estão emancipando os índios. Vão acabar descobrindo o Brasil. *(1979)*

REI
- Em terra de cego quem tem um olho foge do rei.
- Rei é uma espécie de presidente com casco azul. *(Falsa cultura.)*

REINO DOS CÉUS
- É evidente que o Reino dos Céus está reservado pros que têm grandes contas bancárias, pertencem a partidos políticos poderosos, ou são protegidos de grandes agremiações religiosas. É, já não tenho dúvidas: o Reino dos Céus é por aqui mesmo.
- Já que o Reino dos Céus é dos humildes, me digam aí, não podiam, pelo menos, mandar a minha pequena parte em dinheiro?

REINO MINERAL
- O Reino Mineral é o do ouro, do ferro, do pó da estrada, e da água mineral com gás ou sem gás. O Reino Vegetal é o que faz a fortuna dos jardinistas, o desfolhar das acácias, a camélia que caiu do galho, sem falar na Dama das Camélias e no jardim da Europa à beira-mar plantado. E o Animal (Reino) é aquele que com exclamação vira ofensa. *(História natural. 1960)*

REIS MAGOS
- Quem foram Gaspar, Baltazar e Melchior? Reis, dizem.

Mas, que reis? Como explicar que, sem séquitos, embaixadores, palafreneiros, cozinheiros, bobos, concubinas, três reis tivessem saído assim, sozinhos pelo deserto, pra prestar homenagem a um recém-nascido cuja missão na Terra era, declaradamente, subverter? Pra mim eram apenas três gozadores. Três palhaços. Três sacripantas. Três iconoclastas. Três réprobos. Três humoristas. *(1981)*

REIVINDICAÇÃO

♦ Greve odiosa de bancários reivindicando piso de cinco salários mínimos. Não dá pra entender. Afinal o que é que pretendem esses sórdidos grevistas: comer?

♦ Não quero o governo / Do conchavo / Pelo povo / Para o escravo. / Quero o governo / Do novo / Pelo povo / Para o ovo.

♦ Pô, está bem que não me considerem um pilar da democracia! Mas não dá nem pra me considerar uma lâmpada do quarto de empregada da nossa nacionalidade?

♦ Em terra de cego quem tem um olho exige os dois.

♦ O trabalhador, de modo geral, quer sempre muito pouco. Mas quer sempre um pouco mais.

♦ Todos lutamos por direitos iguais aos que estão por cima.

RELAÇÃO

♦ Brigavam tanto que quando iam pra cama não faziam amor – faziam ódio.

♦ O mal do homem de talento é ter inveja do rico. Já o rico não tem a menor ideia de que é que o homem de talento está falando.

RELACIONAMENTO

♦ Uma coisa tenho que dizer de mim próprio: cada vez me dou melhor comigo mesmo.

RELAÇÕES

♦ Atenção, meninada, fazer relações públicas não é tornar públicas as relações.

RELATIVIDADE
♦ Enquanto milhares de crianças morrem de fome, cavalos de raça são alimentados com rações caríssimas. Mas este pensamento, facilmente "social", é oriundo da nossa eterna pretensão homocêntrica. Num mundo equinocêntrico – por que não? – a coisa é perfeitamente natural.

♦ A matemática compreende a relatividade. Ninguém mais.

♦ Moleque de outros tempos, acorrentado e livre.

♦ Onde come um comem dois – a metade do tempo.

♦ Quem deve um bilhão de cruzeiros é um empresário com razoável crédito na praça. Quem deve um bilhão de dólares é um grande empresário internacional. Quem deve cento e vinte bilhões de dólares é o maior país subdesenvolvido do mundo.

♦ Latim pra mim é grego.

♦ Tudo é relativo. Pro micróbio, a penicilina é incurável.

♦ Um homem que caminha a 5 quilômetros dentro de um trem que vai a 130, vai a 135?

♦ Um sábio que só escreve com caracteres chineses também é an-*alfa-beto*.

♦ Toda desvantagem tem sua vantagem.

RELATIVISMO
♦ Não, não, bom leitor, não aceite, como tantos, o teu caso como um problema de excesso de adiposidade, tipo de rechonchudice desagradável, o que te faria caracteristicamente um obeso é, honrado leitor, um gordo. Nada disso. Dá-se que a especulação imobiliária diminuiu muito o espaço dos apartamentos e a tecnologia diminuiu ainda mais o tamanho dos carros e dos assentos dos aviões. Faz de conta que é assim, aceita e relaxa. Mais um pastelzinho?

RELIGIÃO
♦ Minha religião é uma mentira, não me ajuda em nada. É apenas, sei agora, uma partitura de notas sem sentido,

criada para me iludir de que haverá uma vida eterna – e eu estou morrendo. *(Mãe. Duas tábuas e uma paixão. 1981)*
♦ Cada um carrega a sua cruz. Ainda bem que eu não sou religioso. Deve ter alguém por aí carregando duas.
♦ Os ateus têm um Deus que não acredita em nada.
♦ As práticas religiosas são inteiramente inúteis para os infiéis.
♦ Basta saber algumas línguas, e ler o livro sagrado de algumas religiões, pra verificar que só existe um Deus, que deu a cada país seu próprio profeta – sempre um péssimo tradutor.

RELIGIOSISMO
♦ Roupas coloridas, luxo e agressividade – novas espécies de fé.

RELÓGIO
♦ Ação? A mais eficiente, incansável, consistente, invencível, eterna, é a do relógio. Que não sai do lugar.
♦ O relógio é um aparelho movido a infinito.

RELUTÂNCIA
♦ Não vai ser assim, fácil, fácil, me botarem num cemitério. Vão ter que passar por cima do meu cadáver.

REMARCAÇÃO
♦ Em muitas leis votadas pelo Congresso, é visível, os congressistas esqueceram de tirar a marca do preço.

REMÉDIO
♦ Não tome remédios. Nada pode ser remediado.

REMOINHO
♦ O gesto é vago, o olhar tristonho, a proteção se esgota, o círculo é concêntrico, o tédio inenarrável, a máfia poderosa, e teus beijos, tão ternos, já me cansam.

REMUNERAÇÃO
♦ Aqui entre nós, Judas, 30 dinheiros foi um bom preço?

RENASCIMENTO
♦ O Renascimento foi quando se descobriu a reencarnação. *(Falsa cultura.)*

RENDAS
♦ O humorista tem que fazer tudo para que sua profissão renda o máximo, econômica e socialmente. Só assim pode ter superioridade sobre os que julgam valer o dinheiro que possuem e, com isso, ter direito ao massacre da personalidade alheia. Só o dinheiro e a posição social darão ao humorista o direito de desprezá-los. O resto são recalques. *(Do Estatuto da Universidade do Meyer. 1945)*

RENOVAÇÃO
♦ A Nova República é apenas o cadáver da velha. Vê-se pelos vermes.

♦ Sabedoria pós-moderna: Ninguém é homem completo enquanto não derrubar uma árvore, não censurar um livro e não botar um filho no olho da rua.

RENÚNCIA
♦ Não me perguntem como consegui, mas esta é a carta-renúncia de Sir Ney: "Os recalques e o desrespeito dos humoristas se desencadeiam contra mim. Não me acusam, me gozam. Não me combatem, me ridicularizam. E não me dão cinco anos de governo. Tenho dormido dia a dia, hora a hora, resistindo a uma pressão constante pra realizar alguma coisa. Nada mais vos posso dar depois da moratória e da conversa ao pé do rádio. Se as aves de rapina querem o sangue de alguém, eu volto pro Maranhão. Escolho esse estado para estar longe de vosco. Meu fiasco vos manterá desunidos e meu fracasso será vossa bandeira de fuga. Ao riso respondo com o pendão. E aos que pensam que me gozaram respondo com outra gozação. Serenamente dou o último passo pra Academia e saio da história pra cair na vida". *(Quando Sarney lutava para permanecer mais um ano no governo. 1988)*

REPELÊNCIA
♦ Você pode amar e viver com uma pessoa mau-caráter, corrupta, irresponsável. Mas duvido que suporte viver com uma pessoa que passa o dia tirando catota do nariz.

REPENTES
♦ Mas, me responde logo: a chuva cai sozinha ou Deus empurra? A rosa nasce assim ou é premeditada? Depois, como de praxe, procurar Praxedes. E contar as palavras que não medes. Pois está no barril o sotaque dos vinhos. E há calcinhas de adultério em todos os altares. Mas não encontrei nenhuma em oitenta e sete bares. O relógio de areia se atrasou mil grãos, o tigre, gato comprido, cumpre a pena, e o mundo, aos domingos, se vê vermelho em Marte. Pois o elefante é um elegante que mudou de fraque, o caranguejo, que só anda pra trás, diz que é *pra frente,* e com o passar do tempo todos os solares se enchem de sombra, assombrados.

REPRESA ITAIPU
♦ General / Quando não mata / Desmata. *(1982)*

REPRESENTAÇÃO
♦ No Congresso temos mais de 500 representantes do povo. Precisamos de tantos? Por que não reduzirmos pra 10? Ou melhor, nenhum?

♦ Pergunto a Fernanda se é mais difícil ser sincera na vida depois de todas as mentiras no palco ou mais autêntica no palco depois de todas as perfídias da existência. *(Com Fernanda Montenegro. 1988)*

REPRESSÃO
♦ Enquanto se discutem abstrações político-sociais, carrascos e torturadores, de todos os lados do quadrante, agem com prisão e perversidade, interferindo de modo decisivo no curso da vida humana. Carrascos e torturadores são entidades técnicas eficientes, só circunstancialmente ideológicas. *(1979)*

♦ Os caras se locupletam, roubam, matam, esfolam, brilham na luz de todas as ribaltas, gozam o diurno e o noturno, falsificam a opinião e a nota fiscal, e é na minha porta que a polícia bate. *(1979)*

REPRODUÇÃO

♦ Gente que se espanta diante da inseminação artificial, da ovulação extrauterina, do bebê de proveta. Eu, pessoalmente, acho que nós, seres humanos, jamais conseguiremos inventar um processo de reproduzir a espécie mais rudimentar, mais complicado e mais ridículo do que o ato sexual.

♦ Os seres humanos estão sempre se reproduzindo, exceto quando dormem em cama de solteiro ou são do mesmo sexo natalício. *(Falsa cultura.)*

REPUTAÇÃO

♦ Se você acha uma mulher encantadora não deixe de lhe dizer que está afim dela. É melhor passar por audacioso do que por imbecil.

RÉQUIEM

♦ Réquiem: / "Quem matou Millôr Fernandes?" / Perguntará a manchete d'*O Dia* / Enquanto o assassino vai ao enterro / Disfarçando a alegria. *(1971)*

♦ Todos juntos não dão material prum epitáfio.

RESERVA

♦ Collor, demagogicamente, deu duas Bélgicas e uma Holanda de presente aos Ianomânis. Só falta vestir uma camisa com o dístico: "Faça hoje o seu croata de amanhã". *(1991)*

♦ Eu só quero saber / Quantas ideias / inda vou ter.

RESERVA DE MERCADO

♦ Honra seja feita, o Brasil não inventou a corrupção, o nepotismo, nem a burocracia pernóstica e prepotente. Tudo foi importado com o descobrimento. Vejam os senhores que falta faz a reserva de mercado.

RESÍDUO
♦ Terminou o simpósio cultural; / O contínuo junta papéis rabiscados, / Agendas, lápis, cartões, jornal, / E tenta alimentar sua *ignorânsia* / Com pensamentos nem pensados; / Migalhas que sobraram / De cérebros privilegiados.

RESIGNAÇÃO
♦ Resignação é uma forma menor de covardia.

RESISTÊNCIA
♦ Ser herói é fácil. A maior dificuldade é a resistência dia a dia. E essa o homem comum pode fazer. *(Entrevista.* Revista 80. *1981)*

RESOLUÇÃO
♦ Depois de ouvirmos tanta discussão sobre a *forragem* e sua influência no aumento do preço da carne, resolvemos não comer mais carne: comemos a *forragem* diretamente. *(Frase publicada pelo autor em 20.1.1945 no primeiro número da seção humorística* O Pif-Paf, *da revista* O Cruzeiro.*)*

RESPEITABILIDADE
♦ A respeitabilidade é o leão de chácara moral da classe média.

RESPONSABILIDADE
♦ Muita gente se salvará da morte no dia em que nos avisos funerários for obrigatória a inclusão do nome do médico.

♦ Homem de extrema responsabilidade está aqui mesmo: toda vez que acontece alguma coisa de grave à minha volta todos são unânimes em me apontar como o maior responsável.

RESTRIÇÃO
♦ Paz na terra aos homens de boa vontade. Paz pra muito poucos.

♦ Quando um amigo te faz pequenas restrições, não esquenta não. Imagina as enormes que ele não teve coragem de fazer.

RESULTADO

♦ Quando o presente só tem como objetivo negar o passado, consegue, no máximo, esculhambar o futuro.

♦ Estávamos no bar, e ele disse: "Não há mais saída; as massas reprimidas atingiram o fundo do poço da frustração social e econômica e não passarão mais um ano sem explodir todo o edifício do *establishment*". Disse ela: "Besteira – não há a mínima possibilidade disso. Quando a miséria é total, os destituídos sociais não têm a menor condição de revolta para transformar a sociedade que os explora". Pensei eu (e não tive coragem de dizer): "São essas coisas que tornam possíveis as corridas de cavalo".

RESUMO

♦ Desconfio das convicções, roo o pecado, peço por base, mas, se alguém fala em mulher no andar de cima, eu me calo e consinto.

♦ Resumindo, amigos, a coisa fica assim: os ratos permanecem e o resto (3%) abandona o navio.

RETÍFICA

♦ Expressões milenares devidamente retificadas: "Conheço esse cara como as costas da minha mão".

RETIRADA

♦ É fácil distinguir uma retirada de uma marcha vitoriosa. Esta é bem mais lenta.

RETIRO

♦ O eremita viveu sessenta anos na mais absoluta solidão, e depois se retirou pra vida pública.

RETÓRICA

♦ O supremo da capacidade retórica é descrever uma espiral ao telefone.

♦ Você se lembra quando dizer que o mundo ia explodir era figura de retórica?

RETORNO
♦ Apertem os cintos. Estamos chegando ao Brasil.

♦ Olha, se eu fosse escrever uma novela hoje, meu personagem principal seria uma jovem atenta, aberta, segura – e, claro, virgem. Meninas, estejam certas, a virgindade é, de novo, uma virtude. Até os 13 anos. O mundo gira, e a Lusitana roda. *(1991)*

♦ Um dia eu vou deixar de ser e ser como quando ainda não era.

♦ Cuidado, rapaziada; comecei a detectar nítidos sintomas de que as mulheres estão decididas a usar novamente sua arma mais terrível, que tinham abandonado por pura má orientação ideológica – a fragilidade feminina.

♦ Em certo momento ficou evidente que o homem evoluiu do macaco. Como é evidente, agora, já estar voltando.

RETRATO
♦ Aos que tentam fazer de mim um pensador – se eu fosse pensador eu não escrevia, pensava – declaro que continuo sendo apenas especialista em motejo, derrisão e menoscabo. *(1973)*

♦ Tão corruptos quanto incompetentes; mentirosos por corrupção; arbitrários na mentira; velhos na arbitrariedade.

RETRIBUIÇÃO
♦ Você me convida pra jantar / Porque eu lhe convidei primeiro / Vida, o que és? / Uma troca de filés. *(1957)*

RETROSPECTIVA
♦ Quando Adão e Eva comeram a maçã, Adão imediatamente percebeu que o posterior de Eva estava nu. Datam daí as preocupações do Homem com a posteridade.

RÉU
♦ Entre a opinião dos advogados, a força da opinião pú-

blica, as notícias dos jornais, os interrogatórios policiais e a demora normal da justiça o réu acaba tão perturbado que chega mesmo a desejar não ter matado quem matou. *(A máquina da Justiça. 1962)*

REUNIÃO
♦ Na maravilhosa festa grã-fina canalhas vão e vêm falando de moralidades.

RÉVEILLON
♦ O intervalo invisível, inaudível, Tordesilhas de nossas vidas, linha, esta, nem sequer imaginária. Um gesto de carinho, um copo erguido; o beijo e o abraço do afeto, o cálice da saudação e os lábios da intimidade estarão de um lado e de outro, num tempo e noutro tempo, no aqui e agora e no *semper et ubiqus*. Mas é isso aí. Feliz ano-novo.

♦ Meus bons amigos, meus fiéis – e infiéis também, por que não? – leitores, membros desta pequena seita de alfabetizados infiltrados nestes 120 milhões de adeptos de outros tipos de comunicação, meus irmãos – meus inimigos também – meus afetos-desafetos, minha esperança viva: é com profundo sentido de funemerência que eu me esvaio e também me coagulo nesta emergência cáustica de uma data nem sequer explícita. *Jingle-bell* pra todos, na hemorragia dissonante desta ocasião meretrícia onde diabéticos princípios e esquálidas determinações se encontram para a frutificação nostálgica de velas e permanganatos imolados nas árvores outrora viscerais, hoje inconstantes, no mais profundo de nossos corações amantes – amantes? – equidistantes uns, e divagantes outros, na hora da putrefação do nosso sempre bem-amado ecossistema. Olhem bem nos olhos dos que os têm abertos nesta noite milenar, e nem por isso dórica, e verificarão estarmos diante de mais um marco da fraternidade apreensiva, diante da pungência exemplar dos que acreditam nos tubérculos como finalidade única da nossa agricultura. Mas não serei eu que me demorarei demais neste espaço, que é curto, e neste tempo, que é breve. Nem tentarei coonestar a rapacidade natural dos mais velhos, mas vocês concordarão quando eu disser que, nesta noite, mais do que em todas as outras – o que é mesmo que eu queria dizer? – ah, sim, não se esqueçam do presente da mamãe mas também não deixem a vovó comer toda a goiabada. *(*JB. *Dezembro. 1987)*

REVELAÇÃO
♦ Em 1923, em Curvelo, Minas Gerais, aconteceu o diabo. Onde não?

♦ Não adianta nada você querer bancar homem de bem se o seu caráter anda de braguilha aberta.

♦ E se, de repente, você descobrir que seu irmão é filho único?

REVER
♦ Rever é perder o encanto.

REVISÃO
♦ Até os vinte anos, pelo menos, acreditei que a Guerra de Secessão era apenas um erro de revisão.

♦ O abutre ficou ali, comendo o fígado de Prometeu durante 330 anos. Uma dieta que ele detestava. Não era Prometeu quem estava condenado. Ela ele.

♦ O presnteisente Noxin, num dialog otravado na Saac Branac, qnuado dteerminou a cessa ação dos bombardios no VI et ANN afrimuo qeu as susa decisõses erra retriar totas as tripas ianda este aon. (Cansado dos erros de revisão escrevi a nota acima como ela já deve sair. Plo amro de Desu, revasiõ do Pisquam, nõa consertme!) *(*O Pasquim. *1969)*

♦ As tentativas internacionais de evitar comemorações do "descobrimento" da América mostram que já não se fazem mais passados como antigamente.

REVISÃO DE VENDA
♦ Já que não podemos repartir melhor a riqueza, pelo menos devemos democratizar a corrupção. *(Depois de escrever esta frase percebi que ela é apenas outra forma do "Ou todos se locupletam ou restaura-se a moralidade". Mas fique claro: o meu eu quero em Coca-Cola. 1981)*

REVOLTA
♦ Definição militar: "Revolta é uma explosão de desespero civil para exercício de tropas".

REVOLUÇÃO
♦ Inaugurado em Moscou o primeiro MarxDonald's. *(1987)*
♦ Morreu na revolução com um tiro pelas costas. Explico melhor; morreu na revolução sexual, quando o marido descobriu.
♦ Assim como ninguém / Faz uma omelete / Sem quebrar os ovos / Ninguém faz uma revolução / Sem destruir os povos.
♦ Em tempo de crises sociais os pobres perdem o pouco que têm, os competentes são afastados de seus cargos – e os inocentes vão pro paredão.
♦ Os radicais se matam pra romper as grandes leis que controlam a sociedade e acabam governados por portarias e decretos.

REVOLUÇÃO ECONÔMICA
♦ Toda revolução, depois de um certo tempo, faz apenas uma mudança de capitalistas.

REVOLUÇÃO DE 1964
♦ Revelo aqui pela primeira vez fato importante da "revolução" de 64. Depois de várias ordens para que as tropas "descessem" sobre o Rio, e não conseguindo sequer acordar os recrutas, o banqueiro Magalhães Pinto, dono do Banco Nacional, e um dos líderes do movimento revolucionário, utilizou pequeno grupo da tropa que estava de pé, marchou

gloriosamente pelas ruas de Belo Horizonte, e tomou seis agências do Bradesco. *(1979)*

REVOLUÇÃO SEXUAL

♦ A Revolução Sexual taí mesmo pra ser percebida por qualquer um que tenha bom ouvido – a moçada está mais interessada em alta frequência do que em alta fidelidade.

REVOLUCIONÁRIO

♦ Nunca conheci nenhum revolucionário, por mais autêntico, que tivesse sido revolucionário a vida inteira. Mais: que tivesse sido revolucionário um dia inteiro.

♦ O admirável no roque é que todo dia tem um cara revolucionando definitivamente o som que tinha sido revolucionado definitivamente no dia anterior.

♦ O mal dos revolucionários brasileiros é o ardor com que lutam pra defender a ordem constituída.

RICO

♦ A educação do Rico seguiu raízes atávicas. No colégio comerciava com bolas de gude, piões e papagaios de papel. Emprestava dinheiro para guloseimas e pastéis a preços módicos e juros altos, aumentando diariamente seu patrimônio de Rico *de*-menor. Logo dominava os alunos, os professores, a escola e, consequentemente, os exames. Com o poder de seu dinheiro comprava a sabedoria e zombava da necessidade do Saber.

♦ O Rico sempre encontra petróleo ou que outro nome a riqueza tenha.

♦ A mãe do Rico é a indústria. Seu pai o comércio internacional. Sua madrinha (*god-mother*) política é a corrupção. *(1960)*

♦ A filosofia do Rico é composta de máximas de sabedoria cínica: "Dinheiro chama dinheiro. Tenha sempre dinheiro"; "Os rios correm para o mar. Coloque-se além da maré"; "O dinheiro fala mais alto. Fale baixo com ele até que ele abaixe a voz"; "O dinheiro é o único Senhor. Não tenha outro Deus nem outra fé"; "Quem dá aos pobres empresta a Deus. Verifique o crédito de Deus".

♦ Rico não transpira. É por isso que todo rico tem sauna.
♦ Rico só é assaltado de vez em quando.
♦ Da antiguidade clássica a grei do Rico se dispersou pelo mundo. Vamos encontrar os ricos exercendo as mais diversas profissões, até mesmo como bucaneiros nas Caraíbas e transportadores de negros da África para o Brasil. Nos Estados Unidos eles assumem o nome de Pierpont Morgan e tomam conta do mundo bancário. Ou adotam o nome de Rockefeller, fingem que vêm do nada, até comprarem o petróleo e suas guerras. Alguns exploram a pólvora e dão prêmios de arte e de ciência, juntando o argentário ao nobre. Outros fabricam automóveis, plantam trigo ou destroem o café, fazem e afundam navios, exploram o sonho cinematográfico. São todos primos do Rico, bisnetos de César, herdeiros das operações cesarianas.
♦ Quando, a respeito de um homem muito rico, os filhos dizem; "Papai inspira cuidados", é porque o pai está muito bem de saúde.
♦ Bem-aventurados os filhos dos ricos, porque eles herdarão o reino dos seus.
♦ Os ricos andam em carros, barcos e aviões particulares. Todos os outros seres são passageiros, uma total efemeridade.

RICO (MITOLOGIA DO)
♦ De ascendência hitita, o Rico é o terceiro filho de Noé e o que mais zombou do pai ao vê-lo no pileque bíblico depois de ter salvo a espécie humana. Daí seus descendentes ligaram-se aos poderosos dos tempos, a Ceres (a da Cornucópia), a Fortuna (deusa italiana cujo nome lhe indica os poderes), a Fortunato (habitante de Famagusta que recebeu dessa mesma deusa uma bolsa que não se esvaziava nunca), e a Midas, aquele. *(1960)*

RICOS E POBRES
♦ Pensando nisso, por que pobre não faz voto de riqueza?

RIDÍCULO
♦ A coisa mais ridícula é todo mundo.

♦ Já pensaram que país magnífico teríamos se, de repente, por milagre, baixasse no Planalto Central uma epidemia de ridículo?

RIO DE JANEIRO
♦ A natureza carioca é uma entidade exibicionista que não consegue passar do inverno ao verão sem uma descontrolada primavera.

♦ O Rio hoje é pura lembrança, e dói muito mais do que Itabira (até para os mineiros), quando o revemos, lindo de morrer, nas fotografias de Malta e Ferrez. A cidade era exaltada diariamente no rádio pela voz de um paulista, Cesar Ladeira, lendo um sergipano, Genolino Amado, (todo o Brasil amava o Rio), numa crônica que terminava sempre apaixonadamente: "Cidade MA-RA-VI-LHO-SA!" *(1987)*

♦ Rio: em nenhum outro lugar do mundo equilíbrio tão perfeito entre beleza e nojo, esplendor natural e ratos podres.

♦ Acordei e, no outono carioca, o mar, o céu, o sol e a montanha lutavam para ver qual era o mais bonito. *(1990)*

♦ Rio de Janeiro: antiga cidade brasileira, hoje desaparecida.

♦ A natureza não é sábia. Se não, não faria uma cidade maravilhosa bem no meio da especulação imobiliária.

♦ As autoridades encarregadas da segurança do Rio repetem enfadonhamente sua impossibilidade de enfrentar aquilo que outrora se chamava crime. Por falta de homens, de material, de prisões. Quanto à falta de homens, não sei; nem quanto à falta de material. Mas nossas prisões, as que conheço, são as melhores do mundo. Nosso sistema carcerário pode mesmo ser considerado sem par. Estive em várias de nossas prisões ultimamente: são locais bem protegidos, de guardas e vigilantes bem-armados e bem-pagos; boas instalações, portas pesadas e com os mais modernos sistemas de controle e segurança. As pessoas aí confinadas vivem bem, e se alimentam magnificamente. Reclamam apenas das saídas, cada vez mais difíceis; só lhes é permitido tomar sol e fazer uns exercícios em quadras polivalentes. Quando tentam, porém, querem escapar ao confinamento, chegam à rua, são agredidas, violentadas ou mesmo mortas, sem qualquer explicação ou julgamento. De qualquer forma, repito, nossas prisões são tão boas que, na Barra da Tijuca, o custo de uma delas, tipo condomínio, atualmente é 500.000 dólares.

♦ E como é que a gente diz agora, diante de tantos crimes e de tanta inflação: que a vida do carioca está cada vez mais barata ou que está pela hora da morte?

♦ Roma não se fez num dia, mas o Rio foi destruído em dez anos.

RIO / CAOS

♦ Um grupo de perigosos cidadãos assaltou, ontem à noite, dois pacíficos meliantes. Três detonações acorreram ao ruído de um guarda. Uma calçada jazia sob a vítima de um dos cadáveres. A pista já está na polícia do assaltante. *(Peça* Pif-Tac Zig-Pong. *1960)*

RIO / SÃO PAULO

♦ Descoberto por que o Rio está ficando chato. São Paulo está com vazamento.

RIOCENTRO

♦ Glória, glória, Aleluia! / Imagina o orgulho meu, ali no escuro, / Bomba na mão, / Sabendo que, deste lado do muro, / Aqui, comigo, / Está a História. / Do meu lado, / Me olhando com carinho de suas tumbas, / Vejo Savonarola, Hitler, Torquemada, Stalin, Franco, / Me estimulando do passado, / Enquanto me preparo e me concentro / Pra acionar com precisão o meu engenho, / Que fará explodir toda essa gente, / Lançando em pedaços, no ar quente, / Os vultos de Mozart, Beethoven, Mahler, Callas, Wagner, Caruso, / Que tocam e cantam insistentes, / Noite adentro, / O seu som imoral, / No Riocentro.

♦ A bomba do Riocentro é o incêndio do Reichstag subdesenvolvido.

RIQUEZA

♦ A verdade é que a riqueza estraga a maior parte das pessoas – mas você não gostaria de correr o risco?

♦ Aos pobres, que acham, com razão, que é difícil ficar rico, é conveniente advertir que, para os ricos, é ainda mais difícil ficar pobre. Qualquer movimento que façam nesse sentido é punido por sanções da família, dos parentes, dos sócios, e, o que é pior, inúmeras vezes resulta em lucros inesperados.

♦ Toda a riqueza do mundo não dá pra comprar toda a pobreza do mundo.

♦ A riqueza não traz felicidade. A pobreza muito menos.

♦ A riqueza não traz felicidade. Pelo menos jamais aquela felicidade ampla, geral e irrestrita que os que não têm dinheiro pensam existir.

♦ Morrer rico é uma tolice. Não só os virtuosos morrem pobres. Também os milionários competentes que, dessa forma, livram os herdeiros do odioso imposto de transmissão.

♦ A coisa mais estranha do mundo é certos pobres-diabos terem orgulho da riqueza do patrão que lhes paga um salário mínimo.

RIR

♦ Meu ideal é que até a hiena pare para pensar um pouco antes de rir de mim.

RISO

♦ Entre o riso e a lágrima há apenas o nariz.

ROCINHA

♦ A Rocinha, localizada em local maravilhoso e preservada/desprezada pelos grandes especuladores, dentro de 50 anos será uma das cidades mais bonitas do mundo. Cidade feita pelo povo, será consertada em seus erros flagrantes por grandes talentos e determinações individuais – exemplo Pereira Passos. Quem viver – mais 50 anos – verá. *(1985)*

ROCK IN RIO

♦ Pelo amor de Deus, no próximo *Rock in Rio*, liberem a droga e proíbam a música!

RODA

♦ A invenção da roda foi de importância relativa. A ideia genial foi botar uma carga em cima da roda e, na frente dela, puxando a roda e a carga, um homem pobre. Inventava-se, ao mesmo tempo, a tração animal e o proletariado. *(Peça A história é uma istória.)*

ROLETA-RUSSA

♦ A mais sinistra das roletas-russas? Apostar que vai morrer amanhã. E ganhar.

♦ Se você está angustiado com dúvidas de fé, misture cinco hóstias envenenadas com uma normal, feche os olhos, e engula uma ao acaso. É o que eu chamo de roleta-vaticana. *(1978)*

ROMANTISMO

♦ Romantismo não tá cum nada; / O sol é só / Uma galinha assada / Tostando / No céu da alvorada.

ROTINA

♦ Todo dia de manhã a gente se levanta e sai de casa, se levanta e sai de casa, se levanta e sai de casa. Até o dia em que a gente sai de casa sem se levantar.

RÓTULOS
♦ Dê um golpe numa corretora e você será considerado para sempre um homem absolutamente correto.

ROUBALHEIRA
♦ Uma roubalheira sem precedentes é apenas mais uma roubalheira antes de uma roubalheira maior, sem precedentes.

ROUBO
♦ Roubar é a cidadania de ir o cidadão atrás do que é o seu. *(À maneira de Guimarães Rosa.)*

ROUSSEAU
♦ Jean-Jacques Rousseau foi o inventor do homem do campo. *(Falsa cultura.)*

R.S.V.P
♦ R.S.V.P. é o sujeito que dá mais festas no mundo inteiro.

RUBEM BRAGA
♦ Conheci Rubem Braga a vida inteira. Li Rubem Braga a vida inteira. Foi, sem dúvida, o ser humano que mais admirei a vida inteira. Ontem, quando vinha de carro pra cá, pro meu estúdio, parado no sinal da praça General Osório, olhei, como todos os dias, pras janelas do seu apartamento, pra sua cobertura agrária, lá no alto, pregada ao morro do Cantagalo. Ao contrário de todos os dias, as janelas estavam fechadas. Pra ele, pra mim, pra sempre. Nunca mais voltaremos lá. *(No dia da morte do escritor. 21.12.1990)*

RUÍDOS
♦ Os trincos falam / A cafeteira chia / A espreguiçadeira range / O telefone toca / As louças tinem / O relógio bate / O cão ladra / O rádio mia / Toda a casa ressoa, reverbera e brada / E a orquestra em pleno do seu dia a dia / Ataca a algaravia / Fabril / Escondida no lençol de silêncio / Com que ela partiu. *(Uma mulher silenciosa. 1981)*

S

SABEDORIA
- Já tenho idade pra não saber muita coisa.
- O preço da sabedoria é detestar tudo.
- O verdadeiro *Homo Sapiens* finge sempre que não sabe.
- Por toda parte milhares de sociólogos e economistas tentaram explicar o problema da fome e da sede mundial com teses e cálculos esotéricos. Os índios sempre foram mais sábios – jamais tentaram discutir filosofia com tufos de fumaça.
- Quando você comete uma besteira e se sente um perfeito idiota está começando a deixar de sê-lo.
- Sábio é o homem que consegue ascender da babaquice da popularidade à sabedoria do anonimato.
- Como é que um monte de indivíduos ignorantes consegue fazer essa coisa formidável chamada sabedoria popular?
- O mais perfeito dos sábios é constituído de 95% de estupidez.
- Quando um homem, afinal, atinge a sabedoria, pô, não se diverte nada.
- Se a natureza não fosse sábia fazendo tanta gente chata, o mundo estava cheio de gente interessante e a gente não tinha tempo pra mais nada.
- Todo político sábio fala duas vezes antes de pensar!
- Um mínimo de sabedoria ensina que não se deve dar qualquer vantagem a quem quer levar vantagem em tudo.
- Subitamente a gente atinge aquele momento, de idade e sabedoria, em que, simplesmente, "não tem mais que ir".

SABEDORIA POPULAR
♦ Sabedoria popular: conceituação centenária ou milenar que conseguiu perpetuar um preconceito de forma a ser facilmente citável por aspirantes a intelectuais e passar por pensamento profundo.

SABIÁ
♦ Rubem Braga, o sabiá da crônica, faz 50 anos com humor e poesia: "Glória ao padeiro que acredita no pão". *(1963)*

SACRÁRIOS
♦ Os judeus inventaram a Bíblia, os muçulmanos o Alcorão e os cristãos o Catecismo. *(Falsa cultura.)*

SACRIFÍCIO
♦ Antigamente os sacerdotes sacrificavam uma ou duas virgens pra satisfazer os deuses. Hoje economistas e planejadores sacrificam povos inteiros pra satisfazer os banqueiros internacionais.

SADE / MESSALINA
♦ Messalina e Sade, o encontro histórico da fome com a vontade de ser comida.

SADISMO
♦ No Nordeste oferecer aperitivo é sadismo.

SAFRA
♦ Quem diz que não há nada de novo debaixo do sol ainda não foi ver as gatinhas do Arpoador neste começo de verão. *(1989)*

SAÍDA
♦ Pro Brasil sair do buraco em que se meteu falta apenas um plano feito com sentido patriótico, correta visão de nossos problemas com penetração, estruturação e obje-

tivo. A partir daí é só conseguir o apoio total das forças militares, a cooperação generosa de todas as corporações industriais, a colaboração desinteressada e altruística dos partidos políticos, a compreensão e divulgação imparcial pelos meios de comunicação, o encarceramento sumário de uma centena de ladrões notórios (e outro tanto não tão notórios), receptividade por parte da filantropia dos bancos internacionais e, por último, o povo mostrar que tem descortino político e capacidade física pra deixar de comer mais meia dúzia de anos.

♦ Quando te oferecerem bebida ruim, ou fora de hora, ou fora de propósito, ou inadequada à tua preferência, ou à geografia da ocasião, diz, gentilmente: "Obrigado, eu não bebo". *(Decálogo do bom bebedor. 1971)*

SAINT-EXUPÉRY
♦ Que admirável carteiro o mundo perdeu! *(Notas de um crítico literário mal-humorado.)*

SALÁRIO
♦ Chama-se de salário móvel uma maneira legal de imobilizar o salário.

SALÁRIO MÍNIMO
♦ Aperte bem o indicador contra o polegar e você terá noção do que é o salário mínimo. *(1991)*

♦ O dinheiro fala mais alto. O salário mínimo apenas cochicha.

♦ Quem ganha salário mínimo está condenado ao fim do mês perpétuo.

SALTOS DE TRAMPOLIM
♦ Sempre que assisto competição de saltos de trampolim ao vivo me decepciono. Nunca vi um daqueles atletas que aparecem na televisão, furando a água de dentro pra fora, de baixo pra cima, com delicadeza e elegância – voltando rapidamente ao trampolim, de costas.

SALVAÇÃO
♦ Eleições gerais em 88! Ah, o Brasil só se salva com uma partida inteiramente nova, nem esquerda, nem direita, e muito menos "centrão". Com outro ponto de vista, nem capitalismo selvagem, nem socialismo de direita, moreno, mulato ou *platinum-blonde*. Com uma formulação que surja, fulja, exploda do fundo do humanismo que iguala seres humanos na vida diária, e reconhece a ambição que projeta o homem de ponta. O Brasil só se salva começando onde começa a filosofia: no início absoluto.

♦ Não desespere – no momento em que a vida lhe parecer realmente insuportável, desligue a televisão e converse um pouco.

SALVADOR
♦ Salvador da Pátria – a mais antiga profissão do mundo.

SANCHO PANÇA
♦ A verdade é que, apesar de todo seu sacrifício, conformado heroísmo e fidelidade absoluta a Don Quixote, nunca ninguém disse que Sancho Pança era quixotesco. *(Em tempo:* Donkey *– pronúncia dônqui – burro em inglês, vem das duas primeiras sílabas do nome do herói de Cervantes.)*

SANGUE
♦ Sangue é o que você não escolhe o seu, é crime derramar o do próximo, e perigoso aceitar o que lhe transfundem.

SANGUE-FRIO
♦ Para você ter reputação de extremamente honesto basta, quando alguém na rua gritar "Pega ladrão!", fingir que nem é com você. *(1962)*

♦ O máximo do sangue-frio é a gente fazer reflexões sobre o medo enquanto corre de pavor.

SANTO
♦ A criatura canonizada que vive em nosso próprio lar

não é capaz de produzir feito extraordinário que vá contra as leis fundamentais da natureza. "*Santo de casa não faz milagre.*" *(Provérbios prolixizados. 1959)*

♦ Santo, santo, mas de olho nas velas do outro santo.

SÃO JORGE

♦ São Jorge é o John Wayne do céu.

SARNEY

♦ Sir Ney; nunca ninguém governou tão mal tão bem.

♦ O Sarney só tem uma grande qualidade; é biodegradável.

♦ Sarney me fascina. Nunca vi tanto talento pra ignorância. *(1986)*

♦ Sir Ney toma decisões como essas donas de casa que guardam o café numa lata de sal onde está escrito Açúcar.

♦ A República Nova, que tanto lutou pelas eleições diretas, subiu ao poder pela eleição indireta, pôs (colocou) no poder, por via direta (?), um dos seus maiores inimigos de seis meses atrás. Este, Sir Ney, naturalmente contrário à reforma agrária, decretou-a logo, e em seguida desdecretou-a, mandando pro Congresso a mensagem da constituinte, que depois retirou pra reparos, enquanto nomeava pra seu assessor particular um pianista corrupto que imediatamente desnomeou, um dia depois recuando também do momentoso gesto de desapropriar Londrina, ao mesmo tempo que aprovava o fato das notas de cinquenta mil pratas serem assinadas pelo presidente do Banco Central no lugar do presidente do Conselho Monetário e vice-versa, e já prepara um decreto-lei declarando branco todo preto, acabando assim com a discriminação racial no país. Mas sensacional mesmo nessa coerência perfeita é o feito que Sir Ney promete pro fim do ano, na televisão, diante de todos os brasileiros – vai desfritar um ovo. *(1987)*

♦ Especialistas em literatura maranhense descobriram um livro do escritor Souzândrade, desaparecido há oitenta anos. Agora estão vendo se conseguem fazer desaparecer por oitenta anos um livro do Sarney.

♦ Sir Ney diz que, nas eleições, vai agir como magistrado. É nítida sua intenção de desmoralizar a Justiça.

♦ Sir Ney; definitivamente a glória lhe subiu à cabeça. Pelo elevador de serviço.

♦ Nossa função não é aceitar ou rejeitar nossa realidade político-social, nem conceituar sobre estragos provocados por Sir Ney. Nossa tarefa é apenas a de esforçado *copy-desk* de um texto de má ortografia, péssima sintaxe, lamentável concatenação de ideias. Se conseguíssemos mudar o *lay--out* do bigode, já teríamos prestado alto serviço à estética da pátria.

♦ Sir Ney – nunca um vice foi tão versa.

♦ Sir Ney, ao deixar o governo, não deixou pedra sobre pedra, ou só deixou podre sobre podre?

SÁTIRA

♦ Companheiros de profissão, cuidado com a sátira! Ela pode glorificar.

SATISFAÇÃO

♦ Os animais não pensam. Tenho até a impressão de que nem tentam.

♦ Um grande desastre que não nos atinge é sempre uma satisfação estética e existencial.

SAUDADE

♦ Vai ficar muito rico o cara que inventar remédio pra matar a saudade.

♦ A saudade é o câncer do distante, no tempo e no espaço.

♦ Bons tempos aqueles em que o mundo era apenas um paiol de pólvora!

SAÚDE

♦ E só uma perguntinha final (!) à Morte: "Ô Companheira, como é que você prefere levar o gajo aqui: inteiro e bem-vestido, partido em pedaços num desastre ferroviário, definhando aos poucos num leito indigente, ou vendendo saúde, como sempre?"

♦ A saúde é um estado físico-psíquico perfeitamente anormal que não conduz a nada de bom. *(1973)*

♦ Sempre me orgulhei de minha saúde de ferro, mas hoje invejo os surfistas: têm, evidentemente, saúde de plástico.

SAUDOSISMO

♦ Cheio de nostalgia, pegou um táxi e ordenou: "Me leva à rua 7 de setembro de 1822".

♦ E ontem, seu moço, é consolo de agora? *(À maneira de Guimarães Rosa.)*

SECA

♦ Provérbio nordestino: "Muita seca ainda vai passar por dentro desse açude".

SÉCULO XX

♦ O século XX encheu as cidades de sinais, de números, de siglas, de logos – indicando, esclarecendo, organizando, orientando. Por quê? Pra quê? Pra onde?

SEDUÇÃO

♦ As mulheres seduzidas são sempre bastante sedutoras.

♦ Uma boca feminina gostosa não precisa de argumentos.

SEGREDO

♦ A inteligência militar é *top-secret*.

♦ O segredo é impossível: teu pai também tem um pai, tua mãe uma mãe, teu amigo íntimo um amigo íntimo, o amigo íntimo de teu amigo íntimo tem um pai e uma mãe e a mãe tem uma amiga íntima e a amiga íntima tem um amante e esse amante outra amante...

SEGUIDORES

♦ Os que nos seguem muito depressa logo estão nos apunhalando pelas costas.

SEGUNDA IDADE
♦ Depois de cinquenta anos de vida, a pessoa ainda não sabe de onde veio e já passa o tempo todo especulando pra onde vai.

SEGUNDA MÃO
♦ O erro de comprar coisas de segunda mão é que nunca são de segunda mão.

SEGURANÇA
♦ Que segurança nos dá, no banquete, sentar com a perna da mesa entre as nossas!

♦ O deputado Ricardo Fiúza está treinando um novo tipo de cão pra vender a beneficiários do sistema financeiro e Comissão de Orçamento da Câmara. O cão só ladra quando percebe que a pessoa que entra não é ladrão. *(1994)*

♦ Se você não atravessar a rua, dificilmente será atropelado; se não entrar num avião, é quase impossível que um avião lhe caia em cima; se evitar correntes de ar, terá menos resfriados; se não prevaricar, manterá mais firmemente a harmonia do lar; se não beber, cometerá menos desatinos; se gastar menos do que ganha, terá sempre uma reserva para os dias difíceis. O preço da segurança é o eterno saco.

SEGURO
♦ Não mato sem cachorro.

♦ *Ninguém segura este país.* Nem o Lloyds de Londres.

SELVA
♦ Juntam porcos, hienas, aves de rapina, roedores de toda espécie, abutres, inúmeras toupeiras e, quando todos esperam que chamem isso de Jardim Zoológico, eles colocam na porta: *Bolsa de valores*.

SEM JEITO
♦ Existe coisa mais perturbadora do que a gargalhada do cara que não percebeu a nossa sutileza?

SEMÂNTICA

♦ Assim que saiu da posse na Academia, Sir Ney se reuniu, feliz, com um grupo de militares: está convencido de que fardão é aumentativo de farda. *(1985)*

♦ É evidente que no princípio foi a interjeição, insopitável pelo espanto diante do fogo, do raio. Depois foi o substantivo para designar a pedra e a chuva. E logo o adjetivo, que fazia tanta falta para ofensas. Mas eles continuam insistindo em que no princípio era o verbo.

♦ E o etecétera; em que talvez se nutre?

♦ O possível está, semanticamente, contido no impossível.

♦ Por quê? é filosofia. Porque é pretensão.

♦ Quando uma pessoa senta num parapeito o parapeito muda de nome.

♦ Todo *why* tem seu por quê.

♦ Um dos supremos mistérios da língua: mesmo nos tempos da maior repressão e puritanismo, a freira do Tibé, a mulher reprimida da Calábria e a camponesa do Rio Grande, assim como as grã-finas e todo o resto da espécie humana, aprendiam os nomes de suas partes, ai!, pudendas, com todas as suas nuances. (E os homens também, claro.) Fiz pesquisa de campo – ninguém sabe o momento em que aprendeu.

♦ Você pode atirar pérolas aos porcos. Mas não adianta nada atirar pérolas aos gatos, aos cães ou as galinhas porque isso não tem nenhum significado estabelecido.

♦ E um dicionário se abriu, ao vento dos murmúrios.

♦ Nesta época de semântica desvairada já não se chamam mais de corruptos. São apenas pessoas movidas pela ideologia da propina.

♦ Quando você sentir alguma coisa, preste muita atenção ao linguajar dos médicos. Sempre que falam de doenças eles usam muito latim. Ou o que pensam que é latim. Por exemplo, quando querem dizer cuidado com o cachorro eles dizem *Cave canem. Cave medicum*, digo eu.

◆ A semântica é o ópio dos psicanalistas.

SEMEAR
◆ Quem semeia verbas colhe apanágios.
◆ Quem semeia verbos colhe diatribes.

SEMELHANÇA
◆ Bem, eu posso não ser como o Marlon Brando, que parece um deus grego. Mas noutro dia uma moça disse que eu pareço muito com um alfaiate grego.
◆ Eu não tenho a cultura da Enciclopédia Britânica. Mas o couro é parecido.
◆ O Brasil afinal foi ao Fundo. Como o *Titanic. (1987)*
◆ Um cara assim como o Sir Ney, extremamente parecido com a última pessoa que fala com ele.
◆ Era a cara escarrada do pai. Sobretudo quando estava resfriado.
◆ Quando, ao longe, você vê uma pessoa muita parecida com outra que você conhece, não tenha dúvida – não é ela.
◆ Na Rússia atual eles têm a Perestroika. No Brasil, país do futuro, sempre tivemos a Esperaestoica. *(1988)*

SENECTUDE
◆ Em certo estágio da senectude a pessoa começa a parecer o antepassado de si mesmo.

SENILIDADE
◆ Estamos num mundo tragicamente senil que, ao se aproximar do fim, inventou a impossível ideologia da eterna juventude.

SENSATEZ
◆ Sensato era meu avô. Morreu aos vinte e sete anos. (E nem chegou a ser avô.)
◆ Sim, a natureza é sensata. Vocês já imaginaram se a ga-

linha levasse nove meses pra botar um ovo e as mulheres tivessem filho todo dia?

SENSIBILIDADE
♦ Se a sensibilidade auditiva fosse transportada pro nariz, a gente, ao passar por certas lojas de música, sentiria um mau cheiro insuportável.

SENSO COMUM
♦ Senso comum é uma coisa que comumente ninguém tem.

SENSUALIDADE
♦ Para um pobre faminto não tem nada mais sensual que a nudez de um franguinho no espeto.

SENSUALISMO
♦ A coisa mais bonita numa mulher extraordinariamente bem-vestida é ver ela tirando a roupa.

♦ Ela cruzava as pernas com o cuidado de quem maneja um instrumento de precisão.

SENTIDOS
♦ Os olhos acreditam no que veem. Os ouvidos acreditam no que as outras pessoas viram.

♦ A natureza nos dotou de excesso de possibilidades de gozos e sensibilidades – ver, cheirar, ouvir, comer, pensar, andar. Já imaginou se você se fixasse apenas no fato de que vê?

♦ O gosto é o mais passivo dos sentidos; você saboreia, goza com o sabor, mas não atua sobre ele. O ouvido é um sentido quase passivo e vítima. Embora possa regulá-lo para ouvir sons mais distantes ou mais baixos, você não tem qualquer modo fisiológico de diminuir os sons que agridem esse sentido até pelas costas. O olhar, normalmente passivo, contemplativo, pode ser direcionado pelo movimento dos olhos ou do pescoço, controlado com o abrir ou cerrar das pálpebras. E claro, na própria intensidade do olhar você define carinho ou sensualidade. A voz é ativa no que diz e no como diz. Mas o sentido decididamente ativo é o tato. Você dá e recebe. Sem ele não haveria bolina. E na hora do sexo, no escuro, ele é imbatível; sensível, em certas mulheres, da unha do pé ao último fio de cabelo, sem falar no dentrinho da orelha. Até a penetração, o fuque-fuque e a felação são táteis.

♦ A maioria fala com as mãos, ouve com os olhos, ama com a cabeça e emprega o coração só pra carregar o corpo.

♦ É claro que não me ouvem porque sabem que eu sou surdo. E como sou cego é evidente que também não me veem.

♦ Nossos dirigentes têm uma visão limitada e um olfato pior.

♦ Todo mundo ouve o que você fala. Ninguém sabe o que você ouve.

SENTIMENTO

♦ Mudando de assunto e ficando no mesmo. Dei um mergulho assustador na geografia profunda do meu psíquico, e descobri em mim um ponto psicológico, um sentimento inteiramente inédito no ser humano. Não é medo, vaidade, ambição, angústia, nada disso. Por enquanto vou usá-lo em segredo e em silêncio. É bom me ler cada vez com mais cuidado. Qualquer vírgula mal colocada ou compreensão menos direta pode ser fatal. *(1987)*

♦ Há certas pessoas que se morressem sentiríamos muito. Mas vivas sentimos muito mais.

♦ Você já reparou que tua piedade nunca é tão grande quanto a tua inveja?

SEÕXELFER

♦ As pessoas vaidosas, que refletem diante do espelho, raramente percebem que as seõxelfer modificam as reflexões.

SEPARAÇÃO

♦ Uma razão singela / Pra separação; / Estou vazio dela.

♦ Diz o Dr. Johnson que "O segundo casamento é o triunfo da esperança sobre a experiência". É por isso que eu não tenho medo de separação (ainda há esperança e já sobra experiência). Se a separação se chama divórcio, é legal, todos sabem. Mas a outra, que não se chama divórcio e não está na lei, também é muito legal. O divórcio é muito importante porque permite à pessoa se casar uma primeira vez por interesse e, com o dinheiro desse primeiro casamento, casar de novo por amor. Já quem se casou por amor a primeira vez e perdeu tudo que tinha, adquiriu, nesse primeiro casamento, suficiente experiência pra ter mais juízo no segundo. Prático, no, mamita?

♦ Quando duas pessoas se divorciam devem jurar que vão viver separadas até a morte.

SER

♦ Bom é continuar a ser sem o não ser à espera.

♦ **Ser já é o princípio do não ser.**

♦ Um dia eu vou deixar de ser e voltar àquilo que eu não era.

SER HUMANO

♦ Ao nascer todo ser humano já traz dentro de si todas as características fundamentais pra querer mandar em todo mundo e não admitir qualquer controvérsia.

♦ De vez em quando caímos em dúvida, mas logo conhecemos alguém que restabelece nossa desconfiança no ser humano.

♦ Dizem que o ser humano é composto de 59% d'água: isso torna líquidas todas as suas pretensões ou liquida com elas?

♦ Retalho de outras eras, caricatura de outras mortalidades, sobra de outras espécies, colagem de defeitos que subsistiram e se ampliaram e qualidades que se desgastaram e deterioraram, o ser humano é um fracasso como possibilidade de perfeição, capacidade de função e tempo de duração. Inviável.

♦ Dá uma olhada. Não adianta disfarçar. Dá uma olhada só, no espelho, agora mesmo! Vai ver somente o que já está careca de saber: depois dos quarenta, o ser humano é apenas um cadáver na fila.

♦ A prova de que o ser humano tem uma definitiva tendência moral é que de todas as partes do corpo apenas uma ou duas são indecentes.

♦ Como é que se conserta o mundo? Com régua e serrote? Na força bruta, aproximando, na marra, as paralelas? Com bons modos, pedindo à meia-noite pra não bater às onze? Com boas intenções, enchendo o inferno? Ou indo pra cama e projetando novas gerações, mais bem-desenhadas e mais bem-recheadas?

♦ É impressionante que, apesar de sua notória estupidez, sua absoluta incapacidade de reconhecer a realidade que o cerca e, sobretudo, a realidade de sua própria ineficácia pra sobrevivência, o homem continue a se achar o Rei dos Animais. E todos sabem que, quando Deus criou o homem, todos os animais que estavam em volta só não caíram na gargalhada por uma questão de respeito.

♦ Foi quase impossível o ser humano atual se convencer de que descendia do macaco. Vai ser impossível o ser humano futuro – se houver – aceitar que descende do homem.

♦ Os seres humanos se julgam pela cor dos olhos e até mesmo pelo cadarço dos sapatos.

♦ Todos os animais pensam, exceto o ser humano, que fala.

♦ O ser humano é inviável.

SER OU NÃO SER

♦ Ser ou não ser – eis a questão. Será mais nobre sofrer na alma pedradas e flechadas do inimigo feroz ou pegar em armas contra esse Congresso e, combatendo-o, dar-lhe fim? Correr – fugir; mais nada. E com a fuga, dizem, extinguir as ânsias da sucessão e as mil trapaças naturais a que a campanha é sujeita. Eis aí uma solução tantas vezes desejada. Correr – fugir; perder! Talvez ganhar. Esse o dilema! Problemas que hão de vir no bojo da eleição, mesmo se chegarmos à vitória final, nos obrigam a pensar. E é essa hesitação que dá ao ditador uma vida tão longa. Pois quem suportaria o escárnio e os insultos do Maluf, a afronta do Sarney, o desdém do Brizola, as pontadas do amor-próprio do Ulysses, a prepotência do Geisel, e o achincalhe que o mérito paciente recebe dos milicos, podendo, ele próprio, encontrar seu repouso no governo do Estado? Como aguentaríamos fardos, gemendo e suando na eleição indireta, senão porque o terror de algum golpe mortal nos confunde a vontade, e nos faz preferir o governo que temos a pleitearmos outro que desconhecemos? Assim a reflexão faz todos nós covardes. *(1981)*

SÉRGIO DOURADO

♦ Antigamente era de estranhar, num belo pôr do sol, na paisagem maravilhosa do Rio, a ausência da assinatura do autor, no canto, à direita: Todo-Poderoso. Mas, na nojeira em que se transformou o urbanismo carioca, não há nem o pudor de se ocultar a autoria. Em todo lugar aparece a assinatura gigantesca: SÉRGIO DOURADO. *(Sérgio Dourado foi o maior predador imobiliário no Rio, na década de 60.)*

SERÔDIA

♦ Atenção, coleguinhas; a palavra *serôdia* é uma palavra serôdia.

SERVIÇO

♦ Com a comida que servem a bordo dos aviões, como é que a aeronáutica se atreve a falar em segurança de voo?

SERVIÇO MILITAR

♦ Uma maneira de acabar com as pretensões da caserna é

pegar todos esses milicos metidos em política e convocá--los pro serviço militar obrigatório.

SEXIDEOLOGIA

♦ Na minha geração os únicos que escaparam do Comunismo, do Fascismo e da Igreja foram os sexualmente ativos, que tinham mais o que fazer.

SEXO

♦ A educação sexual vai conseguir em meia dúzia de anos o que a repressão sexual não conseguiu em séculos: acabar com o sexo.

♦ Depois de milhares de anos de relações sexuais estabelecidas e consagradas, a última metade do século XX viu, afinal, aparecer uma nova posição na cama. A posição ideológica.

♦ Estou cansado de tanta gente "estudando" sexo, tanta aula de educação sexual, tanta gente levando sexo a sério. Sexo pra mim é apenas uma tremenda gozação.

♦ Intelectual pensa que sexo oral é ir pra cama com uma mulher e ficar a noite inteira falando de sexo.

♦ Não é que o sexo hoje seja muito diferente do que era há dez anos. A diferença é que hoje ninguém mais se preocupa em fechar a janela.

♦ Os ricos transam. Os pobres procriam.

♦ Os tarados são chegados ao sexo explícito. Os impotentes só oferecem sexo implícito.

♦ Sexo é a única atividade que pode dar enorme prazer a duas pessoas que se detestam.

♦ Sexo é o queijo de hoje na ratoeira de amanhã.

♦ Sou homem, o que até um cego pode verificar sem maior dificuldade.

♦ Supermachões e homossexuais – os extremos se trocam.

♦ Bons tempos aqueles em que havia apenas três sexos.

♦ Fala-se muito em *objeto* sexual. Mas a verdade é que quase todo *objeto* sexual não é bom de cama.

♦ Modéstia à parte eu sempre fui muito inteligente e muito generoso. Basta dizer que no dia em que tive a primeira ereção percebi logo o extraordinário valor do que tinha na mão e ofereci a duas primas. Que, encantadas, desde então passaram a me tratar como um verdadeiro irmão.

♦ Na hora de transar fecha a janela. O amor é cego, mas os vizinhos estão todos de binóculos.

♦ Nenhum problema é insolúvel, desde que você use camisinha.

♦ O chato de transar com mulheres mais velhas é que elas levam muito mais tempo pra contar os seus desajustes sentimentais.

♦ O homem é o único animal que transa sem ter vontade.

♦ Podem fazer o sexo grupal que quiserem: filho vai ser sempre de duas pessoas.

♦ Quem tem telhado de vidro não deve fofocar sobre a vida sexual da cobertura do lado.

♦ Se a cama falasse diria "Pô, como esse pessoal conta vantagem!"

♦ Se Adão fosse prudente e tivesse registrado *copyright* do sexo, já imaginaram o dinheirão que isso teria dado?

♦ Sexo atinge pontos do corpo dos quais outros sentimentos nem se aproximam.

♦ Sexo causa gente.

♦ Sexo é uma coisa que dá um trabalho danado, mesmo nesta época de extremas permissividades. Pra começo, qualquer paquera é relativamente cara. Além disso, sexo provoca ciúmes e rivalidades; os jornais continuam cheios de crimes passionais. Traz doenças propriamente chamadas venéreas, envolve enormes despesas na hora de duas pessoas se juntarem ou se separarem e, ao que eu saiba, é a única coisa que provoca gravidez. Sem falar que dura muito pouquinho. Me diz então, por que o sexo ainda é tão popular?

♦ Velhinhos que só falam em sexo; / Tem coisa mais sem nexo?

♦ Só os imbecis acham que sexo é um ato físico.

♦ Eu não sei o que esse pessoal faz, em matéria de sexo – satisfação dos baixos instintos eu nunca experimentei.

SEXO GRUPAL

♦ Sexo grupal é uma coisa extremamente singular.

SEXO ORAL

♦ Sexo oral: mêtalinguagem.

SEXOLOGIA

♦ Aula de educação sexual: "Conseguirão os espermatozoides atingir o óvulo? O óvulo poderá escapar à terrível corrida da fecundação? A pílula chegará a tempo de libertar o óvulo do terrível bloqueio de milhões de semens alucinados? Não percam o próximo ato sexual!"

SHAKESPEARE

♦ Sheikispir, sim, é que era bão: / só escrivia citação!

SIG

♦ No Bar Zeppelin, Ipanema, depois de longas horas de bebida, inúmeros fregueses juravam ver, subitamente materializado em algum canto, sorrindo com escárnio de tudo e de todos, um ratinho branco sem-vergonha e simpático, que mais tarde o Jaguar materializou para o Brasil todo com o nome de Sig – *Sig transit gloria mundi. (Lembranças de Ipanema. 1987)*

SIGILO

♦ O recenseamento da Bulgária divulgou que há no país, atualmente, 259 mulheres com mais de cem anos de idade. No Brasil também. Mas o Dr. Pitanguy recusa-se a dar os nomes. *(l983)*

SIGLA
♦ CPF? No meu tempo só quem tinha número era presidiário, chofer de táxi e palhaço.

♦ O Congresso, numa resolução realista, decidiu tirar da bandeira o lema positivista ORDEM E PROGRESSO e substituí-lo pelo moto pragmático NEGÓCIO É NEGÓCIO.

SILÊNCIO
♦ Certos silêncios merecem resposta imediata.

♦ O silêncio, tão necessário em meio aos grandes barulhos, também é extremamente útil pra se ouvir pequenos ruídos. Pergunto então – por que não calar de todo para ouvir as ondas do nada emitidas por ninguém, no encontro da ininteligibilidade com a falta de ressonância? Mesmo na cúpula, onde os sons são todos, por que uma alma nobre não se dirigir a uma alma altiva na mensagem da mudez, na comunicação ansiosa de quem perscruta o buraco da fechadura da existência? Pois só os inexatos e os inadequados não compreendem a eloquência do não dito e se prendem ao superficial do transmitido expressamente. E, assim, jamais ouvirão o que é comunicado no ausente, o intercâmbio profundo do que se calou sem ter falado. Pois agora, mais do que nunca, entre os desentendimentos do enunciado e do expressado, vale é a mensagem do branco na tela do alvinitente, descrita em tinta invisível – e lida por locutor mudo. A moral contida (duplo senso) é que só se comenta um silêncio com outro silêncio, assim como só um imenso bocejo preenche um incomensurável vazio.

♦ Você já amou uma mulher silenciosa / Que não levanta a voz por raiva / Nem má educação / Que anda com seus pés de seda / Num mundo de algodão / Que não bate / fecha a porta / Como quem fecha o casaco de um filho / Ou abre um coração? *(Canção. Um silêncio bem alto.)*

SILHUETA

♦ A melhor maneira de manter a linha é ser gordo de nascença.

♦ É fácil me reconhecer; eu sou aquele que vem vindo diminuto na perspectiva da estrada esburacada, se equilibrando sem jeito no fim das paralelas.

SILVA

♦ Se você avistar ao longe o seu amigo Silva, não chame. Silve.

♦ Silva é o anonimato assinado.

SIMBIOSE

♦ O ventríloquo dorme e o fantoche ronca.

SÍMBOLO

♦ Infeliz, usar o leão como símbolo do Imposto de Renda. O leão pertence à idolatria da heráldica e estamos fartos de *Condottieri*, o leão é o rei das selvas e estamos numa república, o leão é o animal sempre prepotente das fábulas e estamos cansados de ser tratados como animais inferiores. E se lembramos dos circos romanos, bem, os leões só entravam na arena para perseguir, mutilar e devorar os pobres, os famintos, os desamparados cristãos. Nunca se viu um leão comendo um César. Ou um Ronald Levinsohn, pelo menos. *(1985)*

♦ Os jornais mostram a bandeira nacional na praça dos Três Poderes com um remendo enorme. E me emociona essa bandeira que tremula, não ocasionalmente rasgada, mas cuidadosamente remendada. Tremula a bandeira como tremula o país e tremulamos todos, rotos e esfarrapados. *Habemus* símbolo!

♦ Só os regimes autocráticos podem se dar a certos luxos. Por exemplo: o Império pôde ter como seu símbolo uma palmeira especialmente imponente, que foi denominada, com propriedade, palmeira-imperial. Como seria uma palmeira-socialista? No máximo do tamanho de um palmito.

SÍMBOLO FÁLICO
♦ Um homem está definitivamente velho quando aponta para o próprio sexo e diz: "Isto é um símbolo fálico".

SÍMILE
♦ Grande como o jardim da infância.

♦ Um sol nascente imitando a bandeira japonesa.

♦ Chorava ao longe, como uma donzela que não conseguiu deixar de sê-lo.

♦ Ficou sentada num canto do salão, com aquele ar, ao mesmo tempo leve e triste, de anjo de monumento funerário.

♦ Tão íntimo e excitante como o ruído do chuveiro no banheiro da bela vizinha no silêncio da madrugada. *(1993)*

♦ Tão imperceptível quanto uma sutileza num desfile de escolas de samba.

SIMPLICIDADE
♦ A primeira criação de Deus foi um tipo bem simples, bem natural, até simplório, um camponês. E no entanto, onipotente, se ele quisesse poderia ter feito um general de quatro estrelas.

♦ Escritor, /Pro teu breviário:/ Leitor / Não tem dicionário.

♦ Viver com simplicidade, cada dia é mais complicado.

SIMPÓSIO
♦ Esses simpósios sobre fome podem não resolver nada – mas a comida é excelente.

♦ Simpósio: Ainda não se inventou nome mais bonito pra papo-furado.

SIMULAÇÃO
♦ Uma simulação de homens de bens. *(Novos coletivos.)*

SINA
♦ Pra uns as vacas morrem. Pra outros até boi pega a parir. *(À maneira de Guimarães Rosa.)*

SINAL
♦ Na secretária eletrônica da Presidência: "Alô, o governo Sarney não está. Quando ouvir o recado, deixe o sinal". *(Publicada em 1986, na revista* IstoÉ, *a frase se tornou domínio público.)*

SINAL DOS TEMPOS
♦ Antigamente o louro servia para coroar os heróis. Hoje serve apenas pra dar gosto no feijão. *(1951)*

SINAL VERMELHO
♦ Sinal vermelho é onde você reencontra, olhando pro outro lado, aquele automobilista que passou por você a 120 quilômetros.

SINCERIDADE
♦ A única demonstração de amor verdadeiramente convincente é o crime passional.

♦ Reafirmo que tudo que escrevo é absolutamente verdadeiro. E reafirmo pra ver se o leitor aprende, afinal, a não acreditar nesse tipo de afirmativa.

♦ Sincero como um cara apavorado.

♦ Você pode desconfiar de uma admiração, mas não de um ódio. O ódio é sempre sincero.

♦ As grandes cortesãs sempre tiveram muito poder porque é quase impossível ser hipócrita na hora do gozo.

♦ Essa gente que, diante da morte (de outro, é claro!), murmura: "Foi melhor assim", "Parou de sofrer" ou "Coitado, descansou", como é que sabe? Com que autoridade fala? Por que não dizer a verdade: "Foi melhor pra mim", "Parei de sofrer", "Que bom, descansei, já não aguentava mais esse cara"?

♦ Só uma coisa eu prometo, e até garanto, como candidato: se vocês todos votarem em mim, dentro de um ano estarão profundamente arrependidos.

♦ Existem pessoas que passam a vida inteira dizendo exatamente o que pensam. E depois ainda se queixam!

♦ Pessoas que afirmam só dizer o que pensam devem ficar dias inteiros sem falar.

♦ Sinceridade? Não existe. Mas se o senhor quiser temos um simulacro perfeito.

♦ Um cara que mente sempre, fica tão descoberto na sua mentira que não pode mais ser chamado de mentiroso.

SINDICATO
♦ Deus protege os fracos e desamparados. Mas um bom sindicato ajuda.

SINECURA
♦ Quem pleiteia um emprego de burocrata o que quer é um desemprego.

♦ Vocês podem não acreditar, mas tenho um amigo que já trabalha em Brasília há três anos e até hoje não conseguiu arranjar um desemprego.

♦ As revoluções passam; as sinecuras ficam.

SINISTRO
♦ Sinistro é um incêndio de meter medo.

SINO
♦ Badala um sino ainda, / Inda badala um sino, / Um sino inda badala.

♦ Não vem com essa não, John Donne; quando os sinos dobram devem dobrar pra outra pessoa. Se dobrassem por mim eu estava morto e não ouvia.

SINTAXE
♦ Pelo que se lê de sintaticamente nos jornais e se ouve na televisão, o pessoal está definitivamente convencido de que a regência acabou com a proclamação da República. *(1983)*

♦ Sintaxe é como a gente fica quando não encontra condução. *(Falsa cultura.)*

SÍNTESE
♦ Hoje uma pessoa pode sair da violência de São Paulo de

manhã, estar à tarde num choque entre a polícia e os estudantes de Paris, e ainda chegar a tempo de ser assassinado num metrô de Nova York antes do sol raiar.

♦ E já que estamos no Natal, eu me atrevo a afirmar uma coisa que não surpreenderá nenhum de meus compatriotas mas pode soar inacreditável aos estrangeiros. Há crianças no Brasil, milhares delas – sem nenhum exagero ufanista podemos mesmo afirmar que alguns milhões –, entre 7 e 10 anos, que possuem um conhecimento social e político realmente assombroso. Noutro dia, por exemplo, eu estava num bar de calçada com três amigos e a conversa, superintelectual, caiu numa dessas indagações transcendentais, de saber se o PT é melhor que o PTB, se o PP está mais à direita que o PSP, se o comunismo poderá mesmo dominar o Brasil, e se nossa solução última é a social-democracia, quando um menino, desses de que falei, estendeu a mão e fez a síntese irretorquível: " Tou com fome!"

♦ Pra fazer uma frase de dez palavras são necessárias umas cem.

♦ *Semeliante* é idêntico ao criminoso. *Curajoso* é um padre sem medo. *Fâmigerado* é um admirador facínora. *Identeficação* é o reconhecimento feito pelos dentes. *(Novocabulário. Eufonia hereditarada e prosódia sem prosa. 1958)*

♦ Só o computador torna isto possível. Pegue o catálogo de telefone, some todos os números de telefone e divida pelo número de assinantes. Disque o número resultante e, logicamente, do outro lado atenderão todos os assinantes ao mesmo tempo.

♦ Vésperas de eleição, políticos lutando violentamente por mais um minutinho na tevê. Inúmeros chorando porque só têm 11 segundos de tempo. Para auxiliá-los sintetizei o mais famoso código ético, social e religioso do mundo ocidental. Pode ser lido facilmente em 11 segundos: Não matarás. / Não roubarás. / Não gravarás imagens. /Não tomarás o nome de Deus em vão. / Não cobiçarás a mulher do próximo./ Respeitarás o sábado. / Não prestarás falso testemunho. / Não terás outros deuses. / Honrarás pai e mãe. / Não fornicarás. /

SINTOMAS
♦ Se você acha que está maluco, não está. Mas se você acha que todo mundo em volta está, então você está.

SIRON FRANCO
♦ É rico de ideias, cada uma com 3 metros quadrados, sete cores primárias, espessura, contexto, e urdidura – e o que mais veem técnicos que vêm de longe ver de perto, acreditando ver o que ele vê. Mas só nós dois sabemos que sua pintura é de ânsias e atrocidades e muita diplopia. Mostrando, aos mais descrentes, que há sempre uma esplêndida luz no fim do túnel. Iluminando a grade e o cadeado. *(Da série Retratos em 3 x 4 de alguns amigos 6 x 9. 1980)*

SISTEMA DECIMAL
♦ O sistema decimal serve pra medir quilogramas, pentagramas e telegramas.

SLOGAN
♦ Enfim, um escritor sem estilo. *(Definição do autor sobre si mesmo, embora reconheça que a permanente falta de estilo acabe sendo um.)*

♦ O barão de Coubertin, criador das Olimpíadas modernas, fez a frase famosa: "O importante não é vencer, é competir". Vou mais longe; "O importante é nem competir".

♦ Os que acham meu slogan *"Millôr é cultura"* pretensioso, é porque não entendem mesmo nada de analfabetismo. *(1972)*

♦ Se o médico depois de te examinar diz que você está com câncer, sorria. *(Esta é minha colaboração à campanha Sorria Sempre.)*

♦ "Cada número é exemplar. Cada exemplar é um número." *(Slogan da seção* O Pif-Paf, *publicada na revista* O Cruzeiro, *de 1945 a 1963.)*

♦ "O melhor é o que está em voga." *(Slogan da revista* Voga, *publicada pelo autor em 1954.)*

SLOGAN DEFINITIVO
♦ Há uma morte no seu futuro.

SNI
♦ Na linguagem de informática do SNI (Serviço Nacional de Informações), um torturado é apenas um *bit* de acesso a informações, num *software* que só pode *ser aberto* com a destruição do *hardware*.

♦ Vamos manter o Serviço Nacional de Informações, porque em toda parte do mundo ele existe. Esclarecendo – em toda parte do mundo ele existe com o fito de fichar todos os cidadãos, pra que um ladrão de galinha aos 10 anos de idade possa ser incriminado, ao 60, por qualquer ação, atitude ou opinião que contrarie o Poder.

SOBERBA
♦ Padre tão soberbo que só tinha virtudes cardeais.

SOBRAS
♦ O problema do trabalhador num país inflacionário é que cada vez sobra mais mês no fim do dinheiro.

SOBRIEDADE
♦ Existe coisa mais sóbria do que uma garrafa de uísque lacrada?

SOÇAITE
♦ Olho com atenção as fotografias das colunas "sociais": não tem ninguém suando honestamente.

SOCIAL
♦ Pagam miseravelmente aos pais e depois criam uma burocracia gigantesca pra dar merenda escolar aos filhos famintos.

SOCIALISMO
♦ O Brasil é o inventor do socialismo de direita.
♦ O que derrubou o socialismo foi a falta de capital.
♦ Só um idiota não percebe que o socialismo é apenas mais um truque do capitalismo.
♦ Socialistas do mundo, uni-vos! Nada tendes a perder senão a União Soviética. *(1983)*

SOCIOLOGISMOS
♦ Pela milésima vez vejo na televisão, em conversa *xientífica* sobre drogas, a afirmativa de que os jovens são influenciados por companheiros da mesma idade. E quem são os que influenciam os *companheiros da mesma idade?*
♦ O rebolado da garota de Ipanema é cultural ou genético?
♦ Esse tom de voz totalmente diferente com que nos dirigimos ao nosso patrão e aos nossos empregados, é social ou genético?

SOCIÓLOGOS
♦ Não, meu filho, eles não estão afirmando nada. Estão só usando sinais semânticos, macros semiológicos, para exprimir convenções semafóricas com objetivos subliminares.
♦ E enquanto o mundo gira (e a Lusitana roda) em direção ao Holocausto (explosão demográfica), vejo que os sociólogos continuam preocupados com a incidência de desquites e divórcios entre especialistas na confecção de biscoitos franceses.

SOCYETOLOGIA
♦ Grã-fina: "Querem nos obrigar ao cinto de segurança. Deviam era cuidar da condução do povo, que viaja nesses trens, empilhado como caviar em lata".

SOFISTICAÇÃO
♦ Regra fundamental de qualquer reunião sofisticada é que ninguém deve chegar antes de todo mundo ter chegado.

SOL
♦ Lá em cima o sol, caminhando de um dia pro outro.

♦ O sol está a 150.000.000 de quilômetros da Terra. Mas dá um jeito de sua luz viajar a 300.000 quilômetros por segundo só pra aporrinhar às cinco da manhã o boêmio que foi dormir às três.

SOLDADO DESCONHECIDO
♦ O túmulo do soldado desconhecido deve, naturalmente, ser encomendado a um escultor anônimo e erguido onde ninguém saiba.

♦ Enfim, se descobriu; / o soldado desconhecido / é um civil.

SOLICITADOR
♦ O solicitador é o *ghost-writer* da advocacia.

SOLIDÃO
♦ A sociedade humana foi inventada pela solidão.

♦ Diga a verdade – essa ideia brilhante que lhe escapou não foi devido à solidão?

♦ Só lidar com gente honesta, meu Deus, que solidão!

♦ É com a solidão humana que se organizam as grandes escolas de samba.

♦ Na solidão / O inimigo / Vira irmão.

♦ Quando ninguém me procura tenho a impressão de que fui raptado.

♦ Quando todo mundo chegou na festa começou aquela tremenda solidão.

♦ Quando um não quer o outro vira onanista.

SOLIDARIEDADE
♦ Apesar de todos os meios de comunicação modernos, parece que o "Trabalhadores de todo o mundo, uni-vos" ainda está meio difícil. O que continuo vendo é trabalhadores projetando armas que são fabricadas por outros trabalhadores, manejadas por outros trabalhadores contra

outros trabalhadores, todas vendidas por elites internacionais, estas, sim, unidas numa fraternidade indestrutível em restaurantes de luxo do mundo inteiro, combinando a glória cada vez maior de seu próprio destino. *(1982)*

♦ O mineiro só é solidário no câncer. O brasileiro só é solidário lá longe.

♦ Sempre que algum amigo assumia cargo importante ele não saía do seu lado. Sabia como é terrível a solidão do poder.

♦ Cada um dando um pouco se fazem coisas enormes, como disse a sardinha urinando no mar.

♦ Uma mão lava a outra, mas o resto continua sujo.

SOLTEIRÃO

♦ Solteirão é o marido da solteirona.

SOLUÇÃO

♦ A solução é polícia na rua e comida pro povo. Bom, antes de mais nada, comida pra própria polícia, senão ela acaba comendo o povo.

♦ As coisas que não têm solução já estão solucionadas.

♦ O divórcio é apenas uma forma de ocultar o problema real. Temos que lutar é pelo celibato indissolúvel.

♦ Três anos depois da morte de Tancredo só vejo uma salvação para o Brasil: outro grande cortejo fúnebre. Pro seu sucessor. *(O sucessor de Tancredo Neves foi seu vice, um lamentável presidente chamado José Sarney.)*

♦ É absolutamente reacionário condicionar a mulher à lide doméstica, sobretudo quando esse odioso trabalho pode ser facilmente executado por duas ou três empregadas com salário mínimo.

SOMA

♦ Vá alguém somar o que está na cabeça de todos. *(À maneira de Guimarães Rosa.)*

SOMBRA
♦ Minha sombra tão frágil, à luz da lua. Mais tarde, na alvorada, é em carne e osso.

SONHO
♦ No sonho vejo um homem estranho – num desses raros instantes de competência que embelezam e justificam a humanidade – pintando e repintando o teto de uma capela durante quatro anos. É uma maravilha. O fato e o sonho. *(1989)*

♦ Quem sonha com rios de dinheiro acorda molhado e continua pobre.

♦ No sonho minha sombra urinando dourado.

♦ Não há nada mais fantástico do que os sonhos, descontadas as interpretações dos sonhos. Neles, toda noite, personagens de nossa vida íntima, aproveitando o sono nosso e de nosso SuperEgo, transam com a vó do melhor amigo, matam um PM que nunca viram antes, comparecem ao baile do Havaí vestidos de bonecas e participam de orgias em lugares estranhos, distantes e, às vezes, simultâneos. É aí que entra a interpretação. Sonhar que está perdido num campo de gelo mostra que o picolé que sua mãe lhe recusou em criança era um psicolé. A mangueira do jardim não dando água é aquele eterno medo da impotência (é verdade mesmo que você não conseguiu traçar a tal gata do fio dental?). Estar na praia vestido de fraque e sobretudo, em pleno verão carioca; é a pungência que você sentiu de bumbum de fora, no dia em que suas calças caíram durante a aula. "O sonho pode ser uma memória ou uma antecipação", disse Freud. Ou digo eu por ele. Embora não acredite.

SONHO/PESADELO
♦ Fique frio – pra cada sonho que não se concretiza há um pesadelo que também não.

SONO
♦ Durmo muito pouco, sobretudo depois de uma boa noite de sono.

♦ O sono é o subconsciente que desperta.

♦ Todo mundo morre mais ou menos 8 horas por dia.

SORTE
♦ Se o cara tem mesmo sorte, até os acontecimentos transam pra transformar em verdade a mentira dele.

♦ Dava tremenda sorte com as mulheres: nenhuma queria nada com ele.

♦ Era podre de rico e, pra cúmulo da sorte, não tinha nenhum sentimento de culpa, pouca informação e nem sombra de sensibilidade.

♦ Meu destino é concretizado no jogo: sempre pego as melhores *mãos* de pôquer quando estou jogando buraco.

♦ Tudo que nos acontece / Depende sempre da sorte: / Um nascimento perfeito, / Boa vida / E bela morte.

SPARTACUS
♦ Se Roma fosse como o Brasil, até Spartacus ia querer o seu.

STATUS QUO
♦ No combate ao *status quo* é preciso muito cuidado. Senão a gente acaba destruindo o *status* sem mexer no *quo*.

STRESS
♦ O poder realmente estressa, mas não do mesmo modo. Todos reparam que, nos últimos meses de governo, Collor ficou com os cabelos mais brancos. E Sarney com eles bem mais pretos. *(1991)*

SUBCONSCIENTE
♦ Certos subconscientes necessitam apenas é de um bom tapa na cara.

SUBDESENVOLVIDO
♦ Subdesenvolvido; povo que sustenta o superdesenvolvido.

SUBESTIMAÇÃO
♦ O Brasil inteiro acha que chegamos ao pior. Eu acho que isso é subestimar nossa posteridade.

SUBORNO
♦ Disse o brasileiro absolutamente probo: "Fiquei profundamente indignado com a tentativa de suborno. Quer dizer, com a avaliação".

♦ Suborno: aumento de capacidade aquisitiva sem obediência aos parâmetros ortodoxos.

♦ O suborno começa com uma frase comum e inocente: "Aceita um drinque?"

SUBPRODUTO
♦ Com tantos livros profundos, sábios e poéticos, com tantos filmes brilhantes e emocionantes, com tantos programas elegantes de televisão, por que vocês ainda se preocupam tanto com essa porcaria cotidiana que é a vida?

♦ O extraordinário desenvolvimento tecnológico trouxe como consequência o idiota ter um raio de ação jamais imaginado.

♦ Subproduto: coisa que o subdesenvolvido come nos dias de festas.

SUBSIDÊNCIA
♦ Ela disse vamos mudar de assunto antes que esse venha abaixo. E, sem que, a conversa se inverteu, discrepou, mas aqueceu, calorosa, carinhosa, se encaminhando tão bem para o tudo de uma conversa emocionante e perigosa, súbita *subsidência*. Se você não sabe o que é, eu lhe explico: aquela descida lenta, bem lenta, numa região extensa, bem extensa, de uma massa de ar que, acompanhada por

divergências horizontais de camadas inferiores, se aquece por compressão. Seis passos para o abismo. *(1981)*

SUBSÍDIOS

♦ O milagre da multiplicação dos pães foi o princípio dos subsídios.

SUBSTITUIÇÃO

♦ Extinta, a mulher-objeto foi logo substituída pelo homem-disponível. *(1980)*

SUBTRAÇÃO

♦ Tire-se da maioria dos homens públicos brasileiros o dinheiro que têm e o que é que lhes resta? Vinte anos de cadeia.

SUCESSO

♦ A televisão inventou o sucesso *overnight*. *(1981)*

♦ Neste país um homem que chega ao fim de seus dias tendo conseguido tomar banho com regularidade e se alimentar duas vezes por dia, pode ser considerado um vitorioso.

♦ O maior prazer do sucesso é ver como ficam humildes os antes tão superiores.

♦ Quando um livro vende muito, vende muito mais.

♦ A verdade é que nenhum – nenhum! – ser humano está preparado pro sucesso. Alheio, digo.

♦ A parte do Teatro Municipal que tem mais público é o banheiro. *(Composições infantis.)*

SUFICIÊNCIA

♦ E a quanto se acelera o moto-próprio?

SUGESTÃO

♦ Você é um desses infelizes, carentes, que nunca teve um amor na vida? Bom, compre um sapato dois números menor do que seu pé e ande com ele o dia inteiro. Chegando em casa, tarde da noite, deite-se na cama, tire toda a roupa, por último os sapatos, estique o corpo e abra bem os dedos

dos pés. Não conheço nada mais parecido com um grande amor. *(1979)*

SUGESTÃO JURÍDICA

♦ Pra fazer a Justiça melhor não são necessárias sinuosas processualísticas nem criptogramáticas jurisprudências. Basta um novo item constitucional: "Nenhum julgamento, de qualquer espécie ou grandeza, poderá ultrapassar o prazo de um ano". Levem isso a sério, pelo amor de Deus, e mudarão o mundo.

SUICIDA

♦ Eu não sou um suicida potencial. Embora quase todos que se suicidam também não sejam potenciais – se suicidam e pronto. *(Carlos, personagem de* Os órfãos de Jânio. *1978)*

♦ Quem mata o tempo é um suicida.

SUJEITO E PREDICADO

♦ Afinal, qual é a proposição válida: Nero tocava lira enquanto Roma ardia (donde se depreender que o erro estava em Nero), ou Roma ardia enquanto Nero tocava (portanto, o contrário – Roma é que não entendeu o artista)?

SUMIÇO

♦ A corrupção em Brasília, já diagnosticada como cleptomania, atingiu agora seu ponto mais alto; desapareceu até a umidade relativa do ar. *(1987)*

SUPER-HERÓIS

♦ O país está cheio de super-heróis que só querem brigar com os pacíficos e se retiram de cena assim que o pau come.

SUPERAÇÃO

♦ Mostram os recordes; as mulheres já estão nadando melhor do que Johnny Weissmuller nadava em 1920. E, claro, infinitamente melhor do que ele nada hoje. *(1977)*

♦ Já há mais ladrões assaltando apartamentos do que ladrões vendendo apartamentos.
♦ Roma tinha apenas um Incitatus no Senado.
♦ Você chega e conta um roubo. / Nem acabou de contar / Alguém conta outro pior. / E já outro entra no ar.
♦ Ao vivo / Não sabem o abecê / Mas como são sábias em entrevistas / As estrelas / Na tevê.
♦ O pior chato não é aquele que chateia. É aquele que acaba fazendo a gente também ficar chato e, pior ainda, mais chato do que ele.
♦ Por mais idiota que você seja, sempre haverá um idiota maior para achar que você não o é.
♦ O que o Brasil precisa urgentemente é de sapateiros que passem dos sapatos.

SUPERDOTADOS
♦ A diferença? – uns sabem tudo e outros sabem um pouco mais.

SUPEREXPOSIÇÃO
♦ Se Cristo voltasse hoje ninguém precisava julgá-lo, condená-lo, e crucificá-lo. Seria um chato insuportável aparecendo em todos esses *talk-shows* da televisão.

SUPERFÍCIE
♦ Basta você arranhar um artista pra descobrir um banqueiro. O contrário não é verdade.

SUPERIORIDADE
♦ A maior prova de que a vida atual é muito mais sadia do que a dos nossos antepassados é estarmos aqui, vivinhos, e eles todos já estarem mortos há tanto tempo.
♦ A sua neurose não é inferior à de ninguém.
♦ A tevê só terá vencido definitivamente a imprensa no dia em que você puder matar uma barata com ela.
♦ Com fé você vence. Sem fé, você passa pra trás os que venceram.

♦ Em terra de surdo quem escuta de um ouvido é rei.

♦ O dipsomaníaco acha, sensatamente, que é melhor cair de bêbado do que cair de fome.

♦ Há muito está estabelecido; as mulheres são seres superiores. Vivem mais que os homens, têm dois seios que fazem sucesso infinitamente maior do que nossos testículos – será por que não aprendemos a enfeitá-los com suporte de rendinhas? – aguentam melhor dieta pra emagrecer, jamais esquecem de exigir alimentos quando se separam, não têm problemas na próstata e nem se importam se o sinal está verde ou vermelho. Por que estou escrevendo isso? Pra isso mesmo – pra mostrar como o homem é fraco. Pra mostrar o perigo de reivindicações feministas exageradas acabarem matando o galinho dos ovos de ouro. *(1981)*

♦ O homem é a maior criação da natureza. Isso, naturalmente, porque o cavalo não fala e o jumento não escreve nos jornais.

♦ Pelo menos num momento o futebol feminino é visivelmente superior ao masculino: no fim do jogo, na hora de trocar as camisas.

SUPERPOPULAÇÃO

♦ Que é que há com esta Terra? / Está transbordando seres/ Está transpirando *people* / Geramos mais que plantamos / E multiplicamos gentes / Sem empregos condizentes. / Corpos demais, poucas camas, / Muitos vivos, todos tortos, / Sem comida, todos mortos. / Guarda da esquina / Para essa copulação, / Cessa essa população; / Cada filho que mal nasce / É um prego no caixão / De nossa pobre nação. / Minha gente, faz depressa / O controle dos nascidos / Antes que isso seja feito / Pelos Estados Unidos. *(1981)*

SUPERSTIÇÃO

♦ Não tenho superstições. Ser supersticioso dá azar.

♦ O Sir Ney é o homem mais supersticioso do mundo. Espalhem que literatura dá azar. *(1987)*

SUPERSUBDESENVOLVIDO
♦ Devendo 100 bilhões de dólares, o Brasil pode se considerar um país supersubdesenvolvido.

SUPOSIÇÃO
♦ E se, de repente, o povo brasileiro se cansar de carregar a cruz e pegar a bazuca? *(1972)*
♦ Suposição é a convicção alheia.

SUPREMO
♦ O ministro do Supremo Tribunal acha sinceramente que está sentado à mão direita de Deus.

SURDEZ
♦ Um surdo sábio não deve acreditar em tudo que não ouve.

SUSPEITA
♦ Está bem, estamos todos no mesmo barco. Mas, e a água?
♦ Pra que Ego / Se enfeita / A mulher do cego?
♦ Existe alguma coisa mais suspeita do que uma conduta absolutamente irrepreensível?

SUSPENSÃO
♦ Canalhice ontem e canalhice amanhã; mas hoje somos pessoas ilibadas.

SUSPENSE
♦ Quando apertamos o botão da campainha vem-nos sempre o receio de que a casa vá pelos ares.

SUSTO
♦ Mulheres que usam peruca, pestanas postiças e supermaquilagem se assustam, de manhã, ao espelho; pensam que deu ladrão em casa.

T

TABU
♦ No homossexualismo nunca houve o tabu da virgindade.

TAFFAREL
♦ Fiquei indignado quando vi aquele rapagão, Taffarel, engolir uma bola de Collor, fingindo que este era um extraordinário artilheiro. Esportista não precisa ter caráter? *(Entrevista. 1991)*

TALENTO
♦ A única vantagem do talento sobre a beleza é que enquanto esta é oferecida (pela biologia) em *leasing* ao portador apenas por vinte ou trinta anos, aquele, algumas vezes, tem garantia vitalícia.

♦ Há sujeitos brilhantes, estúpidos no que fazem com seu talento.

♦ O gênio dos grandes costureiros está em conseguir cobrar, nos dias de hoje, por um pedaço de pano de meio metro, o mesmo que cobravam os costureiros do século passado por roupas que iam do pescoço ao tornozelo.

TANCREDO
♦ "Tancredo, cuidado com os Idos de Março!" *(Premonição publicada no* Jornal do Brasil*, em 17 de fevereiro de 1985. Tancredo seria hospitalizado exatamente no dia 15 de março.)*

♦ Políticos são personalidades decompostas, que escapam à minha compreensão e consequente admiração. Tancredo, por exemplo; como pode um homem ter vivido 75 anos só dizendo o que é conveniente? *(1985)*

TANGA

♦ Muitas comparações entre a tanga das moças de Ipanema e a tanga de nossas bisavós silvícolas. Mas fique claro: usando tanga as brasileiras primitivas começavam a se vestir. Usando tanga as ipanemenses terminam de se despir. A tanga antiga era o começo do pudor. A tanga moderna é o limite conquistado pelo "impudor". As mulheres nativas cobriam o máximo – cobrir mais do que aquilo era um atentado à natureza. As mulheres de Ipanema descobrem o máximo. Descobrir mais do que isso é uma agressão – aos costumes, à estética, ao sensualismo, e à própria comodidade. Praia, afinal, é feita de areia, pô! *(1972)*

TARA

♦ De todas as taras sexuais a mais estranha é a abstinência.

TATIBITATE SOCIAL

♦ E assim chegamos. À hiperinflação, que é quando. O trabalhador, ao receber o aumento. Pleiteado, exige outro. Aumento, por causa. Do aumento. Que houve enquanto pleiteava. O aumento. Recebido.

TÁTICA

♦ Existe coisa mais divertida do que bancar o imbecil prum idiota?

TATO DIPLOMÁTICO

♦ Tato diplomático é a faculdade de ler nas entrelinhas de uma página em branco.

TEATRO

♦ Certos espetáculos de teatro extremamente badalados só fracassam porque o público não foi devidamente ensaiado.
♦ Depois de quatro anos de teatro ainda não era homossexual. Mas já andava com certo sotaque.
♦ A diferença fundamental entre um autor e um diretor teatral é que este, quando se enche com os autores vivos,

pode montar um autor morto. Eu nunca tive o prazer de ser montado por um diretor morto.
♦ No teatro grego havia inúmeros atores especialistas em catarses. *(Falsa cultura.)*
♦ O teatro é uma arte efêmera há mais de dois mil anos. *(Falsa cultura.)*

TEATRO INFANTIL
♦ Quando eu vejo certas peças teatrais pra criança fico pensando por que é que as crianças não reagem e montam uma peça pra adultos.

TÉCNICA
♦ Antes de servi-la, enaltece a bebida que ofereces aos amigos. Se são conhecedores louvarão o teu conhecimento. Se não forem, serão influenciados. E todos, à proporção que bebem, passarão a achar a bebida mais extraordinária. Assim estará formada a roda de aconchego e orgasmo do mundo alcoólatra. Que os abstêmios não conhecem. Nem compreendem. *(Decálogo do bom bebedor. 1971)*

♦ Quando você cair do galho agarre-se no de cima.
♦ Não é que, com a idade, você aprenda mais coisas; você aprende é a ocultar melhor o que ignora.

TECNOCRATA
♦ Tecnocrata tem receita / Do socialismo de direita.

TECNOLOGIA
♦ A tecnologia terá ganho sua última batalha no dia em que o onanismo deixar de ser manual.
♦ A maior dúvida dos tempos modernos: "Sobe?" "Desce?"
♦ A vida está horrível, a situação penosa, nada tem solução, tudo é uma desgraça? Mude de canal. *(1984)*
♦ Hoje, com a tecnologia, as paredes realmente têm ouvido. As paredes, as cadeiras, as estantes, os sofás...

♦ O Piauí, como não pode exportar *know-how*, está exportando *don't know what*.

♦ Quando, afinal, vamos ter a medicina completamente sem médico?

♦ Se o Paraíso fosse nos Estados Unidos, Adão teria enlatado o fruto proibido.

♦ Se você girar a batedeira ao contrário o creme se transforma novamente em abacate.

♦ As paredes têm ouvidos e grampos do SNI.

♦ Em vez de torradeiras pode-se fazer torradas usando apenas fósforos. Naturalmente o gosto não é o mesmo e o processo é bem mais lento.

TÉDIO

♦ Cada vez me sinto mais na periferia da vida, procurando entrada numa outra esfera que talvez não exista. Mas, ao *Hipopotamus* e ao *Gallery* eu ainda prefiro o – e me divirto muito mais com – meu infinito tédio.

TELEFÔNICA

♦ "Muitos serão os chamados e poucos os atendidos." Isso é da Bíblia ou da Telefônica? *(1971)*

TELEVISÃO

♦ No momento em que o avião do ator de novelas de televisão explodiu, a vida inteira passou diante de seus olhos, com apenas uma interrupção para os comerciais.

♦ O especialista sabe cada vez mais sobre cada vez menos, concordamos. E nós, vendo televisão o dia todo, sabemos cada vez menos sobre cada vez mais.

♦ A diferença entre a tevê dos países democráticos e a dos países totalitários é que nos países democráticos você vê tevê – nos países totalitários a tevê te vê. *(1978)*

♦ *Anúncio*: Meu amigo, sente-se cansado, abatido, desmoralizado, com a consciência de que a vida não vale nada? Acha permanentemente que a existência perdeu todos os seus valores, que não há mais ética, conceitos estéticos, nenhum objetivo mais profundo e mais humano a atingir? Sua vista está obnubilada por uma permanente poluição visual? O mundo não passa de uma comercialização a qualquer preço? *Não desespere:* Telefone-nos imediatamente e destruiremos logo o seu aparelho de televisão. *Já! Grátis:* Sem televisão você será um homem inteiramente novo. Sem televisão você voltará a ver a vida como ela é. Sem televisão seus filhos púberes não aprenderão que o objetivo da existência é parasitar os mais velhos todo o tempo, enquanto lhes colocam o dedo na cara, acusando-os de todos os males do mundo. Sem televisão sua mulher não se sentirá mais *esmagada pelo seu machismo* e ansiosa *por seu próprio espaço*. Sem televisão você não será mais obrigado *a levar vantagem em tudo.* Sem televisão os seus filhos aprenderão que erótica é feita de carinho e motivação psicológica e não de chupões babosos de sapos dendrobatas. Sem televisão sua casa será de novo um verdadeiro lar. *(Campanha pela erradicação da televisão: "Dê sua televisão a um tarado sexual". 1985)*

♦ Descobriram o verdadeiro motivo da televisão ser mais popular do que o cinema, apesar de a tela ser muito menor. As poltronas são melhores.

♦ Mesmo o pior jornal, até em interesse próprio, algumas vezes se arrisca, tem atitudes corajosas. No Brasil a televisão já nasceu pusilânime. *(Entrevista.* Revista 80. *1981)*

♦ Não aparecendo na televisão, você só é conhecido pelas pessoas que você conhece.

♦ Televisão é um sistema / De solução sem problema.

♦ Uma coisa não se pode negar à televisão – ela não tem medo de insultar a inteligência do espectador.

♦ A previsão de Warhol, "No ano 2000 todo mundo será famoso durante 15 minutos", já foi ultrapassada no Brasil, onde a televisão dá oportunidade a todo mundo de ser famoso durante 10 minutos, desde que não tenha absolutamente nada a dizer.

♦ A sensação de que a exposição humana na televisão é imoral – no mais amplo e profundo sentido da palavra – um ato de prostituição da imagem, é cada dia mais consciente em mim. As mais altas religiões sempre se preocuparam com a (não) gravação da imagem de seus deuses, a fim de evitar sua corrupção e mau uso. Sabiam o que faziam; e não conheciam a televisão. A televisão é a suprema profanação da imagem humana, corrompida e vulgarizada (isto é, editada), superexposta, vendida, jogada aos cães, que zombam dela e se masturbam psicologicamente com ela a distâncias infinitas de sua projeção. (Tá vendo, mamãe, estou ficando cada vez mais recatado!)

♦ A televisão foi inventada pelo Homem Medíocre para ser utilizada pela Mediocridade para a Mediocridade. Deveria se chamar Médiovisão.

♦ Amigo meu, cansado de ser enganado pelas estatísticas de televisão promovendo determinadas estações, programas e horários, resolveu fazer uma pesquisa por conta própria. Fê-lo – porque qui-lo – sozinho, durante três meses, entrevistando algumas centenas de pessoas, ao acaso. Resultado surpreendente – não há preferência por programas, horários, ou seja lá o que for. Desde que seja televisão o pessoal assiste a qualquer porcaria.

♦ O ser humano ainda não tinha aprendido a amar o próximo e já tinha inventado a televisão, que ensina a desprezar o distante.

♦ Um desses programas de televisão que quando a gente liga não consegue mais desligar – dorme imediatamente.

♦ A televisão brasileira é mesmo o maior meio de divulgação do mundo. Anuncia seus próprios programas, promove seus próprios jornais e revistas, leiloa seus próprios quadros, promove suas próprias peças e filmes, sorteia sua própria loteria, vende sua própria música, premia seus próprios astros e homenageia seus próprios mortos. Não há no mundo nenhum outro sistema de televisão que divulgue tanto a televisão.

♦ Os que vivem combatendo a televisão deveriam ser mais humildes no seu juízo crítico: afinal, 40 milhões de idiotas não podem estar errados.

♦ Televisão – a vida de segunda mão.

♦ Como a televisão – pressões do sistema, *merchandising* e incapacidade pura e simples – só pode comunicar trivialidades, de repente somos surpreendidos pela realidade não televisiva.

♦ Na tevê a hipocrisia e o cinismo em todas as apresentações de políticos, economistas e sociólogos. Pena que a vergonha na cara não seja em cor. *(1978)*

♦ Só teremos um país de verdade no dia em que gastarmos mais com escolas do que com televisão, isto é, no dia em que gastarmos mais com a educação do que com a falta de educação.

♦ Descobri afinal o que significa a sigla tevê. Terror Visual.

TEMOR

♦ Temor: existe casamento depois da morte?

TEMPERAMENTO

♦ Às vezes sou desmancha-prazeres, mas é só pelo gosto de arrumar de novo.

♦ Dou um boi para entrar numa briga. Dou uma boiada pra sair.

♦ Há os que perseguem as feras. E há os que preferem acompanhar as pegadas pra ver de onde elas vieram.

TEMPO

♦ Nos dias quotidianos / É que se passam / Os anos.

♦ Olhaí, garotada: quando eu digo "No meu tempo", estou falando é do futuro.

♦ Sei, não é lisonjeiro, / Mas você é do tempo / Em que cruzeiro / Era dinheiro / Ele do tempo / Em que o Brás /

Era tesoureiro / E eu do tempo / Em que relógio / Tinha ponteiro.
♦ A lavadeira põe o ferro em cima da roupa e o tempo passa.
♦ A mim sempre doeu, o tempo. Não são ponteiros, são espadas. Cada vez há mais mortos do que vivos. A ampulheta engole toda a areia do mar. *(1958)*
♦ É como você notou: / O tempo não passa. / Já passou.
♦ No passado só existia futuro / Mas no presente é muito duro / Ter que ir me acostumando/ a ver só o pretérito passando.
♦ O importante não é o relógio: são as horas.
♦ O tempo não existe. Só existe o passar do tempo.
♦ Que fará o tempo comigo? A besta-fera uivante não me deixa, bate cada tecla comigo, me acompanha à praia, fala ao telefone quando eu falo, soa ao som de minhas risadas mais alegres, me acompanha em meus carinhos mais íntimos. Chora quando o crepúsculo desce, finge que não existe no levantar das madrugadas. Que fará o tempo contigo? *(1978)*
♦ Vinha correndo pela praia, o rapaz me pediu as horas. Olhei meu relógio de quartzo (aquele minério que fica entre o tertzo e o quintzo) e, nesse segundo exato, a pilha, que dura anos, pifou, deixando o mostrador assustadoramente branco. Disse pro rapaz: "Meu tempo acabou". *(1987)*
♦ Você pode não acreditar, mas o túmulo de Tutancâmon já foi pós-moderno.
♦ "Tem tempo" quer dizer "Nunca".
♦ Aproveita a vida, irmão. Já passou mais tempo do que você pensa.
♦ As horas mais preciosas são as mais rápidas. Como demoram, as outras!
♦ Certos dias têm 100 anos.
♦ Cuida dos minutos, que as horas passam.
♦ De manhã, em Ipanema, os velhinhos fazendo Cooper, um olho no cronômetro, um pé no calendário.

♦ E pensar que dentro de mil anos até a Xuxa será um fóssil!

♦ Espantoso mesmo é ver sexagenários falando em matar o tempo.

♦ Foram os suíços, donos da maior indústria relojoeira do mundo, que concretizaram a ideia de que tempo é dinheiro.

♦ O tempo é uma medida arbitrária inventada pelos suíços e transformada em relógios. Só me ajuda a cobrar o atraso dos meus amigos.

♦ Pois é, aquele menino que ficou lá atrás, agora é pai; daqui a pouco será velho, logo, morto, depois nem memória.

♦ Pois é, os anos passam. E passam. E passam. Sempre? Não. Tem um que não passa. Você passa.

♦ Que fazer por então se já é agora?

♦ Quem escolhe o momento exato economiza muito tempo.

♦ Realmente não sinto o passar do tempo; continuo igualzinho a quando tinha vinte anos. Não melhorei nada.

♦ *TEMPO FUGITE*: Mentira, dizer que a idade / Nos torna mais aptos ao amor / Mais sensíveis ao seu sabor e valor. / Os que fazem da meia-idade / O supremo da vida / Ainda força e muita experiência / Estão querendo iludir / A própria essência do tempo. / Querem pálida compensação / Pros dias em que amavam / Sem jeito e sem razão. / Não topo essa mentira – / Eu não! / O que quero é deter / O ponteiro fatal / Que, aliás, nem existe mais, / Em meu relógio digital. *(1975)*

♦ É, chega finalmente um momento em que é difícil a gente acreditar que já houve um dia em que achou ter 35 anos de idade o máximo da velhice. De repente eu parei pra pensar que já fiz essa idade há *algum* tempo, mas, antes que a melancolia me agarrasse pelo gogó, voltei a lembrar a frase de Mark Twain, dita depois de um belo almoço: "Qualquer que seja a idade de um homem, ele pode ficar alguns anos mais moço facilmente. Basta botar um cravo vermelho na lapela". Pensei isso não por acaso, pois acabei de almoçar com alguns amigos e sobrou-me um cravo vermelho na mão. Mas onde, meu Deus do céu, anda a lapela? *(1981)*

♦ No princípio do século o mundo estava sempre à beira da guerra. No fim do século não está nem à beira da paz.

♦ O mundo está nesse impasse porque os velhos, que já adquiriram experiência, sabem que não têm futuro, e os jovens, sem experiências, pensam que não há passado.

TEMPO / MODERNISMO

♦ A poesia já não rima / A música já não ressoa / As cores já não retratam / Mas o tempo ainda voa.

TÊMPORA

♦ Se *agora* já foi embora, / quando *ainda* não chegou / se *ainda* nem paraum pouco, / no *vem-vai* da vida vã, / como sei que vivo um *hoje* / entre um *ontem* e um *amanhã*?

TENDÊNCIA

♦ Certas pessoas têm definitiva tendência a determinadas enfermidades. Alguns médicos também.

TENTAÇÃO

♦ Certas pessoas que dizem que gostariam de ser cremadas depois de mortas – nos dão uma vontade!

♦ Nosso corpo tem duas mãos de extraordinária habilidade e todos os outros seres humanos têm bolsos.

♦ Quando o cara mais brilhante do que nós sai, que tentação!

♦ A verdade é que a maior parte das pessoas foge de tentações que nem se dão ao trabalho de tentá-las.

TENTAÇÃO / MITOLOGIA

♦ Adônis vendo Vênus surgindo das águas linda e nua, mordendo uma maçã *macintosh*, não teve dúvidas – comeu as duas. E olha que o que ele gostava mesmo era de um espelho.

TEORIA
♦ Me recuso a aceitar qualquer teoria feita por teóricos.
♦ Teoria é uma exposição provando a existência de uma coisa que não existe.
♦ Pra fazer uma boa teoria é preciso muita prática.

TERAPÊUTICA
♦ Conselhinho terapêutico: quando, ao apertar a barriga, você sentir dor, deixe imediatamente de apertar.

TERCEIRO MUNDO
♦ A regra não falha em nenhum país do terceiro mundo que tenha dois líderes. Um está no poder, o outro está na cadeia.
♦ Os alemães achavam que iam ser salvos pelo super-homem. Nós, do terceiro mundo, estamos esperando pelo sub-homem.

TERNURA
♦ "A ternura, mesmo simulada, tende a criar ternura verdadeira por parte do outro, e a tornar verdadeira a ternura que o primeiro simulou..." *(Vera. Peça* É... *. 1976)*

TERRA
♦ A Terra é uma massa redonda ligeiramente chata nos polos e muito mais em Brasília.
♦ E se a Terra for apenas a latrina do cosmo?

TERRA DE CEGO
♦ Em terra de cego a primeira coisa que o espertalhão faz é comprar uma bengala branca.

TERROR
♦ Um dos meus maiores medos de morrer é ser condenado ao *Hipopotamus* eterno. (Mas tem pior; ir pro *Gallery,* em São Paulo.)

TERRORISTA
♦ Terrorista é um *mocinho* que mata o doente e se casa com o câncer.

TESÃO
♦ Veneração venérea.

TESE
♦ O mundo atingiu, este ano, a casa de 123 bilhões de pessoas nascidas desde Adão e Eva. O que prova minha tese de que há muito mais mortos do que havia.

TESTE
♦ Casamento ainda é a melhor forma de duas pessoas descobrirem que casamento não dá certo.

TESTEMUNHA
♦ Na hora de testemunhar é que a testemunha percebe como seus olhos a enganaram. E acaba não sabendo afirmar se o criminoso usava blusão e tinha bigodinho ou se usava blusinha e tinha bigodão. *(A máquina da Justiça. 1962)*
♦ Há testemunhas que justificam qualquer crime.

TESTEMUNHA OCULAR
♦ Testemunha ocular é uma pessoa que mente com seus próprios olhos.

THALES
♦ Há dois mil anos repete-se a premissa humanística de Thales: "Conhece-te a ti mesmo". Mas eu pergunto: "Pra quê?"

THE END
♦ Dizem que no fim o Bem sempre triunfa. Mas Napoleão, Stalin, Batista, Truman, Salazar, Perón e Franco morreram na cama. Sócrates, Cristo, Lincoln, Gandhi e Martin Luther King, não.
♦ No fim o Bem sempre triunfa. Claro, nos filmes e novelas. Mas mesmo em filmes e novelas o Bem só triunfa no

fim porque o autor ou diretor ou montador aproveita um momentinho em que a história está mais ou menos tranquila e acaba tudo. Mas, estejam certos, logo depois do *The End*, o Mal volta a dominar.

TIMIDEZ
♦ Sou daqueles que entram num elevador e dizem pro ascensorista, com plena autoridade: "Décimo!" Mas basta o ascensorista me olhar de certo jeito pra eu logo acrescentar, conciliatório: "Se eu não vou tirar o senhor do seu caminho".

TIRADENTES
♦ A mãe do protomártir / carrega-o a tiracolo / e alimenta-o no seio / verdadeiro protocolo.

TIRANIA
♦ As pirâmides, os palácios, os grandes templos, todas as maravilhas do mundo foram construídas ou patrocinadas por tiranias. A democracia só faz conjuntos habitacionais. Mas faz, hein?

TOLERÂNCIA
♦ É a excessiva tolerância que fomenta a excessiva intolerância.

TOPADA
♦ A topada serve à liberdade de expressão.

TOPLESS
♦ Não tenho nada contra o *topless*. Desde que me deixem escolher as topeladas.

♦ *Topless*. As mulheres meteram os peitos. Foi um escândalo no seio da sociedade. O brotinho não teve re*ceio*, as coroas ficaram des*peitadas*, o papa achou um desres*peito,* o *Pravda* condenou: "É mais um sinal da decadência do mundo capitalista" e o rei Gustavo, da Suécia, lamentou: "Em meu país isto é um lamentável retrocesso". *(1964)*

♦ Em frente ao Country Club um bando de velhas de *topless* é tão imoral quanto num terreiro indígena um bando de velhas com sutiã.

TORCEDOR
♦ Em futebol eu sou Fla x Flu doente.

TORRE EIFFEL
♦ Basta olhar; a Torre Eiffel é uma ponte que não deu certo.
♦ Torre Eiffel – uma monstruosidade arquitetônica com a qual o conformismo se maravilha.

TORTURA
♦ Como dizia o torturador: "Eu arranco os olhos do infame que ousar repetir que fui responsável por qualquer forma de tortura".
♦ Lei trabalhista é pra ser respeitada, pô: quando um torturador tortura fora do horário do expediente tem direito a aumento por produtividade.

TOURO
♦ O mal da gente agarrar o touro pelos chifres é não conseguir largar.

TRABALHISMO
♦ A prova de que o destino humano era a vagabundagem é que Deus só falou em trabalho depois que o homem comeu a maçã.

TRABALHO
♦ Como não é demagogo, Sir Ney está fazendo um levantamento preciso – dirigido pelos irmãos Marx – de todas as nossas atividades profissionais. Dentro de pouco tempo todos os desempregados brasileiros saberão, pelo menos, em que é que não trabalham. *(1989)*
♦ Concorrentes e parentes, preocupados com meu excesso de produtividade. Tranquilizei-os. Já estou tomando pílulas anticoncepcionais. *(1968)*

TRADIÇÃO

♦ A reestruturação do Estado visa acabar com o golpe, o suborno, o acobertamento, o compadrio e o nepotismo. Em suma, acabar com nossos valores tradicionais.

♦ "Temos que conservar as nossas tradições", como dizia o burro vendo o sol nascer e saudoso da alvorada anterior.

TRADUÇÃO

♦ Colocaram no computador alemão a frase: "O Brasil é um país muito grande". Fizeram o computador traduzir pro alemão, ele traduziu: "*Brazil ist ein gross Vaterland*". Depois fizeram o computador traduzir de novo pro português. Ele traduziu: "O Brasil é meu pai grosso". É por isso que eu digo: dentro em breve os computadores vão substituir completamente o homem.

♦ *Deustschland ubber alles* é quando o cara é atropelado por um Volkswagen ou uma Mercedes.

♦ Entre o ir e o vir da tradução perde-se a graça, a poesia, o drama, o pensamento e o estilo do autor. Não se pode traduzir sem o mais amplo conhecimento da língua traduzida, mas, acima de tudo, sem o fácil – e eclético – domínio da língua para a qual se traduz. Não se pode traduzir sem absoluto respeito pelo original e sem o atrevimento ocasional de desrespeito à *letra* do original para lhe captar melhor o espírito. Não se pode traduzir sem cultura e também, paradoxalmente, não se pode traduzir sendo erudito, em geral um empalhador de palavras. E não se pode traduzir sem dignidade, isto é, sem ser muito bem pago. *(Entrevista à revista* Senhor. *1962)*

♦ *How do you do?* – Como é que você faz? *(Traduções televisivas.)*

♦ Quando vejo a moçada disposta a dar a vida por Marx, Marcuse ou Lênin, ou Hitler, me pergunto: em que tradução? Quem não lê em língua estrangeira está sendo permanentemente mistificado. Com tanta monstruosidade cometida em tradução de inglês, hoje praticamente um esperanto, imagine o que acontece com o sueco, o japonês e o russo. Estou certo de que nunca li Dostoiévski e, claro, Cervantes. O que sobra deles em português é uma contrafação. *(1977)*

♦ *Questo oro é di lei?* – Isto é ouro de lei? *(Traduções televisivas.)*

♦ *Rez-de-chaussée* – O rei do calçado. *(Traduções televisivas.)*

♦ *Tabula rasa* – Mesa baixinha. *(Traduções televisivas.)*

♦ A desconfiança de tudo que leio (e também do que vejo, cheiro ou toco) me permitiu ser um razoável tradutor.

♦ Computador computa / a tradição / da traição / da tradução.

♦ *Mens sana in corpore sano* – uma cuca ilustrada num corpo bacano.

♦ Os russos criaram uma palavra pra designar a sua elite intelectual: *Intelligensia*. Mas só há uma palavra pra designar a nossa elite política: *Ignorânsia*. *(1976)*

♦ La dernière translation (Homenagem à Sociedade Brasileira de Tradutores): Quando morre um velho tradutor / Sua alma, anima, soul, / Já livre do cansativo ofício de verter / Vai direta pro céu, in cielo, to the heaven, au ciel, in caelum, zum himmel, / Ou pro inferno, Holle, dos grandes traditori? / Ou um tradutor será considerado / In the minute hierarquia do divino (himm'lisch) / Nem peixe nem água, ni poisson ni l'eau, / Neither water nor fish, nichts, assolutamente niente? / Que irá descobrir de essencial / Esse mero intermediário da semântica / Corretor da Babel universal? / A comunicação definitiva, sem palavras? / Outra vez o verbo inicial? / Saberá, enfim!, se Ele fala hebraico / Ou latim? / Ou ficará infinitamente no infinito / Até ouvir a Voz, Voix, Voce, Voice, Stimme, Vox, / Do Supremo Mistério partindo do Além / Voando como um pássarobirduccelopájarovogel / Se dirigindo a ele em... / E lhe dando, afinal, / A tradução para o Amén?

♦ Tolstoi detestava Shakespeare. Imagino o que deviam ser as traduções russas!

TRÁFEGO
♦ No meio do cruzamento um guarda sendo dirigido pelo tráfego.

♦ Nossos motoristas de táxi são as pessoas mais religiosas do mundo. Só quem acredita muito em Deus pode guiar dessa maneira.

TRAIÇÃO
♦ A traição não custa nada. E quase sempre chega lá.

♦ Deus fez o homem. O homem aí construiu uma Igreja e aprisionou Deus.

♦ É fácil descobrir o traidor na tropa; / Cavalo de Troia não galopa.

♦ Um dia um de seus seguidores o traiu. Um só. Quer dizer, um só porque a traição deu certo. Os outros onze estavam só esperando a vez.

TRAILER
♦ Ver cinema sem ver *trailer* é o mesmo que ler livro sem ler orelhas. Pois ninguém vai negar: toda a indústria livreira, a própria literatura, pra não falar da cultura em geral, estariam perdidas se os livros não tivessem orelhas. O mesmo digo do Cinema, com relação ao *trailer*. Ele é de tal importância que certos filmes, depois do *happy-end* e do cavaleiro solitário trotando em direção ao pôr do sol, deveriam ter um letreiro final: "Agora que você viu o filme, não perca o maravilhoso *trailer*, breve nos cinemas tais e tais". Estranho que os revolucionários do Cinema, buscando novas formas, montagens mais libertas, cortes diretos com passagem de tempo, fotos mais "sujas", tremidas, desfocadas, não tenham percebido que a revolução já foi feita e assimilada – é o *trailer*. O *trailer* é a libertação da técnica e a superação da lógica discursiva. A coerência explode, a cro-

nologia enlouquece, a sequência se nega, a música pode ser cinicamente ensurdecedora, as cenas truncadas, perguntas ficam para sempre sem resposta, respostas dramaticíssimas surgem sem perguntas que as justifiquem, telas se partem, caras se fragmentam, cenas redemoinham em gigantescos carrosséis de letras desavergonhadas: COLOSSAL! ÚNICO! INESQUECÍVEL!, cobrindo cenas de amor e sexo e tornando-as mais eróticas do que quando vistas por inteiro. Mas, acima de tudo, o *trailer* também liberta o espectador da ditadura crítica. Graças a Deus nenhum jornal inventou, até hoje, um crítico de *trailers*. Resumo: só um cego, ou um cineasta, não vê que o longa-metragem está pelo menos com vinte anos de atraso em relação ao *trailer*. Pois o trailer é a consumação de uma utopia artística; não há *trailer* ruim. Ninguém sai no meio de um *trailer*.

TRAJE
♦ O traje característico que usa não identifica fundamental a pessoa que, por fanatismo, misticismo ou cálculo, se isola da sociedade, levando vida austera e desligada das coisas mundanas. *"O hábito não faz o monge."(Provérbios prolixizados. 1959)*

TRANSATLÂNTICO
♦ Tão pernóstico quanto um transatlântico.

TRANSFORMAÇÃO
♦ A maior transformação do mundo foi a facilidade com que o mundo passou a aceitar qualquer transformação.
♦ É muito comum transformar-se uma verdade inacreditável numa mentira perfeitamente assimilável.

TRANSFORMADORES
♦ Em qualquer tempo só os Estados Unidos tiveram três grandes artistas plásticos durante meio século retratando

de maneira constante uma visão especial do país. Edward Hopper, do início do século até 1967, pintou angustiadamente a solidão americana. Norman Rockwell, do início do século até 1978, pintou o dourado *sonho americano*. E Saul Steinberg, desde 1940 até hoje, pinta o grotesco americano. Três visões de tal poder que ninguém se livra de, em algum momento, ver os Estados Unidos através delas. *(1986)*

TRANSIT
♦ Se ouves aplausos prepara-te para as vaias.

TRÂNSITO
♦ E de repente adensa a atmosfera da pequena sala o inevitável momento em que aqueles dois velhos amigos vão se transformar em inimigos mortais.

♦ Sábio era o médico que, no atestado de óbito do menininho morto no trânsito, colocou apenas: "Morte natural".

TRANSPARÊNCIA
♦ Não trabalha, mas são tantos e tão públicos os seus casos e chamegos que toda hora tem que fazer declaração de bens.

♦ Quando você está fora de si, o pessoal vê melhor o que você tem dentro.

TRATAMENTO
♦ Que os animais merecem tratamento mais humano é discutível; eu é que não aguento mais essa vida de cachorro.

TREPADA
♦ Trepada é o amor dos outros.

TRÊS PODERES
♦ (Voz do autor) Boa noite, amigos! Este espetáculo é dedicado aos únicos brasileiros que, nestes 20 anos, jamais deixaram um minuto de combater o Poder Dominante. Nos referimos aos pombos de Brasília, que, além de cagar indistintamente na cabeça de todas as autoridades que

transitam na praça dos Três Poderes – Exército, Marinha e Aeronáutica – arrulham sempre, dia e noite, corajosamente, à passagem de cada economista, cada milico, cada tecnocrata: "Corrupto! Corruuuupto! Corruuuuupto!" *(Do espetáculo* O MPB4 e o Dr. Çobral vão em busca do Mal.*)*

TRÍADES

♦ Três coisas divididas igualmente por todos: o tempo, a vaidade, o medo.

♦ Três coisas invisíveis e inapreensíveis: gota d'água no mar, grito dentro da noite, dor no coração alheio.

♦ Três coisas irrecuperáveis: o voo da calúnia, o tempo passado, o ato sexual adiado.

♦ Três coisas irresistíveis: dormir mais um pouco, o puxa-saquismo, a mulher do amigo.

♦ Três coisas que aumentam com o passar dos anos: a insegurança, o egoísmo, o ceticismo.

♦ Três coisas que derrotam os computadores: estrelas no céu, grãos de areia na praia, idiotas no mundo.

♦ Três coisas quentes e mutáveis: a palavra do homem público, a chama da fogueira, a amizade sincera.

♦ Três coisas sem fim e sem compensação: a busca da verdade, a luta pela liberdade, a prática da fraternidade.

♦ Três coisas absolutamente seguras: o nascer do sol, a hora do sofrimento, a morte.

TRIÂNGULO AMOROSO

♦ Chama-se de triângulo amoroso essas velhas peças francesas em que há um amante no armário, outro no banheiro e outro embaixo da cama. *(Falsa cultura.)*

TRIO

♦ O Vício se diverte. A Virtude se chateia. A Prudência paga.

TROCA

♦ Se isto é o país do futuro, me deem um do passado.

TROCA-AÇÃO
♦ Quando o homossexual casou com uma lésbica foi aquele vice-versa.

TRÓPICO
♦ Vê-se que a ambição tropical é ter duas auroras.

TRUQUE
♦ Acredito que o último truque de Deus, quando o homem desaparecer, vai ser mostrar uma espécie melhor que ele tem escondida na manga.

TRUST
♦ Para evitar que a riqueza caísse na mão de ímpios, gananciosos, sem escrúpulos, o Rico fundou o *Trust* (confiança). Certificou-se com isso de que ninguém mais poderia mover de má-fé os caminhões do mundo, acender à revelia os lampiões do mundo, movimentar perfidamente os navios do mundo. Satisfeito resolveu se casar com a Rica, que tinha encontrado em sua árvore genealógica todo o estanho e todo o cobre do mundo. E desse cartel nasceram uma porção de líderes das massas, o que já é nova forma da mesma coisa.

TUBERCULOSE
♦ Não se usa mais a tuberculose nos grandes salões porque, se era muito romântico uma dama tuberculosa voltar estonteada numa valsa, esse volteio se tornou impossível com uma lambada ou um roque da pesada.

TUDO
♦ Tudo que existe está em algum lugar. / Tudo que é já era. / Tudo que você sabe é subtraído de tudo que você ignora. / Tudo que você não tem alguém tem senão você não saberia que não tem. / Tudo que está no futuro é reserva de passado. / Tudo que é igual é semelhante a tudo que é absolutamente diferente. / Tudo que voa pousa. O contrário não resiste a uma análise. / Tudo que sobra é excedente exceto o que não

presta. / Tudo que vai e volta permanece. / Tudo que vai pra sempre preenche uma lacuna em algum lugar. / Tudo que é do homem o bicho não come. / Tudo participa do nada.

TÚNEL

♦ No meio da falta de hierarquia, corrupção e anarquia descobriu-se dramaticamente que não há luz no fim do túnel. Na verdade, nem construíram o túnel.

TURISMO

♦ A classe média inventa o turismo, depreda os monumentos, polui a passagem, corrompe os países, conspurca as nacionalidades, prostitui o mundo. Por onde ela passa não cresce a grama. *(1954)*

♦ Turismo é prostituição. (*Campanha feita no* Pasquim.)

♦ Visite o Piauí, antes que vire sul maravilha. *(1980)*

TURISTA

♦ Um turista é um idiota / Que se julga poliglota.

♦ O turista é o câncer do meio ambiente.

♦ O turista é um idiota com *traveller*-cheque.

U

UFANISMO
♦ O ufanismo é uma ponte maravilhosa sustentada pelo maior vão do mundo, a qual, aliás, já caiu três vezes e está rachada em dois lugares.

UÍSQUE
♦ O uísque, tomado com moderação, não oferece nenhum perigo, nem mesmo em grandes quantidades.

UÍSQUE FALSIFICADO
♦ Temos que levar em conta a opinião do expert (*) Orson Welles: "O Brasil é onde se fabrica o melhor uísque falsificado do mundo". (*) *Em uísque e em falsificação.*

ÚLTIMA
♦ O profeta Isaías perguntou ao profeta Jeremias: "Você já ouviu o último provérbio?"

ÚLTIMA GOTA
♦ Só um idiota abstêmio poderia ter inventado essa istória de que a última gota é que entorna o copo. Como, se ela fica no fundo?

ÚLTIMO DESEJO
♦ Enterrem meu corpo em qualquer lugar (....) / Até que um dia / De mim caia a semente / De onde há de brotar a flor / Que eu quero que se chame / Papáverum Millôr. *(Papáverum Millôr. 1963)*

ÚLTIMO SONO
♦ Há colcha mais dura / Do que a lousa / Da sepultura?

ULYSSES
♦ Este homem tem um nome homérico – Ulysses. Vai aparecer hoje no maior picadeiro do país, a televisão, representando o maior do bordel do país, o Congresso. Vai tentar um salto mortal duplo de costas – coisa trivial prum atleta circense, impossível prum parlamentar. Vai tentar explicar o inexplicável. Justificar o injustificável. Desmentir o indesmentível. Não há prestidigitação retórica ou malabarismo filosófico que o salve. Este homem é um dos criadores e uma das vítimas das deformações de Brasília-Poder, Brasília-conivência. Vamos ouvi-lo com respeito, e sem esperança. *(JB. Set. 1985)*

UM DIA
♦ O dia amanheceu manhoso, avançou perigoso, foi nos cercando insidiosamente, chegou ao meio-dia ameaçador, armou suas circunstâncias com crueldade, cometeu muitos adultérios, desonrou juízes, caiu em cima de um avião, fez descer metade da montanha sobre centenas de inocentes, destruiu papéis irrecuperáveis, matou animais de estimação, e foi embora silenciosamente, como se fosse um dia qualquer, ainda se dando à ironia de um crepúsculo espetacular.

UNANIMIDADE
♦ Não somos unânimes nem sozinhos.

UNHAS E DENTES
♦ "O objetivo do clube Unhas e Dentes será criar a maior rivalidade possível entre seus membros e estimular o ódio contra quaisquer elementos externos. Haverá discussões, pugilatos (...) e os candidatos só serão aceitos se levarem bola preta por unanimidade. O patrono do clube será o general Newton Cruz." *(Este trecho de um artigo sobre mau-caratismo, já no fim da ditadura, 1984, levou o Exército a mover um processo contra o autor em*

nome do general de divisão Newton Araújo de Oliveira e Cruz, notório comandante militar do Planalto. Tive a honra de ser talvez a última pessoa processada pela Lei de Segurança, a essa altura apenas com 11 artigos e completamente desmoralizada e desatualizada. Atuaram no processo, a favor do réu, Técio Lins e Silva e Antônio Carlos Penteado.)

UNIÃO
♦ Coimbra, PC Farias, Collor, Cláudio Humberto juntos numa foto. A união faz a farsa. *(1991)*

♦ Humoristas do mundo, uni-vos. No caos já estava implícita a ordem do Universo. Do verbo partimos, ao humorismo chegaremos. Toda ambição do homem é atingir a graça divina. *(Do Estatuto da Universidade do Meyer. 1945)*

♦ A união faz a força do líder.

UNIÃO / FAMÍLIA
♦ Hoje em dia a única família que permanece unida é a que mora em quarto e sala conjugados. Mais que unida, apertadinha.

ÚNICO
♦ Segundo a lenda, Lincoln foi lenhador e chegou à Presidência da República. Mas depois dele nenhum outro lenhador chegou à Presidência.

UNIVERSALIDADE
♦ O humorismo é uma visão total do mundo, pode ser exercido em tudo, a todas as horas, de todas as formas, na política, na religião e até no crime. Se tiver que matar alguém, faça-o com espírito. E em algum lugar, em algum tempo, aqui ou no além, você será absolvido por alguém. *(Do Estatuto da Universidade do Meyer. 1945)*

UNIVERSALIDADE
♦ Tudo é lamentavelmente ridículo.

♦ Talento todo mundo tem, como dizia o que não tinha nenhum.

UNIVERSIDADE
♦ A universidade é o local onde a ignorância é levada a suas últimas consequências.

UNIVERSIDADE DO MEYER
♦ *"Fundada"* em 1945 por Emmanuel Vão Gôgo, pseudônimo do autor. A escolha desse pseudônimo pelo Magnífico Reitor da Instituição (escolhido e eleito por ele mesmo) já indicava um de seus objetivos básicos: a fusão do altamente plástico (Van Gogh) ao altamente filosófico (Kant) através de um anamorfismo humorístico. Daí a deformação autorridicularizante de Van para Vão (pressuposto de vanidade, grandiloquência) e Gogh para Gôgo (doença de galinha, pressuposto de psitacismo, boquirroptismo, cretinice). Pensando bem eu estava mais para catamorfismo. (Cuidado na corrida ao dicionário!) *(1977)*

UP-GRADE
♦ Como mostram os famosos *robers barons* americanos, quando você é muito bem-sucedido no crime pode se transformar num admirável filantropo.

URBANISMO
♦ O que você acha pior: Átila, que por onde passava deixava deserto eterno, ou o urbanismo moderno?

♦ Uma cidade construída aos poucos, por cada um, capricho por capricho, erro por erro, acerto por acerto, acaso por acaso, é mais bela e mais útil do que qualquer cidade formulada por uma genial "equipe de trabalho".

URGÊNCIA
♦ Urgente mesmo é a pressa das pessoas lentas.

URUBU
♦ O urubu, definitivamente, não é um animal em extin-

ção. Estará aqui para comer o último cadáver. Junto com a barata.

USUCAPIÃO
♦ Usucapião / É contemplar as nuvens / Do próprio chão.

USURA
♦ Miserável mesmo é quem não usa o dinheiro que tem.

USURÁRIO
♦ De que vale o homem que não gasta o destino?

UTILIDADE
♦ Ria. O pranto só serve pra chorar.
♦ Se não fosse o fedor ninguém inventaria o perfume.

UTOPIA
♦ O sexo seria muito mais maravilhoso se não precisasse de contato físico.
♦ Para cada sofrimento há um prazer correspondente. Procure.
♦ Se a vida simples do campo fosse tão boa quanto se quer fazer crer, tudo que é vaca vivia rindo de felicidade.
♦ Utopia – a crença do cego no arco-íris.
♦ Primeiro a religião prometeu um céu longínquo, em dia distante, sem precisar bem onde ou quando. Depois o comunismo pregou uma solução aqui mesmo, material, quando tudo fosse mais amplamente bem produzido. Mas só quando apareceu a televisão, prometendo a felicidade colorida e fácil da sociedade de consumo, aqui mesmo na loja da esquina, em dez suaves prestações, foi que o pessoal entendeu. E começaram os assaltos e a redistribuição de renda imediata.

V

VAGABUNDAGEM
♦ Não, amigo; ficar imaginando que trabalha não é um trabalho de imaginação.

VAIDADE
♦ Não ter vaidade é a maior de todas.
♦ Ninguém jamais atingiu a satisfação total de sua vaidade.
♦ Vaidade – excremento do talento.

VALE-TUDO
♦ Pois é: neste país se fica rico com crédito oficial a fundo perdido, se vira *Ph.D* em mesa de bar, se admite frenologia como prova de talento, se vira mestre sem jamais ter sido aluno, e até se aceita mulher feia.

VALENTIA
♦ Trago sempre armas modernas, minha casa é uma fortaleza e não saio sem guarda-costas, como todos os valentes que conheço.

VALORES
♦ Ainda vamos ver Ronald Levinsohn chamando Dom Hélder ou Sobral Pinto de peculatários. Nenhum dos dois tem atestado de probidade passado pelo Banco Central. *(1985)*
♦ Que importam os atos e os fatos? Só importa o tempo. Passaram apenas 2.000 anos e já ninguém odeia Nero.
♦ Estão sendo destruídos, sistematicamente, os nossos valores – tradicionais. Eu não disse? Não há mal que sempre dure.

VAN GOGH

♦ Pra maior parte das pessoas, a pintura de Van Gogh só impressiona depois que sabem que ele cortou a orelha.

VANGLÓRIA

♦ Este semanário não é de vangloriar-se de seus feitos e previsões, mas os nosso leitores estarão lembrados de que, no meio do ano, foi nosso jornal o primeiro a prever a vinda de dezembro quando acabasse novembro, entrando nesse mês, fatalmente, o verão. Avançamos ainda a ideia, agora confirmada, de que em dezembro terminaria o ano, como realmente se deu e é inconteste, agora que já estamos em janeiro. *(Pif-Paf. Ironizando a constante das publicações brasileiras se vangloriarem o tempo todo. 1964)*

VANGUARDA

♦ Não há vanguarda sem retaguarda.

VANTAGEM

♦ O analfabeto jamais erra na colocação da crase.

♦ Quem sofre de insônia não ronca.

♦ A vantagem de quem não vai muito longe é voltar mais depressa.

♦ A vantagem definitiva do espiritualismo cristão sobre o materialismo marxista é que espiritualismo dá pra dividir por todos.

♦ Miserável não tem medo de ladrão.

♦ Nem em tudo os ricos levam vantagem. A natalidade, por exemplo, os pobres têm muito mais do que os ricos.

♦ Trabalho não mata. Mas vagabundagem nem cansa.

♦ Mulheres de pimba de fora no horário nobre, imobiliárias propondo negócios escusos, anúncios visivelmente desonestos de seguros de saúde, nada disso é tão imoral quanto o *slogan* divulgado pelo inocente Gerson, com jeito simpático e orgulhoso: "Você tem que levar vantagem em tudo". *(1980)*

♦ Quem vai com sede ao pote bebe muito mais.

VARIAÇÃO

♦ Há os que procuram fazer com que os coisas aconteçam, há os que observam tudo que acontece e há os que nem sabem o que está acontecendo.

VARIANTE

♦ O homem pode ser o lobo do homem mas é, definitivamente, o *poodle-toy* da mulher.

VAZIO

♦ Do nada não vem nada. Quem não é não pode ser. *(À maneira de Guimarães Rosa.)*

♦ E a filosofia, que me ensinou que nenhum ser humano pode ter medo de uma coisa que não vai sentir, me assusta mais, pois é esse o maior medo que sinto – o de não ser. Não ser, não ver, estar no silêncio sem remédio, nem um fio de linha suspenso no infinito! Todo outro pensamento é impossível; só penso quando, como, e onde vou morrer. Anestesia geral, profunda, universal, da qual ninguém voltou ao menos para se queixar. *(Mãe. Duas tábuas e uma paixão. 1981)*

♦ O Congresso Brasileiro é o vácuo dentro do devoluto, o vazio estéril no oco do ínterim. Insignificância amparada na ausência insubstancial da inanidade. Impalpável, pois sem dentro nem fora, continente ou conteúdo. Baldio e abandonado. Vago e esvaído. Nicles patavina. Ermo sem ninguém, omissão sem vivalma, inexistente, omisso quando, fortuitamente, presente. Drenado, só, sem, *sans, vuoto, short of*. E sempre falto de *quorum*. *(1994)*

VEGETARIANISMO

♦ Ao fim e ao cabo o homem que come carne é tão vegetariano quanto o homem que come vegetais. A carne é apenas a transubstanciação do capim que o animal comeu.

VEGETARIANO

♦ O bom vegetariano / Come um bom bife em janeiro / E vegeta todo o ano.

♦ E como dizia o personagem de Chesterton: "O vegetariano é um hipócrita, pois vive de sangue verde de animais silenciosos". Todo vegetal é animal, bicho.

VELHICE

♦ Ao contrário da velhice, a juventude não é durável. Um jovem não fica mais jovem com o tempo. O velho fica cada vez mais velho.

♦ O cara é velho – / Diga o que diga – / Quando é tão velho, / Que já nem liga.

♦ A infância não, a infância dura pouco. A juventude não, a juventude é passageira. A velhice, sim: quando um cara fica velho é pro resto da vida.

♦ Como é que é? O cara chega à velhice ou é ela que vem vindo?

♦ Dizia o velhíssimo olhando a moçada que dançava: "Às vezes eu tenho a impressão de que a morte nos esqueceu". Cortava a velhíssima, levando o dedo à boca: "Tshiiiiiiu!"

♦ E chega o dia em que você não conhece mais ninguém realmente novo. Toda pessoa nova que você conhece não vem mais com absoluta originalidade visual. Sempre te recorda alguém, existente ou já ido, cuja imagem se superpõe à dela, negando-lhe espaço completo em tua memória. Você está velho.

♦ O pior da velhice é você ainda conservar uma grande capacidade de conquista, levar mulheres pra cama com a maior desenvoltura, e não se lembrar pra quê.

♦ Um homem está realmente velho quando prefere estar só do que bem acompanhado.

♦ Uma mulher está velha quando pode pedir informações a qualquer um na rua, a qualquer hora da noite.

♦ Você realmente está velho quando... I) ...fala em Carmem

Miranda com demasiada naturalidade. II) ...afinal adquire coragem pra contar tudo e já ninguém se interessa. III) ...se assusta com a volta das minissaias. IV) ...as modas voltam e você nem saiu delas.

♦ A única vantagem de você ser bem velho é que ninguém vem te chatear com seguros de vida.

♦ A melhor maneira de atingir uma velhice saudável é se alimentar com moderação, beber pouco e evitar excessos sexuais depois dos setenta.

♦ A velhice deve ser sempre deixada pra amanhã. O diabo é que ela chega sempre ontem.

♦ Certos generais sexagenários falando em endurecimento me dão uma impressão menos política do que freudiana.

♦ Encontrei a velhinha fazendo compras na loja grã-fina – um pé na tumba, outro no Gucci.

♦ Na velhice não há mais objetivos, só memórias.

♦ Você é um homem velho no dia em que começa a achar que todo mundo está morrendo muito moço.

♦ A velhice começa quando você começa a notar a juventude.

♦ E afinal chega o dia em que o cara se sente tão velho quanto é.

VELOCIDADE
♦ O que corre célere corre mais depressa.

VERÃO
♦ Crestam-se os seres. Acende-se vermelho o alto dos morros, reverbera o mar, para-brisas dão reflexos de cegar. Um cego, de tanta luz em volta, enxerga alguma coisa. O céu aprofunda-se em azul, a areia frige nossos pés, raios a pino estorricam. A calçada arde, suor escorre nas costas dos que estão vestidos, o chão gruda em seus sapatos de discriminados. O sol parece um som. É verão. Rebrilha, refulge, freme, tremeluz – em tudo e em todos. Uma cigarra

canta, chia, chichia, chirria, cicia, fretene, zine, zizia, zangarreia, estridula, garrita, rechia, rechina, retrine, cegarrega: é só escutar no dicionário. Na arrebentação a gata cumpre o gesto perpetual do seu destino na biossociologia carioca – é bela e cai n'água. Estamos todos em Byakabunda, na época do plantio das bananas. *(1971)*

♦ Em certos dias de verão do Rio olhamos pro céu pra verificar se a distância entre o sol e a Terra ainda é a mesma.

VERBOS ESDRÚXULOS
♦ Eu ando / tu corres / ele voa. / Eu nado / tu mergulhas / ele se afoga. / Eu grito / tu matas / ele esfola.

VERDADE
♦ A verdade não só é muito mais incrível do que a ficção como é muito mais difícil de inventar.

♦ A absoluta verdade / Só em caso / De última necessidade.

♦ A verdade à luz do bar não é a mesma ao sol da praia.

♦ Nada é mais falso do que a verdade estabelecida.

♦ Uma verdade? / Todo tempo passado foi melhor. / (Pelo menos na idade.)

♦ A verdade é aquilo que sobra depois que você esgotou as mentiras.

♦ O perigo da meia verdade é você dizer exatamente a metade que é mentira.

VERDADES / MENTIRAS
♦ A verdade anda no fio da navalha. A mentira, que não é besta, há muito mora no fundo do abismo.

VERGONHA
♦ Finalmente uma reação. Um faxineiro do Banco Central, envergonhado com a roubalheira a que assiste todos os dias, se atirou pela janela do edifício. Porém, coerentemente com o local, teve a precaução de se atirar do primeiro andar. E para dentro. Mas já é um princípio.

♦ Pelo que vemos nos jornais ninguém mais tem vergonha na cara. Pelas peladas do *Playboy*, nem em parte alguma.

VERIFICAÇÃO
♦ Com o preço atual do feijão uma constatação é fácil: todo mundo é milionário.

VERTIGEM
♦ Vertigem. Doença de virgens, muito comum na época de Machado de Assis. Curava-se com sais aromáticos e homens não tanto. Desapareceu com as virgens.

VIA LÁCTEA
♦ Linda, audaciosa, provocante, / Na camiseta o dístico, o alardeio: / "Sou o leite da bondade humana". / De seio a seio.

VIAGEM
♦ Ao viajar, por favor, não exija ida e volta; a vida é sem retorno.

♦ A Grande Aventura, "quando ir era bom", virou um medíocre voo *charter!*

♦ Cada vez se viaja mais. Mas já ninguém parte a sério.

♦ Devolvem nossa mala e sentimos que ela, também, está cansada da viagem.

VICE
♦ A ociosidade é a mãe de todos os vices.

VICIADO
♦ A mulher de Sócrates, Xantipa, era tão chata que Sócrates vivia nos bares, tomando cicuta. *(Falsa cultura.)*

VÍCIO
♦ É até possível (por medo, por incompetência, por não ter acesso) encontrar um homem público que nunca se locupletou. O impossível é encontrar um que só tenha se locupletado uma vez.

♦ Vício foi um nome que a virtude inventou pra empatar o gozo dos outros.
♦ Com tanta cocaína circulando, fico certo de uma coisa – a coca é o ópio do povo.
♦ Existe, creia, gente viciada em virtude.
♦ O próprio vício perdeu o encanto, de tão fácil e usado. Está tão insípido quanto a virtude.
♦ Meu maior vício é não exercer nenhuma das minhas virtudes.

VÍCIO X VIRTUDE
♦ A virtude é sempre premiada. O vício não precisa.

VIDA
♦ Mas, afinal, o que é a vida? Um manso lago azul, sereno, sem espumas? Ou a quinta roda de um destino oculto? Uma queda sem fim? Ou um rio que nasce na pureza da neve do alto da montanha? Sei, aqui não há neve, mas a imagem é boa, não convém perdê-la: um rio, descendo sereno em direção ao mar, cantando nas pedras... Irisado pelos raios do sol, nunca parando em seu fluxo eterno. Rio? Ou a vida é por terra, uma estrada verdejante, alcatifada de flores? Ou ainda, como é mais o meu caso, uma ainda uma estrada, mas estreita, sinuosa, sem conservação, cheia de guardas com cadernos de multas. E, quando não há guardas, malfeitores propriamente ditos. Por trás de cada curva, dissabores e angústias. Bem, mas não há por que ser pessimista; sempre se pode encontrar um carro que acabou de capotar e, como os donos estão mortos, roubar o rádio e continuar a viagem ouvindo uma bela canção onde se fala de paz e amor. *(Rollim, o Pensador. 1980)*
♦ À proporção que envelhece e vê tantos amigos desaparecendo o cara percebe como a vida dos outros é curta.
♦ A verdade é que a vida, afinal, se resume nas cinco letras da sepultura. Que, por sinal, tem seis. Que digo?, oito! Verifica aí.

♦ A verdade é que na vida nos dão muito enredo e muito pouco tempo.
♦ A vida é incurável.
♦ A vida é sempre em volta.
♦ A vida independe.
♦ Assim é, se lhe parece: Estou vendo a briga às 4 da matina: um travesti se atracou com um "cliente", que possivelmente não quis pagar, um chofer de táxi se meteu, naturalmente a favor do "cliente" – dele também, no caso – veio a polícia que, sem ficar a favor do chofer ou do "cliente", começou a usar do que chama de *efeito psicológico* – baixou o pau no travesti. Escrevendo isso, eu, homem branco, de minha janela sobre o mar, um copo de leite na mão, a certeza de que, pelo menos neste instante, a pobreza não me ameaça, a segurança de que amanhã de manhã não precisarei brigar assim pela paga de meu trabalho. Acordei com o barulho da vida como ela é e, como sempre, acabo vendo a vida como eu sou.
♦ Minha querida, / O negócio é / Cansar a vida.
♦ A vida não tem *happy-end*.
♦ A vida consiste em pensar na morte o tempo todo.
♦ A vida diária é apenas um modo de encher o tempo entre o nascimento e a morte, com algumas passagens pela diversão e inúmeras pela chateação. (Comigo, felizmente, é o contrário.)
♦ A vida é apenas um cartão-postal que recebemos de um velho amigo, cuja assinatura não reconhecemos.
♦ A vida é breve, pequena e perto.
♦ A vida é enquanto a morte é a dos outros.
♦ A vida é inútil e insuperável.
♦ A vida é um sonho de padaria.
♦ A vida é um suicídio bem devagarinho.
♦ A vida não é pra qualquer um, só porque está vivo.
♦ A vida nunca é melhor do que já foi nem, claro, tão ruim quanto será.

♦ A vida seria muito melhor se não fosse diária.
♦ Pode ser que a vida seja possível em outros planetas. Neste, decididamente, não.
♦ Se você não beber nem fumar; fizer uma hora de exercícios diariamente; comer com moderação, e dormir, pelo menos, oito horas por dia, uma coisa eu lhe garanto: você pode viver chateadíssimo, mas vai morrer vendendo saúde.
♦ Todos viemos pra viver e sofrer neste vale de dólares.
♦ Viva cada dia como se fosse o último e não viverá muitos sem que realmente um seja.
♦ Você veio ao mundo pra ficar acordado. Depois você dorme.

VIDA / MORTE
♦ A morte é compulsória, a vida não.

VIDA EM COMUM
♦ Você é você / E eu sou eu / Tentamos misturar / E veja no que deu.

VILANIA
♦ Montaigne me conta: "O vilão – morador da vila – sabendo que o barão mandara prendê-lo, resolveu se defender". Todo mundo ficou impressionado com a audácia do cara (sobretudo o barão) – um vilão se defender! Pois é assim que se faz – esse cara se transformou no primeiro símbolo dos direitos humanos. Antes disso foi enforcado, naturalmente.

VIN-DE-TABLE
♦ *Vin-de-table* – Vinho madeira. *(Traduções televisivas.)*

VIOLÊNCIA
♦ Uma coisa, pelo menos, é positiva – a violência no mundo inteiro aumentou consideravelmente nosso conhecimento de geografia.

VIRGINDADE
♦ A virgindade é uma coisa facilmente contornável. *(1961)*

VÍRGULA
♦ A vírgula pode ser o vírus que infecciona o pensamento.

VIRTUDE
♦ Se é mesmo que existe, o que é a Virtude? Comicha, cochicha, fala mais alto do que a desonra e a mutreta? Virtude pega? Pega de galho? Deve ser plantada, regada, podada? Dá por safras? É de todos, individual, ou de ninguém? Anda só ou, por Virtude, pode, virtuosamente, andar também mal-acompanhada? Virtude tem cotação exata? Ou a cotação da Virtude é a negação da própria? Para que serve a Virtude? Só pra ser virtuoso? Ou serve pra tornar a vida mais virtual? Opera? Digo, a Virtude corta, abre, limpa, sutura, corrige tecidos? Alivia-nos as dores? Dorme quando dormimos ou vela nosso sono, pra que sejamos virtuosos mesmo em sonhos? Ou Virtude será apenas um trissílabo, não mais que isso, como imortal ou, digamos, bacalhau? Alguém já viveu de Virtude? Morreu dela? Com a morte a Virtude acaba ou se acentua? A Virtude tem som? Fala todas as línguas? Ou é monoglota e em toda parte fala a mesma língua? Então por que *Virtue, Vertu, Virtù, Tugend, Virtud?* Por que Virtude?

♦ Os que, por desconhecimento ou incompetência, não entram na mamata, assumem logo um ar de insuportável virtude.

♦ Pianista virtuoso é o que, além de tocar muito bem, defende a moral. *(Falsa cultura.)*

VISÃO
♦ Quando eu te vi, lá no alto do andaime, no Duomo, pensei que era uma estátua. Quando você desceu pelas tubulações, magra, rápida e ágil, achei que era um operário. Quando você botou os pés no chão e olhou nos meus olhos, eu vi que era um milagre. *(Marília, personagem do filme* Últimos diálogos. *1993)*

♦ Comprar óculos com lente cor-de-rosa para ter melhor visão da realidade é pura ilusão de ótica.

♦ Ninguém, mas ninguém mesmo, na multidão em volta. Apenas uma sombra urinando azulado.

♦ Os cegos veem em preto.

♦ Pois daqui até lá só tem areia branca cantando a nossos pés. E mel nos favos, e elefantes nos pastos, e glórias à espera dos que as necessitam.

♦ Quando leio sobre batalhas antigas vem-me a certeza de que os generais e almirantes, ao formarem suas tropas ou postarem navios nos cenários das lutas, não estavam interessados apenas em ganhar ou perder. Estavam também de olho na composição de belos quadros e magníficas cenas de filmes que aquilo daria na posteridade. *(Hoje, é notório, nenhuma medida de grande impacto governamental – e nenhum ato terrorista – é tomada fora do alcance dos noticiários da televisão.)*

♦ E como dizia o respeitável senhor: "Vocês podem não acreditar, mas no meu tempo todas essas garotas de Ipanema eram em foco".

♦ Pois vista todos têm; visão é que são elas.

♦ Tem sempre aurora em algum lugar.

VISIBILIDADE

♦ Nos dias da neblina intensa é muito difícil perceber se faz mau tempo.

♦ Um homem reto, corajoso e sóbrio, desses que só se vê em dias muito claros de verão.

VÍTIMA

♦ No capitalismo o chato é perfeitamente aceito se ganhou dinheiro pra nos oferecer um uísque ou um fim de semana na sua bela casa de campo. Mas se algum dia o socialismo perfeito for implantado o chato será sua maior vítima.

♦ O pessoal aí falando muito sobre os filhos vítimas de casamentos desfeitos. E as vítimas dos casamentos duradouros?

VITÓRIA

♦ A grande ironia da vida é que, quando consegue dinheiro pra ter um tremendo apartamento com quatro banheiros, o cara começa a fazer pipi nas calças.

♦ Todos os pobres brasileiros orgulhosíssimos. Enriquecemos o urânio. *(1981)*

♦ Vitória é aquela vez em que a gente não perdeu.

♦ Vitória é uma coisa que a gente perde logo depois.

VITRINES

♦ Se um visitante de outros mundos chegasse a uma de nossas grandes cidades, sem saber que por trás das milhares de vitrines iluminadas e dos anúncios luminosos existe gigantesco interesse financeiro, acharia o ser terrestre uma maravilha de generosidade.

♦ Se o socialismo tivesse a sabedoria de conservar o encanto das vitrines bem-iluminadas talvez tivesse se tornado viável.

♦ Só acredito em socialismo com vitrines.

VIÚVA

♦ O perigo de casar com uma viúva é ela já estar acostumada à viuvez e querer voltar logo a esse estado civil.

VIVER

♦ Nenhum de nós vive séculos. O negócio é aproveitar as horas.

♦ Viver é uma coisa maravilhosa, mas não está dando pra se perceber.

♦ Viver é desenhar sem borracha. *(Muito, muito antes do computador. 1971)*

VOCAÇÃO

♦ Em suma; sou um humorista nato. Muita gente, sei bem, preferiria que eu fosse um humorista morto, mas isso virá a seu tempo. Eles não perdem por esperar. *(1958)*

♦ Jamais serei um grande homem. Mas tenho razoável vocação pra pedestal de estátua.

♦ Vocês já imaginaram se Figueiredo tivesse ido para a Igreja, Dom Hélder tivesse se tornado jogador de futebol, Pelé cantor, Delfim Neto estivesse na praia pregando a política do corpo, Dom Evaristo Arns fosse banqueiro e Magalhães Pinto dirigisse um show de mulatas? Eu acho que o Brasil estaria muito melhor. *(1980)*

VOGALIZAÇÃO
♦ A moçada do surfe em Ipanema simplificando a língua, eliminando as consoantes de seu vocabulário. Já fala: "Ei, ó o auê aí, ô!"

VOLKSMILLOR
♦ Shakespeare anunciava: "Palavras, palavras, palavras". Digamos que você agora necessite uma. Só VolksMillor sabe onde encontrá-la. E onde encontrar VolksMillor? Lá. Ele está sempre lá, em Ipanema, ao sol do seu terraço, cercado de carinho e dicionários, contemplando o mundo de distância segura. *(Autopropaganda. Crítica da propaganda. Feita em* O Pasquim. *1970.)*

VOLTA
♦ "Desde que o filho pródigo voltou e foi festejado com um vitelo gordo, criou-se a mística da volta. A volta existe porque fora do grupo a que se é familiar não há glória nem *graça*. O herói volta para contar – ao pai, ao filho, à mulher. Volta pro desfile e a chuva de papel picado no meio de sua gente." *(Mário. Peça* É... *1976)*

♦ Chego em ponto. Viajar é aprofundar o inútil. Tentar outra vez o não reencontro. Onde foi a Cinelândia, quase da minha infância? Onde foi a via Vêneto, a Cinelândia da minha juventude? Nunca tive ilusões – jamais serei o Pálio de Siena. Ida e volta, a metafísica embutida na compra da passagem. E não sei explicar – cada palavra que digo é apenas uma vã tentativa de pagar meu pernoite na pensão deste mundo.

♦ Por algum mistério indecifrável, o fato de "ter voltado" parece renovar a pessoa, lhe dá um prestígio fresco e a agradável sensação de ser especialmente bem-recebida nos lugares a que chega, isto é, a que volta. Talvez seja por isso que todo mundo mente a respeito da data em que "voltou", respondendo sempre que acabou de chegar, quando, na verdade, está de volta há semanas ou meses.

♦ Só se volta no lado avesso do tapete voador.

VOLTA E MEIA
♦ Volta e meia tem alguém que não volta.

VOLTA-SECA
♦ "Lampião dava água pros macacos (policiais) presos, pra eles não morrer de sede. Depois matava eles. / Eu tinha 10 anos. O cara violou minha irmã. Enterrei a faca no umbigo dele. / No bando não tinha ás nem rei, era um por todos e todos por um." / "Eles tinham sempre 600 contra noventa. E perdiam." / "Onde 90, 100, atiram no meio de 200, 300, ninguém sabe quem mata quem." / "Ninguém enterrava mortos. Ficava tudo lá, uai!" / "Lampião perguntou se eu queria ir com ele ou morrer. Eu fui, né?". / "Eu peguei 145 anos. Pedi ao juiz pra abater pra 140 ou arredondá pra 150." *(Entrevista com Volta-Seca, último remanescente do bando de Lampião, à nossa turma do* Pasquim. *Volta-Seca estava morando, com seus treze filhos, em Santa Cruz, Rio. Perto de trilhos de estrada de ferro, que me são tão caros. 1973)*

VOLTAR
♦ Voltar é consequência inexorável da ida, pois tudo que sobe, cai – mas vira essa boca pra lá que eu não estou gostando nada deste avião!

VOLUPTUOSIDADE
♦ Agora você fica aí / Dando uma de histérica! / Eu te avisei que minha voluptuosidade / Era quimérica!

VOTAÇÃO
♦ Na hora de votar só nos resta uma opção – escolher entre fumantes e não fumantes. *(1994)*

VOTO
♦ Agora que demos o direito de voto aos analfabetos, precisamos urgentemente de um Ministério da Incultura.

VOYEUR
♦ Pelo buraquinho da liberdade já se vê a extensão da bandalheira. *(1977)*

VOZES
♦ O dinheiro fala mais alto. E o dólar, como fala alto, o dólar! Já o franco suíço *me gusta por lo discretito.*

VULNERABILIDADE
♦ Como dizia o político experimentado: "É bom ninguém atirar pedra nos outros porque, aqui no Congresso, todos temos telhado de vidro". Maneira de dizer por maneira de dizer, esclareço que muitos têm não apenas telhado, mas também portas, janelas, paletó, gravata, conta bancária, carro do ano e feijoada de vidro.

W

WOMEN'S LIB
♦ Depois do *Women's Lib*, a mulher é o cansaço do guerreiro.

WOODY ALLEN
♦ Woody Allen; o infeliz que deu certo.

X

XADREZ

♦ O xadrez é um jogo que desenvolve a inteligência pra jogar xadrez.

XEROX

♦ A xerox não tem nada de original.

XIITA

♦ Fanáticos de todos os partidos acham que é facílimo convencer os outros com três ou quatro pontapés ideológicos.

♦ Xiita é uma pessoa capaz de matar ou morrer por uma ideia que não tem.

Y

YLLEN KERR
♦ Atleta, Yllen Kerr sempre começa o dia do outro lado da aurora. E o sol do Leme é a primeira sombra que projeta. Na Grécia de outros tempos não seria estrangeiro. Embora cético e agnóstico, pede a Deus que lhe dê força e saúde pra continuar correndo a seu encontro. Já que não vai parar de correr nunca, ou melhor, só vai parar definitivamente. Pois sabe muito bem que a vida é uma maratona que todo mundo perde. *(Da série Retratos em 3 x 4 de alguns amigos 6 x 9. 1980)*

Z

ZÉLIA
♦ A nomeação da ministra Zélia confirma – o Brasil é um deserto de homens. E de ideias! *(1990)*

ZEN
♦ Olha, / Entre um pingo e outro / A chuva não molha.

ZEPPELIN
♦ Ampla sala em Ipanema, pintada de verde-nojo, onde seu Oscar, alemão, servia chope, uísque nacional e os sempre medíocres pratos alemães – *eisbein*, *sauerkraut*, essas coisas. Tanta gente; Zequinha Estelita, uma parada quando bebia um copo a mais, coisa não rara, o sereno Ugo Bidê, personagem vivo do Jaguar, o Jaguar, Roniquito (como todo prognata, chamado de *Chove Dentro*) Chevalier, especialista em agressões verbais sofisticadas, irmão de Scarlet Moon, José Guerreiro, ator e cenógrafo ocasional (amigo fraterno de Ivan Lessa que, já autoexilado na Inglaterra, ao saber de pessoas que não tinham sido íntimas de Guerreiro estavam escrevendo clichês untuosos sobre o amigo morto, mandou pro *Pasquim* um artigo emocionado e virulento: "Larguem a alça do meu caixão!"), o autor-ator Vianinha, o cronista Carlinhos de Oliveira – aqui, amigos, o adeus que eu não disse. *(JB. 1990)*

ZIRALDO (ALVES PINTO)
♦ Ziraldo é de Caratinga, cidade mineira de 3 milhões de habitantes (em toda a sua história). Desde menino perseguiu o sucesso até que o sucesso passou a só frequentar

os mesmos locais que ele. Aos 10 anos fazia versos, mas aos 15, amadurecido, já fazia humor, que é o reverso. Seu primeiro emprego foi na Fiat Lux, aquela firma que fez a primeira iluminação do mundo. Sua frustração maior é não ser um escândalo nem uma calamidade. Pois, popularíssimo, acha, como eu, que merecia ser mais incompreendido. *(Da série Retratos em 3 x 4 de alguns amigos 6 x 9. 1969)*

ZODÍACOS

♦ A Leste, a vida; ao Norte, a miséria; ao Sul, a velhice; no Oeste, a morte.

ZWINGLIANO, ZUZARA: (ÚLTIMAS PALAVRAS)

♦ O livro *Todo homem é minha caça,* nome inspirado num poema do inglês Pope, mostra minha profunda descrença no ser humano – que eu sou. E olhem que jamais procurei um homem perfeito. Nunca tive admiração pelo "If", de Kipling – poema fascistoide em que o genial propagandista do Império Britânico esculpe um homem de mármore, com "qualidades" que fariam desse ser, se existente, um chato perfeito. E não me espanta que Alekos Panagulis, o *Homem* de Oriana Fallaci, o super-herói dessa mulher em geral tão dura, fosse um admirador exatamente do "If". Tinha esse poema enquadrado, como qualquer executivo (vi, através da vida, inúmeras cópias emolduradas em escritórios de luxo) mediocremente mercantil. Heróis nunca me iludiram. Quando *caço* o homem, como Nemrod na Bíblia, e procuro alvejar individualmente o mesquinho, o covarde, o safado, o hipócrita, o corrupto, o incompetente e, coletivamente, a medicina, a política, a psicanálise, o jornalismo, o economismo, com suas pretensões, falhas, fraquezas, egoísmos e sandices (que são as minhas, eu nunca esqueço; só que eu nunca esqueço; a maior parte das pessoas nem se lembra) não estou preocupado com essas falhas e defeitos insanáveis, mas com o inevitável fim a que isso leva – a desumanidade do homem para com o homem. Mas, ai!, não resta alternativa – nada me interessa mais do que o ser humano. A partir de um certo momento da vida minha maior diversão passou a ser conversar longa, lenta, interessadamente, com alguém. Mas uma pessoa só. Quantas vezes, na calma do meu estúdio, atravesso a tarde e penetro pela noite, falando a alguém que veio me procurar. Interrompo o trabalho mais premente – a princípio aborrecido com a intromissão – e de repente me vejo profundamente ligado a uma pessoa que nunca vi, num psicanalismo bifronte e gratuito (o único válido; o unilateral e com guichê na porta é uma contrafação) arte pela arte no seu melhor momento. E, vejam bem, essas conversas são, indiferentemente – *honni soit qui mal y pense* – com homem ou mulher, jovens ou velhos. Daí vem muito o meu conhecimento do *outro lado,* a certeza de que ninguém quer ser mesmo torturador, todo mundo gostaria de ser generoso, não há quem não tenha uma justificativa absolutamente correta pro seu erro, seu mau-caratismo, seu péssimo humor, sua violência. Mas as justificativas não eliminam o fato de que todos nós só queremos a nós mesmos; o irmão que se rompa. Mesmo o mais humilde, o "sacerdote" mais "santo", a sua vanglória o arrasta , pelo menos, a querer ser "o mais humilde do ano". Estão aí Dom Hélder e Madre Teresa de Calcutá que não me deixam mentir. Humildes, sim, mas que ninguém duvide disso! Mesmo o herói indubitável, aquele que tirou alguém do incêndio – e quantas vezes me digo: "Bem, aí está um entre as chamas, aí está a salvação", – quando o conheço melhor, descubro que é, na vida diária, usurário de pequenos empréstimos ou mercador de remédios falsificados. É só ler uma enciclopédia com olhos abertos para ver que não houve exceção – todos os "libertadores" foram posteriores tiranos, quase sempre "Salvadores Perpétuos" da pátria a ferro e fogo (e muito *pau de arara*); as sociedades filantrópicas se transformaram sempre, quando já não eram assim em intenção, em fontes de suborno e locupletação; as ideologias, feitas em nome do homem, logo servem à glorificação e/ou gozo material de ideólogos, e a consequente exploração da coletividade. Humorismo é a visão cética no seu mais profundo sentido. Redentora. Aquela que nos permite, honestamente, variar sobre a imagem cansada e repetir: "O homem está nu!" É a única que vê o herói César depilando seu corpo para – cito Suetônio – ser "O homem de todas as mulheres e a mulher de todos os homens", e não o herói shakespeariano. Que vê Napoleão sabendo se proteger muito bem nos campos de batalha porque, naturalmente, isso importava muito mais para a glória da França do que qualquer preocupação com (outras) vidas humanas. Que vê Baden Powell, o do escotismo, produzindo um "heroico" extermínio de negros na guerra dos Boers. Que vê todos os grandes *experts* em pintura da Europa depondo num tribunal holandês contra o pintor falsário Van Meegerem – aqueles mesmos que, durante anos, impuseram aos europeus as falsificações dele como peças autênticas – até que ele desmascarasse tudo e todos, falsificando um quadro diante de seus próprios juízes. Que sabe que os grandes negócios escusos (há outros?) internacionais são feitos em camas milionárias, resolvidos em iates de luxo, decididos em banquetes filantrópicos, planejados em todos os lugares dourados do mundo. É aí que, impunemente, se decide a morte de milhões de miseráveis que jamais saberão que sua fome e sua degradação foram negociadas a milhares de quilômetros de distância, num *Méditerranée* ensolarado. Só a descrença total pode trazer alguma solução. Só o ceticismo integral pode começar a produzir um mínimo de verdade, criar um sentimento de maior aproximação com o outro ser humano assim mesmo como ele é; quer dizer, a partir do conhecimento de sua crapulice, de sua mentira, de sua quase-absoluta incapacidade de corresponder. Só a aceitação desse ser centralizado definitivamente em seu próprio umbigo (religiões e ideologias, uma tentativa comercial de apresentá-lo de maneira diversa, só têm feito criar monstros sagrados, cada vez maiores à medida que as populações aumentam e, com elas, os recursos da tecnologia da comunicação) pode nos conduzir a um suportável convívio. Por mim, acho que já aprendi a conhecer o ser humano que sou eu mesmo, meu irmão homem. Já sei até seu nome – Caim. Não adianta toda a minha racionalização, não adianta eu olhar no olho de todo e qualquer interlocutor e saber que cada palavra dele – um imenso código sempre mais complicado – não corresponde a nada do que ele é. O sentido de humor, que me faz ver sempre falho – porque a mim não me vejo de outro modo – me mostra toda a complexidade das relações humanas como uma coisa extraordinariamente engraçada, mesmo quando dramática, mesmo quando odiosa, mesmo quando mesquinha. Pois fora do ser humano a vida não tem enredo. Fora do ser humano não há salvação. Não resisto a um ser humano.

Capa
Explicação Desnecessária

Para que o leitor não corra aos dicionários, com risco de acidente físico-cultural, e pra que não pense que algumas palavras da capa são invencionices filológicas, tipo fi-lo porque qui-lo, o autor desvenda aqui os significados:

Pensamentos – função cerebral. Reflexão que envolve todos os sentidos e atos do ser humano. Lupicínio Rodrigues achava: "O pensamento parece uma coisa à toa mas como é que a gente voa quando começa a pensar."; Preceitos – princípios, prescrições, tentativa de impor aos outros aquilo que assumimos como certo e que, possivelmente, nunca nos serviu pra nada; Máximas – basicamente de caráter moral, comumente popular, sempre com aparência de verdade definitiva. Isso não existe; a máxima é uma mentira absoluta, quase sempre conservadora ou reacionária; Raciocínios – constante esforço humano para provar a si próprio uma impossibilidade – a de que é um animal racional. Só isso já prova a irracionalidade humana, sem a feliz, porque completa, irracionalidade dos outros animais; Considerações – jeito de refletir que acaba por nos trazer respeito pelos outros pobres diabos como nós e levar a tratá-los com a devida...consideração; Ponderações – espécie de reflexão tão detalhista e lenta, que leva o ponderador a ser *devagar;* Devaneios – fantasia cerebral, própria de pensadores amadores; Elucubrações – passar longo tempo ponderando, pensando, antigamente à luz de velas bruxuleantes. Edgar Poe quando lucubrava em suas madrugadas drogadas acabava dialogando com corvos inexistentes. Dizem que inicialmente era um papagaio; Cismas – preocupação, reflexão tendente à desconfiança e à suspeita. Cisma-se com tudo e com todos; Disparates – o sentido vem de um jogo de salão em que ouvindo uma coisa (nome, substantivo) segredada num ouvido e uma definição aleatória segredada no outro, o ouvinte revelava aos circunstantes os dois enunciados juntos, provocando gargalhadas; Ideias – Augusto dos Anjos: "Vem do encéfalo absconso que a constringe". Uma coisa de que as pessoas geralmente são meras repetidoras. Quando alguém tem duas ideias por semana, como acreditava Shaw, é considerado um gênio; Introspecções – mergulho que o cavalheiro faz em si mesmo numa busca de verdades interiores, já que aqui fora estamos em falta. Psicanálise sem psicanalista; Tresvarios – desvario potenciado; Obsessões – Ideia fixa: o que dá ao obsessivo o conforto de não ter que mudar de ideia; Meditações – concentração profunda e prolongada do espírito. Espremido bem, o cara acaba confessando: estava era mesmo pensando em sacanagem; Apotegmas – dito econômico sentencioso, curto e grosso; Despropósitos – coisa inteiramente deslocada da realidade ou do que se está falando, dita fora de hora, de lugar, de meio. Sempre divertido de usar, sobretudo em velórios; Apodos – zombaria, apelido, dito depreciativo. Quem usa apodos não tem recalques. Ou se livra deles ao usar os apodos; Desvarios – parente do tresvarios, já citado; Descocos – descaramento, puro e simples; Cogitações – essa é fácil por causa do Descartes que a popularizou: "cogito, ergo sum." O cara que cogita é cogitabundo; Plácitos – Achar bom, aprovar; donde beneplácito. Simples, no, mamita? Ditos – Mexerico e também obscenidade. Se você não encontrar essas definições em seus dicionários, dê o dito pelo não dito; Sandices – parvoíce, coisa de maluquete;

Especulações – considerar minuciosamente, para errar com absoluta certeza; Conceitos – avaliação de atitude ou pronunciamento; Gnomas – afirmativa de caráter moral. Geralmente é conservadora, proclamada há tantos anos que pode ser considerada imoral. O mundo já girou, a Lusitana rodou e o gnoma permaneceu o mesmo; Motes – divisa, lema de brasão, afirmativa altaneira de cavalheiros templários, hoje reduzida à tema pelos cantadores de feira: "Me dá o mote"; Proposições – pensamento com caráter provisório, proposto para ser confirmado ou negado; muito comum é a proposta indecorosa. Quase sempre tentadora. Geralmente aceita; Argumentos – indícios com que se procura provar (defender) alguma coisa; Filactérios – espécie de breve ou amuleto usado pelos judeus pendurado no pescoço, ou no braço, contendo sentenças da lei mosaica. Dito, portanto, irretorquível, xiíta; Reflexões – o pensamento deixando de ser reflexo do exterior e voltando-se sobre o próprio refletidor. Em física a modificação da propagação de uma onda, fazendo-a voltar ao ponto inicial. Não ficou mais claro?; Escólios – explicação de um texto clássico. Ou a complicação de um texto novo a fim de que ele se torne clássico; Conclusões – é isso aí, e não se toca mais no assunto. Falei, tá falado; Aforismos – conceito, em geral de caráter moralístico. Donde preconceito; Absurdos – que foge à qualquer convívio com o raciocínio de pessoas dignas e bem pensantes. Pior só o abmudo. Ou, ainda mais, o absurdomudo; Memórias – geralmente aquilo que se esquece; Estultilóquios – palavrório, discurso estulto, tolo, néscio, imbecil, insensato, inepto, estúpido; espera aí vocês vieram pra me ler ou pra ofender?; Alogias – contrassenso, incapacidade de expressão por lesão dos centros nervosos ou por falta de lógica pura e simples; Despautérios – besteira sem tamanho, asneira desmedida. Dizem que a palavra vem de Van Pauteren, filósofo flamengo do século XV, famoso por formulação de teorias linguísticas idiotas. A gente conhece o tipo; Aquelas – você conhece aquela do Antônio Houaiss?; Insultos – ofensa, injúria que as vezes ataca a própria pessoa, e se chama insulto cerebral; Necedades – pacovice, barbaquice, bertoldice, bernardice; pronto, ficaram na mesma; Dislates – asneira pura e simples, sem mais enfeites; Paradoxos – ir contra o senso comum, contra a própria lógica aparente, contradizer se contradizendo. Não é bom?; Prótases – depois da prótase, como ninguém ignora, vem a epítase e logo depois, como qualquer menino sabe, a catástase. Ou vocês, na gramática, não aprenderam também a prótese, a epêntese e a parágoge?; Sofismas – argumento que parte de premissas corretas para conclusões perfeitamente mentirosas, mas irrefutáveis. Tipo *silogismo crítico*; "Todo bom e barato é raro. Todo raro é caro. Logo todo bom e barato é caro."; Singularidades – como me afirmou Camilo Castelo Branco: "Ora, o senhor Millôr está a dizer coisas que parecem de doudo."; Miopias – estreiteza de opinião que leva fatalmente à estreiteza de visão; Estultícias – aquilo em que se compraz o estulto; Silogismos – forma filosófica de duas premissas e uma conclusão para embatucar todos nós: "Nenhum homem é perfeito. Todo prefeito é homem. Logo nenhum prefeito é perfeito."; Tergiversações – subterfúgios, fuga aos compromissos, explicações pra brochuras. Enormidades – Absurdo sem tamanho. "O Millôr nesse livro só disse enormidades"; Paranoias – afirmativas que revelam mania de grandeza, ambições suspeitas, ou mesmo insuspeitas, por que não?; Leviandades – ligeireza, irresponsabilidade, incapacidade de levar o leitor a sério, mesmo quando ele compra um livro de 500 páginas; Imprudências – falar o que não deve, ou o que deve em momento indevido, uma forma de firmeza de caráter desconhecida por políticos; INCOERÊNCIAS – em física a propriedade de um ciclo de ondas com fases que não guardam relações constantes entre si. É por aí; DESABAFOS – quando a pessoa mente ou conta vantagens a isso se chama bafo. Desabafo é exatamente o contrário; GALIMATIAS – palavras incompreensíveis, como se fossem pronunciadas em Babel, em todas as línguas; HERESIAS – qualquer coisa de que a gente não gosta e da qual não consegue se defender; HIDROFOBIAS – os latidos precursores da mordida. Dizedelas – Ditos.

M.F.

ÍNDICE REMISSIVO

A
À maneira de Guimarães Rosa 103, 115, 124, 158, 187, 237, 246, 292, 318, 333, 360, 365, 374, 439, 450, 467, 509, 516, 530, 538
Abel 308, 314
Abreu, Gilda de 384
Academia Brasileira de Letras 231
Academia de Belas Artes 129
Adão 191, 377, 382, 408, 416, 435, 499, 526, 550, 558
adeus 9, 120, 195, 593
Adônis 556
adúltero 124
África do Sul 31
AIDS 17, 400, 462
Al Capone 75, 232
albino 442
Alcácer Quibir 385
alcoólatras 121, 132, 549
Alencar, José de 455
Alencar, Marcello 158, 293
alfabeto 10, 156, 459
Ali-Babá 59, 436
alienado 286
Allen, Woody 590
alma 19, 24, 26, 40, 51, 59, 118, 140, 150, 163, 187, 192, 238, 265, 366, 368, 420, 442, 443, 473, 483, 523, 528, 562
Amado, Genolino 505
Amado, Gilberto 256
amigo 81
amor 21, 22, 28, 71, 75, 96, 99, 104, 119, 120, 151, 155, 168, 169, 198, 230, 266, 273, 281, 285, 304, 308, 332, 333, 363, 374, 421, 429, 433, 491, 522, 526, 531, 542, 555, 565, 581
anão 239
Angra dos Reis 385, 417
Anísio, Chico 68
Antônio Maria 63, 342
antropólogos 302, 482
apocalipse 233
Argentina 74, 164, 257
Aristóteles 198, 405
Arpoador 43, 195, 217, 236, 243, 361, 511
Arraial do Cabo 336
artistas 18, 38, 120, 169, 187, 210, 226, 309, 396, 431, 484, 565
ateus 84, 493
Átila 41, 132, 270, 572
atleta 41-42, 120, 279, 459, 570
atum 74, 432
Aurélio (dicionário) 164, 400
avisos fúnebres 381
avô 38

B
Babel 36, 49, 191, 562, 602
Baco 49, 370
Baden Powell 596
Baker, Josefina 385
balé 12, 187
Banco Ambrosiano 312
Banco Central 429, 514, 574, 579
Bandeira, Manuel 419
Bando da Lua 42
banqueiros 20, 52, 66, 104, 128, 167, 169, 175, 200, 268, 386, 502, 511, 544, 587

603

Bar Vinte 429
Bar Zeppelin 62, 527
baralho 38, 447
Barão de Coubertin 241, 534
Barrabás 53, 391
Bastilha 306
bêbado 54, 112, 118, 285, 305, 367, 376, 400, 412, 428, 545
beleza 29, 54-55, 117, 157, 197, 215, 217, 219, 230, 246, 342, 505, 539, 547
Bélgicas 496
Bell, Alexander Graham 463
Bíblia 56, 83, 320, 468, 511, 550, 594
bicha 442
biologia 75, 90, 183, 547
bisavô 345
bissexuais 34, 58, 297
Boêmia 254
boemia 60, 143, 261, 328
Bois de Boulogne 487
Bola Preta 80
Bôscoli, Ronaldo 63
Bossa Nova 63
Botafogo (bairro) 434
Bradesco 288, 503
Braga, Rubem 109, 202, 462, 509, 511
Braga, Saturnino 245
Brando, Marlon 519
Brasil 11, 13, 14, 35, 47, 48, 64-67, 84, 89, 93, 99, 120, 125, 135, 142, 143, 149, 152, 154, 155, 156, 162, 173, 178, 180, 189, 198, 205, 207, 211, 213, 215, 247, 248, 256, 258, 260, 270, 271, 288, 289, 293, 303, 308, 310, 315, 332, 343, 349, 351, 358, 381, 393, 402, 408, 410, 411, 413, 422, 424, 425, 446, 455, 459, 462, 463, 464, 466, 475, 482, 489, 496, 505, 511, 513, 519, 527, 536, 538, 540, 541, 544, 546, 551, 561, 569, 587, 593
brasileiros 13, 17, 20, 65, 67, 78, 87, 156, 160, 181, 189, 201, 204, 247, 248, 267, 284, 298, 314, 339, 355, 381, 397, 410, 433, 436, 438, 446, 451, 464, 485, 487, 503, 514, 538, 541, 542, 560, 565, 586
Brasília 15, 67, 80, 113, 115, 156, 172, 212, 255, 367, 369, 388, 443, 450, 532, 570
Brazil 561
Brecht, Bertolt 68, 173
Brejal dos Guajás 68-69, 92, 342, 376
brejo 383
Bresser Pereira 436, 464
Brizola, Leonel de Moura 56, 122, 136, 418, 447, 459, 524
Brizzard, Marie 254
Brodsky, Joseph 236
Brumário 385
Budapeste 451
Bulgária 527
bumbum 539
bunda 69-70, 78, 164, 184, 202, 218, 298, 304, 310, 316, 373, 382, 416, 447
Burnier 266
burocrata 32, 67, 70-71, 144, 163, 165, 180, 222, 303, 417, 427, 460, 480, 532
burrice 45, 71, 104, 108, 114, 118, 138, 369, 482
Byakabunda 579

C
cabotino 72, 165
Cabral, Pedro Álvares 64, 156, 305, 456
cadáver 46, 73, 380, 441, 493, 494, 523, 573

Cafés Nice e Belas Artes 328
Cagarras 361
Caim 110, 161, 308, 314, 332, 353, 597
Calábria 518
Callas, Maria 507
Caminha, Pero Vaz de 457
Camões, Luís de 339
Campeonato Mundial de Futebol 20, 222
Campos, Paulo Mendes 142
canalhas 17, 74-75, 81, 86, 118, 121, 141, 209, 276, 462, 500
Canárias 399
canastrões 218
câncer 75, 164, 193, 245, 272, 360, 517, 534, 538, 558, 568
capitalismo 70, 77, 141, 264, 282, 513, 585
Caratinga 593
Cardoso, Elizeth 400
Cardoso, Fernando Henrique 138, 418, 457
Cardoso, Newton 390
Cardoso de Mello, Zélia 593
Carmem Miranda 581
Caruso, Chico 79, 92
Caruso, Enrico 507
Caruso, Paulo 79
casamento 22, 37, 82-83, 96, 143, 216, 292, 356, 425, 522, 553, 558, 585
Casanova, Giacomo 231
Castro Alves 83, 141, 260
Castro, Fidel 91, 232-233
Castro, Moacyr Werneck de 408
Caulos 84
Caymmi, Dorival 384
Caymmi, Stela 384
Cazarré 85
Celestino, Vicente 384
cemitério 86, 439, 493

cérebro 19, 25, 42, 60, 87-88, 108, 143, 272, 284, 344, 431, 497
Cervantes 438, 513, 562
César (Imperador) 447, 596
ceticismo 26, 89, 100, 129, 174, 217, 245, 266, 361, 364, 469, 566, 592, 596
Chateaubriand, Assis 130
Chateaubriand, Frederico 135
Che Guevara, Ernesto 34
Chesterton 577
Chico Fim de Noite 63
China 73, 77, 92, 99, 182, 353, 464
Chivas Regal 418
Christo 142
Churchill, Winston 234, 292
Cícero 471
circo 24, 95, 239, 264, 411, 437, 442
circunspecção 189, 245
civilização 97, 155, 222, 245, 258
classe média 98, 183, 248, 317, 375, 444, 445, 497, 568
Cláudio Humberto 166, 571
Cleópatra 385, 435
Coca-Cola 99, 249, 300, 304, 502
cocaína 581
Código Penal 84
Colasanti, Marina 237, 343
Collor de Mello, Fernando 28, 42, 78, 101, 135, 140, 166, 214, 270, 409, 445, 454, 540
Collor de Mello, Rosane 231
Colombo, Cristóvão 102, 151, 437
Comissão de Orçamento 517
Comlurb 93, 208, 216
complexo de inferioridade 24, 106, 464
Composição infantil 22, 45, 52, 64, 82, 130, 276, 303, 304, 350, 391, 542

Computa, computador, computa 24, 184, 193, 222, 415, 424, 433
computador 16, 69, 107-108, 154, 189, 343, 437, 448, 533, 561, 562, 566, 586
comunismo 77, 109, 525, 532, 573
Concetta di Napoli 415
conchavo 492
Congresso 83, 95, 114, 121, 122, 140, 150, 185, 225, 285, 362, 388, 395, 399, 408, 433, 447, 481, 485, 493, 495, 514, 523, 528, 570, 576, 589
Conselhos Capitais 76-77
Conselhos de sobrevivência para burocratas 32, 165, 303, 417, 427, 480
conservador 70, 99, 109, 117, 165, 180, 223, 249, 286, 326, 384, 484, 598, 600
Constituição 109, 118, 190, 197, 199, 295, 446
constituinte 514
Cooper 78, 123-124, 281, 333, 361, 554
Copacabana 147, 195, 243, 463
copyright 526
cores 47, 58, 64, 109, 148, 153, 161, 183, 246, 252, 286, 391, 411, 439, 442, 483, 523, 553, 585
Corneille 189
coroa 60, 78, 213, 381, 385, 389
Correio da Manhã 309, 409
corrupção 13, 78, 83, 93, 98, 125-126, 127, 157, 205, 213, 225, 258, 267, 275, 292, 312, 315, 325, 332, 359, 391, 394, 425, 426, 429, 432, 438, 457, 461, 465, 495, 499, 502, 503, 543, 552, 568
Cortes, Araci 42
covardia 31, 124, 128, 148, 149, 192, 301, 360, 396, 497

CPI 121, 140, 174, 308
criança 29, 75, 79, 97, 116, 130, 132, 140, 151, 155, 203, 210, 249, 307, 317, 318, 352, 369, 400, 474, 475, 479, 492, 533, 539, 549
Cristo 53, 103, 198, 203, 210, 230, 366, 391, 419, 434, 544, 568
Cruz, Newton 337, 390, 570
cultura 23, 68, 83, 120, 123, 137, 150, 165, 196, 283, 327, 353, 383, 418, 456, 483, 484, 489, 519, 534, 561, 563
Curitiba 417
Curvelo 501

D

Da Vinci, Leonardo 332
Dallas 365
Dama das Camélias 490
Dante 339
Darwin, Charles 107, 139, 469
De Gaulle, Charles 292, 480
Decálogo do bom bebedor 54, 300, 376, 390, 398, 512, 549
Delfim Netto 463, 587
democracia 28, 123, 137, 144-146, 147, 149, 155, 173, 174, 186, 278, 334, 373, 389, 405, 416, 419, 428, 440, 449, 491, 533, 559
demônio 112, 133, 197, 441, 485
Demóstenes 148
derrota 44, 175, 204, 270, 349, 378, 566
Descartes 150, 151, 189, 438, 599
descrentes 206, 229, 534
desespero 11, 154-155, 203, 310, 321, 341, 400, 502
Deus 12, 13, 17, 18, 20, 32, 33, 36, 39, 48, 49, 57, 64, 80, 90, 112, 129, 132, 133, 139, 146, 155, 159-161, 169, 186,

195, 197, 199, 215, 226, 229, 237, 246, 248, 253, 260, 263, 267, 272, 273, 276, 284, 295, 297, 302, 305, 308, 318, 326, 353, 359, 371, 376, 379, 381, 383, 397, 401, 416, 417, 423, 449, 459, 462, 464, 469, 470, 476, 489, 493, 495, 504, 523, 530, 532, 534, 546, 560, 563, 567, 592
Diabo 12, 122, 148, 160, 161, 163, 178, 304, 485
dialética 110, 164-164, 238, 323, 486
dialética e tialética 238
dicionário 362, 414, 518
Diderot 129, 471
Diesel 463
dieta 122, 165, 184, 575
dinheiro 14, 39, 41, 51, 52, 55, 76, 82, 88, 104, 107, 114, 125, 129, 132, 154, 166-170, 176, 181, 208, 226, 228, 236, 247, 262, 294, 309, 315, 318, 322, 327, 331, 337, 357, 360, 372, 378, 384, 392, 406, 440, 445, 451, 460, 470, 473, 490, 492, 493, 494, 503, 504, 506, 512, 522, 535, 539, 553, 555, 573, 585, 586, 589
direita 46, 70, 93, 146, 176, 189, 199, 219, 222, 266, 295, 323, 334, 374, 384, 419, 430, 436, 449, 513, 533, 536, 546, 549
ditadura 26, 114, 145-146, 151, 194, 267, 388
ditadura militar 35, 382
divagar 184, 332
doença 17, 42, 75, 94, 118, 148, 163, 166, 200, 207, 211, 222, 227, 229, 252, 268, 280, 300, 358, 408, 475, 473, 518, 526, 572, 580,

Dom Hélder 574, 587, 595
Dom Pedro I 21, 445
Don Paquito 381
Don Quixote 513
Donne, John 532
Dostoiévski, Fiodor M. 273, 562
Dourado, Sérgio 524
Dr. Johnson 522
Duas tábuas e uma paixão 25, 89, 149, 150, 380, 493, 576

E
É... 14, 25, 117, 154, 180, 225, 227, 275, 342, 420, 557, 587
ego 185-186, 546
egocêntricos 484
Eliachar, Leon 63
Em Busca do Tempo Perdido 468
enciclopédia 149, 187, 287, 457, 484, 595
Enciclopédia Britânica 69, 149, 457, 518
Engels, Friederich 198
eremita 195, 225, 371, 498
erro 195-196, 199, 253, 299, 344, 391, 439
eruditos 119, 166, 196, 258, 269, 339, 561
Esbórnia 254
Escolinha do Professor Raimundo 68
escritores 29, 50, 68, 98, 157, 167, 199-200, 205, 227, 241, 249, 254, 256, 278, 343, 404, 408, 400, 468, 486, 509, 514, 530, 534
espectadores 144, 173, 190, 191, 192, 218, 232, 313, 355, 455, 551, 552, 564
esperança 65, 117, 151, 177, 203, 230, 240, 251, 257, 274, 310, 381, 392, 426, 433, 457, 470, 500, 522, 570
esquerda 67, 70, 93, 138, 146, 170, 176, 180, 185, 189, 205,

232, 238, 255, 264, 286, 295, 334, 374, 384, 410, 419, 436, 449, 513
establishment 498
Estados Unidos 14, 71, 77, 82, 105, 158, 182, 227, 248, 318, 336, 381, 413, 433, 443, 504, 545, 550, 565
Estatuto da Universidade do Meyer 176, 183, 272, 278, 279, 318, 367, 418, 449, 572
Estrangulador de Boston 231
eternidade 55, 114, 211, 268, 290, 365, 383, 406
Eva 231, 377, 382, 417, 435, 499, 557
evangelho 271, 465

F

Fagner, Raimundo 75, 203
Falcão, Armando 35, 87, 214, 320
Fallaci, Oriana 266, 594
Falsa Cultura 18, 19, 34, 35, 53, 74, 82, 83, 87, 93, 9 6, 98, 109, 124, 128, 136, 139, 143, 146, 151, 159, 177, 194, 208, 214, 237, 239, 252, 253, 254, 255, 263, 275, 318, 344, 345, 356, 385, 390, 411, 423, 425, 435, 435, 438, 458, 468, 476, 490, 494, 496, 509, 511, 532, 549, 565, 580, 584
falsificações 226, 228, 288, 294, 305, 569, 596
Farias, PC 47, 232, 270, 409, 423, 571
fartura 188, 394
fascismo 46, 228, 255, 264, 377, 410, 476, 525, 594
fé 97, 129, 229, 232, 293, 312, 376, 381, 467, 476, 493, 504, 508, 544

feminismo 105, 162, 184, 230, 231, 289, 333, 348, 411, 443, 473, 545
fidelidade 152, 233, 503
FIFA 247
Figueiredo, Gen. João Batista 15, 46, 56, 85, 151, 155, 233, 234, 436, 450, 464, 587
Fiúza, Ricardo 330, 517
Fla x Flu 560
Flamengo 171, 201, 248
Fluminense 248
fome 30, 32, 55, 64, 97, 147, 150, 205, 239, 242, 249, 285, 400, 406, 408, 410, 420, 437, 438, 446, 467, 492, 510, 511, 530, 533, 545, 596
Fonseca, Rubem 413
Ford, Henry 240
Fórmula 1 241
Fortuna, Reginaldo 241
fotografia 79, 120, 184, 238, 241, 285, 300, 414, 505, 535
Francis, Paulo 63, 394, 422
Franco, Francisco 506, 558
Franco, Itamar 11, 152, 318, 352, 403, 430
Franco, Siron 534
Frasão 387
Fred & Carequinha 415
Freitas, Jânio de 315
frescobol 20, 41, 242-243
Freud, Ana 243
Freud, Sigmund 213, 243, 314, 368, 539, 578
fumantes 245-246, 301, 589
futebol 20, 34, 105, 131, 222, 246-247, 388-389, 397, 424, 545, 560, 587

G

gago 442
galicismo 477
Galileu 378, 454

galinha 29, 85, 94, 117, 118, 125, 139, 175, 190, 252, 265, 277, 311, 314, 346, 411, 443, 508, 518, 535, 572
Gallery 550, 557
Galup 301
Galvêas, Antônio 174
Gandhi 558
Garbo, Greta 431
Garcia, Alexandre 233
Garcia, Hélio 158, 418, 431
Garrincha 389, 404
Geisel, Gen. Ernesto 11, 56, 372, 524
General Osório (praça) 487
gênios 26, 37, 61, 152, 213, 254, 258, 269, 287, 294, 339, 440, 486, 547, 599
Getty, Paul 154
Gettysburg 405
ghost-writer 257, 399, 537
gigante 239, 256, 424
glória 30, 79, 90, 102, 187, 226, 230, 232, 243, 246, 256, 257, 282, 314, 355, 368, 387, 398, 446, 506, 511, 515, 536, 587, 595, 596
Golbery (do Couto e Silva) 268
Goethe 339
golpe militar 30, 257
Gomes, Severo 399
gonorreia 393
Goulart, João 149
grã-finos 36, 53, 95, 136, 247, 259, 276, 400, 439, 483, 500, 518, 536, 578
Grande Prêmio 260, 267
gravidade 118, 260
Grene, Graham 252
Gucci 578
guerra dos Boers 596
Guerreiro, José 593
Guimarães, Ulysses 399, 438, 459, 524, 570

H

Hai-Kai 57, 85, 265
Halmond 415
Hamlet 376
hara-kiri 212
haute couture 472
Hawkins, Stephen 313
Helena (de Troia) 231
hemofilia 176
Henfil 394
Heródoto 271
High Life 80
hindus 102, 267, 356
hiperinflação 267, 442
Hipopotamus 550
História 18, 26, 33, 41, 62, 64, 89, 112, 135, 145, 149, 200, 209, 230, 231, 235, 249, 255, 269-271, 296, 300, 306, 314, 339, 353, 356, 368, 370, 380, 386, 434, 442, 446, 463, 477, 494, 506
Hitler, Adolf 338, 506, 561
Holanda 182, 249, 496
holocausto 163, 272, 536
homem 37, 75, 120, 141, 142, 151, 173, 184, 185, 196, 237, 266, 273, 280, 345, 400, 497, 499, 552, 594
Homem do princípio ao fim, O 36, 100, 173, 196, 425, 452
homem medíocre 552
Homero 275, 399
Homo Sapiens 510
Hopper, Edward 565
hot-pants 333
Hotel Avenida 328

I

Ibope 301, 432
iconoclastas 491
id 185, 287, 336
idade da pedra lascada 249, 464

ideologia 30, 37, 50, 110, 180, 221, 230, 231, 245, 285-286, 428, 443, 483, 518, 519, 525, 596, 597
ignorância 23, 25, 33, 63, 81, 86, 92, 120, 137, 180, 227, 231, 242, 259, 277, 287-288, 323, 340, 359, 414, 469, 510, 514, 572
igreja 11, 48, 86, 159, 166, 262, 268, 288, 423, 525, 563, 587
imitações 53, 79, 228, 231, 291, 336, 375, 388, 435, 475
Imposto de Renda 169, 293, 294, 298, 484
impotência 295, 439
Inácio de Loiola 345
INAMPS 142
incompetência 50, 97, 101, 106, 107, 157, 258, 294, 299, 368, 394, 465, 580, 584
incorruptível 125, 251, 461
índios 65, 68, 102, 206, 208, 302, 332, 405, 409, 490, 510
infância 128, 143, 219, 303, 360, 363, 384, 393, 414, 456, 530, 577, 587
infidelidade 230
infinito 90, 135, 151, 164, 188, 211, 273, 304, 309, 370, 399, 417, 466, 493, 552, 562, 576
inflação 30, 65, 76, 258, 267, 293, 304-305, 438, 442, 548
INPS 208, 308, 368
Inquisição 285
INSS 126, 162
intestino 31, 173, 237
Ipanema 58, 62, 123, 156, 188, 205, 216, 243, 315-316, 377, 536, 548, 585, 587
Irmãos Marx 560
Irmãs Pagãs 42
Isaías 569
Israel 53, 318, 451, 486

Itabira 80, 505
Itália 362
Ivan, o Terrível 426

J

Jacarepaguá 316
Jack, o Estripador 231
Jackson, Michael 222
Jaguar 476, 527
Japão 486
Jardim Botânico 201
jardim zoológico 517
javali 459
JB (Jornal do Brasil) 62, 66, 83, 113, 145, 150, 158, 189, 221, 241, 247, 365, 376, 391, 449, 455, 472, 479, 501, 547, 570, 593
Jeremias 320, 569
Joana D'Arc 153
João Gilberto 321
jogo do bicho 66, 332, 461
jornalismo 301, 321, 594
Joyce, James 484
Judas 103, 322, 493
judeu 482

K

Kant, Emmanuel 234-235, 572
Kasparov 349
Kefrem 386
Keops 386
Kerr, Yllen 592
Kipling, Rudyard 594
Kronos 399
Kubitschek, Juscelino 367, 463
Kubitschek, Sarah 366
Kultura 204, 327

L

Ladeira, Cesar 505
Lamartine 328, 387
Lampião 588
Lan 79

Landru 231
Langoni 174
Largo da Carioca 490
Lassie 363
latifúndios 489
Leão, Danusa 63
Leão, Jairo 63
Leão, Nara 45, 63
lei da selva 100, 331
Lessa, Ivan 54, 63, 123, 319, 593
Lessa, Lauro 63
Levinsohn, Ronald 452, 574
Líbano 333, 371
Liberdade, liberdade 236, 305, 334-336, 428
Liceu de Artes e Ofícios 328, 337
Lições de um ignorante 51, 366
Lições para teatrólogos potenciais 164, 265, 374
Light & Power 336
Lima, Paulo 323
Lincoln, Abraham 107, 281, 338-339, 558, 571
língua 20, 31, 49, 66, 70, 103, 123, 191, 213, 260, 261, 283, 317, 335, 339-340, 342, 409, 414, 467, 489, 518, 561, 562, 584, 587
Lins e Silva, Técio 320, 337, 571
Lisboa 202, 342
Lobo, Haroldo 387
Lord Byron 71
Lorre, Peter 218
loteria esportiva 257, 345
loucura 83, 142, 165, 246, 345
Luís XIV 267
Lula (Luís Inácio Lula da Silva) 76, 139, 176, 346
Lusitana 346, 499, 536, 600
Luther King, Martin 558
Lyra, Carlos 80
Lyra, Fernando 418

M

macaco 38, 139, 202, 215, 272, 468, 499, 523
Macacobrás 420
Machado de Assis 348, 352, 580
Machado, Juarez 322
machão 127, 192, 231
Maciel, Marco 357
Madame Pompadour 267
Madeiras 399
Madonna 222
Madre Teresa de Calcutá 277, 370, 595
máfia 467, 493
Magalhães, Antônio Carlos 65, 99, 361, 418
Magalhães Pinto 305, 502, 587
Magnum 170, 456
Magri, Antônio 257, 409
Mahler, Gustav 507
Maluf, Paulo 351, 447
Malvinas 351
Manso de Paiva 352
Mao Zedong 352
Máquina da Justiça, A 15, 144, 324, 500, 558
Maranhão 220, 494
Marco Polo 353
Marconi 463
Marcos, Imelda 439
Maria Antonieta 231
Maria, Antônio 63, 342
Marília Gabriela 354
Marquês de Maricá 12, 201, 487
Marte 222, 495
Marx, Karl 34, 198, 240, 243, 354
MarxDonald's 502
Mata Hari 167, 392
Matarazzo 288
mau hálito 30
mau humor 171, 278
Médici, Gen. Emílio G. 393
médicos 61, 85, 90, 103, 116, 118, 165, 170, 177, 196, 200, 214,

217, 226, 241, 252, 280, 282, 298, 311, 324, 357, 358, 364, 381, 404, 418, 438, 474, 497, 518, 534, 550, 556, 565, 594
medo 12, 39, 47, 87, 96, 112, 113, 124, 128, 146, 164, 177, 178, 183, 201, 203, 229, 239, 263, 268, 285, 325, 358, 360, 361, 367, 375, 379, 380, 396, 401, 408, 411, 443, 444, 450, 459, 473, 474, 513, 521, 522, 531, 533, 539, 553, 557, 566, 575, 576, 580
Mello e Souza, Cláudio 336
Memórias de um Sargento de Milícias 80, 306, 334
Mendes, Beth 221
Mendes, Isabel 318
Mendes, Murilo 383
Menescal, Roberto 63
mentira 14, 44, 102, 146, 178, 193, 239, 241, 242, 270, 281, 295, 296, 303, 324, 325, 336, 339, 364-365, 366, 386, 441, 450, 457, 492, 495, 499, 532, 540, 555, 564, 579, 597, 598
Mercedes Benz 78, 183, 561
Messalina 511
Messias 234
metafísica 90, 92, 132, 189, 301, 357, 367-368, 371, 387, 417, 469, 587
Meyer 29, 57, 317, 318, 369-370, 383, 392, 408
Meyer Grotesca 240
Michelângelo 342
micróbio 492
Midas 45, 370, 433, 504
Mikerinos 385
milagre brasileiro 56, 145, 246, 371, 372
militância 141
militares 30, 35, 66, 87, 88, 96, 97, 102, 109, 110, 113, 115, 120, 138, 151, 175, 194, 198, 221, 234, 241, 257, 263, 267, 320, 352, 372, 400, 423, 431, 445, 468, 477, 479, 489, 502, 512, 516, 524, 570
Millôr 23, 27, 37, 57, 81, 95, 104, 156, 157, 191, 256, 259, 273, 280, 335, 336, 349, 354, 372, 407, 496, 534, 569
Millôr é cultura 280, 534
ministro 32, 52, 113, 165, 204, 268, 276, 303, 389, 417, 479, 546
Ministro do Supremo Tribunal 546
Miranda, Aurora 42
Miranda, Carmem 577
missa 155, 464
mistérios econômicos 253
Mitrione, Dan 323
Mobral 18
moço 83, 228, 281, 326, 347, 380, 556
Modess 366
Moisés 134, 145, 205, 331, 352
Molière 133, 307
Momento 68 375
Mona Lisa 177
Mondrian, Pieter 142, 377
Monroe, Marilyn 167
Monteiro de Carvalho 288
Montenegro, Fernanda 24, 184, 193, 222, 232, 316, 424, 433, 452, 495
Moraes, Vinícius 63, 188
mordomia 67, 378, 441
Moreira Lima, Arthur 379
Morro da Providência 405
morte 25, 32, 34, 35, 75, 80, 84, 88, 107, 118, 120, 125, 129, 149, 153, 174, 193, 219, 227, 235, 272, 280, 300, 328, 342, 355, 357, 377, 379, 381, 386, 388, 394, 399, 419, 423, 428, 450, 463, 496, 506, 531, 535,

540, 554, 565, 566, 576, 582, 583, 594, 596
moscas 295, 426
motoristas 104, 357, 381, 563
movimento feminino 230
movimento feminista 231
Mozart, Amadeus 507
MPB4 62, 452, 566
muçulmanos 132, 206, 511
mulher 30, 161, 292, 382-383, 389, 443, 455
mulher silenciosa 509, 528
mulher traída 154
mulher-objeto 168, 542
mundo 26, 28, 30, 38, 46, 53, 54, 56, 59, 61, 65, 66, 74, 75, 76, 78, 80, 84, 88, 89, 92, 95, 105, 106, 113, 117, 118, 121, 125, 126, 130, 131, 132, 133, 140, 147, 148, 151, 152, 153, 154, 158, 159, 160, 161, 162, 167, 168, 173, 175, 190, 195, 197, 205, 206, 225, 230, 232, 236, 237, 240, 243, 247, 251, 260, 269, 272, 278, 279, 283, 288, 290, 291, 293, 294, 295, 302, 306, 308, 311, 317, 325, 326, 353, 367, 370, 371, 373, 375, 383, 384, 400, 405, 410, 417, 420, 423, 428, 431, 443, 445, 472, 479, 485, 489, 492, 507, 510, 515, 519, 522, 536, 556, 557, 564
muro de Berlim 430

N

Namora, Fernando 342
Napoleão Bonaparte 385, 596
Nasa 415, 427
nascer do sol 277, 455, 566
Nássara 79, 328, 387
Nasser, Davi 307
Natal 204, 387, 533
nazistas 164, 222
negro 31, 58, 102, 200, 279, 321, 335, 405, 482, 483
Neném Prancha 388-389
neuróticos 389, 474
Neves, Tancredo 15, 46, 56, 107, 115, 151, 237, 298, 351, 364, 396, 405, 429, 479, 541, 547
Nilo (rio) 385, 451
nobreza 193, 283, 323
Noé 369, 391, 504
nordeste 68, 119, 190, 220, 309, 330, 357, 285, 393, 511
Nossa Senhora de Copacabana (av.) 462
nostalgia 64, 135, 249, 393-394, 452, 516
Notas de um crítico literário mal--humorado 50, 195, 214, 348, 353, 354, 512
Notas de um péssimo viajante 127, 342
Nova República 46, 214, 395, 438, 494
Nova York 36, 203, 269, 377, 395, 533
novas gerações 216, 394, 523
Novos coletivos 36, 39, 51, 72, 78, 79, 114, 128, 187, 265, 324, 351, 352, 390, 395, 406, 479, 489, 530
Novos provérbios 76, 85

O

Cruzeiro, O 115, 297
Guarani, O 455
Oliveira, Carlinhos de 593
Oliveira, Franklin de 307
Oliveira, Joaquim Manuel de 256
Onassis, Aristóteles 265
Onassis, Jaqueline (Kennedy) 265, 320
ONU 184, 191, 247, 402
oportunismo 394, 404, 465

Orestes Barbosa 328
órfão 22, 303
Órfãos de Jânio 309
Órfãos de Jânio 28, 48, 118, 197, 271, 404, 420, 483, 543
orgasmo 275
Oscar 455, 593
otimistas 126, 174, 411, 432, 433, 437, 462
overnight 542
ovo 16, 29, 52, 74, 94, 97, 117, 118, 136, 165, 175, 190, 246, 252, 277, 311, 352, 386, 411, 437, 443, 466, 491, 502, 514, 520, 545

P

país tropical 264
pajé 288
Panagulis, Alekos 266, 594
Papa 11, 15, 321, 445
Papáverum Millôr 569
Paraguai 257, 371, 413, 446
Pasárgada 419
Pascal 88, 189, 456
Pasquim, O 20, 49, 86, 87, 95, 123, 142, 194, 260, 265, 284, 292, 296, 307, 320, 335, 338, 354, 366, 387, 394, 395, 417, 419, 424, 476, 501, 568, 587, 588, 593
Passarinho, Jarbas 320
pátria 402, 421, 511, 513
paz 28, 51, 165, 169, 204, 218, 227, 262, 266, 273, 277, 278, 296, 385, 393, 399, 422-424, 433, 445, 498, 556, 581
PDT 441
Pelé 94, 104, 220, 389, 424, 587
penicilina 463, 492
Pereira Passos 508
Perestroika 426, 519
permissividade 13, 23, 40, 55, 117, 183, 191, 215, 333, 429-430, 526

Perón, Juan 558
pesca do atum 74, 432
pessimistas 39, 66, 113, 174, 401, 410, 411, 432, 433, 462, 581
Petrobrás 64, 317
pianista 254, 383, 408, 433, 514, 584
Piauí 372, 550, 568
Pif-Paf, O 256, 428, 436, 497, 535, 575
Pignatari 288
Pilatos 434
Pinheiro Machado 352
Pinochet, Augusto 107
pipi 36, 398, 448, 586
Pitanguy 527
plágio 315, 395
Planalto 67, 98, 213, 231, 405, 436, 471, 505, 571
Plano Cruzado 140, 314, 437
Plano Cruzado II 314
Plano Verão 437
Platão 104, 198, 235, 273, 275, 399
Playboy 448, 580
pobreza 119, 198, 230, 315, 317, 438, 439, 507, 582
politicamente correto / incorreto 119, 252, 310, 442-443, 482
Pollock 37, 142
Ponte Rio-Niterói 313, 385
pôr do sol 277, 314, 349, 447, 455, 467, 524, 563
Porto, Sérgio 16
Portugal 249, 256, 392
português 62, 66, 156, 202, 259, 275, 319, 340, 403, 405, 471, 476, 482, 562
pósteros 410
Praça Onze 490
Praga 451
Pravda 559
precedentes 410, 509
Prêmio Nobel da Paz 390, 423

Prestes, Luís Carlos 33
prêt-à-porter 24, 25, 212, 226, 472
Princesa Isabel 331
Prometeu 465, 501
Protágoras 272
Provérbios prolixizados 17, 89, 139, 148, 252, 424, 480, 481, 514, 564
proximidade 115, 173, 276, 470
prudência 129, 175, 298, 471
PSDB 301
psicanálise 471-473, 599
PT 441, 533
publicitários 273, 475
PUC 235

Q

quadris 230-231
Quadros, Jânio 110, 158, 421
Quarteto em Cy 42
Queiroz, Rachel de 307
Quércia, Orestes 361, 481
Quitandinha 80
Quitandinha Serenaders 42

R

Rabelais 133
racismo 148, 315, 482
rádio 155, 295, 356, 463, 509
Real 217
Receita Federal 433, 484
Recordações de Ipanema 43, 317
reflexões 488, 513, 521
reforma ortográfica 240, 489
relatividade 492
relógio 23, 118, 244, 281, 367, 414, 493, 495, 509, 554, 555
repressão 86, 149, 183, 184, 194, 292, 320, 438, 495, 518, 525
Retratos 3x4 de alguns amigos 6x9 84, 232, 241, 319, 321, 379, 534, 592, 594

revisor 195, 409, 477
Revista 80 115, 176, 262, 266, 295, 354, 419, 497, 551
revolução sexual 13, 502, 503
revolucionários 30, 67, 83, 100, 165, 240, 352, 424, 462, 503, 563
ridículo 96, 281, 323, 375, 380, 393, 431, 486, 496, 505, 572
Rio de Janeiro 36, 46, 69, 182, 210, 229, 286, 293, 313, 328, 369, 386, 387, 413, 445, 505-506, 579
Rio Grande 518
Riocentro 153, 506
riqueza 118, 168, 173, 230, 310, 317, 487, 502, 503, 504, 505, 507, 567
Rocha, Glauber 308
Rocha, Osvaldo 63
Rockefeller, John D. 504
Rockwell, Norman 377, 565
Rodrigues, Nelson 307
Rodrigues, Newton 63
Roentgen 463
Rollim 462, 581
Roma 40, 74, 126, 385, 506, 540, 543, 544
Ronald Levinsohn 574
Roniquito 593
Roraima 256
Rosa, Noel 381

S

sabiá 36, 511
sábios 44, 50, 58, 71, 90, 104, 106, 118, 166, 200, 219, 259, 339, 346, 359, 492, 510, 541, 546, 565
sabonete Araxá 42
Sade (Marquês de) 511
Saint-Laurent, Yves 333
Saint Roman (rua) 387
salário mínimo 47, 65, 195, 305, 446, 486, 507, 512, 538

Salazar, Antônio de Oliveira 403
Salles, Walter 217
Salvador da Pátria 513
Sampaio, Silveira 42
Santo Agostinho 29
Santo Ambrósio 399
Santoro, Fada 42
Santos, Sílvio 238, 465
São Jorge 233, 514
São Tomé 447
Sarney, José / Sir Ney 20, 68, 69, 92, 125, 187, 220, 221, 264, 291, 314, 342, 356, 356, 418, 424, 438, 494, 514-515, 518, 531, 545, 560
Sartre, Jean-Paul 163, 272
saúde 20, 40, 94, 123, 165, 246, 357, 365, 367, 456, 469, 475, 479, 504, 515-516, 544, 575, 583, 592
Scaputra 362
Scarlet Moon 593
secos & molhados 296
Senna, Ayrton 222
sexo 525-527
sexo explícito 127, 524
Shakespeare, William 198, 307, 339, 365, 376, 396, 402, 527, 563, 587, 596
Shaw, Bernard 335, 396, 599
show-business 165, 277
Sig 527
Silveira, Joel 53, 276
silvícolas 68, 215, 489, 548
SNI 234, 535, 550
Soares, Jô 104, 320, 357, 396
Sobral Pinto 574
socialismo 70, 77, 122, 123, 141, 346, 513, 536, 549, 585, 586
Sócrates 198, 261, 580
Spartacus 540
Spinoza, Baruch 235
Stalin, Jozef 234, 426, 506, 558

stalinistas 355
Steinberg, Saul 565
Stela Barros 247
Suécia 65, 127, 248, 559
Suíça 68, 182, 211, 299, 457
suicida / suicídio 67, 94, 110, 118, 249, 332, 345, 471, 473, 543, 582
SuperEgo 539
surdez 54, 142, 297, 412, 416, 453, 481, 521, 545, 546
Swift, Jonathan 133

T

Taffarel, Cláudio 547
Taj Mahal 363
taras sexuais 548
táxi 516, 528, 563, 582
Teatro Municipal 80, 467, 542
televisão 31, 40, 47, 52, 78, 86, 108, 122, 132, 133, 144, 155, 165, 166, 178, 183, 198, 213, 220, 221, 231, 235, 238, 245, 249, 259, 274, 291, 293, 300, 321, 336, 348, 353, 354, 355, 366, 376, 466, 512, 513, 533, 541, 542, 544, 550-553, 573, 585
Temple, Shirley 363
Teodoro da Silva (rua) 381
Terra 40, 55, 102, 110, 204, 206, 234, 308, 330, 397, 454, 459, 557
terra de Marlboro 374
terrorismo 277, 355, 375, 385
tetra 217
Thales 558
Theda Bara 431
Tiradentes 136, 305, 559
Tiradentes (praça) 354
Titanic 195, 519
Torquemada 506
Torre de Pisa 445
torturadores 248, 495
touro 143, 187, 347, 560

Toynbee 396
Traduções televisivas 56, 119, 128, 139, 176, 242, 306, 318, 329, 355, 561, 562, 583
tráfego 96, 112, 149, 171, 220, 240, 278, 292, 397, 438, 470, 563
trânsito 149, 220, 565
Trembolo, Carlo 362
tristeza 72, 209
Troia 15, 231, 281, 321, 487, 563
Truman, Harry 558
TV Globo 321
Twain, Mark 354, 555

U

U Thant 409
ubiquidade 20
Ugo Bidê 593
uísque 90, 134, 200, 206, 535, 569, 585, 593
Últimos Diálogos 18, 90, 163, 188, 217, 235, 280, 584
Universo 12, 88, 94, 273, 397
Uruguaiana (rua) 490
utopia **573**

V

Vade-mécum do Perfeito Liberal 176, 183, 207, 262, 311, 330, 385, 404, 434, 436
Valentino, Rodolfo 431
Van Gogh, Vincent 142, 469, 572, 575
Van Meegerem 596
Vão Gôgo 256, 572
Vaticano 312
Veja 477
Velha República 214
Vênus 556
Verdadeira história do paraíso, A 12, 130, 323
Verissimo, Luis Fernando 346

viagem 40, 92, 151, 256, 350, 418, 537, 418, 580, 581, 587
Vianinha (Oduvaldo Vianna Filho) 334, 593
vida 14, 24, 27, 28, 29, 35, 39, 40, 47, 50, 57, 75, 95, 99, 105, 112, 113, 114, 119, 120, 127, 128, 137, 141, 158, 161, 163, 164, 167, 171, 173, 180, 190, 191, 203, 205, 219, 222, 229, 234, 235, 237, 246, 248, 255, 267, 269, 273, 277, 279, 280, 282, 291, 301, 305, 309, 326, 337, 347, 357, 359, 367, 374, 376, 377, 378, 379, 380, 386, 390, 393, 394, 410, 413, 414, 425, 435, 436, 452, 453, 456, 459, 463, 464, 465, 493, 495, 499, 513, 517, 531, 540, 541, 542, 544, 549, 550, 551, 554, 555, 565, 573, 577, 580, 581-583, 592
Vieira Souto (av.) 147
Vila, Vargas 255
vinho 57, 134, 236, 274, 418, 481
virgem 302, 499
virtude 351, 376, 455, 499, 581, 584
voyeur 442, 589

W

Wagner, Richard 507
Warhol, Andy 551
Washington, George 18
Wayne, John 514
Weissmuller, Johnny 543
Welles, Orson 228, 569
Werneck, Moacyr de Castro 408
World Trade Center 377

X

xadrez 199, 349, 591
Xantipa 313, 580
Xuxa 167, 182, 555

Z
Zeno 164, 234
Zequinha Estelita 593
Zeus 276
Zico 471
Zimbo Trio 400
Ziraldo 79, 99, 259, 279, 303, 366, 435, 593
Zweig, Stefan 20, 249

Sobre o autor

MILLÔR FERNANDES (1924-2012) estreou muito cedo no jornalismo, do qual veio a ser um dos mais combativos exemplos no Brasil. Suas primeiras atividades na imprensa foram em *O Jornal* e nas revistas *O Cruzeiro* e *Pif-Paf*. Estudou no Liceu de Artes e Ofícios do Rio de Janeiro e, já integrado à intelectualidade carioca, trabalhou nos seguintes periódicos: *Diário da Noite, Tribuna da Imprensa* e *Correio da Manhã*, sofrendo, diversas vezes, censura e retaliações por seus textos. De 1964 a 1974, escreveu regularmente para *O Diário Popular*, de Portugal. Colaborou também para os periódicos *Correio da Manhã, Veja, O Pasquim, Isto É, Jornal do Brasil, O Dia, Folha de São Paulo, Bundas, O Estado de São Paulo*, entre outros. Publicou dezenas de livros, entre os quais *A verdadeira história do paraíso, Poemas* (**L**&**PM** POCKET), *Millôr definitivo – A bíblia do caos* (**L**&**PM** POCKET), *O livro vermelho dos pensamentos de Millôr* (**L**&**PM** POCKET) e *A entrevista* (**L**&**PM** EDITORES). Suas colaborações para o teatro chegam a mais de uma centena de trabalhos, entre peças de sua autoria, como *Flávia, cabeça, tronco e membros* (**L**&**PM** POCKET), *Liberdade, liberdade* (com Flávio Rangel) (**L**&**PM** POCKET), *O homem do princípio ao fim* (**L**&**PM** POCKET), *Um elefante no caos* (**L**&**PM** POCKET), *A história é uma história*, e adaptações e traduções teatrais, como *Gata em telhado de zinco quente*, de Tennessee Williams, *A megera domada*, de Shakespeare (**L**&**PM** POCKET), *Pigmaleão*, de George Bernard Shaw (**L**&**PM** POCKET), e *O jardim das cerejeiras seguido de Tio Vânia*, de Anton Tchékhov (**L**&**PM** POCKET).

Coleção L&PM POCKET (Lançamentos mais recentes)

1148. **O contrato social (Mangá)** – J.-J. Rousseau
1149. **Garfield fenomenal** – Jim Davis
1150. **A queda da América** – Allen Ginsberg
1151. **Música na noite & outros ensaios** – Aldous Huxley
1152. **Poesias inéditas & Poemas dramáticos** – Fernando Pessoa
1153. **Peanuts: Felicidade é...** – Charles M. Schulz
1154. **Mate-me por favor** – Legs McNeil e Gillian McCain
1155. **Assassinato no Expresso Oriente** – Agatha Christie
1156. **Um punhado de centeio** – Agatha Christie
1157. **A interpretação dos sonhos (Mangá)** – Freud
1158. **Peanuts: Você não entende o sentido da vida** – Charles M. Schulz
1159. **A dinastia Rothschild** – Herbert R. Lottman
1160. **A Mansão Hollow** – Agatha Christie
1161. **Nas montanhas da loucura** – H.P. Lovecraft
1162. (28). **Napoleão Bonaparte** – Pascale Fautrier
1163. **Um corpo na biblioteca** – Agatha Christie
1164. **Inovação** – Mark Dodgson e David Gann
1165. **O que toda mulher deve saber sobre os homens: a afetividade masculina** – Walter Riso
1166. **O amor está no ar** – Mauricio de Sousa
1167. **Testemunha de acusação & outras histórias** – Agatha Christie
1168. **Etiqueta de bolso** – Celia Ribeiro
1169. **Poesia reunida (volume 3)** – Affonso Romano de Sant'Anna
1170. **Emma** – Jane Austen
1171. **Que seja em segredo** – Ana Miranda
1172. **Garfield sem apetite** – Jim Davis
1173. **Garfield: Foi mal...** – Jim Davis
1174. **Os irmãos Karamázov (Mangá)** – Dostoiévski
1175. **O Pequeno Príncipe** – Antoine de Saint-Exupéry
1176. **Peanuts: Ninguém mais tem o espírito aventureiro** – Charles M. Schulz
1177. **Assim falou Zaratustra** – Nietzsche
1178. **Morte no Nilo** – Agatha Christie
1179. **Ê, soneca boa** – Mauricio de Sousa
1180. **Garfield a todo o vapor** – Jim Davis
1181. **Em busca do tempo perdido (Mangá)** – Proust
1182. **Cai o pano: o último caso de Poirot** – Agatha Christie
1183. **Livro para colorir e relaxar** – Livro 1
1184. **Para colorir sem parar**
1185. **Os elefantes não esquecem** – Agatha Christie
1186. **Teoria da relatividade** – Albert Einstein
1187. **Compêndio da psicanálise** – Freud
1188. **Visões de Gerard** – Jack Kerouac
1189. **Fim de verão** – Mohiro Kitoh
1190. **Procurando diversão** – Mauricio de Sousa
1191. **E não sobrou nenhum e outras peças** – Agatha Christie
1192. **Ansiedade** – Daniel Freeman & Jason Freeman
1193. **Garfield: pausa para o almoço** – Jim Davis
1194. **Contos do dia e da noite** – Guy de Maupassant
1195. **O melhor de Hagar 7** – Dik Browne
1196. (29). **Lou Andreas-Salomé** – Dorian Astor
1197. (30). **Pasolini** – René de Ceccatty
1198. **O caso do Hotel Bertram** – Agatha Christie
1199. **Crônicas de motel** – Sam Shepard
1200. **Pequena filosofia da paz interior** – Catherine Rambert
1201. **Os sertões** – Euclides da Cunha
1202. **Treze à mesa** – Agatha Christie
1203. **Bíblia** – John Riches
1204. **Anjos** – David Albert Jones
1205. **As tirinhas do Guri de Uruguaiana 1** – Jair Kobe
1206. **Entre aspas (vol.1)** – Fernando Eichenberg
1207. **Escrita** – Andrew Robinson
1208. **O spleen de Paris: pequenos poemas em prosa** – Charles Baudelaire
1209. **Satíricon** – Petrônio
1210. **O avarento** – Molière
1211. **Queimando na água, afogando-se na chama** – Bukowski
1212. **Miscelânea septuagenária: contos e poemas** – Bukowski
1213. **Que filosofar é aprender a morrer e outros ensaios** – Montaigne
1214. **Da amizade e outros ensaios** – Montaigne
1215. **O medo à espreita e outras histórias** – H.P. Lovecraft
1216. **A obra de arte na era de sua reprodutibilidade técnica** – Walter Benjamin
1217. **Sobre a liberdade** – John Stuart Mill
1218. **O segredo de Chimneys** – Agatha Christie
1219. **Morte na rua Hickory** – Agatha Christie
1220. **Ulisses (Mangá)** – James Joyce
1221. **Ateísmo** – Julian Baggini
1222. **Os melhores contos de Katherine Mansfield** – Katherine Mansfied
1223. (31). **Martin Luther King** – Alain Foix
1224. **Millôr Definitivo: uma antologia de *A Bíblia do Caos*** – Millôr Fernandes
1225. **O Clube das Terças-Feiras e outras histórias** – Agatha Christie
1226. **Por que sou tão sábio** – Nietzsche
1227. **Sobre a mentira** – Platão
1228. **Sobre a leitura *seguido do* Depoimento de Céleste Albaret** – Proust
1229. **O homem do terno marrom** – Agatha Christie
1230. (32). **Jimi Hendrix** – Franck Médioni
1231. **Amor e amizade e outras histórias** – Jane Austen
1232. **Lady Susan, Os Watson e Sanditon** – Jane Austen
1233. **Uma breve história da ciência** – William Bynum

1234. **Macunaíma: o herói sem nenhum caráter** – Mário de Andrade
1235. **A máquina do tempo** – H.G. Wells
1236. **O homem invisível** – H.G. Wells
1237. **Os 36 estratagemas: manual secreto da arte da guerra** – Anônimo
1238. **A mina de ouro e outras histórias** – Agatha Christie
1239. **Pic** – Jack Kerouac
1240. **O habitante da escuridão e outros contos** – H.P. Lovecraft
1241. **O chamado de Cthulhu e outros contos** – H.P. Lovecraft
1242. **O melhor de Meu reino por um cavalo!** – Edição de Ivan Pinheiro Machado
1243. **A guerra dos mundos** – H.G. Wells
1244. **O caso da criada perfeita e outras histórias** – Agatha Christie
1245. **Morte por afogamento e outras histórias** – Agatha Christie
1246. **Assassinato no Comitê Central** – Manuel Vázquez Montalbán
1247. **O papai é pop** – Marcos Piangers
1248. **O papai é pop 2** – Marcos Piangers
1249. **A mamãe é rock** – Ana Cardoso
1250. **Paris boêmia** – Dan Franck
1251. **Paris libertária** – Dan Franck
1252. **Paris ocupada** – Dan Franck
1253. **Uma anedota infame** – Dostoiévski
1254. **O último dia de um condenado** – Victor Hugo
1255. **Nem só de caviar vive o homem** – J.M. Simmel
1256. **Amanhã é outro dia** – J.M. Simmel
1257. **Mulherzinhas** – Louisa May Alcott
1258. **Reforma Protestante** – Peter Marshall
1259. **História econômica global** – Robert C. Allen
1260(33). **Che Guevara** – Alain Foix
1261. **Câncer** – Nicholas James
1262. **Akhenaton** – Agatha Christie
1263. **Aforismos para a sabedoria de vida** – Arthur Schopenhauer
1264. **Uma história do mundo** – David Coimbra
1265. **Ame e não sofra** – Walter Riso
1266. **Desapegue-se!** – Walter Riso
1267. **Os Sousa: Uma família do barulho** – Mauricio de Sousa
1268. **Nico Demo: O rei da travessura** – Mauricio de Sousa
1269. **Testemunha de acusação e outras peças** – Agatha Christie
1270(34). **Dostoiévski** – Virgil Tanase
1271. **O melhor de Hagar 8** – Dik Browne
1272. **O melhor de Hagar 9** – Dik Browne
1273. **O melhor de Hagar 10** – Dik e Chris Browne
1274. **Considerações sobre o governo representativo** – John Stuart Mill
1275. **O homem Moisés e a religião monoteísta** – Freud
1276. **Inibição, sintoma e medo** – Freud
1277. **Além do princípio de prazer** – Freud
1278. **O direito de dizer não!** – Walter Riso
1279. **A arte de ser flexível** – Walter Riso
1280. **Casados e descasados** – August Strindberg
1281. **Da Terra à Lua** – Júlio Verne
1282. **Minhas galerias e meus pintores** – Kahnweiler
1283. **A arte do romance** – Virginia Woolf
1284. **Teatro completo v. 1: As aves da noite** *seguido de* **O visitante** – Hilda Hilst
1285. **Teatro completo v. 2: O verdugo** *seguido de* **A morte do patriarca** – Hilda Hilst
1286. **Teatro completo v. 3: O rato no muro** *seguido de* **Auto da barca de Camiri** – Hilda Hilst
1287. **Teatro completo v. 4: A empresa** *seguido de* **O novo sistema** – Hilda Hilst
1288. **Sapiens: Uma breve história da humanidade** – Yuval Noah Harari
1289. **Fora de mim** – Martha Medeiros
1290. **Divã** – Martha Medeiros
1291. **Sobre a genealogia da moral: um escrito polêmico** – Nietzsche
1292. **A consciência de Zeno** – Italo Svevo
1293. **Células-tronco** – Jonathan Slack
1294. **O fim do ciúme e outros contos** – Proust
1295. **A jangada** – Júlio Verne
1296. **A ilha do dr. Moreau** – H.G. Wells
1297. **Ninho de fidalgos** – Ivan Turguêniev
1298. **Jane Eyre** – Charlotte Brontë
1299. **Sobre gatos** – Bukowski
1300. **Sobre o amor** – Bukowski
1301. **Escrever para não enlouquecer** – Bukowski
1302. **222 receitas** – J. A. Pinheiro Machado
1303. **Reinações de Narizinho** – Monteiro Lobato
1304. **O Saci** – Monteiro Lobato
1305. **Memórias da Emília** – Monteiro Lobato
1306. **O Picapau Amarelo** – Monteiro Lobato
1307. **A reforma da Natureza** – Monteiro Lobato
1308. **Fábulas** *seguido de* **Histórias diversas** – Monteiro Lobato
1309. **Aventuras de Hans Staden** – Monteiro Lobato
1310. **Peter Pan** – Monteiro Lobato
1311. **Dom Quixote das crianças** – Monteiro Lobato
1312. **O Minotauro** – Monteiro Lobato
1313. **Um quarto só seu** – Virginia Woolf
1314. **Sonetos** – Shakespeare
1315(35). **Thoreau** – Marie Berthoumieu e Laura El Makki
1316. **Teoria da arte** – Cynthia Freeland
1317. **A arte da prudência** – Baltasar Gracián
1318. **O louco** *seguido de* **Areia e espuma** – Khalil Gibran
1319. **O profeta** *seguido de* **O jardim do profeta** – Khalil Gibran
1320. **Jesus, o Filho do Homem** – Khalil Gibran
1321. **A luta** – Norman Mailer
1322. **Sobre o sofrimento do mundo e outros ensaios** – Schopenhauer
1323. **Epidemiologia** – Rodolfo Saracci
1324. **Japão moderno** – Christopher Goto-Jones
1325. **A arte da meditação** – Matthieu Ricard
1326. **O adversário secreto** – Agatha Christie
1327. **Pollyanna** – Eleanor H. Porter

lepmeditores
www.lpm.com.br
o site que conta tudo

IMPRESSÃO:

PALLOTTI
GRÁFICA

Santa Maria - RS | Fone: (55) 3220.4500
www.graficapallotti.com.br